Y0-CML-909

KARL MAY

Karl May, am 25. Februar 1842 in Hohenstein-Ernstthal geboren und in ärmlichsten Verhältnissen aufgewachsen, gilt seit einem halben Jahrhundert als einer der bedeutendsten deutschen Volksschriftsteller. Nach trauriger Kindheit und Jugend wandte er sich dem Lehrerberuf zu. Als Redakteur verschiedener Zeitschriften begann er später die Schriftstellerlaufbahn, zunächst mit kleineren Humoresken und Erzählungen. Bald jedoch kam sein einzigartiges Talent voll zur Entfaltung. Er begann „Reiseerzählungen" zu schreiben. Damit begründete er seinen Weltruhm und schuf sich eine nach Millionen zählende Lesergemeinde. Die spannungsreiche Form seiner Erzählkunst, ein hohes Maß an fachlichem Wissen und eine überzeugend vertretene Weltanschauung verbanden sich überaus glücklich in seinen Schriften. Auch heute begeistern die blühende Phantasie und der liebenswürdige Humor des Schriftstellers in unverändertem Maß seine jungen und alten Leser. Karl Mays Werke wurden in mehr als zwanzig Kultursprachen übersetzt. Allein von der deutschen Originalausgabe sind bisher über sechsundvierzig Millionen Bände gedruckt worden. Karl May starb am 30. März 1912 in Radebeul bei Dresden.

KARL MAY

DER DERWISCH

UNGEKÜRZTE AUSGABE

KARL MAY TASCHENBÜCHER
IM
VERLAG CARL UEBERREUTER
WIEN-HEIDELBERG

INHALT

1. Sir David Lindsay 5
2. Ein deutscher Maler 25
3. Die Tscherkessensklavin 31
4. Auf dem türkischen Friedhof 40
5. Dunkle Zusammenhänge 58
6. Die Gefangene des Bei 68
7. Die erste Spur 83
8. Enttäuschungen 109
9. In den Ruinen von Karthago 135
10. ‚Die Entführung aus dem Serail' 147
11. Sir David verdient sich ein Bakschisch . . 165
12. In der Schlinge 184
13. Der Bei von Tunis 195
14. Unterm „Stock des Bekenntnisses' . . . 204
15. In letzter Minute 215
16. Das Kleeblatt 224
17. Auf der Pflanzung 247
18. In der Hütte des Negers 275
19. Ein Savannengericht 294

*

Herausgegeben von Dr. E. A. Schmid

*

Diese Ausgabe erscheint in enger Zusammenarbeit mit dem Karl-May-Verlag, Bamberg
© 1953 Joachim Schmid (Karl-May-Verlag), Bamberg / Alle Rechte vorbehalten
Die Verwendung der Umschlagbilder erfolgt mit Bewilligung des Karl-May-Verlages
Karl May Taschenbücher dürfen in Leihbüchereien nicht eingestellt werden

*

ISBN 3 8000 4061
Bestellnummer
T 61

Gesamtherstellung: Salzer - Ueberreuter, Wien
Printed in Austria

1. Sir David Lindsay

Ein schöner warmer Sommertag lag auf den schlanken Minarehs von Konstantinopel. Tausende von Anhängern aller Bekenntnisse und Angehörigen aller Rassen erfreuten sich beim Gang über die beiden Brücken des zauberischen Anblicks, den die Stadt von außen bietet. An den Hafendämmen lagen die Dampfer und Segler aller seefahrenden Völker, und auf den glitzernden Wogen wiegten sich die seltsam gebauten türkischen Gondeln und Kähne, zwischen denen bisweilen schlankgeflügelte Seemöwen übers Wasser hinschossen, als wollten sie in spielerischem Übermut ihre Fluggeschicklichkeit erproben und beweisen.

Vom Schwarzen Meer her kam in flotter Fahrt eine kleine, allerliebste Dampfjacht, leicht und anmutig zur Seite geneigt, wie eine Tänzerin, die sich den berauschenden Tönen eines Straußschen Walzers hingibt.

Das schmucke, schnelle Fahrzeug bog um die Spitze von Galata, ging unter den Brücken hindurch und legte sich im Goldenen Horn, unterhalb Peras vor Anker. Pera ist der Stadtteil von Konstantinopel, der vorzugsweise von Europäern, ihren Gesandten und Konsuln bewohnt wird.

Die Dampfjacht hatte eine Eigentümlichkeit, die auch in europäischen Häfen die Augen auf sich ziehen mußte, hier aber, unter Orientalen, noch viel auffälliger wirkte: am Vordersteven, wo der Name des Schiffs angebracht zu sein pflegt, befand sich ein wohl zwei Meter hoher holzgeschnitzter Rahmen, der ein merkwürdiges Gemälde einfaßte.

Das Bild stellte einen Mann in Lebensgröße dar. Alles, was er trug — Hose, Weste, Rock, Schuhe, auch der hohe Zylinderhut — war grau gewürfelt, sogar der riesige Regenschirm, den er in der Hand hielt. Das Gesicht war außergewöhnlich lang und schmal. Eine scharfe Nase neigte sich über einen breiten, dünnlippigen Mund und schien die Absicht zu hegen, sich bis hinab zum Kinn zu verlängern. Das gab dem Gesicht einen überaus drolligen Ausdruck.

Über diesem Bild stand in großen, goldenen Lettern der Name der Jacht: ‚Lindsay'.

Als der kleine Dampfer in den Hafen steuerte, wurde das Bild von den Leuten am Ufer mit Staunen betrachtet. Nahe am Landungssteg stand ein Derwisch[1], dessen dunkle, fanatisch blickende Augen ebenfalls verwundert darauf gerichtet waren. Während er die Schrift entzifferte, ging ein Zucken über sein Gesicht.

„Lindsay!" murmelte er. „So hieß ja die Frau jenes verfluchten Deutschen mit ihrem Mädchennamen! Ist denn diese Familie noch immer nicht ausgerottet? Ich werde hier bleiben, um zu beobachten. Das Weib hat mich damals beschimpft. Mein war die Rache, und ich glaubte diese Rache längst vollendet. Sollte es anders sein, sollten wirklich noch Angehörige dieser Familie leben? Ich werde forschen!"

Die Maschine des Dampfers hatte gestoppt, und der Kapitän war von der Kommandobrücke gestiegen. Die Kajütentür öffnete sich, und heraus trat die gleiche Gestalt, wie sie vorn auf dem Bild zu sehen war. Sehr lang und hager, war sie in graugewürfelten Stoff gekleidet. Der übermäßig hohe Zylinderhut und der riesige Regenschirm waren ebenfalls grau gewürfelt. An einem über die Schulter gehenden Riemen hing ein langes Fernrohr.

Auch das Gesicht glich ganz dem auf dem Bild, nur wies die Nase noch eine lange Narbe auf, die offenbar von einer bösartigen Aleppobeule herrührte.

Der Kapitän verneigte sich.

„Wollt Ihr an Land gehen, Sir?"

„Yes. Wohin sonst? Ans Land natürlich! Oder soll ich etwa auf dem Wasser laufen, he?"

„Das würde allerdings kaum möglich sein", lachte der Kapitän. „Aber warum so schnell an Land? Konstantinopel muß von hier aus betrachtet werden. Von hier aus wirkt es großartig; im Innern aber ist es eng, schmutzig und winklig. Der Türke nennt seine Hauptstadt ‚Wangenglanz des Weltantlitzes', und er hat recht — aber nur von hier aus, wo wir uns befinden."

„Wangenglanz? Weltantlitz? Nonsense! Diese Türken sind verdreht. Das einzige Vernünftige an ihnen sind ihre Frauen und Mädchen. Well!"

Über das Gesicht des Kapitäns glitt ein Grinsen, das er jedoch durch eine Verbeugung verbarg.

„Habt Ihr bereits eine türkische Frau oder ein türkisches Mädchen gesehen, Sir?"

„Of course! Massenhaft, hier sowohl wie in Berlin. Famose Oper: ‚Die Entführung aus dem Serail' von Mozart — mein Lieblingsstück. Möchte so etwas einmal selber erleben, Kapitän. Indeed. Werde einfach nicht eher fortgehen, als bis ich auch solch ein Abenteuer erlebt habe. Well. Seht her!"

Dabei holte er aus den Tiefen seiner Rocktasche ein Buch

---

[1] Derwisch ist ein persisches Wort und bedeutet ‚Armer'; das arabische Wort dafür ist ‚Fakir'.

hervor, das auf dem Umschlag in deutscher Sprache den Titel trug: ‚Textbuch. Die Entführung aus dem Serail. Große Oper von Wolfgang Amadeus Mozart.'

„Wann darf ich Euch zurückerwarten?" Der Kapitän warf einen flüchtigen Blick auf das Buch. Auf seinem Gesicht spielte ein höfliches Lächeln, dem man ansah, daß er die Schrullen des Engländers kannte und es längst aufgegeben hatte, sich darüber zu wundern.

„Gar nicht", knurrte Lindsay. „Komme, wann es mir beliebt. Well!"

Er turnte mit langen Schritten über den schmalen Landungssteg und gebrauchte dabei den großen, zugeklappten Regenschirm wie ein Seiltänzer seine Schwebestange.

Als er an dem Derwisch vorüberging und dessen stechende Augen auf sich gerichtet sah, spuckte er verächtlich aus.

„Unangenehmes Gesicht! Verdächtige Fratze! Könnte ihm einen Fußtritt geben, dem Kerl! Yes!"

Der Kapitän hatte ihm nachgeblickt. Der Steuermann stellte sich lachend neben ihn und hob vielsagend die breiten Schultern.

„Verrückter Kerl!" sagte er und spie einen Priem über die Reling. „Wird sich noch die Finger an einem seiner Abenteuer verbrennen. Mag er — wenn er nur nicht auch uns damit in des Teufels Küche bringt!"

„Gott bewahre! Diese Schwärmerei für Entführungen dauert nur so lang, bis er etwas anderes findet. Noch vor kurzem waren es die Fowlingbulls, die geflügelten Stiere, jetzt sind es die Türkinnen. Er ist einmal so, er muß irgendeine abenteuerliche Schrulle haben!"

„Meinetwegen; für uns ist das nur vorteilhaft!"

„Sehr richtig, Steuermann!" erklärte der Kapitän mit Nachdruck, dem man anhörte, daß er diese Auseinandersetzung zu beenden wünschte. „Und da Sir David Lindsay dabei auch ein seelenguter Herr ist, so bin ich gern bereit, mit ihm zehnmal rund um den Erdball herumzudampfen. Für so einen Master wagt man schon etwas, ohne über ihn dummes Zeug zu reden!"

Der, von dem die Rede war, spazierte inzwischen durch Pera, langsamen Schrittes und ganz mit seiner Umgebung beschäftigt. Daher kam es, daß er sich bisweilen umschaute und dabei auch den Derwisch bemerkte, dessen grüner Turban weithin leuchtete.

„Was will der Mensch von mir?" fragte er sich. „Werde gleich mit ihm fertig sein! Yes!"

Er trat hinter einer Gassenkrümmung in einen Winkel und blieb stehen. Der Derwisch kam; er hatte den Engländer weit vor sich geglaubt und besaß nicht soviel Selbstbeherrschung, seine Überraschung zu verbergen.

„Warum läufst du mir nach, Dummkopf?" schnauzte ihn Sir David in englischer Sprache an.

Der Derwisch kannte die Bedeutung dieser Worte nicht oder er tat so, als ob er sie nicht kenne.

„Anlaman — ich verstehe nicht!" antwortete er.

„Mach, daß du wegkommst, sonst helfe ich nach! Well!"

Der Derwisch merkte aus den Gebärden des Engländers, daß er vor ihm hergehen solle. Aber er wollte ihm doch folgen. Darum blieb er stehen. Da machte Lindsay kurzen Prozeß. Er hielt den riesigen Regenschirm vor sich hin und spannte ihn mit solcher Kraft und Schnelligkeit auf, daß die starken Fischbeinstäbe dem Derwisch ins Gesicht schlugen. Das war eine Beleidigung, zumal von einem Ungläubigen und Europäer; aber der Derwisch kannte die Macht und den Einfluß des englischen Gesandten, er wandte sich also zum Gehen.

„Ha, eschek kerata, intikalem aladschahm ben — gehörnter Esel, ich werde mich rächen!" rief er ihm über die Schultern zu.

„Was faselt er?" brummte Sir David vergnügt vor sich hin. „Dieses Türkisch ist doch eine dumme Sprache. Man muß sie erst lernen, ehe man sie versteht. Habe die englische Sprache sogleich verstanden, schon als Kind."

Er ging weiter, in beträchtlicher Entfernung hinter dem Derwisch. Dann bog er um eine Ecke und abermals um eine und war nun ziemlich sicher, daß er dem Türken nicht wieder begegnen werde.

In seinem Bestreben, dem lästigen Beobachter zu entwischen, hatte sich Lindsay aus dem Bereich der belebten Straßen entfernt und war in ein Gewirr von Gassen und Gäßchen geraten, worin er sich nicht mehr zurechtfand. Das war eine große Unvorsichtigkeit, wie er bald bemerken sollte. Der abenteuerlustige Engländer war zwar als echter Weltenbummler gewöhnt, sich überall durchzubeißen. Er war auch in der Tat pfiffig und findig, dazu unerschrocken bis zur Verwegenheit und liebte es nur, sich bisweilen ein wenig dumm zu stellen. Hier aber versagte sein Ortssinn einmal gründlich, und da er der türkischen Sprache nicht mächtig war, bestand für ihn keine Möglichkeit, sich zu erkundigen.

Er musterte das Straßenbild und die Menschen, an denen er vorüberkam. Da trottete ein Eseltreiber hinter seinem Grautier her, trieb es mit lautem Zuruf an und schwang eifrig den Stock dazu. Mit derben Worten oder gar mit einem kräftigen Rippenstoß schufen sich keuchende, schwitzende Lastträger freie Bahn in der schmalen Gasse. Ein Pfeifenreiniger ging von Haus zu Haus seinem nützlichen Gewerbe nach. Ein Melonenverkäufer pries mit viel Stimmaufwand seine Früchte an. Ein Wasserträger überbot ihn womöglich noch an Geschrei. Händler aller Art saßen vor den offenen Türen ihrer Basargewölbe, hatten rings um sich ihre Waren ausgebreitet und bemühten sich, die Kauflustigen anzulocken. Dazwischen lungerten überall herrenlose Hunde herum, suchten im Abfall der Gosse nach Fraß, kläfften die Vorübergehenden an und liefen mit lautem Geheul davon, wenn sie da oder dort mit einem groben Fußtritt verscheucht wurden.

Sir David fühlte sich mehr als unbehaglich in dieser Umgebung. Von Zeit zu Zeit fluchte er halblaut vor sich hin. Mehrere Versuche, beharrlich eine bestimmte Richtung einzuhalten, um aus diesem elenden Stadtviertel herauszukommen, mißglückten gänzlich. Er geriet nur immer mehr in die Irre.

„Damned!" begann er zu schimpfen. „Wenn ich nur wenigstens wüßte, in welcher Himmelsgegend von hier aus der Ankerplatz meiner Jacht zu suchen ist! Dann könnte ich mich nach dem Stand der Sonne richten. Habe das von meinem Freund Kara Ben Nemsi gelernt."

Er war stehengeblieben, den Blick nach oben gerichtet, und starrte einigen Federwölkchen nach, die rasch segelnd ihre Bahn zogen. Dann setzte er sein halblautes Selbstgespräch fort, unbekümmert um die Vorüberkommenden, die den Sonderling, dessen Kleidung ihnen schon auffällig genug war, halb mißtrauisch, halb belustigt anstaunten.

„Nichtsnutziger Kerl überhaupt, dieser Kara Ben Nemsi! Läßt mich diesmal erbärmlich im Stich. Sonst ist er eigentlich immer zur rechten Zeit aufgetaucht, mich herauszuholen, wenn ich in einer Patsche steckte, aus der ich mich von selber nicht herausfand. Wer weiß, wo er sich jetzt umhertreibt, bei den Apatschen am Rio Pecos, bei den Haddedihn in der Dschesireh oder gar bei den Kurden? Nun, eben irgendwo, nur nicht hier in diesen niederträchtigen Gassen, wohin er eigentlich gehört, damit er mich wieder unter Menschen bringt, mit denen man ein vernünftiges Wort reden kann."

Er hätte vielleicht noch lange so gestanden, hätte ihn nicht ein derber Stoß aus seinen weltschmerzlichen Betrachtungen gerissen. Ein Lastträger hatte sich nicht gescheut, das lebendige Verkehrshindernis auf diese wenig zarte Weise zu beseitigen. Er schrie dem Verdutzten einige zornige Worte nach, die Sir David jedoch nicht verstand, und keuchte weiter.

„Esel! Schafskopf! Grobian!" wetterte Lindsay hinter ihm drein. Dann setzte er mißmutig brummend seinen Weg fort.

Eine Weile trieb er sich auf diese Weise noch nutzlos umher, bis ihm die Geduld ausging. Er redete den erstbesten auf englisch an und fragte nach dem Weg.

Aber er bekam nur zu hören, was er heute schon einmal gehört hatte, und zwar aus dem Mund des aufdringlichen Derwischs.

„Anlaman — ich verstehe nicht!"

Dazu ein bedauerndes Achselzucken. Dann ließ der Angeredete den seltsamen Fremden stehen.

Dasselbe wiederholte sich noch mehrfach. An wen sich Lindsay auch wandte, ob alt, ob jung, ob gering oder besser gekleidet, immer erhielt er die gleiche Antwort:

„Anlaman!"

Da lief dem wackeren Engländer endlich die Galle über.

„Der Teufel hole dieses ganze Konstantinopel und die umliegenden Ortschaften!" knurrte er wütend. „Jetzt frage ich keinen Menschen mehr und laufe immer der Nase nach, bis — bis —"

Er brach plötzlich ab und riß den Mund so weit auf, als sollte ihm eine gebratene Taube schnurstracks hineinfliegen. Dann klappte er ihn vernehmlich wieder zu. Über sein Gesicht glitt ein fröhliches Schmunzeln wie Sonnenschein über sommerliches Land.

„Prächtig! Ausgezeichnet! Indeed!" lächelte er, während seine Blicke das Firmenschild eines Kaffeehauses, das in französischer Sprache abgefaßt war, förmlich liebkosten. „Hier wohnen Menschen, mit denen man gewiß auch menschlich reden kann. Dahinein gehe ich! Da wird man mir Auskunft geben."

Er stieg mit langen Schritten auf sein Ziel zu. Mit der Sicherheit eines Mannes, der zu befehlen gewöhnt ist, betrat er das Haus und die wenig geräumige Gaststube und sah sich prüfend um. Ihm bot sich das übliche Bild eines morgenländischen Kaffeeschanks. Der unsaubere Fußboden war hier und da von kleinen Teppichen bedeckt. Sitzpolster liefen an den Wänden ringsum. Sitzkissen lagen allenthalben verstreut. Die wenigen Tische waren so niedrig wie in abendländischen Wohnungen die Fußbänke. Die Wände waren kahl bis auf einige schmierige Tschibuks, die in einer Reihe nebeneinander auf einer Art Pfeifenbrett standen.

Gäste gab es im ganzen Raum nur drei. Es waren Einheimische, Leute niederen Standes, wie ihre Kleidung verriet. Sie hockten schweigend beisammen, hatten winzige Kaffeeschalen vor sich stehen, rauchten und schienen den Fremden nicht zu beachten. Daß der eine von ihnen unter gesenkten Lidern hervor einen stechenden Blick auf die ungewöhnliche, graugewürfelte Erscheinung warf, entging dem Engländer im Halbdunkel der kahlen Stube.

Jetzt erschien durch eine Tür in der Rückwand des Zimmers ein Mann, den jeder Kenner der Mittelmeerländer sofort auf einen Griechen abschätzen mußte. Es war der Wirt dieser ‚freundlichen' Einkehrstätte. Er hatte das listige, verschlagene Gesicht eines Fuchses. Nicht seine Züge, sondern die Augen waren es, die die Wesensart des Mannes kennzeichneten.

Ihm genügte ein Blick auf den Engländer, um zu wissen, wen er vor sich hatte. Mit drei Verbeugungen, die gewiß jede Hoheit zufriedengestellt hätten, näherte er sich seinem Gast.

„Bienvenu, Monsieur! — Willkommen in meinem Hause!" grüßte er auf französisch, das er glatt und geläufig sprach. „Darf ich fragen, womit ich Euer Gnaden dienen kann?"

Französisch war dem Engländer natürlich vollkommen vertraut. Er bediente sich also derselben Sprache wie der Wirt, nur daß sie aus seinem Munde nicht so rund und zierlich klang wie von den Lippen des Griechen.

„Zunächst mit einer anderen Anrede!" sagte er in seiner kurzen, herrischen Art. „Ich bin nicht Euer Gnaden. Ich kann nötigenfalls sogar sehr ungnädig sein."

„Pardon! Ich konnte nicht ahnen —"

„Schon gut! Ich liebe das Scharwenzeln nicht. Nennen Sie mich einfach Monsieur! Das genügt."

„Wie Sie befehlen!"

„Und dann möchte ich — hm! — etwas trinken möchte ich."

Es gefiel Sir David keineswegs in diesem Gasthaus fünften oder sechsten Ranges. Zwar hatte er Durst bekommen vom Umherirren im Sonnenbrand der dunstigen Gassen. Aber der Gedanke, hier etwas genießen zu sollen, hatte für ihn trotzdem nichts Verlockendes. Daß er dennoch etwas zu trinken verlangte, hatte seinen Grund einzig in der besonderen Denkart Lindsays.

Er vergaß nirgends, daß er Engländer war, Sohn des stolzen Inselvolkes, das die Weltmeere beherrscht. Darum meinte er, niemals schäbig auftreten zu dürfen, selbst nicht im entferntesten Weltwinkel. Dazu kam, daß er Sir David Lindsay war, ein Mann von englischem Adel. Und als solcher handelte er stets nach dem Grundsatz: Adel verpflichtet!

Aus diesen beiden Gründen glaubte er sich auch hier nicht lumpen lassen zu dürfen. Er hätte gern kurz und bündig nur nach dem Weg gefragt und wäre dann wieder gegangen. Aber das lag ihm nicht. Er mochte sich nichts schenken lassen, nicht einmal eine Auskunft.

„Wünschen Sie Kaffee, Scherbet oder —?"

Das letzte Wort seiner Frage dehnte der Grieche so auffällig, daß Sir David stutzte.

„Haben Sie noch etwas anderes?"

„Für diejenigen meiner Gäste, die sich nicht zur Lehre des Propheten bekennen, führe ich einen ausgezeichneten griechischen Wein, einen echten Samos, alt, abgelagert, ein wahrer Göttertrank."

„Hm! Samos! Fast so gut wie Sherry oder Portwein! Möchte ich kosten."

„Dann darf ich Sie vielleicht bitten, Monsieur, sich ins Weinzimmer zu bemühen."

Sir David kniff das linke Auge ein wenig zu.

„Weinzimmer?"

„Sie müssen bedenken", erklärte der Wirt, „daß meine Gäste in der Hauptsache Anhänger des Propheten sind, der den Weingenuß verbietet. Ich würde ihre religiösen Gefühle verletzten, wollte ich vor ihren Augen den Andersgläubigen, die bei mir ein- und ausgehen, Wein verabreichen. Auch könnte das für die Gäste untereinander leicht zu Unzuträglichkeiten führen und dem Frieden meines Hauses gefährlich werden. Daher das Weinzimmer! Sie können sich dort ungestört dem Genuß des edlen Getränks hingeben."

„Gut!" entschied Lindsay. „Zeigen Sie mir den Raum!"

Er folgte dem Griechen durch die Hintertür in einen dunklen Flur, an dessen Ende der Wirt zur rechten Hand ein kleines Zimmer öffnete. Ein Blick dahinein genügte Sir David, den Verdacht bestätigt zu sehen, der ihm bei der langatmigen Erklärung des Wirts über die Daseinsberechtigung dieser Weinstube aufgestiegen war. Der Raum war ebenso wie das vordere Gastzimmer ganz nach morgenländischer Art mit Teppichen, Polstern und zwei niedrigen Tischen ausgestattet. Er machte nicht den Eindruck, als sei er für griechische, armenische und andere nichtmohammedanische Gäste bestimmt. Sonst hätte es Stühle, Bänke und hohe Tische hier gegeben. Es war wohl vielmehr so, wie David Lindsay sogleich geargwöhnt hatte, daß sich nämlich in diesem trauten Versteck bisweilen einige ungetreue Söhne des Propheten an dem verbotenen Saft der Trauben labten. Vor unliebsamen Störungen waren sie hier sicher. Das einzige Fenster des Raumes lag gut zwei Meter hoch, fast unter der Decke, und war so klein, daß gewiß niemand von außen hereinblicken konnte. Und zu geheimen Opferstunden vor dem Altar des Weingottes paßten so recht die molligen Polster, paßte auch der gedämpfte Lichtschein der Ampel, die in der Mitte des Zimmers von oben herabhing.

Lindsay verzog die dünnen Lippen zu einem behaglichen Schmunzeln.

„Gefällt mir! Hier werde ich Ihren Samos versuchen."

Er war zufrieden, daß ihn sein Wunsch, sich zurechtzufragen, hierhergeführt hatte. So konnte er das Angenehme mit dem Nützlichen verbinden. Ein Schluck echten Griechenweins war in diesem Land des ewigen Kaffees nicht zu verachten. Er löste den Riemen samt dem langen Fernrohr von der Schulter und stellte das Ungetüm nebst dem langen Sonnenschirm in eine Ecke. Dann ließ er sich bedächtig in die weichen Polster fallen.

Der Wirt stand schweigend dabei. Jetzt griff er die letzte Bemerkung seines Gastes auf.

„Oh, ich sage Ihnen, Monsieur, es wird beim Versuch nicht bleiben. Wenn Sie ein Kenner sind, werden Sie einen ganzen Krug von meinem Samos ausstechen."

„Wollen sehen! Bringen Sie den Wein!"

Der Grieche beeilte sich, diesem Gebot zu folgen. Während er hinausging, schmunzelte er. Daß der Fremde nicht erst vorsichtig nach dem Preis gefragt hatte, schien ihm die günstigsten Schlüsse auf seine Zahlungsfähigkeit zuzulassen. Und davon wollte der wackere Schankwirt so gut wie möglich Gebrauch machen.

Nicht lange, so kehrte er zu David Lindsay zurück und stellte einen Steinkrug und ein Weinglas vor ihn hin.

„Darf ich Ihnen einschenken?"

Sir David schob die dienstbare Hand zurück.

„Halt! Sind Sie Mohammedaner?"

„Nein! Ich bin Christ. Meine Heimat ist Griechenland."

„Dann trinken Sie mit!"

„Oh, sehr liebenswürdig! Ihre Güte ist —"

„Schon gut! Allein trinken ist Stumpfsinn."

Während der Wirt verschwand, auch für sich ein Glas zu holen, zündete sich der Lord eine der Zigarren an, die er vorsorglich eingesteckt hatte. Dabei brummte er selbstzufrieden vor sich hin.

„Freut sich über den Freitrunk, der alte Fuchs! Bedankte sich für die Auszeichnung, mit Sir David zechen zu dürfen! Scheint wahrhaftig nicht zu ahnen, daß ich ihn mittrinken lasse, um sicherzugehen. Ist ein Bursche, dem nicht weit zu trauen ist. Könnte mir etwas in den Wein geschüttet haben, um mich einzuschläfern und mir die Taschen auszuräumen. Kommt aber nicht an bei David Lindsay. Bin nicht umsonst bei Kara Ben Nemsi in die Schule gegangen. Habe gelernt, in fremder Umgebung vorsichtig zu sein."

Er brach ab, denn der Wirt kam mit einem zweiten Glas zurück. Mit der Miene eines Beglückers, der Gold mit vollen Händen austeilt, schenkte er ein, erst dem Engländer, dann sich selber.

„A votre santé, monsieur! — Auf Ihre Gesundheit!"

Er leerte sein Glas, ohne abzusetzen, und brauchte nicht eben viel Zeit dazu. Sir David aber schlürfte bedächtig den Wein.

„Der Trank ist gut!" nickte er. „Ist das Beste, was ich bis jetzt in dieser vielgepriesenen Stadt gefunden habe."

„So gefällt Ihnen Konstantinopel nicht?"

„Pas du tout — Gar nicht!"

„Und doch wird es ‚Wangenglanz des Weltantlitzes' genannt."

„Hm! Habe das heute schon einmal hören müssen. Schätze aber, daß es diesem ‚Antlitz' und seinem ‚Wangenglanz' nichts schaden könnte, wenn es einmal gründlich mit Schwamm, Seife, Waschlappen und Scheuerbürste Bekanntschaft machte."

„Sagen Sie das keinem Türken!"

„Warum nicht? Ich sage jedem die Wahrheit, wie mir's beliebt. Geradeso wie diesem verwünschten Derwisch, der mir vom Schiffslandeplatz aus nachfolgte wie ein Schatten. Als mir die Sache zu dumm wurde, habe ich ihm meinen Regenschirm ins Gesicht geschnellt. Das war eine Sprache, die er sicherlich verstanden hat."

Der Grieche zog bedenklich die Brauen hoch.

„Sie hatten einen Zusammenstoß mit einem Derwisch? Sie haben ihn tätlich beleidigt? Verzeihen Sie meine Worte, das war eine Unvorsichtigkeit. Sie haben die Rache dieses heiligen Mannes herausgefordert."

Lässig wehrte der Engländer ab, nahm behaglich einen Schluck und blies den Rauch seiner Zigarre von sich.

„Was kümmert mich dieser Dummkopf! Er mag anderen Leuten nachlaufen, aber nicht Sir David Lindsay. Ärgerlich ist's nur, daß ich, um ihn abzuschütteln, kreuz und quer gegangen und dabei in dieses Stadtviertel geraten bin, wo ich mich nicht zurechtfinde und kein Mensch einen versteht, wenn man nach dem Weg fragt."

Der schlaue Grieche verzog keine Miene. Niemand konnte ihm ansehen, daß ihm allerlei bedeutsame Erwägungen durch den Sinn gingen. Am wichtigsten war es ihm, daß sich der Fremde soeben als Sir David Lindsay bezeichnet hatte. Er wußte die Bedeutung dieser Worte richtig zu schätzen. Ein englischer Adliger, der — offenbar zu seinem Vergnügen — im Orient umherreist, pflegt Geld bei sich zu haben, viel Geld sogar! So rechnete der Pfiffige. Ein solcher Vogel war ihm bisher noch nie zugeflogen und würde ihm auch so bald nicht wieder vorkommen. Diese Gelegenheit durfte man nicht ungenützt vorüberlassen. Geld war nach der Weltanschauung des Griechen die oberste Gottheit. Er beschloß, vorsichtig die Fühler auszustrecken und dann — zu handeln. Sein Bundesgenosse sollte der Wein sein.

Während er dem Gast das geleerte Glas wieder füllte und auch sich selber nicht vergaß, erkundigte er sich:

„Sie sprechen nicht türkisch?"

„Keine zwanzig Worte!"

„So sollten Sie bei Ihren Ausgängen einen Dragoman, einen Dolmetscher, mitnehmen."

„Ist nicht nach meinem Geschmack."

„Sie haben schlechte Erfahrungen gemacht?"

„Nein! Bin im Gegenteil längere Zeit in Begleitung eines solchen Mannes in den Balkanländern gereist. Kam da in eine böse Klemme und hatte es nicht zuletzt der Treue und Zuverlässigkeit des Dolmetschers zu verdanken, daß ich schließlich doch noch heiler Haut davonkam. Habe aber von anderen gehört, wie wenig Verlaß im Durchschnitt auf diese Burschen ist. Außerdem liebe ich es nicht, ständig einen fremden Menschen um mich zu haben."

„Hm!" dehnte der Grieche. „Ich kann das verstehen. Diese Dolmetscher schröpfen die Fremden, wo sie können, und namentlich einen Mann wie Sie, der sicher nicht mit dünner Brieftasche reist, rupfen sie ganz unverschämt."

„So ist's! Bin Sir David Lindsay und habe stets so viel bei mir, daß ich für alle Fälle gerüstet bin. Zahle auch gut und gern, lasse mich aber nicht für dumm kaufen."

Der Wirt war mit dem Ergebnis seiner versteckten Erkundung sehr zufrieden. Er glaubte, zu etwas anderem übergehen zu können.

„So sollten Sie wenigstens einen Stadtplan von Konstantinopel bei sich tragen."

„Habe ich auch."

„Und haben sich trotzdem verirrt?"

„Trotzdem! Was nützt mir's, daß ich den Plan anstarre, wenn ich nicht weiß, wo ich mich augenblicklich befinde?"

Sir David hatte zur Bekräftigung seiner Worte die Brieftasche hervorgezogen und kramte in den vielen Fächern herum. Dabei sah ihm der Grieche scharf auf die Finger. Jetzt öffnete Lindsay, der den erwähnten Stadtplan nicht finden zu können schien, eine neue Abteilung. Ein dickes Bündel Banknoten wurde für eine kurze Weile sichtbar.

Die Augen des Wirtes funkelten hell auf. Sein Blick wurde starr, lauernd, gierig, wie der eines Raubtieres, das die Beute dicht vor sich sieht. Er vergaß alle Selbstbeherrschung und alle Vorsicht. Jetzt stand es bei ihm fest, daß der Fremde dieses Haus nicht verlassen durfte, ohne das Geldpäckchen zurückzulassen. Mochte kommen, was da wollte! Dort in der Brieftasche steckte ein Vermögen, wenigstens nach den Begriffen des armseligen Schankwirts. Das durfte ihm nicht entgehen, und wenn er darum sonst was auf sein Gewissen laden sollte!

Sir David wühlte noch immer gleichmütig in allerlei Papieren. Daß sein Gebaren durchaus nicht unbeabsichtigt war, daß er den Griechen auf die Probe stellen wollte und daß er mit einem raschen, verstohlenen Blick die jähe Veränderung in den Zügen des Wirtes erfaßt hatte, war ihm nicht anzumerken.

Er wußte nun, woran er war. Er hatte die Gefahr erkannt. Aber er dachte nicht daran, sich nun etwa schleunigst aus dem Staub zu machen. Im Gegenteil! Ihn reizte das Bedenkliche seiner Lage, zu bleiben und keck die weitere Entwicklung der Dinge abzuwarten; denn er reiste ja eigens zu dem Zweck, Abenteuer zu erleben, in alle Welt. Hier schien sich ihm eins zu bieten, so prickelnd und nervenkitzelnd, wie er sich's nur wünschen konnte. Das wollte er auskosten.

Jetzt klappte er die Brieftasche wieder zu und steckte sie ein. Dann fuhr er mit der Rechten in die langen Schöße seines graugewürfelten Rocks und zog daraus den gesuchten Stadtplan hervor.

„Eben fällt mir's ein. Da ist er! Wie man nur so vergeßlich sein kann."

Umständlich faltete er die Karte auseinander, schob die Weingläser beiseite und breitete den Plan auf dem niedrigen Tisch aus.

„Also, bitte! Wo liegt Ihr Haus? Wenn ich das weiß, finde ich mich dann mühelos zurück zu meiner Jacht."

Der Grieche hatte schon nach dem Papier gegriffen. Da stockten seine Bewegungen.

„Zu Ihrer Jacht?"

„Ja!"

„Sie haben eine eigene Jacht? Eines jener großen Segelboote, wie sie —?"

„Nein! Einen Dampfer!"

„Sacré bleu — Donnerwetter! Sie müssen ein schwerreicher Mann sein."

„Bin Sir David Lindsay. Und nun bitte, wo liegt Ihr Haus?"

Der Wirt mußte sich gewaltsam aus seiner Erstarrung reißen. Er beugte sich mit rotem Kopf über den Plan. War das eine Folge des Weins oder seiner fieberhaften Erregung über das, was er da zu hören bekam? Dieser Engländer mußte Millionen besitzen. Wer ihm doch eine einzige davon abnehmen könnte! Eine ganze Million! Fast unvorstellbar!

Das Blut sauste dem Schankwirt in den Ohren. Mühsam nur zwang er seine Gedanken, sich zu der gewünschten Auskunft zu sammeln. Er suchte lange in den Linien des Stadtplans herum, wobei ihn Sir David heimlich lächelnd beobachtete. Endlich legte er den Zeigefinger der Rechten auf einen bestimmten Punkt.

„Hier ist's! Das ist unsere Straße. Hier etwa liegt mein Haus."

Lindsay näherte die ewig lange Nase dem Papier, um sich die Lage seines gegenwärtigen Aufenthaltsorts genau einzuprägen. Jetzt erkannte er, wie sehr er in die Irre gegangen war. Aber er hatte nun auch die Gewißheit, den Rückweg sicher finden zu können. Damit, daß ihm der Grieche jetzt etwa absichtlich falsche Angaben machte, glaubte er trotz seinem Mißtrauen nicht rechnen zu müssen. Was hätte es dem Wirt genützt, ihn weiter in diesem Stadtviertel umherirren zu lassen? Lockte den Mann wirklich die gefüllte Brieftasche seines Gastes — und das war für Lindsay eine feststehende Tatsache —, so würde er in seinem eigenen Haus, hier in dem abgelegenen Hinterzimmer einen Angriff unternehmen. Bessere Gelegenheit dazu konnte sich ihm anderswo schwerlich bieten.

Während Sir David seine Erwägungen durch den Sinn gingen, ertönte draußen ein eigenartiger Pfiff. Lindsay stutzte, ließ sich aber äußerlich nichts merken. Weit weniger hatte sich der andere in der Gewalt. Eine ungewollte Bewegung, als sei er im Begriff aufzuspringen, verriet dem Engländer, daß dieser Pfiff ein Zeichen war, das dem Wirt gegolten hatte.

Und wirklich griff der Grieche nach dem Weinkrug, füllte die beiden leeren Gläser von neuem und stand auf.

„Der Krug ist leer. Ja, ja, ich wußte das im voraus", er zwang sich zu einem Lächeln, „mein Samos schmeckt jedem. Ich darf doch noch einmal —?"

„Gewiß! Holen Sie noch ein solches Maß! Der Wein wird uns wohl nicht gleich umreißen."

„Keine Sorge! Er ist nicht tückisch. Ich komme gleich wieder."

Schon war er zur Tür hinaus. Lindsay verzog den dünnlippigen Mund zu erstaunlicher Breite. Die lange Nase bog sich womöglich noch weiter zum Kinn herab. So horchte er hinter dem Wirt her.

Er hörte undeutlich, daß Männer miteinander sprachen. Das mußte im Hof sein, nicht weit von dem schmalen Fenster da oben. Prüfend blickte er hinauf.

Dann erhob er sich mit einer Schnelligkeit, die niemand dem bedächtigen Engländer zugetraut hätte. Mit zwei Schritten war er an der Tür. Er bückte sich. Wahrhaftig, es gab da einen Innenriegel, eine große Seltenheit in einem orientalischen Haus, wenigstens an einer Zimmertür. Diese Einrichtung verdankte ihr Dasein hier wohl nur dem verschwiegenen Zweck der Hinterstube.

Mit raschem Griff riegelte Lindsay sich ein. Dann raffte er alles, was an Kissen und Polstern umherlag, zusammen und türmte es unter dem Fenster auf der niedrigen Wandbank zu einem Haufen. Flink kletterte er hinauf, reckte sich und schmunzelte zufrieden. Seine stattliche Länge ermöglichte es ihm, mit dem Kopf gerade noch die Fensteröffnung zu erreichen. Sie war nach morgenländischer Art nicht etwa mit einer Glasscheibe verschlossen. Lindsay vernahm also den Schall der erwähnten Stimmen ganz deutlich. Hinabblicken in den Hof konnte er nicht. Aber er verstand jedes Wort, obwohl Rede und Gegenrede gar nicht laut gewechselt wurden.

Der Wirt unterhielt sich draußen mit einem anderen. Daß sie sich dabei des Französischen bedienten, wollte Lindsay fast als ein unerhörter Glücksumstand erscheinen.

„Mach nicht viel Worte!" drängte soeben der Herr des Hauses. „Ich darf nicht lange ausbleiben. Er könnte ungeduldig werden."

„Sag ihm irgendeine Ausrede, wenn du wieder hineinkommst. Er wird sich zufriedengeben. Du mußt hören, was ich dir zu sagen habe. Osman, der Derwisch, ist wütend. Er will sich unbedingt rächen an diesem ungläubigen Hund, der ihm den Schirm ins Gesicht geschlagen hat."

„Ich weiß davon. Der Engländer hat mir's selber erzählt."

„Und er fürchtet den Haß des Derwischs nicht?"

„Er lacht darüber. Bedenke, er ist ein englischer Millionär. Diese Herren zeichnen sich ohne Ausnahme durch eine verblüffende Selbstsicherheit aus."

„Nom de dieu, ein Millionär!"

„Pst! Schrei nicht so! Denk an das Fenster da oben!"

„Er müßte märchenhaft feine Ohren haben, unser Gespräch zu hören. Doch weiter! Osman hat wohl gemerkt, daß ihm der Engländer entwischen wollte. Aber er ist ihm nachgeschlichen und hat seine Spur nicht verloren. Nun sitzt er vorn in der Kaffeestube und schickt mich zu dir."

„Was will er von mir?"

„Seine Rache!"

Der Lauscher merkte, daß eine kleine Gesprächspause entstand. Bisher waren Rede und Antworten hastig gewechselt worden. Jetzt schien der Grieche nachzudenken. Lindsay glaubte auch zu wissen, warum. Er suchte vermutlich, das Verlangen des Derwischs nach Rache mit seinen eigenen Plänen, die auf die Brieftasche des Gastes gerichtet waren, in Einklang zu bringen.

Nun begann er wieder zu sprechen.

„Sag ihm, daß er seine Rache haben soll! Der Fremde sitzt im Weinzimmer."

„Das wußte ich. Ich hörte ja, was du bei der Begrüßung mit ihm sprachst."

Aha! dachte Sir David: Der Mann, der mir da so nichtsahnend seine freundliche Gesinnung verrät, ist einer von den drei Kaffeetrinkern aus der Vorderstube. Warte nur, Bursche, du sollst einen Mann aus Old-England kennenlernen, du samt deinem Derwisch und deinem Freund, dem Schankwirt!

„Er ist schon beim zweiten Krug Samos. Ich werde ihm noch

mehr von diesem gefälligen Trank aufschwatzen. Die Wirkung kann nicht ausbleiben. Er hat die ganze Brieftasche voll Banknoten. Das Geld nehme ich ihm ab, wenn er erst sinnlos betrunken ist. Dann mag Osman, der Derwisch, mit ihm machen, was er will. Am besten, er läßt ihn für immer verschwinden. So haben wir kein unangenehmes Nachspiel zu befürchten."

„Und ich?"

„Was ist's mit dir?"

„Dumme Frage! Du sagst, der Fremde hätte die Brieftasche voll Banknoten. Das Geld willst du dir nehmen. Der Derwisch wird seine Rache haben. Soll ich leer ausgehen?"

„Du bekommst einen kleinen Anteil von mir, als Schweigegeld. Mehr kannst du nicht verlangen. Du hast ja bei der Sache nichts zu tun."

„Das denkst du. Ich aber denke anders. Du wirst mich gar wohl brauchen."

„Wüßte nicht, wozu."

„Den Engländer erst mal kaltzustellen. Du hoffst, dein Wein würde ihn umwerfen. Wie nun, wenn du dich irrst! Du weißt, daß ich in Paris geboren bin und die ersten dreißig Jahre meines Lebens dort verbracht habe." — Daher die französische Unterhaltung! dachte der Lauscher. Der Mann ist gar kein Einheimischer, er kleidet sich nur so. Vermutlich spricht er gar nicht Türkisch! Inzwischen aber horchte er weiter. Der Vertraute des Wirts führte seine Sache nicht übel. „Zwischendurch", fuhr er fort, „bin ich auch einigemal jenseits des Kanals gewesen. Ich habe die Engländer kennengelernt. Diese Inselsöhne sind im Durchschnitt nicht schlecht geeicht. Sie trinken Porter, Ale, Sherry, Punsch und allerlei Schnaps wie Wasser. Das habe ich mit eigenen Augen mehr als einmal gesehen, und dabei verlieren sie nie den klaren Verstand. Sie hören kaltblütig auf zu trinken, wenn's zuviel wird."

„Mille tonnerres! — Tausend Donnerwetter! Das könnte unseren ganzen Plan umwerfen."

„Könnte! Wenn ich nicht wäre! Halte den Mann nur noch ein Viertelstündchen auf! Ich werde dir inzwischen ein Pulver verschaffen, das wir ihm in den Wein schütten. Es wird seine Wirkung —"

„Geht nicht! Er ist kein Kindskopf. Das Glas hat er dicht vor sich stehen und —"

„So tue das Pulver in den Krug!"

„Geht erst recht nicht! Er hat mich aufgefordert mitzutrinken. Soll ich selber dein Pulver schlucken und womöglich eher einschlafen als er?"

„Ah! Er ist also vorsichtig?"

„Ja, du siehst, daß du mir nichts nützen kannst."

„O doch! Wenn die Dinge so liegen, gerade erst recht. Es bleibt uns nach allem, was du erzählst, nichts übrig, als den Fremden regelrecht untern Tisch zu trinken. Und nun sag selber Traust du dir das zu?"

„Hm! Ich vertrage nicht viel."

„Das weiß ich. Dafür aber bin ich um so trinkfester, wie dir bekannt ist. Überlaß mir den Mann! Schwatz ihm etwas vor, du hättest mich im Flur getroffen und mir von ihm erzählt. Ich sei ein geborener Franzose, ein guter Kenner und ein großer Verehrer Englands. Ob ich ihm nicht ein Weilchen Gesellschaft leisten dürfte. Lüg dabei das Blaue vom Himmel herunter, damit ihm die Sache schmackhaft wird! Du bist ja nicht auf den Kopf gefallen. Ich gebe jetzt dem Derwisch Bescheid. Er mag warten, bis es soweit ist. Dann holst du mich. Und nun troll dich, daß er über dein langes Ausbleiben nicht mißtrauisch wird."

Mit einem Satz sprang Sir David von seinem Polsterstapel herunter. Er hatte genug gehört. Sein Gesicht strahlte vor Vergnügen. So gut gefiel ihm dieses Abenteuer.

„Eximious! Excellent! Indeed! — Ausgezeichnet, glänzend, in der Tat!" brummte er vor sich hin, während er hastig die Sitzkissen wieder in ihre alte Lage brachte. „Wenn das mein Freund Kara Ben Nemsi hört, wird er eingestehen müssen, daß er nichts mehr vor mir voraus hat. Kann auch Feinde belauschen und überlisten. Ein Glück nur, daß dieser Mann ein Franzose und nicht ein Chinese, Tunguse oder Eskimo war. Sonst hätte ich von der Unterhaltung kein Wort verstanden. Nun aber weiß ich Bescheid. Sie sollen mir nur kommen! Wollen David Lindsay untern Tisch trinken! Lächerlich! Sie sollen ihr blaues Wunder erleben."

Schon hatte das Zimmer wieder sein gewöhnliches Aussehen. Sir David brauchte nur noch den Riegel zurückzuschieben, was mit einem raschen Griff geschah. Dann konnte er sich wieder an seinem alten Platz niederlassen und der Dinge harren, die kommen sollten. Er fand sogar noch Zeit, die Zigarre wieder anzuzünden, die ihm beim Lauschen ausgegangen war.

Jetzt erst erschien der Wirt mit dem zweiten Krug. Er hatte ein schlechtes Gewissen. Darum war er mißtrauisch. Lindsay merkte, daß der Grieche seinen Blick abschätzend zwischen dem Fenster und dem Gast hin und her schweifen ließ. Das belustigte ihn innerlich. Äußerlich zeigte er ein gleichmütiges, fast ein wenig dummes Gesicht.

„Ich habe Sie warten lassen und bitte um Verzeihung", begann der Wirt.

„So?" kam es fragend zurück. „Hab's gar nicht bemerkt."

„Ich traf draußen einen guten Freund. Wir haben uns verplaudert. Wie es so geht, wenn man sich lange Zeit nicht gesehen hat. Er reist in Handelsgeschäften im Land umher. Man hält ihn gewöhnlich für einen Einheimischen. Er ist aber ein geborener Franzose, ein hochgebildeter Mann, übrigens ein guter Kenner und großer Verehrer Englands."

Nun begann der Wirt das Lob seines Freundes in allen Tonarten zu singen. Er gab sich die erdenklichste Mühe, im Lord Neugierde auf die Bekanntschaft dieser fesselnden Persönlichkeit zu wecken, und Sir David war so grausam, ihn zappeln zu lassen und zu allem nur mit dem Kopf zu nicken.

Endlich gingen dem Griechen der Atem und die Erfindungsgabe aus. Er merkte, daß er sich schon zu verhaspeln begann, daß Widersprüche in seiner Darstellung der Verhältnisse und Schicksale des lieben Freundes klafften. Da brach er ab. Und jetzt endlich tat Lindsay den Mund auf, scheinbar, um die Anstrengungen des eifrigen Lobredners zu belohnen, in Wahrheit, um das Ränkespiel abzukürzen und die Entscheidung rasch herbeizuführen.

„Hätten Sie Ihren Freund doch aufgefordert, ein Glas Wein mit uns zu trinken", sagte er. „Nun opfern Sie mir Ihre Zeit und entbehren seine Gesellschaft."

Wenn Steine, die einem vom Herzen fallen, ein Geräusch verursachten, hätte es jetzt einen tüchtigen Plumps gegeben. So aber hörte Sir David nur, wie der andere aufatmete. Er wäre gewiß am liebsten davongelaufen, den Spießgesellen zu holen. Nur der Form halber zierte er sich ein wenig.

„Das hätte ich mir niemals erlaubt. Ich weiß, was ich einem so auserlesenen Gast wie Ihnen schuldig bin."

„Unsinn! Hätte mich gefreut, einen Mann kennenzulernen, an dem es soviel Vorzüge zu rühmen gibt. Schade, daß er wieder gegangen ist."

„Gegangen? Nicht doch! Er sitzt im Vorderzimmer und trinkt Kaffee."

„Das konnte ich freilich nicht ahnen."

„Hörten Sie unser Gespräch nicht?"

„Gespräch? Habe nichts gehört."

„So! Ich dachte nur. Wir standen im Hof."

„Keine Ahnung! Pflege mich überhaupt nicht um anderer Leute Angelegenheiten, desto mehr aber um meine eigenen zu kümmern. Und nun beeilen Sie sich! Holen Sie ihren Freund! Ich denke, er als Franzose wird einen guten Tropfen auch zu schätzen wissen."

Der Wirt ließ ein paar Redensarten von Liebenswürdigkeit, großer Ehre, Dank und so weiter vom Stapel, dann eilte er fort.

Keine drei Minuten später kehrte er in Begleitung seines Helfershelfers zurück.

Es begann nun ein kleines Zechgelage, das auf den arglosen Beobachter gewiß den Eindruck der Gemütlichkeit, Zwanglosigkeit und Friedlichkeit gemacht hätte. Der Franzose trank viel und schnell und versuchte auf jede Weise, den Engländer zum Mithalten anzuregen. Nicht lange, so zeigte der Krug den Boden, was dem Dritten im Bunde Gelegenheit gab, sich ein wenig aufzuspielen. Die nächste Kanne bestellte er auf seine Rechnung. Sir David, der sich sonst von niemandem freihalten ließ, sprach diesmal nicht dagegen. Er wußte ja, wie es gemeint war. In Wahrheit sollte es ‚auf Geschäftskosten‘ gehen, und er sollte zuletzt doch die Zeche bezahlen.

Der Franzose bemühte sich krampfhaft, Lindsay zu unterhalten. Er schwatzte von allem möglichen. Dann erkundigte er sich nach den Reiseplänen des Engländers.

Well! dachte Sir David. Jetzt mag der Tanz beginnen! Habe keine Lust, noch mehr Zeit hier zu vertrödeln und mich zu bezechen. Nehmen wir diese Frage als Stichwort!

„Ich werde", sagte er laut, „von hier aus südlichen Kurs halten, durch den Suezkanal ins Rote Meer gehen, weiter Aden anlaufen und mich schließlich in einem indischen Hafen vor Anker legen."

„Also das Wunderland hat's Ihnen angetan!" nickte der Franzose. „Das kann ich verstehen. Oder reisen Sie geschäftlich?"

„Sir David Lindsay treibt keine Geschäfte."

„Pardon!"

„Will in Indien meine angeborenen seelischen Fähigkeiten vervollkommen." Als er die verständnislos fragenden Blicke seiner Zuhörer bemerkte, fügte er ernsthaft und wichtig hinzu: „Es ist Ihnen vermutlich bekannt, daß die Priesterkaste Indiens allerlei geheimes Wissen um übersinnliche Dinge und Kräfte bewahrt. Sie läßt eigentlich keinen Außenstehenden in ihre Kreise dringen. Ich aber verfüge über glänzende Beziehungen. Mit mir wird man eine Ausnahme machen, zumal mir, wie bereits gesagt, ungewöhnliche seelische Fähigkeiten angeboren sind."

Der Kaffeewirt sperrte den Mund auf. Er wußte nicht, was er von dieser Erklärung denken sollte. Hatte der Gast eine Raupe im Gehirn? Oder wirkte der Wein schon verwirrend auf seine Sinne? Er starrte in das ruhige, gelassene Gesicht des Engländers, der weder den Eindruck eines Verrückten noch den eines Betrunkenen machte. Die Sache war ihm ein Rätsel.

Der Franzose aber lächelte fein. „Sie sind Spiritist und Okkultist, Monsieur?"

„Nicht eigentlich! Besitze nur einfach —" einfach, sagte er auch noch — „die Gabe, in die Zukunft zu blicken —"

„Nicht möglich!"

„Ferner besitze ich, was man ‚das zweite Gesicht!' nennt. Mein geistiges Auge dringt durch jede Wand bis in beliebige Fernen —"

„Aber ich bitte Sie, das ist ja — ist — unerhört!"

„Und drittens kann ich Gedanken lesen."

Sir David flunkerte mit einer solchen Meisterschaft, daß die beiden Gauner vor ihm wirklich nicht wußten, wie sie mit ihm dran waren. Der Grieche schwieg sich einfach aus. Der Franzose aber rang sich endlich zu der Meinung durch, es handle sich um einen Spleen des Engländers, und um sein Opfer bei guter Laune zu erhalten, ging er auf die Narrheiten ein.

„Sie sehen uns verblüfft, Monsieur", heuchelte er. „Ich muß gestehen, daß sich in mir der Wunsch regt, eine Probe Ihrer Fähigkeiten zu erhalten."

„Hm! Ich würdige dieser Auszeichnung eigentlich nur meine vertrautesten Freunde."

„So machen Sie hier eine Ausnahme, bitte!"

„Meinetwegen! Ich tue es nur, damit Sie nicht glauben, ich sei ein Aufschneider. In solchen Verdacht mag Sir David Lindsay nicht geraten. Werde Ihnen den gewünschten Beweis liefern."

Der Wirt und sein ‚Freund' ahnten nicht, wie schön sie jetzt dem pfiffigen Engländer in die Falle gingen. Sie mußten sich der Tür gegenüber auf das Wandpolster setzen. Er selber trieb erst noch einigen Hokuspokus. Dann hängte er sich das Fernrohr über die Schulter, klemmte den Schirm unter den linken Arm und stellte sich am Eingang auf, das Gesicht den beiden zugekehrt.

„Zuerst einen Blick in die Zukunft!" begann er. „Da sehe ich Sie beide — Sie schreiten auf steiler Höhe — dicht neben Ihnen gähnt ein finsterer Abgrund — Sie straucheln — Sie fallen!" Er hatte scheinbar in wachsender Erregung gesprochen. Nun dämpfte er behutsam, geheimnisvoll die Stimme. „Da plötzlich taucht der Retter auf — ein Unbekannter, der es gut mit Ihnen meint. — Er reißt Sie zurück, mit jeder Hand einen. Er hat Sie vor dem Sturz in die dunkle Tiefe bewahrt. Vergessen Sie ihm das nie, meine Herren! Er hat Sie vor Bösem behütet."

Sir David schwieg. Im Zimmer herrschte beklommene Stille. Die beiden Gauner fanden kein Wort der Entgegnung. Sie hatten vermutlich die Anspielung auf das geplante Verbrechen, vor dem Lindsay sie bewahrte, nicht verstanden.

Nun, sie sollten ihn sogleich verstehen. Er wollte schon noch deutlicher werden

„Nun einen Blick in die Ferne, durch die Wände dieses Zimmers hindurch!" fuhr Lindsay fort. „Da sehe ich — ah, das ist ja die Kaffeestube, durch die ich ins Haus gekommen bin! Da sitzt — man sollte es nicht für möglich halte — wahrhaftig, da sitzt der Mann mit dem grünen Turban, der Derwisch, der mir nachgelaufen ist wie ein Hund! Er grübelt und überlegt. Warten Sie! Will doch gleich einmal seine Gedanken lesen. Das mag die Probe auf die dritte meiner Fähigkeiten sein."

Die Zuhörer des seltsamen Wahrsagers und Fernsehers wurden unruhig. Sie rutschten auf ihrem Polstersitz hin und her. Sie tauschten einen verstohlenen Blick. Sir David sah, daß er sich beeilen mußte, wenn er sein Spiel zu einem glücklichen Ende bringen wollte. Mit abergläubischer Scheu durfte er weder bei dem Griechen noch bei dem Franzosen rechnen.

„Der Derwisch", fuhr er also mit erhobener Stimme fort, ehe noch von der anderen Seite ein Einwurf laut werden konnte, „der Derwisch denkt — an mich! Er möchte mir den Nasenstüber heimzahlen, den ich ihm versetzt habe. Dabei sollen ihm zwei gute Freunde helfen. Er will seine Rache haben, und die anderen wollen mein Geld. Ja, ja, Messieurs! Ich weiß alles. Es ist aus mit Ihrem Plan. Ich lasse mich nicht untern Tisch trinken und ausbeuten — —"

Weiter kam er nicht. Die entlarvten Schurken sprangen auf.

„Hund, du hast gehorcht!"

„Wart, das sollst du büßen!"

Sie wollten sich auf Sir David stürzen, prallten aber zurück, als ihnen die Mündung seines Revolvers entgegenblitzte.

„Halt!"

Sie standen.

„Noch eine einzige Bewegung, so schieße ich!"

Sie rührten sich nicht. Aber sie schimpften, fluchten und drohten. Indessen tat der Engländer zwei Schritte rückwärts. Er ließ den Schirm herabgleiten, griff mit der Linken hinter sich und öffnete die Tür.

„Empfehle mich, meine Herren! Grüßen Sie Osman, den Derwisch, von mir! Die Bezahlung für den Wein lege ich draußen auf die Schwelle. Leben Sie wohl, und behalten Sie mich in gutem Andenken!"

Eine rasche Wendung, er war draußen, drehte den Schlüssel herum — daß er im Schloß steckte, hatte er bei seinem Eintritt gesehen —, warf eine Banknote vor die Tür und huschte hinaus in den Hof. Die Vorderstube vermied er, um nicht mit dem Derwisch zusammenzustoßen.

Hinter ihm erhob sich wüster Lärm. Die Eingeschlossenen suchten die Tür zu sprengen. Das mußte ihnen bald gelingen.

Außerdem würde ihnen ihr Toben Helfer herbeilocken. Darum mußte sich Sir David beeilen, von dem Schauplatz dieses Abenteuers zu verschwinden.

Er fand einen Ausweg nach der Straße, und da er den Stadtplan nicht umsonst so genau gemustert hatte, entdeckte er auch ohne Mühe den Rückweg zu seiner Jacht. Gleichmütig, als hätte er den denkbar langweiligsten Spaziergang hinter sich, schritt er über die Laufplanke wieder an Bord.

2. Ein deutscher Maler

Am anderen Tag ging David Lindsay abermals auf Abenteuer aus. Das gestrige Erlebnis bei dem griechischen Weinwirt hatte ihm gefallen. Nur nahm er vorsichtshalber eine andere Richtung. Es schien ihm denn doch nicht geraten, seinen beiden Zechbrüdern vom verflossenen Tag heute schon wieder in den Weg zu laufen.

Einmal war es ihm, als hätte er im Gewühl einer belebten Straße einen grünen Turban bemerkt. Aber er kümmerte sich nicht weiter darum, wenn er auch an Osman, den Derwisch, denken mußte. Es liefen ja so viele Derwische in dieser Stadt umher. Warum sollte es also gerade der eine gewesen sein, dessen auffallende Kopfbedeckung er flüchtig erspäht hatte!

Plötzlich hörte er Gesang aus einem Haus. Er blieb stehen und lauschte. Das war eine abendländische Weise. Da bemerkte er über der Tür ein Schild und ersah aus der französischen Inschrift, daß er vor einem europäischen Kaffeehaus stand; er trat ein.

In dem nicht gerade anheimelnden Hausgang war es finster. Es gab links eine Tür, die er mehr mit der Hand fühlte als sah.

„Nette Budike!" brummte er. „Aber vielleicht gibt es wieder ein Abenteuer. Well!"

Er öffnete die Tür und fühlte sich angenehm überrascht, als er in ein geräumiges Zimmer trat, worin so viele Lampen brannten, daß es taghell erleuchtet war. Fenster gab es nicht, sondern hoch oben an der Decke nur zahlreiche Öffnungen, durch die der Tabakrauch abzog.

Er sah eine große Anzahl von Gästen in türkischer und europäischer Kleidung. Die Orientalen hockten tief am Boden auf weichen Kissen, rauchten schweigend ihre Tschibuks oder ihre Wasserpfeifen und hatten auf niedrigen Tischchen winzige orientalische Kaffeetassen stehen. Die Europäer aber saßen an hohen

Tischen auf Stühlen, tranken den Kaffee aus größeren Tassen und rauchten Zigarren oder Zigaretten.

Das Erscheinen des seltsam gekleideten Engländers erregte Aufsehen.

„Adscha'ib tschok adscha'ib — wunderbar, höchst wunderbar!" murmelte ein erstaunter Türke.

Auch die Unterhaltung an den Tischen der Europäer stockte. Aller Augen richteten sich auf Sir David, und über manches Gesicht flog ein spöttisches Lächeln, wobei Worte wie „Engländer — verrückt — Spleen — Hanswurst" leise von Mund zu Mund gingen.

Lindsay kümmerte sich nicht um diese Aufmerksamkeit. Er steuerte gleichgültig auf den einzigen Tisch zu, an dem noch ein Sitz zu finden war, und nahm dort gemütlich Platz, nachdem er den Herrn, der da saß, höflich um Erlaubnis gebeten hatte.

Negerknaben huschten mit Pfeifen, Tabak, glühenden Kohlen und Kaffee hin und her, um die Gäste zu versorgen. Sir David bestellte sich in französischer Sprache Kaffee, wurde verstanden und augenblicklich bedient. Er nahm das Fernrohr vom Rücken und lehnte es nebst dem Regenschirm an die Wand, streckte behaglich die langen Glieder aus und zog eine gut gefüllte Zigarrentasche hervor. Dabei warf er einen prüfenden Blick auf sein Gegenüber.

Dieses war ein vielleicht vierundzwanzigjähriger junger Mann von hohem, kräftigem Wuchs und einem wahren Adoniskopf mit ernsten Zügen. Es lag ein Hauch von Schwermut über das Gesicht gebreitet, der es noch einnehmender machte. Er hatte eine Zigarre zu Ende geraucht, schob den Rest von sich und wollte sich offenbar eine andere anzünden. Da streckte ihm der Engländer seine gefüllte Tasche entgegen.

„Bitte — bedient Euch!"

Der Angeredete blickte überrascht auf und zögerte. Jetzt langte Sir David in die Westentasche, zog ein Kärtchen hervor und gab es ihm.

„Nun dürft Ihr doch zufassen?"

Auf der Karte stand ‚Sir David Lindsay'. Der junge Mann machte eine Bewegung des Erstaunens und schien einen Ausruf auf den Lippen zu haben, unterdrückte ihn aber, nahm eine von den Zigarren und holte dann auch seine Karte hervor.

„Ah, Ihr besitzt auch Karten?" fragte der Engländer. „Dachte, so weit seien die abendländischen Gewohnheiten hier noch nicht vorgeschritten!"

„Ich bin kein Türke."

Auf seiner Karte stand in deutscher Sprache ‚Paul Normann, Maler'

„Wie? Ein Deutscher?" verwunderte sich Lindsay, indem er vor Erstaunen seinen breiten Mund öffnete, daß die dünnen Lippen ein gleichseitiges Viereck bildeten. „Ich schätze Deutschland. Habe dort Verwandte, heißen Adlerhorst. Habe nach ihnen gesucht, aber leider alle Spuren verweht gefunden."

„Kaum glaublich", meinte der andere ein wenig zurückhaltend. „Menschen können doch nicht spurlos verschwinden!"

Dabei warf er einen verwunderten Blick hinüber.

„Hätte es auch nicht für möglich gehalten, ist aber so. Die Besitzungen waren in anderen Händen, sämtliche Glieder der Familie verschwunden. Eigentümliche Schicksale, hm! Brennt Euch doch die Zigarre an — es ist eine echte Peru. Habe acht- oder neuntausend bei mir."

„In der Tasche?" lächelte Maler Normann.

„Nonsense! Auf meiner Jacht. Habe mich mit meiner Lieblingszigarre gut versorgen müssen, weil ich nicht weiß, wann ich wieder nach Hause komme."

„So habt Ihr kein bestimmtes Ziel?"

„No. Suche Abenteuer."

„Welcher Art?"

„Überflüssige Frage. Bin nicht in der Türkei, um etwas Chinesisches zu erleben."

„Also?" forschte Paul Normann, dem die Unterhaltung Spaß zu bereiten begann.

„Sehr einfach", knurrte Lindsay unwillig. „Etwas Türkisches."

„Und das wäre?"

„Seid ein schwerfälliger Deutscher, Sir! Indien hat seine Tiger, Afrika seine Löwen, der Wilde Westen seine Rothäute . . ."

„Und die Türkei?"

„Hat ihren Harem, Sir."

„Harem?"

„Yes. Suche ein Haremsabenteuer. Denkt an Wolfgang Amadeus Mozart! Entführung, Gefahr. Befreiung einer verschleppten Türkin oder so. Yes."

Dabei nickte er nachdrücklich. Und seine Nase, die eine außergewöhnliche Beweglichkeit zu besitzen schien, nickte auf eigene Verantwortung sogar dreimal.

„Ah!" sagte Normann einigermaßen überrascht. „Ihr scherzt!"

„Warum? Scherze nie! Bin Sir David Lindsay. Yes."

Normann lächelte still, fast mitleidig vor sich hin.

„Ihr lacht!" meinte der Engländer, ohne sich indes beleidigt zu zeigen. „Fahre seit drei Wochen die Dardanellen und den Bosporus auf und ab, um irgendwo etwas Ähnliches zu erleben. Aber finde nichts. Nothing. Langweilig, diese Türkei. Habe einen

Freund — auch ein Deutscher wie ihr — dem fallen die Abenteuer wie reife Äpfel in den Schoß. Kara Ben Nemsi. Aber der steckt jetzt bei den Apatschen oder bei den Haddedihn. Weiß nicht. Yes."

Der Maler schien eine Entgegnung auf der Zunge zu haben, hielt sie aber zurück. Sein offenes Gesicht nahm einen eigentümlichen Ausdruck der Spannung an, und wie unter einem plötzlichen Entschluß sagte er:

„Wenn Ihr wirklich etwas Derartiges beabsichtigt, so geht das keineswegs in der Weise, wie Ihr meint."

„Wie denn? Redet doch! Ihr gefallt mir, und es wäre mir lieb, Eure Meinung zu hören. Well!"

„Ich meine, daß Ihr Euch vor allen Dingen mit einem gewandten Mann, der die hiesigen Verhältnisse genau kennt, in Verbindung setzen müßtet."

„Ganz recht! Kenne aber keinen solchen Mann. Würde ihn gut bezahlen, sehr gut. — Sagt, seid Ihr selber etwa hier genauer bekannt?"

Dabei zogen sich seine dünnen Augenbrauen erwartungsvoll in die Höhe.

„Ich bereise bereits seit drei Jahren die Türkei und befinde mich seit neun Monaten hier."

„Prächtig! Hättet Ihr Lust mitzumachen?"

„Unter Umständen, ja."

„Welche Umstände meint Ihr?"

„Um darüber zu sprechen, müßte ich Euch besser kennen. Man trägt bei einem solchen Abenteuer leicht seinen Kopf zu Markte. Andererseits liebe ich die Gefahr und habe sie schon sehr oft aufgesucht, nur zu dem Zweck, meine Kräfte zu üben und zu prüfen, aber . . ."

Er wollte fortfahren, doch der Engländer fiel ihm begeistert in die Rede:

„Kräfte üben! Allright! Werde die meinigen hier in Konstantinopel üben. Hört, Ihr seid mein Mann! Yes. Seid Ihr reich?"

„Leider nein."

„Schadet nichts! Spürt ein Abenteuer auf, ein echt türkisches, weiter nichts! Werde alles andere selber besorgen. Bezahle gut, sehr gut! Well!"

Paul Normann blickte nachdenklich vor sich nieder. Nach einiger Zeit spielte ein vergnügtes Lächeln um seine Lippen.

„Ihr seid ein Gentleman", entgegnete er, „und ich will Euch vertrauen. Gut, ich will nachdenken und nachforschen. — Wie lange werdet Ihr hierbleiben?"

„Wie lange? Solange mir's gefällt. Natürlich! Well!"

„Und wo kann ich Euch finden?"

„Auf meiner Jacht. Liegt unten am Hafen. Werdet sie gleich herausfinden. Trägt meinen Namen und mein genaues Bildnis."
„Doch nicht so, wie Ihr hier sitzt?"
„Yes. Warum nicht? Sogar sehr. Bin sehr gut getroffen. Was seid Ihr, Mister Normann? Landschafts- oder Bildnismaler?"
„Bildnismaler."
„Paßt mir ausgezeichnet — werde mich von Euch malen lassen. Wollt Ihr?"
„Wenn Ihr es wünscht."
„Schön. Können gleich morgen beginnen. Werde da einen Teil der Bezahlung im voraus begleichen. Habt verschiedene Auslagen, weiß schon!"

Damit zog er seine dicke Brieftasche hervor, nahm daraus einen Briefumschlag und klebte ihn zu, nachdem er etwas hineingesteckt hatte. Dann reichte er ihn dem Maler hinüber. Paul Normann griff nur zögernd zu, steckte die Anzahlung dann aber doch ein, da Lindsays Nase bedrohlich ins Wackeln geriet.

„Also morgen", sagte Sir David. „Vormittags. Und jetzt — habt Ihr Zeit?"
„Nur wenig. Ich habe eine Sitzung."
„Ah — ein Bild?"
„Ja. Und da Ihr so offen zu mir seid, will auch ich aufrichtig sein. Ich male eine Dame."
„Wie? Was? Etwa eine Türkin?"
„Eine Tscherkessin."
„By Jove! Ist sie schön?"
„Unvergleichlich!"
„Well. Aber wie kommt es, daß Ihr, ein Fremder, die Frau oder das Mädchen sehen und malen dürft?"
„Das ist sehr einfach und dennoch höchst seltsam. Ihr wißt, daß der Sklavenhandel verboten ist. Trotzdem währt er noch immer fort. Sehr oft werden die schönsten tscherkessischen Mädchen nach Stambul geschafft, um da an die Großen des Reichs verkauft zu werden. Da kenne ich nun drüben im tscherkessischen Viertel einen Mädchenhändler, der nur Schönheiten ersten Ranges führt. Kürzlich hat er eine junge Tscherkessin erhalten, die er für den Sultan bestimmte. Er hat sich an den Obersten der Leibwache gewendet und von diesem gehört, daß dies nicht so leicht zu ermöglichen sei. Der kürzeste und sicherste Weg sei, sich an die Sultan Valide, die Mutter des Großherrn, zu wenden und ihr ein Bild des Mädchens vorzulegen. Sie sei freigeistig genug, auf so etwas einzugehen. Da es nun aber keine mohammedanischen Maler gibt, ist der Händler gezwungen, sich einen Europäer zu suchen, und seine Wahl ist auf mich gefallen."

Sir David hatte mit der größten Spannung zugehört.

„Ihr hattet also schon Sitzungen mit ihr?"
„Bereits fünf."
„Und ist sie wirklich so schön?"
„Auffallend schön."
„Well!" sagte Lindsay nachdenklich. Dann hob er den Kopf, als sei ihm ein guter Gedanke gekommen. „Hört, Mister Normann, das Mädel wäre so etwas für mich. Yes."
Der Maler zuckte zusammen.
„Für Euch?" fragte er gedehnt.
„Yes. Ich meine, da hätten wir schon das, was wir suchen. Man hat das arme Ding aus seiner Heimat geraubt und in die Sklaverei geschleppt. Well, ich werde sie diesem Händler entführen."
„Ein Mädchen, das man kaufen kann, entführt man nicht."
„Schade."
Die Nase sank traurig noch tiefer zum Kinn herab.
„Ich meine, Ihr könntet das Mädchen — — kaufen."
„No. Das ist kein Abenteuer. Dazu brauchte ich nicht nach Stambul zu kommen!"
Der Maler senkte, wie es schien, ein wenig enttäuscht den Kopf und schwieg.
„Well! Werde mich also bis zu einer anderen Gelegenheit gedulden müssen und verlasse mich da ganz auf Euch. Laßt Euch die Tasse wieder füllen!"
„Danke! Ich möchte aufbrechen. Meine Zeit ist gekommen, und ich will pünktlich sein."
„Gut, so gehen wir! Ihr gefallt mir, und ich werde Euch begleiten."
Sie bezahlten und gingen. Als sie aus dem Haus traten, stand der Derwisch, der also seine Rache noch nicht aufgegeben hatte, wartend in der Nähe.
„Hat es doch bemerkt, wo ich stecke", brummte der Engländer.
„Wer?"
„Der Derwisch dort. Ist mir schon gestern nachgelaufen."
„Er gehört zu der Kaste der Heulenden. Jedenfalls will er Euch anbetteln. Beachtet ihn gar nicht!"
Sie gingen zum Wasser hinab und nahmen sich ein zweiruderiges Kaik. Diese Kaiks sind lange, schmale, sehr leicht- und schnellrudrige Boote, worin man meist nur nach orientalischer Gewohnheit, das heißt mit untergeschlagenen Beinen, sitzen kann. Zwischen Tophane und Fyndykly stiegen sie aus. Der Engländer, der auch dort allgemeines Aufsehen erregte, begleitete den Maler durch einige Gassen.
Endlich blieb Normann stehen und deutete auf ein Haus.

„Wir sind am Ziel, und ich muß mich nun von Euch trennen. Hier wohnt Barischa, der Sklavenhändler."

„Well! Werde den Weg nach Pera allein zurückfinden. Also Ihr kommt morgen auf meine Jacht?"

„Ja."

„Good bye!"

Lindsay wandte sich um und schritt langsam den Weg zurück, den er gekommen. Normann blickte ihm nach, bis er um die Ecke verschwunden war. Dann ging er indes nicht in das Haus Barischas, sondern in ein gegenüberliegendes Kaffeehaus und bestellte eine Tasse Mokka. Während er darauf wartete, öffnete er den Briefumschlag; er enthielt fünfzig Pfund, also tausend Mark.

„Das ist wie eine göttliche Fügung", sagte er leise vor sich hin. „Unsere Kasse war beinahe gesprengt. Ich hätte dem Wächter nichts geben und infolgedessen auch nicht mehr mit Tschita sprechen können. Was wird Hermann sagen, wenn ich ihm von diesem merkwürdigen Zusammentreffen erzähle!"

Er ließ sich das Geld des Engländers in türkische Münze umwechseln und trat abermals auf die Gasse.

3. Die Tscherkessensklavin

Das Haus des Sklavenhändlers Barischa war, wie die meisten Häuser Stambuls, aus Holz gebaut. Es besaß an der Straße keine Fenster, und die Räume erhielten vom Hof aus Licht und Luft. Der Eingang war unverschlossen, der Flur eng und niedrig.

Normann klopfte an eine Tür zur linken Hand. Ein Riegel wurde zurückgeschoben, und eine große Nase kam zum Vorschein. Erst nachdem sie sich wieder zurückgezogen hatte, wurde geöffnet.

Die Nase gehörte in das Gesicht des Eigentümers dieses Gebäudes. Er erwiderte den Gruß des Malers mit einer Höflichkeit, der man es anmerkte, daß der Künstler nur geduldet und bezahlt wurde, weil ohne ihn das Bild nicht zustande kam.

„Ich habe das Bild wieder betrachtet", sagte der Alte. „Ich bin bisher zufrieden, doch wie lange hast du noch daran zu tun?"

„Das weiß ich nicht bestimmt. Die Farben trocknen schlecht, weil es in deiner Wohnung zu feucht ist."

Daß er nur langsam arbeitete, um mit der schönen Tscherkessin Tschita so lange wie möglich beisammen sein zu können, das durfte er Barischa ja nicht sagen.

„Je schneller du fertig wirst, desto größer wird das Bakschisch, das ich dir außer der Summe gebe, die wir ausgemacht haben. Geh, der Schwarze wartet schon auf dich! Du kommst heute etwas später als sonst."

Durch eine Tür gelangte Normann in einen Gang, der an einer Hofseite entlanglief. Dort hockte ein alter Neger auf einem Teppich. Es war der dicke Ali, der während der Sitzung aufpassen mußte, daß Normann kein Wort mit der Tscherkessin sprach.

Und doch war es dem Maler geglückt, sich das Herz des Schwarzen zu öffnen, und zwar mit dem Schlüssel des Goldes. Er hatte ihm begreiflich gemacht, daß er Tschita sprechen müsse, damit er ihr Gesicht in den verschiedenen Bewegungen studieren könne. Der Wächter hatte sich anfangs geweigert, dann aber endlich seine Zustimmung unter mehreren Bedingungen gegeben. Er verlangte für jede Sitzung fünfzig Piaster, also zehn Mark Trinkgeld; sodann durfte sein Herr nichts erfahren, und endlich durften die gesprochenen Worte nichts Verfängliches enthalten. Normann war auf diese Bedingungen eingegangen, da er hoffte, daß der Schwarze nach und nach sich weniger streng zeigen werde.

Als er jetzt in den Gang trat, erhob sich der Wächter und erwiderte den Gruß mit einem breiten Grinsen. Dann öffnete er eine Tür, und sie traten in einen hellen, freundlichen Raum, dessen blau bemalte Wände mit goldenen Sprüchen aus dem Koran verziert waren. An der einen Wand stand ein rotes Ruhebett und ihm gegenüber die Staffelei mit dem Bild, das von einem feinen Schal verhüllt war.

Der Schwarze legte dem Maler eine Hand auf die Schulter.

„Du hast mir immer fünfzig Piaster gegeben, um mit Tschita sprechen zu dürfen. Ich habe dir erlaubt, nur Worte zu reden, die keine Gefahr haben. Wenn du mir hundert Piaster gibst anstatt fünfzig, so werde ich dir mehr erlauben. Ist dir das recht?"

Paul Normanns Herz hüpfte vor Entzücken. Er hatte bisher mit Tschita kein Wort über ihre oder seine Verhältnisse austauschen dürfen. Normann wußte von dem herrlichen Wesen fast gar nichts. Er wußte nur, daß er die Unvergleichliche liebte und daß er sein Leben hingeben würde, wenn das sie glücklich machen könnte.

„Ist das dein Ernst?" antwortete er schnell. „Aber wenn dein Herr uns überrascht?"

„Das kann er nicht. Ich werde hier an der Tür stehen und Wache halten. Bist du einverstanden?"

„Ja."

„So gib mir die hundert Piaster!"

Das waren zwanzig Mark. Normann hätte gern viel mehr hingegeben für die Erlaubnis, die er jetzt gegen eine so geringe Summe erhielt. Der Schwarze betrachtete das Goldstück mit gierigen Augen und steckte es ein.

„Ich danke dir! Nun werde ich Tschita holen."

Er ging, und Normann trat an die Staffelei. Seine Hand zitterte, als er die Hülle von der Arbeit nahm.

Es war ein Meisterstück, das ihm entgegenblickte, ein Meisterstück der Schöpfung und zugleich ein Meisterstück des Künstlers. Er hatte mit liebevollem Herzen gearbeitet und war jetzt so ganz in den Anblick des herrlichen Kopfes versunken, daß er alles um sich her vergaß. Eine wohltönende Stimmte schreckte ihn auf.

„Allah grüße dich!"

Er fuhr aus seinem Träumen hoch; sein Gesicht bedeckte sich mit flammender Röte. Dort vor dem Schwarzen, in der Mitte des Zimmers, stand Tschita, die ganze Gestalt und selbst den Kopf in den weiten, weißen Schleiermantel gehüllt, der nur eine Öffnung für die Augen freiließ.

Der weiche Teppich hatte ihre Schritte gedämpft, so daß er ihr Eintreten überhört hatte. Doch faßte er sich schnell und erwiderte den Gruß möglichst unbefangen. Tschita trat an das Ruhebett und legte den Schleiermantel ab. Dann löste sie das Haar und drehte sich zu ihm um.

„Ist es so richtig?"

Er nickte bejahend und wandte sich seinen Farben zu, um unterdes die Selbstbeherrschung zurückzuerlangen. Als er sich ihr wieder zukehrte, hatte sie schon auf dem Ruhebett Platz genommen.

Sie war sehr sorgfältig angezogen: Beinkleider von feinster gelber Seide und ein kurzes Jäckchen von demselben Stoff, aber in tiefrosa Färbung. Dieses Jäckchen, halb geöffnet, ließ das schneeweiße Hemd aus dem zartesten Gewebe von Musselin hervortreten. Die Ärmel waren aufgeschnitten und hingen weit herab, so daß die feingemeißelten Arme zu sehen waren. Der kleine Fuß steckte in blauseidenen Pantöffelchen, die einem Kind zu gehören schienen.

Das Herrlichste aber war der Kopf. Tschita war blond, und zwar von jenem seltenen Aschblond, über dessen dunkleren Ton der Glanz des Silbers zittert. Es lag über dem Gesicht der süße Hauch vollkommener Unschuld. Dazu kam ein rührender Anflug von Seelenleid, der den weichen, kindlichen Zügen einen eigenen Reiz verlieh. Eine kaum noch zu bändigende Haarfülle wallte in natürlichen Wellen herab, so daß Tschita fast ständig mit ihrem blonden Reichtum zu tun hatte.

Über all diese Schönheit glitten die Augen des Negers gleichgültig hin, während sich Normann davon gewaltig ergriffen fühlte.

Er hatte Pinsel und Farbpalette in die Hände genommen.

„Willst du nicht den Kopf etwas tiefer senken?" fragte er, um doch etwas zu sagen.

Sie gehorchte.

„Das ist zuviel. Warte!"

Er legte den Pinsel beiseite, um ihrem Kopf mit der Hand die gewünschte Lage zu geben. Da aber fuhr sie furchtsam zurück. Aus ihren Augen blickte der helle Schreck.

„Was tust du?" rief sie mit zitternder Stimme. „Willst du sterben? Du berührst mich ja!"

„Willst du denn, daß ich sterbe?"

„Nein, o nein! Aber wenn es der Herr erfährt!"

„Niemand wird es ihm sagen."

„Ali auch nicht?"

„Er wird schweigen."

Ihre Augen leuchteten auf.

„Hast du mit ihm gesprochen?"

„Ja. Er wird nichts hören und nichts sehen."

„Allah segne ihn, den Guten, den Barmherzigen!"

„So hast du es gern, wenn ich mit dir spreche?"

„Oh, wie kannst du nur so fragen?" antwortete sie. „Ich denke an dich am Tag, und ich träume vor dir des Nachts. Dann bist du ein reicher Pascha und kommst, mich zu kaufen."

Erschüttert kniete er vor ihr nieder, nahm ihre Hände in die seinigen und fragte in jenem Ton unendlicher Zärtlichkeit, dessen die menschliche Stimme nur ein einziges Mal im Leben fähig zu sein scheint:

„Würdest du denn gern mit mir gehen, wenn ich dich kaufte?"

„Über alle Maßen gern! Barischa, mein Herr, sagt mir immer, daß der Sultan mich kaufen werde, und daß ich da kostbare Gewänder und Goldgeschmeide tragen und über seinen Harem herrschen soll. Doch ich will nicht zum Großherrn. Du, nur du allein sollst mich kaufen. Dein Lächeln ist mein Geschmeide, und deine Liebe ist mein Gewand. Ich mag nicht herrschen — ich will nur dich lieben und dir dienen all mein Leben lang. Aber kannst du mich auch kaufen? Der Herr will sehr viel für mich haben. Bist du reich?"

„Nein", gestand er traurig. „Ich bin arm."

„Trotzdem bin ich lieber bei dir. Ich mag zu keinem anderen. Lieber möchte ich sterben!"

Und sich zu seinem Ohr niederbeugend, flüsterte sie ganz leise, so daß Ali es nicht hören konnte:

„Befreie mich! Ich will dir überallhin folgen!"
„Ja, ich tue es", flüsterte er zurück.
„Aber es kann dein und mein Leben kosten!"
„Ich gebe es gern für dich hin. Bin ich dir denn wirklich lieber als der Padischah und seine Schätze?"
„Tausendmal lieber."
„So wird Allah helfen, das glaube mir! Ich hole dich ganz sicher."

In diesem Augenblick drehte sich der Wächter hastig zu ihnen herum.

„Auseinander! Der Herr kommt!"

Im Nu stand Normann mit gleichgültigem Gesicht vor der Staffelei und strich die erste beste Farbe auf. Da trat auch schon Barischa ein.

„Du kannst jetzt gehen!" sagte er in rücksichtslosem Ton zu dem Künstler. „Komm morgen wieder!"

Normann drehte sich langsam zu ihm um.

„Ich bin für heute noch nicht fertig", antwortete er.

„Das geht mich nichts an. Es ist einer da, der Tschita sehen und sprechen will. Vielleicht wird sie von einem gekauft, der geradesoviel bezahlt wie der Sultan."

Dann wandte sich Barischa zu dem Mädchen und musterte es mit dem Blick eines Kenners.

„Geradeso, wie du jetzt bist, soll er dich erblicken. Ich werde ihn hierherführen. Also, Franke, komm morgen wieder! Ali mag dich hinausbringen."

Normann gehorchte mit verbissenem Gesicht. Um keinen Verdacht zu erwecken, beeilte er sich, die Farben einzuräumen und das Bild zu verhängen. Draußen in dem vorderen Raum stand der Wartende. Zum Erstaunen des Malers war es jener Derwisch, auf den ihn Sir David aufmerksam gemacht hatte.

Welche Absichten hatte dieser Mensch? Sollte er sich doch mit mehr abgeben als nur mit Betteln? Normann fühlte plötzlich eine Beklemmung, für die er sich keine genügende Erklärung zu geben vermochte.

Rasch eilte er nach dem Landungsplatz und nahm sich ein Kaik, um sich nach Pera rudern zu lassen, wo er, gemeinsam mit einem Freund, am Indschir-Bostan-Platz eine Wohnung besaß.

„Schon zurück?" sagte der Freund und wandte sich vom Fenster um.

Er war nicht so groß und stark gebaut wie der Maler. Blondhaarig und von heller Gesichtsfarbe, konnte er nichts anderes als ein Nordländer sein.

„Die Sitzung wurde leider unterbrochen, gerade als sie am schönsten war."

Der andere blickte den Maler scharf an.

„Als sie am schönsten war?" fragte er voller Spannung. „Du hast also mit ihr gesprochen?"

„Ja."

„Und?"

„Sie liebt mich, Hermann! Sie hat's mir selber gesagt! Ich glaube, ich bin der glücklichste Mensch, wenn es mir gelingt, sie für mich zu gewinnen!"

Hermann drückte ihm die Hand.

„Ich gönne sie dir und wünsche dir alles Gute!"

„Wie? Ich denke, du bist ganz gegen die romantische Verrücktheit, wie du es nennst?"

„Hm", brummte Hermann verlegen, „ja, von einem gewissen Standpunkt oder vielmehr von vielen Standpunkten aus muß ich dagegen sein. So ein Mädchen besitzt keine Bildung, keine Kenntnisse, kurz, gar nichts; freien kann man es nicht, kaufen noch weniger, also — und so weiter. Es ist auf alle Fälle eine Dummheit. Und dennoch bin ich — hm — nachsichtiger geworden."

„Seit wann denn?"

„Seit vorgestern."

„Darf man den Grund erfahren?"

„Wenn du mir versprichst, mich nicht auszulachen."

„Ich verspreche es. Du pflegst dich nicht mit Lächerlichkeiten abzugeben."

„Hier vielleicht doch", sagte Hermann mit halbem Lächeln. „Was würdest du dazu sagen, wenn auch ich . . .", er stockte.

„Du?" lachte Paul Normann ungläubig. „Das kommt bei dir nicht vor."

Statt aller Antwort deutete Hermann auf das Sofa.

Überrascht betrachtete der Maler die dort liegenden Kleidungsstücke.

„Was soll denn das? — Das ist ja ein vollständiger Straßenanzug für eine türkische Frau!"

„Allerdings. Ich werde ihn nachher anlegen, um damit auf die Straße zu gehen."

„Bist du toll?"

„Kaum! Ich gehe zu einem Stelldichein."

„Dann fällt geradezu der Himmel ein. Du hast dich noch nie im mindesten für irgendein Weib erwärmt — und hier, in Stambul, fängst du an, dich in Abenteuer zu stürzen!"

„Vielleicht ist es nur ein Abenteuer, vielleicht aber berührt mich die Sache auch tiefer."

„Darf man erfahren, um wen es sich handelt? Natürlich um ein Mädchen?"

„Das weiß ich nicht. Es kann auch eine Frau sein."

„Bist du des Teufels?"

„Ebensowenig wie du, mein Freund! Komm, ich will dir erzählen. Brenne dir — — ah, du rauchst schon!" Er sog die Luft durch die Nase. „Ein ausgezeichnetes Kraut! Paul, du wirst leichtsinnig. Diese Zigarre kostet mindestens . . ."

„Gar nichts!"

„Du hast sie doch nicht etwa . . . ?"

„Nein, aber man hat sie mir geschenkt."

„Wer?"

„Dein Oheim", antwortete der Maler, während er den Freund von der Seite her beobachtete.

„Mein — Oheim? Du bist verrückt!"

„Schön. Also ohne alle Einleitung: Ich habe heute Sir David Lindsay getroffen."

„Was? Den spleenigen David? Willst du mich etwa zum Narren halten?"

„Nein. Hör zu, mein Junge!"

Normann erzählte ihm auf das ausführlichste seine Begegnung mit dem seltsamen Engländer.

„Hast du ihm gesagt, daß ich ein Adlerhorst bin?"

„Von dir ist gar nicht die Rede gewesen."

„Ist auch besser so. Ja, dieser englische Oheim soll ein schnurriger Kauz sein. Also er will unbedingt ein Abenteuerchen haben?"

„Ja."

„Das sieht ihm ähnlich. In aller Herren Länder hat er sich schon herumgeschlagen und ist oft in böse Lagen gewesen. Es sollte mich wundern, wenn er einmal friedlich in seinem Bett stürbe. Wenn ich dir raten darf, dann laß dich nicht zu sehr mit ihm ein!"

„Aber im Gegenteil, Hermann! Vielleicht lasse ich ihn sogar in meiner Angelegenheit mit Tschita eine Rolle spielen! Doch, warten wir das ab und beschäftigen uns jetzt lieber mit deiner Herzensangelegenheit."

„Bei der du auch eine wichtige Rolle spielen sollst, und zwar noch heute."

„Welche?"

„Du sollst unser Stelldichein bewachen."

„Mach ich, Hermann. Vorher aber erzähle, wie und wo dich diese Türkin zur Strecke gebracht hat."

„Also höre!"

Er setzte sich nieder, steckte sich eine Zigarette an und begann seinen Bericht.

„Du weißt, daß das ‚Tal der süßen Wasser' ein bevorzugter Ausflugs- und Belustigungsort der hiesigen Bevölkerung ist. Besonders gern wird er von Frauen besucht, die auf den bekannten verhängten Ochsenwagen hinausfahren, um sich einmal ohne Zwang im Freien zu bewegen. Kürzlich wußte ich nichts Besseres, als dieses Tal zu besuchen. Ich durchstreifte es nach allen Richtungen und kam dabei in ein Platanenwäldchen, wo ich von lauten Frauenstimmen und fröhlichem Gelächter überrascht wurde. Freilich hätte ich mich zurückziehen sollen, aber ich will aufrichtig gestehen: meine Neugier siegte. Ich wollte einmal mohammedanische Frauen beobachten und schlich mich also vorsichtig näher, von Baum zu Baum, endlich erblickte ich einen Platz, auf dem sich mehrere junge Frauen tummelten."

„Junge Frauen? Hm! — Woher weißt du das? In diesen scheußlichen sackförmigen Oberhüllen könnte man doch selbst die Venus nicht von des Teufels Großmutter unterscheiden!"

„Nein, sie spielten in ihren leichten Hausgewändern. Bald hing mein Auge nur noch an einer. Ich sage dir, ein herrliches Wesen voller Anmut. Dabei fiel mir, als sie mir einmal näher kam, ihre kleine Hand auf, an der ein prachtvoller Edelstein blitzte. Ich verließ das Versteck erst, als sie aufbrachen und zu den Wagen gingen, die am Rand des Hains gewartet hatten. Aber ich holte die Wagen ein, gerade als eins der Gespanne scheute. Der Führer wurde niedergerissen, und die beiden dummen Tiere rannten mit dem Wagen davon, ich hinterher. Die Insassinnen schrien aus Leibeskräften um Hilfe. Es gelang mir, das eine Tier zu fassen. Ich brachte die Ochsen zum Stehen. Die Vorhänge des Wagens hatten sich bei der tollen Fahrt verschoben, und eine der Verhüllten streckte mir eine feine, weiße Hand entgegen. ‚Du bist ein Franke', sagte eine süße Stimme, ‚nimm meinen Dank nach der Sitte deiner Heimat!' An diesem Händchen blitzte der Edelstein. Ich küßte es ein-, zwei-, dreimal — erst beim drittenmal entzog sie es mir unter dem leisen Kichern der anderen. Später trennten sich die Wagen in der Stadt. Ich hatte nicht auffällig beobachten wollen, wurde also irre und konnte die Wohnung der Schönen nicht erspähen."

„Jammerschade!"

„Vorgestern nun war ich im Basar der Musselinhändler gewesen. Da trat eine Verhüllte ein, um sich Proben vorlegen zu lassen. Das war dieselbe Stimme und auch dasselbe Händchen mit dem Diamantring. Natürlich konnte ich nicht mit ihr sprechen. Da ich sie im Gewühl verloren hatte, verfiel ich auf den Gedanken, gestern wieder in den Basar zu gehen, und kaum war ich eingetreten, so kam auch sie."

„Ah! Und hast du diesesmal mit ihr gesprochen?"

„Ja. Freilich kostete es mich eine nicht ganz unbedeutende Ausgabe, um den Kaufmann für einige Augenblicke bis in den letzten Winkel seines Ladens zu schicken. Da wir beide jetzt Gütergemeinschaft haben und unser Bargeld ziemlich auf die Neige gegangen ist, so befürchte ich fast, daß du über diese Ausgabe ärgerlich sein wirst."

„Unsinn, Hermann! Ich habe dir ja gesagt, welche Summe ich von deinem Onkel erhielt. Weiter!"

„ ,Du bist die Rose vom ,Tal der süßen Wasser'?' flüsterte ich ihr zu.

Sie zögerte mit der Antwort.

,Laß mich auf einen Augenblick dein Antlitz sehen!' bat ich.

,Du bist kühn, Fremdling.'

,Ich kam nur deinetwegen hierher. Eine Ahnung sagte mir, daß auch du erscheinen würdest. Ich werde dir heute folgen, um zu sehen, wo du wohnst.'

,Um Allahs willen, tue das nicht!'

,Ich werde es unterlassen, wenn du wiederkommen willst.'

,Ich komme.'

,Laß mich einmal ungestört mit dir sprechen! Sei barmherzig!'

In diesem Augenblick kam der Kaufmann zurück. Wir hatten unsere Worte in fliegender Eile gewechselt, und doch war die Zeit zu kurz gewesen, um eine bestimmte Antwort zu erhalten. Ich konnte nicht bleiben, ich mußte bezahlen und verschwinden. Draußen aber beim Nachbar blieb ich stehen und betrachtete scheinbar die ausgelegten Waren. Da trat auch sie heraus, erblickte mich und ging nun ganz hart an mir vorüber. ,Komm nicht nach!' flüsterte sie. — ,Wenn du mir morgen sagst, wo ich dich treffen kann!' raunte ich ihr zu. Sie nickte, und ich folgte ihr nicht. Ich war gespannt, ob nun auch sie Wort halten würde; und wirklich, sie kam. Aber der Kaufmann gab uns keine Gelegenheit, miteinander zu sprechen. Sie ließ jedoch einen Zettel fallen. Natürlich entfiel mir nun mein Taschentuch, und ich hob beides auf."

„Was enthielt der Zettel?"

„Hier ist er. Lies!"

Er schob dem Freund den Zettel hin. Darauf stand in lateinischen Lettern, aber türkischer Sprache:

„Hermann Wallert Effendi! Komm heute um zehn Uhr zum großen Begräbnisplatz zwischen Mewlewi Hane und Topdschiler Köj. Ich bin in der Ecke nach Nordwest unter dem Efeu."

„Wie? Sie kennt den Namen, den du hier führst?"

„Nicht war, rätselhaft?"

„Sehr. Doch das wird sich aufklären. Zehn Uhr ist nach türkischer Zeitrechnung zwei Stunden vor Sonnenuntergang. Du willst in Frauenkleidern gehen?"

"Nein. Als Frau allein über den Meeresarm zu setzen und dann den weiten Weg bis zum Begräbnisplatz zu pilgern, das würde auffallen. Wir besuchen einfach den Friedhof und nehmen den Anzug mit. Geht es ohne Gefahr, so bleibe ich in meiner gewöhnlichen Kleidung; ist es aber bedenklich, so ziehe ich dort den Frauenanzug an. Der Begräbnisplatz gleicht einem Wald. Da finde ich allemal eine verborgene Ecke, um mich unbemerkt umkleiden zu können."

"Wenn wir jetzt aufbrechen, kommen wir gerade kurz vor der angegebenen Zeit hin. Denkst du nicht?"

"Ja. Rollen wir also den dünnen Anzug wie eine Decke zusammen; dann läßt er sich unauffällig an einem Riemen tragen."

Schon nach kurzer Zeit saßen sie in einem Kaik, um sich über das Goldene Horn rudern zu lassen.

4. Auf dem türkischen Friedhof

Am jenseitigen Ufer bezahlte Paul Normann den Kaikdschi[1]. Da trat gerade in dem Augenblick, als Wallert den Fuß ans Land setzte, ein wie ein einfacher Arbeiter gekleideter Mensch an ihn heran.

"Bist du Wallert Effendi?" fragte er.

"Ja", antwortete der Gefragte, darüber erstaunt, daß dieser Mensch seinen Namen kannte.

"Ich habe dir zu sagen, daß du dich in acht nehmen sollst." Mit diesen Worten wollte er sich entfernen; aber Wallert ergriff ihn schnell beim Arm.

"Wo soll ich mich in acht nehmen?"

"Ich weiß es nicht. Vielleicht auf dem Friedhof."

"Wer läßt es mir sagen?"

"Sie."

Gleich darauf riß sich der Unbekannte los und lief davon. Das war in der Tat befremdend.

Der Abendländer hat die Gewohnheit, den Orient in romantischem Licht zu sehen. Leider aber zergeht diese Romantik bei näherem Zusehen gewöhnlich in Staub, und es bleibt nichts zurück als die Gefahr, der der Fremde verfällt, weil er entweder von ihr keine Ahnung hat oder doch ihre Größe unterschätzt.

Die beiden Freunde waren jedoch lange genug im Morgen-

[1] Ruderer

land gewesen, um seine Lichtseiten zu würdigen, ohne daß sie dabei die Schattenseiten übersahen. Deshalb fragte Paul Normann sofort:

„Bist du bewaffnet?"

„Man geht hier ja nie unbewaffnet aus. Ich nehme an, auch du hast wenigstens ein Messer eingesteckt."

„Gewiß."

„Ein Messer ist manchmal besser als eine Pistole, die zuviel Lärm macht. Es arbeitet im stillen, und man kann sich in Sicherheit bringen, bevor andere merken, daß man gezwungen war, sich zu verteidigen."

Sie schritten die Mauer entlang, die sich von dem Palast Konstantins hinab nach Jeni Bagtsche zieht. Dort liegt der Friedhof, der das Ziel ihres Spaziergangs war.

Plötzlich faßte Hermann seinen Freund am Arm.

„Schau dir einmal die Gestalt an, dort an der Wasserleitung. Wenn das nicht ein Engländer ist, und zwar ein verrückter, lasse ich mich fressen."

Da, wo die Wasserleitung aus Edirne Kapussu kommt, um nach dem Weg von Rodosto zu führen, schritt eine lange, hagere Gestalt. Sie war nur von hinten zu sehen, doch erkannte man deutlich, daß Zylinderhut, Rock, Hose und selbst die Fußbekleidung aus einem auffälligen, graugewürfelten Zeug bestanden.

„Ah, wie kommt denn der hierher?" lachte Paul Normann. „Gestatte mir, daß ich dir deinen Oheim vorstelle, Sir David Lindsay!"

„Wie? Das ist er?"

„Wie er leibt und lebt."

„Dann ist es allerdings wahr, was ich von ihm gehört habe. Er ist verrückt."

„Nicht verrückt, aber ein Sonderling. Du wirst ihn bald genug Aug in Aug zu sehen bekommen. Dort verschwindet er hinter den Bäumen. Wir aber biegen rechts ab, um zum Tor zu gelangen."

Der Friedhof umfaßt eine sehr weite, bedeutende Fläche und hat mehrere Ein- und Ausgänge. Es war der Haupteingang, durch den sie jetzt traten. Dort stand ein ernster Türke, der sie mit mißtrauischen Augen betrachtete. Als sie an ihm vorbeigingen, erhob er die Hand.

„Halt! Ich bin der Wächter dieses Orts. Ihr seid Franken?"

„Ja", antwortete Paul Normann. „Das siehst du doch an unserer Kleidung."

„Allerdings, und deshalb habe ich die Pflicht, euch zu warnen."

„Wovor denn?"

„Es ist eigentlich gegen das Gesetz des Propheten, daß Ungläubige die Stätte betreten, wo die Bekenner des Islams dem ewigen Leben entgegenschlummern; und wenn auch der Großherr in seiner unendlichen Güte gestattet hat, daß Franken hier eintreten dürfen, um zu sehen, wie die wahrhaft Frommen ihre Abgeschiedenen ehren, so ist ihnen doch dabei gar mancherlei verboten."

„Schön, mein Freund. Was ist uns denn verboten?"

„Meine Zeit ist kostbar, und wenn ich meine Stimme erhebe, um zu euch zu sprechen, so seid ihr verpflichtet, meine Güte mit Dankbarkeit zu belohnen."

„Das heißt, du willst ein Bakschisch?"

„Ja."

Bakschisch heißt soviel wie Trinkgeld. Es ist das Wort, das man im Orient am häufigsten zu hören bekommt. Paul Normann zog eine Münze hervor und gab sie ihm. Der Wächter nickte vergnügt.

„Euer Verstand ist groß und euer Herz ist voller Einsicht", sagte er, „darum will ich euch nicht mit den zahlreichen Verordnungen quälen, die ihr eigentlich wissen müßtet, sondern euch nur zweierlei sagen: Wenn ihr einen Gläubigen am Tag beten seht, so achtet seine Andacht, ohne ihn zu stören. Und wenn ihr an die Abteilung der Frauen kommt, dort wo der Efeu wuchert, so schließt eure Augen und wendet euch von dannen; denn für euch sind die Schönheiten unserer Weiber und Töchter nicht vorhanden. Wer gegen diese Verordnung sündigt, der wird eine strenge Strafe erleiden.

Damit wendete er sich ab.

„Das wußten wir vorher", lachte Paul Normann. „Es war nur auf das Trinkgeld abgesehen. Der Gute ahnt nicht, daß wir gerade wegen einer dieser verbotenen Schönheiten gekommen sind. Also nach Nordwest müssen wir uns wenden, und Efeu soll es dort geben. Werden sehen!"

Gleich darauf schlugen sie einen Weg ein, der zwischen Gräbern und Zypressengruppen in der angegebenen Richtung verlief. An diesem Weg stand eine Bank, eine Seltenheit auf einem orientalischen Friedhof, und darauf saß ein reichgekleideter Türke, der die Kommenden mit scharfem Blick musterte.

„Schau den Kerl!" sagte Hermann Wallert. „Dieses Gesicht kannst du dir merken. Vielleicht willst du einmal einen Räuberhauptmann malen."

„Ja, der hat ein wahres Galgengesicht. Und wie er uns anschaut! Geradeso, als ob er hier säße, um auf uns aufzupassen."

Sie schritten vorüber.

Der ‚Räuberhauptmann' nickte befriedigt vor sich hin.

„Der eine ist's — der Blonde. Auf ihn paßt die Beschreibung genau. Aber er kommt nicht allein. Warum bringt er den anderen mit? Ist das vielleicht der Maler, mit dem er die Wohnung teilt? Gut, so werden wir also zwei Missetäter ergreifen, anstatt nur einen."

Er erhob sich darauf von der Bank und folgte den beiden langsam bis zu einer Baumgruppe, unter der eine Anzahl bärbeißig aussehender Männer stand.

„Habt ihr die beiden Franken beobachtet, die hier vorüberschritten?"

„Ja, o Herr!"

„Der kleinere war es. Ihn sollt ihr ergreifen. Hilft ihm der andere, so nehmt ihr auch ihn fest. Zwei von euch gehen zum Eingang der Efeulauben, warten auf das verabredete Zeichen, und sobald es gegeben ist, treten sie ein und fassen ihn. Die anderen mögen die Ausgänge besetzen für den Fall, daß es ihm doch gelingen sollte, aus den Lauben zu entrinnen. Ich kehre jetzt zu meiner Bank zurück."

Die Freunde waren inzwischen an der Baumgruppe vorübergekommen. Sie hatten die Männer wohl bemerkt.

„Das sind Polizeisoldaten", sagte Paul Normann. „Mir erscheint das sehr auffällig!"

„Mir auch. Was wollen sie hier?"

„Zufällig sind sie jedenfalls nicht da. Wahrscheinlich haben sie es auf irgend jemanden abgesehen."

„Etwa auf mich?"

„Das wäre doch sehr merkwürdig. Aber mir klopft das Herz. Ist das eine Ahnung oder nur die Folge des bösen Gewissens? Vielleicht wäre es doch besser, das Abenteuer ganz aufzugeben."

„Fällt mir nicht ein! Ich muß unbedingt mit ihr sprechen."

„Da hat man es. Erst hast du über mich den Kopf geschüttelt, und nun kann ich ihn über dich schütteln. Die Anwesenheit dieser Polizisten mahnt, doppelt vorsichtig zu sein. Dazu kommt die Warnung da unten am Wasser. Das ist immerhin bedenklich."

„Sollte sie zurückgehalten worden sein, weil man ihre Absicht entdeckt hat?"

„Pah! Wie sollte man sie entdeckt haben!"

„Vielleicht hat sie zu einer Mitbewohnerin des Harems davon gesprochen. Diese hat es verraten, und nun will man mich am verabredeten Ort ertappen."

„Das hätte allerdings einiges für sich. Wenn deine Ahnung richtig ist, so hätte deine Angebetete Gelegenheit gefunden, dich heimlich warnen zu lassen."

„Es scheint so."

„Nun, wir müssen uns auf das Schlimmste gefaßt machen; tritt es nicht ein, ist's um so besser. Also nehmen wir an, diese Polizisten sind nur deinetwegen da, so wissen sie ganz sicher, was du hier willst; sie werden dir nach dem Friedhofswinkel folgen, wohin du bestellt bist, um dich dort zu ergreifen."

„Das wäre eine verteufelte Sache. Der Mohammedaner versteht keinen Spaß, wenn es sich um eine hübsche Frauensperson handelt. Wir haben zwar unseren Gesandten, aber — aber — hm!"

„Ah, ich vermute, deine Liebe wird schon kühler!"

„Im Gegenteil! Die Gefahr kann mich nicht abschrecken! Aber vorsichtig werde ich sein. Weißt du, Paul, man kann mich doch nicht ergreifen, ohne mich vorher zu beobachten —"

„Das ist gewiß."

„Nun, Gleiches mit Gleichem. Wenn sie kommen, um mich zu beobachten, so beobachte du sie! Du wirst sogleich merken, wenn sie es auf mich abgesehen haben, und in diesem Fall gibst du mir ein Zeichen."

„Schön!"

„Durch einen Pfiff."

„Das ist nicht zuverlässig. Vielleicht pfeifen diese Kerle auch. Überhaupt weiß ich ja gar nicht, ob ich dir so nahe sein kann, um dich durch einen Pfiff zu warnen. Wollen erst einmal die Örtlichkeit untersuchen. Im Notfall werden wir uns unserer Haut wehren."

„Na, ergreifen lasse ich mich nicht. Du weißt, daß ich mich vor einigen Kerlen nicht fürchte, und zudem habe ich Messer und Revolver — da ist die erwähnte Ecke."

Sie hatten den Ort erreicht, der im Brief angegeben worden war. Von der Ecke aus war die eine Mauer dicht mit Efeu bewachsen. Seine Ranken waren über Stützen gezogen und bildeten eine ganze Anzahl zusammenhängender Lauben, unter denen man an heißen Tagen wohltätigen Schutz vor der Sonne fand. Aber welche der Lauben war gemeint?

„Es ist jedenfalls nicht verboten hineinzugucken", sagte Normann. „Schau einmal nach, ob du deinen Engel irgendwo erblickst, dann werden wir —"

Er hielt inne, denn gerade vor ihnen erschien eine schlanke, aber tief verhüllte Frauengestalt zwischen dem grünen Blätterwerk, legte die Hand auf die Brust und trat dann rasch wieder zurück.

„Das ist sie, das ist sie!" sagte Hermann Wallert ganz begeistert.

„Erkennst du sie denn? Diese Frauen gleichen sich in ihren sackartigen Umhüllungen wie ein Ei dem anderen!"

„Sie ist es. Ich schwöre darauf."

„Gut. So geh! Aber teile ihr vorläufig nichts von mir mit! Weißt du, hier gibt es eine solche Menge von Aasgeiern, daß ihr Schrei gar nicht auffallen kann. Bemerke ich, daß die Polizisten es auf dich abgesehen haben, so ahme ich den schrillen Laut dieses Vogels nach, zweimal hintereinander. Dann weißt du, woran du bist und kannst entfliehen."

„Aber wohin?"

„Ins Innere der Lauben, immer an der Mauer hin. Vielleicht findest du dabei Zeit, das Frauengewand anzuziehen. Hose, Mantel und Frauenturban über deinen Anzug anzulegen, erfordert ja nur eine Minute. Den Schleier darüber, und kein Mensch wird eine Hand nach dir ausstrecken."

„Und sie? Soll ich sie im Stich lassen?"

„Du kannst sie doch nicht am hellen, lichten Tag entführen! Und wenn man dich nicht bei ihr findet, so kann man ihr auch nichts tun. Also vorwärts! Spring nur immer frisch hinein, das Wasser wird so tief nicht sein. Ich warte in der Nähe des Haupteingangs auf dich. Jetzt werde ich beginnen, deine Vorsehung zu spielen."

Paul Normann kehrte eine kleine Strecke zurück. Dort gab es ein Grab, an dem eine Trauersche stand, die ihre Zweige rings um den Hügel bis auf die Erde hinabgesenkt hatte. Sie war so dicht belaubt, daß man gar nicht durch die Blätter zu spähen vermochte. Vorsichtig schob er einige der Zweige auseinander und bemerkte, daß diese dichte Blätterkuppel ein ganz herrliches Versteck bildete. Er sah sich um. Er war jetzt vollständig unbemerkt, und — husch, kroch er hinein und legte sich auf den eingesunkenen Hügel.

Der Ort schien für seine Absicht geradezu wie geschaffen. Wenn er mit der Hand nachhalf, so konnte er nach allen Seiten blicken, ohne daß man ihn selber bemerkte.

Lebhaft gespannt, ob sich eine Gefahr nahen werde, wartete er.

Nach kurzer Zeit hörte er Schritte. Rasch schaffte er sich eine kleine Öffnung zwischen den Zweigen und blickte hinaus. Da standen zwei der Polizisten hinter einer großen Zypresse. Von der Efeulaube aus konnten sie nicht gesehen werden, aber Normann erkannte aus ihren Blicken und Gebärden, daß es auf diese abgesehen hatten. Jetzt zog der eine einige Riemen aus der Tasche und steckte sie sich in den Gürtel.

„Aha!" dachte Paul Normann. „So ist es also doch wahr! Sie wollen ihn gefangennehmen. Hier sind zwei, die anderen werden die verschiedenen Ausgänge besetzt halten. Ich werde also das Zeichen geben."

Und gleich darauf ließ er zweimal den Schrei des Aasgeiers erschallen. Es gelang ihm so vortrefflich, die Stimme des Vogels nachzuahmen, daß die beiden Polizisten die Köpfe nach allen Richtungen drehten, um das Tier zu suchen.

Seit Hermann Wallert in die Laube getreten war, mochten nicht mehr als fünf Minuten verflossen sein. Es vergingen wenigstens noch ebenso viele; dann ertönte von der Laube her ein Pfiff, und die beiden Polizisten sprangen hinein.

„Himmelelement!" murmelte Paul Normann. „Jetzt bin ich neugierig, wie es abläuft. Haben sie ihn, oder ist es ihm gelungen, meiner Warnung zu folgen?"

Er brauchte nicht lange zu warten, da erschien die Frauengestalt unter dem Eingang. Der Schleier war beiseitegeschoben, und Paul Normann sah deutlich das Gesicht.

„Alle Wetter!" fuhr er auf. „Das ist ja gar kein Mädchen! Das ist ein Knabe. Wirklich, man hat es auf meinen Freund Hermann abgesehen. Möchte er glücklich fort sein! Jetzt muß ich mich auch in Sicherheit bringen. Finden sie mich hier, dann geht es mir schlecht. Ich werde mich so heimlich durch die Anlagen pirschen wie ein Indianerhäuptling durch den Urwald. Wo stecken die zwei Polizisten? Jedenfalls sind sie im Innern der Lauben längs der Mauer fort, denselben Weg, den Hermann geflohen sein wird. Ah, da säuselt die Liebliche vorüber. Wahrlich, wenn ich ihr einen Fußtritt oder einen tüchtigen Faustschlag geben könnte, so würde ich mich freuen."

Der verkappte Knabe hatte inzwischen den Schleier wieder vors Gesicht gelegt und ging dem Ausgang zu.

Paul Normann überzeugte sich, daß sein Versteck unbeobachtet war, und kroch heraus. Nach allen Seiten spähend, schlich er sich zwischen Platanen, Akazien, Zypressen und allerlei Sträuchern weiter, um von dieser Ecke soweit wie möglich fortzukommen. Er gelangte an einen breiten, offenen Gang, der nicht zu vermeiden war, und lugte vorsichtig hinaus. Da erblickte er einen Polizisten, der von rechts herkam, während links ein zweiter stand, der auf den ersten zu warten schien.

„Soll ich zurück, damit sie mich nicht bemerken?" fragte sich Normann. „Nein. Sehen lassen muß ich mich doch, und da ist es besser, ich tue es gleich. Man kann mir nichts nachweisen, und ich brauche daher keine Angst zu haben. Also los, nehmen wir eines Maske vor!"

Damit entblößte er den Kopf und kniete an dem Grab nieder, bei dem er stand. Es lag ganz nahe am Rand des Weges, so daß er die Schritte des Polizisten wohl vernehmen konnte, jedoch stellte er sich ganz unbefangen.

Der Polizist blieb stehen. Er erkannte den, den er suchen

sollte, und war erstaunt, ihn, den Christen, am Grab eines Mohammedaners beten zu sehen.

„Was tust du hier?" fragte er nach einer kleinen Weile.

Paul Normann wandte schnell den Kopf, als ob er erschrocken sei.

„Ich bete", antwortete er kurz.

„Aber das darfst du nicht."

„Warum nicht?"

„Die Andacht eines Ungläubigen schändet die Ruhestätte des Gläubigen. Was hast du überhaupt hier auf dem Friedhof zu suchen?"

„Das ist meine Sache. Geh du deines Wegs, und ich wandle den meinen!"

„Das magst du tun, wenn es dir gelingt. Vorher aber werde ich dich zum Effendi bringen."

„Zu welchem Effendi?"

„Du wirst es sehen. Geh voran! Ich habe keine Zeit!"

„Weißt du auch, was es heißt, einen Franken zu zwingen? Was habe ich getan, daß du wagst, mit mir wie mit einem Verbrecher zu sprechen?"

„Der Effendi mag es dir sagen. Geh jetzt!"

Paul Normann weigerte sich nicht länger, dem Befehl Folge zu leisten, und so wurde er zu der Bank geführt, worauf der Türke mit dem Spitzbubengesicht saß — der Effendi, von dem der Polizist gesprochen hatte. Ein wenig zur Seite stand der Knabe, der jetzt die Frauenumhüllung abgelegt hatte. Die geübten Augen des Malers erkannten ihn sogleich wieder.

Als der Effendi den Verhafteten erblickte, zogen sich seine Brauen finster zusammen.

„Warum nur diesen?" fuhr er den Polizisten an. „Wo ist der andere?"

Der Gefragte kreuzte die Arme über der Brust und verneigte sich fast bis zur Erde.

„Dein unwürdiger Diener hat nur ihn gesehen und festgenommen. Meine Kameraden werden auch den anderen ergreifen."

„So paß auf diesen auf, damit er uns nicht entkommt!"

Aber Paul Normann war nicht geneigt, das alles widerspruchslos über sich ergehen zu lassen; er trat auf den Effendi zu.

„Man hat mich gezwungen, hierherzugehen. Wer gibt dir das Recht, mir Gewalt anzutun?"

„Schweig! Ich bin Ibrahim Bei, und du hast deinen Mund nur zu öffnen, wenn ich dich frage!"

„Ich werde nicht eher schweigen, als bis ich erfahren habe, weshalb man sich an mir vergreift!"

„Du weißt es, Hund und Verführer!"

„Wie? Du beschimpfst mich? Gut, ich gehe, damit du nicht wegen Beleidigung eines Deutschen bestraft wirst."

Mit diesen Worten wandte sich Paul Normann um; aber der Polizist ergriff ihn am Arm, und der Türke brüllte ihn an:

„Wage es nicht zu entfliehen! Wenn du noch einen Schritt tust, so lasse ich dich binden!"

Der Maler wollte antworten, schwieg aber, als sein Auge auf einen Mann fiel, den er hier am wenigsten erwartet hatte — der gute Sir David Lindsay kam in diesem Augenblick zum Tor herein und stolzierte, als er den Maler erblickte, mit langen, eiligen Schritten herbei.

„Heigh-day! Master Normann, Ihr hier?"

Mit diesen Worten streckte er ihm die Hand entgegen, erhielt aber dabei von dem Polizisten einen Stoß.

„Haide tschekil!" sagte der Mann.

Lindsay blickte den Maler verwundert an.

„Was will der Kerl?"

„Er sagte haide tschekil. Das heißt: gehe zurück — mach, daß du wegkommst! Der Mann ist von der Polizei."

„Pah, was macht sich David Lindsay aus der Polizei!"

„Ja, Ihr! Ich aber bin Gefangener."

Die Lippen des Engländers zogen sich vor Erstaunen so weit auseinander, daß sie wieder fast ein Viereck bildeten, und seine Nase geriet in aufgeregte Zuckungen.

„Ah! Oh! Weshalb?"

Sie hatten englisch gesprochen. Der Türke hatte ihnen schweigend zugehört. Jetzt wandte er sich an Lindsay, gleichfalls auf Englisch, wenn auch in schauderhafter Aussprache.

„Was habt Ihr mit meinem Gefangenen zu schaffen?"

Sir David tat, als habe er die Frage des Türken nicht gehört.

„Go on! Erzählen!" forderte er den Maler auf.

Paul Normann berichtete von seiner Gefangennahme durch den Polizisten und dem Verdacht, in dem er mit seinem Freund stand, schwieg aber wohlweislich von dem Plan, der sie hierhergeführt hatte.

Während er erzählte, ging eine Frau an der Gruppe vorbei. Normann, der auf alle Vorübergehenden ein Auge hatte, warf einen Blick auf die Fußbekleidung der Verschleierten und nickte befriedigt. Er erkannte an den Stiefeln Hermann Wallert — es war seinem Freund also geglückt, den Häschern zu entrinnen. Ohne von dem Pascha und dem Polizisten belästigt zu werden, gelangte der Verkleidete an der Bank vorbei und gewann den Ausgang.

Als der Maler geendet hatte, fragte Lindsay:

„Well! Habt Ihr mit dem Polizisten nicht gesprochen?"
„Das wohl, aber er hört nicht auf meine Einwendungen."
„Glaub es gern! Habt eben nicht die richtigen Worte gewählt."
„Was hätte ich denn sonst noch vorbringen können?"
„Das!"
Mit diesem Wort griff der Engländer in die Tasche und drückte dem Polizisten ein Bakschisch in die Hand. Wer David Lindsay kannte, der wußte, daß er sich bei einer solchen Gelegenheit nicht als Knicker zeigte. Die Beweiskraft des ‚Vorgebrachten' war denn auch so überzeugend, daß der Polizist eine Verbeugung machte, die jene bei weitem übertraf, mit der er vorhin den Türken beehrt hatte.
„Hoheit, dein gehorsamster Diener harrt deiner Befehle."
„Well! Fort! Away!"
Es war ein ergötzlicher Auftritt. Sowohl Lindsay als auch der Polizist verstanden voneinander kein Wort; aber die beiderseitigen Handbewegungen redeten eine Sprache, die an Deutlichkeit nichts zu wünschen übrigließ. Und was dem des Türkischen mächtigen Paul Normann nicht geglückt war, das erreichte das Bakschisch des Engländers mit Leichtigkeit. Der Polizist machte eine zweite noch tiefere Verbeugung, wendete sich von dem Gefangenen Ibrahim Beis ab und kümmerte sich nicht weiter um ihn.
Ibrahim war natürlich über das Dazwischentreten des Engländers wütend.
„Wer gibt Euch das Recht, Euch in meine Angelegenheiten einzumischen?" radebrechte er in schlechtem Englisch.
„Wer? Ich! David Lindsay. Well!"
„Ich werde mich beim Konsul Englands beschweren."
„Well!"
„Ich werde Genugtuung verlangen."
„Well!"
„Ich werde auf Eure strengste Bestrafung dringen."
„Well!"
„Ihr werdet mir Abbitte leisten."
„No."
„Ihr werdet es dennoch. Ich bin Ibrahim Bei, der Sohn von Melek Pascha. Kennt Ihr mich?"
„No."
„Ihr werdet mich kennenlernen. Die Schmach, die meinem Haus widerfahren sollte, muß gesühnt werden."
„Schmach? — Wieso?"
„Man wollte mir mein Lieblingsweib entführen."
„Wer? Dieser Mann hier?"
„Nein, sein Freund."

„Wo ist der Freund?"

„Wir suchen ihn noch."

„Und wo ist Euer Weib?"

„Daheim im Harem."

„Ah! Oh! Sonderbar! Man hat sie von hier entführen wollen, aber sie ist gar nicht hier. Wenn sie aber nicht da ist, kann sie doch nicht entführt werden, und man darf also auch keinen Menschen deswegen festnehmen."

Ibrahim Bai hatte eine solche Schlußfolgerung nicht erwartet. Er zog böse die Brauen zusammen.

„Der Freund dieses Mannes heißt Wallert. Er hat mit meinem Weib gesprochen. Ich habe es erfahren und ihm an ihrer Stelle einen Brief geschrieben, um ihn hierher zu bestellen. Auch ließ ich diesen Sklaven Frauenkleider anlegen, damit er für mein Weib gehalten werde, und richtig hat der Hund mit ihm in der Laube gesteckt. Ist das nicht Beweis genug? Deshalb suche ich ihn und werde ihn bestrafen lassen."

„Yes. Strafe muß sein. Aber nicht Mister Wallert ist der Schuldige, sondern Ihr."

„Ich? Beim Propheten, ich verstehe Euch nicht!"

„Werdet mich schon verstehen, yes. Ihr sagt, Mister Wallert habe Euer Weib entführen wollen. Das ist unmöglich, weil es gar nicht hier gewesen ist. Dagegen habt Ihr ihn hierher gelockt, um ihn zu verderben. Wer ist da der Schuldige? Kommt, Mister Normann. Wir sind hier fertig!"

Mit diesen Worten wandte er sich ab und schritt zum Tor hinaus, gefolgt von Paul Normann.

Ibrahim Bei ballte die Fäuste und brummte ihnen einige Worte nach, die nicht wie Segenswünsche klangen. Dann richtete er seine Aufmerksamkeit auf das Innere des Friedhofs, wo die Polizisten noch auf der Suche begriffen waren. Hermann Wallert hatte das Tor bisher nicht durchschritten, befand sich also nach der Meinung des Türken noch auf dem Friedhof.

Als die beiden draußen vor dem Tor angelangt waren, blieb Lindsay stehen.

„Herrliches Abenteuer! Unbezahlbares Vergnügen! Viel Geld wert! Yes."

„Ich danke Euch herzlich für Eure Hilfe, Mylord."

„Nicht der Rede wert. Aber bitte, sagt nicht Mylord! Will davon nichts wissen. Sagt einfach Sir David! Genügt vollkommen unter Freunden."

„Werde mich mit Vergnügen danach richten."

„Well! Wißt Ihr jetzt, wie man mit einem Polizisten hierzulande zu reden hat?"

„Ihr habt mir allerdings eine Lehre gegeben", lachte der

Maler. „Freilich kann sie nur der beherzigen, der über die nötigen Mittel verfügt."

„Yes. Was machen wir jetzt? Auf Mister Wallert warten?"

„Das ist nicht nötig. Er befindet sich längst in Sicherheit."

„So ist er gar nicht mehr auf dem Friedhof?"

„Nein. Er hat ihn schon vor uns verlassen. Aber sagt mir nur, wie Ihr ausgerechnet an diesen Ort kommt?"

„Well! Ganz einfach. Ihr wißt, daß ich ein nettes Abenteuer suche. Habe nun gehört, daß die türkischen Damen die Friedhöfe gern besuchen, halten dort ihre Gesellschaften und Klatschgevatterschaften ab. Kam infolgedessen hierher, um mich ein wenig umzusehen. Yes."

„So also verhält sich die Sache. Aber gehen wir weiter! Freund Wallert wird uns schon erwarten."

„Wo?"

„Unten am Wasser, wo wir ausgestiegen sind."

An der alten Stelle hielt wirklich ein Kaik, in dem Wallert saß. Paul Normann stellte beide einander vor. Lindsay nahm den Deutschen sehr genau in Augenschein.

„Wonderful! Merkwürdige Ähnlichkeit! Habe in meiner Bildersammlung das Gemälde eines Verwandten, dem Ihr genau gleicht. Sonderbares Naturspiel!"

Hermann Wallert hätte ihn mit einigen Worten über die einfache Ursache dieses ‚sonderbaren Naturspiels' aufklären können, aber es machte ihm Spaß, das auf eine gelegenere Zeit zu verschieben. Während der Kaik die Wasser des Goldenen Horns durchschnitt, erzählten sich die Freunde ihre Erlebnisse, natürlich auf Englisch, damit David Lindsay an der Unterhaltung teilnehmen konnte.

Als Hermann Wallert in die Laube getreten war, hatte die verehrte schöne Türkin in einer Ecke gestanden. Dort hingen die Zweige des Efeus in so langen Gewinden hernieder, daß man sich vollständig dahinter zu verbergen vermochte.

„Komm hierher!" flüsterte sie ihm zu. „Da kann man uns nicht entdecken."

Mit seligem Herzklopfen ließ er sich von ihr unter die Zweige in das trauliche Halbdunkel ziehen. Dann ergriff sei seine Hand; er hielt ihre Finger fest und fühlte den Brillantring, den er so gut kannte. Sie war es — sie, die er liebte.

Und doch überkam ihn bald ein gar eigentümliches Gefühl. Es war ihm durchaus nicht so, wie er es sich in der Nähe der Geliebten erträumt hatte. Er vermißte die scheue, bange Zärtlichkeit an ihr.

„Wie danke ich dir, daß du gekommen bist!" flüsterte sie, aber es klang nicht recht innig.

„Wie lange bist du schon hier?" fragte er in ziemlich kaltem Ton.
„Über eine Stunde. Mein Herz sehnte sich nach dir. Fast fürchtete ich, daß du nicht kämst."
„Oh, du konntest sicher darauf rechnen!"
„Nicht alle Franken haben den Mut, sich einer solchen Gefahr auszusetzen. Du hast doch meinen Brief keinem anderen Menschen gezeigt?"
„Wer hat ihn geschrieben?" fragte er dagegen. Er suchte vergeblich nach einem herzlichen Wort.
„Ich selber."
„So verstehst du dich auf die Schrift der Franken?"
„Gewiß, es wird uns jetzt vieles Fränkische gelehrt. Aber warum bist du nicht allein gekommen?"
„Mein Freund begleitete mich, ohne zu wissen, was ich hier auf dem Friedhof —"
Er hielt plötzlich inne, denn eben jetzt hatte Paul Normann das verabredete Zeichen gegeben.
„Was horchst du?" fragte sie. „Ein Geier schrie. Was wolltest du sagen?"
„Ich wollte sagen, daß wir uns in Gefahr befinden."
„O nein! Fürchtest du dich?"
„Für mich kenne ich keine Furcht, wohl aber für dich. Du bist verloren, wenn man mich hier bei dir findet."
„Wer soll uns finden?"
„Die Polizisten, die draußen unter den Bäumen standen."
„Hast du sie gesehen? Oh, die haben wir nicht zu fürchten!"
„Doch! Ich muß dich schnell verlassen. Seh ich dich wieder auf dem Basar der Musselinhändler?"
„Ja, aber nur, wenn du jetzt bei mir bleibst."
„Ich kann nicht. Dein Leben ist in Gefahr und das meinige auch. Lebe wohl!"
Hermann Wallert hatte bis zu diesem Augenblick noch nicht ein einziges, liebevolles Wort gesagt oder eine kosende Bewegung gemacht. Jetzt wollte er sich von ihrer Hand lösen; sie aber hielt ihn fest.
„Wenn du mich lieb hast, so bleibe!" sagte sie in dringlichem Ton.
Sie legte ihre Finger noch fester um sein Handgelenk und streckte auch die andere Hand unter dem Mantel hervor. In diesem Augenblick brach ein Sonnenstrahl durch den Efeu und fiel auf ein kleines, metallenes Pfeifchen, das die Türkin in der Hand hielt. Jetzt erst, beim Anblick dieses Gegenstandes, wurde es Hermann Wallert klar, woran er war: sie hatte ihn hierhergelockt; er durfte keine Rücksicht auf den Umstand nehmen,

daß das weibliche Geschlecht das zartere genannt wird. So faßte er denn ihre Hand, die die Pfeife hielt.

„Verräterin!" stieß er zwischen den Zähnen hervor. „Das gelingt dir nicht!"

Dann griff er ihr mit der anderen Hand unter den Gesichtsschleier und um den Hals. Ein kräftiger Druck, ein Röcheln — sie verlor den Halt und sank zu Boden.

„Ein so herrliches Geschöpf und doch eine so niederträchtige Verräterin!" dachte er; aber kaum hatte er den Schleier entfernt, um wenigstens ihr Gesicht noch einmal zu sehen, da fuhr er betroffen zurück.

„Alle Teufel — ein Mann!"

Im höchsten Zorn schlug er dem Burschen die Faust an die Schläfe, daß dieser das Bewußtsein verlor.

Dann blickte er sich um. Die Nachbarlaube war leer; die nächste auch. Rasch eilte er weiter. In der vierten oder fünften Laube gab es ebenso dicke Efeugehänge wie in der ersten. Schleunigst steckte er sich dahinter. Man konnte hier ganz gut vorüberschreiten, ohne ihn zu entdecken.

Er nahm den Riemen von der Schulter und schnallte den Frauenanzug los. Die weiten Pumphosen waren schnell angelegt und unten zugebunden — nun der Mantel, die turbanartige Kopfbedeckung und zuletzt der Schleier. Jetzt verließ er das Versteck, schritt durch die Nachbarlaube und trat ins Freie.

Gar nicht weit von ihm stand ein Polizist mitten auf dem Weg, doch mit dem Gesicht abgekehrt. Schnell huschte Hermann Wallert zwischen die Sträucher hinein, gelangte auf einen Seitenweg, der zum Hauptgang führte, und schritt nun in aufrechter, würdevoller Haltung langsam dem Tor zu. In der Nähe bemerkte er zu seinem Befremden seinen Freund, der von einem Polizisten am Arm gehalten wurde, im Gespräch mit dem Türken, der ihm vorher aufgefallen war, und seinen spleenigen Oheim David. Was sollte er tun? Einen Augenblick lang hatte er im Sinn, seinem Freund beizustehen, der sich vielleicht in Gefahr befand, kam indes von diesem Gedanken ab, da er die Unmöglichkeit, einen solchen Streich durchzuführen, noch rechtzeitig erkannte. In seiner Verkleidung hätte er ihm eher geschadet als genützt. Außerdem war er überzeugt, daß David Lindsay den Maler nicht im Stich lassen würde.

So gelangte er glücklich hinaus und wandte sich schleunigst einem benachbarten Olivengarten zu, um unter dem Schutz der Bäume die Verkleidung wieder abzulegen. Als ihm das ohne Störung gelungen war, begab er sich wieder in die Nähe des Eingangs, um die Entwicklung der Dinge zu beobachten. Bald sah er seinen Freund und den Engländer unbehelligt durchs Tor daherkommen. Er hielt es für besser, sich hier, so nahe am Friedhof, noch nicht zu ihnen zu gesellen, sondern ging ihnen zur Landungsstelle voraus. Dort mietete er einen Kaik und wartete. Er hatte sich in seiner Berechnung, daß sich die beiden hierher zu den Booten wenden würden, auch nicht getäuscht, denn schon nach kurzer Zeit erschien Paul Normann wohlbehalten mit dem außerordentlich gutgelaunten Sir David.

Während der Erzählung Hermann Wallerts und der lebhaften Rede und Gegenrede erreichten sie das jenseitige Ufer. Als sie den Weg nach ihrer Wohnung einschlugen, strich der junge Mensch an ihnen vorüber, der Wallert vorhin gewarnt hatte. Paul Normann erkannte ihn wieder und hielt ihn fest.

„Halt! — Du bist uns einmal entwischt, wirst es aber nicht zum zweitenmal."

Der Angeredete mochte vielleicht neunzehn Jahre alt sein und trug sich wie ein einfacher Arbeiter, doch hatte es den Anschein, als ob dies nur eine Verkleidung sei. Er lächelte den Maler freundlich aber selbstbewußt an.

„Willst du mich halten?"

„Ja."

„Du wirst es nicht können, wenn ich es nicht will."

„Du gibst doch zu, heute dort drüben mit diesem Herrn gesprochen zu haben?"

„Ja."

„Wer hatte dich gesandt?"

„Das darf ich nicht sagen."

„Hier nimm!"

Paul Normann zog ein Geldstück aus der Tasche und reichte es ihm hin; seltsamerweise aber schlug der junge Mensch es aus.

„Herr, beleidige meine Seele nicht! Ich bin Said, der Arabadschi. Ich nehme kein Bakschisch. Ich tue, was mir die Herrin befiehlt, aber ich tue es nicht um Geld."

Überrascht reichte Wallert ihm die Hand.

„Das ist brav von dir. Jetzt kenne ich dich wieder. Du warst im ‚Tal der süßen Wasser', als dein Gespann scheu wurde?"

„Ja. Du hieltest damals die wütenden Stiere auf und rettetest die Herrin aus großer Gefahr."

„Darfst du von ihr sprechen?"

„Nein."

„Sie hat es dir verboten?"

„Ja, aber sie hat mir erlaubt, dir ihren Namen und ihre Wohnung zu sagen."

Beinahe wäre Wallert ein Freudenruf entschlüpft.

„Und wie heißt sie?"

„Zykyma."

Das würde auf Deutsch ‚Blüte des Oleanders' heißen."
„Und ihre Wohnung?"
„Kennst du vielleicht den Judenfriedhof jenseits des Stadtteils Khalydsche Oglu?"
„Ja."
„Es gibt da zwei Wasser, die sich vereinigen, um dann dem Hafen zuzufließen. Gerade in dem Winkel, der durch ihre Vereinigung gebildet wird, liegt ein Haus, mitten in einem Garten. Dort hält Ibrahim Bei die schönsten seiner Frauen verborgen."
„Also auch Zykyma?"
„Ja. Fällt es dir nicht auf, daß ich dir den Namen und die Wohnung der Herrin sagen durfte trotz ihrer Zurückhaltung?"
„Sie wünscht wohl, daß ich sie besuche?"
„O Allah, was fällt dir ein? Nein, das darf nicht geschehen. Aber sie hat zu dir Vertrauen und fürchtet, daß ihr von irgendeiner Seite her eine Gefahr droht. Sobald diese eintritt, hofft sie, daß du ihr zu Hilfe kommst. Aber wohlgemerkt, nur in diesem einen Fall darfst du ihr Haus betreten. Aus diesem Grund hat sie dir ihren Namen und ihre Wohnung mitteilen lassen."
„Aber wie werde ich wissen, wann ihr Gefahr droht? Ich werde noch heute nacht beim Judenfriedhof sein."
„Beim Propheten, tue das nicht! Es könnte euer Leben kosten und auch das anderer Leute."
„Willst du uns verraten?"
„Dann würde ich auch die Herrin verraten, und das tue ich nicht."
„So haben wir nichts zu befürchten. Höre, was ich dir sage: man hat uns in eine Falle gelockt, und ich muß erfahren, wie das geschehen konnte. Wir werden also am Abend draußen beim Wasser sein."
„Du kennst Ibrahim Bei nicht. Er ist grausam und würde euch nicht schonen, wenn er merkte, daß ihr sein Haus umschleicht."
„Auch wir werden ihn nicht schonen, wenn er in unsere Hände gerät. Vielleicht gelingt es mir also doch, mit deiner Herrin zu sprechen."
„Das ist unmöglich. Das Wasser ist tief und breit, die Mauern sind hoch, die Türen fest, und die Wächter werden niemals öffnen."
„Auch nicht mit dem Schlüssel des Goldes?"
„Nein. Sie fürchten zu sehr die Strenge des Herrn. Er würde sie aus dem Land der Lebendigen verschwinden lassen."
„Darfst du denn mit deiner Herrin sprechen?"
„Nicht mit Wissen des Herrn, aber zuweilen darf ich heimlich die Sonne ihres Angesichts schauen und ihre leise Stimme hören.

Sie hat mir das Leben gerettet, und ich lausche dafür nun ihren Wünschen, um sie zu erfüllen."

„Du bist gut und treu. Geh in Allahs Namen heim! Wir werden uns wiedertreffen."

„Nicht eher, als die Herrin es will!"

„Sag ihr, daß ich das Leben wagen werde, um sie zu sehen und mit ihr zu sprechen. Sie mag tun, was sie für gut hält; ich aber werde auf die Stimme meines Herzens hören."

Der Bote entfernte sich in eine Seitengasse und verschwand. Lindsay, dem Normann die Unterhaltung der beiden übersetzt hatte, blickte ihm zufrieden nach.

„Well", sagte er und klemmte den Regenschirm unter den Arm wie eine Waffe. „Da haben wir das Abenteuer. Yes. Wir werden Kriegsrat halten."

Er ging mit den zwei Freunden in deren Wohnung.

„Jetzt möchte ich nur wissen", sagte Paul Normann, „mit wem du im Bazar der Musselinhändler gesprochen hast."

„Wohl nicht mit ihr."

„Du glaubst also auch, daß es der Kerl gewesen ist, der sich heute als Frauenzimmer verkleidet hatte?"

„Jedenfalls. Wer kann denn in dieser verteufelten Umhüllung einen weiblichen Körper von einem männlichen unterscheiden?"

„Aber der Diamantring! Sie trug ihn. Er hatte ihn freilich auch, wie du erzähltest."

„Das ist allerdings ein Rätsel. Aber ich werde es schon lösen. Ich sage dir, daß ich meine Worte wahr machen werde: ich gehe heute abend hinaus, und sollte es auch nur sein, um zu kundschaften."

„Kundschaften?" mäkelte Lindsay. „Unsinn. Fällt keinem Menschen ein."

„Weshalb denn nicht?"

„Kundschaften ist viel zu wenig. Heraus muß sie, heraus! Well!"

„Nicht so schnell!" riet der Maler. „Solche Sachen wollen gute Weile haben und reiflich überlegt sein. Bei einer Entführung ist auch die Zustimmung derjenigen nötig, die entführt werden soll."

„Zustimmung? Unsinn! Das Mädchen wird nicht erst gefragt. Weiber sind in solchen Dingen viel zu ängstlich und umständlich Kennt ihr den Ort, wo das Haus steht?"

„So genau nicht, wie es nötig wäre. Auf dem Judenfriedhof bin ich allerdings gewesen und habe dabei das Haus wohl auch gesehen. Das ist aber alles."

„Und das Wasser? Die beiden Bäche, die sich an der Gartenmauer vereinigen? Sind sie breit?"

„Das weiß ich nicht. Mir ist nur bekannt, daß das Wasser bei den alten Kanonengießereien in den Hafen mündet."

„By Jove! Wenn das Wasser breit genug wäre!"

„Was wäre dann?"

„Habe einen herrlichen Gedanken. Dampfjacht heizen — bis an das Grundstück heranfahren — an der Mauer anlegen — hinüberklettern — das Mädchen holen — zurückdampfen — irgendwohin, wo man uns nicht erwischen kann."

„Ihr stellt Euch die Entführung freilich sehr einfach vor!" lachte Hermann Wallert.

„Ist es auch! Ungeheuer einfach, wenn man's nur richtig anpackt. Yes!"

„Bleiben wir sachlich! Ich habe die feste Absicht, heute hinauszugehen und mir die Gegend genau anzuschauen."

„Well! Bin einverstanden. Werde die Gegend mit anschauen."

„Einer ist genug. Einer fällt weniger auf als zwei oder drei."

„No. Einer ist nicht genug! Bin eigens nach Konstantinopel gekommen, um ein solches Abenteuer zu erleben. Soll ich das Vergnügen nun anderen überlassen? Nein, ich gehe mit."

„Aber bedenkt, Eure Kleidung! Ihr werdet zugeben, daß Euer Anzug zu auffällig ist."

„Well, werde mich anders kleiden. Bin schon als Kurde gegangen, warum nicht auch einmal als Türke?"

„Was? Ihr wart schon in Kurdistan?"

„Yes. Mit meinem Freund Kara Ben Nemsi, der sogar dem Sultan den ganzen Harem entführen würde, wenn er wollte! Schönes Land, aber schauderhafte Menschen. Habe das da als Erinnerung mitgebracht." Dabei hob er die linke Hand, an der zwei Finger fehlten.

„So habt Ihr gefährliche Erlebnisse dort gehabt?"

„Yes. Feine Abenteuer![1] Werde sie euch einmal erzählen, aber nicht gleich. Jetzt Anzüge kaufen."

„Anzüge? Doch wohl bloß einen!"

„No. Brauchen drei Anzüge, für jeden von uns einen. Wenn wir bemerkt werden, braucht niemand zu wissen, daß es Franken waren, die die Entführung ins Werk gesetzt haben."

„Aber, Sir, wir sind keine Millionäre."

„Never mind! Bezahle alles. Aber jetzt gleich zum Kleiderbasar; dann Judenfriedhof, dann kundschaften, dann entführen! Yes."

Dabei setzte sich seine Nase in so lebhafte Bewegung, als teile sie das Entzücken ihres Besitzers über die Abenteuerlichkeit der nächsten Stunden.

---

[1] Vergleiche Karl May, „Durchs wilde Kurdistan" und „Von Bagdad nach Stambul"

„Weiß nicht, ob die Sache so schnell läuft!" dämpfte Hermann Wallert. „Ich für meine Person bin zufrieden, wenn der heutige Kundschaftergang nicht mißglückt. Gehen wir!"

Sie brachen auf.

Als sie aus dem Haus treten wollten, war der Engländer der vorderste. Er zog den Fuß zurück und blieb innerhalb der Tür stehen.

„Hol der Teufel den Kerl!" brummte er.

„Welchen Kerl?" fragte Paul Normann.

„Diesen Derwisch. Da drüben steht er wieder und gafft an dem Haus hier in die Höhe."

„Ich möchte nur wissen, in welcher Absicht er uns beobachtet."

„Werde ihm zu verstehen geben, daß er seine Augen da aufsperren soll, wo sich nicht gerade David Lindsay befindet. Yes!"

Damit schritt er auf den Derwisch zu.

„What do you want here — was willst du da?"

„Anlamam — ich verstehe dich nicht."

„Away — marsch, pack dich!"

„allah inhal el Kelb!"

„Was sagte er?" erkundigte sich Lindsay bei dem Maler.

„Es ist arabisch und heißt: ,Gott verdamme den Hund!' "

„Einen Hund nennt er mich, einen richtigen Englishman? — Hier die Antwort!"

Er holte aus und versetzte dem Derwisch ein paar schallende Ohrfeigen.

Der Derwisch stand wie versteinert; er sagte kein Wort. Aber in seinem Innern kochte es. Ein Ungläubiger hatte es gewagt, einen gläubigen Sohn des Propheten zu schlagen!

„Wenn das nur keine bösen Folgen hat, Sir!" meinte Paul Normann beim Weitergehen. „Es ist für einen Christen in Konstantinopel außerordentlich gefährlich, einen Moslem zu schlagen."

„Why? Soll ich etwa warten, bis ich den Halunken einmal in London oder Liverpool treffe?"

5. Dunkle Zusammenhänge

Der Derwisch stand nicht ohne Absicht auf seinem Platz. Er hatte Sir David, seit ihm die Jacht aufgefallen war, nicht aus den Augen gelassen. So war er ihm und Paul Normann auch zum Haus Barischas, des Sklavenhändlers, gefolgt, und da er es für nötig hielt, über den Maler etwas zu erfahren, trat er bei Barischa ein.

Als der Händler ihn bemerkte, öffnete er sofort die Tür. Die Derwische stehen im Geruch der Heiligkeit und werden, wenigstens in den unteren Volksklassen, stets mit Ehrfurcht behandelt.

„Sei willkommen!" begrüßte ihn Barischa. „Hast du mir einen Befehl Allahs zu überbringen?"

„Nein. Ich komme, um eine Auskunft von dir zu erbitten. Bist du gegenwärtig reich an schönen Sklavinnen?"

„Ich habe immer die schönsten, die du in Stambul treffen kannst. Willst du dir einen Harem gründen?"

„Nein. Du weißt, daß mein Orden mir das verbietet. Aber ich habe von einem hohen Herrn den Auftrag erhalten, ihm eine Sklavin zu suchen, an der sich sein Auge erfreuen kann."

„Ist der Herr reich?"

„Sehr. Er rechnet stets nach goldenen Beuteln, nicht nach silbernen."

„Verbietet dir dein Orden nicht auch, das Angesicht eines Weibes zu betrachten?"

„Meine Augen gehören nicht mir, sondern dem, für den ich die Sklavin besichtige; nicht ich sehe sie also, sondern er ist es, der sie anschaut."

„So werde ich dir alle zeigen, die vorhanden sind."

Er führte den Derwisch nun in ein Zimmer, wo die Mädchen gewöhnlich versammelt waren. Der Derwisch hatte geglaubt, Normann hier zu finden und fragte sich jetzt im stillen, wo dieser wohl stecken möge. Er vermutete, daß wohl noch mehr Mädchen im Hause seien, bei denen er den Gesuchten finden werde. Darum schüttelte er unzufrieden den Kopf, als er sämtliche Sklavinnen betrachtet hatte.

„Sind das alle, die du hast?"

„Ja."

„Das bedauere ich sehr."

„Warum?"

„Der Bei, der mich sendet, hat mir genau beschrieben, wie diejenige beschaffen sein muß, die er kaufen würde. Unter diesen hier befindet sich aber nichts Ähnliches."

„Wie soll sie denn sein?"

„Ich habe nicht die Erlaubnis, von dem Mädchen des Herrn zu sprechen. Wenn du weiter keine hast, so muß ich gehen."

Barischa überlegte nicht lange.

„Ist dieser Bei sehr reich?"

„Sehr. Ich sagte es schon. Er erfreut sich der ganz besonderen Gnade des Großherrn."

„So will ich dir gestehen, daß ich allerdings noch eine Sklavin besitze, eine einzige. Sie ist die allerschönste, die ich jemals besessen habe, und ich wollte sie dem Großherrn anbieten."

„Allah segne den Padischah! Aber warum soll gerade er diese Sklavin haben? Besitzt er nicht schon die besten aller Länder? Soll ein anderer sich nicht auch eines schönen Weibes erfreuen?"

„Du vergißt, daß der Großherr am allerbesten bezahlt. Er handelt niemals einen Para vom Preis ab."

„Du hast recht. Er handelt niemals. Entweder er bezahlt, was verlangt wird, oder er bezahlt gar nichts. Wenn ihm die Sklavin gefällt und er dir den Preis nicht gibt, kannst du ihn nicht beim Kadi verklagen. Hast du das noch nicht erfahren?"

„Leider schon einige Male."

„So tue, was dir dein Verstand gebietet! Zeige mir die Sklavin, damit ich wenigstens entscheiden kann, ob ich zu meinem Herrn von ihr sprechen darf!"

„Ich werde dich zu ihr führen. Aber warte draußen, bis ich zurückkehre; ich will sie erst benachrichtigen."

Barischa ging, und der Derwisch kehrte einstweilen in die vordere Stube zurück. Dort befand er sich, als Paul Normann gezwungen war, die Geliebte zu verlassen. Beide betrachteten sich im Vorübergehen mit nicht gerade sehr freundlichen Blicken. Als dann der Händler wiederkam, fragte der Derwisch:

„Kaufen auch Franken Sklavinnen?"

„Nein, nur Anhänger des Propheten haben die Erlaubnis, die Freuden der Seligkeit schon auf dieser Erde zu genießen."

„Aber du siehst doch Ungläubige bei dir?"

„Zuweilen. Sie erscheinen aus verschiedenen Gründen. Warum fragst du?"

„Ich sah den Franken, der jetzt bei dir war."

„Er befand sich bei der Sklavin, die ich dir zeigen werde. Der Großherr, für den sie bestimmt ist, kann nicht kommen, sie zu betrachten, und so will ich ihm ihr Bildnis senden. Dieser Franke ist ein Maler, der das Bild anfertigt."

Barischa führte ihn in das Zimmer, das Paul Normann eben verlassen hatte. Tschita saß noch auf dem Diwan, doch trug sie jetzt den Schleier vorm Gesicht; das Bild auf der Staffelei war verhüllt.

„Erhebe dich vor dem Mann der Frömmigkeit und entferne den Schleier!" gebot der Händler.

Tschita stand auf und enthüllte ihr Angesicht. Der Derwisch stieß einen lauten Ruf aus: sein Gesicht zeigte den Ausdruck einer außergewöhnlichen Überraschung. Fast schien es, als ob er tief erschrocken sei. Es kostete ihn sichtliche Anstrengung, seine vorherige Gleichgültigkeit zurückzugewinnen.

Die junge Tscherkessin errötete vor Scham. Das Gesicht die

ses Menschen war ihr widerwärtig. Sie ließ den Schleier über ihr Antlitz fallen; aber der Derwisch trat schnell zu ihr und hob ihn wieder auf.

„Was sagst du zu ihrer Schönheit?" fragte Barischa selbstbewußt.

„Sie ist so, wie der Bei sie wünscht."

Die dunklen Augen des Derwischs glühten in einem Feuer, das selbst dem Händler auffallen mußte.

„Ich sehe, sie gefällt dir sehr!" sagte er deshalb lauernd.

„Ja. Ich werde dem Bei empfehlen, sie zu kaufen. Woher stammt sie?"

„Von jenseits des Kaukasus."

„Hast du selber sie dort geholt?"

„Nein. Sie wurde zu Schiff nach Stambul gebracht. Einer meiner Unterhändler hatte sie gekauft."

„Wie ist ihr Name?"

„Tschita."

„Wer ist ihr Vater, und wie heißt der Ort, wo sie geboren wurde?"

„Ich weiß beides nicht."

„Sonderbar. Also dieser Giaur, dieser Ungläubige hat sie gesehen und ihr Bildnis gemalt? Wo ist es?"

„Hier. Es ist noch nicht fertig, aber trotzdem schon sehr ähnlich.

Damit entfernte Barischa die Hülle, und der Derwisch betrachtete das Gemälde aufmerksam.

„Ja", meinte er, „es ist ihr sehr ähnlich. Sag mir den Preis, den du forderst!"

„Von dem Großherrn würde ich fünf Beutel in Gold[1] verlangen."

„Er würde sie dir entweder voll geben oder gar nicht. Ich biete dir vier Beutel, die du sofort empfangen wirst, ohne daß man einen Piaster abhandelt."

„Hast du Auftrag, mir diese Summe zu nennen?"

„Nein; aber ich weiß, daß mein Auftraggeber so viel bezahlen wird, wie ich biete. Er wird sich entschließen, sie zu kaufen, wenn du mir erlauben wolltest, ihm das Bild zu zeigen."

„Du willst es mitnehmen? Ich kenne dich nicht."

„Willst du dich an Allah versündigen? Glaubst du, daß ein Sohn meines heiligen Ordens dich um ein Bild bestehlen wird?"

„Das glaube ich nicht. Kann ich jedoch erfahren, welcher Herr es ist, zu dem du es bringen willst?"

„Ibrahim Bei, der Sohn des Kurden Melek Pascha."

„Den kenne ich. Er ist der Liebling des Sultans. Du sollst das

[1] Ungefähr 27.000 Mark

Bild erhalten. Einer meiner Diener mag es dir tragen, wohin du willst, und es mir dann wiederbringen."

Damit war der Besuch eigentlich beendet; der Derwisch hatte mehr gefunden, als er gesucht hatte; aber er vergaß trotzdem nicht, warum er gekommen war.

„Der Prophet hat verboten, daß der Gläubige sich ein Bildnis seines Körpers und Gesichts anfertigen lasse", sagte er unbefangen. „Dieses Bild wird also vernichtet werden müssen."

„Dann muß Ibrahim Bei es bezahlen. Der Franke malt es mir nicht umsonst."

„Ich werde mit dem Maler sprechen. Kannst du mir sagen, wo er wohnt?"

„Hart neben dem Indschir-Bostan-Platz in Pera. Sein Wirt ist ein Grieche und heißt Miledas."

„Ich werde ihn erfragen. Vielleicht kommt der Handel schnell zustande."

Der Derwisch war sehr erregt, wollte es sich aber nicht merken lassen. Er verzichtete sogar darauf, den Weg zu Fuß zurückzulegen — das hätte ihm zu lang gedauert —, er nahm am nächsten Platz einen Esel und ritt, so schnell das Tier ihn tragen wollte, über die Perabrücke hinüber nach Alt-Stambul, wo Ibrahim Bei seinen Wohnsitz hatte.

Ibrahim Bei bekleidete zwar kein Staatsamt; aber sein Vater war ein hoher Würdenträger gewesen. Das hatte man nicht vergessen, und so kam es, daß der Sohn sich in Hofkreisen eines nicht unbedeutenden Einflusses rühmen konnte. Es war bekannt, daß er, der schwerreiche Mann, eine ganze Anzahl der schönsten Frauen besaß.

Trotzdem aber fühlte er sich nicht so glücklich, wie man hätte denken sollen. Und das hatte seine Gründe. Über einen dieser Gründe dachte er eben nach, als er allein in seinem Zimmer saß, das lange Rohr der Wasserpfeife in der Hand und vor sich das goldene Kaffeebrett mit der kleinen Tasse, ungefähr halb so groß wie ein Ei.

Er wurde gestört. Ein schwarzer Diener trat ein, neigte sein Haupt fast bis zur Diele und wartete auf die Anrede seines Herrn.

„Hund!" knurrte der Bei. „Habe ich nicht gesagt, daß ich allein sein will? Soll ich dich peitschen lassen?"

Der Sklave beugte sich noch tiefer.

„Osman, der Derwisch", sagte er unterwürfig.

Das finstere Gesicht erhellte sich sofort.

„Was ist's mit ihm?"

„Er bittet um die Gnade, dein Angesicht sehen zu dürfen."

„Er mag hereinkommen! Aber horche nicht, Schakal, sonst lasse ich dir die Ohren abschneiden!"

Der Schwarze ging, und der Derwisch trat ein.

Er zeigte keineswegs die Demut des Dieners. Er hatte zwar draußen seine grünen Pantoffel ausgezogen, veränderte aber nicht um einen Zoll seine stolze, aufrechte Haltung.

„Was bringst du da?" fragte Ibrahim Bei.

„Ein Bild."

„Wie? Ein Bild? Bist du ein Giaur geworden?"

„Nein. Ein Christ aber hat es gemalt. Erlaubst du, daß ich es dir zeige, Herr?"

„Schau dich um! Darf ich hier ein Bildnis sehen, noch dazu das Werk eines Ungläubigen?"

Der Bei deutete auf die Wände, deren himmelblauer Grund mit goldenen Koransprüchen verziert war. Der Islam erlaubt nur Schnörkel, Zierate und fromme Sprüche; Bilder verbietet er.

„Hältst du mich für einen untreuen Anhänger des Propheten?" fragte der Derwisch. „Was ich dir bringe, darfst du ohne Gewissensbisse betrachten. Es ist eine Überraschung für dich. Blick her!"

Er zog bei diesen Worten den Schleier von dem mitgebrachten Bild. Kaum war das Auge des Türken auf das Gemälde gefallen, so stieß er einen lauten Schrei aus und sprang so hastig von seinem Kissen auf, daß er das Kaffeebrett eine ganze Strecke weit fortschleuderte und die kostbare Glasschale der Wasserpfeife zerbrach.

„O Himmel! O Hölle!" stieß er hervor. „Sehe ich recht?"

„Kennst du sie?" fragte Osman.

„Anna von Adlerhorst!"

„Du täuschest dich."

„Sie ist es! Schweig! Das ist ihr Gesicht, ihr Mund, ihr goldenes Haar! Das sind ihre Augen, die wunderbaren Sterne, für deren Blick ich meine Seligkeit gegeben hätte!"

„Und doch ist sie es nicht. Es ist das Bild ihrer Tochter."

„Ihrer Tochter? Wie ist das möglich?"

„Könnte jenes Weib jetzt so aussehen? Wäre sie jetzt noch so jung?"

„Nein. Du hast recht. Doch wie kann es hier in Stambul ein Bild ihrer Tochter geben?"

„Ich kann es mir auch nicht erklären. Aber es ist dennoch sicher, daß sie, deren Bild du hier erblickst, die Tochter der Frau ist, die deine Liebe verachtete."

„Es kann wohl nicht anders sein. Denn das ist unbedingt das Bildnis einer verfluchten Adlerhorst. Aber wo ist sie selber?"

Derwisch Osman weidete sich an dem Eindruck, den das Bild hervorgebracht hatte.

„Nun, Herr, gibt es noch Überraschungen?" fragte er überlegen.

„Ja, ja; das ist allerdings eine, und zwar eine große!"

„Willst du dieses Bild kaufen?"

„Ich kaufe es. Ich bezahle, was dafür auch gefordert wird — bar und sofort!"

„Es soll fünf Beutel in Gold kosten."

„Fünf Beutel? Bist du toll?"

„Vielleicht erhältst du es auch für vier Beutel, wenn du sofort bezahlst."

„Ein Bild kann doch nicht so viel kosten!"

„Und doch sagtest du, daß du sogleich bezahlen würdest, was auch gefordert wird!"

„Konnte ich einen solchen Preis für möglich halten?"

„Allerdings nicht. Ich habe auch eine Erklärung dafür. So viel soll nicht das Bild, sondern die Sklavin kosten."

„Ah! Eine Sklavin ist es!"

„Ja, eine tscherkessische Sklavin. Ich fand sie bei dem Händler Barischa, den du ja auch kennst."

„Wie kommt die Tochter dieser — dieser — als Sklavin nach der Stadt des Großherrn?"

„Das ist ein Geheimnis, das wir wohl noch ergründen werden."

„Wie aber bist du auf den Gedanken gekommen, zu dem Verkäufer der Sklavinnen zu gehen?"

„Ich folgte einem Engländer, der so heißt wie Anna von Adlerhorst, als sie noch ein Mädchen war — Lindsay."

„Wie? Lindsay?"

„Ja. Dadurch wurde ich aufmerksam und folgte ihm."

Er erzählte, und der Bei hörte aufs äußerste gespannt zu.

„Ich kaufe sie, ich kaufe sie!" sagte er eifrig. „Ich werde sogleich zu dem Händler reiten, obgleich ich keine Zeit habe; denn ich muß hinüber zum Friedhof —, ah, das weißt du ja noch gar nicht. Ich muß dir auch ein Bild zeigen."

„Wie? Auch du hast Bilder?"

„Ein einziges."

Er zog dabei ein Lichtbild aus der Tasche und hielt es Osman vor die Augen. Der Derwisch wich zurück.

„Bruno von Adlerhorst! Den sendet der Teufel!"

„Er ist es nicht! Könnte dieser Mensch jetzt noch so jung sein?"

„Nein. Du hast recht. Übrigens ist er ja längst tot."

„Ja; er ist zur Dschehenna gefahren, zu allen Geistern der Verdammnis. Fluch über ihn!"

„So kann dieser hier nur sein Sohn sein!"

„Ich denke es auch. Aber er trägt einen anderen Namen."
„Das ist leicht möglich. Wo ist er?"
„Hier in Stambul."
„So möge uns Allah vor ihm bewahren!"
„Du bist ein Kind. Er weiß ja nichts von uns."
„Wie kamst du zu diesem Bild?"
„Ich habe es mir besorgen lassen. Dieser Hund wird heute noch im Gefängnis sitzen, und ich werde Sorge tragen, daß er die Freiheit nie wieder erblickt."
„Warum?"
„Er hat es auf eine meiner Frauen abgesehen."
„Du scherzt."
„Höre zu, wie alles gekommen ist!"
Und nun erfuhr Osman von Ibrahim Bei den Vorfall im ‚Tal der süßen Wasser', das Zusammentreffen im Basar und schließlich auch die Gegenmaßnahmen, die der Bei ausgesonnen hatte.
„Wie aber hast du das Bild des Franken erlangt?" forschte Osman.
„Nachdem ich seine Wohnung ausgekundschaftet hatte, bestach ich den Wirt, der ihm heimlich das Bild wegnahm. Dieser Wirt ist ein Grieche und heißt Miledas."
„Wie? Miledas? Wohnt er etwa in der Nähe des Indschir-Bostan-Platzes?"
„Ja, ganz nahe dabei."
„Welch ein Zusammentreffen! Dort wohnt ja auch der Maler dieses Bildes!"
„Allah! Ein Maler wohnt allerdings bei ihm, das weiß ich. Der Fremde nennt sich Wallert, und der Maler heißt Normann; das sind zwei deutsche Namen. — Ob Bruder und Schwester voneinander wissen?!"
„Ausgeschlossen."
„Wieso?"
„Der Bruder würde sie doch sofort dem Händler entrissen haben! Weißt du überhaupt, ob er selber seinen eigentlichen Namen kennt?"
„Gewiß, er kennt ihn, er war damals schon alt genug, um die Erinnerung an seinen Namen festzuhalten. Jedoch die Zeit verrinnt. Sprechen wir später darüber. Jetzt muß ich zu Barischa, um die Sklavin zu kaufen. Ich werde satteln lassen. Gehe du voraus, um mich zu melden."
„Soll ich dort bleiben, bis du kommst?"
„Ja. Du mußt aufpassen, daß alles in Ordnung verläuft. Der Händler wird die Tscherkessin hinausschaffen in mein Haus am Wasser. Du folgst ihnen unbemerkt, um zu sehen, ob sie richtig

abgeliefert wird. Dann begleitest du ihn hierher, um Zeuge zu sein, daß er das Geld erhält. Jetzt gehe!"

„Und das Bild?"

„Bleibt hier."

Der Derwisch ging.

Ibrahim Bei stellte sich vor das Gemälde und betrachtete es. Seine Zähne waren fest aufeinandergebissen, und zwischen den Brauen stand eine finstere Falte. Böse Erinnerungen zogen an seiner Seele vorüber.

„Anna von Adlerhorst!" murmelte er vor sich hin. „Ich trug einen Himmel im Herzen, du schufst eine Hölle daraus. Ich habe mich gerächt. Der Schluß meiner Rache aber soll jetzt kommen: deine Tochter, dein Ebenbild, wird meine Sklavin sein."

Er hüllte das Bild wieder ein und erteilte Befehle. Einer der Diener mußte sofort hinaus zum Haus am Wasser, damit man sich dort auf den Empfang der neuen Sklavin vorbereitete.

Als Ibrahim Bei vor dem Haus des Sklavenhändlers aus dem Sattel stieg, empfing ihn Barischa mit sklavischer Unterwürfigkeit.

„Hat der Derwisch dir gesagt, was ich will?"

„Ja, o Herr. Möge dein Auge Wohlgefallen finden an der Blume, die du pflücken willst."

„Weiß sie schon von mir?"

„Kein Wort."

„Sie darf auch nichts wissen, denn sie würde dir vielleicht nicht gehorchen. Wenn sie mir gefällt und ich sie kaufe, so hast du sie an den Ort ihrer Bestimmung zu schaffen, den der Derwisch dir beschreiben wird. Du lockst sie hinaus, indem du zu ihr sagst, du würdest sie nach dem ‚Tal der süßen Wasser' spazierenfahren. Auf diese Weise umgehst du alle Schwierigkeiten, die sie dir bereiten könnte. Auch verbiete ich dir, irgendeinem Menschen zu sagen, wer sie gekauft hat. Jetzt aber will ich sie sehen."

Ibrahim wurde in das Zimmer geführt, wo der Maler zu arbeiten pflegte, und der Schwarze holte Tschita. Als er die schöne Tscherkessin erblickte, vermochte er seine Bewegung kaum zu meistern.

Dennoch gelang es ihm, kalt zu erscheinen. Abweisend schüttelte er den Kopf und sprach so laut, daß sowohl Tschita als auch der Wächter es hören konnten.

„Man hat sie mehr gelobt, als sie verdient", sagte er schroff. „Ich kann sie nicht brauchen."

Dann ging er. Im Vorderzimmer aber blieb er bei dem Händler stehen.

„Höre meinen Willen! Ich gebe dir vier Beutel in Gold für

das Mädchen und einen Beutel in Silber für das Bild, keinen Para mehr. Im anderen Fall magst du versuchen, ob der Padischah dich bezahlt. Willst du?"

„Wann erhalte ich das Geld?"

„Sogleich, nachdem du sie abgeliefert hast. Der Derwisch wird dich zu mir begleiten, wo das Gold bereitliegt."

„Sie ist dein, Herr! Du wirst niemals ein Weib sehen, das schöner ist als dieses Mädchen."

Somit war der Handel abgeschlossen. Ibrahim überließ jetzt sein Pferd dem Derwisch Osman und begab sich an das Ufer, um sich in einem Kaik nach dem Friedhof übersetzen zu lassen, wo Hermann Wallert gefangengenommen werden sollte.

„Jetzt konntest du die Gebieterin eines einflußreichen Mannes werden", fuhr Barischa die junge Tscherkessin heftig an, als Ibrahim das Haus verlassen hatte. „Aber du machtest ein Gesicht, daß er sofort zurückgeschreckt ist. Bist du etwa krank?"

„O nein!"

„Und doch bist du krank. Deine Wangen sind blaß. Ich glaube, du mußt Luft und Sonnenschein haben. Hast du schon vom ‚Tal der süßen Wasser' gehört?"

„Wo die Frauen spielen?" fragte sie rasch.

„Ja, den Ort meine ich. Möchtest du einmal hin?"

„O gern, so gern!"

Ihre Augen strahlten.

„Nun, so will ich einen Wagen mieten. Du sollst hinausfahren."

„Allah danke es dir!"

„Ich will dir eine Freude bereiten, hoffe aber, daß du um so munterer bist, wenn wieder ein Käufer kommt."

Der Neger ging, um eine Araba zu bestellen, einen zweirädrigen, von Ochsen gezogenen Wagen, in den Tschita stieg, ohne zu ahnen, daß sie nicht wieder zurückkehren würde.

Die Vorhänge des Wagens wurden fest zugezogen. Niemand sollte die kostbare Fracht sehen, die er trug. Barischa schritt nebenher, und Osman, der Derwisch, kam in einiger Entfernung nachgeritten, gefolgt von den erstaunten Blicken der ihm Begegnenden, die noch nie in ihrem Leben einen Derwisch vom Orden der Heulenden auf einem so guten und kostbar gesattelten Pferd gesehen hatten.

6. Die Gefangene des Bei

Der Weg ging durch Sankt Dimitri und Piri Pascha. Als sie diesen Stadtteil hinter sich hatten, ritt Osman voran. Er wollte der erste sein, der Tschita empfing, und wollte sich an ihrem Schreck weiden.

Der Bote Ibrahims war schon angekommen. Farbige Diener hatten inzwischen alles zum Empfang bereitet. Kurze Zeit darauf knarrte der Wagen zum geöffneten Tor herein und hielt im Hof.

„Steig aus!" gebot Barischa. „Wir sind an Ort und Stelle."

Das Grundstück Ibrahims bildete ein spitzwinkeliges Dreieck, an dessen beiden langen Seiten die zwei Bäche flossen, die sich in dem spitzen Winkel vereinigten. Hart am Wasser, von diesem bespült, stiegen die wohl sechs Meter hohen, starken Mauern auf. In der Mauer, die die Grundlinie bildete, befand sich das Eingangstor, aus starkem, mit Eisen beschlagenem Holz gearbeitet und mit schweren Riegeln und Schlössern ausgestattet.

Durch dieses Tor gelangte man in den Hof und von ihm aus in das Gebäude, hinter dem dann der dreieckige Garten lag, der mit schattenspendenden Bäumen bepflanzt und mit blühendem Buschwerk geschmückt war.

In dem Hof hielt der Wagen. Tschita stieg aus und blickte sich verwundert um.

„Ich denke, wir fahren ins ‚Tal der süßen Wasser'?" fragte sie befremdet.

„Ja, das tun wir auch", antwortete Barischa mit schlauem Lächeln.

„Das kann doch nicht hier sein!"

„Ganz recht. Ich habe dich vorerst hierhergebracht, um dich zu Frauen zu führen, die mitfahren werden. Sieh dort den Mann — folge ihm hinauf in die Gemächer! Er wird dir die Frauen zeigen. Ich warte hier, bis du wiederkommst."

Einigermaßen beruhigt, wandte sich Tschita zu der Tür, in der der Mann stand.

Er hatte ein hageres, keineswegs Vertrauen erweckendes Gesicht, und in seinem Gürtel steckte eine Peitsche, das sichere Zeichen, daß er hier eines hervorragenden Amtes waltete. Er betrachtete die Nahende mit scharfen Augen und trat zur Seite, um sie einzulassen.

„Ich bin der Stellvertreter des Bei, der Verwalter dieses Hauses", sagte er zu ihr. „Es ist gut, wenn du dir das merkst. Folge mir!"

Sein Gesicht zeigte einen hämischen Ausdruck. Er wandte sich kurz um und schritt mit Tschita durch einen Gang, der nach einem Innenhof führte. In dessen Mitte befand sich ein von steinernen Sitzen umgebenes Wasserbecken. Der Hof wurde durch einen vierseitigen Säulengang gebildet, auf dem das obere Stockwerk ruhte. Die mit dichten Holzgittern versehenen Fensteröffnungen bewiesen, daß sich dort die Frauengemächer befanden.

Kein Mensch war sonst anwesend. Der Mann geleitete Tschita zu einer schmalen Holztreppe, an deren Fuß ein dicker Neger mit fettem, schwammigem Gesicht und wulstigen Lippen sich vor dem Verwalter tief verneigte.

„Das ist Omar, von jetzt an dein Wächter, dem du zu gehorchen hast", sagte der Mann zu Tschita. „Er wird mir berichten, ob er mit dir zufrieden ist."

Tschita blickte den Neger durch die Schleieröffnung erstaunt an.

„Mein Wächter?" fragte sie überrascht. „Dem ich zu gehorchen habe? Höre ich recht?"

„Ich wiederhole meine Worte nie. Wenn du noch nicht weißt, woran du bist, so kommt hier einer, der es dir sagen wird."

In diesem Augenblick trat durch eine Tür der Derwisch Osman ein. Er hatte die lauten Worte des Verwalters wohl gehört.

„Wie es scheint", sagte er zu Tschita, „hat dir Barischa noch gar nicht mitgeteilt, weshalb du dich hier befindest?"

Tschita erschrak. Sie erkannte in ihm sofort den Mann, der heute bei dem Händler gewesen war und ihr Zusammensein mit Paul Normann gestört hatte. Der lauernde, höhnische Ausdruck seines Gesichts machte einen abstoßenden Eindruck auf sie.

„Er hat mir gesagt", antwortete sie, „ich soll hier Frauen abholen, um mit ihnen nach dem ‚Tal der süßen Wasser' zu fahren."

„So hat er dich getäuscht. Du wirst nicht an die Wasser gehen, sondern hierbleiben. Dieses Haus gehört dem mächtigen Ibrahim Bei, der dich gekauft hat."

„Gekauft?" hauchte Tschita entsetzt.

„Ja. Das mußt du doch wissen. Er war vorhin bei dir, um dich anzusehen."

„Der? Ich habe ihm ja gar nicht gefallen!"

„Du irrst dich. Auch er hat dich nur getäuscht. Du wirst von jetzt an hier wohnen."

„O Allah!"

Tschita lehnte sich an die Wand, um nicht zusammenzubrechen. Dieser Schlag kam so unvorbereitet, daß er sie mit doppelter Stärke traf.

Derwisch Osman ging und der Verwalter mit ihm. Draußen klirrten die Riegel vor der Tür — Tschita war eingeschlossen.

Der Schwarze aber öffnete eine andere Tür und deutete hindurch.

„Geh! Ich werde dir deine Gemächer anweisen", sagte er mit fetter Stimme.

Und als sie diesem Befehl nicht sofort folgte, zog er die Peitsche, die auch er im Gürtel trug, und schwang sie drohend.

„Gehorche, sonst werde ich dich zwingen!"

Da wankte sie hinaus in den Gang; der Schwarze schob sie weiter und weiter bis in ein Zimmer, in dem sich nichts befand als einige an den Wänden liegende Kissen.

„Hier warte, bis ich dich weiterbringe", sagte er. „Nimm die Schleier ab! Ich muß dich betrachten, damit ich dich kennenlerne."

Zugleich streckte er die Hand nach ihrem Gesichtsschleier aus, aber Tschita wich zurück. Alles in ihr empörte sich gegen diese Entwürdigung.

„Wag es nicht, mich zu berühren!"

Der Schwarze war über den unerwarteten Widerstand sehr erstaunt.

„Wie, du willst dich weigern? Siehst du hier die Peitsche?"

„Du wirst es nicht wagen, mich zu schlagen!"

„Wer soll mich hindern? Noch bist du nicht die Lieblingsfrau des Bei, sondern eine Sklavin, die ich züchtigen darf. Also, wird's bald?"

Abermals griff er nach ihr, um den Schleier zu entfernen; aber Tschita entschlüpfte seinen Händen und flüchtete in den äußersten Winkel des Zimmers.

Nun geriet der Schwarze in Wut. Er holte mit der Peitsche aus, kam indes nicht dazu, den Hieb auszuführen, denn in der Tür erschien plötzlich Hilfe. Eine Frau war, von ihm unbemerkt, mit raschen Schritten herbeigeeilt und hatte ihm von hinten die Peitsche aus der Hand gerissen.

„Hund, du willst schlagen?" herrschte sie ihn an. „Das wirst du bleiben lassen! Hier, nimm du selber!"

Der Schwarze hatte sich zu ihr umgewandt. Im nächsten Augenblick erhielt er einen so gut gezielten Hieb, daß er einen lauten Schmerzensschrei ausstieß und, die Hände vorm Gesicht, gegen die Wand taumelte.

Die Retterin machte in ihrer Schönheit und in ihrer gebieterischen und drohenden Haltung einen tiefen Eindruck auf Tschita.

Sie war eines jener Wesen, die nur im Orient geboren werden können. Wie sie, ganz in rote Seide gekleidet, das aufgelöste, reiche Haar über die Schultern herab fast bis auf den Boden wallend, mit blitzenden Augen und hocherhobener Peitsche vor dem schwarzen Sklaven stand, schien sie zur Herrin geschaffen zu sein.

„Hat er dich schon geschlagen?" erkundigte sie sich mit wohlklingender Stimme.

„Noch nicht. Er wollte."

„Bist du die Neue?"

„Das weiß ich nicht. Ich kam her, um Frauen zur Spazierfahrt abzuholen. Da hörte ich, daß Ibrahim Bei mich gekauft habe."

„So bist du es. Hab keine Angst mehr! Du stehst unter meinem Schutz!"

Dann wandte sie sich an den Neger.

„Du Feigling! Du wagst dich nur an Schwache und Wehrlose! Armseliger Sklave eines ebenso armseligen Herrn, wer hat dir befohlen, die Peitsche zu gebrauchen?"

„Der Derwisch und der Verwalter", winselte er.

„So werde ich mit dem Verwalter ein ernstes Wort reden. Sag ihm, daß er sich vor mir in acht nehmen soll! Wo wird meine Freundin wohnen?"

„Drüben auf der vorderen Seite des Hofes."

„Nein, das gebe ich nicht zu. Sie wird hier bei mir bleiben."

„Der Bei hat es so befohlen."

„Der Bei? Was geht mich sein Wille an? Du magst vor ihm im Staub kriechen, ich aber nicht. — Bist du auf ihren Empfang vorbereitet?"

„Ja. Die neue Sklavin soll ein Bad nehmen und sich Kleider auswählen; dann wird der Herr kommen, sie zu begrüßen."

„Sie wird das Bad bei mir nehmen. Hier mag sie sich auch kleiden und schmücken. Bring alles zu mir!"

Er zögerte. Da erhob sie abermals die Peitsche.

„Gehorchst du?"

„Der Herr wird mich strafen!"

„Das ist dir zu gönnen! Nimm nur die Bastonade hin und lecke ihm dafür dankbar die Hand! Jetzt aber eile!"

Der Schwarze schlich wie ein geprügelter Hund von dannen.

„Ich heiße Zykyma", sagte die Retterin. „Komm, ich führe dich!"

Dabei ergriff sie Tschita bei der Hand und führte sie in ein nach orientalischer Weise prächtig eingerichtetes Frauengemach. Das Mädchen mußte sich dort auf einen seidenen Diwan niederlassen, während die schöne Wirtin sich auf ein niedriges Kissen setzte.

„Du wirst glauben, ich sei ein recht böses, schlimmes Wesen", sagte sie, vergnügt lächelnd, „aber du sollst mich bald besser kennenlernen. Wie ist dein Name?"

„Tschita."

„Das heißt Blume. Ja, eine Blume scheinst du, eine süß duftende Blume. Es ist, als sei die Sonne über dich hinweggegangen und habe ihre schönsten und wärmsten Strahlen bei dir zurückgelassen. Ich fühle, daß ich dich liebhaben werde. Wir sind jetzt allein. Der Neger wird in den Kleidern wühlen und lange Zeit brauchen, das Passende für dich auszuwählen. Kein Mensch hört uns. Darum wollen wir einander mitteilen, was uns zu wissen not tut. Hattest du bereits einen Herrn?"

„Nein."

„Hast du den Bei gesehen?"

„Ja. Er war bei dem Händler, mich zu besichtigen."

„Hast du Wohlgefallen an ihm gefunden?"

„O nein. Ich — ich — hasse ihn!"

Tschita stieß das mit jäher Leidenschaftlichkeit hervor; ihre Augen füllten sich mit Tränen.

„Hat er dich beleidigt?"

„Nein; aber — aber —"

Tschita hielt errötend inne. Was sie hatte sagen wollen, das schien ihr zu zart, als daß sie es hätte aussprechen mögen. Da beugte sich Zykyma, deren dunkle Augen prüfend auf Tschita ruhten, mit einem verständnisvollen Lächeln zu ihr.

„Ich habe dich erst seit wenigen Minuten gesehen, und der Worte, die wir gesprochen haben, sind nicht viele, aber ich kenne dich dennoch. Willst du aufrichtig zu mir sein?"

„Oh, gern!"

„Du liebst?"

Tschita blickte auf, zögerte zu antworten, schlug dann die Hände vors Gesicht und brach in ein herzzerreißendes Schluchzen aus. Das war ihre einzige Antwort.

Zykyma fragte nicht weiter. Sie nagte an der Unterlippe, als ob auch sie einen Schmerz zu verwinden hätte. Plötzlich sprang sie von ihrem Sitz auf und trat an das Gitterwerk, um lange hinaus in den stillen, einsamen Garten zu blicken, auf den sich schon die Schleier der Dämmerung niedersenkten.

Dann wandte sie sich wieder ins Zimmer zurück.

„O Allah, warum läßt du so viele Unglückliche geboren werden? Du bist nicht so gütig, wie in den Büchern steht! — Oh, sag mir", bat sie darauf in sanftem Ton und ergriff Tschitas Hände, „sag mir, daß du meine Freundin, meine Schwester sein willst!"

„Darf ich denn?"

„Ich bitte dich darum. Und nun sprich, bist du noch in keinem Harem gewesen?"

„Nie."

„So weißt du nicht, was ein Harem ist: er ist eine Hölle für das Weib, das ein Herz im Busen trägt. Im Harem herrscht die elendste Knechtschaft, im Harem gähnt der fürchterlichste Tod; das Elend, der Jammer grinsen dir im Harem aus allen Ecken entgegen. Dort gebietet ein Mensch, dem du willenlos gehörst, während deine Seele nach Freiheit schmachtet. Im Harem — oh, was soll ich dir sonst sagen! Es ist ja überhaupt nicht in Worte zu fassen. Aber als der Prophet von dem Grauen der Dschehenna sprach, kannte er die entsetzlichste Tiefe der Verdammnis noch nicht — denn deren schaurigster Winkel heißt — Harem!"

Zykyma schwieg. Ihre Augen glühten, ihr Atem ging hörbar.

„Bist auch du unglücklich?" fragte Tschita.

„Unglücklich und elend wie keine andere. Aber ich bin nicht geschaffen zu stillem Dulden — ich wehre mich. Man hat mich zwar verkauft, doch bin ich dennoch Herrin geblieben, und alle die elenden Sklaven zittern vor mir. Das wird so sein und so bleiben, bis —" sie brachte ihren Mund nahe an Tschitas Ohr und fuhr leiser fort: „— bis ich frei bin. Ich bleibe nicht hier."

„Allah! Willst du fliehen?"

„Ja."

„Nimm mich mit, oh, nimm mich mit! Ich bin so unglücklich, daß ich sterben möchte."

„Sterben? Nein, das werden wir noch nicht. Mein Leben ist in Elend getaucht, aber es ist mir dennoch zu kostbar, als daß ich es nicht verteidigen möchte. Wo bist du geboren?"

„Ich weiß es nicht. Ich habe meine Heimat nie gekannt."

„Von woher bist du nach Stambul gekommen?"

„Von jenseits des Meeres."

„Welchen Meeres? Es gibt Meere mit verschiedenen Namen."

„Ich weiß es nicht. Ich lebte einsam in einem kleinen Dorf. Ein finsterer, strenger Mann gab mir zu essen und zu trinken. Dann kam ein Schiff und brachte mich hierher."

„Wie hieß das Dorf, wo ihr wohntet?"

„Ich weiß es nicht."

„Und der Mann?"

„Auch das kann ich dir nicht sagen. Ich mußte ihn Herr nennen."

„So hat man dich wohl gar mit keinem Menschen sprechen lassen?"

„Mit keinem, außer mit der alten Mutter des Mannes, und die hat mir niemals eine Frage beantwortet. Sie war so grausam wie er."

„Arme Freundin! Hat man dich denn beten gelehrt?"

„Ja."

„Zu wem?"

„Zu Allah."

„So bist du also auch Mohammedanerin. — Kennst du sonst niemanden?"

Tschita dachte an den Maler.

„Ja", antwortete sie. „Ich kenne einen Franken, der — der — der —"

Sie stockte.

Zykyma legte beide Hände an die Wangen der neuen Freundin und blickte ihr forschend in die blauen Augen.

„Liebst du diesen Franken?"

Tschita schlang anstatt aller Antwort die Arme um sie und verbarg das Gesicht an ihrer Schulter.

„Ist es so?" flüsterte Zykyma.

„Ja."

„Ich kenne auch einen Europäer, einen Russen."

„ O Allah! Liebst auch du ihn?"

„Meine ganze Seele ist sein Eigentum. Alle meine Gedanken fliegen zu ihm. Aber sprich um Gottes willen zu keiner anderen davon!"

„Sind denn noch viele andere hier?"

„Ja, und sie sind boshaft und klatschsüchtig. Sie sehnen sich nach einem Blick Ibrahims. Sie bieten ihm ihre Schönheit dar, um eines elenden Geschenkes willen. Sie sind keine Frauen, keine Menschen, sie haben keine Seelen, keine Herzen. Sie sind elende Sklavinnen ohne Frauenwürde! Wenn sie unser Geheimnis ahnten, würden sie uns verraten, und wir wären verloren."

„Sind sie nicht deine Freundinnen?"

„Nein. Sie hassen mich."

„Warum? Hast du sie beleidigt?"

„Ich spreche nicht mit ihnen und kann sie also nicht beleidigen. Aber ich habe etwas getan, was die Bewohnerin eines Harem der anderen niemals verzeiht: ich habe das Herz des Gebieters erobert."

„Ah, er liebt dich also?"

„Ich weiß nicht, ob ich schöner bin als jene; aber das weiß ich, daß er sie alle verkaufen würde, wenn ich ihn unter dieser Bedingung lieben wollte."

„Bist du nicht sein Weib?"

„Nein."

„Mußt du ihm nicht gehorchen?"

„Er hat allerdings das Recht, Gehorsam von mir zu fordern. Würdest aber du ihm gehorchen?"

Diese Frage hatte Tschita nicht erwartet. Das war überhaupt ein Gegenstand, über den sie noch gar nicht nachgedacht hatte. Einsam und verlassen hatte sie all die Jahre verbracht und kannte das Leben noch nicht. Sie wußte nur, daß sie verkauft werden sollte, um dem zu gehören, der den Preis für sie bezahlte. Was das aber eigentlich zu bedeuten habe, davon hatte sie noch keine Ahnung. Sie war eben noch ein Kind in der schönsten Bedeutung dieses Wortes.

„Muß ich nicht gehorchen?"

„Nicht in jeder Hinsicht."

„Und wo ist die Grenze?"

„Kind! Du bist so unwissend, als ob du erst jetzt geboren wärst. Aber du brauchst keine Sorge zu haben. Du stehst unter meinem Schutz. Er soll es nicht wagen, auch nur ein Haar deines Hauptes zu berühren."

„Hast du denn eine so große Macht über ihn?"

„Ja. Er fürchtet sich vor mir. Warum, das wirst du sehr bald erfahren. — Wo hast du deinen Franken gesehen?"

„Bei dem Händler Barischa."

„So hat er auch dich erblickt?"

„Ja."

„Hat er dir ein Zeichen gegeben, daß er dich liebt?"

„Ja, er hat es mir gesagt."

Tschita nahm sich den Mut, der neuen Freundin jetzt alles zu erzählen.

„Du armes Kind!" meinte Zykyma, als der Bericht zu Ende war. „So wird er dich also nicht antreffen, wenn er morgen zu Barischa kommt."

„Allah, was wird er tun?"

„Er wird forschen und suchen, dich jedoch nicht finden."

„So vergehe ich vor Jammer. Aber vielleicht wird Ali, der Wächter, ihm sagen, wer mich gekauft hat."

„Es ist möglich, daß Ali es auch nicht weiß. Aber sei getrost, der Maler wird dennoch erfahren, wo du dich befindest."

„Wer soll es ihm sagen?"

„Darüber sprechen wir später. Es ist zuvor notwendig zu wissen, wie er heißt und wo er wohnt. Hat er dir seinen Namen genannt?"

„Ja. Sein Name klingt fremd. Ich hatte Mühe, ihn zu behalten. Er heißt Paul Normann. Paul ist sein Name, und Normann heißt seine Familie."

„Das ist bei den Franken so üblich. Wo aber wohnt der Maler?"

„Danach habe ich ihn nicht gefragt."

„Das ist schlimm! Das hättest du nicht vergessen sollen."

„Ich glaubte doch, daß ich ihn wieder treffen würde."

„Nun, wir werden ihn dennoch finden. Der Händler weiß sicherlich seine Wohnung. Bei ihm muß man also nachforschen."

„Wer aber könnte das tun?"

In diesem Augenblick ließen sich draußen Schritte hören. Der Schwarze kam, von mehreren Knaben begleitet, die die für Tschita bestimmten Gegenstände trugen.

So fand die vertrauliche Unterredung ein Ende. Auf das Bad wurde zwar verzichtet, nicht aber auf das Umkleiden. Es gab da Gewänder aus Stoffen, deren Kostbarkeit das Herz entzückte, und prächtige Geschmeide, wie es nur im Orient getragen wird; denn da die Bewohnerinnen der Frauengemächer von der Außenwelt abgeschlossen sind und mit dem Leben kaum noch in Berührung kommen, widmen sie sich allein der Aufgabe, ihrem Herrn zu gefallen, und so verbringen sie ihre Zeit mit Putz und Tand.

Auch eine Vasenlampe war mitgebracht worden, da sich inzwischen der Abend eingestellt hatte. Bei ihrem Schein begannen nun die beiden Mädchen, nachdem sich der Neger mit den Knaben wieder entfernt hatte, die für Tschita passenden Gegenstände auszuwählen.

Tschita legte eine Frauenhose von rosa Seide an, dazu ein goldverziertes Jäckchen von gleichem Stoff. Zykyma befestigte ihr einen aus venezianischen Goldmünzen zusammengesetzten Schmuck im Haar und legte ihr eine Münzenkette um den Nacken. Dann trat sie einige Schritte zurück, um sie zu betrachten.

„Wie schön bist du! Wenn dich der Bei sieht, wird er bezaubert sein."

„Er mag mich lieber gar nicht anschauen!"

„Er wird es sehr bald tun: er wird kommen, sobald er vom Friedhof zurückgekehrt ist."

„Ist er auf dem Friedhof?"

„Ja. Er will — doch das werde ich dir später erzählen. Ich freue mich wirklich sehr auf die Leiden, die du ihm verursachen wirst."

„Ich will ihm durchaus nichts verursachen, weder Freuden noch Leiden. Er mag sich gar nicht um mich kümmern."

„Du bist ein Kind, ein liebes, schönes Kind, das gar nicht ahnt, wozu es lebt. Du sprichst, als ob du noch gar nicht wüßtest, daß uns Frauen die Gabe verliehen ist, das Herz des Mannes gefangenzunehmen. Ja, wir können dem Mann die größte Seligkeit bieten, ihm aber auch die Hölle bereiten. Und so wird auch der Bei — doch horch!"

Zykyma unterbrach sich, denn unten im Garten hatte es eben wie ein leiser Vogelruf geklungen. Der Ton wiederholte sich.

„Ah, er ist da! Allah sei Dank!"

„Wer?"

„Du wirst ihn sehen. Ich weihe dich jetzt in ein Geheimnis ein, das mich das Leben kosten kann. Warte!"

Zykyma trug die Lampe ins Nebengemach, damit es hier bei ihnen dunkel sei. Dann entfernte sie das hölzerne Gitterwerk und ließ eine Schnur hinab, an der sie ein Seil heraufzog.

„Was bedeutet das?" fragte Tschita ängstlich.

„Ich erhalte Besuch."

„Wer kommt?"

„Mein Vertrauter."

„Allah! Ein Mann?"

„Ein Knabe, oder vielmehr ein Jüngling, der uns helfen wird, diesen Ort zu verlassen."

„Aber wenn man ihn ertappt?"

„Oh, er ist klug. Er wird sich nicht ergreifen lassen. Zweifellos hat er sich vorher überzeugt, daß kein Lauscher in der Nähe ist."

Zykyma hatte während dieser Worte das Ende des Seils an einem der eisernen Haken befestigt, in denen das Gitter ruhte, und gab nun ein Zeichen. Einige Augenblicke später erschien Said in der Fensteröffnung und sprang ins Zimmer.

„Sind wir sicher?" fragte ihn Zykyma.

„Ja, Herrin", antwortete er. „Allah! Du bist ja nicht allein!"

„Keine Sorge! Diese Freundin wird dich nicht verraten. Ich habe im stillen große Angst ausgestanden. Ist er gefangen?"

„Nein."

„Also gerettet! Allah sei Dank! Gelang es dir denn, ihn zu warnen?"

„Ja, leider nicht so eindringlich, wie ich wollte. Ich hätte länger mit ihm sprechen müssen; aber es befand sich ein Fremder bei ihm, so daß ich weiter nichts sagen durfte, als daß er sich in acht nehmen solle."

„Und weißt du gewiß, daß er gerettet ist?"

„Ja. Ich habe ihn nachher wieder gesprochen. Da war noch ein dritter dabei, ein Franke in einem Anzug, wie ich noch keinen gesehen habe. Sie sprachen von dir. Ich soll dir sagen, daß sie heute abend hierherkommen werden."

„Wie? Verstehe ich recht? Hierher?"

„Ja."

„Wer sind die Leute, die bei ihm waren?"

„Ich weiß es nicht; ich konnte doch nicht danach fragen."

„Nein; aber du hättest sie beobachten sollen."

„Das war unmöglich. Ich sah den Derwisch nahen, der mich nicht bei dem Franken sehen durfte, und entfernte mich."

„Deine Botschaft macht mir Sorgen. Er will also nicht allein, sondern gemeinsam mit den anderen kommen?"

„Ja. Ich bat sie zwar, es zu unterlassen; aber sie befahlen mir, dir zu sagen, du könntest tun, was dir beliebt, sie aber würden auch nach bestem Ermessen handeln."

„Das ist unvorsichtig. Sie werden sich ins Verderben stürzen und mich dazu."

„Wenn du willst, so warte ich, bis sie erscheinen, und wiederhole meine Warnung."

„Wie willst du denn hinausgelangen zu ihnen?"

„Oh, das ist nicht schwer. Der Verwalter ist ein harter und grausamer, aber kein kluger Mann. Ich werde schon einen Vorwand finden. Was soll ich ihnen also sagen, wenn ich sie treffe?"

Zykyma sann einige Augenblicke nach.

„Sag ihnen, und vor allem ihm, er soll erst morgen kommen — um Mitternacht, ganz allein. Ich weiß zwar nicht, auf welche Weise es ihm möglich sein wird, an der Gartenecke über das Wasser und die Mauer zu gelangen, aber ich werde ihn dort erwarten. War übrigens der Derwisch nur zufällig dort, wo ihr euch befandet?"

„Nein. Ich beobachtete ihn. Er hielt sich absichtlich in der Nähe der Wohnung des Fremden auf."

„Dann warne den Franken! Für jetzt wüßte ich keine andere Botschaft für dich. Nimm dich in acht, daß du nicht entdeckt wirst!"

Zykyma gab ihm die Hand, auf die er voll Inbrunst seine Lippen drückte. Dann schwang er sich in den Garten hinab. Sie band das Seil los, warf es ihm nach und verschloß die Fensteröffnung wieder mit dem Gitterwerk.

„Das ist ein großes Wagnis!" sagte Tschita. „Wenn man euch dabei bemerkt, müßt ihr beide sterben."

„Oh, ich würde mich so leicht nicht töten lassen!" antwortete Zykyma, während sie die Lampe aus dem Nebenraum holte. „Ich habe einen Beschützer. Hier ist er."

Zykyma griff bei diesen Worten in den breiten, seidenen Gürtel, der um ihre Hüfte geschlungen war, und zog einen kleinen Dolch hervor. Die zierliche Waffe hatte eine feine, zweischneidige Klinge und einen Griff, der aus massivem Gold bestand und oben eine große, kostbare Perle trug.

„Ein Dolch!" sagte Tschita. „Glaubst du, daß man diese kleine Waffe fürchten wird?"

„O gewiß! Schau, ich halte die Klinge hier ans Licht. Siehst du, daß die Spitze eine etwas dunklere Farbe hat? Sie ist vergiftet. Der Mensch, dem ich damit die Haut nur ein wenig ritze, sinkt nach einigen Augenblicken tot nieder. Man weiß das. Ich brauche nur nach diesem Dolch zu greifen, so fliehen alle vor mir."

„Hast du ihnen schon bewiesen, daß deine Waffe wirklich so gefährlich ist?"

„Ja. Ich stach damit einen Hund so, daß er es kaum fühlte. In wenigen Sekunden streckte er seine Glieder und war tot."

„Dann ist die Waffe allerdings von sehr großem Wert für dich. Halte sie nur fest, daß man sie dir nicht nimmt!"

„Man hat es schon versucht; es soll aber keinem Menschen gelingen, denn sie ist mir teuer; nicht nur des Gifts wegen, sondern weil sie ein köstliches Andenken ist an — — ihn."

„Du meinst den Russen?"

„Ja."

„Ah, er also hat dir den Dolch geschenkt?"

„Ja, er gab ihn mir. Er hat ihn im fernen Indien von einem Fürsten erhalten."

Draußen nahten die schlurfenden Tritte des Schwarzen. Jetzt trat er in die Tür.

„Der Bei kommt. Er wird die neue Sklavin sehen wollen. Bereite dich vor, ihn zu empfangen."

Ibrahim Bei kam in der Tat vom Friedhof. Der Fang war ihm mißglückt, und er befand sich in einer so üblen Stimmung, daß es der Verwalter, der ihn vor dem Eingang empfing, sofort bemerkte.

„Hat man die neue Sklavin gebracht?"

„Sie ist gekommen, o Herr."

„Wo wohnt sie?"

„In den Räumen, die du ihr angewiesen hast."

Das stimmte nun freilich nicht; aber der Neger fand noch nicht den Mut, zu melden, was ihm durch Zykyma widerfahren war.

Infolgedessen begab sich Ibrahim nach der anderen Seite des ersten Stockwerkes, wo ihm der Schwarze, vor Angst zitternd, entgegentrat.

„Öffne!"

„Nicht hier, o Herr", sagte der Skalve. „Sie ist drüben bei Zykyma."

„Wer hat das befohlen?"

„Zykyma."

„Hund! Wer ist hier Herr und Gebieter, ich oder dieses Weib?"

„Du, o Herr. Aber sie kam dazu, als ich die neue Sklavin brachte, und ich mußte ihr gehorchen."

„Ihr also, nicht mir! Dafür sollst du jetzt — — her mit der Peitsche!"

Ibrahim wollte, wie er zu tun gewohnt war, den Schwarzen mit dessen eigener Peitsche züchtigen.

79

„Gnade, Herr!" stammelte der Schwarze voller Angst. „Die Peitsche ist fort."

„Fort? Wohin?"

„Zykyma hat sie."

„Zykyma und wieder diese Zykyma! Wie kannst du ihr sogar die Peitsche geben!"

„Sie entriß sie mir und schlug mich damit."

„Feigling! Du sollst nachher dafür zwanzig Streiche auf die Fußsohlen erhalten!"

Zwanzig Hiebe auf die nackten Sohlen, das war eine überaus schwere Strafe.

„Gnade, o Herr!" bettelte der Sklave und brach in die Knie. „Sollte ich mich denn von ihr vergiften lassen? Sie hat ja den Dolch."

„So nimm in ihr!"

„Das vermag keiner."

„Weil ihr alle feige Hunde seid. Ob ich dir die Strafe erlasse, das soll jetzt auf die neue Sklavin ankommen. Wie hat sie sich in ihre Lage gefügt?"

„Sie weinte anfangs."

„Und dann?"

„Dann war sie guter Dinge. Ich hörte sie lebhaft mit Zykyma sprechen. Sie befindet sich im gelben Gemach."

Ibrahim begab sich jetzt dorthin. Er war sehr gespannt, wie die schöne Tscherkessin ihn empfangen werde.

Als er eintraf, fand er Tschita auf dem Diwan liegen, und das Licht der Lampe goß einen zarten Schimmer über ihre Gestalt. Rasch zog er die Tür hinter sich zu und schob den Riegel vor. Dann betrachtete er sie, an die Tür gelehnt, ohne ein Wort.

Zykyma hatte recht gehabt. Er fühlte sich bezaubert von diesem Mädchen. Er hatte sie zwar schon beim Händler gesehen, aber nur für einen kurzen Augenblick. Und jetzt war sie viel köstlicher und vorteilhafter gekleidet als am Tag. In dieser Minute war er fest entschlossen, sie zu seiner Lieblingsfrau zu erwählen.

„Tschita!" begann er leise.

Sie blieb gemächlich liegen, nur daß sie den Kopf ein wenig wandte.

„Ich heiße dich willkommen!" fuhr er fort.

„Ich dich auch."

„Wirklich!"

„Muß ich nicht? Du bist ja der Herr des Hauses."

„Ich wünsche aber, daß du mich nicht als Gebieter willkommen heißest, sondern als den, den du liebst."

„Ich — liebe dich nicht."

„Aber du wirst mich lieben! Ich werde allen meinen Dienern befehlen, dich als Gebieterin dieses Hauses zu betrachten. Jeder Wunsch soll dir erfüllt werden, und man wird sich bemühen, ihn dir von den Augen abzulesen. Komm, gib mir deine Hand!"

Er hatte sich neben sie gesetzt und wollte ihre Rechte ergreifen. Da aber schnellte sie auf und wich bis an das Ende des Diwans vor ihm zurück.

„Wie? Du fliehst vor mir?" sagte er ein wenig überrascht. „Warum?"

„Du willst Liebe, und ich habe keine."

„Sie wird sich schon finden."

„Zu dir? Niemals!"

„Weißt du auch, daß ich dich gekauft habe und daß du mein Eigentum bist? Ich habe dich bezahlt, folglich gehörst du mir!"

Er sprach ruhig, denn die Art und Weise, wie sie ihn zurückwies machte ihm Spaß; der Widerstand dieses schönen, kindlichen Wesens gefiel ihm.

„Du irrst. Daß du Geld für mich bezahlt hast, bedingt noch lange nicht, daß ich dir gehöre. Der Großherr hat die Sklaverei verboten. Ich bin frei."

„Kleine Törin! Ich höre, daß du mit Zykyma gesprochen hast. Das sind ganz dieselben Worte, die ich auch aus ihrem Mund kenne. Ich warne dich. Laß dich nicht von ihr verführen! Ich habe ihr Glück gewollt; sie aber war nicht klug genug, es von mir anzunehmen. Nun mag sie Sklavin bleiben, um die zu bedienen, der ich meine Zärtlichkeit schenke. Mein Herz gehört jetzt nur dir. Willst du meine Sultana sein?"

„Nein."

„Scherze nicht!"

„Ich scherze nicht. Ich sage dir aufrichtig, wie ich es meine."

Jetzt zog er die Stirn in Falten und hüstelte ungeduldig vor sich hin.

„Kleine, ich hoffe, daß du bis jetzt nur im Scherz gesprochen hast. Komme her!"

Er streckte die Arme nach ihr aus. Da sprang sie vom Diwan auf und entfloh bis an die gegenüberliegende Wand.

„Lieber sterben!" sagte sie entschlossen.

„Bist du toll? Du gehörst mir und hast mir zu gehorchen! Komm her — hierher, neben mich!"

Sie blieb trotzig stehen.

„Ich habe das Recht und die Macht, den Ungehorsam zu bestrafen. Ich könnte dich herholen; aber das widerstrebt meiner Würde. Um dich zum Gehorsam zu bringen, habe ich meine Diener. Was du jetzt verschmähst, wirst du von mir erflehen. Also ich biete dir meine Liebe! Du sollst mein Weib sein, die

Mutter meiner Söhne. Du sollst über mich herrschen, und ich will nichts sein, als der oberste deiner Diener. Aber deine Liebe will ich dafür eintauschen. Ich sage dir noch einmal: Komm, sei meine Sultana!"

„Nie! Wähl dir eine andere!"

„Du verschmähst mich? Gut, du wirst es später noch für die größte Gnade halten, mir Zärtlichkeiten schenken zu dürfen."

Ibrahim öffnete die Tür und gab dem Wächter, der draußen der Befehle seines Gebieters harrte, einen Wink, einzutreten.

„Führ diese Sklavin hinab zur Prügelbank und laß ihr auf jede nackte Fußsohle fünf Streiche geben, aber so, daß die Sohle aufspringt!"

Der Dicke verzog sein Gesicht zu einem breiten Grinsen und trat zu Tschita.

„Komm!"

Er wollte sie fassen, sie aber entschlüpfte ihm bis in die Ecke. Auch dorthin folgte er ihr, fuhr aber mit einem lauten Schrei bis an die Tür zurück.

„Was gibt's, Kerl?" fragte Ibrahim ärgerlich.

„Sie hat den Dolch!" stieß der Schwarze hervor.

Erst jetzt erblickte auch sein Herr die gefährliche Waffe in der Hand des Mädchens.

„Verdammnis über dich, Memme!" fauchte er. „Schnell, nimm ihr die Waffe!"

„Ah — oh — sie sticht!"

„Hund, wirst du gehorchen!"

Er streckte den Arm gebieterisch aus. Der Schwarze raffte jetzt all seinen Mut zusammen und näherte sich Tschita von neuem. Schon griff er nach ihr — da erhob sie die Hand mit dem Dolch, und im Augenblick floh er entsetzt zurück nach der Tür.

„Versuch es selber, Herr!"

„Gut, ich werde sie selber entwaffnen; aber dann bohre ich dir den Dolch ins Fleisch, du Schuft!"

Jetzt ging auch Ibrahim mit kleinen Schritten auf Tschita zu. Er hielt es für unmöglich, daß sie auch nach ihm stechen würde.

„Her mit dem Dolch!" gebot er. „Solch ein Spielzeug ist nichts für dich!"

Dabei suchte er ihren Arm zu fassen.

Da, eine blitzschnelle Bewegung ihrer Hand, und im nächsten Augenblick — Ibrahim fand kaum Zeit, einen Sprung zurückzutun — hatte ihm der Dolch den Ärmel aufgeschlitzt. Nur eine Kleinigkeit weiter, und er wäre eine Leiche gewesen.

„Schlange!" knirschte er. „Du willst deinen Herrn ermorden? Das sollst du büßen! Können wir dir nicht nahekommen, so werden wir dich einschließen, bis der Hunger deinen Leib zerreißt und der Durst deine Seele verzehrt. Dann wirst du gern Gehorsam leisten, um dein Leben zu erhalten."

„Ganz so wie bei mir!" ertönte es plötzlich von der Seite her, wo Zykyma jetzt in der geöffneten Tür des Nebenzimmers erschien. „Schließt uns immerhin ein! Wir werden es euch danken, denn dann haben wir die Freude, dich nicht mehr sehen zu müssen."

„Du bist die Schwester des Teufels!" schrie er wütend.

„Ja. Diese Schwester des Teufels versteht es, die verschlossenen Türen von innen zu öffnen. Du hast die Summe, die du für Tschita bezahltest, umsonst ausgegeben, Ibrahim. Ich habe einen Bund mit ihr geschlossen. Sie ist meine Schwester, und folglich kann sie nie dein Weib sein."

„Ah, ihr werdet alle beide noch gehorchen! Ich besitze genug Mittel, euch zu zwingen. Jetzt aber soll einstweilen dieser Hund seine Strafe erhalten. Marsch! Ich will dich lehren, meine Befehle in Zukunft besser zu beachten."

Mit diesen Worten stieß Ibrahim den Neger vor sich her, um ihm die Bastonade geben zu lassen. Schon nach kurzer Zeit tönte das Gebrüll des Gezüchtigten durch alle Räume des Hauses.

7. Die erste Spur

Nachdem Paul Normann, Hermann Wallert und Sir David Lindsay sich auf dem Kleiderbasar die Anzüge gekauft hatten, begaben sie sich zur Dampfjacht, wo sie gemeinsam zu Abend aßen. Dann kleideten sie sich um und machten sich auf den Weg.

Als sie Hasköj hinter sich hatten, von wo der Weg nach Piri-Pascha führt, hörten die regelmäßigen Gassen auf, und sie konnten die Lichter löschen, die sie nach Landessitte in der Stadt mit sich führten. Die Laternen wurden zusammengelegt und in die Taschen gesteckt.

Dann kamen sie an jenen von dem Vertrauten Zykymas beschriebenen Bach, dem sie stromaufwärts bis zu seiner Gabelung folgten. Es war zwar dunkel, doch vermochte man immerhin einige Schritte weit zu sehen.

Neben ihnen floß das Wasser, jenseits dessen sich die Mauer erhob. Aber wie breit der Bach eigentlich war, ließ sich nicht deutlich erkennen.

„Hätte ich meinen Regenschirm mit", sagte Lindsay, „dann könnte ich die Breite und auch die Tiefe messen. Werde einmal genauer nachschauen. Well!"

Er trat dicht ans Wasser und kauerte sich nieder. Dann streckte er den Oberkörper möglichst weit vor und gab sich Mühe, das jenseitige Ufer zu erkennen.

„Nun?" fragte Paul Normann.

„Tief ist's", berichtete der Engländer, „sehr tief."

„Woraus schließt Ihr das?"

„Halte die Hand ins Wasser und fühle, daß es sehr ruhig und ohne Wellenschlag fließt. Muß also tief sein."

„Und wie breit?"

„Hm! Es ist zu finster, um das festzustellen."

„Ungefähr?"

„Well! Muß mich noch etwas weiter vorbeugen. Wenn ich nur das Gleichgewicht —— By Jove!"

Gleich darauf tat es einen gewaltigen Plumps, und der gute Sir David war von der Erde verschwunden.

„Er ist hineingefallen!" rief Hermann Wallert bestürzt. „Es ist tief, und er kann ertrinken."

„Herunter also mit den Kleidern! Wir müssen nach. Horch!"

Gerade vor ihnen war ein Plätschern zu vernehmen.

„Seid Ihr es, Sir David?" fragte Paul Normann.

Es schnaufte und pustete.

„Sir, hört Ihr uns?"

„Yes", gurgelte es.

„Seid Ihr verletzt?"

„No. Weiß aber jetzt, wie tief es ist."

„Nun?"

„Geht mir genau bis ans Kinn. Yes."

„Und wie breit?"

„Über drei Meter."

„Kann man drüben Boden fassen?"

„No. Aber Wasser."

„So steigt die Mauer sofort aus dem Wasser auf?"

„Yes."

„Höchst unangenehm. — Horch! Schnell heraus, dort kommt jemand."

„Wieso heraus?"

„Man darf uns hier doch nicht erblicken."

„Well! Bleibe im Wasser. Ist hier am sichersten. Da sucht man mich nicht. Lauft nur nicht gar zu weit fort!"

Die beiden verschwanden, und Sir David verhielt sich lautlos.

Die Schritte näherten sich, und schon wollte der Fußgänger vorüber, da erkannte Lindsay, dessen Kopf sich in gleicher Höhe mit dem Boden befand, zu seiner Freude den jungen Burschen, der Hermann Wallert am Nachmittag gewarnt hatte.

„Pst!" machte David Lindsay.

Der junge Mann bückte sich nieder und sah den Kopf über dem Wasser.

„Maschallah! Ein Mensch! Wer bist du, und was treibst du da drinnen?"

„Fie, stinkt es hier nach Schlamm! Schauderhaft! Bringe die Beine nicht heraus."

„Wer du bist, will ich wissen."

Der eine sprach Englisch und der andere Türkisch, darum verstanden sie einander nicht. Da zog Lindsay mit einer letzten Anstrengung die Beine aus dem Schlamm und stieg heraus.

„Weiß nicht, was du meinst. Kleiner. Pst! Heda! Normann! Wallert!"

Er hatte die beiden Namen in vorsichtig gedämpftem Ton gerufen. Die beiden Freunde hatten sich nicht weit entfernt und auf die Erde gelegt.

„Ihr ruft, Sir David?" fragte Paul Normann. „Wer ist dort?"

„Es ist der kleine, wackere Kerl, der heute mit uns verhandelt hat!"

„Ah, du bist es, Said", sagte Hermann Wallert erfreut. „Das ist gut. Hast du mit ihr gesprochen?"

„Ja."

„Was sagte sie?"

„Du sollst morgen um Mitternacht kommen, aber allein."

„Schön. Und wohin?"

„Hier in diese Ecke des Gartens. Wie du da hineingelangst, müssen wir allerdings deiner Findigkeit überlassen."

„Ich komme, und wenn ich mich durch die Mauer bohren sollte."

„Und vor dem Derwisch sollst du dich in acht nehmen. Er beobachtet dich, ich selber habe es gesehen."

„Wir wissen es schon. Hast du noch etwas zu sagen?"

„Nein. Ich habe bereits zuviel Zeit versäumt. Der Herr wartet."

„Auf wen? Auf dich?"

„Ja, und auf den Esel, den ich ihm vom nächsten Platz holen soll."

„Ah, Ibrahim ist hier im Haus?"

„Ja. Er will in seinen Palast zurück. Ich bin geschickt worden, ihm das Tier und den Treiber zu bringen. Also stell dich morgen abend ein! Ich werde Wache halten, daß dich niemand entdeckt."

Damit eilte er fort, der Stadt zu.

„Verteufeltes Türkisch", meinte der Engländer. „Was sagte der Kerl?"

Hermann Wallert übersetzte ihm die Unterredung.

„Prächtig, sehr prächtig!" rief Lindsay freudig erregt. „Endlich wird die Sache!"

„Nur erst die Unterredung. Noch weiß ich nicht, ob eine Entführung daraus wird."

„Was denn sonst?"

„Warten wir es ab!"

„Habe keine Lust zu warten."

„So wollt Ihr früher fort?"

„Meine es anders. Wir machen es so: wir gehen miteinander — Ihr hinein — wir anderen bleiben hier außen, und nachher wird sich schon finden, was zu geschehen hat. Well!"

„Na, meinetwegen. Aber wie hineinkommen?"

„Ja, das ist die Geschichte. Eine Leiter wäre wohl das beste."

„Gewiß! Aber das ist zu auffällig."

„Auffällig? Weshalb? Wer die Nase zu weit hervorstreckt, kriegt einfach einen Klaps darauf und - Heavens, habe einen Einfall!"

„Dürfen wir ihn erfahren?"

„Riecht mich einmal an!"

„Danke; ich bin kein Freund solcher Düfte."

„Ich auch nicht, muß es mir aber doch gefallen lassen, daß ich hineingeplumpst bin. Da wird jetzt der Esel für den Pascha geholt. Er kommt also dann hier vorübergeritten. Wie wäre es, wenn wir ihn auch einsalbten?"

„Ein toller Gedanke!" lachte Hermann.

„Kann ihm nichts schaden. Hat Euch heute eine miserable Falle gestellt. Schlechter Kerl!"

„Es kann unangenehm für uns werden."

„Inwiefern?"

„Wir machen ihn nur auf uns aufmerksam."

„Unsinn. Wir tragen doch andere Kleider. Er kann uns nicht erkennen."

„Paul, was sagst du dazu?"

„Daß mir bei eurer Tollheit auch ein Gedanke gekommen ist. Wie wäre es, wenn wir den Torschlüssel hier erlangen könnten?"

„Wie sollte das möglich sein?"

„Vielleicht ist das gar nicht so schwer. Hier gibt es keine Torhüter, die das Öffnen besorgen. Sie sind hier draußen, wo selten jemand anklopft, überflüssig. Ibrahim geht gewiß zu verschiedenen Stunden, auch zur Nachtzeit, ein und aus. Er hat also vermutlich einen Schlüssel bei sich."

„Das ist möglich. Meinst du etwa, daß wir ihm den Schlüssel abnehmen sollen?"

„Gewiß, wir spielen einfach ein bißchen Rinaldo Rinaldini.

Es ist wohl niemand als der Eselstreiber bei ihm. Mit diesen beiden werden wir doch wohl fertig werden."

„Jedenfalls. Finden wir keinen Schlüssel, so haben wir dem schuftigen Kerl wenigstens einen Schreck eingejagt. Kommt aber jetzt beiseite, damit wir nicht gesehen werden — ich glaube, Schritte zu hören."

Nach wenigen Augenblicken kam Zykymas Vertrauter mit einem Eseljungen und seinem Tier vorüber.

„Wie heißt Schuft im Türkischen?" fragte der Engländer, als die Schritte verklungen waren.

„Tschapkyn."

„Und Schurke?"

„Chowarda."

„Schön. Danke. Jetzt kann er erscheinen!"

Sie hatten nicht lange zu warten, so hörten sie abermals das Hufgetrappel des Esels. Der Junge lief mit einer an einem Stab hängenden Papierlaterne in der Hand voran; hinter ihm trollte der Esel, der so klein war, daß die Füße Ibrahims fast die Erde berührten. Der Bei befand sich in einer grimmigen Stimmung, denn er hatte heute einen sehr unglücklichen Tag gehabt. Da wurde er mit einemmal aus seinem finsteren Brüten aufgeschreckt — plötzlich tauchte gerade neben ihm eine lange Gestalt wie aus der Erde gewachsen auf und brüllte ihm in die Ohren:

„Tschapkyn! Chowarda!"

Dann fühlte er zwei Hände um den Hals. Er wollte einen Hilferuf ausstoßen, vermochte aber nur noch zu röcheln und verlor bald die Besinnung.

Als der Eseljunge den Ruf Lindsays hörte und sich zurückwandte, glaubte er, daß es sich um einen räuberischen Überfall handle. Er erfaßte die Zügel des Esels, der durch Lindsays Zugriff reiterlos geworden war, schwang sich in den Sattel und jagte davon, ohne auch nur einen einzigen Laut von sich zu geben.

„Den sind wir los!" lachte Sir David. „Nun hier zu diesem da. Ich glaube, er hat ein bißchen die Besinnung verloren."

„Sprecht nicht!" flüsterte ihm Paul Normann zu. „Wenn er noch hört, so merkt er an Euerm Englisch, wer wir sind."

„Er ist ohnmächtig!" meinte Hermann Wallert. „Suchen wir in seinen Taschen!"

Bald fanden sie in der Jacke einen schweren Schlüssel.

„Da ist er!" sagte Wallert erfreut. „Jetzt fort."

„Halt, nicht so schnell!" widersprach Normann. „Wenn ihm nur der Schlüssel fehlt, so merkt er, daß es gerade auf diesen abgesehen war. Wir müssen ihm alles nehmen. Am besten die ganze Jacke mit der Uhr und allem, damit er denkt, Strauchdiebe hätten ihn ausgeplündert und den Schlüssel nur so nebenbei erwischt."

Sein Rat fand Beifall.

„Wollen wir ihn nun ein wenig untertauchen?" fragte dann der Engländer, als sie alles eingesteckt hatten.

„Nein; wir wollen keine Zeit vergeuden — außerdem könnten Fremde vorüberkommen und uns unseren Plan verderben."

„Schade, sehr schade. Hätte es ihm von Herzen gegönnt. Verschwinden wir also!"

Nach etwas mehr als einer halben Stunde befanden sie sich wieder auf der Jacht und wechselten die Kleider. Dem Engländer hatte das unfreiwillige Bad nichts geschadet, da die Nacht sehr mild und lau war. Als sie ihren Raub jetzt näher betrachteten, sahen sie, daß die Uhr ein kostbares, mit Edelsteinen besetztes Stück war. Sie öffneten den Deckel. Da stieß Hermann Wallert einen Schrei aus, riß die Uhr an sich und starrte auf die Innenseite des Deckels. Die Augen schienen ihm aus dem Kopf treten zu wollen.

„Mein Himmel — was sehe ich!" rief er.

„Was gibt's?" fragte Lindsay.

Beim Klang dieser Stimme fiel es Hermann ein, daß er sich mit seinem Ausruf verraten hatte.

„Mylord", sagte er, indem er seine Erregung meisterte, „ich bin Euch eine Erklärung schuldig."

Sir David Lindsay blickte den Deutschen, der ganz bleich geworden war, erstaunt an.

„Erklärung? Wieso? Verstehe Euch nicht."

„Ihr werdet mich gleich begreifen."

Damit nestelte er an seinem Hals und brachte eine goldene Kapsel zum Vorschein, die er öffnete und Lindsay überreichte.

„Kennt Ihr das Bild?"

Der Engländer nahm die Kapsel in die Hand und warf einen Blick auf das winzige, auf Elfenbein in Kleinmalerei ausgeführte Bild. Im nächsten Augenblick schien es wie eine Erstarrung über ihn zu kommen. Seine Augen hatten sich weit geöffnet, und sein Mund bildete vor Verblüffung einen solch gähnenden Abgrund, daß sich die erblaßte Nasenspitze besorgt herabbeugte, als wolle sie sehen, wie dem Schaden abzuhelfen sei. Endlich wich die Starre aus seinen Zügen.

„Anne — Anne Lindsay — meine Schwester — Yes!"

Der Mund schloß sich langsam, und die Nase schnellte befriedigt in ihre frühere Lage zurück.

„Wie — wie seid Ihr — zu diesem Bild gekommen?"

„Diese Frau ist meine Mutter", erklärte Hermann Wallert mit bebender Stimme.

„Eure — Eure Mutter? Dann — dann wärt Ihr ja ein — ein Adlerhorst?"

„Ihr habt es gesagt. Bruno von Adlerhorst ist mein Vater, und Eure Schwester war meine Mutter."

„Adlerhorst — Vater — Mutter — Schwester — Mensch — Kerl — Herzensfreund — dann bin ich ja Euer regelrechter Onkel!"

„Es kann wohl nicht anders sein."

„Excellent, Sir — ich meine: well, my boy! Das ist ein ausgezeichnetes Abenteuer, indeed! Muß dich an mein Herz drücken! Allright, yes!"

Er schlang die langen Arme wie ein Polyp um ihn, quetschte ihn ein paarmal an sich und küßte ihn dann auf die Wange, was er nur dadurch fertigbrachte, daß seine Nase eine entschlossene Seitenschwenkung machte.

„Mister Wallert — Sir — Kerl, ich bin ganz außer mir vor Freude! Warum hast du mir das nicht gleich gesagt?"

„Es gab noch keine rechte Gelegenheit dazu", lachte Hermann, dem die tiefe Freude des sonst so kühlen Engländers sichtlich wohltat.

„Well! Nun sag mir auch deinen anderen Namen!"

„Hermann!"

„Hermann von Adlerhorst also! Well. Und wo sind die Deinen? Man sagte mir in Deutschland, ihr wärt verschollen."

„Mein Vater ist tot, und wo sich meine Mutter und meine drei Geschwister befinden, weiß — — —"

Er wurde durch einen erstaunten Ruf Paul Normanns unterbrochen. Dieser kannte zwar die Geschichte seines Freundes, hatte aber die Kapsel noch nicht zu Gesicht bekommen. Lindsay hatte bei der stürmischen Begrüßung seines Neffen das Anhängsel beiseitegelegt, und Paul Normann nahm es an sich, um es ebenfalls zu betrachten. Dabei entschlüpfte ihm der verwunderte Ausruf.

Hermann blickte seinen Freund groß an, der entgeistert das kleine Bild anstarrte.

„Was hast du denn?"

„Tschita — — das ist Tschita! Ganz genau, bis auf den letzten Zug!"

„Deine Angebetete?"

„Ja."

„Du wirst dich irren. Eine solche Ähnlichkeit wäre doch zu seltsam!"

„Ich täusche mich nicht, Hermann! Ich bin Maler und weiß

das Wesentliche eines Bildes vom Unwesentlichen wohl zu unterscheiden. Es sind ganz genau die gleichen ausgeprägten Linien, dasselbe Haar und dieselben Augen."

Hermann Wallert-Adlerhorst und Sir David Lindsay sahen sich stumm an. Die Vermutung, die in ihnen aufstieg, war doch zu abenteuerlich.

„Ach, Unsinn!" meinte Hermann schließlich. „Ich dachte schon, nach deiner Rede zu schließen, daß ich hier meine Schwester gefunden hätte. Aber wenn ich keinen anderen Beweis habe als die bloße Ähnlichkeit, so bringe ich, wenn ich suche, allmählich ein Dutzend Schwestern zusammen."

„Du, urteile nicht zu vorschnell! Bei der ganzen Sache ist ein Punkt, der mir zu denken gibt: Tschita kennt ihre Eltern nicht."

„Das ist allerdings auffallend, aber in diesen Verhältnissen keine allzu große Seltenheit. Meine kleine Schwester Lisa war damals allerdings erst ein Jahr alt und kann natürlich ebensowenig eine Erinnerung an ihre Eltern haben wie deine Schöne. Wie alt ist denn deine Tschita?"

„Siebzehn Jahre."

„Seltsam — Lisa wäre jetzt geradeso alt. Paul, Paul, wenn doch etwas an deiner Ahnung . . . !"

„Nonsense!" fiel Lindsay ein. „Soweit sind wir noch lange nicht. Erzähle erst einmal, wie es kommt, daß du von deinen Angehörigen nichts weißt."

„Das ist eine sehr traurige Geschichte. Sie hat mich zu dem gemacht, was ich jetzt bin — zu einem ruhelosen Wanderer, der es sich als seine Lebensaufgabe gestellt hat, nach den Verschwundenen zu suchen."

„Sehr gut! Ausgezeichnet! Werde helfen und mitsuchen. Well!"

„Mein Vater war, wie du dich erinnern wirst, Konsul in Aden. Meine Eltern hatten außer mir noch zwei Söhne — ich war der älteste — und ein Töchterchen, das von einer Amme betreut wurde."

„Wie alt warst du, als du die Deinen verlorst?"

„Acht Jahre. Vater galt als sehr reich, als ein Mann, der mit seinem Schicksal zufrieden sein konnte; aber er sehnte sich nach der Heimat. Außerdem wollte er uns Kindern eine gute Erziehung zuteil werden lassen, und dazu war Aden nicht der geeignete Ort. Er entschloß sich daher, mit der ganzen Familie nach Deutschland zurückzukehren."

„Well! Hat er diesen Vorsatz ausgeführt?"

„Ja. Aber es war unser aller Verderben. Wir schifften uns auf einem Sambuk ein und machten eine gute Fahrt durchs Rote Meer. Ich erinnere mich noch an manches Wort meines Vaters, denn er beschäftigte sich mit mir, seinem Ältesten, am meisten; er zeigte und erklärte mir alles Bemerkenswerte. Eines Tages beobachtete ich in seinem Wesen eine gewisse Unruhe. Als ich ihn fragte, gab er zur Antwort, daß wir uns einer Gegend näherten, die häufig durch arabische Seeräuber unsicher gemacht werde."

Die Nase David Lindsays geriet wieder in Bewegung, als sei sie persönlich an der Erzählung beteiligt.

„Kenne die Ecke. Muß auf der Höhe von Ras Hatiba gewesen sein."

„Ja, das kann stimmen. Vater sagte mir einen Namen, der ähnlich klang. Hast du einmal von den Dscheheîne gehört&"

„Yes. Mein bester Freund hat bei ihnen ein gefährliches Abenteuer erlebt — Kara Ben Nemsi, yes.[1]"

„Nun, es zeigte sich, daß die Befürchtungen meines Vaters nicht unbegründet waren. Wir wurden tags darauf von einem bewaffneten Fahrzeug angegriffen. Unsere feige Bemannung strich sofort die Segel und ergab sich. Wilde Gestalten stürzten an Bord und warfen sich auf uns. Vater, der sich zur Wehr setzte, wurde vor meinen Augen getötet, Mutter und wir Kinder wurden in die Kajüte gesperrt."

Die Erinnerung an dies schreckliche Erlebnis, das ihm sein Leben zerstört hatte, überwältigte den Erzähler. Er legte die Hand vor die Augen, um die aufsteigenden Tränen nicht sehen zu lassen. Die Freunde schwiegen. Dann nahm Hermann seinen Bericht wieder auf:

„Doch das Allerschrecklichste kam erst noch. Die türkische Bemannung, die in den Händen der Seeräuber ein willenloses Werkzeug war, mußte wenden und Suakin an der afrikanischen Küste ansegeln. Ich werde diesen Namen nicht vergessen. Ihr wißt, daß dieser Ort seit langem ein berühmter Sklavenmarkt ist. Es wurde uns sehr bald klar, was man mit uns plante. Kaum waren wir gelandet, so wurden wir auf den Markt geschleppt und zum Verkauf ausgestellt. Ja, ausgestellt — das ist das richtige Wort. Wie eine Ware mußten wir uns von den Käufern betrachten und betasten lassen. Ich war damals noch zu klein, um das Schreckliche des Vorgangs ganz zu ermessen; erst viel später kam es mir zum Bewußtsein, was im Herzen meiner Mutter vorgegangen sein muß, als sie sah, wie eins ihrer Kinder nach dem anderen von ihrer Seite gerissen und weggeführt wurde."

Abermals schwieg Hermann, von Bewegung übermannt. Lindsay schnitt die unglaublichsten Grimassen, um seine Rührung zu verbergen, und Paul Normann wischte sich die Augen. Er kannte diese Geschichte längst, aber seine lebhafte Einbil-

[1] Karl May „Durch die Wüste"

dungskraft stellte ihm die damaligen Ereignisse in so greifbarer Deutlichkeit vor Augen, daß es ihn von neuem aufs tiefste erschütterte.

„Ich war der erste, der an die Reihe kam. Noch heute sehe ich den brechenden Blick meiner Mutter, mit dem sie von mir Abschied nahm. Ich war vor Weinen so erschöpft, daß ich alles Spätere gleichgültig über mich ergehen ließ. — Aber ich muß sagen, ich hatte Glück, wenn man in meiner Lage überhaupt von Glück reden kann. Ich kam in die Hände eines reichen türkischen Handelsherrn aus Chartum, der gegen mich lieb und freundlich war und es mich nicht fühlen ließ, daß ich eigentlich doch nichts Besseres war als ein — Sklave. Laßt mich die folgenden Jahre überspringen! Sie waren trotz der guten Behandlung voller Qual, und nie vergaß ich den letzten Blick meiner Mutter. Bis in die Träume verfolgte mich die heiße Sehnsucht nach ihr, und immer fester wurde mein Wille, die Verlorenen zu suchen, sobald ich reif dazu sei. Ich hatte Gelegenheit, mich meinem Herrn nützlich zu machen und ihm einige Dienste zu leisten, die er für so vortrefflich hielt, daß er mir die Freiheit schenkte."

Sir David Lindsay war in gewaltiger Bewegung.

„Armer Boy", sagte er mit merkwürdigem Mienenspiel. „Wie alt warst du damals?"

„Zwanzig."

„Unerhört. Unglaublich. Einer aus dem Blut Lindsay ein Dutzend Jahre Sklave! Armer Junge — arme Schwester! — Yes."

„Nach europäischen Begriffen hatte ich nicht das erworben, was man Bildung nennt, aber ich beherrschte die türkische und arabische Sprache und Schrift völlig. Außerdem hatte ich als Diener und später als Vertreter meines Herrn viel mit Deutschen, Franzosen und Engländern zu tun. Das Zusammensein mit Landsleuten bewahrte mich davor, meine Muttersprache zu verlernen, und das Französische und Englische eignete ich mir mit Leichtigkeit an. So konnte ich an meine Lebensaufgabe mit guter Hoffnung herantreten. Wie es kam, tut nichts zur Sache, aber infolge meiner Sprachvielseitigkeit erhielt ich Anstellung im deutschen geheimen Nachrichtendienst. Du staunst, Paul? Nicht wahr, das hast du nicht hinter mir gesucht? Du hieltest mich für einen armen Gelehrten, der zu Studienzwecken das Ausland bereist. Aber ich bin nicht so mittellos, wie du denkst, und wie ich mich aus gewissen Gründen selber ausgegeben habe. Für meine Zwecke war es besser und unverdächtiger, wenn ich als arm galt. Aber ich verfüge über genügend Mittel. Und du würdest staunen, wenn ich dir sagte, wer in Stambul zu meinen Bekannten zählt. Verzeih mir also meinen scheinbaren Mangel an

Aufrichtigkeit. Du siehst, daß ich meine wichtigen Gründe hatte."

„Wie könnte ich dir daraus einen Vorwurf machen, lieber Hermann!"

„Und Mutter und Geschwister?" fiel David Lindsay ein. „Hast du schon etwas von ihnen erfahren?"

„Nicht das geringste. Ich muß gestehen, daß ich deswegen in den geheimen Nachrichtendienst trat, weil mich dieser Beruf weit in den mohammedanischen Landen herumführt. Ich hoffte dabei auf eine Spur der Meinen zu stoßen. Aber bis jetzt war alles vergeblich. Erst heute — — —"

Er wurde unterbrochen. Lindsay hatte zuletzt ein merkwürdiges Gebaren an den Tag gelegt. Er rutschte auf seinem Platz herum, schnitt wieder die seltsamsten Gesichter und benahm sich ganz so, als könne er es nicht erwarten, zu Worte zu kommen. Jetzt fiel er Hermann in die Rede.

„Heigh-day — so weiß ich mehr als du! Habe nicht bloß eine Spur, habe sogar einen ganzen Adlerhorst. Tatsache! Yes."

Hermann sah ihn verblüfft an.

„Ich verstehe dich nicht."

Lindsays dünner Mund zog sich vor Vergnügen von einem Ohrläppchen zum anderen.

„Meine es immer so, wie ich sage. Yes."

„Du hast einen Adlerhorst gefunden?"

„Yes."

„Also einen Bruder von mir?"

„Yes."

„Welchen denn? Martin oder Gottfried?"

„Martin."

„Wo? — Wo?"

„In Amerika."

„In — — Amerika? Unmöglich!"

„Warum unmöglich? Scherze nicht. Bin David Lindsay. Yes."

Es läßt sich denken, daß diese Mitteilung Hermann in die größte Aufregung versetzte. Ein Wort folgte dem anderen, und bald hatte er alles erfahren, was Lindsay wußte.

Wie schon erwähnt, war Hermann das erste Glied der Familie gewesen, das in Suakin einen Käufer gefunden hatte. Was aus der Mutter und den Geschwistern geworden war, wußte er nicht. Nun erfuhr er das weitere. Martin, der damals fünf Jahre zählte, war als letzter übriggeblieben. So klein er auch gewesen war, so hatte sich das schreckliche Ereignis seinem Gedächtnis doch lebhaft eingeprägt. Nach Hermann war die Amme verkauft worden, dann kam Gottfried, der Sechsjährige, dann die Mutter mit der kleinen Lisa an die Reihe. Zuletzt war nur noch der kleine Martin unverkauft. Doch wie sich auch sein jetziger Herr bemühte, er fand keinen Käufer für das schmächtige Kind. Es blieb dem Sklavenhändler nichts anderes übrig, als zu versuchen, es auf einem anderen Sklavenmarkt an den Mann zu bringen. Klein Martin wurde auf ein Schiff gepackt; und dann ging es fort — wohin, konnte er hernach nicht sagen. Aber auf hoher See wurde das Sklavenschiff von einem englischen Dampfer angehalten und durchsucht. Sämtliche Gefangene erhielten die Freiheit. Des kleinen Knaben erbarmte sich ein reicher amerikanischer Pflanzer und erbot sich, ihn mitzunehmen und für ihn zu sorgen. Ja, er tat noch mehr: er stellte in Deutschland die sorgfältigsten Nachforschungen an nach etwa lebenden Angehörigen des Kindes. Dabei erfuhr er, daß nur noch ein Verwandter vorhanden sei, nämlich der Bruder Annas von Adlerhorst, der aber in England lebte. David Lindsay wäre nun sofort bereit gewesen, sich des Waisenknaben anzunehmen, aber der Pflanzer hatte Martin unterdessen liebgewonnen und weigerte sich, ihn herzugeben. Lindsay war damit zufrieden, um so mehr, als der Kleine an seinem Pflegevater hing und bei diesem gut aufgehoben war. Immerhin versäumte er es nicht, sich von Zeit zu Zeit nach seinem Neffen zu erkundigen. So war Sir David jetzt in der Lage, Hermann mitzuteilen, daß sein Bruder als Verwalter auf der Pflanzung seines Pflegevaters lebte. Es ging ihm gut; nur eins gab es, was einen Schatten auf sein Leben warf: das unbekannte Schicksal seiner Familie.

„Well", schloß Lindsay seinen Bericht, „habe mich endlich aufgemacht, um nach seinen Verwandten zu forschen. Bin dabei über meinen zweiten Neffen gestolpert und vielleicht sogar auch noch über eine Nichte. Werde auch deine Mutter und deinen zweiten Bruder ausfindig machen. Kleinigkeit für David Lindsay. Yes."

Hermann Wallert-Adlerhorst und Paul Normann hatten mit atemloser Spannung seiner Erzählung gelauscht. Hermann war so erschüttert, daß er eine ganze Weile kein Wort der Erwiderung fand. Sein Herz war zu voll. Endlich aber faßte er sich.

„Heute ist der schönste Tag meines Lebens", sagte er zu David Lindsay. „Gebe Gott, daß dich deine zuversichtliche Hoffnung nicht täuscht und daß ich mit den Meinen allen noch einmal vereint werde. Den Anfang hast du gemacht mit deiner Freudennachricht, und außerdem bin auch ich unerwartet auf eine seltsame Fährte gestoßen."

„Wie? Was? Fährte?" fragte der Engländer. „Wann? Wo?"

„Schau einmal diese Uhr an!"

Mit diesen Worten reichte er Lindsay die Uhr, die er während der ganzen Erzählung nicht aus der Hand gelassen hatte.

„Heavens! Das ist ja das Wappen der Adlerhorsts! Und darunter — da steht ganz deutlich der Name Bruno von Adlerhorst! Was hat das zu bedeuten?"

Auch Paul Normann griff jetzt nach der Uhr und betrachtete sie genau.

„Das hat zu bedeuten", erwiderte Hermann, „daß der Mann, dem wir die Uhr genommen haben, wissen muß und uns sagen kann, woher er sie hat."

„Yes. Werde gleich morgen früh den Mann aufsuchen."

„Willst du ihm etwa sagen, daß wir ihm die Uhr gemaust haben?"

„Damned, du hast recht! Aber was ist sonst zu tun?"

„Das will noch überlegt sein. Wir dürfen nichts unternehmen, bevor wir uns aufs eingehendste miteinander besprochen haben."

„Well. Bleiben wir einstweilen noch bei deiner Familie. Hat dein Vater Feinde gehabt?"

„Ich war damals noch zu jung, als daß ich jetzt diese Frage mit Sicherheit beantworten könnte. Ich weiß nur, daß ein Türke viel in unserer Familie verkehrte. Dieser Verkehr hatte plötzlich ein Ende. Vater scheint einen Zusammenstoß mit ihm gehabt zu haben."

„Ah! — Wie hat dieser Türke geheißen?"

„Das weiß ich nicht mehr."

„Schade. Bin der Meinung, daß deine Familie einer Rache zum Opfer gefallen ist."

„Daran habe ich auch schon gedacht."

„So? Warum?"

„Wir hatten einen Diener, einen Franzosen mit Namen Florin. Er tat immer sehr freundlich mit uns Kindern, aber ich konnte ihn trotzdem nicht leiden. Auch er war bei uns, als wir von den Dscheheîne überfallen wurden. Von diesem Augenblick an habe ich ihn nicht mehr gesehen."

„Vielleicht ist er getötet worden?"

„Nein, ich weiß ganz gewiß, daß er weder unter den Toten noch unter den Gefangenen war. Wohin war er gekommen? Das fiel mir zuerst gar nicht auf. Jedoch später, als Mann, machte ich mir darüber meine Gedanken."

„Und was dachtest du?"

„Florin stand nicht gut mit meiner Mutter. Damals beachtete ich es nicht so, aber später dachte ich sorgfältiger darüber nach. Mutter war immer froh, wenn Florin das Zimmer verließ, und in seiner Gegenwart war sie stets schweigsam und zurückhaltend."

„Merkwürdig! Sonderbar! Wie erklärst du dir das?"

„Ich denke mir, daß Florin meiner Mutter gegenüber die Schranken überschritt, die ihn von der Herrschaft trennten, und daß er von meiner Mutter zurechtgewiesen wurde."

„Möglich. Denke es beinahe auch."

„Wohin ist nun Florin beim Überfall der Dscheheïne gekommen? Er war auf einmal verschwunden, wie weggeblasen. Sollte er ein verräterisches Spiel getrieben haben?"

„Möglich! Aber wie könnte er mit den Räubern in Verbindung getreten sein?"

„Das weiß ich allerdings auch nicht."

„Ob nicht der Türke seine Hand im Spiel gehabt hat, von dem du vorhin erzähltest?"

Hermann hob die Schultern.

„Das kann ich nicht sagen. Ich war damals zu jung. Aber eins muß ich noch erwähnen. Als wir heute aus meinem Haus traten, fiel mir das Gesicht des Derwischs auf. Genauso oder ihm doch sehr ähnlich müßte heute dieser Florin aussehen."

„Wird nur Zufall sein!"

„Natürlich. Aber weshalb widmet uns dieser Bursche eine so hartnäckige Aufmerksamkeit?"

„Weiß nicht. Bin David Lindsay. Was geht mich dieser türkische Bettler an? Yes!"

„Lassen wir die Vergangenheit Vergangenheit sein und beschäftigen wir uns lieber mit der Gegenwart!" lenkte Normann ab. „Wollen lieber einmal sehen, was sich in der Börse befindet, die wir Ibrahim abgenommen haben."

Man zählte nach; der Inhalt betrug einige hundert Piaster.

„Hätte nicht geglaubt, daß aus mir jemals ein Straßenräuber werden könnte", lachte Lindsay. „Bin aber mit meinem ersten Erfolg sehr zufrieden. Schade, daß diese Art des Broterwerbs gewöhnlich mit dem Galgen endet. Und hier ist der Schlüssel! Ein Riesenkerl, der — By Jove, sind wir dumm gewesen!"

„Warum?" fragte Hermann.

„Ob's denn der richtige Schlüssel ist?"

„Hoffentlich!"

„Hoffentlich — das kann mir nicht genügen. Hatten ja da draußen die beste Gelegenheit, zu untersuchen, ob er schließt."

„Das ist wahr. Daß wir auch daran nicht gedacht haben!"

„Never mind — schadet nichts! Müssen es eben nachholen."

„Wie? Wir sollen jetzt noch einmal hinausgehen?"

„Yes. Laufe sofort hin."

„Nein, lieber Onkel! Bleib hier und ruhe dich für morgen aus! Wir beide werden uns diesen Spaziergang leisten."

„Well. Soll mir recht sein. Kann dir übrigens gar nicht sagen, wie wohl es mir tut, von dir mit ‚lieber Onkel' angeredet zu werden. Ist mir angenehmer, als wenn mir jemand hunderttausend Pfund geschenkt hätte. Yes!"

Nun beriet man ernsthaft die nächsten Schritte; dann trennte man sich, nachdem als Treffpunkt ein Kaffeehaus in Alt-Stambul bestimmt worden war. Paul und Hermann gingen noch einmal hinaus nach Khalydsche Oglu.

Am nächsten Morgen standen die Freunde ziemlich spät auf. Hermann ließ sich in einem Kaik nach Alt-Stambul hinüberfahren. Dort machte er einen Spaziergang zur Aja Sofia und den langen geraden Weg hinab, der nach Bagtsche Kapussu ans Ufer führt.

Auf diesem Weg kaufte er sich die Morgennummer des ‚Bassiret' und fand den Raubüberfall auf Ibrahim Bei mit Übertreibungen und Ausschmückungen schon veröffentlicht. Es war sogar ein Preis auf die Entdeckung des Täters gesetzt. Und was das auffälligste war: die Uhr war beschrieben und sogar das Wappen erwähnt.

Am Ufer angekommen, richtete Hermann seinen Blick auf das Kaffeehaus, das an der tiefen Einbuchtung lag, an der sich das alte Zollamt befindet. Sir David Lindsay war schon da und winkte Hermann von weitem.

„Morning, Junge! Gut, daß du endlich da bist. Komme mir hier vor wie Simson unter den Philistern."

„Wieso?"

„Weil ich diese verteufelte Sprache nicht verstehe. Kenne nur die beiden Worte Allah und Bakschisch, weiter nichts. Und das ist doch nicht hinreichend, nicht wahr? Siehst du nicht, wie es mir ergangen ist?"

„Wie denn?"

„Nun, habe ich denn etwas zu trinken hier, he?"

Er deutete dabei auf den runden Stein, der als Tisch diente, und vor dem er auf einem zweiten noch niedrigeren Stein saß. Der Tisch war leer.

„Hast du dir nichts bestellt?"

„Yes. Habe das Wort Kaffee zehntausendmal ausgesprochen, aber keinen bekommen."

„Kaffee ist nicht arabisch und nicht türkisch, sondern französisch. Du mußt Kahwe sagen."

„Also Kahwe! Sehr gut. Und was heißt Tasse?"

„Findschan."

„Und eins?"

„Die Zahl eins heißt bir."

„Sehr gut. Also — bir Findschan Kahwe!"

„Ja, oder auch nur ‚Bir Kahwe'!"

„Vortrefflich. Möchte aber noch mehr lernen. Die Kerle, die

da herumsitzen, haben Kaffee und auch Tabakspfeifen erhalten. Habe das Wort Tabak gebrüllt, aber niemand wollte mich verstehen. Der Teufel hole diese schwarzen Kellner! Yes."

„Hier heißt es nicht Tabak, sondern tütün."

„Tütün? Albernes Wort. Aber halt! Richtig! Habe ich doch schon gewußt! Bloß wieder vergessen. Yes. Habe damals von meinem Freund Kara Ben Nemsi eine ganze Menge Türkisch und Arabisch gelernt. Aber alles wieder weg. Away! Well. Never mind. — Was heißt denn eigentlich Pfeife?"

„Tschibuk."

„Und bir heißt eins; also — bir tschibuk tütün."

„Nein. Der Gebrauch ist anders. Wenn du eine Pfeife Tabak haben willst, mußt du sagen — bir lüle tütün."

„Bir lüle tütün. Danke, Junge. Jetzt kann es losgehen. Trinkst du eine mit?"

„Ja."

„Aber laß mich bestellen!"

„Sehr gern; versuch's!"

„Also zuerst — bir ka — ka kawasse!"

„Um Gottes willen! Da bringt man dir ja einen Polizisten! Es heißt nicht kawasse, sondern Kahwe."

„Verteufelt, verteufelt! Und sodann — bir tüle lütün!"

„Wieder falsch! Es heißt bir lüle tütün."

„Ob lüle tütün oder tüle lütün, das könnte diesem Volk eigentlich gleich sein. Der Teufel mag eine so unsinnige Sprache behalten! Und bir heißt hier eins. Unter Bier verstehe ich doch etwas ganz anderes, und da trinkt man doch nicht bloß eins, sondern mehrere. Es wird doch wohl am besten sein, wenn du bestellst."

„Das denke ich auch!" lachte Hermann.

Infolge dessen erhielten sie zwei Tassen Kaffee und zwei frischgestopfte Pfeifen mit Holzkohlenfeuer. Sir David schmauchte behaglich und betrachtete das bewegte Bild ringsum. Hermann dagegen dachte über die Aufgabe nach, die er sich gestellt hatte und deren Erfüllung er durch die Auffindung der Uhr einen kleinen Schritt nähergekommen schien.

So saßen sie eine kleine Weile schweigend und hingen ihren Gedanken nach. Plötzlich legte Lindsay seine Pfeife fort.

„Was so ein Türke dumm ist!" sagte er. „Sollte es nicht für möglich halten!"

„Was denn?"

„Wo die Natur alles reichlich gibt, da sollte der Mensch doch zugreifen. Aber es ist gerade entgegengesetzt. Hier wächst der Tabak und hier wächst auch der Kaffee. Aber nun schau dir einmal diese Tassen an, so groß wie ein Fingerhut! Und diese

Tschibuks, deren Kopf man in zehn Minuten zwanzigmal ausrauchen kann!"

Hermann wußte nicht, was er zu dieser seltsamen Art, völkerkundliche Betrachtungen anzustellen, sagen sollte. Ernst nahm er die Worte des Onkels bestimmt nicht, denn er kannte diesen Sonderling nun schon zur Genüge. Schließlich blitzte der Schalk in seinen Augen auf.

„In der Größe liegt nicht immer der Vorzug", sagte er.

„Sondern?"

„In der Beschaffenheit. Ich meine, oft ist einem weniger lieber als mehr, klein lieber als groß. So zum Beispiel, wenn man ein Loch im Kopf hat oder eine Beule an . . ."

„Beule? Sag das Wort nicht noch einmal! Meine Nase kann das nicht vertragen."

„Oh, Verzeihung! So war es nicht gemeint."

Lindsay wehrte gutmütig ab.

„Schau lieber, was für ein Kahn das dort ist!"

„Ein großherrlicher Kaik."

„Frauen sitzen drin. Vier, sechs, acht!"

„Frauen des Großherrn."

„Wie? Dürfen die auch spazierenfahren?"

„Ja, natürlich verschleiert."

„Heavens! Und wo stecken sie sonst?"

„An verschiedenen Orten — im Serail, in Beschiktasch, in Dolmabagtsche und auch noch anderswo."

„Und die bekommt kein Mensch zu sehen?"

„Kein einziger. Bedient werden sie von Wächtern, deren oberster der Kislar Aga ist."

„Was heißt das?"

„Kislar heißt Mädchen und Aga Herr. Beides zusammen heißt also: der Herr oder der Gebieter der Mädchen."

„Möchte der Kislar Aga sein!"

„Danke sehr!"

„Warum?"

„Erstens ist er Sklave."

„Hm!"

„Zweitens muß er ein Schwarzer sein."

„Fie!"

„Und drittens hat er entsetzlichen Ärger mit den vielen Frauen. Allerdings ist sein Posten der höchste im Serail. Er steht im gleichen Rang mit dem Großwesir."

„Alle Wetter! Tausche aber doch nicht mit ihm. Also ein anderer bekommt die Frauen nicht zu sehen?"

„Nein. Es wäre unbedingt sein Tod. Nur in ganz besonderen Fällen ist eine Ausnahme möglich."

„Wann zum Beispiel?"

„Wenn ein anderer Herrscher beabsichtigt, eine der Töchter des Sultans zu heiraten. Dann wird es seinem Abgesandten wohl unter Umständen gestattet, das Angesicht der Betreffenden zu sehen und auch mit ihr zu sprechen, damit er seinem Herrscher Bericht erstatten kann."

„Seltsames Land, diese Türkei. Reden wir lieber von anderen Dingen, die erreichbarer sind, als der Anblick einer unverschleierten Haremsschönen. Bist du gestern abend mit deinem Freund nochmals draußen in Khalydsche Oglu gewesen?"

„Ja. Der Schlüssel paßt."

„Well. Dann ist die Schlacht schon halb gewonnen."

„Und die Geschichte von gestern abend steht schon lang und breit in der Zeitung. Höre!"

Hermann las dem Onkel den Bericht vor.

„Habt ihr schon etwas beschlossen?"

„Ja, wir halten es fürs beste, den Bei zu überrumpeln. In der Überraschung wird ihm am ehesten etwas über die Meinen zu entlocken sein."

„Bin sofort dabei. Wann gehen wir?"

„Jetzt gleich, wenn es dir recht ist."

„Sehr recht!"

Sie zahlten und gingen. Die Wohnung des Bei, die sie aus der Zeitung erfahren hatten, lag nur eine Viertelstunde entfernt. Der Eingang zum Haus war schmal. Hinter der Tür lag eine Strohmatte, auf der ein sonnverbrannter Kerl saß.

Kaum hatte er die beiden Männer erblickt, so sprang er auf und verwehrte ihnen den Eintritt.

„Halt! Nicht herein! Ich bin der Kapudschi."

„Was sagt er?" fragte Lindsay.

„Er ist der Türhüter und will uns nicht hineinlassen."

„Nicht? — Bin Sir David Lindsay und nicht gewöhnt, von einem Türhüter abgewiesen zu werden. Hast du verstanden, my boy?"

„Zuerst wollen wir es aber noch im guten versuchen", beruhigte ihn Hermann.

„Bitte", sagte der Engländer. „Aber kenne das Gelichter; entweder Bakschisch oder die Faust. Yes."

Hermann wandte sich nun an den Kapudschi, der kein Wort von der Unterhaltung verstanden hatte — höchstens das Wort Bakschisch — und noch immer breitbeinig den Gang versperrte.

„Wir wünschen deinen Herrn, Ibrahim Bei, zu sprechen."

„Der empfängt jetzt niemanden. Er hält seinen Kef. Kommt ein anderes Mal wieder!"

„Wir müssen ihn aber gerade jetzt sprechen. Geh aus dem Weg!"

Aber der Kapudschi machte keine Miene, dem Gebot Folge zu leisten. Da faßte Hermann den Mann kurz entschlossen bei der Brust, hob ihn über sich selbst hinweg und stellte ihn hinter sich nieder, so daß nun der Weg frei war.

Dieses Kraftstück hätte niemand dem Deutschen zugetraut, am wenigsten der Türhüter. Er vermochte kein Wort zu sagen, sondern stand mit weit offenem Mund und blickte verblüfft den beiden nach, die ruhig weiterschritten.

Sie gelangten in den Hof. Dort fanden sie mehrere Schwarze, die bei dem Anblick des Engländers laute Ausrufe der Verwunderung ausstießen. Einen derart gekleideten Menschen hatten sie noch nicht gesehen.

„Wo ist Ibrahim Bei?" fragte Hermann einen der Leute.

Der Neger deutete nach einer Stiege, an deren Pfeilern zwei träge Sklaven lehnten.

„Macht Platz!" befahl ihnen Hermann kurz.

Seine Worte hatten keinen Erfolg; sie blieben stehen und sperrten die Mäuler noch weiter auf. Da schob Hermann die beiden mit einer kräftigen Ellbogenbewegung auf die Seite. Durch diese Lücke stiegen die zwei Besucher die Treppe hinauf, gefolgt von den scheltenden Stimmen der Sklaven, die sich erst jetzt von ihrer Überraschung erholten. Die Treppe führte auf eine Art von Außengang, wo mehrere Türen mündeten. Die eine wurde gerade jetzt aufgerissen, und mit einem lauten Fluch trat der Bei heraus, um sich nach der Ursache des Lärms zu erkundigen. Er erblickte die beiden und — machte es wie seine Dienerschaft: er riß Mund und Augen auf.

„Guten Morgen", grüßte Hermann. „Wie ich weiß, sprichst du Englisch."

„Nicht gut", sagte er verblüfft.

„Welche Sprache außer der türkischen ist dir am geläufigsten?"

„Französisch."

„Gut, sprechen wir also Französisch. Aber nicht hier. Ich bitte, uns ins Empfangszimmer zu führen."

Ibrahim Bei konnte sich nur langsam in den Gedanken finden, daß diese beiden Fremden es wagten, ohne die übliche Anmeldung zu ihm zu kommen. Halb im Traum öffnete er die Tür und ließ sie eintreten. Sie befanden sich in einem mit aller orientalischen Pracht ausgestatteten Raum, worin der Besitzer des Hauses sich eben dem Genuß des süßen Nichtstuns hingegeben hatte. Er ließ sich auf ein schwellendes Kissen nieder, forderte aber die beiden nicht auf, gleichfalls Platz zu nehmen.

Langsam gewann er seine Fassung wieder und musterte die Eindringlinge mit einem Blick, aus dem Unwillen und Verachtung, aber auch eine gewisse Besorgnis sprach. Was wollte der Deutsche, dem er auf dem Friedhof die Falle gestellt hatte, von ihm? Der Deutsche, der eine so verblüffende Ähnlichkeit besaß mit dem Mann, in dessen Leben und Familie er eine so verhängnisvolle Rolle gespielt hatte? War dieser junge Mann wirklich ein Sohn des Ermordeten? Und wenn es so war — in welcher Absicht erschien er hier? Führte ihn irgendein Verdacht, irgendeine Spur hierher — und wollte er nun Rechenschaft von ihm fordern?

„Sie werden wohl gern wissen wollen, was wir eigentlich bei Ihnen suchen?" begann Hermann die Unterhaltung auf Französisch.

„Natürlich!"

„Nun, es ist nichts so Wichtiges. Ich habe nur etwas gekauft, was ich Ihnen zeigen will. Heute früh traf ich einen Handelsmann, der mir eine Uhr zum Kauf anbot."

„Eine Uhr? Was für eine ist es?"

„Eine goldene, von sehr guter Arbeit, mit Diamanten besetzt und mit einem Wappen verziert."

„Darf ich sie einmal sehen?"

Hermann zog die Uhr aus der Tasche und hielt sie Ibrahim so vor die Augen, daß er sie betrachten, aber nicht an sich nehmen konnte.

„Ist es die, die man Ihnen abgenommen hat? Von der in der Zeitung steht?"

Ibrahim wußte nicht gleich, was er entgegnen sollte. War der junge Deutsche der Sohn des Ermordeten, so kannte er die Uhr seines Vaters und würde naturgemäß fragen, wie sie in seinen Besitz gelangt sei. Andererseits konnte er nicht gut in Abrede stellen, daß sie sein Eigentum war; denn er hatte sie ja im ‚Bassiret' genau beschrieben.

„Die meinige sah allerdings ähnlich aus", antwortete er deshalb ausweichend.

„Nur ähnlich?" lächelte Hermann. „Ich bin überzeugt, daß es die Ihre ist, denn sie trägt auf dem Innendeckel das Wappen und den Namenszug eines Adlerhorst, genauso, wie es im ‚Bassiret' angegeben wird."

Jetzt war Ibrahim freilich jeder Ausweg verlegt, und er mußte Farbe bekennen.

„Wenn die Uhr wirklich diese Merkmale aufweist, so ist sie allerdings mein Eigentum."

Dabei streckte er die Hand aus, um die Uhr an sich zu nehmen. Hermann aber schob sie ruhig in seine Tasche.

„Ihr Eigentum? Das müssen Sie erst beweisen. Ich denke vielmehr, daß sie mir gehört."

Ibrahim wechselte die Farbe. Dieser junge Mann war also doch der Sohn des ehemaligen Konsuls. Aber wie kam er hierher? Er wußte doch, daß sämtliche Familienmitglieder der Adlerhorst in die Sklaverei verkauft worden waren. Hier gab es nur einen Ausweg: alles ableugnen.

„Ich bin sehr erstaunt. Wie können Sie behaupten, daß diese Uhr, die all die Jahre hier in meinem Besitz gewesen ist, Ihnen gehört?"

„Weil ich der Sohn Brunos von Adlerhorst bin."

Ibrahim hatte diese Antwort erwartet, erschrak aber trotzdem. Doch er faßte sich rasch. Er war überzeugt, daß alle Belege vernichtet worden waren, aus denen die Familienzugehörigkeit derer von Adlerhorst bewiesen werden konnte. Wie sollte sich da der junge Deutsche als ein Adlerhorst ausweisen?

„Wenn Sie wirklich ein Adlerhorst sind, so gebe ich freilich zu, daß Sie einen Schein von Anspruch auf die Uhr besitzen", sagte er zuversichtlich. „Aber bitte, zeigen Sie mir zum Beweis zuerst Ihre Papiere!"

Er hatte das Richtige getroffen, das erkannte er aus dem fragenden Blick, den Hermann auf Sir David warf. Tatsächlich besaß er nur Papiere, die auf den Namen Wallert lauteten. Die Kapsel mit dem Bild Annas von Adlerhorst konnte nicht als Beweismittel im juristischen Sinn gelten.

Aber in dieser Verlegenheit kam Lindsay ihm geschickt zu Hilfe.

„Glauben Sie vielleicht, dieser junge Mann trägt seinen Tauf- und Impfschein immer bei sich? Ich, Sir David Lindsay, sage Ihnen, daß dieser Herr mein Neffe ist, das heißt: der Sohn meiner Schwester, Anna Lindsay, verehelichte Adlerhorst. Genügt das? Wenn nicht, bitte, bemühen Sie sich nur auf die britische Gesandtschaft! Yes!"

Das war deutlich und nachdrücklich, und Ibrahim wagte keine Einrede mehr.

„Darf ich fragen, wie diese Uhr in Ihre Hand gelangt ist?" forschte Hermann weiter.

„Darüber brauche ich Ihnen keine Auskunft zu geben."

„Nicht? Ich werde Ihnen beweisen, daß Sie dazu verpflichtet sind. Die Angehörigen meiner Familie sind verschwunden, sind einem Verbrechen zum Opfer gefallen. Diese Uhr gibt mir eine Spur an die Hand, die ich unter allen Umständen verfolgen werde."

Ibrahim erhob sich von seinem Sitz. Seine Brauen zogen sich drohend zusammen, und seine Augen blitzten.

„Ich bin ein gläubiger Anhänger des Propheten, und Sie sind ein Giaur, den ich eigentlich gar nicht bei mir empfangen sollte!

Es kostet mich nur Worte, so werden Sie ins Gefängnis gesteckt, Sie Entführer!"

Ibrahim glaubte damit seinen höchsten Trumpf ausgespielt zu haben, mußte aber bald sehen, daß die Wirkung ausblieb.

„Entführer? Wieso?"

„Nun, ich besitze Beweise, daß Sie meine Lieblingsfrau auf den Friedhof hinauslocken wollten!"

Hermann lächelte.

„Ihre Lieblingsfrau? Stimmt", entgegnete er ruhig. „Aber glauben Sie, daß es dazu keinen anderen Grund gibt als die Absicht, diese Frau zu entführen?"

„Ich wüßte keinen anderen."

„Aber ich! Ich suche meine Angehörigen, die als Skalven verkauft wurden. Die Spur führt mich zu Ihnen. Wer kann es mir verübeln, daß ich mich als Ausländer über die Schranken hinwegsetze, die hier dem Verkehr zwischen Mann und Frau gesetzt sind? Ich tat es nur, um etwas über meine Familie zu erfahren."

Das war mit einer solchen Überzeugungskraft vorgebracht, daß Ibrahim keine Erwiderung fand. Er ahnte nicht, daß Hermann der Sache diese meisterhafte Wendung nur deswegen gab, um sich selber aus der Schlinge zu ziehen.

„Ich weiß nichts von Ihrer Familie."

„Und Sie haben nie einen Adlerhorst getroffen?"

In diesem Augenblick schoß dem verschlagenen Ibrahim ein Gedanke durch den Kopf.

„Ich traf allerdings einmal einen Deutschen, der sich so oder ähnlich nannte."

„Wo?"

„In Monaco."

„Ah, in dieser Spielhöhle?"

„Ja. Er hatte leidenschaftlich gespielt und dabei alles verloren. Zuletzt setzte er die Uhr, und ich gewann sie."

„Das haben Sie sich gut ausgesonnen — aber Sie lügen!"

„Das ist eine Beleidigung!" brauste Ibrahim auf.

„Und ich wiederhole: Sie lügen! Wenn ein Spieler kein Geld mehr besitzt und darum irgendeinen anderen Gegenstand setzt, so ist es allein Sache der Spielbank, diesen Einsatz anzunehmen. Also kann nur die Bank die Uhr gewonnen haben, nicht aber Sie."

„Ich habe sie dann der Bank abgekauft."

„Vorhin haben Sie die Uhr gewonnen, und jetzt haben Sie sie gekauft. Das ist die richtige Art und Weise, sich Glauben zu erwerben. Ich lasse mich nicht täuschen. Übrigens kann ich einen Eid darauf ablegen, daß die Uhr noch am Todestag im Besitz meines Vaters gewesen ist."

„Sagen Sie, was Ihnen beliebt! Ich werde jetzt sofort zum Vertreter Deutschlands gehen und mich über die Art beschweren, wie ein Deutscher einem türkischen Würdenträger Besuche abstattet."

„Ich billige das so vollkommen, daß ich mich sogar erbiete, Sie zu begleiten. Es ist besser, wir erscheinen beide zugleich, damit die Angelegenheit vereinfacht wird."

„Well, und ich werde mit meinem Neffen gehen", fiel der Engländer ein. „Vielleicht fällt es Ihnen auch ein, sich bei der britischen Gesandtschaft über mich zu beschweren."

„Ich zweifle an Ihrer Zurechnungsfähigkeit!" zischte Ibrahim. „Wäre das nicht der Fall, so würde ich anders mit Ihnen sprechen. Ihr ganzes Auftreten ist im höchsten Grad seltsam. Sie haben mich beleidigt; Sie haben sich an meinem Diener vergriffen; ich werde mir dafür Genugtuung verschaffen!"

„Recht so! Bis dahin aber wollen wir uns Lebewohl sagen."

„Ich sehe mich gezwungen, die Uhr in Ihrer Hand zu lassen, obwohl sie mein Eigentum ist!"

„Und ich sehe mich gezwungen, sie mitzunehmen, weil sie das Eigentum meines Vaters war. — Komm, Onkel!"

Sie gingen.

„Verfluchter Kerl!" brummte Ibrahim wütend in seinen Bart. „Ob er etwas von meinen Geheimnissen ahnt? Daß ihm auch gerade diese Uhr in die Hand fallen mußte! Eine verteufelt dumme Geschichte!"

Lindsay stieg mit Hermann die Treppe hinab. Unten im Hof hatten die Schwarzen die Köpfe zusammengesteckt und stoben eiligst auseinander, als sie die beiden erblickten.

„Was sagst du zum Bei?" fragte Hermann draußen.

„Der Hund hat ein wahres Spitzbubengesicht."

„Ich glaube, wir sind auf der richtigen Spur! Dieser Ibrahim ist ein Verbrecher. Was ich ihm gesagt habe, hätte ich keinem anderen Moslem gegenüber wagen dürfen. Der Kerl muß Dreck am Stecken haben. Ich werde ihn im Auge behalten, denn er weiß von den Meinen sicherlich mehr, als er zugeben will."

Sie mußten einem kleinen, aber glänzenden Zug ausweichen. Vier Träger brachten eine kostbare Sänfte, der zwei Männer mit weißen Stäben in den Händen voranliefen. Die Vorhänge der Sänfte waren geschlossen, so daß man nicht sehen konnte, wer sich darin befand. Die Leute rannten in schnellem Lauf vorüber.

„Merkwürdige Sitte", sagte Lindsay. „Das muß ein vornehmer Herr gewesen sein!"

„Es ist eine der großherrlichen Sänften. Ich muß wissen, was ihr Ziel ist. Das schlägt vielleicht in mein Fach. Leb wohl, Onkel! Wir treffen uns am Abend!"

Als die Träger der Sänfte vor dem Tor des Hauses Ibrahims angelangt waren, machten sie halt. Ein Türke stieg aus und schritt langsam in würdevoller Haltung in den Hof. Bei seinem Anblick warf sich einer der Schwarzen, der ihn erkannte, demütig zur Erde.

„O Allah! Der Großwesir!"

Alle anderen folgten seinem Beispiel.

Daß dieser in so unauffälliger Weise kam, mußte besondere Gründe haben. Gewöhnlich bewegt sich dieser allerhöchste aller Würdenträger mit ebensolchem Gepränge wie der Großherr selber auf den Straßen. Er hatte jedenfalls die Absicht, keine besondere Aufmerksamkeit zu erregen.

Als er über den Hof schritt, stieß er einen der knienden Sklaven mit dem Fuß an.

„Ist dein Gebieter daheim?"

„Ja, o Herr!"

„Eile und sag ihm, daß ich komme!"

Der Sklave sprang von der Erde auf und schoß davon. Der Wesir folgte langsam. Bald darauf kam ihm der Herr des Hauses eilig entgegen und verneigte sich so tief, daß er mit dem Gesicht fast den Boden berührte.

„Allah segne deinen Eintritt, o Großwesir!" grüßte er. „Er gebe dir tausend Jahre und glückliche Erfüllung aller deiner Wünsche!"

„Führe mich!"

Ibrahim geleitete seinen hohen Gast nicht in das Gemach, in dem er vorhin mit Sir David und Hermann gesprochen hatte, sondern in ein anderes, viel einfacheres.

Der Großwesir ließ sich auf ein Kissen nieder und zog ein kostbares Bernsteinmundstück aus der Tasche. Dies war das Zeichen, daß er eine Pfeife haben wolle. Ein Sklave brachte einen Tschibuk, und der Minister schraubte das Mundstück an. Als der Tabak brannte, geruhte er, zu dem Bei, der noch demütig vor ihm stand, aufzusehen.

„Setz dich zu mir und genieße auch du die Gabe Allahs! Die Wölkchen des Tabaks erquicken die Seele und stärken den Verstand. Ich habe mit dir zu sprechen."

Das war eine große Huld, und Ibrahim beeilte sich, der Einladung nachzukommen. Der Großwesir nahm einen Schluck des von einem Sklaven kniend dargereichten Kaffees.

„Mein Kommen hat dich überrascht", fuhr er fort. „Niemand darf ahnen, daß ich bei dir bin, und du wirst zu keinem Menschen davon sprechen!"

„Befiehl, o Großwesir, und ich lasse mir die Zunge aus dem Hals schneiden!"

„Das werde ich dir nicht befehlen. So grausam bin ich mit keinem meiner Sklaven, viel weniger mit einem so treuen Diener wie du. Dein Vater, Melek Pascha, hat sich große Verdienste um das Wohl des Sultanats erworben, und du bist in seine Fußstapfen getreten. So werden auch dir große Ehren offenstehen, nachdem du noch eine Prüfung bestanden haben wirst. Ich komme heute, um dich in die Verbannung zu schicken."

Ibrahim wurde kreidebleich.

„Herr, ich bin mir keiner Schuld bewußt!" stammelte er.

„Ich spreche auch nicht davon, daß du die Verbannung verdient hast; ich sende dich nur deshalb fort, weil du uns draußen größere Dienste leisten kannst als hier. Da dir aber mein Wohlwollen gehört, so will ich dich vorher fragen, ob du vor einem Opfer nicht zurückschreckst?"

„Befiehl, und ich gehorche!"

„Das habe ich erwartet. Gibt es irgendwelche Bande, die dich hier in Stambul festhalten?"

„Nein."

„So wird das Opfer, das ich von dir fordere, nicht zu groß sein; denn das Bewußtsein, deine Pflicht zu erfüllen und dafür reichlich belohnt zu werden, wird dir das Scheiden erleichtern. Bevor ich dir aber sage, worum es sich handelt, will ich deine Ansicht kennenlernen. Deine bisherige Tätigkeit hat dir Gelegenheit gegeben, unsere auswärtigen Beziehungen kennenzulernen. Liebst du England?"

„Nein."

„Warum nicht?"

„Der Engländer ist niemals ein uneigennütziger Freund. Er ist ein kluger Kaufmann, der keinen anderen Zweck kennt als den, seinen Vorteil in aller Welt zu verfolgen."

„Du magst recht haben. Liebst du den Franzosen?"

„Ich hasse ihn nicht. Er gleicht einem putzsüchtigen Weib, das sich für die Schönste hält."

„Und der Deutsche?"

„Der Deutsche ist vertrauensselig, ehrlich und außerdem stark wie ein Bär, wenn es zum Kampf kommt."

„Nun höre: wie du weißt, gehörte ehemals die ganze Nordküste Afrikas uns. Dann verweigerte uns zuerst Marokko den Gehorsam. Darauf nahmen uns die Franzosen Algerien weg, jetzt richten sie ihr Auge auf Tunesien. Ich habe in Erfahrung gebracht, daß geheime Verhandlungen mit dem Bei von Tunis gepflogen werden. Er wünscht, um selbständig zu bleiben, daß Italien Tripolis nehme. Er verschwört sich gegen uns; darum ist es für mich notwendig, zu erfahren, welche heimlichen Abmachungen getroffen werden."

„Wie willst du das erfahren?"

„Durch dich."

„O Allah! Ich bin nicht allwissend!"

„Das brauchst du nicht zu sein. Du hast nur nötig, deine Augen und deine Ohren offenzuhalten."

„So meinst du, daß ich diese Sendung übernehmen soll?"

„Ja. Ich will dich nach Tunis schicken, und du sollst mir alles, was du erfährst, wahrheitsgetreu mitteilen."

„Das wird schwer, vielleicht unmöglich sein. Man wird einen Sendling des Großherrn nichts erfahren lassen. Man wird sich vor mir zurückziehen und mich mit der allergrößten Vorsicht behandeln."

„Das wird man nicht; denn du sollst nicht als Bei dort leben, sondern als einer, der in Ungnade gefallen ist und also alle Veranlassung hat, dem Großherrn zu zürnen und sich an mir zu rächen."

„Deine Weisheit ist groß; sie sinnt auf Mittel, an die ich niemals denken würde."

„Laß dich das Wort nicht verdrießen — du wirst als unser Spion tätig sein; das ist ein Kniff, der so alt ist wie die Weltgeschichte."

„So soll ich also einen anderen Namen annehmen?"

„Ja."

„Welchen?"

„Das werden wir noch bestimmen. Deine Papiere müssen darauf lauten. Du wirst nicht Bei, sondern nur Effendi sein."

„Warum nicht lieber etwas anderes, ein Handwerker oder Kaufmann?"

„Ein solcher hat keinen Zutritt bei dem Bei von Tunis; du aber mußt in seine Nähe kommen, wenn du unseren Zweck erreichen willst. Ein Effendi ist ein Beamter oder ein Gelehrter, der leicht in die Nähe eines Fürsten gezogen werden kann."

„Wann soll ich abreisen?"

„Es eilt. Du sollst heimlich fort, noch während der nächsten Nacht. Ich werde für eine Schiffsgelegenheit sorgen, die dich geradewegs nach Tunis bringt."

Ibrahim machte ein etwas nachdenkliches Gesicht. Es gab doch einiges, was ihm eine so schnelle Abreise als nicht erfreulich erscheinen ließ.

„Deine Gedanken scheinen nicht froh zu sein", sagte der Großwesir. „Teile mir mit, was dich betrübt. Ist es mir möglich, so werde ich dir deine Wünsche gern erfüllen."

„Herr, ich habe einen — Harem!"

„Hast du dein Herz an eine deiner Sklavinnen verschenkt? Man weiß ja, daß du die schönsten Mädchen Stambuls besitzt."

„Das Weib ist geschaffen, das Herz des Mannes zu erfreuen. Wem ein schönes Auge leuchtet, der tut seine Pflicht mit doppelt regem Eifer."

„Du hast recht. Darum habe ich nichts dagegen, wenn du vielleicht wünschst, einige deiner Sklavinnen mitzunehmen."

„Wird es nicht auffallen, daß ein Effendi, ein einfacher Gelehrter oder Beamter, mehrere Frauen besitzt?"

„Ich kenne genug Effendis, die mehrere Frauen haben. Wie viele sollen dich begleiten?"

„Nur zwei."

„So ist keine Gefahr dabei. Du kannst ja sagen, daß sie deine Schwestern seien oder auch, die eine sei deine Schwester und die andere dein Weib. Ich werde jetzt zum Großherrn gehen und die Minister zusammenrufen, um mit ihnen zu beraten. Dann sollst du deine Anweisungen erhalten. Die Hand des Großherrn wird sich für dich auftun, damit es dir an nichts fehle. Jetzt scheide ich. Befiehl deinen Leuten Schweigen über meinen Besuch!"

Der Großwesir verabschiedete sich mit gnädiger Miene. Unten schritt er an den Sklaven, die sich wieder vor ihm zu Boden warfen, vorüber, ohne sie zu beachten. Die Sänftenträger hatten auf ihn gewartet; er stieg ein, und im Laufschritt trug man ihn zum Serail zurück.

8. Enttäuschungen

Mit Ungeduld sehnte Paul Normann die Nachmittagsstunde herbei, wo er wieder das Glück haben würde, am Bild der Geliebten zu arbeiten. Indes, als er der gestrigen Glückseligkeit gedachte, überkam ihn auch eine plötzliche Angst.

Der Derwisch hatte ihm mißfallen. Warum wollte gerade dieser Mensch Tschita sehen, er, der sie doch nicht kaufen konnte? Die einzige Antwort auf diese Frage war, daß er wohl im Auftrag eines anderen handelte. Und bei diesem Gedanken wurde es Paul heiß ums Herz. Zwar war sie für den Padischah bestimmt; aber wenn ein anderer gut zahlte, konnte er sie ja ebenso leicht erhalten.

Unter solchen Gedanken brach er schon am Vormittag, als Hermann zu Lindsay gegangen war, zum Sklavenhändler Barischa auf. An seinem Haus blieb er einige Minuten unschlüssig stehen. Sollte er eintreten? Jetzt, zu so außergewöhnlicher Zeit? Würde er nicht den Verdacht des mißtrauischen Barischa wecken?

Aber es ließ ihm keine Ruhe. Er schob alle Bedenken beiseite, schritt durch den Flur und klopfte an die Tür, durch deren Fensterchen Barischa stets die lange Nase zu stecken pflegte. Sie erschien auch jetzt.

„Du bist es?" sagte der Alte erstaunt. „Komm herein!"

Dann öffnete er und musterte den jungen Mann verwundert.

„Warum kommst du des Morgens, da doch nachmittags die Zeit zum Malen ist?"

„Ich habe heute nachmittag nicht Zeit, darum wollte ich dich fragen, ob du mir nicht erlauben willst, die Arbeit jetzt auszuführen."

„Ich habe das Bild nicht mehr."

Paul Normann war es, als ob er einen Schlag auf den Kopf erhielte.

„Wo hast du es denn?" fragte er tonlos.

„Verkauft."

„Es ist ja noch gar nicht fertig."

„Das schadet nichts."

„Es ist auch noch nicht bezahlt. Es ist bis jetzt mein Eigentum, und du darfst es nicht verkaufen."

„Treib keinen Scherz! Ich habe das Bild bestellt. Es gehört also mir!"

„Ich scherze nicht. Ich will mein Bild haben!"

„Soll ich es noch einmal sagen? Es ist verkauft!"

„Wohl zusammen mit der Sklavin?"

„Ja. Glaubst du etwa, daß ich deine einfältigen Farbenkleckse verkaufen würde ohne das Mädchen. Kein Mensch gäbe mir einen Piaster dafür!"

„Wer hat es gekauft?"

„Das darf ich nicht sagen."

„Nun, ich werde es vom Richter erfahren."

„Geh nur immer hin! Kein Kadi und kein Mullah wird mir zumuten, den Mann zu nennen, der sich von mir eine Sklavin gekauft hat."

„Aber ein Kadi wird dich zwingen, mir den Mann zu nennen, der mein Bild hat."

„Er zwingt mich nicht. Ich brauche nur alles zu leugnen. Dann wird man dich obendrein bestrafen, weil du als Ungläubiger einen Anhänger des Propheten verdächtigst, die Gebote des Korans übertreten zu haben, indem er ein Bild malen ließ. Also sei vernünftig! Verzichte auf das Bild! Ich bezahle es dir."

„Es ist mir nicht feil."

„Oho! Es war schon der Preis ausgemacht!"

„Für das fertige Bild, aber nicht für das unvollendete. Ich

verlange mein Bild zurück oder fordere, daß ich vollenden darf für den, dem es jetzt gehört."

„Rede keinen Unsinn! Hier nimm dreihundert Piaster — das ist so gut bezahlt, als ob ich der Padischah sei."

„Meinst du? Ich würde es dir für dreitausend Piaster nicht lassen."

„Geh zum Teufel oder zu wem du sonst willst, nur pack dich fort von hier!"

Paul Normann erkannte, daß er bei Barischa nichts weiter erreichen würde, und entfernte sich mit verhohlenem Zorn. Er hatte sich nur zu beherrschen gewußt, um in dem Alten nicht die Ahnung zu erwecken, aus welchem Grund er eigentlich den Käufer wissen wollte.

Also hatte ihn die unerklärliche Angst, die er vorher empfunden, doch nicht getäuscht: Tschita war verkauft! Aber an wen? Umsonst zermarterte er sich den Kopf. Am allerbesten war es schon, er suchte Hermann Wallert auf.

Zu Haus mußte er ziemlich lange auf den Freund warten, der noch nicht von seinem Besuch bei Ibrahim zurückgekehrt war.

Nach Mittag erschien er endlich. Er erschrak, als er das Geschehene vernahm. Lange berieten sie miteinander, doch so sehr sie auch überlegten, sie kamen zu keinem Ergebnis.

„Da steckt niemand anderer als dieser Derwisch dahinter", meinte Hermann. „In wessen Auftrag aber mag er gehandelt haben?"

„Ja, wenn wir das erfahren könnten! Aber halt, sollte uns nicht Ali, der Neger, verraten, wo sich Tschita befindet? Ich habe ihn immer gut bezahlt, und es läßt sich mit Sicherheit annehmen, daß er gegen ein gutes Bakschisch das Geheimnis ausplaudert."

„Du darfst dich beim Alten nicht wieder sehen lassen."

„Allerdings. Wir müssen eben auf ein Mittel sinnen, den Händler für kurze Zeit aus dem Haus zu locken."

„Das geht. Fragt sich nur, wie das zu machen wäre."

„Denken wir nach! Übrigens hat es noch Zeit. Gleich darf man nicht kommen. Das könnte auffallen. Ich schlage vor, wir suchen deinen Onkel auf. Vielleicht weiß der einen Rat."

Nein, Lindsay wußte auch keinen Rat. Aber, um Paul Normann abzulenken und zu zerstreuen, brachte er eine Spazierfahrt in Vorschlag, und die beiden stimmten zu. Hätte Normann gewußt, daß diese Fahrt sich bis zum späten Abend ausdehnen würde, so hätte er freilich verzichtet. Lindsays Worte, daß er mit seiner Erkundigung noch Zeit habe, hatte er nicht so aufgefaßt, daß er noch bis morgen warten sollte. Nein, heute mußte er schon Gewißheit haben! Sie war verkauft, also das Eigentum eines anderen — was konnte da bis morgen alles geschehen sein?

Aus diesem Grund bemächtigte sich seiner am Abend eine große Unruhe. Erst der Gang hinaus zum Harem Ibrahim Beis brachte ihn auf andere Gedanken und drängte die Erinnerung an den Verlust der Geliebten etwas zurück.

Es war wohl anderthalb Stunden vor Mitternacht, als die drei sich auf den Weg nach Khalydsche Oglu machten, wieder in den gestrigen Anzügen.

„Natürlich werde ich der Brautführer!" wandte sich Lindsay plötzlich an Hermann.

„Brautführer?"

„Well. Bei der Hochzeit."

„Bei welcher Hochzeit?"

„Na, bei der deinen."

„Du meinst, daß ich sie gleich mitnehme?"

„Yes."

„Warten wir es ab — so schnell entwickeln sich solche Angelegenheiten gewöhnlich nicht. Zunächst habe ich mit ihr noch kein einziges Wort darüber gesprochen."

„Well, werde ein Wörtchen mit ihr reden."

Hermann blieb erstaunt stehen.

„Willst du etwa mit hinein in den Garten?"

„Soll ich draußen bleiben und Pfannkuchen backen?"

„Das nicht, aber — —"

„By Jove, da gibt's kein Aber!"

„Bitte, Sir David, Verliebte sind gern ungestört!" legte sich Paul Normann ins Mittel. „Wir lassen Hermann natürlich allein, aber wir werden ihn bewachen."

„Schön. Gut. Einverstanden. Aber wie bewachen wir ihn denn? Etwa von außen?"

„Nein. Wir müssen mit hinein."

„Well. Denke es auch. Ihr seid ein vernünftiger Mensch. Aber ich höre Wasser plätschern, und da ist auch schon die hohe Mauer."

„Ja, das ist dasselbe Wasser, in dem Ihr gestern plätschertet. Warten wir einen Augenblick. Wir müssen überlegen, was zu tun ist, wenn man uns entdeckt."

„Wir können nur eins verabreden", antwortete Hermann. „Wir müssen, da wir nicht über die Mauer können, wieder zum Tor hinaus, selbst dann, wenn wir uns durchzuschlagen hätten. Zu fürchten brauchen wir uns nicht. Jeder zwei Revolver, macht sechsunddreißig Schüsse. Damit schicken wir sämtliche Geschöpfe, die hinter der Mauer leben, zum Teufel. Die Hauptsache ist nur, wer den Schlüssel behält."

„Mister Normann", meinte der Engländer. „Ich selber mag ihn nicht, und Hermann wird mit der Rettung so beschäftigt sein, daß ich ihm den Schlüssel auf keinen Fall anvertrauen möchte."

Vorsichtig huschten sie nun längs des Bachs und der Mauer hin, bis diese nach rechts abbog, wo eine schmale Brücke über das Wasser führte. Auf dieser gelangten sie an die Mauer, die die Grundlinie des spitzwinkeligen Dreiecks bildete.

Nur Schritt für Schritt und auf den Zehen schlichen sie sich an ihr entlang, bis sie das Tor erreichten — wirklich, der Schlüssel paßte.

„Es ist offen — kommt!" flüsterte Paul Normann.

Mit diesen Worten ging er voran. Innen wurde vor allem die Tür wieder verschlossen. Dann blieben die drei Eindringlinge noch einige Augenblicke stehen, um zu lauschen. Es regte sich kein Lüftchen, und das Gebäude lag schwer und dunkel vor ihnen.

„Jetzt rasch nach hinten in die Ecke!" raunte Lindsay und hob schon den Fuß, um in gerader Richtung diesem Ziel zuzuschreiten — aber Paul Normann hielt ihn schnell am Arm.

„Um alle Welt, Sir David, wohin wollt Ihr denn?"

„Nun, nach hinten in die Ecke! Ich sagte es ja."

„Aber doch nicht hier geradeaus, durch den Hof hindurch und über die Steinfliesen hinweg! Nein, wir dürfen den Umweg nicht scheuen und müssen uns immer nur an der Mauer halten."

Sie schlichen nunmehr im Gänsemarsch rechts an der Mauer hin und bogen an der Ecke nach links ab. Dort stand dichtes Gebüsch; es duftete nach Jasmin und wildem Flieder. Auf diese Weise gelangten sie bald so weit, daß sie die Rückseite des Gebäudes überblicken konnten. Hier entdeckten sie ein erleuchtetes Fenster, das aber von innen durch ein Holzgitter verschlossen war.

Der Garten umfaßte ein bedeutendes Gelände, und die Männer mußten eine ziemlich große Strecke im Dunkel zurücklegen. Endlich fanden sie die Spitze. Etwa zwanzig Schritte davor stand ganz in der Nähe der linken Mauer eine starke Platane, die die Mauer weit überragte und einige ihrer Äste noch darüber hinausschickte.

Die Freunde hatten bei dem früheren Besuch diesen Umstand übersehen, da sie auf der anderen Außenseite des Gartens gewesen waren. Jetzt blieb Paul Normann an dem Baum stehen und blickte daran in die Höhe.

„Hm! Vielleicht steht diese alte Platane zu unserem Glück da."

„Inwiefern?" fragte David Lindsay.

„Blickt nur in die Höhe! Die Äste zeichnen sich deutlich gegen den Sternenhimmel ab. Zwei oder drei davon gehen waagrecht nach der Mauer und noch über diese hinaus. Könnt Ihr klettern, Sir David?"

„Yes, wie ein Eichkätzchen."

„Ich auch und Freund Hermann ebenso. Falls wir entdeckt werden, brauchen wir es nun nicht sogleich zu einem Kampf kommen zu lassen."

„Meint ihr etwa, daß wir uns auf diesem Baum verstecken sollen?"

„O nein! Man würde uns dort trotz der Dunkelheit wohl bemerken. Nein, wir müssen uns gegebenenfalls auf die Mauer zurückziehen. Dort können wir dann so lange liegenbleiben, bis die Gefahr vorüber ist."

„Excellent! Werde also einmal hinaufklettern."

Bei diesen Worten umspannte Lindsay mit seinen langen Armen den Baum. Paul Normann aber hielt ihn zurück.

„Bitte, Sir David, wollt Ihr das nicht mir überlassen?"

„Warum?"

„Ich weiß nicht, ob Ihr gut klettert."

„Und ich weiß ebensowenig, ob Ihr es könnt. Yes."

Damit holte er aus und tat einen gewaltigen Sprung. Etwa drei Meter über der Erde erfaßte er den Stamm mit den Armen, schlug die Beine darum und — husch, husch, ging es hinauf. Bald hatte er einen der Äste erreicht, legte sich lang darauf und schob sich hinüber zur Mauer. Das ging alles so schnell und sicher, als hätte Sir David zeit seines Lebens nichts anderes getan, als Vogelnester ausgenommen. Drüben glitt er dann rasch von dem Ast auf die Mauer und begann, sie zu untersuchen.

„Ausgezeichnet!" flüsterte Paul Normann. „Er ist gewandter, als ich es ihm zugetraut hätte. Da kommt er bereits wieder."

Der Engländer legte sich wieder auf den Ast, schob sich nach dem Stamm zurück und glitt daran herab.

„Prachtvolles Abenteuer! Gäbe es nicht für hundert Pfund. Yes."

„Wie habt Ihr die Mauer befunden?"

„Sehr geeignet für unsere Zwecke. Sie ist oben mit Platten belegt, die über drei Fuß breit sind, so daß wir uns ganz gut niederhocken können, ohne von unten gesehen zu werden."

„Das ist gut. Gehen wir weiter."

Sie erreichten nach wenigen Schritten die Ecke. Dort gab es niedriges Gebüsch, dessen Spitzen nicht die Höhe der Mauer erreichten; darunter Rasenstücke, zu einer Bank übereinander gehäuft. Die drei Männer durchsuchten das Buschwerk und überzeugten sich, daß sich niemand darin befand.

„Also hier warte ich", sagte Hermann. „Wo aber werdet ihr euch verstecken?"

„Wir gehen nur so weit, wie unbedingt nötig ist, zurück und legen uns an dem Weg, der vom Gebäude hierher führt, ins Gras. Kommt, Sir David!"

„Können noch ein wenig hier sitzenbleiben", meinte David Lindsay. „Hermann ist doch erst um Mitternacht bestellt."

„Es wird an zwölf Uhr nicht viel fehlen; also halte ich es für das beste — doch horch!"

Sie lauschten. Von dem Gebäude her ließ sich ein Geräusch vernehmen.

„Es naht jemand", flüsterte Paul Normann. „Schnell, verstecken wir uns in die Büsche!"

Sie verbargen sich rasch im Strauchwerk. Die Schritte kamen näher. Die Versteckten erkannten bald eine Gestalt, vermochten aber die Gesichtszüge nicht zu unterscheiden.

„Pst!" machte sie. „Hermann Wallert Effendi!"

Bei der Nennung dieses Namens wußten sie, daß sie ihren Verbündeten vor sich hatten, und kamen hervor.

„Um Allahs Willen!" meinte der Vertraute Zykymas erschrocken. „Drei Leute! Du solltest doch allein erscheinen!"

„Ich habe die Freunde mitgebracht, damit sie über meine Sicherheit wachen sollen."

„Das werde ich schon besorgen. Einer allein ist viel sicherer als drei. Schick sie wieder fort!"

„Das geht nicht. Nun sie einmal im Garten sind, mögen sie auch bleiben. Wann wird die Herrin kommen?"

„Zykyma sendet mich, um nachzusehen, ob du hier bist. Sie wird kommen, sobald sie deine Anwesenheit erfährt. Wie seid ihr in den Garten gelangt?"

„Durchs Eingangstor. Aber sorge dich nicht um uns und hole Zykyma!"

„Ich muß mich sehr wohl um euch sorgen. Es scheint nämlich nicht alles in Ordnung zu sein. Der Herr ist da."

„Ibrahim?"

„Ja. Und er hat den Derwisch Osman bei sich. Wenn dieser sich hier befindet, gibt es stets etwas, worüber man sich nicht freuen kann. Sie trafen schon am Nachmittag ein und tun sehr geheimnisvoll; ich habe nichts sehen und auch nichts erfahren können; aber es scheint, daß sie einpacken, geradeso, als ob sie verreisen wollten."

„Man wird doch nicht Zykyma mitnehmen?"

„Das glaube ich nicht. Ich habe den Harem mehrfach umschlichen und nicht bemerkt, daß von dem Eigentum der Frauen etwas eingepackt worden ist."

„In welchem Gemach wohnt sie?"

„In dem, dessen Fenster ihr dort erleuchtet sehen könnt."

„Wie aber kommt sie herab?"

„Da vorn an der Mauer liegt eine Leiter, die der Aufseher des Gartens gebraucht, wenn er die Bäume verschneidet. Ich lege sie an, und Zykyma wird auf ihr herabsteigen."

„Aber wenn zufällig jemand naht und sie bemerkt?"

„Ich stehe vorn im Hof Wache und werde alles Auffällige sogleich melden. Allah sei mit euch!"

Er ging. Auch David Lindsay und Paul Normann entfernten sich. Sie folgten dem mit weichem Sand bestreuten Weg, der aus der Gartenecke zum Haus führte. Er war zu beiden Seiten in kurzen Unterbrechungen mit Ziersträuchern besetzt. Bei einer dieser Gruppen blieb Normann stehen.

„Hier wird der beste Ort sein. Legen wir uns hinter dem Busch ins Gras!"

Sie taten es und konnten nun genau das Fenster beobachten, hinter dem Zykyma wohnte. Das Licht drang durch die kleinen Zwischenräume des hölzernen Gitters. Ihr Verbündeter hatte inzwischen die Leiter angelegt, war hinaufgestiegen und hatte leise an das Gitter geklopft. Er sah Zykyma mit Tschita auf dem Diwan sitzen. Erstere kam ans Fenster.

„Ist er da?"

„Ja, er wartet in der Ecke."

„Gleich."

Zykyma blies das Licht aus, stieg hinaus auf die Leiter und hinunter in den Garten. Dort stand der Diener, der die Leiter festgehalten hatte.

„Herrin, er ist nicht allein gekommen", meldete er. „Er hat die beiden anderen mitgebracht."

„Welche Unvorsichtigkeit! Sind sie bei ihm?"

„Nein. Sie wachen mehr in der Nähe des Hauses."

„So geh du zum Hof und halte die Augen und die Ohren offen!"

„Erlaube mir vorher eine Frage, o Herrin! Wirst du mit diesem Franken entfliehen?"

„Würdest du mich dann verraten?"

„Nein. Allah ist mein Zeuge, daß ich dir treu bin."

„So will ich dir sagen, daß es sehr leicht möglich ist, daß ich mit ihm gehe."

„Oh, nimm mich mit, Herrin!"

„Das ist meine Absicht. Du hast mir große Dienste geleistet, und so werde ich dich gern mitnehmen. Doch geh jetzt — wir dürfen keine Zeit verlieren."

Der Diener entfernte sich, dem Hof zu, und Zykyma eilte in die Gartenecke.

Hermann saß indessen in banger Erwartung unter den Büschen auf der Bank. Er verkannte keineswegs die Größe des Wagnisses; noch größer aber war das Glück zu wissen, daß die Geliebte zu ihm kommen würde.

Er hörte ihre leichten Schritte, noch bevor er die dunkelverhüllte Gestalt sehen konnte. Da kam sie heran, die Erwartete. Er stand auf und breitete seine Arme aus, um sie an sich zu ziehen. Doch ließ er sie wieder sinken, als er ihre freundliche, aber kalte Stimme vernahm.

„Allah grüße dich", sagte sie zurückhaltend. „Du hast mit mir zu sprechen verlangt."

„Bist du Zykyma, die ich draußen im ‚Tal der süßen Wasser' gesehen habe?"

„Gesehen hast du nur meine Hand, die ich dir reichte, um dir zu danken."

„Oh, nicht bloß deine Hand habe ich erblickt, sondern dich selber ohne Schleier, als du mit deinen Gefährtinnen hinter den Büschen spieltest! Zürnst du mir?"

„Das wäre nicht recht von mir, denn du hast dein Leben für mich gewagt. Nimm Platz und erlaube, daß ich mich neben dich setze!"

Das klang zwar liebenswürdig, aber keineswegs so, wie eine Frau spricht, deren Herz nach dem Geliebten schmachtet. Er ließ sich also nieder, und sie setzte sich neben ihn. Es entstand eine kurze, fast peinliche Pause.

„Warum wolltest du mit mir sprechen?" begann sie endlich.

„Kannst du dir das nicht denken, Zykyma?"

„Du hast mich belauscht und mich ohne Schleier gesehen, ich habe dir gefallen, gut. Nun besuchst du mich, um in deiner Heimat zu erzählen, daß du so mutig und zugleich so unwiderstehlich gewesen bist, in einen Harem einzudringen und dort eine der Frauen zu erobern."

„Dann hast du falsch gedacht, sehr falsch."

„Und was ist das Richtige?"

„Daß ich dich liebe! Liebe mit ganzer Seele!"

„So sagt jeder, der ein Weib zum Zeitvertreib gewinnen will."

„Zum Zeitvertreib? O Zykyma, wie sehr verkennst du mich! Es ist mir heiliger Ernst! Kennst du die alte Sage, daß bei der Geburt eines Knaben Allah im Himmel den Namen des Mädchens ausruft, das ihm gehören soll, obgleich es erst später geboren wird?"

„Ich habe davon gehört. Es ist eine christliche Legende."

„Nun, als ich dich sah, da war es mir, als habe Allah bei meiner Geburt keinen anderen Namen ausgerufen als den deinigen — als könne sich meine Seele mit keiner anderen Seele je vereinigen als mit der deinigen! Ich gehörte von diesem Augenblick an nur dir, und es stand für mich fest, daß ich mein Leben für dich wagen würde! Darum war ich so glücklich, als deine Tiere scheuten und ich dich retten durfte. Ich hörte deine Stimme, ich erblickte deine Hand, die ich küssen durfte — und dann, dann sah ich dich im Basar wieder! War das nicht eine himmlische Fügung? O Zykyma, mein Entzücken war mit keinem irdischen Maß zu messen! Willst du nun noch immer sagen, daß ich heute nur zum Zeitvertreib zu dir gekommen bin?"

Er hatte mit tiefer Innigkeit gesprochen und neigte ihr sein Gesicht zu, um zu beobachten, welchen Eindruck seine Worte hervorbrachten. Zykyma hatte sich nicht entschleiert, sie ließ auch jetzt noch ihr Gesicht verhüllt, aber sie senkte den Kopf auf die Brust, als lausche sie seiner Stimme nach.

„So liebst du mich wirklich und wünschest mich zu deinem Weib?" sagte sie endlich in gepreßtem Ton.

„Ja. Ich schwöre dir, daß nur mein Herz mich zu dir treibt!"

„Nicht wahr, du bist ein Christ?"

„Ja."

„Ist es einem Christen erlaubt, eine Mohammedanerin zum Weib zu nehmen?"

„Nein. Aber die Liebe kennt keine Hindernisse."

„Gut", sagte sie rasch und wandte ihm den Kopf zu. „Wenn ich dir meine Liebe verspräche, würdest du, um mich zu besitzen, deinen Glauben verlassen und zu dem meinigen übertreten?"

Diese Frage hatte er nicht erwartet.

„Nein", entgegnete er zögernd.

„So liebst du mich nicht!"

„O Zykyma, mein ganzes Leben gehört dir — bis zum Grab — aber meine ewige Seligkeit . . ."

„So meinst du, daß ich dir zuliebe meinen Glauben verlassen werde?"

„Ich wagte es zu hoffen."

„Dann erwartest du von mir einen größeren Opfermut, als du selber besitzt. Mein Glaube ist mir aber ebensoviel wert wie dir der deinige."

„Können wir nicht einander gehören, ohne unserem Glauben zu entsagen?"

„Nein, da du mir eben erst erklärt hast, daß ein Christ keine Anhängerin des Islams zum Weib haben dürfe."

Da erhob sich Hermann und sagte traurig:

„Als du mir diese Zusammenkunft gewährtest, dachte ich nicht, daß unser Gespräch ein solches Ende finden würde. Es zog mich mit aller Gewalt zu dir hin; es war mir, als ob alle Himmel sich mir öffnen würden, und nun —"

Er vollendete den Satz nicht und wandte sich ab.

„Ich bin gezwungen, in dieser Weise mit dir zu sprechen", erwiderte sie, und es war ihm, als höre er ein Zittern in ihren Worten. „Du bist zwar ein Mann, aber noch jung; deine Einbildungskraft hat dich überwältigt und fortgerissen. Du kennst das Leben noch nicht und glaubst, ein ewiges Glück zu erringen, wenn du einer Herzenswallung gehorchst, die doch nur der Augenblick geboren hat, und die also ein baldiges Ende finden wird."

Heftig wandte er sich ihr wieder zu.

„Laß uns aufrichtig miteinander sein! Der Empfang, den ich bei dir finde, ist nicht so, wie ein liebendes Herz ihn gewährt. Du liebst mich nicht?"

„Nein", antwortete sie leise.

Das war ein sehr kurzes Wort, und doch enthielt es alles, was ihm an Schmerz und Leid gesagt werden konnte.

„Warum ließt du mich dann kommen?" fragte er bitter.

„Setz dich erst ruhig wieder zu mir nieder und laß uns weitersprechen!"

„Was könnten wir noch zu besprechen haben? Du sagst mir, daß du mich nicht liebst — das ist genug. Ich habe hier nichts mehr zu suchen und kann gehen."

„So willst du eine Unglückliche verlassen, die dich um deinen Beistand, um deine Hilfe bitten will?"

Hermann hatte sich schon zum Gehen gewandt, aber bei ihren letzten Worten drehte er sich wieder um.

„Meine Hilfe?" fragte er. „Und unglücklich bist du?"

„Grenzenlos! Darum allein erlaubte ich dir, in den Garten zu kommen."

„Weil du in der Gewalt dieses Schurken Ibrahim bist?"

„Ja."

„Soll ich dich befreien?"

„Ja."

„Wann?"

„Bald."

„Und wohin soll ich dich bringen?"

„Wohin du willst. Ich folge dir nach jedem Ort — nur fort von hier!"

„Als was willst du mir folgen, wenn du mich nicht liebst? Doch nicht als mein Weib?"

„Nein; das ist mir unmöglich. Aber ich bitte dich, mein Freund zu sein und mich als deine Freundin, als deine Schwester von hier fortzubringen."

Sie stand auf, nahm den Schleier vom Gesicht und legte bittend beide Hände auf Hermanns Arm. Er aber wußte kaum, was er antworten sollte. Seine Liebe sprach zwar mit Eindringlichkeit für sie, aber sein Verstand gebot ihm Vorsicht.

„Willst du?" fragte sie. „Bitte, gib mir deine Hand als Zeichen, daß du mir nicht grollst. Versprich mir, nicht zu zürnen, weil es mir unmöglich ist, dir mein Herz zu schenken!"

Sie streckte ihm beide Hände entgegen und sprach so innig flehend, daß er in einer Aufwallung von Mitgefühl und Ritterlichkeit ihre Hände ergriff und sie drückte.

„Gott ist es, der die Liebe gibt. Er allein weiß es, wie mein Herz blutet — aber was er tut, das ist gut. Ja, ich will dein Bruder sein!"

„Allah segne dich für dieses Wort! Ich fühle, daß ich mein Herz an dich verloren hätte, wenn es noch mir gehörte.

„Ah, du liebst einen anderen?"

„Ja."

„Welch eine Aufrichtigkeit! Sie dringt mir wie glühendes Eisen in die Seele."

„Es gibt Ärzte, die mit glühendem Eisen Krankheiten heilen."

„Ja, Tierärzte", antwortete er bitter. „Oder Wunderdoktoren bei den wilden Völkern."

„Dieses Eisen wird dazu beitragen, daß auch deine Wunde schnell verheilt und vernarbt."

„Und du wünschest dich von hier fort?"

„Von ganzem Herzen!"

„Zu ihm hin?"

„Zu ihm!"

„Und damit du zu ihm gelangen kannst, soll ich dich befreien?"

„Ich bete zu Allah, daß du es tust."

Hermann tat einen tiefen Seufzer.

„Das ist wunderlich!" sagte er bitter: „Ich komme, um dir mein Herz zu Füßen zu legen; ich komme, dir zu sagen, daß ich ohne dich nicht leben kann — und nun verlangst du, daß ich dich für einen anderen rette! Du ahnst nicht, was du von mir forderst!"

„Ich ahne es nicht nur, sondern ich weiß es. Es ist das größte Opfer der Erde — ein Opfer, das nur von einem starken und großmütigen Mann gebracht werden kann."

„Und für so stark und großmütig hältst du mich?"

„Ja. Als ich dich erblickte, wie du die wildgewordenen Tiere bei den Hörnern nahmst und bändigtest, sagte ich mir gleich, daß du bist wie er. Du bist ihm ja überhaupt so ähnlich! Du hast sein Gesicht, seine Züge, seine Augen, seinen Mund, seine Stimme. Du gleichst ihm wie ein Bruder dem anderen."

„Was ist er?"

„Offizier."

„Im Dienste des Großherrn?"

„Nein, sondern im Dienst des russischen Kaisers."

„Wie habt ihr euch da kennengelernt?"

„Ich stamme aus dem Kaukasus. Mein Vater war einer der tapfersten Häuptlinge; er kämpfte sein Leben lang gegen die Russen. Einst nahm er einen ihrer Offiziere gefangen und brachte ihn zu uns in die Berge. Wir lernten uns kennen und liebten einander. Er wurde später gegen andere Gefangene ausgewechselt und versprach mir beim Abschied, mich zu holen und zu seinem Weib zu machen. Nach dem Friedensschluß reiste mein Vater nach Moskau; er nahm mich mit. Ich erkundigte mich nach dem Geliebten und erfuhr, daß ihn der Zar nach seiner Rückkehr aus der Gefangenschaft weit ins ferne Asien gesandt habe. Der Frieden währte jedoch nicht lange; der Kampf begann von neuem, und mein Vater fiel. Ich stand nun allein und mußte nach altem Gesetz der Versammlung der Häuptlinge gehorchen. Ich sollte einem von ihnen zum Weib gegeben werden, weigerte mich aber. Du weißt nicht, was das bei jenen halbwilden Völkerschaften zu bedeuten hat. Man gab mir Bedenkzeit, und als ich auch dann noch meiner Liebe treu blieb, wurde ich an die Küste geschafft, auf ein Schiff geladen und nach Stambul verkauft. Ich hatte keine Vergangenheit mehr; ich hatte aus ihr nichts gerettet als meine Liebe, meinen Gram und einen vergifteten Dolch, den mir der Geliebte einst gegeben hatte."

„Du Ärmste! Und dein Geliebter?"

„Oh, er wird niemals erfahren haben, wohin ich geschleppt worden bin!"

Zykyma war auf der Bank zusammengesunken und weinte leise vor sich hin. Das schnitt Hermann tief in die Seele. Sanft zog er ihr die Hände von den Augen.

„Weine nicht! Vielleicht ist es möglich, ihn wiederzufinden. Ich werde nach ihm suchen."

Zykyma drückte dankbar seine Hand und blickte ihm in die Augen.

„Siehst du, daß ich mich in dir nicht getäuscht habe? Erst zürntest du, und nun willst du mir sogar helfen, ihn zu finden!"

„Darf ich seinen Namen erfahren?"

„Ich mußte ihn Bogumir nennen."

„Das ist ein russischer Name und bedeutet Gottfried. Er ist also von Geburt ein Russe?"

„Nein. Er schwieg über seine Familie. Aber ich hörte ihn mit Deutschen, die in der Gegend von Tiflis wohnten und zuweilen in unsere Berge kamen, in der Sprache ihrer Heimat reden. Sie sagten, er spreche sie so gut, als ob er dort geboren sei!"

„Nannte er keinen anderen Namen?"

„Zu mir nicht."

„Aber er muß doch noch einen anderen führen! Er kann doch nicht nur diesen Vornamen getragen haben!"

„Nein. Er war Hauptmann und wurde genannt — ach, ich habe mir das lange, schwere, fremde Wort nicht merken können, Er sprach es auch niemals aus, und Bogumir war kürzer und traulicher."

„Aber du mußt seinen Familiennamen doch ungefähr kennen!"

„Nur den Anfang behielt ich; die ersten beiden Silben."

„Und wie lauteten sie?"

„Orjol."

„Wie er weiter hieß, weißt du nicht? Besinn dich gut! Wie soll man einen Menschen finden, dessen Namen man nicht weiß?"

„Es war zu schwer für meine Zunge. Ich glaube, es klang wie tsche oder tschu."

Überrascht ließ er ihre Hände fahren.

„Himmel — besinn dich recht! War ein Tsch dabei?"

„Ja."

Er trat einen Schritt zurück; sein Atem ging laut.

„Was hast du?" fragte sie verwundert. „Bist du über irgend etwas erschrocken?"

„O nein", entgegnete er erregt. „Es ist kein Schreck, sondern es ist Freude! — Also, er sah mir ähnlich?"

„Wie ein Bruder dem anderen, ich sagte es schon."

„Und hieß Bogumir, also Gottfried; Mein Gott und Herr, gib, daß auch das weitere stimmt! — Zykyma, besinn dich genau: lautete der Name, den du dir nicht merken konntest, vielleicht — paß ganz genau auf — Orjoltschaschtscha?"

„Das ist's! Ja, das ist's! Orjoltschaschtscha, Hauptmann Orjoltschaschtscha! - Was heißt das?"

„Adlerhorst."

„Dieses Wort kenne ich nicht."

„Es ist deutsch. Und nun schwöre ich dir zu, daß ich dich aus diesem Haus holen werde; denn der Mann, den du liebst, ist mein Bruder!"

Sie blickte ihn wortlos an.

„Dein — — Bruder?" sagte sie nach einer Weile.

„Ja. Der Name stimmt, und ich bin ihm ähnlich."

„O Allah, Allah! Wer kann das glauben?"

„Ich kann mich kaum irren. Der Familienname ist sehr selten — und auch der Vorname ist der richtige —, oh, ich fühle, daß es so ist, wie ich sage!"

„Allah ist allmächtig und allbarmherzig. Nun werde ich wohl auch erfahren, wo sich Bogumir befindet?"

„Leider kann ich es dir nicht sagen, da ich es selber nicht weiß."

„Du? Du weißt nicht, wo dein Bruder ist?"

„Nein. Ich kann dir nur sagen, daß ein Unglück, ein Verbrechen, sämtliche Glieder meiner Familie in alle Welt zerstreut hat. Ich suche die Verlorenen seit langer Zeit und entdecke heute durch dich die erste Spur des einen Bruders."

„Wunderbar!"

„Ja, es ist wirklich ein Wunder. Ich werde dieser Spur folgen und den Bruder finden."

„Welch ein Glück! Jetzt winkt mir die Erlösung!"

„Ja, du sollst frei sein. Willst du mit mir gehen?"

„Wann?"

„Jetzt!"

„Das wird wohl nicht möglich sein. Ich habe eine bedauernswerte Freundin, der ich versprochen habe, zusammen mit ihr zu fliehen und — — zürne mir nicht — ich habe noch einer dritten Person versprochen, sie mitzunehmen."

„Wer ist das?"

„Der junge Arabadschi, der auch euer Verbündeter ist."

„Gut. Warum aber will auch deine Freundin fort?"

„Der Pascha hat sie zu seiner Sultana erhoben, sie aber liebt einen anderen."

„Wohnt ihr Geliebter hier in Stambul?"

„Ja, wenigstens jetzt. Er ist ein Franke."

„Ein Franke? Wie haben sie sich da kennengelernt?"

„Sie befindet sich erst seit gestern hier und wurde mit ihm bekannt, als er ihr Bild malen mußte."

„Wie — wo — waaas? Mädchen! Zykyma! Heißt deine Freundin etwa Tschita?"

„Ja, so heißt sie. Kennst du sie?"

„Sie war bei dem alten Sklavenhändler Barischa?"

„Ja, von ihm hat sie der Pascha gekauft. O Allah, du kennst sie wahrhaftig!"

„Oh, ich kenne sogar ihren Geliebten."

„Den Maler?"

„Ja. Er hat sie seit heute früh mit Schmerzen gesucht."

„So wirst du sie von hier mitnehmen und zu ihm bringen?"

„Nein, das fällt mir nicht ein. Er mag sie sich nur selber holen!"

„Warum denn? Soll die Ärmste noch länger warten?"

„Nein. Sie geht mit uns, heute abend schon, denn der Maler ist schon hier im Garten. Er ist einer der beiden Freunde, die sich bei mir befinden. Ich werde ihn sofort herbringen."

„O Allah!" antwortete Zykyma und faltete die Hände.

Hermann eilte fort, aber nicht auf dem sandbestreuten Weg,

sondern auf dem Rasen, der den Schall seiner Schritte dämpfte. Er wußte zwar nicht genau, wo die Freunde steckten, aber in der Nähe der Büsche vernahm er schon ihren leisen Ruf.

„Hermann?"

„Ja."

Dabei erhob sich Paul Normann, Sir David aber dehnte seine lange Gestalt.

„Bist ja eine ganze Ewigkeit fortgewesen!" brummte er. „Kommt sie mit?"

„Ja, sofort. Wir nehmen sie jedoch nicht allein mit, sondern auch ihre Freundin und ihren Diener. Diese Freundin heißt, glaube ich, Tschita."

„Tschita?" stieß Paul Normann hervor. „Hermann, du sagst das in einer so eigentümlichen Weise — es ist doch nicht etwa — —"

„Ja", lachte Hermann. „Es ist deine Tschita!"

„Gott im Himmel!"

„Zykyma hat ihr versprochen, sie mitzunehmen."

„Dann los — aber rasch!"

Paul Normann sprang in fliegender Eile zur Ecke hin. Die beiden anderen folgten ihm langsamer. Als Normann zur Bank kam, war seine erste Frage an Zykyma:

„Hat er ihr etwa ein Leid getan?"

„Nein; er hat sie nicht anrühren dürfen."

„Ich hätte dem Kerl sonst noch sämtliche Rippen zerbrochen! Also Tschita hat von mir erzählt?"

„Immerfort, ohne Pause, stundenlang!" lachte Hermann „Aber wir wollen keine Zeit verlieren. Zykyma wird jetzt gehen, um Tschita zu holen."

„Aber wie kommen wir über die Mauer?" fragte Zykyma.

„Keine Sorge, wir haben den Torschlüssel. Erst gestern haben wir ihn dem Pascha abgenommen."

„So seid ihr es, die ihn angefallen haben?"

„Ja. Jetzt können wir es zugeben. Doch spute dich, damit wir nicht zu lange zu warten brauchen."

Zykyma ließ sich das nicht zweimal sagen. Sie eilte dem Gebäude zu, stieg die Leiter hinauf und durch das offene Fenster in die noch unerleuchtete Stube.

Paul Normann war unfähig, sein Glück schweigend zu tragen.

„Wer hätte das gedacht!" lachte er mit gedämpfter Stimme. „Tschita hierher verkauft! Wir holen unsere Liebsten aus einem und demselben Harem! Wunderbar!"

Hermann stand mit gemischten Gefühlen stumm beiseite.

„Freund Hermann!" flüsterte Paul Normann übermütig, „du mußt Fischblut in den Adern haben!"

„Leider nicht. Aber Zykyma hat mir in aller Aufrichtigkeit gestanden, daß sie einen anderen liebt."

„Und das sagst du in so gleichgültigem Ton? Du scherzt natürlich! Liebte sie dich nicht, so würdest du dich hüten, sie mitzunehmen — und sie würde sich ebenso hüten, dir zu folgen."

„Und doch ist es so. Sie nannte mir einen Namen, der mich verblüffte. Sie liebt einen russischen Offizier, der Orjoltschaschtscha heißt."

„Orjol — Orjol . . ." meinte der Onkel. „Sonderbarer Name! Man kann sich die Zunge zerbrechen, wenn man ihn ausspricht."

„Und er ist für uns höchst bedeutungsvoll."

„Warum?"

„Orjol heißt Adler, und Tschaschtscha heißt Horst, zusammen also Adlerhorst."

„The devil!"

„Nach dem, was Zykyma mir sagte, scheint er kein Russe, sondern ein Deutscher zu sein."

„Sollte das etwa eine Spur des verschwundenen — — — Heavens! War das nicht ein Hilferuf?"

„Ja, ein Hilferuf aus Frauenmund! Schnell, kommt!"

Die Freunde huschten aus der Ecke heraus, dem Gebäude zu. Als sie das Geräusch hinter sich hatten und das Haus nun frei vor ihnen lag, sahen sie das offene Fenster Zykymas hell erleuchtet.

„Dort ist sie nicht", meinte Paul Normann voll Besorgnis.

„Nein", antwortete Hermann. „Sie wird sich hüten, das Zimmer in dieser Weise zu erleuchten, da sie fliehen will. Gehen wir also weiter heran!"

Sie eilten näher über das weiche Gras. Kaum fünfundzwanzig Schritte von dem Gebäude entfernt, sahen sie zwei Männer in Zykymas Stube.

„Alle Teufel!" flüsterte David Lindsay. „Das ist ja Ibrahim Bei!"

„Und der Derwisch! Da ist etwas nicht richtig!"

„Ibrahim hält ein Licht — er kommt ans Fenser — ah!"

Ibrahim hielt jetzt das Licht hinaus.

„Scheitan!" hörte man ihn fluchen. „Da lehnt eine Leiter am Fenster."

Im Nu stand der Derwisch Osman neben ihm.

„Kam sie zum Fenster herein?"

„Ganz gewiß."

„So war sie im Garten. Was hat sie dort gewollt?"

„Das frage ich auch!"

„Sollte etwa dieser verfluchte Hermann Wallert —"

„Bist du wahnsinnig?"

„Was will sie sonst im Garten? Laß schnell nachforschen! Vielleicht ist er noch da."

Die beiden Männer eilten vom Fenster zurück und zum Zimmer hinaus, so daß der Raum nun im Dunkel lag.

„Der sagt es uns zum Fenster herab, was er tun will", spottete Hermann. „Nun wissen wir ja gleich, woran wir sind."

„Scherze nicht!" antwortete Paul Normann. „Er hat Zykyma erwischt, was sich aus seinen Worten schließen läßt. Wir hätten wohl noch Zeit, durch das Tor zu entrinnen; aber dürfen wir die Frauen verlassen?"

„No!" sagte David Lindsay bestimmt.

„Also hinauf auf den Baum und auf die Mauer!"

Im nächsten Augenblick waren sie an der Platane, kletterten hinauf und glitten auf dem Ast hinüber zur Mauer. Eben waren sie dort angelangt, da hörten sie auch schon Schritte und Stimmen.

„Sie nahen", flüsterte Hermann.

„Mögen sie!" entgegnete Paul Normann. „Ich denke, daß wir hier sicher sind."

„Wie aber nun, wenn einer von ihnen auf denselben Gedanken kommt wie wir?"

„Du meinst, daß er heraufklettert?"

„Ja."

„Nun, dann bleibt uns nichts anderes übrig, als ihn herabzuschießen."

„Dadurch bringen wir Zykyma ins Verderben, da es dann erwiesen ist, daß sie bei uns im Garten war."

„Gäbe es doch ein Mittel, ihnen das Klettern zu verleiden!"

„Ich weiß eins. Bitte, Paul, — wir liegen mit den Köpfen gegeneinander — hilf mir, den Ast festzuhalten, bis einer der Kerle auf den Gedanken kommt, sich daraufzusetzen, um herüberzurutschen."

Der Ast, auf dem die drei vom Stamm zur Mauer geklettert waren, hatte eine beträchtliche Stärke und hing vielleicht gegen vier Fuß hoch über der Mauer. Hermann erhob sich jetzt und zog ihn langsam zu sich herab. Normann griff mit zu, und so lagen die beiden, mit den Köpfen gegeneinander, auf der Mauer und hielten den Ast fest.

„Guter Gedanke!" flüsterte der Maler.

„Nicht wahr? Kommt einer der Schurken heraufgeklettert, so lassen wir den Ast einfach fahren; er schnellt dann in die Höhe und wirft den Kerl ab, ohne daß er weiß, wie es zugegangen ist. Pst — da sind sie schon!"

Der Lärm, mit dem Ibrahim und der Derwisch Osman alles

wachriefen, war mittlerweile schnell näher gekommen. Weiße und Schwarze, bunt vermischt, hatten eine Linie gebildet, so lang, wie der Garten breit war; so rückten sie nun nach der Ecke vor. Da der Garten dort immer enger wurde, zogen sich die Leute mehr und mehr zusammen und befanden sich bald dicht nebeneinander. Alle trugen die in Konstantinopel gebräuchlichen Papierlaternen und hatten sich mit allen möglichen Gegenständen bewaffnet, die ihnen in der Eile in die Hände gefallen waren.

Der linke Flügel dieser seltsamen Heerschar machte in der Nähe der Platane halt, während sich der rechte nach der Ecke zog, um dort die Büsche zu durchsuchen. In der Mitte aber befand sich Ibrahim und neben ihm Osman, der Derwisch.

„Seht genau hinter jeden Strauch!" befahl Ibrahim und wartete dann schweigend den Erfolg der Nachforschungen ab.

Aber man fand nichts.

„So irren wir uns", meinte Ibrahim. „Es ist niemand im Garten gewesen, und Zykyma hat sich nur einen Spaziergang erlaubt."

„Verzeihung, o Bei!" ließ sich jetzt der Derwisch hören. „Wie nun, wenn jemand hier gewesen wäre und sich schon wieder entfernt hätte?"

„Auf welche Weise denn?"

„Über die Mauer."

„Da hinauf kommt niemand."

„Das ist immerhin möglich. Sieh hier diesen Baum! Wie leicht ist man hinauf und hinüber."

„Aber nicht draußen hinab. Die Mauer ist zu hoch, und unten fließt Wasser."

„Das ist richtig; aber Allah gibt mir eben einen erleuchteten Gedanken. Es kann jemand im Garten gewesen sein, und er ist da hinaufgeklettert und hat sich oben hingelegt, um ruhig zu warten, bis wir fort sind. Man sollte doch einmal nachschauen."

„Meinetwegen. Omar, klettre hinauf!"

Ein dicker schwarzer Sklave legte die Laterne fort, trat zum Baum, umspannte ihn mit den Armen und versuchte, sich emporzuschieben.

Da die Worte türkisch gesprochen waren, hatte sie Sir David nicht verstanden. Als er aber jetzt die Bemühungen des Schwarzen sah, näherte er seinen Mund dem Ohr Paul Normanns.

„Dachte es mir. Wollen herauf."

„Der Dicke wird es nicht fertigbringen."

Der Mann keuchte und stöhnte allerdings wie eine Lastzuglokomotive. Sooft er auch ansetzte, er rutschte gleich wieder ab.

„Emin, schieb nach!" befahl Ibrahim zornig.

Emin half, auch einige andere folgten ihm; und ihren vereinigten Kräften gelang es denn auch endlich, den Dicken so weit hinaufzubringen, daß er den untersten Ast zu ergreifen vermochte. Statt sich nun aber hinaufzuziehen, baumelte der kraftlose Mensch einige Male hin und her, ließ die Hände los und stürzte ab.

Da legte der Derwisch seinen schmutzigweißen Mantel ab und faßte den Stamm, um selbst hinaufzuklettern. Man sah, daß er keine Übung besaß, aber er kam doch höher. Atemlos setzte er sich zunächst auf einen Ast, um einige Augenblicke auszuruhen.

„Siehst du etwas auf der Mauer?" fragte ihn Ibrahim gespannt.

„Nein."

„Nun, so komm herab!"

„Oh, ich werde hinüberrutschen. Niemand wird sich gleich hier herlegen. Befindet sich jemand oben, so ist er weitergekrochen, um nicht sogleich entdeckt zu werden."

Der Derwisch hätte bei der schwachen Dunkelheit die drei Freunde wohl sehen müssen; durch den Schein der Laternen aber wurde er geblendet. Vorsichtig legte er sich auf den Ast und rutschte der Mauer zu.

„Er kommt!" flüsterte Hermann. „Laß bei drei den Ast fahren. Eins — zwei — —"

„Fall nicht herab!" warnte in diesem Augenblick Ibrahim.

„Was denkst du, Herr!" antwortete der Derwisch verletzt. „Allah hat mir die Kunst des Kletterns verliehen wie einer Katze. Ich kann unmöglich fallen."

„Drei!" befahl Hermann leise.

Der Ast schnellte mit großer Gewalt hoch; der Derwisch wurde in die oberen Zweige hineingeschleudert und stürzte dann krachend zur Erde.

Alle stießen laute Angstrufe aus. Erschreckt beleuchteten sie den Derwisch, der sich, trotz seiner Heiligkeit, fluchend am Boden krümmte.

„Hast du etwas gebrochen?" fragte Ibrahim besorgt.

„Ich weiß nicht; ich will erst nachsehen!" stöhnte Osman; dann rappelte er sich langsam und vorsichtig vom Boden auf.

Auf diesen Augenblick hatte Hermann nur gelauert. Schnell raunte er dem Maler zu: „Jetzt haben sie die Augen bei dem Kerl. Da kann ich es wohl wagen", erhob sich blitzschnell, ergriff den Ast und zog ihn rasch zu sich herab.

„So, da haben wir ihn wieder!" frohlockte er. „Erstens ist das gut, falls es noch einem zweiten einfallen sollte, herüberzuklettern und zweitens kann man es nun auch nicht bemerken, daß der Ast eine ganz andere Lage hat. Der Bursche hat einen tüchtigen Fall getan."

„Es geht", sagte der Derwisch gerade jetzt.

„Danke Allah, daß du keinen Schaden erlitten hast. Es ist nicht gut, wenn man wie eine Katze klettern kann."

„Oh, ich verstehe es wohl!" versicherte Osman grimmig auf diese spöttische Bemerkung. „Wer aber hätte denken können, daß der Ast so plötzlich emporschnellt!"

„Emporschnellt? Ich habe noch nie gehört, daß sich Äste so nach Gutdünken bewegen können."

„Er bewegte sich aber doch!"

„Ja. Er bog sich allerdings unter dir, und als du stürzest, schnellte er wieder hoch. Das tut aber jeder Ast."

„Nein; er schnellte hoch, als ich mich darauf befand. Darum wurde ich abgeworfen. Er muß jetzt viel höher stehen als vorher."

„Da schau nur hinauf! Er hat noch ganz die frühere Lage."

Die Laternenträger leuchteten, und aller Augen richteten sich nach dem Ast.

„Unbegreiflich!" knurrte der Derwisch. „Ich möchte schwören, daß er emporgeschnellt ist."

„Bist du nun von deiner Ansicht geheilt, daß jemand auf der Mauer ist?"

„Allah verdamme sie und alles, was sich darauf befindet!"

„So willst du nicht wieder hinauf?"

„Lach nur! Ich lasse es bleiben. Mag's ein anderer versuchen!"

„Das ist zwecklos. Gehen wir — wir haben Besseres zu tun!"

Die Männer entfernten sich: bald hörten die drei Freunde ihre Schritte nicht mehr, auch der Lichtschein der Laternen verlor sich allmählich im Garten.

„Das war Rettung in der Not!" sagte Paul Normann aufatmend. „Hermann, dein Gedanke war wirklich köstlich!"

„Gott sei Dank, er hat uns gerettet und hoffentlich auch die Frauen. Aber was tun wir jetzt?"

„Jedenfalls bleiben wir nicht hier oben. Die Lage ist hier verteufelt unbequem. Kommt man wieder auf den Gedanken, nachzuforschen, so findet man uns hier vielleicht doch, während man den Garten wohl nicht zum zweitenmal durchsuchen wird. Dort können wir eher ausweichen und uns verstecken als hier."

„Hinunter also!"

Sie kletterten jetzt hinab und schlichen sich nach der Ecke, um da abzuwarten, ob sich noch etwas ereignen würde.

Aber alles blieb still. Erst nach längerer Zeit hörten sie die Schritte vieler Männer, die außerhalb der Mauer, am Wasser entlang, der Stadt zu gingen. Die Wipfel der Bäume, die über die Mauer ragten, färbten sich zur selben Zeit hell; ein Zeichen, daß die Leute da draußen Laternen bei sich trugen.

Die drei Freunde ahnten nicht, daß es Ibrahim mit zwei Sänften und deren Trägern war und daß Zykyma und Tschita in betäubtem Zustand von ihnen auf ein Schiff geschafft wurden.

Sie warteten noch eine lange Zeit, bis ihnen endlich doch die Geduld ausging.

„So kommen wir zu keinem Ziel", meinte der Maler. „Entweder ist ein Unglück geschehen, oder die Frauen sind durch einen Zufall am Erscheinen verhindert. Ich schlage vor, uns von der Lage zu überzeugen, wenn es auch mit einiger Gefahr verbunden ist."

„Wie sollen wir uns überzeugen?"

„Wir gehen einfach nach dem Haus. Sehen wir, ob die Leiter noch daran lehnt."

Das Fenster Zykymas war finster, und die Leiter stand nicht mehr dort; sie fanden sie an der Mauer liegen.

„Haltet Wache an den beiden Ecken!" sagte der Maler. „Ich werde hinaufsteigen."

Die zwei entfernten sich nach rechts und links. Paul Normann lehnte die Leiter an und stieg hinauf. Das Gitter war wieder von innen vorgesetzt. Glasfenster gab es dahinter nicht. Man mußte es also hören, wenn sich noch jemand in der Stube befand. Darum lauschte er angestrengt, konnte aber nicht das geringste Geräusch vernehmen.

„Tschita!" flüsterte er endlich hinein.

Keine Antwort.

„Zykyma!"

Alles blieb still. Da stieg er schließlich hinab und trug die Leiter wieder an ihre Stelle.

„Es ist niemand mehr oben. Man ist mißtrauisch geworden und hat die Frauen in anderen Räumen untergebracht. Wir werden morgen abend wiederkommen müssen."

„Wie mag es nur geschehen sein, daß man Zykyma erwischt hat?" überlegte Hermann.

„Wer weiß?"

„Wie, das sagst du so ruhig? Ich habe eine ganz entsetzliche Angst. Vorhin gingen so viele Leute an der Mauer vorüber. Wie nun, wenn man die Frauen fortgeschafft hat?"

„Wohin sollte man sie gebracht haben?"

„Man könnte Mißtrauen gefaßt und sie nach dem Palast Ibrahims übersiedelt haben. Dann ist es aus mit der Entführung."

„Oho, ich gebe die Hoffnung auch in diesem Fall nicht auf! Der Arabadschi, unser Vertrauter, kennt ja unsere Wohnung und wird uns sicherlich Nachricht bringen."

„Vielleicht ist er ebenso erwischt worden wie Zykyma."

„Du hast nicht so unrecht. Ich werde mich am Morgen, sobald es möglich ist, hier erkundigen."

„Und dabei den Verdacht auf dich lenken!"

„O nein; das werde ich zu verhüten wissen. Jetzt aber graut schon der Tag. Wir müssen uns also aus dem Staub machen."

„Der Kuckuck hole diesen Schurken Ibrahim und seinen ganzen Harem dazu!" brummte David Lindsay.

Die Freunde huschten wieder bis an die Mauer und schlichen sich daran entlang bis ans Tor. Es gelang ihnen, es unbehelligt zu öffnen und draußen wieder hinter sich zu verschließen. Dann verließen sie den Ort des erfolglosen Abenteuers.

Erst in gehöriger Entfernung blieben sie stehen, um zu beraten, ob es besser sei, zur Jacht zu gehen oder in die Wohnung am Indschir-Bostan-Platz. Sie entschlossen sich für die Jacht. Eben, als sie das kleine Schiff erreichten, dampfte ein Passagierboot vorüber. Sie beachteten es nicht. Sie waren hundemüde und legten sich für kurze Zeit zur Ruhe, Paul Normann mit dem Befehl an die Bedienung, ihn zeitig zu wecken.

Es war schon ziemlich spät am Morgen, als der Maler sich vom Lager erhob. Die beiden anderen schliefen noch, und er brachte es nicht über sich, sie zu stören. Er ließ ihnen Nachricht über seine Absichten zurück und begab sich hinaus zum Schauplatz ihres gestrigen Erlebnisses.

Am Tor setzte er rasch und entschlossen den hölzernen Klopfer in Bewegung. Ein Schwarzer öffnete.

„Was willst du?" fragte er.

„Ist Ibrahim Bei, der Herr, schon hier?"

„Nein."

„Wer führt hier das Regiment?"

„Der Verwalter."

„So bring mich zu ihm!"

„Wer bist du?"

„Ein Bote, an ihn gesandt wegen einer wichtigen Sache."

Das half. Er durfte eintreten und wurde zum Verwalter geführt.

„Wer sendet dich?" fragte der Mann.

„Barischa, der Mädchenhändler."

„Dieser alte Halunke! Was will er?"

„Ich soll zunächst nach dem Bild der Sultana Tschita fragen. Es ist noch nicht vollendet. Vielleicht wünscht der Bei, daß es fertig gemalt wird."

Von dem Bild wußte er aus Zykymas Bericht. Das machte er sich jetzt zunutze.

„Da mußt du später wiederkommen. Der Bei ist plötzlich verreist."

„Wohin?"

„Das hat er keinem Menschen gesagt."

„Wann kehrt er zurück?"

„Wohl nicht in kurzer Zeit, denn er hat Zykyma und Tschita, seine Lieblingsfrauen, mitgenommen."

Paul Normann erschrak sehr. Er gab sich Mühe, mehr zu erfahren, stellte aber bald fest, daß der Verwalter selber nichts weiter wußte.

Er nahm einen Esel und ritt nach Pera und zum Palast Ibrahims, um sich auch dort, wo er sich für den Boten eines hohen Beamten ausgab, vorsichtig zu erkundigen. Er erfuhr aber auch nur, daß der Bei während der Nacht mit einem Dampfer abgereist sei.

Nun erst kehrte er auf die Jacht zurück, um die schlimme Nachricht dorthin zu bringen. Er war schon mit Ungeduld erwartet worden.

„Was hast du erfahren?" fragte Hermann.

„Sie sind fort."

„Wer? Doch nicht etwa die Frauen?"

„Alle drei: Ibrahim, Zykyma und Tschita."

„Herrgott! Welch ein Unglück!"

„Wüßte man nur, wohin der Kerl ist! Ich jagte ihm nach bis ans Ende der Welt!"

Hermann schlug sich an die Stirn.

„Halt — ich weiß es! Wie konnte ich auch nur einen Augenblick im Zweifel sein!"

„Nonsense", knurrte Lindsay. „Wie solltest du das wissen?"

„Du erinnerst dich doch, daß ich gestern nach dem Besuch bei Ibrahim der großherrlichen Sänfte nachging. Ahnst du, wer vor dem Haus Ibrahims ausstieg?"

„No."

„Der Großwesir in eigener Person. Bist du nun noch im Zweifel, daß die plötzliche Abreise des Türken mit dem gestrigen hohen Besuch in Zusammenhang steht?"

„Mag sein! Aber damit sind wir doch um keinen Schritt weitergekommen. Wer sagt uns, wohin der Schurke ist? Vielleicht der Großwesir?"

„Spotte nur! Für derlei Sachen habe ich meine eigenen Quellen. Ich gebe dir mein Wort, daß ich dir noch vor Abend das Ziel der Reise Ibrahims nennen kann."

Damit nahm er seinen Hut und eilte davon, ohne auf die Fragen zu achten, die hinter ihm hergerufen wurden.

David Lindsay und Paul Normann mußten lange auf die Rückkehr Hermanns warten. Stunde um Stunde verrann, und Lindsay gab vor Ungeduld die widersprechendsten Befehle, so daß seine Leute bedenklich den Kopf schüttelten. Endlich, am Spätnachmittag, kehrte Hermann zurück, erhitzt und atemlos. Aber seine Augen leuchteten.

„Nun?" fragte Paul Normann.

„Ibrahim ist nach Tunis, und ich fahre ihm mit der nächsten Gelegenheit nach."

„Nach Tunis?" fragten beide wie aus einem Mund. „Was will er dort?"

„Ich will die Sache so kurz wie möglich erklären. Ich habe euch gestern verraten, daß ich im geheimen Nachrichtendienst für Deutschland tätig bin. Das bringt es mit sich, daß ich meine Augen mehr als ein anderer Weltbürger offenhalten muß. Durch einige besondere Dienste habe ich mir Vertrauen erworben; ich werde nur verwendet, wenn es sich um heikle, mit Vorsicht auszuführende Erkundungen handelt. So ging ich denn vorhin sofort zu — nein, der Name tut nichts zur Sache. Also ich ging zu meinem Vorgesetzten. Er war erstaunt, als ich ihm von dem Besuch des Großwesirs bei Ibrahim erzählte und maß dieser Nachricht große Wichtigkeit bei. Sofort ließ er seine Fäden spielen, und schon nach zwei Stunden wußte ich alles."

„Was?" fragte Paul Normann.

„Was?" wiederholte der Engländer.

„Daß gestern nachmittag Ministerrat war, in dem beschlossen wurde, Ibrahim nach Tunis zu schicken, um die Schritte Mohammed es Sadok Beis, dem die Pforte nicht traut, zu überwachen. Verstehst du mich?"

„No", antwortete David Lindsay. „Dieses Tunis ist mir gleichgültig und dieser Mohammed erst recht. Yes."

„Ich will die Lage in Nordafrika in wenigen Strichen zeichnen. Frankreich strebt nach dem Besitz von Tunesien, und Mohammed es Sadok Bei, der erst vor kurzem die Selbständigkeit Tunesiens von der Pforte erlangt hat, fürchtet für seine Herrschaft. Daher sucht er bei Italien Hilfe, mit dem er wegen Tripolis verhandelt. Aber wohlgemerkt: Tripolis gehört der Pforte. Ihr könnt euch also denken, daß der Großherr im gegenwärtigen Augenblick in einem gespannten Verhältnis zu seinem ehemaligen Vasallen, dem Bei von Tunis, steht."

„Das ist leicht verständlich", meinte Paul Normann. „Und Deutschland? Was hat es mit der Sache zu tun?"

„Deutschland? Seine Belange liegen anderswo. Aber es kann ihm nicht gleichgültig sein, wenn es sieht, wie Frankreich seinen Kolonialbesitz in Frankreich ins Ungemessene vermehrt. Deshalb sucht es die Bestrebungen seines westlichen Nachbarn in Tunis zu vereiteln und unterstützt andererseits Italien in seinen Bemühungen um Tripolis. Habe ich mich deutlich ausgedrückt?"

„Yes. Sehr deutlich. Außerordentlich klar!" lobte Sir David.

„Daher überwacht Deutschland die Schritte der Pforte, die sie gegen den Bei von Tunis unternimmt, sorgfältig. Deshalb wird auch der Reise Ibrahims nach Tunis große Aufmerksamkeit geschenkt. Und wißt ihr, wer ihn überwachen soll?"

„No", meinte Lindsay kopfschüttelnd.

„Aber ich weiß es", fiel Paul Normann ein. „Du sprachst vorher davon, daß du nach Tunis reisen würdest. Hast vielleicht gar du — — —?"

„Ja, ich habe", lachte Hermann. „Ich brauchte nur zu erwähnen, daß ich dem Türken gern nachfahren würde, so erhielt ich auch schon den Auftrag. Morgen mit dem ersten Dampfer reise ich."

„Und ich fahre mit", ergänzte der Maler.

„Nonsense! Morgen! Warum nicht heute? Warum nicht sofort? — Hallo, Capt'n!"

„Hallo, Sir!"

Der Kapitän stand mit wenigen Schritten vor dem Engländer.

„Wann können wir abdampfen?"

„Wohin, Sir?"

„Nach Tunis."

„In drei Stunden. Eher geht es nicht, weil die Förmlichkeiten am Hafenamt soviel Zeit in Anspruch nehmen."

„Well! In drei Stunden! Yes!"

Während der Kapitän forteilte, um die nötigen Befehle zu geben, wandte sich Lindsay an die beiden Deutschen.

„Pässe?"

„Ich trage den meinen immer bei mir", erklärte Hermann.

„Ich auch", fügte der Maler hinzu.

„Well. Schnell damit zum deutschen Konsulat, um sie nach Tunis abstempeln zu lassen."

„Ist für mich schon geschehen", lachte Hermann.

Sir David schmunzelte.

„Nach Verlauf von drei Stunden geht's ab! Yes! — Go ahead — vorwärts! Muß den Burschen, den Ibrahim Bei, haben! Muß wissen, woher er die Uhr hat, und will auch über den Russen Er — Or — Ur — — —"

„Orjoltschaschtscha!"

„— ja, Orjoltschaschtscha, mehr erfahren. Hier ist uns die Entführung mißglückt. Never mind. Drüben in Tunis wird sie um so besser gelingen. Well!"

Während Paul Normann ging, um seine Paßförmlichkeiten zu erledigen, ließ Hermann seine und seines Freundes Habseligkeiten auf die Jacht schaffen.

Genau nach drei Stunden dampfte sie ab. Auf dem Verdeck

stand zwischen den beiden Deutschen der Engländer in seinem grau gewürfelten Anzug. Er zeigte die zuversichtliche Miene eines Mannes, der überzeugt ist, daß das, was er beabsichtigt, unbedingt gelingen wird.

9. In den Ruinen von Karthago

Die Hauptstadt Tunis liegt nicht unmittelbar am Meer, sondern am Ufer eines Sees, der sie vom Meer trennt. Daher gibt es an der Küste einen besonderen, äußeren Hafen, der für Tunis dasselbe bedeutet wie Bremerhaven für Bremen oder Cuxhaven für Hamburg. Er heißt Goletta.

Von Tunis nach Goletta kann man zu Wagen, zu Pferd, mit dem Kahn oder als Spaziergänger, in neuerer Zeit sogar mit der Bahn gelangen. Die Straße, die zum Hafen führt, ist stets belebt. Und besonders, wenn neue Schiffe gemeldet sind, strömen die Händler und Neugierigen den Ankerplätzen zu.

Diese Neugierigen, die auch heute am Ufer standen, vermochten gar nicht recht klug zu werden aus dem kleinen Ding, das da vor ungefähr zwei Stunden herangedampft war und sich zwischen die großen Schiffe gelegt hatte, als ob es mit ihnen ganz und gar gleichberechtigt sei.

Besonders angestaunt wurde die seltsame, grau gewürfelte Gestalt, die vorn am Bug abgebildet war. Niemand von den Orientalen hielt es für möglich, daß es einen solchen Menschen in Wirklichkeit geben könne. Als sich aber jetzt die Kajüte öffnete und das lebende Vorbild daraus hervortrat, wurde das Staunen zur lauten Verwunderung.

David Lindsay machte sich nicht das mindeste aus den neugierigen Blicken oder Ausrufen und fragte den Kapitän in seiner gewohnten, ruhigen Weise:

„Haben Mister Normann oder Mister Wallert schon Nachricht geschickt, wo sie wohnen werden?"

„Noch nicht, Sir."

„Well. Werde es schon erfahren."

„Ihr geht an Land, Sir?"

„Yes."

„Wann dürfen wir Euch zurückerwarten?"

„Ist unbestimmt. Bringt die Jacht bald in den Innenhafen! Erwartet mich dort! Well!"

Er schritt über die Landungsbrücke zum Ufer und mitten in

den Menschenschwarm hinein, der achtungsvoll vor ihm zurückwich und ihn verblüfft betrachtete.

Da gab es Mauren, Araber, Tuareg, Tibbus, Neger, Juden, Christen aus allen Ländern, in allen Farbenabstufungen, männlichen und weiblichen Geschlechts, in den verschiedensten und buntesten Trachten und Fetzen.

Packträger, Eseljungen, Kutscher, Lohndiener und Ruderer drängten sich an ihn heran, in der Meinung, daß dieser außergewöhnlich gekleidete Mann wohl auch außergewöhnliche Trinkgelder geben werde. Er schob sie aber alle mit dem riesigen Regenschirm von sich, und als das nicht genügte, benutzte er auch die Fäuste und Ellbogen.

Da Tunis so nah hinter den Wellen des Sees herüberleuchtete, und er eine Zeitlang nur auf sein Schiff beschränkt gewesen war, so wollte er seinen langen Beinen wieder einmal eine gesunde Bewegung gönnen — das heißt, zu Fuß in die Stadt gehen.

Indem er langsam dahinschlenderte und die Augen überallhin schweifen ließ, wo es etwas zu sehen gab, fiel sein Blick auch auf eine Frau, die er schon vorhin am Ufer bemerkt hatte und die nun, gleich ihm, die Absicht zu hegen schien, nach der Stadt zu spazieren. Sie war von stattlichem Aussehen und von jugendlich geschmeidigen Bewegungen.

„By Jove!" brummte Lindsay. „Prachtvolles Weib. Wahrscheinlich aus einem vornehmen Harem. Leider aber bin ich allein und spreche nicht türkisch. Wenn Normann oder Hermann hier wäre! Doch nein — die schnappten mir diese Sultana noch vor der Nase weg. Werde einmal versuchen, ob sie französisch versteht."

Er zog im Vorübergehen den hohen graugewürfelten Hut.

„Bon jour, Mademoiselle!"

„Bon jour, Monsieur!"

„Ah, Sie sprechen französisch!"

„Wie Sie hören!"

„Wonderful! Dürfen Sie denn mit einem Mann reden?"

Sie schien ihn durch den Schleier erstaunt zu betrachten.

„Hier ist es allerdings zu auffällig, wenn ich mit Ihnen spreche!" entgegnete sie zögernd.

„Gibt es nicht einen Ort, wo wir besser miteinander plaudern können als hier?"

„Wünschen Sie das, Monsieur?"

„Yes", verfiel er unwillkürlich wieder ins Englische.

„Nun, so will ich Ihnen etwas sagen. Sie warten hier, bis ich ein Stück am Ufer weitergegangen bin, und winken dann einem dieser Kahnführer. Sie steigen ein und sagen ihm nur das Wort ‚Karthago'."

„Wozu?"

„Die Ruinen von Karthago liegen da drüben. Dorthin fahren wir, denn da sind wir unbeobachtet!"

„Well!"

„Dann, wenn der Mann mich eingeholt hat, zeigen Sie auf mich und sagen zu ihm ‚beraber almak'."

„Was heißt das?"

„Mitnehmen. Er wird daraufhin anlegen und mich einsteigen lassen."

„Marvellous! Well, laufen Sie nur! Werde meine Sache schon machen. Also winken und beraber almak! Schön!"

Sie ging. Er bemerkte die vielen erstaunten Blicke nicht, die auf ihm ruhten, er dachte nur noch an das Abenteuer, das ihm hier so unverhofft winkte. Gewiß, David Lindsay war ein kluger Kopf — aber der Drang zum romantischen Erlebnis ließ ihn oft alle Überlegung vergessen. Dazu kam die Einstellung des Europäers, der mit dem Wort Türkin oder Mohammedanerin gleich auch die Begriffe von Harem und großer Gefahr verbindet oder doch verband. Und alles, was mit Gefahr verknüpft war, das lockte ihn.

„Ein Stelldichein in den Ruinen von Karthago!" murmelte er. „Das werden die Karthager auch nicht vermutet haben, daß ich in ihren Ruinen ein Haremsabenteuer anzettle! Feines Abenteuer! Yes."

Damit winkte er einem Schiffer und stieg ein. Der Mann lächelte eigentümlich, als sein Fahrgast ihm das Wort ‚Karthago' nannte, und warf einen schlauen, verständnisvollen Blick auf das voranschreitende Mädchen. Er schien in diese Art von Geheimnissen schon eingeweiht zu sein.

„Beraber almak!" befahl Sir David, als er es an der Zeit fand. Sofort lenkte der Schiffer ans Ufer, und die Schöne wurde aufgenommen. Sie setzte sich dem Engländer gegenüber.

Nun ging es in langsamer Fahrt quer über den Binnensee.

„Sie sind wohl kein Türke?" fragte sie harmlos.

„No. Ich bin Engländer."

„O Allah, ein Giaur!"

„Bitte, erschrecken Sie nicht darüber! Wir Christen sind keine Menschenfresser. Yes."

„Das beruhigt mich", erwiderte sie kindlich ernst.

„Ich bin vielmehr bereit, Ihnen alles Gute zu erweisen. Sie dürfen mir nur Gelegenheit dazu geben."

„O Allah, die könnte ich Ihnen geben."

„Vorher aber müssen Sie mir eine Bitte erfüllen. Gewähren Sie mir den Vorzug, Ihr schönes Angesicht betrachten zu dürfen. Sie sehen ja das meinige auch."

„Wissen Sie nicht, daß das verboten ist?"
„Yes. Weiß es. Aber wir sind doch allein."
„Der Schiffer — — —!"
„Oh, der ist so stumm wie die Fische im Wasser hier."
„Nun, ich will es wagen. Sie sind ein Mann, dem man schon einen solchen Gefallen tun kann."

Sie zog den Gesichtsschleier auseinander. In der Tat, sie war schön. Der Mund war voll, die Wangen weich gerundet, der Blick verführerisch. Das Mädchen gefiel ihm.

„Nun, sind Sie zufrieden?"
„Yes, sehr", antwortete er in aller Aufrichtigkeit. „Sagen Sie einmal, ist Ihr Harem groß?"
„Ja."
„Wie viele Frauen sind darin?"
„Sechs. Darunter wir drei Töchter."
„So ist Ihr Vater der Besitzer?"
„Ja."
„Sind Sie glücklich?"

Sie sah ihn überrascht und forschend an. Diese Frage hatte sie augenscheinlich nicht erwartet, und sie überlegte, wie sie sich diesem sonderbaren Fremden gegenüber verhalten sollte.

„N—ein", kam es nach einer Weile zögernd aus ihrem Mund.
„Well! Sehr gut! Ausgezeichnet!"
„Wie? Sie freuen sich darüber?"
„Yes. Sogar sehr! Werde Ihnen den Grund sagen, wenn wir allein sind. Jetzt zu gefährlich!"

Damit verstummte die Unterhaltung, sehr zum Mißvergnügen des Mädchens, das aus dem Verhalten des Engländers nicht klug wurde. Verliebt war er nicht in sie; das war ihr sofort klar. Was wollte er dann aber von ihr?

Der Kahn legte an, und Lindsay stieg mit seiner ‚Sultana' aus. Da ihn das bevorstehende Abenteuer in gute Laune versetzt hatte, fiel die Bezahlung so reichlich aus, daß der Kahnführer vergnügt in den Bart hineinschmunzelte und den großzügigen Geber fast mitleidig musterte.

Aber David Lindsay kümmerte sich nicht weiter um den Mann, sondern machte sich mit seiner Begleiterin sofort auf den Weg nach den Ruinen. So bemerkte er auch den pfiffigen Blick nicht, den ihm der Ruderer nachschickte.

„Ins Netz gegangen!" sagte der Kahnführer vor sich hin. „Wird schwer bluten müssen, bis er von der Bande wieder loskommt."

Diesseits des Wassers war die Gegend nicht sehr belebt. Man sah nur selten einen einsamen Wanderer, der in den Ruinen der einst so mächtigen und reichen Handelsstadt Karthago herumstrich.

Nach einer kurzen Strecke blieb das Mädchen stehen.

„Nun sagen Sie mir, warum Sie sich darüber freuen, daß ich nicht glücklich bin!" begann sie unvermittelt.

„Well, weil Sie dann mit meiner Absicht schnell einverstanden sein werden."

„Mit welcher Absicht?"

„Ich werde Sie glücklich machen. Yes!"

„Glücklich machen? Wie wollen Sie denn das anfangen?"

„Sehr einfach, Mademoiselle. Ich werde Sie aus Ihrer traurigen Umgebung befreien!"

„Befreien?"

„Well. Entführen. Yes."

„Ent— —führen?"

„Yes."

„Aus dem väterlichen Harem?"

„Yes."

Abermals blickte ihn das Mädchen eine Weile prüfend an. Sprach er wirklich im Ernst? War er tatsächlich so arglos oder stellte er sich nur so, als merkte er nicht, daß sie ihr Spiel mit ihm trieb?

„Warum suchen Sie sich dazu nicht eine Engländerin?"

Seine Nase schien sich vor Verwunderung über diese dumme Frage zu verlängern.

„Im freien England gibt es keinen Harem und keine Sklaverei! Yes!"

„Wollen Sie denn heiraten?"

„Nonsense! Nicht heiraten! Nur entführen!"

Jetzt schien sie zu begreifen, woran sie mit ihm war. Ein spleeniger Engländer, weiter nichts! Der kam ihr indes gerade recht, und sie beschloß, auf seine Schrulle einzugehen.

„Aber das ist schwer, sehr schwer", sagte sie im Weitergehen.

„Well! Um so besser. Aber wohin führen Sie mich?"

„Sehen Sie da drüben die Säule? An ihrem Fuß befindet sich eine kleine Hütte — dort werden wir allein sein und ungestört sprechen können."

„Wem gehört sie?"

„Einem sehr guten Bekannten von mir. Er war meines Vaters Sklave, wurde aber später zum Lohn seiner Treue freigegeben. Warten Sie hier ein wenig! Ich will erst einmal nachsehen, ob vielleicht Fremde dort sind."

„Well, werde warten."

Sie ging, und David Lindsay lehnte sich erwartungsvoll an einen gewaltigen, viele Jahrhunderte alten Steinblock und behielt unverwandt die Hütte im Auge, in die das Mädchen verschwunden war. Es währte eine geraume Weile, bevor er sie wieder sah.

Sie erschien zusammen mit einem anderen Mädchen und einem Mann und deutete nach ihm. Er wurde darauf sehr angelegentlich betrachtet.

„Ein Mann?" dachte er. „Well, soll ein gutes Bakschisch haben, wenn er sich vernünftig benimmt."

Jetzt kehrte seine Begleiterin zurück.

„Nun, wie steht es?" fragte er voll Spannung.

„Wir sind sicher. Kommen Sie!"

„Das war also der freigelassene Sklave Ihres Vaters?"

„Ja."

„Aber es war ein Frauenzimmer bei ihm!"

„Das braucht Ihnen keine Sorge zu machen. Es ist meine Lieblingsschwester, die ebenso wie ich einen Spaziergang nach den Ruinen gemacht hat."

„Ah! Oh! Schwester! Ist sie hübsch?"

„Sogar sehr schön!"

„Jung?"

„Zwei Jahre jünger als ich."

„Hat sie einen Mann oder Geliebten?"

„Nein."

„Well! Kommen Sie, kommen Sie!"

Die Hütte war aus rohen Steinen erbaut und machte keineswegs einen anheimelnden Eindruck. Vor der Tür stand der ehemalige Sklave, ein langer, hagerer Kerl mit schiefliegenden Augen und in eine Kleidung gehüllt, für die der Ausdruck Lumpen am bezeichnendsten gewesen wäre. Sein Aussehen war nicht besonders vertrauenerweckend, zumal in dem Strick, der ihm als Gürtel diente, zwei lange Messer steckten.

„Sallam aleikum!" grüßte er und verneigte sich demütig.

„Bon jour!" antwortete David Lindsay.

Dann zog er ein Goldstück aus seiner wohlgefüllten Börse und gab es ihm. Das Gesicht des Menschen grinste vor Vergnügen. Er machte eine noch tiefere Verbeugung als vorher.

„Tausend Dank, Monsieur!" erwiderte er nun ebenfalls französisch. „Treten Sie ein in meine arme Behausung! Ich bin Ihr Beschützer und werde wachen, daß kein Mensch Sie stören soll!"

Lindsay folgte der Einladung. Er mußte sich allerdings tief bücken, um durch die niedrige Tür zu gelangen. Das Innere der Hütte bestand aus einem viereckigen Raum, der nichts enthielt als eine lange Strohmatte, auf der zur Verschönerung ein alter Teppich lag. In einer Ecke sah man ein paar zerbrochene Töpfe und ähnlich schmutziges Geschirr, und in der anderen standen einige Flaschen und ein Weinglas. Eine kleine Öffnung diente als Fenster.

Auf dem Teppich saß die junge Schwester. Sie begrüßte Sir David in französischer Sprache.

„Meine Schwester hat mir von Ihnen erzählt", sagte sie. „Seien Sie also willkommen, obgleich wir uns eigentlich von keinem sehen lassen und auch mit keinem sprechen dürfen. Nur meiner Schwester wegen will ich eine Ausnahme machen. Nehmen Sie Platz!"

Lindsay legte Hut und Regenschirm ab und ließ sich dicht neben ihr auf dem Teppich nieder, damit die ältere Schwester auch noch Platz finden sollte. Diese aber machte noch keine Miene, sich zu setzen. Sie blickte erst noch einmal zur Tür hinaus; dann fragte sie:

„Wissen Sie, daß es hier in Tunis Sitte ist, einen lieben Gast zu bewillkommnen?"

„Das ist überall Sitte, und ihr habt es ja auch schon getan."

„Aber den Willkommentrunk haben wir Ihnen noch nicht gereicht."

„Ach so, einen Trunk? Wo habt ihr ihn denn?"

„Dort in den Flaschen. Wollen Sie eine haben, damit wir mit Ihnen trinken dürfen?"

„Meinetwegen."

„Aber der Besitzer dieser Hütte ist arm, er kann den Wein nicht umsonst geben."

„Excellent! Ich soll einen Willkommentrunk erhalten und ihn auch bezahlen. Well. Was kostet diese Flasche?"

„Zehn Franken. Ist es Ihnen zuviel?"

„Das kann ich jetzt noch nicht sagen, da ich nicht weiß, was der Wein wert ist. Aber euch zu Gefallen ist es mir sicherlich nicht zuviel."

„So bezahlen Sie!"

„Ah — gleich?"

„Ja."

„Also Stundung bis zum Fortgehen gibt es nicht? Gut, hier ist das Geld, kleine Hexe."

Damit gab er ihr die zehn Franken, und sie brachte eine der Flaschen, füllte das Glas und bot es ihm dar.

„Hier, trinken Sie! Allah erhalte Sie recht lange!"

„Well! Trinken nur Sie vorher!"

Sie setzte an und leerte das Glas in einem Zug.

„Nicht übel!" sagte er erstaunt. „Sie haben einen sehr guten Zug, fast so wie mein Steuermann. Geben Sie nun auch Ihrer Schwester!"

„Nein, erst kommen Sie. Sie sind der Gast."

„Well! So geben Sie her!"

Vorsichtig führte er das schnell wieder gefüllte Glas zunächst an sein Riechorgan. Seine Augen zogen sich dabei zusammen, und seine mißtrauische Nase geriet in eine pendelnde Bewegung. Dann setzte er das Glas entschlossen an und tat einen raschen Zug. Die Folge davon war ein ganz unbeschreibliches Gesicht. Die dünnen Lippen legten sich zusammen, wie wenn sie entschlossen seien, sich nie wieder aufzutun, und die Nase hob und senkte sich in raschen Bewegungen, als ob sie tief entrüstet sei über das Unrecht, das man ihr zufügte. Dann aber erfolgte ein Ausbruch, den man geradezu vulkanisch hätte nennen können. Es schüttelte ihn am ganzen Körper, und er begann in einem Atem zu husten und zu niesen. Während ihm die Tränen über die Wangen liefen, lachten die beiden Mädchen laut und herzlos über diese schmerzliche Wirkung ihres Willkommens.

„Was habt ihr zu — — abzieeh! — — zu lachen, ihr Kobolde!" schimpfte er. „Dieses verteufelte — — abzieeh! — verteufelte Zeug brennt ja — — abzieeh! — wie die Hölle! Und das nennt — — abzieeh! — das nennt ihr ein Willkommen? Woraus ist denn dieser Trank gemacht?"

„Aus Spiritus."

„Ja, das merke ich! Und aus was für welchem! Heavens! Aber was ist noch drin in dem Spiritus?"

„Apfelsinenschalen, Koloquinten und Knoblauch."

„Kolo — — und Knob — — The devil, seid ihr verrückt? Dann ist es freilich kein Wunder, daß es beißt wie toll! Und diesen Schnaps trinken Sie wie ein alter Wachtmeister?"

„Meine Schwester auch. Sehen Sie!"

Das Mädchen hatte bei diesen Worten lachend das Glas der Schwester gegeben, die es auch sofort in einem Zug leerte.

„Na, meinetwegen! Euer Schlund muß allerdings beschaffen sein wie ein alter Kanonenstiefelschaft. Koloquinten und Knoblauch! Zehn Franken!"

„Ist Ihnen das etwa zu teuer?"

„No. Euretwegen nicht. Aber dürft ihr denn als Mohammedanerinnen solches Zeug trinken?"

„Natürlich, es ist ja kein Wein."

„Da wäre Mohammed doch gescheiter gewesen, wenn er euch den Wein erlaubt und diesen Höllentrunk verboten hätte! Wonderful! So zarte Mädchen und bringen dieses Fegefeuer hinunter! Im Orient darf man sich wirklich über nichts mehr wundern. Yes."

Nun nahm die Schwester an seiner anderen Seite Platz, und da der Teppich nicht sehr lang war, saßen sie jetzt alle drei eng nebeneinander. Das wurde dem Engländer doch ein wenig zu ungemütlich. Er hatte es ja keineswegs auf eine Liebelei abgesehen. Ihm lag nur an dem Haremsabenteuer, wenn möglich also an einer Türkin, die sich aus ihrem Harem entführen ließ. Jetzt aber stiegen doch schon leise Zweifel in ihm auf, ob er hier auf dem rechten Weg sei. Denn diese beiden Frauen machten auf ihn nicht den Eindruck, als ob sie sich in ihren Verhältnissen unglücklich fühlten und das Wagnis einer Entführung wert seien.

„Na, Kinder", sagte er in etwas gepreßtem Ton, „zutraulich seid ihr ja, das ist richtig. Aber wie steht es denn mit der Entführung?"

Die Mädchen blickten sich verständnisvoll an. Sie kämpften mit dem Lachen.

„Es ist bei uns schwer, sehr schwer", antwortete die eine. „Wir sind eingeschlossen."

„Das will gar nichts sagen. Übrigens sehe ich auch nichts davon. Ihr lauft ja hier ganz frei herum!"

„Oh, das ist nur zum Schein. Wir werden von weitem sehr scharf beaufsichtigt."

„Auch das tut nichts. Ich brauche euch nur nach meiner Jacht zu bringen, so seid ihr frei."

„Das geht nicht so leicht, wie Sie denken. Wir werden bewacht, ohne daß Sie es bemerken. Sie würden mit uns Ihr Schiff nicht erreichen."

„Hm, das gefällt mir."

„Wir könnten wohl nur aus unserer Wohnung in der Stadt entführt werden. Aber unser Vater ist sehr wachsam und streng. Er würde Sie töten, wenn er Sie dabei erwischte."

„Töten? Wird ihm nicht so leicht gelingen. Yes!"

„Und sodann ist noch ein Hindernis vorhanden. Ich lasse mich nämlich nicht allein entführen."

„Nicht? Warum nicht? Soll ich etwa alle sechs, von denen Sie sprachen, fortschaffen?"

„Nein, denn drei davon sind schon Frauen und sind obendrein alt."

„So mögen sie bleiben, wo sie sind!"

„Aber wir drei anderen, wir Schwestern, wir haben uns lieb und uns gegenseitig zugeschworen, uns nicht zu verlassen. Wenn Sie nicht gleich alle drei . . ."

„By Jove! Gleich drei!"

„Nicht wahr, diese Bedingung ist so schwierig, daß Sie nun von mir nichts mehr wissen wollen?"

„Schwierig? Nonsense. Aber wie steht es mit der dritten Schwester? Von ihr habe ich bisher noch nichts Näheres erfahren. Ist sie jung?"

„Sie ist die jüngste von uns."

„Und schön?"

„Sie ist die schönste von uns."

„Well. Ich hole euch alle drei."

„Geben Sie uns Ihr Wort und Ihre Hand darauf?"

„Yes. Hier ist die Hand. Aber, Kinder, sagt mir nun auch, warum ihr euch vom Haus fortsehnt. Ich sehe doch, ihr geht in aller Freiheit spazieren, ihr habt euern großartigen Knoblauchspiritus mit Koloquinten — was wollt ihr noch mehr?"

„Der erste und eigentliche Grund ist, daß unser Vater ein Tyrann ist."

„Der Esel!"

„Er gibt uns zu wenig zu essen."

„Na, verhungert seht ihr nicht aus!"

„Außerdem können wir uns mit seinen Weibern nicht vertragen. Sie sind alt und zänkisch und klatschsüchtig. Sie hassen uns, weil wir jung und hübsch sind. Darum tun sie uns so viel Ärger an, wie nur irgend möglich."

„Gut! Das verstehe ich nun schon: Giftzähne und Nachthauben! Aber weiter, ich weiß ja gar nicht, wie ich euch nennen und rufen soll."

„Die Namen zu nennen ist uns verboten."

„Euch Weibern ist vieles verboten, was ihr dennoch tut."

„Nennen Sie uns lieber so, wie Sie wollen."

„Das ist romantisch, und darum gefällt es mir. Also will ich darauf eingehen und euch Namen geben. Da ich so zwischen euch sitze und mir dabei vorkomme wie der Erzvater Jakob, der ja auch zwei Schwestern mit sich in die Heimat nahm, so sollt ihr wie diese beiden Schwestern heißen, die rechte Rahel und die linke Lea. Einverstanden?"

„Ja!"

„Schön!" fuhr er fort. „Wollen also einmal von unserem Vorhaben sprechen. Wie denkt ihr euch die Sache? Soll ich euch ganz mit mir nehmen?"

„Ja, natürlich."

„Um euch dann zu heiraten?"

„Nun, etwa nicht?"

„No, das geht nicht. Darf als Christ keine Türkin heiraten und drei erst recht nicht. Das wäre eine schöne Geschichte. Also merkt wohl auf: befreien will ich euch recht gern und mit dem größten Vergnügen — heiraten aber kann ich euch nicht."

„Das schadet nichts. Es gibt ja noch andere, viele andere!"

„Heavens!" platzte er heraus.

„Ist das nicht wahr?"

„Das schon! Aber meint ihr wirklich, daß ich für andere die gerösteten Kastanien aus dem Feuer holen soll?"

„Wollen Sie nicht? Dann lassen Sie uns hier sitzen! Oder heiraten Sie uns allen Hindernissen zum Trotz!"

„Verteufelt! Heigh-day, man würde im Klub zu London schöne Augen machen, wenn ich mit euch dreien ankäme! Werde euch aber doch entführen. Hab' mir's vorgenommen und werde es auch zu Ende bringen. Ganz allein. Sollen sich wundern!"

„Wann soll's geschehen?"

„Am allerliebsten noch heute!"

„Noch heute? Wie denkst du, Lea?"

„Wie denkst du, Rahel?"

„Ich denke, daß es schwierig sein wird."

„Ja, aber möglich ist es doch."

„Nur wenn die anderen alle schlafen."

„Eher nicht. Aber jetzt läßt sich darüber noch nichts bestimmen. Wir sind nicht daheim."

„Well! Dann rate ich euch, nach Haus zu gehen."

„Das ist das beste. Aber wie können wir Ihnen Nachricht geben?"

„Weiß nicht. Das müßt ihr wissen."

„Sie haben recht. Oh, wenn Sie doch unseren Vater besuchen könnten! Dann ließe sich alles viel einfacher machen."

„Empfängt er denn Besuche?"

„Sogar oft. Aber leider liebt er die Ausländer nicht."

„Das ist sehr dumm von ihm."

„Ja, sehr klug ist unser Vater nicht, aber — geizig, und das ist vielleicht der Punkt, an dem Sie ihn fassen können."

„Wieso?"

„Sie müßten ihm einiges Geld zuwenden."

„Ein Bakschisch?"

„Oh, ein Bakschisch gibt man nur einer untergeordneten Person. Damit würden Sie ihn so beleidigen, daß unser Plan für immer unausführbar würde."

„Well. Wollen es also unterlassen. Was ist denn eigentlich dieser alte Isegrim?"

„Juwelenhändler."

„Hat er einen offenen Laden?"

„Nein. Das ist es ja eben. Er hat sich vom Geschäft zurückgezogen. Er kauft und verkauft nur noch aus reiner Liebhaberei. Viele von denen, die zu ihm kommen, werden fortgewiesen. Er zeigt keinem Menschen seine Schätze, tut ganz arm und bringt immer nur wenige Sachen zum Vorschein. Das sind aber oft große Seltenheiten. Wer das versteht, der ist sein Mann."

„Auch ich liebe die Seltenheiten."

„Wollen Sie es versuchen?"

„Yes."

„Aber solche Seltenheiten sind sehr teuer!"

„Ein Königreich werden sie doch nicht gleich kosten."

„Sie müssen ihn bei seiner schwachen Seite packen, Sie dürfen um Allahs willen nicht handeln und feilschen; dadurch gewinnen Sie seine Achtung. Vielleicht lädt er Sie gar ein, mit ihm im Hof Kaffee zu trinken."

„Ist das eine große Auszeichnung?"

„Ja. Er tut das selten; einem Franken hat er noch nie diese Ehre erwiesen. Erhalten Sie aber die Einladung dazu, so haben wir gewonnen."

„Wieso?"

„Wir würden Ihnen dann mitteilen, wie Sie uns aus dem Haus bringen können. Hinter dem Platz nämlich, an dem der Gast zu sitzen pflegt, ist ein für die Frauen bestimmtes Gitter. Steht der Vater einmal auf, um sich für kurze Zeit zu entfernen — und dazu werden wir ihn schon veranlassen —, so sind wir allein und geben Ihnen unseren Plan bekannt."

„Sehr gut! Wenn er sich aber nicht entfernt?"

„So stecken wir Ihnen einen Zettel zu, auf dem alles Nötige steht."

„Schön. Und wie heißt der Alte?"

„Ali Effendi. Aber Sie dürfen keinem anderen seinen Namen nennen und auch niemanden nach ihm fragen."

„Warum nicht?"

„Das würde uns vielleicht verraten, denn Sie tragen eine auffallende Kleidung. Wenn wir drei Schwestern verschwunden sind, darf kein Mensch ahnen, wohin wir flüchteten."

„Aber wie finde ich seine Wohnung, da ich nicht nach ihm fragen darf?"

„Sie folgen uns beiden von weitem und beobachten, wo wir eintreten."

„Gut, ich komme."

„Aber nicht eher, als bis es vollständig dunkel ist. Sonst sieht uns der Vater hinter dem Gitter sitzen. Jetzt aber laßt uns austrinken und gehen!"

Rahel und Lea leerten darauf allein die Flasche, da er sich weigerte, noch einmal mitzutun. Dann brach man auf.

Die beiden Mädchen gingen zum See und ließen sich übersetzen. Auch Lindsay nahm einen Ruderer und stieg an Land, gleich nachdem auch die zwei Schönen den Kahn verlassen hatten.

In Sir David regte sich Reue darüber, sich in dies sonderbare Abenteuer eingelassen zu haben; aber andererseits war er nicht der Mann, auf halbem Weg stehenzubleiben. Außerdem hatte er den Mädchen Wort und Handschlag gegeben — nein, er konnte nicht zurück. Und vielleicht ergab sich aus der Geschichte doch noch ein Erlebnis, dessen er sich später nicht zu schämen brauchte.

Natürlich schauten ihm die Vorübergehenden wieder verwundert nach, doch machte er sich nichts daraus, sondern folgte unverdrossen den Mädchen durch mehrere der engen, winkligen Gassen und Gäßchen, bis sie in eine Tür traten.

Erst dann wandte Rahel den Kopf und nickte ihm zu. Getreu der Abmachung schritt er in gleichgültiger Haltung vorüber, als ginge ihn das Haus überhaupt nichts an. Aber er betrachtete es heimlich ganz genau.

Die Vorderseite sah aus wie eine alte, baufällige, hohe Mauer. Sie hatte keine einzige Öffnung außer der Tür. Das war alles, was er feststellen konnte. Ähnlich war auch das Nachbarhaus gebaut, neben dem ein enges Gäßchen einbog. Er ging in dieses hinein. Sicherlich befand sich dort ein Garten; doch die Mauer war so hoch, daß er nicht darüber hinwegzublicken vermochte.

„Das ist merkwürdig!" meinte er ärgerlich zu sich. „Durch die Haustür werde ich sie nicht wegbringen können; also geht es nur nach hinten hinaus und durch diesen benachbarten Garten. Woher aber die Leiter nehmen, die dazu notwendig ist? Na, ich werde ja erst hören müssen, was die Mädchen dazu sagen."

Er prägte sich die Gasse und das Haus ein, so daß er sicher war, beide des Abends zu finden. Bis dahin war es nicht mehr lang. Er suchte daher ein Kaffeehaus auf, das in europäischem Stil eingerichtet war, und rauchte und trank dort, bis es zu dunkeln begann.

10. ‚Die Entführung aus dem Serail'

Es war finster geworden. David Lindsay brach auf.

Ein wenig eigentümlich war ihm doch zumute. Nicht etwa, daß er sich gefürchtet hätte; Angst kannte er nicht; aber er fühlte eine innerliche Spannung, die sogar einer kleinen Beklemmung ähnlich war. Und das war ja auch kein Wunder. Er hatte sich während des Rauchens und Trinkens einzureden versucht, er tue ein gutes Werk an den Mädchen, aber letzten Endes war er doch nicht so recht überzeugt davon. Nur der eine Gedanke bestärkte ihn noch in seinem seltsamen Vorhaben: ganz allein und auf eigene Faust dieses Abenteuer zu bestehen. Und wenn es gelang — was würden Normann und Hermann dazu sagen!

Diese Erwägungen gaben ihm schließlich sein ganzes Selbstgefühl zurück, so daß er sich beim Verlassen des Kaffeehauses hoch aufrichtete und den Zylinderhut kühn in den Nacken schob. Richtig fand er schon nach kurzem die Gasse und das Haus. Die Tür war verschlossen.

Er klopfte.

Er war wirklich neugierig auf diesen Ali Effendi, den Vater der drei Mädchen, die heute entführt werden sollten. Erst nach wiederholtem Pochen hörte er einen schlurfenden Schritt, dann wurde die Tür nur so weit geöffnet, wie es eine eiserne Sicherheitskette zuließ.

„Wer ist da?" tönte es ihm von einer schnarrenden Frauenstimme in Arabisch entgegen.

„Ich verstehe Sie nicht", gab er leise zur Antwort. „Können Sie nicht Französisch?"

„Ja. Warten Sie!"

Es wurde nun eine alte Laterne an die Türspalte gehalten, so daß der Schein des Lichts auf ihn fiel, und über der Laterne kam ein runzliges Frauengesicht zum Vorschein, das einen forschenden Blick auf ihn warf.

Er war von den beiden Mädchen schon angemeldet worden, und da sie vergessen hatten, nach seinen Namen zu fragen, so hatten sie seine Person genau beschrieben. Die Alte hatte infolgedessen ihre Anweisungen erhalten; dennoch ließ sie ihn, als sie sah, daß er der Erwartete war, nicht sofort ein; er sollte nicht vermuten, daß sie bereits von ihm wußte.

„Zu wem wollen Sie?" fragte sie jetzt französisch.

„Zu Ali Effendi."

„Was wünschen Sie von ihm?"

„Ich bin ein Freund von Seltenheiten und Altertümern und habe gehört, daß er eine Sammlung solcher Sachen besitzt Yes."

„Er liebt es nicht, um diese Zeit gestört zu werden. Was hat er davon, wenn Fremde zu ihm kommen, um seine Sachen zu sehen, und dann wieder gehen, nachdem sie nichts als bloßen Dank gesagt haben!"

„Gehöre nicht zu solchen Fremden. No."

„Wollen Sie etwa kaufen?"

„Ja, wenn mir etwas gefällt."

„So will ich es wagen, Sie einzulassen. Warten Sie im Gang!"

Die Alte entfernte die Kette, ließ ihn eintreten und verschloß die Tür sofort wieder. Dann eilte sie mit der Laterne davon.

Man ließ ihn ziemlich lange im Finstern warten. Endlich kehrte die Alte zurück und leuchtete ihm wieder ins Gesicht.

„Sie dürfen kommen."

Bei diesen Worten deutete sie ihm mit der Hand an, daß er

ihr folgen solle, und führte ihn nun aus dem Hausflur nach einem schmalen Seitengang, wo sie eine Tür öffnete und ihn einließ. Sie selber blieb draußen und schloß die Tür hinter ihm.

David Lindsay stand in einer kleinen, weiß getünchten Stube, in der sich nichts befand als ein morscher Tisch mit zwei noch viel gebrechlicheren Stühlen. Er rückte sich einen zurecht, setzte sich vorsichtig und wartete. Ein Leuchter aus verrostetem Eisendraht, in dem ein Talglicht brannte, verbreitete spärliche Helligkeit.

Durch eine zweite Tür trat jetzt der Herr des Hauses ein. Er trug einen langen großblumigen Kaftan und einen roten Fes. Er war alt, und der langwallende graue Bart gab seiner Erscheinung etwas Ehrwürdiges, was aber durch den stechenden Blick sehr beeinträchtigt wurde.

„Marhaba!" grüßte er, indem er eine vornehme, fast herablassende Handbewegung machte, ohne sich wie üblich zu verbeugen.

„Was heißen diese Worte? Verstehe nur Französisch."

„Bon soir!"

„Ah, guten Abend! Guten Abend, Monsieur Ali Effendi. Verzeihung, daß ich Sie störe, aber ich habe von Ihren Kostbarkeiten gehört und wollte Sie bitten, mir einiges davon zu zeigen."

„Eigentlich tue ich das nicht gern. Ich habe mein Geschäft aufgegeben."

„Weiß es! Aber unter Kunstkennern und Liebhabern ist das doch etwas anderes."

„Ja, wenn Sie wirklich Kenner und Liebhaber wären!"

„Ich bin es."

Der Alte betrachtete ihn prüfend.

„Sind Sie Münzenkenner?"

„Yes. Oui."

„Nun, so will ich Ihnen einmal einige alte Münzen zeigen, die sehr wertvoll sind."

Darauf ging er wieder. David Lindsay lehnte Hut und Regenschirm in die Ecke und wartete geduldig. Der Alte kam mit einem ledernen Beutelchen in der Hand zurück. Er nahm eine sorgfältig in Seidenpapier eingewickelte Münze heraus, entfernte die Umhüllung und gab sie dem Engländer.

„Das ist eine große Seltenheit. Kennen Sie diese?"

Es war ein altes französisches Fünfsousstück, doch mit so abgegriffenen, vielleicht auch mit Fleiß abgeschliffenen Flächen, daß von der Prägung nichts mehr zu erkennen war. Sir David prüfte es aufmerksam.

„Well. Ein altes Kupferstück", meinte er.

„Ja, aber woher und aus welcher Zeit?"

„Weiß ich wirklich nicht. Muß aufrichtig gestehen, daß mich meine Kenntnisse hier verlassen."

„Nun, so hören Sie in Andacht und Ehrfurcht, daß dieses Stück zu den hundert Münzen gehört, die der Prophet Mohammed, den Allah segne, zum Andenken an die Eroberung von Mekka prägen ließ."

Der Engländer hatte keine Lust zu glauben, daß sich Mohammed damals im Besitz einer Prägemaschine befunden habe, doch mußte er Ali Effendi bei guter Laune erhalten, wenn er überhaupt seinen Zweck erreichen wollte; darum sagte er im Ton der Bewunderung:

„Wirklich? Ah, dann ist diese Münze freilich von hohem Wert. Wie hoch ist sie zu schätzen?"

„Fünfzig Franken."

Das war David Lindsay denn doch zu viel; er gab sie zurück.

„Vielleicht ist sie es wert; aber ich bin überzeugt, daß Sie sie nicht verkaufen werden."

„Warum nicht? Ich habe noch mehrere von gleicher Kostbarkeit."

„Zeigen Sie her!"

„Hier, dieses Silberstück ist fast ebenso wertvoll. Schauen Sie sich's einmal genau an!"

Lindsay tat ihm den Gefallen, doch waren auch bei dieser Münze alle beiden Seiten so glatt, daß man ihr unmöglich ansehen konnte, daß sie vorzeiten einmal ein österreichischer Sechskreuzer gewesen war.

„Kenne ich leider auch nicht."

„Nicht? Und doch ist sie viel wert. Mohammed der Zweite ließ sie schlagen als Andenken an seine glorreiche Eroberung von Konstantinopel."

Von diesem erhabenen Ursprung war dem Geldstück nun freilich nichts mehr anzusehen.

„Wieviel soll sie kosten?" fragte der Engländer aus Höflichkeit.

„Dreißig Franken."

„Ich glaube, auch diese Denkmünze ist Ihnen so ans Herz gewachsen, daß Sie sie nicht verkaufen werden. Yes. Zeigen Sie mir andere!"

Ali Effendi brachte nun noch drei oder vier Stück zum Vorschein, die ebenfalls einen bedeutenden Wert haben sollten; leider aber hatten sie jede Prägung verloren wie die beiden ersten. Als Sir David auch jetzt keine Miene machte, eine zu kaufen, wurde der Alte ärgerlich.

„Ich denke, Sie sind Kenner und Liebhaber; aber ich merke nichts davon!"

„O doch! Ich habe nur geglaubt, daß Sie sich nicht von diesen seltenen Münzen trennen wollen."

„Warum nicht?"

„Well. Was verlangen Sie, wenn ich die, die Sie mir hier gezeigt haben, insgesamt kaufe?"

„Ich lasse mir nie etwas abhandeln, da ich stets den geringsten Preis angebe; das mögen Sie berücksichtigen. Wer weniger bietet, der beleidigt mich; lieber soll er gar nicht bieten. Diese Münzen kosten hundert Franken, wenn ich sie zusammen auf einmal verkaufen kann. Da gebe ich auch noch den Beutel zu."

Diese Bemerkung war lächerlich, denn der schmutzige Beutel war keinen Pfennig wert. Um des Zwecks willen aber machte der Engländer gute Miene zum bösen Spiel.

„Well, werde nicht handeln. Ich kaufe sie."

Mit diesen Worten zog er seine Börse, zählte die Summe hin und steckte dafür den Beutel ein.

Ali Effendi strich das Geld rasch in die tiefe Tasche seines Kaftans.

„Sie haben", sagte er würdevoll, „ein sehr gutes Geschäft gemacht und werden gewiß wiederkommen."

„No, das werde ich nicht, da ich nicht lange in Tunis bleibe."

„So will ich Ihnen gleich heute noch etwas zeigen, falls Sie noch einiges sehen wollen."

„Was ist es?"

„Ein kostbarer Ring, den die Lieblingsfrau des Propheten getragen hat."

„Zeigen Sie ihn mir!"

Der Ring war ein einfacher goldener, vielleicht auch nur vergoldeter Reif; Lindsay erhielt ihn für nur fünfzig Franken. Dann kaufte er für schweres Geld noch einen Dolch, den der Kalif Abu Bekr getragen haben sollte, und die Spitze eines Pfeils, die man angeblich dem berühmten Feldherrn Tarik aus einer Wunde geschnitten hatte.

„So", sagte er dann, während die Nase durch seltsame Bewegungen ihren allerhöchsten Unwillen zum Ausdruck brachte, „jetzt habe ich, was meine Seele begehrt; nun kann ich aufbrechen."

Er griff nach Hut und Regenschirm. Der Alte mochte ihn jedoch nicht gehen lassen, da es doch in seinem Plan lag, ihn in den Hof zu bringen.

„Wenn Sie ein Findschan Kaffee mit mir trinken wollten", sagte er deshalb in herablassender Freundlichkeit, „möchte ich Ihnen noch eine große Merkwürdigkeit zeigen, über die Sie sich freuen würden. Kommen Sie!"

Er führte Sir David Lindsay durch zwei kleine Stuben hinaus in einen Hof, der nur wenige Geviertmeter Fläche hatte und im Hintergrund tatsächlich das von den Mädchen erwähnte hölzerne Gitterwerk aufwies. Eine einzige Laterne brannte hier. Gerade darunter befand sich eine kleine Erhöhung aus einigen Brettern, die auf Steinen lagen und mit einem Teppich belegt waren.

„Setzen Sie sich! Ich will den Kaffee bestellen und komme gleich wieder."

Kaum hatte sich David Lindsay mit dem Rücken an das Gitter gelehnt, so wurde er durch dessen Öffnungen angestoßen.

„Willkommen!" flüsterte eine weibliche Stimme. „Wir sind hier."

„Alle drei?" fragte er leise zurück.

„Ja."

„Well. Also wie soll es werden?"

„Das wissen wir noch nicht genau. Wir müssen erst erfahren, wann der Vater schlafen geht."

„Unangenehm! Muß es aber doch wissen."

„Nur Geduld! Er wird gleich wiederkommen. Haben Sie gekauft?"

„Yes."

„Das ist recht. So hat er gute Laune."

„Es scheint so."

„Er sieht aber noch etwas mürrisch aus. Wenn Sie ihm noch etwas abkaufen wollten, so wäre es gut. Er zieht sich dann sicherlich zurück, um das Geld zu zählen und einzuwickeln; das ist seine größte Freude. Ah, da kommt er schon. Seien Sie höflich und gefällig!"

Hinter dem Alten schritt die Frau, die dem Engländer vorhin geöffnet hatte. Sie brachte Kaffee und zwei Pfeifen.

Ali Effendi zog dann etwas aus der Tasche und überreichte es feierlich Lindsay.

„Hier, sehen Sie sich dies an und staunen Sie!"

„Was ist es denn?"

„Raten Sie!"

„Das ist ein Bogen altes Packpapier."

„Richtig! Aber von ungeheurem Wert!"

„Inwiefern?"

„Nun. Sie sind zwar ein Ungläubiger, aber Sie wissen vielleicht, daß der Koran unser heiliges Buch ist?"

„Das weiß ich sehr gut."

„Und daß es dem Propheten von dem Erzengel Gabriel offenbart worden ist?"

„Yes."

„Der Erzengel hat es also vom Himmel heruntergebracht, und

da es durch die Wolken hindurch naß geworden wäre, hat es der Engel eingewickelt."

„Hang it all!" stieß Sir David hervor, indem er vor Erstaunen über diese Dreistigkeit nicht nur den Mund, sondern auch die Augen weit aufriß.

„Was heißt das?"

„Das ist ein guter alter englischer Fluch", sagte Lindsay mit Genugtuung.

„Fluchen Sie nicht bei einer Sache von solcher Heiligkeit!"

„Entschuldigung! Woher sollte denn der Engel das Papier da oben genommen haben?"

„Allah ist allmächtig, er kann Papier aus nichts machen."

„Hm, das ist eine einfache Erklärung!"

„Sie ist die einzig richtige. Glauben Sie etwa nicht daran?"

„Aufrichtig gestanden, will ich Ihnen sagen, daß Sie ein großer Schw — —"

Da aber wurde er durch das Gitter so kräftig in den Rücken gestoßen, daß er den unfreundlichen Rest verschluckte.

Ali Effendi strich sich den wallenden Bart.

„Was wollten Sie sagen? Glauben Sie etwa nicht an die Echtheit dieses Stückes?"

„Well. Yes. Meine nur, daß es Ihnen schwer werden dürfte, die Herkunft des Packpapiers zu beweisen" — dann erinnerte sich Sir David rechtzeitig an seine Aufgabe und fuhr fort, „wenn ich selber auch die Sache für wahrscheinlich halte — yes!"

„Wahrscheinlich?" das ist zu wenig. Auch der leiseste Zweifel ist eine Beleidigung für mich!"

Noch immer schien Lindsay bei seinem Unglauben beharren zu wollen, aber er erhielt jetzt zwei so dringlich gemeinte Rippenstöße, daß ihm nichts anderes übrigblieb, als klein beizugeben.

„Wenn ich mir's recht überlege", stotterte er verlegen, „so muß ich allerdings sagen, daß ich das Papier für — damned — für echt halte."

„Wollen Sie es kaufen?"

„Ich habe es noch gar nicht genau betrachtet. Es ist zu finster hier."

„Oh, es ist nichts Besonderes daran zu sehen."

„Keine Anschrift drauf, die der Engel geschrieben hat?"

„Nein. Wozu die Anschrift? Er hat es ja dem Propheten selber überreicht."

„Wie aber ist es gerade in Ihre Hände geraten?"

„Durch Erbschaft. Ich bin ein echter Nachkomme des Propheten, ein Scherif. Das erklärt alles. — Also wollen Sie es kaufen?"

„Wie ist der Preis?"

„Dreihundert Franken."

„Heavens, das ist — —"

Er hielt sofort inne, denn zwei Fäuste bearbeiteten wiederum seinen Rücken.

„— das ist wirklich spottbillig!"

„Nicht wahr? Ein solches Heiligtum, und nur dreihundert Franken! Ich hätte das Fünffache fordern sollen. Aber was ich einmal gesagt habe, das gilt."

In diesem Augenblick kam die Alte in den Hof und meldete, daß der Nachbar gekommen sei, um wegen der Grenzmauer mit dem Herrn zu sprechen.

„Da werden wir leider gestört", sagte Ali Effendi bedauernd „Vielleicht kann ich nicht gleich wiederkommen. Also, werden Sie es behalten?"

„Ja", antwortete Lindsay nach einem aufmunternden Rippenstoß.

„Allah hat Ihren Sinn erleuchtet, obgleich Sie ein Ungläubige sind. — Hier ist das Papier."

Er legte es Sir David hin und ging. Kaum aber war er verschwunden, so wich hinter dem Engländer das Gitter.

„Kommen Sie herein!" sagte eine leise Frauenstimme „Schnell!"

Gleich darauf wurde Lindsay von einer Hand in die Öffnung gezogen und von da weiter bis in eine erleuchtete Stube, wo er seine beiden schönen Freundinnen in Gesellschaft ihrer jüngeren Schwester wiederfand.

„Das haben Sie gut gemacht", sagte Lea anerkennend zu ihm „Sehen Sie her — hier ist unsere Schwester. Gefällt sie Ihnen?'

„Yes."

„Und darf auch sie mitkommen?"

„Natürlich. Yes."

„So gehen wir jetzt hinaus in den Garten!"

Lea führte den Engländer durch eine Tür auf ein freies Plätzchen, wo er trotz dem abendlichen Dunkel bald einen Baum bemerkte. Diesem verdankte das winzige Viereck jedenfalls den stolzen Namen eines Gartens.

„Sehen Sie die Leiter dort?" fragte Lea. „Mit ihrer Hilfe werden wir heute entkommen. Hier nebenan ist der Garten des Nachbars. Wir steigen hinüber, und dann trennt uns nur noch eine Mauer von einer engen Gasse."

„Ich kenne sie."

„Das ist gut. So brauche ich sie Ihnen nicht zu beschreiben. In dieser Gasse erwarten Sie uns."

„Wann?"

„Gerade um Mitternacht."

„Well, werde mich pünktlich einstellen und hoffe, daß wir nicht gestört werden."

„Das fürchte ich nicht, denn Sie haben den Vater in sehr gute Laune versetzt. Er wird zeitig schlafengehen."

„Allah gebe ihm eine angenehme Ruhe! Kinder, ihr könnt wirklich froh sein, von eurem Vater fortzukommen."

„Warum?"

„Er ist der größte Gauner von Tunis. Yes."

„Das verstehen wir nicht."

„Nun, seine Münzen sind keinen Para wert, und dieser alte Bogen Packpapier ist nie in den Händen eures Propheten gewesen! Yes. Das wird ihm David Lindsay nicht vergessen. Und wenn ich wirklich noch Gewissensbisse gespürt hätte, jetzt tue ich's bestimmt."

„Was denn?"

„Euch entführen, yes. Der alte Schwindler soll sich morgen wundern, wenn er so plötzlich ein kinderloser Waisenvater geworden ist. Also um Mitternacht?"

„Ja. Sie kommen doch gewiß?"

„Ganz sicher. Yes."

„So kehren Sie jetzt wieder zu Ihrem Sitz zurück! Er darf nicht ahnen, daß Sie fortgewesen sind."

Die Mädchen geleiteten ihn zurück und schoben das Gitter wieder hinter ihm zu. Lange saß nun Lindsay allein in dem spärlich erleuchteten Hof, und es war wohl über eine halbe Stunde vergangen, als der Alte endlich wiederkam.

„Da bin ich wieder", sagte er scheinbar ganz atemlos. „Die Unterredung war sehr wichtig, sonst wäre ich eher zurückgekehrt. Wünschen Sie noch eine Pfeife?"

„Danke! Habe genug!"

„Und die dreihundert Franken?"

„Erhalten Sie sofort."

Sir David zahlte und schob das Packpapier in die Tasche; dann brachte ihn der würdige Wirt in den Hausgang zurück und nahm dort sehr höflich Abschied von ihm. Nun geleitete ihn die alte Schließerin an die Haustür; bevor sie aber öffnete, legte sie ihm die Hand auf den Arm.

„Wollen Sie mir nicht ein kleines Bakschisch geben?"

Er griff in die Tasche und erfüllte die Bitte. Sie schien mit dem Geschenk sehr zufrieden zu sein, denn er wurde von ihr nun unter vielen Danksagungen hinausgelassen.

Als Lindsay mit sehr widerspruchsvollen Gedanken durch die Gassen und Gäßchen von Tunis dahinschlenderte und eben im Begriff war, über einen kleinen Platz zu schreiten, fiel ihm ein bessergebautes Haus auf, vor dessen Tür zwei große Laternen standen. Über dem Eingang befand sich eine Inschrift aus großen, goldenen Buchstaben.

„ ‚A la Maison Italienne — Zum italienischen Haus', las er. „Ah, der bekannte Gasthof, in dem meistens die Fremden wohnen. Gehen wir einmal hinein! Vielleicht gibt es da ein Glas Porter oder Ale, und man kommt auf andere Gedanken."

Er hatte Glück — die erste Person, die er im Gastzimmer erblickte, war Paul Normann.

„Ah, Ihr habt also unsere Nachricht schon erhalten!" rief der Maler erfreut.

„Welche Nachricht?"

„Daß wir hier im Italienischen Haus wohnen."

„No. Bin gar nicht an Bord geblieben und komme nur zufällig hierher."

„Das nenne ich Glück! Wir haben zwei Zimmer für Euch belegt. Ich glaubte, Ihr kämt infolge unserer Benachrichtigung. Wo seid Ihr denn während der langen Zeit gewesen?"

Die Nase David Lindsays geriet in schlingernde Bewegung, als vermute sie hinter der harmlosen Frage eine Absicht. Anscheinend war es ihrem Besitzer nicht angenehm, über die verflossenen Stunden zu sprechen; aber das ausgeprägte Selbstgefühl des Engländers, der keinem Menschen in der Welt eine abfällige Kritik über sein Tun gestattete, und auch die Überlegung, daß seine Reisebegleiter über kurz oder lang doch in die Angelegenheit eingeweiht werden müßten, verleiteten ihn zum Reden.

„Geheimnis, Sir!" sagte er wichtig. „Tiefes Geheimnis, yes."

„Geheimnis?" lachte Paul Normann. „Das klingt fast so, als wolltet Ihr ein ganzes Serail allein ausnehmen."

„Will ich auch. Yes."

„Wohl gar schon drin gewesen?"

„Yes."

„Ihr scherzt!"

„Bin Sir David Lindsay. Scherze nie. Aber habt auch ihr irgendwelchen Erfolg gehabt?"

„Leider nicht. Wir sind beim Konsul und auf der Polizei gewesen, sogar beim Liman reïssi — vergebens!"

„Wer ist der Liman reïssi?"

„Der Hafenmeister. Wir glaubten, Auskunft von ihm zu erhalten, da er bei jeder Ausschiffung zugegen ist, haben auch erfahren, daß zwei Dampfer von Konstantinopel vor unserer Jacht hier angekommen sind, konnten aber von diesem Ibrahim nicht die geringste Spur entdecken."

Der Mißerfolg der anderen gab Lindsay seine volle Sicherheit zurück.

„So bin ich glücklicher gewesen!"

„Wie? Ihr wißt wirklich schon, wo er steckt?"

„No, das meine ich nicht. Sprach nur von meiner eigenen Angelegenheit."

„Eure eigene Angelegenheit? Euer tiefes Geheimnis bezieht sich also noch auf diesen Schurken Ibrahim?"

„No. Habe mein Abenteuer ganz für mich allein. Yes."

„Ganz für Euch allein?" sagte der Maler gedehnt. „Und eine ..."

Er stockte. Blitzschnell reimte er sich alle Umstände zusammen. Lindsay war während der langen Zeit von seiner Jacht abwesend gewesen; er tat sehr geheimnisvoll und ferner schien er ihm entgegen seiner sonstigen kühlen Art von einer merkwürdigen Unruhe beherrscht. Außerdem kannte er nun schon zur Genüge die starrköpfige Abenteuerlichkeit des Engländers — alles das machte ihn plötzlich besorgt.

„Yes", knurrte David Lindsay, in die Überlegungen Paul Normanns hinein. „Drei auf einen Streich."

„Drei?"

„Yes."

„Frauen?"

„No."

„Was denn?"

„Mädchen."

„Aber, zum Kuckuck, Ihr seid kaum ein paar Stunden in Tunis, und da kennt Ihr schon drei Türkinnen? Wo in aller Welt habt Ihr die nur aufgegabelt?"

„In aller Welt? No. Aufgegabelt? No. Habe sie in den Ruinen von Karthago kennengelernt. Sehr ehrwürdiger Ort, Sir."

„Und gleich drei?"

„Yes. One, two, three."

Jetzt mußte Paul Normann einsehen, daß es Sir David wirklich ernst war.

„Würdet Ihr nicht die Güte haben, mir näheres mitzuteilen?"

„Fällt mir nicht ein! Werdet's schon rechtzeitig genug erfahren."

„Ihr begebt Euch in Gefahr! Ihr versteht die Sprache des Landes nicht! Wie leicht kommt Ihr da in eine Lage, der Eure Kräfte nicht gewachsen sind!"

„Meine Kräfte? Oh, habe heute Riesenkräfte! Hebe heute ganz Tunis aus den Angeln!"

„Ihr wollt doch nicht schon heute etwas unternehmen? Ich bitte Euch — — —"

„Schweigt, Mister Normann! Werde noch heute hierher ziehen, um gewisse Spuren zu vernichten und um die Nachforschungen von mir abzulenken. Aber nicht gleich jetzt. Komme erst so ungefähr zwei Stunden nach Mitternacht. Dann bin ich fertig."

„Doch nicht etwa mit Eurer Harems . . . ?"

„Yes!"

„Laßt Euch warnen, Sir David! Tut bitte nichts ohne uns!"

„Pah! Werde beweisen, daß der Plan, den ich ausgeheckt, gar nicht scharfsinniger entworfen sein kann. Schaffe die drei nach der Jacht und komme dann hierher. So verwische ich die Spur."

„Wohnen denn die drei draußen in den Ruinen?"

„No. Sie wohnen in der Stadt bei ihrem Vater, der Juwelenhändler war und sich nun zur Ruhe gesetzt hat."

„Wart Ihr denn schon in seiner Wohnung?"

„Natürlich. Unter dem Vorwand, dem Alten einiges von seinen Seltenheiten abzukaufen. Habe da Verschiedenes — Heavens, das muß ich Euch zeigen! Hier, dieses Papier kommt geradewegs vom Himmel. Der Koran war darin eingewickelt, damit er in den Wolken nicht naß werden sollte, als ihn der Erzengel vom Himmel brachte. Diese alten Münzen wurden geschlagen zum Andenken an die Eroberung von Mekka und Kostantinopel. Diese Pfeilspitze wurde — — —"

Er fuhr lachend in seiner Erklärung fort, während er die Gegenstände auf den Tisch legte.

„Und das alles glaubt Ihr?"

„Wollt Ihr mich beleidigen, Sir? Der Alte ist ein abgefeimter Spitzbube; und seine drei Töchter sind seiner wert — wollte sagen: die reinen Engel!"

„Seine drei Töchter sind ebenso große Spitzbuben, wolltet Ihr sagen! Ich bitte Euch dringend, Euren Plan aufzugeben, oder wenigstens die Durchführung zu verschieben!"

„No. Denke nicht daran."

„Auch Hermann würde gewiß abraten."

„Ist er hier?"

„Auf seinem Zimmer. Ich hole ihn. Er mag seine Ansicht selbst äußern."

Er eilte fort.

David Lindsay aber war gekränkt, warf ein Geldstück für das Getränk auf den Tisch, setzte den Hut auf, raffte den Regenschirm an sich und verließ das Haus. In seiner Hast vergaß er die ‚Kostbarkeiten', die auf dem Tisch ausgebreitet lagen. Eilig bog er um mehrere Ecken; erst dann gönnte er sich einen ruhigeren Schritt.

Eine Strecke weiter, in der Richtung zum Binnenhafen, überholte er einen Menschen, der langsam desselben Wegs ging. Kaum war er an ihm vorüber, so hörte er hinter sich einen lauten Freudenruf.

„Hamdulillah! Lindsay Effendi! Lindsay Effendi!"

Verwundert blieb er stehen, drehte sich um und blickte dem Rufer ins Gesicht. Es war der junge Arabadschi, der Vertraute der schönen Zykyma.

„Mensch, du hier? Heavens! Zykyma auch mit da?"

„Zykyma burada; Tschita burada; Pascha burada; Derwisch Osmanda burada."

„Ah, da sind ja alle hübsch beieinander! Aber wer ist denn dieser Burada? Oder ist's ein Frauenzimmer?"

Burada heißt ,hier' oder ,hier ist'. Davon hatte Lindsay ja keine Ahnung. Der Arabadschi verstand den Engländer natürlich ebensowenig und zuckte die Achseln.

„Geliniz, geliniz!"

Das heißt: ,Kommen Sie, kommen Sie!' dabei deutete er nach links hinüber. David Lindsay schüttelte den Kopf, daß der hohe grau gewürfelte Hut ins Wanken geriet.

„Blöde Sprache, das Türkisch. Kann wirklich kein anständiger Christenmensch verstehen. Yes."

„Wo ist Herr Hermann Wallert?" fragte der Arabadschi ungeduldig.

Sir David schloß nur aus dem Namen, was der Frager meinte.

„A la Maison Italienne!"

„Bilirim, bilirim!"[1] tönte es erfreut aus dem Mund des jungen Mannes, und rasch drehte er sich um und eilte davon, der Innenstadt wieder zu.

„Bilirim! Dummes Wort!" murrte Lindsay. „Aber ist es nicht ein Wunder, den Kerl hier zu treffen? Na, diese Freude, wenn er zu den beiden kommt! Das ist sehr gut für mich, denn nun haben ja auch sie ihr Abenteuer. Well, dann können wir schon morgen abdampfen. Schreckliches Nest, dieses Tunis. Vorher aber sprechen wir mit diesem Ibrahim noch ein Wort wegen der Uhr und der Familie Adlerhorst."

Sir David fand die Jacht bereits am Westufer des Binnensees vor Anker. Er hörte an Bord, daß der Kapitän ein wenig an Land gegangen sei; so sagte er denn dem Steuermann, daß er nach Mitternacht drei Damen bringen werde.

„Drei?" fragte der Steuermann, der bisher nur von Zykyma und Tschita gehört hatte.

„Yes."

„Gefährliches Abenteuer?"

„Yes."

„Allein, Sir?"

„Yes."

„Darf ich mit?"

[1] „Ich kenne es!"

„No."

Damit ging Lindsay zur Kajüte, um den türkischen Anzug anzulegen, den er in Konstantinopel gekauft hatte.

Um nicht von Hermann Wallert und Paul Normann getroffen zu werden, machte Lindsay einen Umweg und hatte deshalb nicht viel Zeit übrig, als er das Haus der drei Schönen erreichte. Die Uhr zeigte fünf Minuten vor Mitternacht.

Diese fünf Minuten vergingen und noch fünf, noch zehn, ohne daß er etwas sah oder hörte. Endlich vernahm er jenseits der Mauer ein Geräusch — richtig, da scharrte es oben leicht am Rand hin, als ob eine Leiter angelehnt würde, und dann sah er über sich einen Kopf erscheinen.

„Pst!" machte es leise. „Sind Sie da?"

„Yes. Oui. Wer ist's?"

„Ich, Rahel."

„Und die anderen?"

„Sind noch unten. Da kommt Lea."

Im selben Augenblick setzten sich Rahel und Lea auf die Mauer; gleich darauf erschien auch die dritte, und nun zogen sie die Leiter drüben herauf und ließen sie hüben hinab. Der Engländer hielt sie fest, und die Mädchen stiegen herunter.

„Hier sind wir!" sagte Lea. „Sehen Sie, daß wir Wort halten?"

„Yes", brummte David Lindsay. „Glaubte bereits, daß ihr nicht erscheinen würdet. Wollen uns nicht aufhalten. Kommt!"

Offengestanden war ihm durchaus nicht wohl. Er spürte keine Furcht; auch bei den gewagtesten Abenteuern mit Kara Ben Nemsi hatte er nicht gezittert — aber bei diesem eigenartigen Unternehmen wurde er eine gewisse Beklemmung nicht los; ja, sie hatte sich sogar noch verstärkt, und sie wäre gewiß noch stärker gewesen, wenn er gewußt hätte, daß der sogenannte Vater seinen angeblichen Töchtern eigenhändig über die Mauer weggeholfen hatte, und daß ein anderer in der Nähe stand, der ihn beobachtete und nun die Leiter entfernte.

Die drei Schwestern folgten ihm schweigend durch mehrere Straßen. Dann blieben sie beratend stehen, ob sie nicht besser auf einen Umweg zur Jacht gehen sollten. Der Engländer widersprach. Noch waren die Mädchen unentschlossen, welcher Weg der sichere sei, da tauchte neben Lindsay ein Mann auf.

„Guten Abend! Was tun Sie hier?" fragte er auf Französisch.

„Warum fragen Sie?" entgegnete Sir David.

„Weil ich ein Recht dazu habe."

„Und ich auch", meinte eine zweite Stimme an seiner anderen Seite.

Lindsay drehte sich um. Auch dort stand ein Mann

„Was wollen Sie von uns, Messieurs?"
„Kennen Sie uns?" fragte der erste wieder.
„Nein."
„Aber unsere Uniformen kennen Sie doch wohl?"
„Ich sehe sie nicht. Es ist ja stockfinster."
„So schauen Sie her!"
Der Mann zog eine kleine Laterne aus der Tasche, öffnete sie und ließ ihr Licht aufleuchten. Er trug die Uniform eines Polizeisoldaten, der andere ebenso, und jetzt tauchte noch ein dritter auf.
„Sie sind Polizisten?" fragte der Engländer erstaunt.
„Wie Sie sehen. Also Antwort — was tun Sie hier?"
„Ich gehe spazieren."
„Mit diesen Mädchen?"
„Es sind meine Frauen."
„Ah! Wer sind Sie denn?"
„Ich bin Sir David Lindsay."
„Ein Engländer? Erzählen Sie uns keine Märchen!"
„Ich kann es beweisen."
„Oho! Ein Engländer hat nicht drei Frauen! Ein Engländer trägt auch nicht diese Kleidung. Also, woher haben Sie diese Mädchen?"
Lindsay hatte bisher in aller Ruhe geantwortet. Jetzt aber glaubte er, etwas weniger höflich sein zu dürfen.
„Ich denke nicht, daß ich Ihnen Rede zu stehen habe."
„So muß ich Sie festnehmen."
„Das werden Sie bleiben lassen. Ich bin Engländer, und einen solchen verhaftet man nicht ungestraft."
„Beweisen Sie uns, daß Sie Engländer sind!"
„Well, kommen Sie mit auf mein Schiff!"
„Ihr Schiff, selbst wenn Sie eins hätten, geht mich nichts an. Das Schiff scheint überhaupt eine Lüge."
„Nehmen Sie sich in acht!"
„Zeigen Sie mir Ihren Paß!"
„Den habe ich auf meiner Jacht."
„So lassen Sie ihn sich morgen bringen! Jetzt aber folgen Sie uns! Sie sind verdächtig. Ich verhafte Sie samt den Mädchen. Vorwärts!"
Der Mann packte Sir David am Arm, erhielt aber einen solchen Faustschlag in die Magengrube, daß er zur Erde stürzte. Im selben Augenblick warfen sich die beiden anderen auf David Lindsay. Er hatte das geahnt und empfing sie ebenfalls mit zwei wohlgezielten, regelrechten Boxhieben. Doch da wurde er plötzlich von zweien, die er bisher noch gar nicht bemerkt hatte, von hinten gepackt und zu Boden gerissen. Er wehrte sich zwar aus

Leibeskräften, wurde aber schließlich überwältigt. Rasch band man ihm die Hände auf dem Rücken zusammen.

Es war ein stiller, lautloser Kampf gewesen. Keiner hatte dabei ein Wort gesagt. Lindsay wagte es nicht zu rufen, und die anderen mochten auch einen triftigen Grund haben, ihre Arbeit in aller Stille zu erledigen.

Einer der Polizisten nahm die entfallene Laterne und beleuchtete den sonderbaren Gefangenen.

„So, da haben wir dich fest, und nun wollen wir sehen, ob du wirklich nicht mitgehst."

„Da ich gefesselt bin, können Sie mich freilich zwingen. Ich mache Sie aber auf die Verantwortung aufmerksam, die Sie treffen wird."

„Wir tun nur unsere Pflicht. Sie sind ein Mädchenräuber!"

„Das muß erst bewiesen werden."

„Der hier kann es beweisen."

Der Polizist leuchtete dem einen der beiden, die den Engländer so heimtückisch von hinten gepackt hatten, ins Gesicht.

Auf den Zügen David Lindsays malte sich unverhohlene Überraschung.

„Ali Effendi!" rief er erstaunt.

„Ja, ich bin es! Wollen Sie leugnen, daß Sie mir meine Töchter entführt haben?"

„Das wird sich finden. Aber Sie werden bestätigen, daß ich ein Engländer bin."

„Das wird sich auch finden."

„Und" — setzte Lindsay grimmig hinzu — „da steht noch so ein Schurke, der es ganz gewiß weiß!"

Er deutete dabei auf den fünften, dessen Gesicht eben im Laternenlicht auftauchte. Es war der Kerl, in dessen Hütte er mit den beiden Mädchen gesessen hatte.

„Ich kenne ihn nicht", sagte der Bursche frech.

„Das ist eine niederträchtige Lüge. Ich habe zwar andere Kleider an als am Nachmittag, aber mein Gesicht ist nicht zu verkennen."

„Das alles ist jetzt Nebensache", erklärte Ali Effendi. „Es fragt sich nur, ob er meine Töchter überredet hat, ihm heimlich zu folgen. Kommt her! Gesteht die Wahrheit, dann soll euch keine Strafe treffen!"

„Es ist so", antwortete Lea.

„Was hatte er mit euch vor?"

„Er wollte uns auf sein Schiff bringen."

„Das genügt. Wir werden ein ernstes Wort mit ihm sprechen, ehe wir ihn fortschaffen. Führt ihn hinüber zur Hütte! Ich bringe diese ungeratenen Frauenzimmer nach Haus und komme gleich wieder."

Ali Effendi warf den Mädchen einige Drohungen zu und entfernte sich mit ihnen. Sir David wurde durch die finsteren Gassen aus der Stadt gebracht, und zwar in der Richtung, die zur alten karthagischen Wasserleitung führt. Von dieser sind da und dort noch ein paar gut erhaltene Bogen zu sehen. An einen dieser Bogen lehnte sich eine zerfallene Hütte, auf die die angeblichen Polizisten zuschritten.

Lindsay sprach unterwegs kein Wort; er sagte auch nichts, als er zur Tür hineingeschoben wurde. Still setzte er sich nieder und verhielt sich zu allen Spottreden so ruhig, als hörte er sie gar nicht.

Es verging eine geraume Zeit, bis Ali Effendi, der beleidigte Vater der Mädchen, zurückkehrte.

Die anderen machten ihm ehrerbietig Platz. Er setzte sich dem Gefangenen gegenüber, und seine Miene zeigte mehr Betrübnis als Zorn.

„Jetzt wollen wir Ihr Geschick entscheiden", begann er, während er sich den grauen Bart strich. „Es wird sich hoffentlich bald zeigen, ob wir Sie freilassen oder dem Bei zum Urteilsspruch übergeben."

„Der Bei hat mir gar nichts zu sagen! Ich bin Engländer. Das wissen Sie selber am besten. Ich war ja bei Ihnen."

„Ich kenne Sie nicht; ich entsinne mich nicht, Sie je bei mir gesehen zu haben. Sie haben sehr gegen mich gesündigt, aber vielleicht verzeihe ich Ihnen, obwohl Sie es nicht verdient haben. Meine Töchter sind mir stets gehorsam gewesen; jetzt aber häufen sie Schande auf mein Haupt. Und warum? Weil Sie die unschuldigen Mädchen verführt haben."

„Unschuldige Mädchen? Hang it all! Diese Weiber haben mich ins Garn gelockt! Yes!"

„Sie sind alt genug und nicht der Mann dazu, sich von harmlosen Mädchen ins Garn locken zu lassen. Sie haben ihnen den Kopf verdreht, aber Allah hat mich erleuchtet. Ich weiß Bescheid. Doch bin ich bereit, Gnade walten zu lassen, wenn Sie auf die Bedingung eingehen, die ich als Vater stellen muß."

„Bedingung? Well. Lassen Sie hören!"

„Wer ein Mädchen entführt, muß die Beisteuer zahlen, die er geben würde, wenn er sie zum Weib nähme."

„Excellent! Darauf also läuft es hinaus!"

„Ja. Sind Sie reich?"

„Sehr."

„Wieviel würden Sie für ein Weib bezahlen?"

„Mehrere Millionen, wenn ich die Betreffende liebe."

Auf diese Antwort war Ali Effendi nicht gefaßt. Gerade die Höhe der Summe störte ihn am allermeisten. Es wäre ihm lieber gewesen, wenn sich der Engländer zunächst geweigert hätte.

„Mehrere Millionen? Für eine einzige Frau?"

„Yes."

„Sie haben mir aber drei Töchter geraubt! Das sind dreimal mehrere Millionen!"

„Allright."

„Die werden Sie doch nicht geben wollen!"

„Warum nicht? Ich tue, was das Gesetz verlangt. Verurteilt mich der Richter dazu, so bezahle ich, was er verlangt."

Das kam dem traurigen Vater anscheinend sehr ungelegen. Er schüttelte den Kopf.

„So grausam bin ich nicht. Ich verlange viel weniger. Bezahlen Sie jeder meiner Töchter fünftausend Franken, so lasse ich Sie augenblicklich frei."

„No. Ich bezahle nur das, was der Richter bestimmt."

„Geben Sie jeder viertausend Franken!"

„Keinen Centime!"

„Dreitausend!"

„No."

„So will ich sogar mit zweitausend zufrieden sein!"

„Nothing."

„Wissen Sie, daß ich Sie zwingen kann? Sie befinden sich in meiner Gewalt!"

„Nein. Ich bin verhaftet. Schafft mich in die Stadt!"

Nun legte sich der ‚einstige Sklave' Ali Effendis ins Mittel.

„Mach es kurz! Was nützen diese Winkelzüge! Der Bursche ist hartnäckig, und ich habe keine Lust, mich lange mit ihm herumzuplagen."

„Gut! — Ich will Ihnen mitteilen", wandte sich der ehemalige Besitzer des himmlischen Packpapiers an Lindsay, „daß diese Männer gar keine Polizisten sind."

„Dachte es mir. Yes!"

„Sie sind meine Vertrauten und tun, was ich ihnen sage. Ich verlange also zweitausend Franken für jede meiner Töchter. In einer Stunde fordere ich Antwort. Bis dahin mögen Sie überlegen, was das beste für Sie ist. Von Ihrer Antwort wird es abhängen, was wir mit Ihnen anfangen."

Die Nase Lindsays geriet in drohende Bewegung.

„Ihr seid ganz gemeine Schurken. Yes!" sagte er verächtlich. „Tut mir nur leid, daß ein Engländer in eure Falle gegangen ist!"

Der Graubart nickte mit höhnischer Aufrichtigkeit.

„Die Mädchen waren nur die Lockvögel. Das hätten Sie sich

eher denken können. Jetzt wissen Sie wohl auch, was Sie erwartet."

„Pah! Jetzt gefallt ihr mir erst. So schuftige Memmen wie ihr würden allerdings den Preis bezahlen, ich aber bin David Lindsay. Yes!"

„Sie spielen um Ihr Leben!"

„Well. Bringt mich immerhin um! Wird euch übel aufstoßen, Messieurs!"

„Warum?"

„Sir David Lindsay läßt sich nicht in diesem verdammten Tunis in ein Abenteuer ein, ohne seine Vorkehrungen zu treffen. Yes."

Die Sicherheit, mit der er diese Behauptungen vorbrachte, ebenso seine Furchtlosigkeit verfehlten ihren Eindruck auf die Schurken nicht. Sie flüsterten eine Weile miteinander.

„Wir haben uns entschieden", begann Ali Effendi von neuem. „Von unserem Entschluß bringt uns nichts ab. Ich fordere für jede Tochter eintausend Franken."

„Nicht mehr? Es ist doch sonderbar, daß Sie nur für diese drei Damen fordern, aber nichts für ihre Helfershelfer. Pah, die Mädchen, die wohl gar nicht Ihre Töchter sind, würden nichts erhalten. Ich durchschaue alles und gebe gar nichts."

„So werden Sie sterben. Ich lasse Ihnen eine Stunde Zeit; weigern Sie sich dann immer noch, so sterben Sie im See. Man wird glauben, Sie seien verunglückt."

„Was andere denken, ist mir sehr gleichgültig. Ich selber werde es doch nicht glauben, sondern wissen, daß ich ermordet worden bin — und das ist schließlich die Hauptsache. Yes."

11. Sir David verdient sich ein Bakschisch

Der junge Arabadschi war nach seinem Zusammentreffen mit Lindsay eilig davongelaufen. Er hatte von dem ‚Italienischen Haus' sprechen hören und fand sich durch Fragen schnell zurecht.

Im Gastzimmer saßen die beiden von ihm Gesuchten in sichtlicher Aufregung bei den ‚Kostbarkeiten' des Engländers am Tisch. Als Said eintrat, sprangen sie auf.

„Du? Du hier?" rief Paul Normann und eilte auf den jungen Diener zu. „Welche Freude! Ist auch Tschita hier?"

„Ja!"

„Und Zykyma auch?" fragte Hermann.

„Auch sie. Und Ibrahim und der Derwisch Osman sind ebenfalls hier."

„Aber woher weißt du, wo wir sind?"

„Ich erfuhr es vor einigen Minuten von dem gewürfelten Effendi."

„Von Sir David? Wo hast du ihn getroffen?"

„Draußen vor der Stadt. Er ging zum Hafen."

„Gott sei Dank! So hat er uns doch nur ein Märchen aufgebunden mit seinen drei Haremsschönen. Hast du Zeit?"

„Für euch immer."

„So komm mit hinauf in mein Zimmer! Dort sind wir ungestört. Du sollst uns von jenem Abend in Konstantinopel noch ausführlich erzählen. Ihr wart so plötzlich verschwunden."

Die beiden Freunde schoben das himmlische Packpapier, die Münzen, Dolch und Pfeilspitze zusammen und begaben sich nach oben.

„Also zunächst", begann Paul Normann, „— wie geht es den beiden Mädchen?"

„Sie sind wohlauf, aber sie bangen um ihr Schicksal. Sie hoffen auf euch."

„Und diese Hoffnung soll nicht enttäuscht werden. — Nun aber erkläre uns vor allem euer plötzliches Verschwinden!"

„Oh, Effendi, ich hatte keine Ahnung von der Abreise, und die Frauen auch nicht! Erst nachher haben wir vieles begriffen, was uns unbekannt war. Ibrahim war schon tagsüber draußen gewesen, stets begleitet vom Derwisch Osman, den Allah verdammen möge. Sie hatten zunächst mit dem Verwalter lange heimlich zu tun, und später erfuhren wir, daß sie zusammengepackt hatten. Hals über Kopf ging es fort, als ihr noch im Garten wartetet."

„Konntet ihr uns denn keine Nachricht geben?"

„Unmöglich. Als ich auf meinem Wachtposten im Hof erfuhr, daß eure Anwesenheit verraten war, befanden sich die Häscher schon unterwegs im Garten. Ich wollte ihnen voraneilen und euch ein Warnungszeichen geben, aber mein Herr schickte mich hinauf zu den Frauen, die wie tot auf dem Teppich lagen."

„Himmel! Was war denn mit ihnen geschehen?"

„Auch das erfuhr ich erst später. Der Herr, der vorausgesehen hatte, daß sie sich sträuben würden, war auf den Rat des Derwischs zu einem weisen Mann gegangen, der alle Arzneien der Erde kennt. Von ihm hatte er ein Pulver erhalten. Wenn man das durch ein kleines Röhrchen in ein Licht bläst, so fällt der Mensch, der hinter dem Licht steht, wie tot um und erwacht erst am anderen Tag. Mit diesem Pulver war Ibrahim zu den Frauen gegangen. Er traf nur Tschita an und betäubte sie, da Zykyma noch im Garten war. Sie wurde bewußtlos ins Nebenzimmer geschafft; und als Zykyma über die Leiter zurückkehrte, wurde auch ihr das Pulver ins Gesicht geblasen."

„Ah!" nickte Paul Normann. „Daher also der Schrei, den wir aus ihrem Mund hörten."

„Natürlich konnte Zykyma nun kein Zeichen mehr geben", fuhr der Arabadschi fort. „Und da sie im Garten gewesen war und der Herr Verdacht geschöpft hatte, befahl er, ihn zu durchsuchen. Ich aber mußte zu den bewußtlosen Frauen, um sie nach den Sänften tragen zu helfen. Kaum fand ich Zeit, meine wenigen Sachen zu holen, so ging die Reise fort, durch die Stadt, auf das Schiff und hierher. Es war mir also vollkommen unmöglich, euch zu warnen. Hätte ich es dennoch versucht, so wäre es aufgefallen, und ihr wärt verraten gewesen."

„Ganz richtig. Du hast sehr klug gehandelt. Aber wie war es mit den Frauen? Wie verhielt sich Zykyma?"

„Beherzt wie ein Mann. Sie sprach während der ganzen Reise kein Wort, weder mit Ibrahim, noch mit dem Derwisch Osman. Sie war nur glücklich, ihren Dolch wieder zu besitzen, um sich nötigenfalls verteidigen zu können."

„War er ihr denn verlorengegangen?"

„Ibrahim hatte ihn ihr abgenommen, als sie ohne Besinnung war. Er glaubte nun, sie in seiner Gewalt zu haben; aber er ahnte nicht und ahnt auch heute noch nicht, daß ich ihr Verbündeter bin. Schon am ersten Tag habe ich ihm den Dolch gestohlen und ihn Zykyma wiedergebracht. Nun kann sie sich wieder schützen; er fürchtet das furchtbare Gift und wagte es nicht, die beiden Frauen anzurühren."

„Und Tschita?"

„Oh, mit ihr stand es sehr schlimm! Zykyma ist wie die Frau des Edelfalken, Tschita aber wie das süße Weibchen der Nachtigall. Ihre Tränen sind unaufhörlich geflossen. Sie hat nach Paul Normann Effendi gejammert ohne Aufhören."

Paul war während der Erzählung Saids ruhelos durch den Raum gegangen, die Brauen zusammengezogen und die Fäuste geballt.

„Oh, mit diesem Ibrahim werde ich Abrechnung halten!" knirschte er. „Weißt du, weshalb er hier ist?"

„Nein. Der Derwisch und ich, wir beide müssen den Palast des Bei von Tunis bewachen und auch den Bardo, das ist das Schloß draußen vor der Stadt, in dem der Bei wohnt. Wir wechseln in dieser Wache ab. Früh treten wir an, und erst spät am Abend kehren wir zurück."

„Worauf sollt ihr denn dort achtgeben?"

„Auf die Konsuln der Franken. Wir müssen aufschreiben, wer

von ihnen den Bei besucht, wann er kommt und wann er wieder geht."

„Kennst du den Zweck dieser Maßnahme?"

„Nein."

„Wo wohnt dein Herr?"

„Vor der Stadt, an der Straße nach dem Bardo zu. Er hat sich dort ein Häuschen gemietet."

„So ist er mit den Frauen allein?"

„O nein. Er hat zwei Männer angeworben, die sie streng bewachen."

„Und nun die Hauptsache: wie nennt er sich hier in Tunis?"

„Hulam und gibt vor, Beamter aus Smyrna zu sein."

„So, das ist alles, wonach wir augenblicklich fragen können Gehst du jetzt heim?"

„Ja."

„Wir gehen mit!"

„Nein, nein. Das dürft ihr nicht. Des Nachts sind die Wächter doppelt aufmerksam und argwöhnisch."

„Da hast du recht; aber sollen die Frauen ewig in dieser Hölle wohnen?"

„Ich bitte euch, die Sorge dafür vorläufig mir zu überlassen. Ich werde euch schon morgen vormittag melden, ob ich etwas tun konnte. Der Gebieter ist eine giftige Schlange, die vernichtet werden muß. Ich diene ihm nur, um Zykyma aus seiner Hand zu befreien. Ich hatte mir sogar vorgenommen, ihn zu töten; da aber lernte ich euch kennen — und weil ihr klüger seid als ich, so überlasse ich euch die Befreiung meiner Herrin und werde euch dabei helfen, soweit es möglich ist."

„Du bist ein braver Bursche. Aber jetzt iß und trink!"

Said langte zu. Als er aufbrach, war Mitternacht vorüber.

„Was wird dein Herr sagen, wenn du so spät kommst?" fragte der Maler.

„Er wird meinen, daß ich ein sehr aufmerksamer Diener bin, denn ich werde zu meiner Entschuldigung von irgendeinem Besucher erzählen, der so lange Zeit bei dem Bei von Tunis gewesen ist."

„Kannst du uns das Haus beschreiben, worin Ibrahim wohnt?"

„Wenn man von der Stadt aus nach dem Bardo geht, so liegt es rechts. Es ist das erste gleich hinter der großen, alten Wasserleitung und steht mitten in einem Garten, der von einer Mauer umgeben ist. Die Frauengemächer befinden sich oben im Giebel, der nach der Stadt blickt. Morgen werde ich euch sagen, wann ihr sie ansehen könnt, ohne euch zu verraten."

Said ging.

Als er fort war, breitete Paul Normann die Arme aus und

ließ einen Jodler hören, so kräftig und volltönend, als ob er sich vor der Tür einer Tiroler Sennhütte befände.

> „Jetzt geh i zum Seiler
> und kaf mi an Strick,
> bind's Diandl am Buckl,
> trog's überall mit!"

„Alle Wetter!" lachte Hermann. „Du bist ja wie ausgewechselt! Das ist dein erstes Schnadahüpfl seit langer Zeit!"
„Habe ich etwa nicht Ursache dazu? Denke dir, Tschita wiedergefunden! Meine und auch deine Tschita!"
„Du meinst meine Schwester? Hm, die Sache ist denn doch mehr als fraglich. Ich habe während der Fahrt darüber nachgedacht und möchte die Ähnlichkeit deiner Tschita mit meiner Mutter eher als ein Spiel des Zufalls bezeichnen."
„Zufall? Aber es handelt sich doch nicht nur um die Ähnlichkeit!"
„Worum denn noch?"
„Um mehrere Punkte, die, für sich allein betrachtet, ohne Gewicht, zusammen gesehen indes von großer Bedeutung sind. Fangen wir mit Ibrahim an: Er ist im Besitz der Uhr deines Vaters; er weigert sich, eine einwandfreie Erklärung über ihren Erwerb zu geben und nimmt seine Zuflucht zu einer Lüge. Warum? Doch nur, weil er weiß, daß die Wahrheit ihm schaden könnte. Er muß früher in Beziehungen zu deinem Vater gestanden haben. Weiter: Ausgerechnet Ibrahim kauft Tschita, von der wir vermuten, daß sie deine Schwester ist; er kauft sie, nachdem Osman, der Derwisch, sie ausfindig gemacht hat, von dem du selber sagst, daß du sein Gesicht schon früher einmal gesehen hast. Osman hat also den Türken erst auf Tschita hingewiesen. Warum? Nur wegen ihrer Schönheit? Das bezweifle ich. Es gibt hier eine geheimnisvolle Verkettung von Umständen, die ich noch nicht durchschaue, deren Bedeutung ich aber mit beinahe untrüglicher Sicherheit fühle. Was sagst du dazu?"
„Daß den Faden zur Lösung des Geheimnisses Ibrahim, vielleicht auch der Derwisch Osman in Händen hat. Wie aber können wir sie zwingen, uns, gerade uns ihr Geheimnis preiszugeben?"
„Du hast recht. Wir haben bis jetzt noch keine gesetzliche Handhabe gegen sie. Die Schurken sind uns gegenüber auf der ganzen Linie noch im Vorteil."
„Leider. Aber kommt Zeit, kommt Rat! Es liegt so etwas wie eine Ahnung in mir, daß wir bald auf eine noch ganz andere Weise mit Ibrahim zusammengeraten werden als in Konstanti-

nopel. Er steht hier nicht auf so festem Boden wie in Stambul. Ja, ich hoffe sogar, daß es mir gelingt, ihn mit Hilfe meiner Verbindungen mattzusetzen."

„Ah, du denkst an Krüger Bei, den Obersten der Leibwache des tunesischen Fürsten?"

„Ja, du weißt, daß ich ein Empfehlungsschreiben an ihn besaß. Ich war heute nachmittag bei ihm, und er versprach mir, er werde in den schwebenden politischen Fragen nie vergessen, was er als Deutscher seinem Vaterland schuldig sei."

„So ist er wirklich ein Deutscher?"

„Er ist ein ehemaliger Braubursche aus dem Brandenburgischen."

„Ein — — Braubursche? Du machst wohl nur Scherz."

„Nein. Krüger Bei hat merkwürdige Lebensschicksale hinter sich. Er ließ sich für die französische Fremdenlegion anwerben, kam nach Algier, entfloh nach einem Jahr, geriet in die Gefangenschaft eines maurischen Emir und wurde schließlich nach Tunis verschlagen, wo er sich bis zum Obersten der Leibwache Mohammed es Sadok Beis emporarbeitete. Er genießt das ganz besondere Vertrauen des Herrschers, hat aber auch seine deutsche Heimat nie vergessen. Freilich behandelt er seine Muttersprache in einer schauderhaften Weise, und es macht riesigen Spaß, ihn Deutsch sprechen zu hören. Vielleicht hast du auch einmal das Vergnügen. Du wirst dann deine Freude an ihm haben."[1]

„Und du meinst, daß dieser Mann uns von Nutzen sein kann?"

„Ich bin davon überzeugt."

„Aber — hm — ich vermute, daß er, um sich in seiner Stellung zu behaupten, zum Islam übergetreten ist?"

„Allerdings!"

„Oh, da werden wir mit unserem Vorhaben, Tschita und Zykyma zu entführen, wenig Verständnis bei ihm finden."

„Du irrst dich sehr in ihm. Er wird uns mit allen Mitteln unterstützen."

„Um so besser! Denn mir brennt der Boden unter den Füßen! Hier untätig warten zu müssen und zu wissen, daß sich Tschita und Zykyma in den Händen dieses Lumpen Ibrahim befinden! Ich liefe am liebsten gleich heute abend noch hinaus."

„Ich auch!"

„Na, dann los! Es kann unserem Vorhaben nur nützen, wenn wir uns über die Örtlichkeit schon vorher im klaren sind, bevor wir etwas Ernsthaftes unternehmen."

Bald darauf waren die beiden Freunde auf dem Weg zum

---

[1] Näheres über Krüger Bei im Karl-May-Jahrbuch 1924: Franz Kandolf, „Krüger Bei und der Vater der Fünfhundert"

Bardo. Sie ahnten nicht, daß sie heute noch die Waffe in die Hand bekommen würden, um gegen Ibrahim und seine Helfershelfer erfolgreich aufzutreten.

Said war langsam in Gedanken verloren seines Wegs dahingeschlendert. Da, auf einer Gasse nach dem Hafen, hörte er in einiger Entfernung vor sich Stimmen, deren Klang auf etwas Ungewöhnliches deutete. Er lauschte, und bald sah er unweit das Licht einer Laterne aufleuchten und vernahm das Bruchstück eines erregten Gesprächs.

„... David Lindsay!" klang es an sein Ohr.

Da die vorangehenden Worte französisch gesprochen worden waren, hatte er sie nicht verstanden. Der Name ‚David Lindsay' aber fiel ihm auf. Er schlich sich deshalb eiligst hinzu, duckte sich auf den Boden und wurde so Zeuge der Verhaftung des Engländers.

Von fern folgte er den Leuten, die Lindsay abführten, bis sie in der Hütte verschwanden. Said trat nun an die Öffnung, die als Fenster diente, blickte vorsichtig hinein und sah Sir David gefesselt am Boden sitzen. Said begriff den Vorgang zwar nicht vollständig, merkte aber doch, daß sich der Engländer augenscheinlich in Gefahr befand. Das war genug für ihn. Hatte er schon so viel Zeit versäumt, so kam es auf eine weitere Stunde auch nicht an. Von den beiden deutschen Freunden durfte er freilich keinen Beistand erwarten, selbst wenn er sie im ‚Italienischen Haus' antraf, denn die Entfernung hin und zurück war zu groß.

Was war nun zu tun? Said durfte nicht lange zögern und überlegen, wenn er wirklich Hilfe bringen wollte; er hatte somit keine Minute zu versäumen. Zur Polizei also!

So rannte er denn zum Palast des Bei von Tunis, wo, wie bekannt, zu jeder nächtlichen Stunde Kawassen zu finden waren. Er war so vorsichtig, dort keinen Namen zu nennen; er wußte ja nicht, auf welche Weise Lindsay in die gefährliche Lage geraten war.

Darum berichtete er nur, daß ein Mann von Räubern nach einer Hütte bei der alten Wasserleitung geschleppt worden sei, und bot sich den Bewaffneten als Führer an.

Er mußte seinen Bericht mehrere Male umständlich wiederholen, ehe man ihm rechten Glauben schenkte; dann aber machte sich ein Sabtieh Tschauschu[1] mit zehn seiner Leute, die er bis unter die Nase bewaffnete, sofort auf den Weg, um die Räuber auszuheben.

---

[1] Polizeifeldwebel, Wachtmeister

Der Sabtieh Tschauschu fing es dabei gar nicht übel an. Er nahm einen Umweg, um von der Seite zu kommen, von woher diese Leute am wenigsten Störung erwarteten. Es war immerhin möglich, daß sie einen Sicherheitsposten ausgestellt hatten.

So näherten sich die Polizisten unbemerkt der Hütte. Der Sabtieh Tschauschu schlich sich an die Fensteröffnung und entdeckte den Gefesselten.

„Es ist gut", flüsterte er Said zu. „Du hast die Wahrheit gesagt und kannst nun gehen!"

Said verschwand schleunigst; er konnte nun zu seinem Herrn zurückkehren, der sicherlich nicht eher zur Ruhe ging, als bis er Saids Bericht vernommen hatte.

Der Sabtieh Tschauschu hörte durch das Fensterloch jedes Wort, das im Innern der Hütte gesprochen wurde. Soeben sagte einer, den er nicht sehen konnte:

„Jetzt ist die Stunde vorüber. Also sagen Sie, was Sie beschlossen haben!"

„Well", entgegnete Lindsay mit einem verächtlichen Blick. „Ich habe beschlossen, euch folgendes zu sagen: Ihr seid erbärmliche Straßenräuber und feige Strauchdiebe, mit denen ein freier Engländer niemals verhandeln kann. Yes!"

„Geben Sie tausend Franken für eine jede meiner Töchter oder nicht?"

„No."

„Sie unterzeichnen selber Ihr Todesurteil!"

„Hätte ich nur meine Hände frei, so wollte ich noch etwas ganz anderes in eure Galgengesichter zeichnen!"

„Ganz wie Sie wollen! Anstatt nachzugeben, beleidigen Sie uns. Sie sagen, wir sollen gar nichts erhalten; aber wir werden uns wenigstens das nehmen, was Sie bei sich tragen. Sucht ihn aus!"

Lindsay schnellte sich vom Boden auf, obgleich seine Hände gefesselt waren. Der ehemalige Sklave faßte ihn beim Arm, aber der Engländer schleuderte ihn von sich ab und trat ihm mit dem Absatz so gegen den Unterleib, daß er zusammenbrach.

„Erstecht ihn! Erschießt ihn! Schlagt ihn tot!" brüllten die anderen wütend auf.

In diesem Augenblick krachte die Tür unter wuchtigen Kolbenstößen zusammen und zehn Gewehrläufe streckten sich durch Tür und Fenster.

„Heigh-day!" schmunzelte der Engländer. „Ich sagte es euch ja, ihr Gesindel: David Lindsay läßt sich nicht ersäufen wie eine junge Katze!"

Der Sabtieh Tschauschu trat unter dem Schutz der Waffen seiner Leute herein und musterte die Anwesenden.

„Du hier, Jacub Asir?" sagte er. „Zu welchem Zweck machst du solche Spaziergänge?"

Diese Frage war an den würdigen Graubart Ali Effendi gerichtet, und zwar in französischer Sprache. Das war nicht zu verwundern, da sich das tunesische Militär zum Teil aus Franzosen zusammensetzt. Lindsay hatte die Frage also wohl verstanden.

„Jacub Asir?" rief er. „Ist das etwa der Name dieses Mannes hier?"

„Ja", bestätigte der Sabtieh Tschauschu.

„Er heißt nicht Ali Effendi?"

„Der? Das sollte er wagen! Will der Kerl etwa gar ein Effendi sein?"

„Ja. Mir gegenüber hat er sich für einen Juwelenhändler ausgegeben und sich Ali Effendi genannt."

„Hund, das wagst du?"

„Es ist nicht wahr! Es ist nicht wahr!"

„Nicht? Ich brauche gar keinen Beweis! Ich habe dich eben selber bei einem bösen Streich ertappt! Und ihr drei Halunken, woher habt ihr den Polizeirock? Euch Gauner kenne ich! — Nicht wahr, sie haben sich für Polizisten ausgegeben?"

„Ja", antwortete Sir David. „Sie haben mich festgenommen und hierher geschafft."

„Weshalb?"

„Dieser Mann behauptet, ich hätte seine drei Töchter entführt."

„Drei Töchter! O Allah, dieser räudige Hund hat gar keine Töchter, sondern beherbergt Mädchen, die er verkauft! Er ist ein geriebener Gauner. Wir haben es längst gewußt; aber er war zu schlau, sich fangen zu lassen. Heute nun ist er uns in die Hände gelaufen, und wir werden ihn nicht wieder loslassen. Bindet ihn, und zwar mit demselben Strick, mit dem er diesen Mann gebunden hat."

„Ich bin unschuldig!" jammerte der Graubart, während er gefesselt wurde.

„Gebt ihm eins aufs Maul, wenn er's nicht hält! Und fesselt auch die anderen!"

Die bisherige Frechheit der Verbrecher schlug nun in Jammern um.

„Eure Ausreden helfen euch gar nichts", schnitt der Sabtieh Tschauschu ihre Unschuldsbeteuerungen kurz ab. „Ich habe mit meinen eigenen Ohren gehört, daß dieser Mann für jedes der drei Mädchen tausend Franken geben sollte, und weil er es nicht tat, wolltet ihr ihn töten. Das ist mir genug. Wer aber bist du?"

„Ich bin ein Engländer", antwortete Lindsay.

„Ein — Engländer? In dieser Kleidung?"
Man hörte es dem Polizisten an, daß er es nicht glaubte.
„Er lügt, er ist kein Engländer", rief Jacub Asir.
„Kannst du beweisen, daß du einer bist?"
„Ja. Sehen Sie diesen Ring hier an!"
Sir David zog dabei seinen Siegelring vom Finger und gab ihn dem Polizisten zur Ansicht.
„O Allah! Ein Diamant von solcher Größe! Du mußt sehr reich sein, fast so reich wie der Engländer, der heute mit seiner Jacht im Hafen angekommen ist."
„Wer sagte Ihnen, daß dieser Mann so reich ist?"
„Zwei Männer im ‚Italienischen Haus', die von ihm sprachen. Ich hatte ihnen ihre Pässe zu bringen."
„Paul Normann und Hermann Wallert?"
„Ja. Kennst du sie?"
„Sie sind mit meiner Jacht gekommen. Ich bin David Lindsay, von dem sie gesprochen haben."
„So bist du wohl unter fremdem Namen spazierengegangen?"
„Ja, ich tue das sehr gern."
„Nun, so bedarf es keiner Beweise weiter. Du hast dich ausgewiesen und kannst gehen, wohin du willst. — Alle tausend Teufel!" fügte der Sabtieh Tschauschu erschrocken hinzu, da ihm einfiel, daß er Lindsay noch immer duzte. „Bitte um Verzeihung, Monsieur! Ich war einmal in dieses dumme Du hineingeraten. Also Sie können gehen, doch bitte ich um das Versprechen, sich zu stellen, falls Sie Ihr Zeugnis gegen diese Bande ablegen sollen."
„Well, mein Freund. Aber bevor ich gehe, will ich Ihnen doch ein kleines Andenken hinterlassen. Yes!"
Damit zog er seine Börse und gab einem jeden Polizisten ein Goldstück, dem Sabtieh Tschauschu aber fünf. Sie starrten ihn an. Eine solche Freigiebigkeit war ihnen noch niemals vorgekommen. Der Sabtieh Tschauschu kreuzte die Arme über der Brust und verbeugte sich.
„Allah gebe Ihnen ein Leben, zehntausend Jahre lang! Diese Hunde hier aber werden wir dahin bringen, wohin sie gehören. Sie werden sofort die Bastonade empfangen, und ich glaube, daß sie womöglich schon beim Tagesgrauen gehenkt werden sollen!"
Das war nun freilich etwas überschwenglich, bewies aber einen guten Willen. Dieser schien sich auch schnell in Taten zu verwandeln, denn als sich Lindsay entfernte, vernahm er noch eine längere Zeit hindurch von der Hütte her laute Schmerzensrufe.
Langsam schritt Lindsay durch die Nacht, blieb stehen, blickte

unschlüssig nach links und rechts und schüttelte brummend den Kopf. Seine Nase verzog sich dabei nach beiden Seiten und suchte sich zum Kinn zu verlängern, so, als sei sie mit ihrem Besitzer durchaus nicht zufrieden.

Nachdenklich wanderte er darauf dem Hafen entgegen. Bald aber blieb er zum zweitenmal stehen und schlug sich mit der Hand an die Stirn.

„Das geht nicht. Auf das Schiff kann ich nicht. Dort warten sie auf die drei Mädels — damned — und wenn ich allein komme, so lachen sie mich aus! Ich werde also lieber das ‚Italienische Haus‘ aufsuchen. Well!"

Er wandte sich um und eilte stracks der Stadt entgegen. Noch aber hatte er die ersten Häuser nicht erreicht, so blieb er zum drittenmal kopfschüttelnd stehen.

„By Jove! Ist das eine dumme Geschichte! Dort darf ich mich auch nicht blicken lassen. Da habe ich diesem Mister Normann gegenüber mit der dreifachen Entführung allzusehr aufgetragen. Yes. Normann hatte mit seiner Warnung recht. So ein junger Mensch ist doch bisweilen gescheiter als ein alter. Wo lasse ich mich nun lieber auslachen, hier oder dort? Werde mir das noch ein bißchen überlegen. Vielleicht gehe ich weder auf die Jacht noch nach dem Gasthaus. Hier ist ein schöner, breiter Fahrweg Die Sterne funkeln wonderful; die Luft ist rein und lau. Ich mache einen Spaziergang, damit ich auf andere Gedanken komme. Yes."

Lindsay befand sich auf der nach dem Bardo führenden Straße und schlenderte langsam dahin, wobei er ab und zu ein zorniges Brummen ausstieß. Er war in höchsten Grad uneins mit sich, zündete sich mißmutig eine Zigarre an und hing seinen trüben Gedanken mit solcher Hartnäckigkeit nach, daß er nicht auf die Gegend achtete, die er durchschritt. Endlich blieb er zum viertenmal stehen, streckte den Arm wie zu einer Beschwörung in die Luft und rief so laut, als befände er sich vor einer zahlreichen Versammlung:

„Der Teufel hole alle Frauenzimmer und die Türkinnen ganz besonders!"

„Warum denn?"

David Lindsay ließ erschrocken den Arm sinken. Aus dem Dunkel der Nacht tauchte ein Mann vor ihm auf. Der Engländer hatte aus der Gewohnheit der letzten Stunden heraus Französisch gesprochen, der Fremde auch, doch trug dieser wie Sir David orientalisches Gewand.

„Das geht Sie nichts an", meinte Lindsay.

„Da haben Sie freilich recht. Aber Sie tragen unsere Kleidung und sprechen doch Französisch."

„Sie ebenso."

„Na ja. Ich bin ja auch ein Franzose."

„Ich auch."

„Halte es aber für besser, mich der hiesigen Tracht zu bedienen."

„Ich ebenso."

„Also sind wir Landsleute. Was sind Sie denn?"

„Schiffer", erwiderte David Lindsay, indem er einer plötzlichen Eingebung folgte.

„Matrose?"

Dem Engländer war seine Antwort zufällig in den Sinn gekommen. Er hielt es nach den unangenehmen Erfahrungen des Tages nicht für notwendig, die Wahrheit zu sagen.

„Matrose eigentlich nicht", erklärte er deshalb weiter. „Ich habe hier einen Kahn und rudere die Leute vom Hafen zur Stadt."

Jetzt entfernte er die Asche von seiner Zigarre, hielt sein Gesicht nahe an das des Unbekannten und tat einige kräftige Züge. Dadurch wurde das Gesicht des anderen beleuchtet, während Lindsay im Schatten blieb. Der Angeleuchtete trat unwillig zurück.

„Was tun Sie denn da? Sie verbrennen mir ja fast die Nase."

„Ich leuchte Sie an", antwortete David Lindsay trocken. „Man will doch sehen, mit wem man spricht."

Sein Ton war unbefangen, obgleich er im höchsten Grad betroffen war; hatte er doch einen Menschen erkannt, den er hier am allerwenigsten vermutete — den Derwisch Osman. Dessen Gesicht war nicht zu verkennen, obgleich er jetzt nicht die Kleidung der Derwische trug. Natürlich nahm sich Sir David nun um so mehr in acht, nicht auch selber erkannt zu werden. Vielleicht war es dann möglich, etwas zu erkunden.

„Sie werden kaum etwas davon haben, wenn Sie mein Gesicht betrachten", meinte Osman. „Ich bin Ihnen doch fremd."

„Freilich. Übrigens habe ich Ihr Gesicht nicht sehen können Eine Zigarre ist leider keine Fackel."

„Zu welchem Zweck spazieren Sie denn eigentlich hier herum?"

„Aus — hm — aus unglücklicher Liebe."

„Und da laufen Sie in finsterer Nacht umher und fangen Grillen? Das hilft zu nichts."

„Freilich! Was soll ich aber sonst fangen?"

„Ein Bakschisch, ein gutes Bakschisch."

„Ein Schiffer ergreift jede Gelegenheit, ein Trinkgeld zu verdienen. Soll ich Sie irgendwohin rudern?"

„Nein. Aber vielleicht können Sie mir einen anderen Dienst leisten. Haben Sie ein Stündchen Zeit?"

„Wenn es nicht länger ist, so stehe ich zur Verfügung."

„Schön. Aber Sie müssen vor allen Dingen den Schnabel halten. Ein Plappermaul kann ich bei meiner Sache nicht brauchen."

„Unsereiner ist ans Maulhalten gewöhnt. Mit wem soll ein Schiffer auch schwatzen? Höchstens mit sich selber."

„Gut, so sollen Sie sich bei mir ein Bakschisch verdienen." Damit trat Osman näher und sagte in vertraulichem Ton: „Ich habe nämlich auch eine."

„Eine Zigarre? So, so!"

„Unsinn! Ich meine eine Liebe."

„Ach so! Sie mag Sie wohl auch nicht?"

„Im Gegenteil, sie mag mich. Sie hatte mich für heute bestellt. Ich sollte über die Mauer steigen und in den Garten kommen. Ich fand mich auch ein, vor einer halben Stunde. Aber — die Mauer ist zu hoch!"

„Das ist allerdings sehr dumm!"

„Nun sitzt sie drinnen im Gartenhaus, und ich bin draußen. Ich mußte wieder gehen. Da treffe ich glücklicherweise auf Sie; Sie sind ungewöhnlich lang."

„Ich verstehe."

„Wenn ich Ihnen auf die Schulter steige, so komme ich ganz gut hinüber. Wollen Sie mir helfen?"

Lindsay vermutete sofort, daß es sich nicht um ein Liebesabenteuer, sondern um irgendeine Schurkerei handle. Doch hielt er es für klug, sich die Freude über dieses Zusammentreffen nicht merken zu lassen, sondern die Einwilligung nur zögernd zu geben.

„Etwas Angenehmes ist das für einen unglücklich Verliebten nun gerade nicht. Ich helfe Ihnen hinüber, und während ich dann auf Sie warten muß, befinden Sie sich drin im Gartenhaus im siebenten Himmel."

„Aber Sie werden ja für das Warten entschädigt! Denken Sie doch an das Bakschisch! Ich gebe zwei Franken."

„Mon Dieu, müssen Sie reich sein! Ich wäre schon mit einem halben Franken zufrieden gewesen."

„So sehen Sie also, daß ich sehr gut bezahle. Wollen Sie?"

„Aber natürlich! Zwei Franken! Da mache ich mit. Wird die Schöne denn noch im Gartenhaus sein?"

„Gewiß. Sie hat mir versprochen, eine volle Stunde auf mich zu warten!"

Der Derwisch schritt voran und bog von der Straße links ab.

Da lagen die dunklen Massen eines umfangreichen Gebäudes oder vielmehr eines ganzen Blocks von Häusern, und es fuhr dem Engländer durch den Sinn, ob dies der Bardo, der Wohnsitz des Bei von Tunis, sein könne, von dem er gehört hatte.

Osman führte ihn rasch an diesem Gebäude hin und dann eine alte Mauer entlang. Endlich blieb er stehen und deutete in die Höhe.

„Hier ist die Stelle. Gerade hier liegt hinter der Mauer das Gartenhaus."

Lindsay blickte an der Mauer empor.

„Ja, allein können Sie da allerdings nicht hinüber. Wenn Sie aber auf meine Schultern steigen, wird's gehen."

„Sie müssen natürlich mit hinüber in den Garten, denn sonst komme ich nicht wieder zurück. Ich habe einen Strick mit, den ich mir um die Hüften gebunden habe. Sie helfen mir hinauf und nehmen dann das eine Ende des Stricks fest in die Hände. Ich klettere drüben daran hinab und halte so fest, daß Sie hier hinaufklimmen und drüben hinabspringen können. Auf die gleiche Weise gelangen wir später wieder zurück."

„Aber Sie haben da eine Tasche bei sich, die wird Sie hindern."

„Kaum. Sie enthält nur einige Geschenke für die Geliebte. Also los!"

„Ja. Ich werde die Hände hinten falten. Sie treten hinein und steigen dann auf meine Schultern."

„Halten Sie doch lieber meine Tasche — ich ziehe sie nachher am Strick hoch. Aber seien Sie vorsichtig, damit nichts zerbricht!"

Sir David hatte die Tasche schon ergriffen; er brannte darauf zu erfahren, was sich darin befand. Sie hatte keinen Bügel, sondern war oben offen. Er griff, als der Derwisch über die Mauer kletterte, schnell hinein und fühlte einen ziemlich langen und starken Holzbohrer, einen runden Wickel, den er für eine Rolle feinen Drahtes hielt, mehrere Drahtstückchen von der Gestalt der Haarnadeln, nur länger und stärker, dann eine Blechkapsel in Form einer viereckigen und kaum einen Zoll hohen Schachtel und noch einige Gegenstände, über deren Natur und Zweck er sich nicht so schnell klar werden konnte.

Schon nach wenigen Augenblicken war Lindsay dem Derwisch nachgeklettert und hatte den Boden jenseits der Gartenmauer glücklich erreicht.

„Da bin ich", sagte er. „Was nun weiter?"

„Weiter nichts, als daß Sie hier warten, bis ich wiederkomme. Ich gehe in diesen Kiosk."

Der Kiosk stand ganz in der Nähe; man konnte ihn trotz der Dunkelheit deutlich erkennen.

„Gut."

„Also bleiben Sie hier stehen, und seien Sie vorsichtig, daß Sie nicht erwischt werden!"

„Ist es denn so gefährlich?"

„Es gibt allerdings Gartenaufseher hier, doch glaube ich nicht, daß es einem von ihnen einfallen wird, die Runde zu machen. Sollte dennoch jemand kommen, so legen Sie sich einfach auf den Boden. Bedenken Sie, wenn man Sie erwischt, so kann auch ich nicht wieder hinaus."

Mit diesen Worten huschte Osman mit unhörbaren Schritten fort. Der Engländer lauschte ein Weilchen. Die tiefe, nächtliche Stille wurde von keinem Laut gestört.

„Sonderbares Abenteuer!" dachte er. „Dieser Halunke bezweckt sicher etwas ganz anderes, als er angibt. Das mit dem Stelldichein ist gewiß Schwindel. Wozu hat er den Bohrer? Wozu Draht und Nadeln bestimmt? Was befindet sich in der Blechkapsel? Well, werde nicht hier stehenbleiben, sondern nachforschen. Yes."

Er ließ sich auf die Knie nieder und kroch auf Händen und Füßen Osman nach. Am Kiosk lauschte er angestrengt, aber ohne Erfolg. Er befand sich an der Rückseite des kleinen Gebäudes, das aus Holz gebaut war. Sollte er um die Ecke kriechen, um den Eingang zu erreichen? Nein, das durfte er nicht. Der Derwisch hätte ihn bemerken können und dann Argwohn gefaßt. Er blieb also liegen. Und das war gut, denn nach einiger Zeit vernahm er gerade da, wo sich sein Kopf befand, ein leises, eigentümliches Geräusch, dem ähnlich, das beim Bohren entsteht. Er legte nun das Ohr an die Stelle und hielt die Hand daran. Richtig — jetzt fühlte er die Spitze des Werkzeugs, wie sie durch das Holz drang. Der Derwisch hatte ein Loch gebohrt.

„Zu welchem Zweck?" fragte sich Lindsay.

Jetzt wurde der Bohrer zurückgezogen, und als David Lindsay von neuem vorsichtig tastete, fühlte er, daß ein dünner umsponnener Doppeldraht durch das Loch gesteckt wurde. Osman schob so lange von innen nach, bis sich viele Meter des Drahtes außen befanden.

„Eine Drahtleitung!" sagte der Engländer zu sich. „Wozu? Ich muß aufpassen."

Er lauschte. Da vernahm er leise Schritte. Der Derwisch verließ den Kiosk. Sir David hatte kaum Zeit, eine kurze Strecke zurückzukriechen, so war Osman schon da, um in der Nähe des Bohrlochs niederzukauern. Was er da tat, konnte Lindsay nicht sehen.

Nach einigen Minuten kehrte der Derwisch wieder in den Kiosk zurück. Schnell kroch David Lindsay nun vor und untersuchte die Stelle mit den Fingern. Der Draht war zur Erde niedergebogen und dort mit Hilfe einer der Drahtnadeln festgesteckt worden. Er hatte von da aus dann eine genügende Länge, um bis zur Mauer und über diese hinweggeführt zu werden.

„Heavens! David Lindsay ist doch nicht so einfältig, wie er sich den Tag über benommen hat. Ich glaube, ich errate, was er will", dachte Sir David. „Dieser Mensch will das Gartenhäuschen in die Luft sprengen. Doch auf welche Weise? Vielleicht mit Elektrizität? Hm, ein Derwisch und Elektrizität — das paßt nicht recht zusammen. Was will ein solcher Kerl davon verstehen!"

Nach kurzer Zeit kam Osman wieder und setzte seine heimliche Arbeit fort. Lindsay war schnell zurückgewichen, blieb ihm aber, immer auf der Erde liegend, so nahe, daß er ihn leidlich beobachten konnte. Und es bereitete ihm fast eine gewisse Genugtuung, als Osman den Draht an mehreren Stellen bis zur Mauer hin am Boden befestigte. Jetzt war es für den Engländer hohe Zeit, sich zurückzuziehen. Rasch kroch er an der Mauer entlang bis zu der Stelle, wo er hatte warten sollen. Nach kurzer Frist erschien auch der Derwisch.

„Nun, haben Sie etwas Verdächtiges bemerkt?" fragte er.

„Nein. Es ist niemand gekommen. War sie da?"

„Ja. Sie war eben im Begriff fortzugehen, und da sie schon sehr lange gewartet hatte, konnte sie nicht länger bleiben. Morgen wird sie mit mir gehen."

„Verschwinden wir jetzt?"

„Noch nicht. Damit das Mädchen auf eine bequemere Weise als wir über die Mauer gelangen kann, wollen wir jetzt diesen Draht hier an der Mauer hinauf- und drüben wieder hinabführen. Verstanden?"

„Eigentlich nicht! Ich sehe nicht ein, wie Sie damit Ihren Zweck erreichen wollen."

„Nun, das ist doch ganz einfach! Morgen abend befestige ich an dem Draht, der nur leicht an der Mauer festgehalten wird, eine Strickleiter, die von dem Mädchen bequem in den Garten hineingezogen werden kann. Kommen Sie! Einige Schritte von hier geht es am besten!"

So wurde denn der Draht an der Mauer emporgezogen, mit einigen Nadeln in den Ritzen befestigt, und dann stiegen beide Männer hinauf, um ihn drüben hinabzulassen und abermals anzunadeln. Er war so dünn, daß er selbst am Tag nicht so leicht bemerkt werden konnte.

„So!" meinte der Derwisch, als sie fertig waren und wieder draußen auf der Straße standen. „Jetzt haben wir unsere Vorbereitungen getroffen und können verschwinden."

Lindsay folgte einer augenblicklichen Eingebung. Er zog heimlich sein Klappmesser aus der Tasche und steckte es mit der

Klinge in eine Mauerspalte, um die Stelle leicht wiederfinden zu können. Er nahm sich vor, nach dem ‚Italienischen Haus' zu gehen und Normann und Hermann herzuführen.

Schnell schritten sie nun aus und kamen an dem Grundstück vorüber, das Ibrahim gemietet hatte und in dem auch der Derwisch wohnte. Das wollte Osman aber nicht merken lassen. Darum führte er seinen Begleiter schweigend weiter bis zur Wasserleitung, die selbst in ihren Resten noch Zeugnis gibt von der Großartigkeit der Unternehmungen früherer Jahrhunderte.

„Hier müssen wir uns trennen, und Sie sollen jetzt Ihr Bakschisch erhalten", sagte der Derwisch und griff in die Tasche. Da hörten sie plötzlich, während er noch nach einem Zweifrankstück suchte, ein Geräusch, das sich ihnen aus der Richtung des Ibrahimschen Hauses näherte. Es waren die Schritte zweier Personen.

„Es kommen Leute!" flüsterte Osman, indem er dem Engländer rasch noch seinen Lohn aushändigte. „Man braucht uns nicht zu sehen. Verhalten Sie sich ruhig und drücken Sie sich hier in die Mauerspalte, bis sie vorüber sind!"

„Ducken wir uns lieber ganz nieder! Das ist besser."

Kaum hatten sie das getan, so näherten sich auch schon die beiden Männer. Zum Erstaunen Lindsays unterhielten sie sich halblaut in deutscher Sprache; auch die Stimmen schienen ihm bekannt zu sein. Er horchte daher gespannt auf.

„Jetzt kann man sich wieder eine Zigarre anbrennen", sagte der eine. „Hast du Feuer?"

„Ja, gleich — da!"

Im selben Augenblick blitzte ein Streichhölzchen auf und beleuchtete die Gesichter der beiden, die kaum zehn Schritte entfernt von der Mauerspalte stehengeblieben waren. Was Sir David bei dem Klang ihrer Stimmen vermutet hatte, wurde jetzt zur Gewißheit; er erkannte Paul Normann und Hermann Wallert. Obwohl er von ihnen nichts zu befürchten hatte, so blieb er doch um des Derwisches willen ruhig. Osman war bei dem Anblick der Gesichter zusammengezuckt.

„Allah, Allah!" entfuhr es ihm. „Diese Kerle, diese —"

Er hatte es zwar nicht laut gesagt, aber Paul Normann wandte sich doch um.

„Hörtest du etwas?" fragte er leise seinen Freund. „Mir war es, als ob hier jemand gesprochen hätte."

„Du irrst dich. Die Luft streicht durch den Mauerbogen. Gehen wir!"

Die Freunde entfernten sich langsam nach der Stadt zu. Jetzt fuhr Osman aus seiner kauernden Stellung auf.

Er befand sich in einer solchen Aufregung, daß er dem Schiffer gegenüber nicht daran dachte, vorsichtig zu sein. Er tat zwei, drei rasche Schritte vorwärts und blieb wieder stehen.

„Ah, sie waren hier!" stieß er in fliegender Eile hervor. „Was haben sie gewollt? Wie haben sie es erfahren? Ist etwa gar etwas geschehen? Ich muß das wissen! Hölle und Teufel — was mache ich? Ich muß ihnen nach und muß doch auch — ins Haus!"

„Kennen Sie die beiden Kerle?" fragte Lindsay harmlos.

„Sehr genau sogar. Es sind zwei Erzschufte, denen man das Schlimmste zutrauen kann. — Mann, wollen Sie sich zu Ihrem Bakschisch noch zehn Franken verdienen?"

„Zehn Franken? Das ist ja für mich ein Vermögen!"

„Gut, so folgen Sie diesen beiden Männern — heimlich — ich muß wissen, wo sie wohnen. Laufen Sie! Fort, fort! Ich warte wieder hier auf Sie."

Mit diesen Worten setzte Osman den Engländer in Bewegung. Lindsay ließ es geschehen, blieb aber, als er sich weit genug entfernt hatte, wieder stehen.

„Damned! Was tue ich? Ich wollte doch dem Kerl nachschleichen, um seine Wohnung zu erfahren! Und nun jagt er mich fort. Was tue ich? Diese zwei finde ich ja sicher, aber ihn — — Donnerwetter! Er will nach Haus und hatte es so eilig. Da finde ich ihn gewiß nicht mehr dort unter dem Bogen. Es ist also doch am besten, ich laufe den beiden nach."

Als er, ziemlich atemlos, Paul Normann und Hermann Wallert erreichte, traten diese zur Seite; sie hatten seine eiligen Schritte gehört und wollten ihn vorüberlassen.

„Halt, ihr Erzschufte!" rief er ihnen zu. „Heraus mit dem, was ihr habt! Das Geld oder das Leben! Yes!"

„Zum Kuckuck!" antwortete Paul Normann. „Sir David!"

„Wirklich! Onkel! — Wo um aller Welt willen kommst du denn her?"

„Wenn ich es dir verrate, wirst du staunen."

„Wohl von deinen drei Haremsdamen?"

„No. Der Teufel hole alle Haremsweiber! Sehe mir die ‚Entführung aus dem Serail' nur noch in der Oper an. Mozart kann das besser. Well. Habe was viel Wichtigeres gefunden, yes! — Den Derwisch."

„Sonst nichts?"

„Sonst nichts? Das ist deine ganze Antwort?"

„Was sollen wir denn sonst noch sagen?"

„Die Hände über dem Kopf zusammenschlagen sollt ihr vor Verwunderung! Ich finde den Kerl, den wir so eifrig suchen, und dann ist euch das so gleichgültig!"

„Entschuldige — aber wir haben noch weit mehr gefunden Das ganze Nest, Ibrahim und die Mädchen."

„By Jove! Wo denn?"

„In dem Haus da hinter der Wasserleitung."

„Da, also da wohnt er! Ah, darum sagte er, daß er in das Haus müsse!"

„Wer?"

„Der Derwisch. Er hat euch beide gesehen und erkannt."

„Gesehen und erkannt?"

„Yes. Ich stand dabei. Er wollte euch nach, besann sich aber dann eines Besseren und schickte mich."

„Dich? Der Derwisch schickte dich?"

„Yes. Er nannte euch Erzschufte."

„Und du hast dir das sagen lassen?"

„Yes. Hat er nicht recht? Habe bei ihm ein Bakschisch von zwei Franken verdient und . . ."

„Ein Bakschisch? Du?"

„Und Ihr habt es genommen, Sir David?"

„Yes. Und ich werde mir noch weitere zehn Franken von ihm verdienen, wenn ich ihm sage, wo ihr wohnt."

„Dich schickt er uns nach, dich? Das ist freilich wunderbar! Er kennt dich doch."

„Er hat mich nicht erkannt; es war zu dunkel dazu — und obendrein diese Verkleidung. Ach, ich habe seltsame Dinge erlebt! Werdet staunen, im höchsten Grad staunen!"

„Erzähle!"

„Well! Aber vorher sagt mir, was ihr euch hier so spät in der Nacht vor der Stadt herumtreibt!"

„Wir sind eben im Garten Ibrahims gewesen und haben Tschita und Zykyma gesprochen."

„Das müßt ihr mir berichten."

„Natürlich — vielleicht ist es aber besser, daß du uns vorher dein Erlebnis mitteilst. Also erzähle du, während wir zur Stadt gehen."

„Nicht zur Stadt! Ich habe noch etwas anderes für euch. Hier auf der Straße dürfen wir aber nicht bleiben, sonst könnte dieser Halunke es merken. Biegen wir also hier links ab! Ich werde euch gleich erklären, warum das notwendig ist."

12. In der Schlinge

Paul und Hermann hatten nur die Absicht gehabt, sich über die Lage des abseits von der Straße, mitten in einem Garten gelegenen Hauses zu unterrichten, worin die beiden Mädchen gefangengehalten wurden. Aber als sie es erreichten, war es ihnen doch nicht möglich, sogleich wieder umzukehren.

„Gehen wir einmal rund herum?" schlug Hermann vor.

„Ja, meinetwegen. Aber leise, damit der Wächter uns nicht hört."

„Willst du denn hinein?"

„Wenn es möglich wäre, warum nicht? Bedenke doch, dort steckt Tschita, und hier stehe ich. Gibt es da etwas zu zögern?"

„Freilich nicht! Mir geht es doch ähnlich. Aber der Wächter! Vielleicht befindet er sich gerade hier in der Nähe."

„Das ist kaum zu erwarten. Der Harem liegt, wie wir wissen, an der Giebelseite, die der Stadt zugekehrt ist. Dort also wird sich auch der Wächter aufhalten."

„Dann könnte man vielleicht etwas wagen."

Rasch entschlossen griff Paul Normann zwischen die Latten der Gartenpforte und entfernte den Riegel. Es gelang ohne Geräusch. Dann schob er die Tür auf. Ein pfeifender, weithin dringender Laut ließ sich in den Angeln hören. Beide erschraken.

„Das ist dumm! Nun ist's aus; wir müssen fort!"

„Nein", widersprach Paul. „Nur schnell hinein!"

Er drängte den Freund in den Garten, schloß die Tür unter demselben Geräusch, schob den Riegel vor und zog Hermann rasch eine Strecke mit sich fort.

„So — jetzt ins Gras und eng an den Zaun!"

Sie hatten sich kaum niedergelegt, so nahten Schritte.

Der Wächter ging an ihnen vorüber, und zwar so nahe, daß sie ihn hätten bei den Beinen fassen können. Er untersuchte die Tür, und ihre nähere Umgebung, dann kehrte er langsam zur Giebelseite des Hauses zurück.

Die beiden Freunde krochen nun vorsichtig auf allen vieren längs des Zauns hin und erblickten bald den Giebel des Hauses, wegen der Entfernung und der nächtlichen Finsternis allerdings nur in dunklen Umrissen.

„Bleib hier!" flüsterte Paul Normann. „Ich werde mich einmal näher heranpirschen."

Er kroch weiter. Es dauerte nicht lang, so vernahm er ein Räuspern, das ihm verriet, wo sich der Wächter befand. Er hielt es für das Klügste, sich gerade in seine Nähe zu wagen.

Da, wo innerhalb des hohen, dicken Heckenzauns die Grasnarbe von dem rings um das Haus führenden Sandweg begrenzt wurde, saß der Wächter auf einer steinernen Bank. Das war mißlich. Paul Normann schlich trotzdem bis fast an die Bank heran. Jetzt vermochte er auch schon die Einzelheiten des Hausgiebels zu unterscheiden.

Eine Art Veranda ruhte auf zwei hölzernen Säulen. Darüber sah er zwei Läden, wovon der eine verschlossen, der andere aber offen zu sein schien, was er aus dem verschiedenen Dunkel der beiden viereckigen Stellen schloß. Die Körperhaltung des Wächters ließ erwarten, daß er keine Lust hatte, seinen bequemen Bankplatz ohne besondere Veranlassung aufzugeben. Darum kehrte der Lauscher zu Hermann zurück.

„Endlich", sagte Wallert erleichtert.

„Das Haus hat eine Veranda, die nicht schwer zu erklettern ist. Oben habe ich einen offenen Laden bemerkt. Aber der Wächter sitzt gerade dort auf einer Bank."

„Das ist dumm!"

„Wenn man nur gewiß wüßte, daß sie da oben auf dieser Seite wohnen."

„Der Arabadschi hat es gesagt, und der wird es doch wohl wissen."

„Nun, dann mußt du die Aufmerksamkeit des Wächters auf dich ziehen, indessen klettere ich hinauf. Einverstanden?"

„Ich will dir nicht dreinreden, denn du hast deine Tschita oben. Das gibt den Ausschlag."

„Abgemacht."

„Ich schleiche mich indes zur anderen Seite und verursache irgendein Geräusch. Kommt der Wächter, so verstecke ich mich. Unterdessen bist du oben."

„Du mußt ihn aber, wenn er einmal die Bank verlassen hat, wenigstens fünf Minuten lang beschäftigen. So viel Zeit brauche ich mindestens. Vielleicht wirfst du nach ihm mit Steinen; es liegen ja hier genug im Rasen umher.

„Und wie erfahre ich, wenn du wieder herab willst?"

„Ich werde dir ein Zeichen geben, das ihm nicht auffällt. Ich kann das Zirpen des Heimchens täuschend nachahmen."

„Gut, dieses Zirpen wird seinen Verdacht nicht erwecken. Dann los — denn es ist schon nach Mitternacht, und wir müssen die Dunkelheit ausnutzen."

„Ich schleiche nochmals zu ihm hin. Das wird eine Minute in Anspruch nehmen. Dann wirfst du."

Paul Normann kroch nun wieder zur Bank und streckte sich unmittelbar dahinter ins Gras. Er brauchte nicht lange zu warten, so schien sich etwas durch die Büsche zu bewegen, und gleich darauf hörte er einen Stein durchs Blätterwerk fallen. Sofort sprang der Wächter auf und horchte. Schon nach wenigen Sekunden erfolgte ein zweiter Wurf und ein abermaliges Rascheln in den Zweigen. Der Wächter brummte etwas in den Bart und entfernte sich.

Kaum sah ihn Normann um die Ecke des Hauses verschwinden, so sprang er nach der einen Säule. Drei, vier hastige Griffe, und er war oben. Dann legte er sich sofort platt auf die Holzplanken nieder, denn sein Klettern war doch nicht ohne Geräusch abgegangen.

Es war auch höchste Zeit; einen Augenblick später kehrte der Wächter mißtrauisch zurück, blieb stehen, blickte hinauf, ging hin und her und brummte so vernehmlich, daß es selbst Paul Normann oben hörte.

In diesen gefährlichen Sekunden warf Hermann von neuem, und der Wächter begab sich abermals nach der anderen Seite. Nun richtete sich Paul Normann auf. Er hatte vorhin richtig gesehen; es gab hier in der Tat zwei Läden, wovon der eine verschlossen war. An dem offenstehenden erschien jetzt etwas Weißes.

„Ist jemand da?" fragte eine unterdrückte Frauenstimme in französischer Sprache.

„Ja", antwortete er. „Die Rettung ist da. Wer bist du?"

„Zykyma", erklang es leise.

„Tritt zurück!"

Sie verschwand sofort von der Öffnung, und einige Augenblicke später war Paul Normann eingestiegen, lauschte aber noch ein Weilchen am Fenster und blickte prüfend hinunter. Gerade jetzt kam der Wächter zurück; er schien beruhigt und spazierte auf und ab.

Nun erst wandte sich Paul Normann ins Zimmer. Zykyma stand dicht bei ihm.

„Normann Effendi", flüsterte sie. „Allah sei gepriesen in alle Ewigkeit. Wo ist Wallert Effendi?"

„Unten im Garten. Wo ist Tschita?"

„Im Nebenraum. Sie schläft."

„Und du nicht?"

„Wir haben bis spät gewacht, denn wir hatten die frohe Botschaft vernommen, daß ihr in Tunis seid."

„Wohl von Said?"

„Ja. Erst vor einer Stunde legten wir uns zur Ruhe. Tschita schlief bald ein. Sie hatte ja so wenig geschlafen — sie wachte, um zu weinen. Auch mich wollte der Schlaf überwältigen, da hörte ich das Kreischen der Gartenpforte und ahnte sogleich, daß ihr es seid. Ich stand daher wieder auf, ohne Tschita zu wecken, und nun sehe ich dich vor mir! O ihr Kalifen, jetzt können wir wieder Hoffnung schöpfen!"

„Nicht nur Hoffnung, sondern Gewißheit. Aber darf ich nicht mit Tschita sprechen?"

„Gern, ich werde sie vorsichtig wecken und unterrichten. Sie würde sonst vor Glück aufschreien und uns verraten. Hier ist mein Zimmer und drüben das ihrige. Warte hier!"

Zykyma trat in die Nebenstube.

Paul Normanns lauschendes Ohr vernahm gleich darauf heimliche Stimmen, dann einen unterdrückten Laut, und dann — huschte es zu ihm herein. Zwei Arme legten sich um ihn, ein Kopf lehnte sich an seine Brust. So verharrte das Mädchen in ergriffenem Schweigen.

Erschüttert schlang auch er die Arme um sie.

„Tschita! Meine Blume, meine Wonne, meine Seligkeit! Endlich habe ich dich wieder! Nun ist alles gut. Oh, was mußt du gelitten haben!"

Sie antwortete nicht, aber ihr Körper erbebte unter dem Schluchzen, das sie kaum zu unterdrücken vermochte. Er wartete geduldig, bis diese erste Aufregung vorüber war.

„Jetzt soll uns nichts wieder scheiden!" sagte er dann.

Nun gab es ein Erzählen, ein Klagen und Trösten. Die Herzen der beiden flossen über, flossen ineinander.

Zykyma war zunächst drüben geblieben. Sie gönnte den beiden die Freude des Wiedersehens; dann kehrte sie in das Zimmer zurück.

Paul Normann erfuhr nun, daß auch im Flur vor den beiden Giebelstuben ein Wächter lag. Für den Augenblick war also nichts zu tun. Es wurde aber ausgemacht, daß Said am Morgen Nachricht nach dem ‚Italienischen Haus' bringen sollte. Erst dann wollten die Freunde bestimmen, was zu unternehmen sei.

Im übrigen durften sie hier jetzt nicht mehr lange zögern; die Gefahr, in der sich Paul und Hermann befanden, wuchs mit jeder Minute, denn das Morgengrauen war nicht mehr fern.

So trat Paul denn an den Laden, hielt die Hand an den Mund und gab das mit Hermann verabredete Zeichen. Es dauerte nicht lange, so stand der Wächter unten von seiner Bank auf und verschwand hinter der Ecke des Hauses. — „Lebe wohl!"

Noch einmal drückte Paul Normann die Geliebte an sich.

Dann schwang er sich hinab und sprang in weiten Sätzen über den Kiesweg ins Gras, wo er sich sofort niederwarf, da im selben Augenblick der Wächter wieder erschien. Nun kroch er nach dem Zaun, und bald darauf kam auch Hermann.

„Gott sei Dank!" sagte er aufatmend. „Mir war angst um dich. Das dauerte ja eine Ewigkeit. Nun, wie steht es?"

„Zunächst fort von hier!"

Nach wenigen Minuten hatten sie den Garten verlassen und waren um die nächste Ecke verschwunden. Sie gelangten an die alte Wasserleitung, wo sie, ohne es zu wissen, dicht an Sir David und dem Derwisch vorübergingen. Kurz darauf holte sie Lindsay ein und führte sie zu ihrem Erstaunen hinter den Garten des Bardo. Als sie dann seine Gründe erfuhren, wurde ihnen alles klar, und sie stimmten ihm vollständig bei.

Der Engländer streifte mit der Hand an der Gartenmauer des Bardo hin und entdeckte auch bald sein Klappmesser.

Nun beschlossen alle drei, ehe sie noch im Bardo bei der Wache eine Anzeige machten, die Mauer zu übersteigen, um die zweifellos verbrecherischen Vorbereitungen des Derwischs im Garten einer genauen Prüfung zu unterwerfen.

David Lindsay machte, wie er sich ausdrückte, auch jetzt die Leiter und warf beiden, als sie sich oben befanden, seinen Gürtel zu, an dem er sich dann von Paul und Hermann hinaufziehen ließ. Nach wenigen Minuten waren sie im Garten.

Mit aller Vorsicht führte sie Lindsay nach der Stelle des Kiosks, in die der Derwisch das Loch gebohrt hatte, und dann in das Innere des Häuschens.

Beim Schein eines Zündholzes sahen sie sich in einem vollständig fensterlosen Raum. In der einen Wand befand sich eine Nische mit einer hölzernen Erhöhung, auf der ein Kissen lag. Sonst war nichts vorhanden als der Teppich, der den ganzen Fußboden bedeckte.

„Merkwürdig, höchst merkwürdig. Scheint kein gewöhnliches Gartenhaus zu sein. Yes."

„Nein", antwortete Paul Normann. „Das ist vielmehr ein Bethaus. Die Nische gibt die Kiblah an, die Richtung nach Mekka, nach der jeder Betende das Gesicht zu wenden hat. Auf dieser Erhöhung scheint der Beter zu knien. Da sich nur eine einzige hier befindet, so möchte ich fast behaupten, daß dieses Bethaus auch nur von einem einzigen benutzt wird. Und der wäre natürlich . . ."

„. . . der Bei von Tunis!" fiel ihm Hermann ins Wort.

„Ganz gewiß. Gegen ihn also würde der Anschlag gerichtet sein, wenn überhaupt ein solcher geplant ist. Sehen wir einmal, wie hier der Draht verläuft!"

Mit Hilfe der Zündhölzer fanden sie bald die Stelle, an der die Leitung ins Innere trat; sie führte unter dem Teppich zur Erhöhung hin, die sich nur eine Handspanne über dem Boden befand. Darunter endete die Drahtleitung, und zwar, wie sie vermutet hatten, in der Blechkapsel, die unter der kissenbelegten Erhöhung völlig versteckt lag.

„Hang it all! — Was sagt ihr nun?"

„Ein Mordanschlag", meinte Paul Normann, „ganz sicher ein Mordanschlag, und zwar gegen den Bei "

„Exzellent! — Ich denke, es ist ausgezeichnet, daß ich den Halunken getroffen habe. Well. Jetzt Anzeige. Verhaftung. Bastonade. Strick. Yes."

„Ja, sofort Anzeige. Man kann nicht wissen, wann die Tat beabsichtigt ist. Wir dürfen keine Zeit mehr versäumen."

„Und bei wem machen wir die Meldung?"

„Wir werden uns erkundigen, wer hier noch wach ist. Kommt! Wir eilen zum Schloß, geradeaus, dorthin, wo wir ein brennendes Licht finden."

Der Garten war sehr groß und prächtig, wie die drei trotz der noch herrschenden Dunkelheit bemerkten. Sie mußten eine beträchtliche Strecke gehen, ehe sie an der Rückseite eines der zum Schloß gehörigen Gebäude anlangten. Nirgends war ein Wächter zu sehen. Die wenigen Fenster des Hauses waren ohne alle Ordnung verteilt. Glücklicherweise fanden sie eins davon erleuchtet. Es lag zu ebener Erde und war durch eng aneinandergereihte Holzstäbe geschlossen.

Hermann war der erste, der durch die schmalen Ritzen hineinschaute. Erstaunt fuhr er zurück.

„Alle Wetter — das ist ja Krüger Bei selber!"

„Was? Den muß ich sehen!"

Paul Normann schob seinen Freund beiseite und blickte hinein.

An einem Tisch saß wirklich der ‚Herr der Heerscharen', Krüger Bei.

Er hatte es sich bequem gemacht und seinen goldbetreßten Waffenrock geöffnet, so daß die Rundung eines stattlichen Schmerbauchs zum Vorschein kam. Sein gerötetes, gutmütiges Gesicht, das von einem gewaltigen Schnurrbart beschattet war, trug den Ausdruck größter Zufriedenheit; die breite, etwas zu klein geratene Nase zeigte jene Färbung, die man sonst bei einem treuen Anhänger des Propheten, dem gewisse Getränke verboten sind, nicht zu finden gewohnt ist. Und wie um den Verdacht zu bestärken, der beim Anblick dieser Nase aufsteigen mußte, standen auf dem Tisch eine Weinflasche und ein Glas; beide waren allerdings jetzt leer.

Dieser Mann war also der ehemalige Braubursche und jetzige ‚Herr der Heerscharen', dem Mohammed es Sadok Pascha die Bewachung seines kostbaren Lebens anvertraut hatte.

Nach vielen abenteuerlichen Kreuz- und Querfahrten war er nach Tunis gekommen und hatte sich anwerben lassen. Von Haus aus gut begabt, furchtlos und tapfer, war er nach und nach immer höher gestiegen und zuletzt Befehlshaber der Leibscharen geworden. Natürlich hatte er sich zum Islam bekennen müssen, war aber im Herzen doch ein Christ und dazu ein guter, ehrlicher Deutscher geblieben

Er war eine allbekannte und überall beliebte Persönlichkeit und wurde besonders von Deutschen um einer Eigentümlichkeit willen gern aufgesucht, die ihn zu einem lustigen Gesellschafter machte. Diese Eigentümlichkeit war seine Art, sich im Deutschen auszudrücken.

Von besonderer Bildung war bei ihm keine Rede gewesen. Er hatte sein Deutsch so gesprochen, wie es ein Brauknecht und echter Brandenburger spricht, in der dortigen Mundart. Später hatte er lange Jahre keine Gelegenheit gehabt, seine Muttersprache zu üben, und sie schließlich zu drei Vierteilen vergessen. Was ihm aber noch übriggeblieben war, das gebrauchte er nach den Regeln der türkischen und arabischen Sprache, und so entstand eine Ausdrucksweise, die unbeschreiblich war.

Dazu kam, daß er sehr gerne sprach. Nichts bereitete ihm größere Freude, als der Besuch eines Deutschen. Dann machte er mit dem ernstesten Gesicht so drollige Sprachübungen, daß der Zuhörer alle Selbstbeherrschung aufbieten mußte, um sich nicht vor Lachen auszuschütten.

„Das also ist Krüger Bei, von dem man sich soviel erzählt?" fragte Paul Normann, nachdem er eine Weile durchs Fenster geblickt hatte.

„Jawohl, das ist er. Und ich halte es für einen außergewöhnlichen Zufall, daß wir gerade ihm begegnen."

„Klopfen wir an?"

„Natürlich. Aber überlaß das bitte mir!"

Er klopfte an das Holzgitter. Gleich darauf öffnete sich ein Fensterflügel, und eine Stimme erkundigte sich in arabischer Sprache:

„Wer ist draußen?"

„Drei arme deutsche Handwerksburschen", lautete Hermanns deutsche Auskunft.

Daraufhin wurde das Stabgitter ein Stück aufgezogen; dann näherte sich der Kopf Krüger Beis der Öffnung und fuhr fast mit dem Gesicht Hermanns zusammen.

„Dunderwetter! Ihnen hier im Bardo!"

„Wie Sie sehen, Exzellenz!"

„Wie kommen Sie um dieser Zeit in dem Schlosse spazieren?"

„Über die Mauer gestiegen."

Krüger Bei sperrte bei dieser Antwort vor Überraschung den Mund auf und starrte den Sprecher mit einem Gemisch von Staunen und Entrüstung an.

„Sind Sie dem Teufel!"

„Nein. Aber wir haben Ihnen etwas Hochwichtiges zu melden. Lassen Sie uns ein, bitte!"

„Uns? Sind Sie nicht dem einzijen?"

„Nein, ich sagte ja schon, daß wir drei sind. Meine beiden Freunde sind bei mir, von denen ich Ihnen heute erzählte."

„Dem englischen Onkel und dem Farbenpinsler? Jut! Werde mich sofort erlauben zu erscheinen die Ehre haben. Jehn Sie dem Mauer hin zu nächstem Tür!"

Krüger Bei öffnete und führte sie in sein Zimmer.

„Seien Ihnen begrüßt und sagen Sie mich, wieso Sie hier befinden."

„Wir kommen, um Mohammed es Sadok vor einem Mordanschlag zu warnen", begann Hermann. „Er soll in die Luft gesprengt werden."

„Aller juten Jeister! Sie bejehn einen Scherz!"

„Nein. Es ist wahr."

„Wann soll diesem unglaublichen Ereignis geschehn?"

„Während des Gebets im Garten."

„Durch und von welchem Mensch?"

„Durch einen gewissen Derwisch Osman."

„Haben Sie die Angewohnheit, Ihnen deutlicher auszudrücken. Ich komme mich vor wie ein Traum."

Hermann schilderte nun ausführlich die Erlebnisse Lindsays und machte damit gewaltigen Eindruck. Sir David sprach zwar nur sehr wenig deutsch, verstand aber gerade so viel, daß er der Erzählung Hermanns folgen und seine Worte bekräftigen konnte.

„Wenn ihm so verhält, wie Sie sagen", versetzte Krüger Bei, „so haben Sie der Bei dem Leben gerettet sowohl auch mich einem großen Dienst erwiesen. Also im Kiosk es Sallah ist ihm?"

„Ja, im Kiosk des Gebets."

„Dem Mordanschlag wird um Nachmittag drei Uhr stattzufinden haben, nicht anders."

„Wie können Sie das wissen?"

„Es ist dem janzen Stadt bekannt, daß Mohammed es Sadok nur den Asr[1] in der Kiosk verrichtet. Sobald dem Mueddin von dem Minareh dem Gebet ausruft, betritt Mohammed es Sadok der Kiosk und jeruht einer vollen Viertelstunde dem Gebet zu pflegen. Die Mörder haben insofern Zeit jenug, ihrer schwarzen Tat vollbracht zu haben."

„Ah, fein ausgedacht! Der Anschlag könnte also gar nicht mißlingen."

„Niemals nicht, und dem Mörder würde keine Entdeckung zu fürchten gehabt zu haben. Werde Mohammed es Sadok sofort erlauben, einer Botschaft zuzuschicken."

„Wie, Sie wollen ihn wecken?"

---

[1] Nachmittagsgebet

„Immerhin und ja."
„Dürfen Sie das?"
„Über obgewalteten Umständen werde ich das Wagnis jetrauen."
„Und er soll hierherkommen?"
„Jewiß und jedenfalls! Trete ich an ihn ins Bett, so macht dem Aufsehen. Wir werden der Sache in aller Heimlichkeit zu untersuchen haben, sonst versehn wir uns die Jefahr, dem Mörder alles verraten zu werden. Sie erlauben wohl!"

Der Oberst warf einige Zeilen auf ein Stück Papier, steckte es in einen Umschlag, versiegelte ihn und klatschte in die Hände. Ein Schwarzer erschien und verbeugte sich demütig. Er erhielt das Schreiben mit einem leisen Befehl und entfernte sich.

Nun brachte Krüger Bei das Gespräch auf die persönlichen Angelegenheiten der Anwesenden und bewies eine lebhafte Teilnahme. Während Frage und Antwort gewechselt wurde, erhob er sich und räumte Flasche und Glas auf die Seite. Offenbar sollte Mohammed es Sadok nicht wissen, welchen verbotenen Genüssen sich sein ‚Herr der Heerscharen' hingab.

Schon nach kurzer Zeit klopfte jemand an einer Seitentür. Der Oberst brannte ein Licht an und begab sich hinaus. Dort stand im Dunkel Mohammed es Sadok in einfacher Kleidung.

„Hier ist dein Brief", sagte er mißgelaunt und gab die Zeilen zurück. „Warum läßt du mich mitten in der Nacht wecken und auf Umwegen zu dir kommen?"

Krüger Bei verlor jedoch seinen Gleichmut nicht.

„Es gilt dein Leben, o Herrscher!" erwiderte er auf arabisch. „Und wenn du nicht heimlich kämst, würden wir den Mörder vielleicht nicht ergreifen."

„Mein Leben? Den Mörder? Höre ich recht?"

„Du hörst recht. Ich habe dir gesagt, daß jener Ibrahim Bei unter fremdem Namen hier ist, um dich und deine Absichten auszuforschen. Du hast gemeint, ihm nicht mißtrauen zu müssen. Du wirst heute erkennen, daß ich recht gehabt habe. Ibrahim will dich ermorden, mitten im Gebet."

„Gib mir Beweise!"

„Du sollst dich mit eigenen Augen von der Wahrheit meiner Worte überzeugen."

Der Oberst berichtete nun, was er von Hermann Adlerhorst und dessen Begleitern gehört hatte. Mohammed es Sadok nahm diesen Bericht in aller Ruhe entgegen.

„Laßt uns nach dem Kiosk gehen", sagte er zum Schluß, „wir beide allein!"

Die drei warteten unterdessen. Sie hatten geglaubt, der Bei von Tunis würde sie befragen, aber sie irrten sich. Schon saßen sie wohl eine Stunde in dem Zimmer, und der Tag war bereits angebrochen, als Krüger Bei zurückkehrte.

„Endlich!" rief ihm Sir David in französischer Sprache entgegen. „Ich dachte wirklich, wir sollten hier sitzen bleiben, bis wir angewachsen wären. Leute, die solche Nachrichten bringen, pflegt man mit mehr Aufmerksamkeit zu behandeln."

Krüger Bei, der seine Muttersprache so mißhandelte, bewies im folgenden, daß er ein tadelloses Französisch sprach.

„Je nach den Umständen", gab er zur Antwort. „Der Herrscher ist nicht unaufmerksam gegen Sie. Er hat mich beauftragt, Sie zu grüßen."

„Nun, dann grüßen Sie ihn von mir wieder, und sagen Sie ihm, daß ich mit ihm fertig bin! Yes!"

„Schön, das werde ich tun."

„Und ich verabschiede mich. Adieu! Wir sehen uns wohl nie wieder!"

„O doch! Noch heute vormittag!"

„Fällt mir nicht ein!"

„Wie? Wollen Sie sich etwa nicht bei dem Verhör einfinden?"

„Bei welchem Verhör?"

„Mohammed es Sadok ist ein strenger und gerechter, aber auch ein schneller Richter. Er überläßt die Rechtsprechung nicht gern anderen. So wird er auch heute über die Ereignisse dieser Nacht schon am Vormittag aburteilen."

„Was für Ereignisse?"

„Nun, es hat einer drei Haremsdamen entführt."

„Heavens!"

David Lindsay entfärbte sich.

„Und auf sein Schiff schaffen wollen."

„Hol's der Teufel!"

„Ah, Sir David, das seid Ihr!" lachte Paul Normann.

„Laßt mich mit dieser Geschichte in Ruh! Sie ist vorüber."

„Was Sie betrifft, ja", lachte Krüger Bei, „aber was diesen Jacub Asir und seine Helfershelfer anbelangt, so wird ihnen kurz der Prozeß gemacht werden. Dazu aber müssen auch Sie verhört werden."

„Nonsense! Ich will gar nicht verhört werden! Wer etwas erfahren will, mag die Schurken selber fragen. Die Verhandlung ist öffentlich. Niemand braucht zu wissen, in welcher Weise sich ein Engländer einen Spaß gemacht hat."

„Es ist allerdings einiges dabei, was am besten verschwiegen werden möchte. Aber gerade darum sollen Sie noch ein wenig bleiben und den Kaffee hier bei mir trinken."

„Was hat der Kaffee mit dieser Angelegenheit zu tun?"

„Nun, nach dem Kaffee wird Mohammed es Sadok sich freuen,

Sie bei sich zu empfangen, um sich Ihre Erlebnisse von Ihnen selber erzählen zu lassen.

Das brachte sofort die gewünschte Wirkung hervor.

„Well. So steht die Sache!" lenkte Lindsay ein. „Wer wird bei diesem Empfang noch zugegen sein?"

„Kein Mensch. Der Bei will nur Sie hören, und nach Ihrer Darstellung sein Urteil abwägen."

„Ist kein übler Kerl, dieser Bei von Tunis, allright! Na gut, trinken wir also den Kaffee hier im Bardo. Aber wie steht es denn mit dem Kiosk des Gebets? Wir müssen uns doch überzeugen, daß in dieser Angelegenheit —"

„Bitte, bitte", fiel ihm Krüger Bei ins Wort. „Das ist besorgt. Der Bei hat sich mit eigenen Augen überzeugt, daß er Ihnen sein Leben verdankt. Er wird Sie wahrscheinlich selber ersuchen, für heute in dieser Sache Stillschweigen zu bewahren. Jetzt aber wollen wir sehen, ob der braune Trank der Zufriedenheit fertig ist."

Er klatschte in die Hände, und augenblicklich wurde der Mokka gebracht.

Die nächste Stunde bei Krüger Bei im Bardo könnte treffend umschrieben werden mit den Worten ‚Deutschland im Orient'. Es war eine gemütliche Plauderstunde, an die sämtliche Beteiligte später noch lange mit Vergnügen zurückdachten. Natürlich wurde die Unterhaltung in der Hauptsache auf deutsch geführt, und der wackere Oberst und ‚Herr der Heerscharen' schlug die unglaublichsten sprachlichen Purzelbäume, so daß sich Paul und Hermann alle Mühe geben mußten, nicht laut herauszuplatzen.

Krüger Bei erkundigte sich angelegentlich nach dem Zweck, der die drei Freunde nach Tunis geführt hatte. Hermann erzählte offen und ausführlich von dem traurigen Geschick, von dem seine ganze Familie betroffen worden war und von dem Anteil, den Ibrahim und der Derwisch Osman vermutlich daran hätten. Der Oberst hörte mit lebhafter Teilnahme zu und versprach in den wundervollsten Redeblüten seinen Beistand, falls es gelänge, der beiden habhaft zu werden.

Nur allzu rasch verstrich die Stunde, nach deren Ablauf ein Bote des Bei erschien, um David Lindsay abzuholen. Der Engländer folgte ihm mit einem unbehaglichen Gefühl vor dieser Unterredung, die fast etwas von einer reumütigen Privatbeichte an sich hatte.

Als er später zurückkam, strahlte sein Gesicht, und die Nase war in freudiger Bewegung. Er hatte die Versicherung erhalten, daß gewisse Seiten seines gestrigen Erlebnisses nicht erwähnt werden sollten.

Schließlich ließ Mohammed es Sadok seinen über hundert Jahre alten Staatswagen anspannen, um Lindsay und die beiden Deutschen zum ‚Italienischen Haus' fahren zu lassen.

Dort fanden sie Said, den Arabadschi vor, der schon seit längerer Zeit auf sie gewartet hatte. Er brachte von Tschita und Zykyma die Botschaft, daß die Freunde um Mitternacht kommen sollten, um die beiden Mädchen abzuholen; sie würden ihre Vorbereitungen danach treffen.

„Der Gebieter", schloß er seinen Bericht, „will heute nachmittag mit Tschita und Zykyma einen Spazierritt unternehmen."

„Wohin?"

„Zufälligerweise weiß ich das, da ich sie begleiten muß. Es soll hinaus nach dem Bad l'Enf gehen."

„Das ist ein Seebad. Was will er dort?"

„Ich weiß es nicht. Er verfolgt wohl einzig den Zweck eines Spazierritts: Er will ihnen eine Freude machen, damit sie gute Laune bekommen und freundlicher gegen ihn sind als bisher."

„Hat er vielleicht gesagt, wann er zurückkehrt?"

„Nein. Aber es läßt sich denken, daß er vor Anbruch der Nacht wieder zu Haus sein wird."

13. Der Bei von Tunis

Als der Derwisch Paul Normann und Hermann Wallert erkannt hatte und nach Haus gegangen war, um zu erfahren, ob etwas Besonderes geschehen sei, hatte er zunächst den Wächter des Gartens befragt. Dessen Antwort hatte ihm zu denken gegeben; er ließ daher eine Papierlaterne anbrennen und unauffällig den Garten durchsuchen.

Dabei wurden denn auch die Spuren der beiden Freunde entdeckt.

Schnurstracks begab er sich zu Ibrahim, der noch nicht zur Ruhe gegangen war, da er eben erst den Bericht Saids entgegengenommen hatte. Er wunderte sich nicht wenig, den Derwisch noch so spät bei sich zu sehen. Seine Verwunderung aber wurde zur Bestürzung, als er Osmans Meldung vernahm.

„Hermann Wallert? Der Bruder Tschitas?" stieß er hervor. „Das ist nicht möglich!"

„Soll ich etwa meinen Augen nicht trauen?"

„So müssen sie gleich nach uns Konstantinopel verlassen haben. Sollten sie etwa gar auf der Jacht ihres Freundes, des Engländers, gefahren sein?"

„Das ist leicht möglich."

„Ich will Gewißheit haben! Ich werde sogleich zum Hafen reiten, um zu erfahren, ob diese Jacht dort vor Anker liegt."

„Wäre es nicht besser, vorher die Rückkehr meines Helfers, des Schiffers, abzuwarten, damit wir wissen, wo diese Hunde ihre Wohnung haben?"

„Dein Rat ist gut. Also du meinst, daß einer von ihnen oben gewesen ist?"

„Ganz gewiß. Ich erkannte Stapfen im Sand. Und oben stand einer der Läden offen."

„Tausend Teufel!"

„Vielleicht wissen sie jetzt schon, daß sie Geschwister sind."

„Die Dschehenna verschlinge sie! Nun möchte ich auch glauben, daß diese Schurken in Konstantinopel bei mir im Garten waren."

„Das läßt sich allerdings vermuten."

„Vielleicht haben sie die Mädchen schon dort entführen wollen; wir aber sind noch im letzten Augenblick dazwischen gekommen. Wie aber war es ihnen nur möglich, über das Wasser und die hohe Mauer in den Garten zu gelangen?"

„Wer weiß? Vielleicht haben sie einen Helfershelfer. Wie wäre es ihnen sonst so schnell gelungen, unseren Aufenthalt zu entdecken?"

„Einen Helfershelfer? In meinem Haus?"

„Wo denn sonst?"

„Wer sollte das sein? Von den beiden Wächtern ist es keiner, denn ihnen sind sie ganz unbekannt. So bliebe also nur Said, der Arabadschi, übrig."

„Ich wüßte keinen anderen."

„Aber gerade ihm möchte ich nicht mißtrauen. Sollten hinter seinem offenen, ehrlichen Gesicht die Lüge und der Verrat stecken. Unmöglich!"

„Du schenkst ihm zu viel Vertrauen und Freiheit; du läßt ihn Dinge wissen, von denen er eigentlich keine Ahnung haben sollte."

„Gut. Ich werde ihn auf die Probe stellen, und wehe ihm, wenn er sie nicht besteht! Hast du heute auf deinem Wachtposten sonst noch etwas Wichtiges erfahren?"

„Erfahren nicht, aber getan habe ich etwas, was wohl viel wichtiger ist als alles, was wir bisher unternommen haben."

„Was?"

„Das kann ich dir auch später sagen. Jetzt müssen wir aufbrechen. Mein Bote könnte zurückkehren und nicht warten wollen, wenn er mich nicht unter dem Mauerbogen findet."

Sie gingen. Vorher aber überzeugte sich Ibrahim, daß sich

Said zur Ruhe begeben hatte, und befahl den beiden Wächtern verschärfte Vorsicht an.

Als sie den Bogen der Wasserleitung erreichten, befand sich der Bote, der arme französische Schiffer, natürlich noch nicht da. Dieser Schiffer saß derweil im Bardo beim ‚Herrn der Heerscharen'.

„Vielleicht hat er die beiden sehr weit begleiten müssen", meinte Osman, „da kann er freilich noch nicht hier sein."

„So warten wir. Ich muß unbedingt wissen, wo diese Menschen wohnen. Unterdessen kannst du mir sagen, was du so sehr Wichtiges getan hast. Bezieht es sich auf unsere hiesigen Absichten?"

„Natürlich. Ich dachte daran, daß du schon zweimal bei dem Bei von Tunis gewesen bist —"

„Leider erfolglos!"

„Es gibt hier einen uns feindlichen Einfluß, der uns um so schädlicher ist, als es mit unserem Vorhaben so große Eile hat."

„Der Thronfolger ist unserer Angelegenheit günstiger gesinnt als Mohammed es Sadok."

„Hast du mit ihm gesprochen?"

„Ja, gestern nachmittag."

„Ahnt er, wer und was du bist?"

„Vielleicht. Ich mußte ihn doch erraten lassen, daß ich nicht ein gewöhnlicher Effendi bin. Er hat mich mit großer Freundlichkeit behandelt. Er scheint den Bei nicht zu lieben. Stände er am Ruder, so kostete es mich ein Wort, und alles wäre in bester Ordnung."

„So stelle ihn doch ans Ruder!"

„Ich?" fragte Ibrahim erstaunt. „Wie soll ich das tun?"

„Indem du dem jetzigen Herrscher das Ruder nimmst."

„Bist du toll? Das könnte nur mit Hilfe eines Aufstands geschehen, und dazu besitze ich weder die Zeit noch den nötigen Einfluß."

„Aufstand? O Allah!"

Diese Worte waren in einem wegwerfenden Ton gesprochen.

„Welchen Ton erlaubst du dir!" begehrte Ibrahim zornig auf. „Weißt du vielleicht ein besseres Mittel?"

„Ja, ein Mittel, das augenblicklich wirkt. Den Tod!"

„Meinst du vielleicht — Mord?"

„Fürchtest du dich davor?"

„Nein; das habe ich genugsam bewiesen!"

„Ja, du stammst aus einer guten kurdischen Wurzel. In Kurdistan ist ja ein Eimer Menschenblut keinen Piaster wert. Doch jetzt bist du nicht mehr in den stürmischen Jahren der Jugend. Jetzt scheint dir der Geruch des Blutes zuwider."

„Oho! Wenn ich erreichen kann, was ich erreichen will, so ist mir jedes Mittel recht. Aber ich darf nichts tun, was gegen den Willen des Großherrn ist."

„Willst du da erst lange fragen? Die Hauptsache ist doch, man kann dir die Tat nicht beweisen."

Ibrahim schwieg. Die Stimme des Versuchers hatte ein offenes Ohr gefunden. Er überlegte. Erst nach einer längeren Pause nahm er das Gespräch wieder auf.

„Du bist ein Scheitan und auch so klug und listig wie er."

„Die Schicksale und das Ende des Menschen sind im Buch des Lebens verzeichnet seit Anbeginn. Da gibt es keine Änderung. Wenn Allah seit Ewigkeit bestimmt hat, daß Mohammed es Sadok Bei von meiner Hand sterben soll, so bin ich kein Mörder, wenn ich ihn töte — ich erfülle dann nur den Willen des Allmächtigen."

„Du sprichst von dir? Willst du etwa den Streich führen?"

„Warum nicht? Es fragt sich nur: was bietest du mir dafür?"

„Was forderst du?"

„Einen Teil der Gewalt, die dir zufällt."

„Meine Gnade würde dir leuchten."

„Bedenke, wenn du deine jetzige Aufgabe schnell erledigst, so stehen dir alle Würden offen! Der Wesir hat eigentlich nie die Gunst des Großherrn besessen. Wenn der Herrscher von Tunis jetzt stirbt, so fallen der Großwesir und sämtliche Minister und Beamte der Hohen Pforte mit ihm. Neue steigen empor, und unter diesen Neuen wirst du einer der ersten sein."

„Das weiß ich ebensogut wie du."

„Werde ich dein Geheimschreiber sein, wenn du Minister wirst?"

„Ja. Ich will dir den Schwur beim Bart des Propheten leisten."

„Gut! Hast du einmal von den ‚Freunden der Patrone' gehört?"

„Ja. Es gibt mehrere heimliche Verbindungen, zu denen besonders Derwische und Softas[1] gehören. Eine dieser Verbindungen nennt ihre Glieder ‚Freunde des Gifts', die andere gibt den Ihrigen den Namen ‚Freunde der Patrone'. Die eine Verbindung schafft ihre Feinde durch Gift beiseite, während die andere jeden, der ihr im Wege steht, erschießt oder in die Luft sprengt."

„So ist es."

„Und du? Bist du etwa Mitglied?"

„Ich bin ein Freund der Patrone."

„Was hat diese Verbindung mit unserer Aufgabe zu schaffen? Soll etwa der Bei von Tunis in die Luft gesprengt werden?"

[1] Studenten

„Warum nicht? Die Patrone liegt schon an ihrer Stelle. Ich habe sie heute in der Nacht ins Gartenhaus Mohammeds gebracht."

Er erzählte ihm so viel von dem Geschehen, wie er für nötig hielt.

„Wie aber willst du sie entzünden?" fragte Ibrahim zweifelnd.

„Das ist sehr leicht. Es bedarf nur eines elektrischen Funkens. Hier im Innern meines Turbans habe ich eine kleine Batterie. Will ich die Patrone entzünden, so berühre ich mit den Drahtenden die Batterie. Der Funke springt über, und die Patrone zerplatzt im gleichen Augenblick."

„Ich verstehe nichts von diesem modernen Zeug. Aber ich fürchte, es gibt eine Entladung, die auch dich vernichten kann."

„Da brauchst du keine Sorge zu haben. Die Patrone wirkt nur auf ganz kurze Entfernung, aber um so kräftiger. Übrigens befindet sich ja die Gartenmauer zwischen mir und Mohammed es Sadok."

„Aber der Knall wird dich verraten. Man wird herbeieilen, sobald man ihn hört, und dich ergreifen."

„Wird man denn wissen, daß ich die Ursache bin? Ich gehe spazieren. Wenn der Mueddin vom Minarett herabruft: ,Auf, ihr Gläubigen, rüstet euch zum Gebet!', tritt der Bei in sein Gartenhaus und kniet auf dem Kissen nieder. Ich spaziere langsam an der Mauer hin, und im Vorübergehen berühre ich den Draht. Wer will so schnell herbeieilen und auch so schnell die Drahtleitung entdecken, daß er sagen könnte, ich sei der Täter? Doch die Hauptsache: bist du mit meinem Vorhaben einverstanden oder nicht?"

„Bei Allah, man sollte dich fürchten! — Natürlich bin ich einverstanden, sobald ich die Sicherheit habe, daß ich meine Absicht bei dem Bei nicht erreiche."

„Soll ich etwa warten, bis man die Patrone entdeckt?"

„Nein. Ich werde noch am Vormittag zu ihm gehen; vom Verlauf der Unterredung soll es abhängen, ob wir ihn schonen."

„Gut, so soll es sein. Aber der Tag ist schon angebrochen, und mein Bote kommt nicht zurück."

„Bist du seiner auch sicher?"

„Allah hat ihm kein Gehirn gegeben, und ein Dummkopf ist niemals ein Verräter. Er hat das Geschick nicht besessen, die beiden Männer im Auge zu behalten; er hat sie verloren. Nun getraut er sich wohl nicht zurück, um sein Bakschisch zu fordern. Doch horch — man spricht bereits das Morgengebet. Jetzt kannst du ein Tier bekommen, um zum Hafen zu reiten und nach der Jacht zu sehen."

„Und was tust du?"

„Ich gehe heim, um die Schönheiten deines Harems bis zu deiner Rückkehr zu bewachen."

Der Derwisch ging zurück. Ibrahim begab sich in die Stadt, in der sich schon Leben zu regen begann. Ein Eseljunge hielt mit seinen Tieren am alten Tor. Ibrahim mietete einen Esel und ritt zum Hafen.

Richtig, da lag die Jacht des Engländers!

Anstatt gleich umzukehren, ritt er in südlicher Richtung am Hafen weiter und hielt erst in der Nähe der Moschee Sidi ben Hassan an. Dort lag ein Langboot, wie man sie auf Dampfern findet, an Land, und dabei saßen zwei türkische Matrosen. Sie schienen ihn zu kennen, denn bei seinem Erscheinen sprangen sie auf und verbeugten sich tief.

„Wo ist der Steuermann?" fragte er.

„Dort hinter dem Felsen schläft er."

„Soll ich etwa selber gehen und ihn wecken?"

Die beiden Matrosen sprangen eilig fort und kehrten bald darauf mit dem verschlafenen Steuermann zurück.

„Was befiehlst du, o Bei?" fragte er.

„Liegt ihr schon lange hier?"

„Ja. Du hast es ja so befohlen."

„Melde dem Kapitän, daß er die Anker lichten und um die Halbinsel Dakhul fahren soll! Wahrscheinlich muß ich Tunis bald verlassen. In diesem Fall reite ich auf Kamelen zur anderen Seite, wo ihr mich nördlich von dem Ort Klibiah am Vorgebirge el Melah wahrscheinlich morgen schon beim Aufgang der Sonne auf euch warten sehen werdet. Ihr kommt mit dem großen Boot, denn ich werde Personen bei mir haben, die sich weigern dürften, mit an Bod zu gehen."

„Und wenn du nicht da bist, Herr?"

„So bin ich noch in Tunis geblieben, und ihr kehrt hierher zurück und haltet Wache wie bisher."

Befriedigt kehrte er nach Hause zurück. Mißglückte der Anschlag mit der Patrone, so war alles zur schleunigen Flucht vorbereitet.

Er fand Said, den Arabadschi, wieder munter und sagte ihm, daß er am Nachmittag einen Spaziergang zum Seebad l'Enf mitmachen müsse. Auch diese Spiegelfechterei gehörte zu seinen Fluchtvorbereitungen — Said sowohl als auch die beiden Mädchen sollten nicht ahnen, daß sie wieder zur See gehen mußten.

Das teilte er dem Derwisch mit, und dieser stimmte seinen Maßnahmen mit einem hämischen Lächeln zu.

„Jetzt gehe ich zum Bardo", schloß Ibrahim. „Mohammed es Sadok sitzt heute in seinem Palast zu Gericht, und vorher ist Empfang bei ihm. Da wird es sich entscheiden, ob wir die

Patrone platzen lassen oder nicht. Bewach du unterdessen das Haus!"

Er ging. Kaum war er durch die Tür verschwunden, so ballte der Derwisch die Fäuste und schüttelte sie hinter ihm her.

„Geh nur, geh!" stieß er zwischen den Zähnen hervor. „Du dreimal verblendeter Tor! Weder dir noch diesem Giaur ist die Blume Tschita bestimmt! Ich habe sie gefunden, und nur mir soll sie gehören!"

Im Vorzimmer des Bei von Tunis drängten sich die, denen der Herrscher beim heutigen Empfang Gehör schenken wollte. Aber entgegen der sonstigen tiefen Ruhe in diesem Raum herrschte ein kaum unterdrücktes Flüstern und Raunen. Das Gerücht war durch die Gassen von Tunis geeilt, man habe den berüchtigten Hehler Jacub Asir mit seinen Spießgesellen bei einem Mordversuch an einem ausländischen Prinzen gefaßt, und Mohammed es Sadok werde heute selber über ihn Gericht halten. Das gab einen Rechtsfall, der gewiß Tausende von Zuschauern im Hof des Palastes versammelte.

Einer nach dem anderen wurde aufgerufen und verschwand hinter den Vorhängen.

„Hulam Effendi!"

Ibrahim Bei erhob sich von seinem Kissen und trat bei Mohammed es Sadok ein.

Der Herrscher saß hinter einer kostbaren Wasserpfeife, die Arme auf seidene Rollen gestützt. In der Linken hielt er, scheinbar nur spielend, einen geladenen Revolver. Sein Blick ruhte scharf auf dem Eintretenden, der sich so tief verneigte, daß er fast die Erde berührte.

„Du warst schon zweimal bei mir, Hulam Effendi", begann Mohammed es Sadok. „Was führt dich heute zu mir?"

„Herr, du weißt, daß ich in Stambul in Ungnade geraten bin."

„Du sagst es. Deshalb bist du an meinen Hof gekommen, und ich habe dich gestern zweimal empfangen."

„Deine große Gnade leuchtet über mir..."

„Sprich nicht von Gnade", unterbrach Mohammed es Sadok mit verächtlichem, stolzem Lächeln die demütigen Worte Ibrahims. „Du kamst über Stambul hierher, und du hast mir wertvolle Fingerzeige gegeben über die Absichten und Wünsche des Großwesirs."

„Ich bin dein treuer Diener, o Herr!"

„So habe ich einen Auftrag an dich. Vermelde dem Großwesir meine Achtung, aber zugleich auch, daß mich sein Vorgehen sehr befremdet!"

„Herr, ich verstehe nicht!"

„Es wäre aber besser für dich, du verstündest mich!" sagte Mohammed es Sadok mit scharfer Betonung. „Der Hulam Effendi aus Smyrna ist zu klein für den Bei von Tunis. Er ist ein Wurm, den ich nicht sehe. Ich kenne ihn nicht. Wenn er mich aber zwingt, ihn zu kennen, so zwingt er mich auch, ihm den Kopf zu zertreten. Das täte mir leid wegen seines Vaters, mit dem ich Brot und Salz getauscht habe, und der zu groß war, um zu einem erbärmlichen Schleicher herabzusinken."

Ibrahim Bei war auf die Knie niedergesunken. Seine Hände zitterten. Angstschweiß perlte auf seiner Stirn.

„Herr", stotterte er, „Herr, ich habe nur zu gehorchen! Gnade!"

„Ja, du bist der Sklave deines Herrn, und darum soll dich mein Zorn nicht treffen. Aber hüte dich, hier in meinem Land etwas zu tun, was gegen meinen Willen und gegen meine Gesetze ist! Der Wesir könnte dich nicht schützen. Ich rate dir, der Hulam Effendi zu bleiben und als solcher in Klugheit deines Wegs heimwärts zu ziehen. Das wird das beste sein. Sehen wir uns wieder, dann ist es gewiß nicht mehr so in Frieden wie jetzt. Nun kannst du gehen. Ich halte dich nicht."

Der eitle und selbstbewußte Ibrahim Effendi wußte später nicht mehr, wie er durch das Vorzimmer in den Hof und dann aus dem Palast herausgekommen war.

Zu Haus empfing ihn Derwisch Osman in größter Spannung.

„Nun, wie ist es gegangen? Was hast du beschlossen?"

„Er muß sterben!"

„Ah! — Erzähle!"

„Was gibt es da viel zu erzählen? Wir sind verraten!"

„Verraten?"

„Ja. Dieser Mohammed es Sadok, den Allah verdammen möge, kennt meinen Namen und meinen Auftrag."

„Der Scheitan hole ihn! Aber woher weiß er das?"

Ibrahim zuckte wütend die Achseln.

„Woher? Es gibt da nur eine Möglichkeit: diese fränkischen Hunde, die hinter Tschita und Zykyma her sind! Sie sind die einzigen, die mich hier kennen." Er schüttelte die Fäuste gegen die Decke. „Wenn ich diese Giaurs in meine Hände . . ."

„Das hat alles keinen Zweck", unterbrach ihn der Derwisch kalt. „Wichtiger ist es, sich sofort aus dem Staub zu machen, ehe man dich in deinem eigenen Haus verhaftet!"

„Mohammed es Sadok wird es sich doch noch sehr überlegen, bevor er sich an einem Beauftragten des Großwesirs vergreift. Nein, nun fliehe ich erst recht nicht, es müßte denn dein Anschlag gegen den Bei mißlingen. Der Nachfolger will mir wohl, er billigt unsere Pläne. Aber trotzdem werde ich zur etwaigen Flucht alles vorbereiten. Bestellen wir uns also die Tiere zu unserem Ritt!"

„Wirst du den Ausflug auch unternehmen, wenn der Anschlag gelingt?"

„Das weiß ich nicht."

„Es wird besser sein. Die Vorbereitungen sind nun einmal getroffen. Es würde auffallen, wenn du es nicht tätest. Du reitest ans Meer spazieren und kehrst des Abends zurück."

Mohammed es Sadok hielt unterdes Gericht über Jacub Asir und seine Verbündeten.

Das Vorspiel zum Verhör bestand darin, daß ihnen allen zunächst die Füße zwischen zwei Bretter geschraubt wurden und sie auf die nackten Sohlen die Bastonade erhielten — die Männer im offenen Hof, jeder zwanzig Hiebe; die Mädchen in einem abgeschlossenen Raum, je zehn Streiche. Das stärkte ihre Bereitschaft zum Geständnis.

Auf Grund der reichen Erfahrung in ähnlichen Dingen gelang es Mohammed es Sadok auch, die Vernehmung so zu leiten, daß David Lindsay nicht im mindesten bloßgestellt wurde. Es dauerte nur kurze Zeit, so hatten alle Beteiligten eine vollständige Beichte abgelegt.

Das Urteil lautete eigentümlich: Einziehung des gesamten Eigentums; sodann wurden den Männern Kopfhaar und Bärte glatt abrasiert, eine entsetzliche Schande. Und zuletzt befahl der Herrscher, daß alle, Männer sowohl als Frauen und Mädchen, nach der algerischen Grenze geschafft und dort hinübergestäupt würden.

„Denn", erklärte er, „töten will ich diese Hunde und Hündinnen nicht, da ihnen Allah ja einmal das Leben gegeben hat. Gefangensetzen mag ich sie auch nicht, denn sonst müßte ich sie ernähren; und ich habe bessere und bravere Untertanen, die der Nahrung und Kleidung mehr wert sind als diese Verbrecher. Darum jage ich sie aus dem Land hinaus. So bin ich sie los. Kommen sie aber zurück, so lasse ich sie peitschen, bis sie tot sind. So lautet mein Spruch und Urteil. La ilâha ill' Allâh we Mohammed rasûl Allâh!"

Paul und Hermann begaben sich nach dieser seltsamen Gerichtsverhandlung zum ‚Italienischen Haus', um zu speisen. Nach Tisch sollten sie zu Krüger Bei kommen und den Engländer mitbringen, der sie im Gasthaus erwartete, da er keinerlei Lust verspürt hatte, Zeuge der Gerichtssitzung zu sein. Im Bardo wollten sie bei der Festnahme des Derwischs Osman zugegen sein.

Als David Lindsay hörte, welches Urteil über seine nächtlichen Gesellschafter gefällt worden war, schmunzelte er vergnügt vor sich hin.

„Wenn es alle Richter so machten, so gäbe das eine ganz famose Herüber- und Hinüberschieberei der Verbrecher!" sagte er erleichtert, während seine Nase mit wiedererwachtem Lebensmut nach rechts und links witterte, als suche sie neue Abenteuer. „Na, mögen drüben die Herren Franzosen sehen, was sie mit diesem Jacub Asir anfangen! Ich entführe ihm sicherlich keine ‚Tochter' wieder! Well!"

14. Unterm ‚Stock des Bekenntnisses'

Das Nachmittagsgebet der Mohammedaner fällt genau auf die dritte Stunde. Schon um zwei Uhr war Ibrahim bei Tschita und Zykyma gewesen, um sie auf den Spazierritt vorzubereiten. Kurz danach meldete ihnen Said, der Arabadschi, daß der Gebieter noch einmal für einige Minuten ausgegangen sei.

„Wo ist der Derwisch?" fragte Zykyma.

„Auch fort."

„Wird er mit uns reiten?"

„Ja. Wir reiten alle zusammen."

„Warum alle? Sieht das nicht wieder wie eine schleunige Abreise aus?"

„Diesen Verdacht habe ich auch schon gehabt."

„Ist es da nicht besser, wir verlassen gleich jetzt das Haus und suchen die Freunde auf?"

„Das geht nicht. Die beiden Wächter sind auf dem Posten und bewaffnet bis auf die Zähne. An eine heimliche Flucht ist jetzt nicht zu denken, und im Kampf müßte ich unterliegen. Außerdem gehört ihr dem Gebieter. Er kann es beweisen und euch in jedem Augenblick zurückfordern. Wartet bis heute abend!"

„Aber wenn Ibrahim uns wieder fortschafft?"

„Ich glaube noch nicht daran. Ich weiß, daß er hier noch viel zu tun hat. Gestern hörte ich ihn die Pläne für die nächsten Tage mit Osman besprechen."

„Allah schütze uns!" seufzte Tschita.

„Übrigens", setzte Said hinzu, „bin ich auf alles gefaßt. Ich habe den Freunden gesagt, daß wir nach dem Bad l'Enf wollen. Sie werden uns folgen, wenn wir nicht zurückkehren, und ich werde darauf bedacht sein, daß sie erfahren, wohin wir uns begeben. Ihr braucht euch keine Sorge zu machen."

Ibrahim Bei hatte es nicht zu Hause geduldet. Die Wut über

Mohammed es Sadok und die unerwartete Demütigung kochte in ihm. So war er fortgegangen, um sich von dem Erfolg des Anschlags mit dem Sprengkörper zu überzeugen. Doch fiel es ihm nicht ein, sich in Gefahr zu begeben, sondern er machte einen Umweg um den Bardo herum. Hinter dem Garten gab es ein dichtes Gebüsch; das suchte er auf, um von dort aus den Vorgang zu beobachten.

In diesem Augenblick gab der Gebetsausrufer das Zeichen. Die Mohammedaner haben keine Glocken; an ihrer Stelle benutzt man Bretter, an die geschlagen wird; und das Holz gibt einen weithin hörbaren, wohltönenden Klang.

So war es auch jetzt, als die Schläge erschallten und der Mueddin hoch oben auf dem Minareth stand und rief:

„Haï el Moslemin alas salah — wohlan, ihr Gläubigen, zum Gebet!"

Da kniet gewiß ein jeder gläubige Muselmann nieder, um sein Gebet zu sprechen. Derwisch Osman aber tat es nicht, und ebensowenig Ibrahim, der mit außerordentlicher Spannung sah, wie Osman bedächtig und würdevoll hart an der Mauer entlangschritt.

Nun blieb der Derwisch für einen kurzen Augenblick stehen, und es schien, als lehne er sich ermüdet von langer Wanderung, gegen die Mauer.

Jetzt, jetzt mußte es geschehen.

Aber, obwohl beide Aug und Ohr anstrengten, sahen und hörten sie nichts. Sie erwarteten, den lauten Knall der Entladung zu vernehmen — aber sie lauschten vergebens.

Was war das? Woran lag die Schuld? Hatte Osman seine Sache vielleicht nicht richtig gemacht?

Der Derwisch blickte sich suchend um. Kein Mensch befand sich in Sicht. Er untersuchte hastig den Draht und die Batterie — beides war in Ordnung. Abermals berührte er die Enden der Drähte — keine Wirkung!

„Kull Schejatin — alle Teufel!" fluchte er in sich hinein. „So versuch ich's zum drittenmal!"

Er zog sein Messer und schabte die Drahtspitzen, daß sie metallisch glänzten — da spürte er eine starke Hand im Genick und stieß einen lauten Ruf des Schreckens aus. Im selben Augenblick sprangen noch zwei Männer von der Mauer herab und nahmen ihn sofort in ihre Mitte.

„Was tust du hier?"

Der Derwisch fuhr herum — vor ihm stand der Giaur, dieser Hermann Wallert.

„Nun, antworte!" befahl Hermann.

„Was geht es dich an!" stotterte Osman und erkannte mit

entsetztem Blick die anderen zwei, Paul Normann und den Engländer.

„Das geht mich wohl etwas an!" lachte Hermann. „Ich habe bisher geglaubt, du seist ein Derwisch!"

„Das bin ich auch!"

„Du lügst. Gehörtest du zu diesem frommen Orden, so würdest du jetzt zur Stunde des Gebets hier an der Erde knien und Allah deine Seele schenken."

„Hast du mir etwa mein Tun vorzuschreiben?"

„Nein, das habe ich nicht."

„So vergreife dich nicht mit deinen unreinen Händen an einem Gläubigen und laß mich gehen!"

Der Derwisch wandte sich, aber Hermann hielt ihn am Arm

„Warte noch ein Weilchen! Ich möchte sehr gern wissen, was du hier in der Hand hältst. Ah, eine Batterie! Mensch, wen willst du denn elektrisieren?"

Nun verlor Osman erneut die Fassung.

„Elektrisieren?" fragte er. „Was ist das?"

„Das weißt du nicht? So muß ich es dir erklären. Man bringt diese geladene Batterie in Berührung mit diesem Draht. Das nennt man elektrisieren."

„Das verstehe ich nicht. Was geht mich der Draht an!"

„Dann fährt der elektrische Funke im Draht weiter bis in den Kiosk des Gebets, wo die Patrone liegt, und zerschmettert den Herrscher von Tunis."

„Hund!" schrie der Derwisch auf und schlug mit den Fäusten auf Paul und Hermann ein, um sich Freiheit zur Flucht zu schaffen. Aber Hermann packte ihn sofort wieder beim Genick und schleuderte ihn mit solcher Gewalt an die Mauer, daß er wimmernd zusammenknickte.

„Bleib nur, Bursche!" lachte er. „Wir haben noch ein Wörtchen hinzuzufügen. Holla, Herr Oberst!"

Oben auf der Mauerkante wurde das rote Gesicht Krüger Beis sichtbar.

„Ah!" rief er herunter. „Da ist ja das jefahrvolle Individibum im Augenblick des Ergriffenseins? Hier habt ihr einen Strick, um ihm widerstandslos zu befestigen!"

Damit warf er einen Strick von der Mauer herab.

Dem Derwisch kam erst jetzt voll das Bewußtsein seiner gefahrvollen Lage. Er bäumte sich, brüllte vor Wut und schlug, trat und biß wie ein reißendes Tier um sich.

„Jeben Sie ihm einen Klaps vor das Kopf zur Besänftigung!" ermahnte der wackere Oberst von der Mauer herab.

Diese Ermahnung war jedoch überflüssig. Hermann hatte dem Verbrecher schon die Hände um den Hals gelegt und drückte ihm die Luftröhre zusammen. Der Strick wurde ihm dann in einer Schlinge um den Leib gelegt, und nun zogen ihn einige Krieger des Bei empor in den Garten hinein. Für die zwei Deutschen und den Engländer ließ man eine Leiter herab.

Im Garten bildeten wohl an die fünfzig zu der Wache des Bei gehörige wilde Gestalten einen Kreis um den Gefangenen, so daß an ein Entkommen nicht zu denken war.

„Willst du gestehen, du Hundesohn?" fragte Krüger Bei.

„Ich habe nichts zu gestehen!" keuchte Derwisch Osman. „Ich weiß nicht, was man von mir will!"

„Gut, so wollen wir deinen Verstand schärfen."

Der Oberst gab einen Wink, und augenblicklich war die unheimliche Bank zur Stelle, die zur Ausübung der Bastonade dient. Diese Bank, auf die der Sünder mit dem Leib gelegt wird, hat am Fußende eine Lehne, an der die Beine emporgezogen und so befestigt werden, daß oben die nackten Fußsohlen eine waagrechte Lage erhalten. In dieser Weise wurde auch der Derwisch angeschnallt. Er sträubte sich aus Leibeskräften und stieß die gemeinsten Flüche aus.

„Wollen Sie ihm schon jetzt die Bastonade geben lassen?" fragte Hermann den Oberst der Leibwache.

„Ja, in Natürlichkeit und Verständnis!"

„Bevor er zum Bei gebracht wird?"

„Ja. Was leugnet, dem muß jehauen werden. Verstanden?"

So war denn der Derwisch derart festgebunden, daß er sich nicht zu bewegen vermochte. Vor seinen bloßen Füßen stand der Dschezzar, zu deutsch eigentlich Henker. Doch hat in Tunesien das Amt eines Henkers nicht den anrüchigen Beigeschmack wie bei uns; das Henken ist dortzulande im Gegenteil eine der höchsten Befugnisse, die nur einem solchen Mann erteilt wird, von dessen Treue der Herrscher überzeugt ist.

Krüger Bei führte das Verhör natürlich auf türkisch.

„Warst du heute nacht hier im Garten?"

„Nein."

„Zwei Hiebe!"

Sofort erhielt der Derwisch auf jede Sohle einen Hieb.

„Ja, ich war da!" schrie er.

„Hast du den Draht gelegt?"

„Nein."

„Zwei Hiebe!"

Wiederum wurden die Hiebe von dem Dschezzar so gegeben, daß einer hart neben den anderen kam, und da bei jedem einzelnen die Haut der Fußsohle aufsprang, war der Schmerz entsetzlich.

„Halt!" brüllte Osman. „Ja ja ja, ich habe ihn gelegt!"

„Auch die Patrone?"

„Nein."

Ein Wink von Krüger Bei, und der Dschezzar schlug abermals zu.

„Oh, Allah, Allah! Ja ja — auch die Patrone!"

„Wozu?"

„Ich — wollte sehen, ob es knallt."

„Du wolltest also nicht den Bei, den Beherrscher der Gläubigen dieses Landes, töten?"

„Nein."

„Vier Hiebe."

Kaum aber hatte der Derwisch den zweiten Hieb erhalten, so brüllte er laut auf.

„Halt, halt! Ja, ich wollte ihn töten!"

Der gegenwärtige wilde Schmerz wirkte mehr als die Furcht vor der grausamen Strafe, die erst später auf sein Geständnis erfolgen konnte.

„Hast du Mitschuldige?"

„Nein."

„Zwei Hiebe!"

Die Fußsohlen waren schon arg mitgenommen. Wieder holte der Dschezzar erbarmungslos zum Hieb aus.

„Halt ein!" schrie Osman schmerzverzerrt. „Ja, ich habe einen Mitschuldigen, Ibrahim Bei!"

„Hast du noch andere Helfershelfer?"

„Nein."

„Noch zwei Hiebe!"

„Bei Allah und dem Propheten, nur Ibrahim weiß davon!"

Der Dschezzar wollte zuschlagen, aber Hermann ergriff ihn am Arm.

„Er hat wohl keinen Vertrauten weiter", sagte er zu Krüger Bei. „Das glaube ich beschwören zu können. Fragen Sie ihn jetzt lieber nach meinen Verwandten!"

Krüger Bei nickte.

„Kennst du diesen Effendi?" wandte er sich an Osman.

Der Derwisch warf aus blutunterlaufenen Augen einen haßerfüllten Blick auf den Deutschen.

„Ja."

„Nenne mir seinen Namen!"

„Wallert Effendi."

„Ich meine nicht diesen angenommenen Namen, sondern seinen Familiennamen."

Der Derwisch stutzte. Was beabsichtigte Krüger Bei? Kannte er die Familiengeschichte der Adlerhorst, und wollte er gar ihn selber in Beziehung dazu bringen? Das schien ihm unmöglich.

„Ich weiß keinen anderen."
„Noch zehn Hiebe!"
Diese übermäßige Verschärfung der Strafe rief ein höllisches Entsetzen bei dem Gefangenen hervor. Er stieß einen überlauten Schrei der Angst aus.
„Bei Allah! Habt Erbarmen mit mir! Schlagt mich nicht mehr! Ich will alles gestehen!"
„Gut, ich will es nochmals versuchen. Aber wehe dir, wenn du noch einmal meine Geduld und Güte mißbrauchst! Also du kennst diesen Effendi?"
„Ja."
„Und seinen wirklichen Namen?"
„Ja."
„Wie heißt er?"
„Er ist ein Adlerhorst."
„Sieh, wie dir der Stock den Mund geöffnet hat! Und wie tadellos du dieses für den Gaumen eines Orientalen schwierige Wort ausgesprochen hast! Das bringt mich auf die Vermutung, daß du gar kein Türke bist. Sprich, du Hund!"
„Beim Bart des Propheten, ich bin ein . . ."
Krüger Bei warf dem Dschezzar einen Blick zu, und eine einzige drohende Bewegung des Henkers besiegte Osmans Widerstand.
„Halt, schlag nicht! Ich bin ein Franzose!"
„Und dein Name?"
„Man nannte mich früher . . ."
Er stockte.
„Nun — wird's?"
„Florin."
Mit weit aufgerissenen Augen und kreideweißem Gesicht starrte Hermann den Gefangenen an: dieser Mann da, der mit blutenden Füßen vor ihm lag, war der ehemalige Diener seiner Mutter. Es war ihm, als wolle das Herz versagen. Übermächtig stieg die Vergangenheit mit all ihrem bitteren Elend vor ihm auf — und dieser Erbärmliche da trug mit die Schuld an dem grenzenlosen Leid seiner geliebten Mutter und Geschwister! Darum also waren ihm vom ersten Augenblick an seine Züge so bekannt erschienen!
Krüger Bei fuhr mit dem Verhör fort.
„Sei Allah dankbar, daß er dir durch mich die Wohltat der Gedächtnisstärkung erwiesen hat! Nun sage mir, in welchem Verhältnis du zur Familie Adlerhorst standest?"
„Ich war ihr — — ihr Diener."
„Und der Mann, der sich Ibrahim Bei nennt und sich im Besitz der Uhr des ermordeten Konsuls befand?"

Der Derwisch sah sich verloren. Nun, dann sollte wenigstens sein Verbündeter dasselbe Los mit ihm teilen. Ihn schonen zu wollen, wäre nur zu seinem Schaden gewesen.

„Ibrahim Bei, der damals diesen Titel noch nicht besaß, befand sich als politischer Sendling des Padischah in Aden und verliebte sich in die Gattin des Konsuls."

Krüger Bei zog die Brauen erwartungsvoll in die Höhe, während die Augen Hermanns wie gebannt am Mund des ehemaligen Dieners hingen.

„Nun? Und?"

„Ibrahim wurde aber abgewiesen und schwor der ganzen Familie Rache."

„So weit ist die Geschichte klar. Welchen Anteil hast indes du an der Sache? Deine Freundschaft mit Ibrahim bedarf einer näheren Erklärung."

Osman warf einen zögernden Blick auf Hermann Adlerhorst.

„Hoheit, ich werde auf deine Fragen bereitwillig Antwort geben. Aber bitte, veranlasse diesen Mann, daß er sich entfernt. Dann werde ich sprechen."

„Hund, willst du mir gar noch Vorschriften machen? Dieser junge Effendi bleibt! Er hat das erste Recht, alles zu erfahren. Heraus mit der Sprache, sonst — — —"

Eine einzige bezeichnende Bewegung Krügers genügte, um das Widerstreben des Derwischs zu besiegen.

„Ich spreche ja schon!" rief er voll Angst. „Die Sache ist die, daß auch ich meine Herrin liebte und, als ich . . ."

Abermals stockte Osman in seinem Geständnis. Vielleicht band ein letzter kärglicher Rest von Scham seine Zunge.

„Nun?" knurrte Krüger Bei.

Der Dschezzar griff den Stock fester und hob ihn hoch, um auf den leisesten Wink seines Herrn zum Zuschlagen bereit zu sein.

„Bei Gott!" wimmerte der Derwisch. „Ich will alles erzählen, so wie es war! Kann ich dafür, daß ich sie liebte? Aber sie hat mich schroff abgewiesen!"

Hermann Adlerhorst erwachte wie aus einem Traum.

„Schurke, du hast es gewagt, deine Augen zu meiner Mutter zu erheben? — Weiter, weiter! Sprich schnell, oder ich erwürge dich!"

Hermann hatte die Fäuste geballt und machte Miene, sich im nächsten Augenblick auf den Derwisch zu stürzen.

„Die Zurücksetzung versetzte mich in Wut", fuhr Osman mit einem scheuen Blick auf den Stock des Dschezzar fort. „In mir brannte nur noch das Gefühl der Rache. Ich verband mich mit dem Türken Ibrahim; wir suchten gemeinsam nach einer Gelegenheit, die Familie zu verderben. Sie fand sich sehr bald. Der Konsul wollte nach Deutschland zurückkehren. Ibrahim erkundete mit leichter Mühe Namen und Abfahrtszeit des Schiffes, das die Familie Adlerhorst benutzen wollte. Dann schickte er einen Eilboten an den Scheik der Dscheheïne, die damals und auch jetzt noch als Seeräuber gefürchtet sind. Ibrahim kannte ihren Scheik und verabredete mit ihm, den Sambuk[1] zu kapern. Das Schiff und die ganze Ladung sollte den Piraten gehören, während sich Ibrahim das Vermögen des Konsuls ausbedang. Außerdem sollte der Scheik den Erlös für den Verkauf der Gefangenen behalten dürfen."

Paul Normann hielt den rechten Arm um seinen Freund geschlungen, denn er sah, wie es in seinen Mienen arbeitete und wie seine Augen glühten. Auch David Lindsay stand dicht an seiner Seite. Sie wollten verhindern, daß sich Hermann im Übermaß des Schmerzes auf den Schurken warf, der das jahrelange Leid seiner Angehörigen auf dem Gewissen hatte.

Aber Hermann hielt sich mit übermenschlicher Kraft in der Gewalt. Wenn er in diesen Augenblicken auch das ganze furchtbare Trauerspiel nacherlebte und noch einmal durchlitt, so sagte er sich doch auch, daß er jetzt erst am Anfang der Enthüllungen stand und seinen klaren Kopf behalten mußte, um seinem Ziel näherzukommen.

„Und meine Mutter?" sagte er mit beherrschter Stimme. „Und meine Geschwister? Wo sind sie?"

„Ich weiß es nicht. Bei Allah und dem Propheten, ich weiß es wirklich nicht! Meine Rache war befriedigt, und ich kümmerte mich nicht mehr um die Vergangenheit, bis . . ."

„. . . bis? Weiter!"

„. . . bis ich vor einigen Tagen die junge Tscherkessin sah."

„Tschita?"

„Ja."

„Die mein Freund hier malte?"

„Bei Barischa — ja."

„Woher hatte sie der Sklavenhändler."

„Ich weiß es nicht."

„Ist Barischa mit dir und Ibrahim im Bund gewesen?"

„Nein."

„Hund!" fuhr Krüger Bei ihn an. „Wenn dich deine Erinnerung wieder verläßt, werde ich den ‚Stock des Bekenntnisses' auf deinen Fußsohlen tanzen lassen, bis dein Gedächtnis stark ist wie die Güte des Großherrn!"

„Gnade, o Herr!" wimmerte Osman. „Ich kannte Barischa nicht. Ich fand Tschita ganz zufällig bei ihm."

[1] Orientalisches Fahrzeug

„Ist sie meine — Schwester?" fiel Hermann ein.

„Auch das kann ich nicht mit Bestimmtheit sagen. Wir glauben es aber wegen der Ähnlichkeit mit meiner früheren Herrin. Einen anderen Anhaltspunkt haben wir nicht, außer daß das Alter stimmt, und daß Tschita über ihre Familie nichts zu sagen weiß."

Das Bekenntnis des Derwischs hatte sich nicht so glatt abgewickelt, wie es auf dem Papier zu lesen ist. Er hatte leise, stockend und mit Unterbrechungen gesprochen, und nur die Angst vor der entsetzlichen Bastonade hatte ihn so weit gebracht, daß er seine Beichte vollendete.

Der Oberst befahl, Osman in das sicherste Loch des Gefängnisses zu werfen. Dann machte er sich selber an der Spitze einiger Mann der Leibschar auf, auch Ibrahim festzunehmen. Paul und Hermann eilten ihm voraus.

Ibrahim hätte sich beinahe durch einen Schreckensruf verraten, als er Zeuge der überraschenden Festnahme Osmans wurde.

„O Mohammed! O ihr Kalifen!" knirschte er. „Da sind diese Hunde! Wie kommen sie hierher? Sollte der Schiffer, der ihm geholfen hat, alles verraten haben? Wenn ihm nicht jetzt noch die Flucht gelingt, so ist er verloren."

Mit schlotternden Knien verfolgte er die weiteren Vorgänge.

„Bei allen Teufeln und Geistern der Hölle!" stöhnte er. „Sie ziehen ihn hoch! Er ist gefangen!"

Schon wollte er fliehen, doch eine Ahnung hieß ihn noch warten. Da, schon nach wenigen Minuten, ertönte ein schriller Schrei, dem bald ein zweiter folgte.

Ibrahim wußte genug.

„Er erhält die Bastonade! Sie verhören ihn!" murmelte er betroffen. „Sie werden ihn nach seinen Helfern fragen — und er wird mich nennen! Er wird mich verraten, denn er ist ein falscher, selbstsüchtiger Hund, und kein Mensch kann dem Schmerz widerstehen, wenn der Stock bis auf den Knochen durch die Sohle dringt. Fort, fort! In einer halben Stunde werden die Kawassen des Krüger Bei vor meinem Haus sein!"

Wie von Furien gehetzt rannte er davon. Er machte keinen Umweg, selbst auf die Gefahr hin, den Begegnenden aufzufallen. Nur nach Hause, möglichst bald nach Hause — nur keinen Augenblick verlieren! Er atmete auf, als er, bei seinem Haus angekommen, bemerkte, daß sämtliche Tiere bereitstanden. Aber die Mädchen machten Schwierigkeiten. Die Eile Ibrahims kam ihnen verdächtig vor; das sah ganz aus wie eine Flucht. Deshalb weigerten sie sich mitzugehen und wehrten sich aus Leibeskräften, bis Ibrahim den beiden Wächtern befahl, Gewalt anzuwenden und sie, wenn sie sich mit dem Dolch widersetzen sollten, einfach niederschießen.

Wenige Minuten später saßen die Mädchen in den Kamelsänften und die Männer auf den Pferden. Nur einer fehlte noch.

„Beim Scheitan — wo ist Said?" brüllte der Bei.

„Hier!" antwortete der Arabadschi, indem er aus dem Haus stürzte und in den Sattel sprang.

„Das ist dein Glück! — Vorwärts!"

Zunächst ritten sie an der Westseite der Stadt hin. Dann wandten sie sich dem sogenannten neuen Fort zu. Auf diese Weise wich Ibrahim den belebteren Gegenden aus, so daß es später fast unmöglich war, durch Nachfrage zu erfahren, welche Richtung er genommen hatte.

Von dem neuen Fort nach Bad l'Enf ist es nicht weit. Es fiel Ibrahim nicht ein, in dem kleinen Ort, den er als Ziel des Spazierritts angegeben hatte, halt zu machen — es ging im Galopp weiter, quer durch das Tal Suttun, dem größeren Ort Soliman zu.

Im Süden des Golfs von Tunis zieht sich die Halbinsel Dakhul in der Richtung von Südwest nach Nordost in die See hinein. Da es Ibrahim unmöglich war, zu Wasser von Tunis aus zu entkommen, hatte er den Plan gefaßt, auf dieser Halbinsel bis zu einer ihrer Spitzen zu reiten. Dort erwartete ihn am anderen Morgen das bestellte Boot. Gelang es ihm, dieses zu erreichen, so war er gerettet.

Er durfte nicht daran denken, auch nur einen Augenblick anzuhalten; und so war es den Mädchen, solange die Kamele in ihrer schnellen Gangart blieben, unmöglich, aus den Sänften herabzukommen.

Ihre beiden Wächter waren gut geschult. Selbst zu Pferd sitzend, hatte jeder von ihnen eins der beiden Kamele am Halfter, um Zykyma und Tschita jede Möglichkeit einer Flucht zu nehmen.

Jetzt war das Städtchen Soliman erreicht.

„Wartet nicht auf mich, sondern reitet durch!" befahl Ibrahim. „Ich komme nach."

Er selber hielt mit Said an, der das für den Derwisch bestimmte Pferd neben dem seinigen am Zügel führte, und wandte sich an einige Männer in der Nähe.

„Wer zeigt uns den besten Weg nach Klibiah?"

Einer trat vor.

„Was bietest du?"

„Du sollst fünfzig Piaster haben und dieses Pferd dazu mit Sattel und Lederzeug, wenn du augenblicklich aufsteigst und mit mir kommst!"

„Bei Allah, du bist so freigebig, daß man dir nicht trauen möchte! — Gib erst das Geld!"

Ibrahim zog den Beutel. Unterdessen sprang Said ab und machte sich an seinem Sattel zu schaffen.

„Was hast du abzuspringen?" fragte ihn sein Herr barsch.

„Diese Wächter sind Dummköpfe! Sie verstehen nicht, ein Pferd zu satteln. Der Gurt ist viel zu locker."

„Nun, so mach schnell! Wir haben keine Zeit!"

Bei diesen Worten sprengte er mit dem neuen Führer davon.

Said winkte den zurückbleibenden Männern zu, indem er ihnen das Zeichen des Schweigens machte.

„Ich habe euch etwas zu sagen. Kommt her!"

Da sah sich Ibrahim auch schon nach ihm um und stieß einen Fluch aus.

„Ich denke, du hast den Sattel längst fester geschnallt!"

„Du ließest mir doch keine Zeit dazu!"

„So spute dich und folge! Ich kann deinetwegen die Kamele nicht so weit vorankommen lassen."

Dann jagte er mit dem Führer weiter.

Das hatte der treue Arabadschi beabsichtigt. Kaum war sein Herr hinter der Ecke eines Gartens verschwunden, so saß der Sattel auch wieder fest, und Said sprang auf. Anstatt aber seinem Herrn gleich zu folgen, beugte er sich zu den Männern nieder.

„Der dort hat fünfzig Piaster bekommen", raunte er ihnen zu. „Wollt ihr zweihundert oder dreihundert oder noch mehr verdienen?"

„O Allah! Das ist ja ein Vermögen!"

„Wollt ihr? Entschließt euch schnell!"

„Was sollen wir dafür tun?"

„Ihr eilt nach Bad l'Enf. Dorthin werden Reiter kommen, die nachfragen werden, wohin wir geritten sind. Sagt ihnen: nach Klibiah! Und wenn diese Reiter nicht bald eintreffen, so läuft einer von euch schnell in die Stadt zum ‚Italienischen Haus' und fragt nach ihnen. Es sind zwei Deutsche und ein Engländer. Ich bin Said, der Arabadschi. Habt ihr verstanden?"

„Ja. Wer bezahlt uns?"

„Die Herren im ‚Italienischen Haus'. Sie werden euch so viel geben, wie ich euch gesagt habe, und sogar noch mehr, wenn ihr dafür sorgt, daß ihr sie schnell findet. Ich verspreche euch bei Allah und dem Bart des Propheten, daß ihr das Geld erhalten werdet!"

„Da du schwörst, so wollen wir's tun. Wir werden uns gleich auf alle Wege verteilen, so daß sie uns nicht entgehen können, und einer mag sofort in die Stadt zum ‚Italienischen Haus' reiten!"

Said jagte seinem Herrn nach, so schnell sein Pferd nur zu laufen vermochte. Er hatte das seinige getan. Zwar fragte er sich, ob er nicht selber hätte zur Stadt reiten können. Aber einmal hätte sein Herr die Absicht dieser Flucht sofort erraten und dann gewiß die Richtung geändert, und ferner hielt er es für besser, bei den Mädchen zu bleiben, denn er wußte nicht, was ihnen noch bevorstand.

15. In letzter Minute

Als Paul, Hermann und Sir David, die dem ‚Herrn der Heerscharen' mit seiner Truppe vorangeeilt waren, in den Garten Ibrahims eindrangen und das Haus erreichten, fanden sie es verschlossen. Sie klopften. Kein Mensch ließ sich sehen. Das war befremdend, da Ibrahim ja angeblich nur einen Spazierritt unternommen haben sollte und nicht anzunehmen war, daß er das Haus ohne jede Bewachung lassen würde.

Sie gingen nun um das Gebäude herum und stiegen kurz entschlossen durch einen offenen Laden des Erdgeschosses ein. Die Stube, in der sie jetzt standen, war leer. Von da aus traten sie in den fast dunklen Hausflur. Auch er war leer. Hermann untersuchte die Tür und brach sie, als er sie verschlossen fand, mit einer Gartenhacke auf. Da kam auch schon Krüger Bei angeritten.

„Haben Sie ihm schon jearretiert?" fragte er.

„Er ist fort."

„Was? Fort? Wohinüber?"

„Er ist mit den Mädchen nach l'Enf spazierengeritten!"

„Wie? Ihm jeht spazieren? Ihm den Verbrecher? Na, wir werden ihm die Engel im Himmel singen lassen und uns auf seine Fersen setzen!"

„Wollen Sie ihm nach? Oder wollen wir vielleicht erst einmal untersuchen, ob es sich wirklich bloß um einen Spazierritt handelt?"

„Sehr gut. Das hat mein außerordentliches Verständnis. Wir werden also eine beschleunigte Heimsuchung veranstalten!"

Sie begannen darauf, das Haus zu durchstöbern. Mit den Räumen, die die Mädchen bewohnt hatten, wurde begonnen. Sie waren bis auf die Kissen und Teppiche vollständig leer.

Paul Normann bückte sich und hob einen kleinen Gegenstand vom Boden auf. Es war eine goldene Kapsel, ähnlich der, die Hermann Adlerhorst besaß. Sie hing an einem dünnen Goldkettchen, das indes in der Mitte auseinandergerissen war. Neugierig drehte Paul an der Kapsel, und es gelang ihm, sie zu öffnen. Im nächsten Augenblick stieß er einen lauten Ruf grenzenlosen Erstaunens aus.

„Hermann, sieh mal her — wahrhaftig, das bist du, wie du leibst und lebst!"

Hermann blickte wie entgeistert auf das winzige Bildchen, das die Kapsel enthielt.

„Das — bin ich nicht — das — ist mein Vater!" stieß er schließlich mühsam hervor.

„Dein Vater? — Wie kommt — — wie kommt dieses Bild — — — doch wie kann ich noch fragen? Die Sache ist doch sonnenklar! Die Kapsel kann nur von Tschita getragen worden sein."

„Tschita!"

„Und weißt du, was das bedeutet?" rief Paul in größter Erregung.

„Nun?"

„Daß Tschita wirklich deine Schwester ist. Ein weiterer Zweifel wäre geradezu Unsinn."

„Tschita — meine Schwester!"

Hermann schlug beide Hände an die Wand, lehnte den Kopf daran und weinte wie ein Kind.

Alle waren tief ergriffen. Doch keiner sagte ein Wort, selbst Lindsay nicht, der nach Hermann der nächste Beteiligte war.

Paul legte die Hand auf die Schulter Hermanns.

„Lieber Hermann, fasse dich! Das, was du erfahren hast, ist ja nicht traurig."

„Nein, nein!" entgegnete Hermann mit heiserer Stimme. „Traurig und freudig zugleich! Meine Schwester — eine Sklavin! Aber kann es wirklich keinen Zweifel mehr geben? Es wäre entsetzlich, wenn — — —"

„Schweig! — Wie kannst du nach all dem noch Bedenken hegen? Erinnere dich doch an das, was du mir auf dem Schiff von den beiden Kapseln erzähltest! Die eine mit dem Bild deiner Mutter erhieltest du als der älteste, und die andere mit dem des Vaters wurde deinem Schwesterchen als der jüngsten der Geschwister ein halbes Jahr nach der Geburt umgehängt. Kannst du jetzt noch zweifeln?"

„Ich zweifle ja nicht, ich will nur meiner Sache ganz sicher sein. Sie muß doch wissen, was das Anhängsel enthält!"

„Muß sie wirklich? Ich sage im Gegenteil, daß sie keine Ahnung von dem Inhalt hat. Abgesehen davon, daß der Verschluß sehr kunstvoll ist, wie ihn nur wenige deutsche Goldschmiede bei besonders kostbaren Schmuckstücken verwenden, hat sie es nie mit abendländischen Dingen zu tun gehabt. Ihre Erziehung war ja rein orientalisch."

„Sie scheint das Anhängsel verloren zu haben."
Paul Normann prüfte die Bruchfläche des Kettchens.
„Ich glaube nicht. Fast möchte ich annehmen, daß dieses Kettchen mit Gewalt entzweigerissen wurde. Mein Gott — wenn es sich nun nicht um einen Spazierritt, sondern um eine Flucht des Türken handelt! Die Mädchen haben das erkannt und sich zur Wehr gesetzt — und dabei ist das Kettchen gerissen."
„Wir haben jetzt keine Zeit, Gefühlen nachzugeben", sagte Hermann hart. „Wir müssen uns jetzt vor allem um Tschita und Zykyma kümmern. Wehe Ibrahim, dem Schurken, wenn er ihnen auch nur ein Haar zu krümmen wagte!"
In größter Eile durchsuchte man die übrigen Räume.
„Von Gebrauchsgegenständen findet sich nicht viel vor", meinte Hermann, als man damit fertig war. „Ich möchte fast glauben, daß der Halunke schon von der Verhaftung des Derwischs weiß und geflohen ist."
„So müssen wir ihm nach."
„Das ist auch meine Ansicht. Wir müssen unbedingt sofort nach l'Enf."
Diese Frage wurde von Krüger Bei zur Zufriedenheit gelöst. Er versprach, für Pferde zu sorgen, und so begab man sich denn schleunigst zum Bardo zurück, nachdem jedoch zuvor eine Anzahl von Kawassen ins Innere des Hauses beordert worden war, um, falls die Bewohner doch zurückkehren sollten, Ibrahim sofort festzunehmen.
Da die Leibschar Krüger Beis aus lauter Reiterei bestand, so gab es gute Pferde in Hülle und Fülle. Der Oberst stattete dem Herrscher von Tunis einen kurzen Bericht ab, dann setzte sich der aus den Deutschen, dem Engländer, dem Obersten und zehn seiner Leute bestehende Zug in Bewegung.
Durch die Stadt ging es im Trab, draußen dann im Galopp weiter.
Die Untersuchung im Haus an der alten Wasserleitung hatte doch mehr als eine Stunde in Anspruch genommen. Es war schon fünf Uhr, als die Reiter nach l'Enf kamen, wo sie, da Krüger Bei weithin bekannt war, von den dortigen Bewohnern neugierig betrachtet wurden.
„Der Oberst der Leibscharen!" hörte Hermann einen Mann laut sagen. „Das können die Erwarteten nicht sein."
Sofort hielt Hermann das Pferd an.
„Erwartest du Reiter aus der Stadt?"
„Ja. Zwei Deutsche und einen Engländer."
„Nun, dann sind wir's."
„So kennst du Said, den Arabadschi?"
„Allerdings. Habt ihr eine Botschaft von ihm?"

„Wir sollen euch sagen, daß sein Ritt nach Klibiah geht. Sie haben in Soliman einen Führer gewonnen, dem sie fünfzig Piaster gaben und ein Pferd nebst Sattel und Lederzeug dazu."

„Nach Klibiah!" rief Hermann verwundert. „Vorwärts!"

Aber der Mann griff dem Gaul in die Zügel.

„Allah möge dein Hirn erleuchten und deine Hand öffnen, Effendi!"

Sofort zog Hermann die Börse und reichte ihm ein Geldstück. Aber der Mann betrachtete das Bakschisch und schüttelte den Kopf.

„Deine Wohltätigkeit ist kleiner als der Mund dieses Said", sagte er.

„Ah, er hat dir etwas versprochen?"

„Vierhundert Piaster", log der Bote mit treuherziger Miene.

David Lindsay brachte sein Tier heran; seine Nase war in neugieriger Bewegung.

„Bakschisch?" fragte er. „Well, das ist meine Angelegenheit. Wieviel?"

„Vierhundert!"

„Ist seine Botschaft etwas wert?"

„Außerordentlich."

„Diese Leute sollen fünfhundert Piaster haben. Bin David Lindsay. Yes."

Der Ritt wurde sogleich fortgesetzt, und zwar in ununterbrochenem Galopp. Glücklicherweise aber befanden sich bei der Truppe des Obersten Leute, die die Halbinsel so genau kannten, daß sie selbst des Nachts ihres Wegs vollständig sicher waren.

Es ging zunächst nach Soliman und von da nach Masera. Am späten Abend gelangte man dann nach El Abeïd, wo das Flüßchen gleichen Namens ins Meer mündet. Dort waren die Verfolgten vor über einer Stunde durchgekommen und dann nach Bir el Dschedi weitergeritten.

„Müssen wir wirklich nach Klibiah?" fragte einer der Wegkundigen.

„Ja. So lautet die Weisung."

„Aber mir scheint, der Türke hat einen Führer, der nicht gern auf schlechten Wegen reitet. Er wird wahrscheinlich nach Dschedi und von da sicherlich nach Sidi Daud gehen. Dann streicht er quer über die Halbinsel hinüber zum Ziel und bleibt dabei doch stets auf sehr guten Pfaden, obgleich er da einen großen Umweg macht und einen richtigen rechten Winkel reitet."

„Können wir den nicht abschneiden?"

„Ganz gut, wenn ihr eine Anstrengung nicht scheut."

„Immer zu!"

„So reiten wir jetzt hinauf in die Berge. Dort fließt das Wasser des Adieb ganz gerade in der Richtung, die die unsrige ist. Dem Tal dieses Flüßchens folgen wir und sind dann noch vor Tagesanbruch in Klibiah."

Nach einer kurzen Beratung wurde dieser Vorschlag angenommen. Es stellte sich heraus, daß er sehr vorteilhaft war. Die Truppe langte schon zwei Stunden vor Tagesanbruch am Ziel an.

Leider aber hatte Ibrahim dem Führer zwar den Namen Klibiah genannt, doch war es nicht seine Absicht gewesen, bis zu diesem Ort zu reiten, denn er hatte ja das Boot etwas weiter nördlich zum Vorgebirge el Melah befohlen. So hätten denn die drei Freunde und der Oberst mit seiner Truppe nun in alle Ewigkeit in Klibiah warten können, um ihn abzufangen.

Doch beim grauenden Tag langte ein Botenreiter aus Sidi Daud an, der dem inmitten des Orts lagernden Obersten und seinen Begleitern berichtete, daß eine kleine Truppe von zwei Kamelen und fünf Pferden gestern spät am Abend von Daud abgeritten sei und nun am Vorgebirge el Melah lagere. Er hatte sie von der Höhe aus gesehen.

„O weh", rief Hermann, „sie kommen gar nicht hierher! Wie es scheint, erwarten sie ein Schiff."

„Ich sah allerdings den Rauch eines Dampfers", bemerkte der Bote.

„Alle Teufel! Wo?"

„Oberhalb des Vorgebirges Aswad."

„Und wie weit lagern die Reiter von hier?"

„Man reitet bis dahin zehn Minuten."

„Und die Richtung des Orts?"

„Zwischen diesen beiden Hütten geradeaus."

Hermann sprang in den Sattel.

„Wir haben keine Zeit zu verlieren!"

Die anderen folgten sofort seinem Beispiel. Wie vom Sturmwind gejagt, flogen die Reiter nun zum Ort hinaus und in ein enges, ansteigendes Tal hinein, das dann auf der Höhe flach verlief.

Als sie oben ankamen, breitete sich zu ihren Füßen das Meer aus. Ein türkischer Dampfer hatte nahe dem Land beigedreht und wartete, langsam mit den Wogen treibend, auf die Rückkehr eines Bootes.

Dieses Boot wurde eben an Strand gezogen. Am Ufer hielten zwei Kamele und fünf Pferde. Einige Männer mühten sich, zwei widerstrebende Frauen auf ein Brett zu drängen, das vom Ufer zum Boot führte.

Einer der Männer stieß einen lauten Ruf aus. Er hatte die Verfolger erblickt und gab nun einen befehlenden Wink zum

Dampfer hinüber. Gleich darauf wurde an Bord ein breites Segeltuch gelüftet, und der Lauf einer Deckkanone kam zum Vorschein.

„Sie sind es! Wir kommen zu spät!" rief Paul. „Ich glaube gar, man will auf uns schießen!"

„Einen solchen Verstoß gegen das Völkerrecht wird man nicht wagen", knirschte Hermann. „Wir befinden uns doch nicht im Krieg! Wir wollen doch nur einen entlaufenen Verbrecher fangen. Drauf also, im Galopp!"

Sie gaben den Pferden die Sporen und jagten von der Höhe hinab.

Tschita war von ihren Wächtern ins Boot gedrängt worden. Jetzt erst erblickte sie die Freunde und streckte die Arme aus. Zykyma, die die heranbrausenden Retter ebenfalls bemerkt hatte, wehrte sich aus letzten Kräften.

Jetzt stürmten die Verfolger herbei, allen voran Hermann Adlerhorst und hinter ihm Paul Normann. Außer Zykyma und dem Führer, der verblüfft beiseite stand, befand sich nur noch Ibrahim mit dem zweiten Wächter und Said am Strand. Said erkannte, daß die Rettung seiner Herrin an Sekunden hing — er raffte einen schweren Stein vom Boden und schlug damit den Wächter nieder.

Ibrahim war über diese Tat des Arabadschi so starr, daß er einige Augenblicke ungenutzt verstreichen ließ. Zykyma ersah ihren Vorteil, riß sich mit einem heftigen Ruck los und eilte davon — den Rettern entgegen und in die Arme ihres Beschützers.

Mit einem Fluch flüchtete Ibrahim über das Brett ins Boot. Sofort tauchten die Ruder ein; der Kahn setzte sich in Bewegung.

Nun waren die Verfolger heran.

„Halt! Anlegen!" schrie Krüger Bei.

Man antwortete mit Lachen.

„Leibgarde des Bei von Tunis! Ich gebiete Halt!"

Das Boot glitt weiter.

Die Männer sprangen aus den Sätteln.

„Gebt Feuer auf die Schufte!"

Aber Zykyma warf sich vor die langen türkischen Flinten.

„Nicht schießen!" schrie sie auf. „Tschita ist im Boot! Ihr könntet sie töten!"

„Unsinn!" brummte Krüger Bei. „Aber meinetwegen. Flinten herunter! — Sie hat ja recht", sagte er auf deutsch zu Paul, „mit die krummen türkischen Flinten ist dem Schießen wie ein preußisches Lotterielos: man weiß nie, wo's trifft."

Dabei sprang auch er vom Pferd und hakte seinen Karabiner vom Sattel.

„Hell and damnation!" rief David Lindsay. „Unsere Pistolen reichen nicht so weit! Damned! Nur eine Minute früher, und wir hätten das ganze Gesindel gehabt. Mein Freund Kara Ben Nemsi schösse noch jetzt den Schuften die Ruder aus den Pfoten! Yes!"

Verzweifelt schüttelte Paul Normann die Fäuste übers Wasser. Man sah Tschita mit ihrem Wächter ringen.

Da fiel ein Schuß.

Der Engländer wandte sich um und blickte in das rote Gesicht Krüger Beis, der eben sein Gewehr von der Wange nahm.

„Um meinen deutschen Landsleuten zu erweisen, daß der alte Brandenburger Krüger Bei einem vortrefflichen Zielauge zu besitzen die Gewogenheit hat", sagte der Oberst mit gerunzelter Stirn und wies mit der Rechten voraus. „Da purzelt er!"

In dem fortrudernden Boot warf der Wächter die Arme in die Luft und brach in die Knie.

„Tschita!" gellte Pauls Stimme über die Wellen.

In dem Augenblick, da der Wächter rückwärts über die Duchten stürzte, hatte sich Tschita geistesgegenwärtig auf den Bootsrand geschwungen. Eine Sekunde schwebte sie über dem Wasser — sie schien das Gleichgewicht zu verlieren — sie schwankte — ein Aufschrei, und sie war in den Fluten verschwunden.

Durch den Absprung des Mädchens geriet das Boot ins Schlingern, und Ibrahim, der die Arme ausgestreckt hatte, um Tschita zu packen und ins Boot zurückzureißen, mußte sich am Rand anklammern, um nicht auch über Bord zu fallen.

„Fort! Fort!" brüllte der Steuermann.

Die Ruderer legten sich erschrocken so ins Zeug, daß sich die Riemen bogen.

„Halt, ihr Hunde!" schrie Ibrahim wütend. „Ich muß Tschita wiederhaben! — Zurück!"

„Daß sie uns alle abschießen wie die Ratten!" knurrte der Steuermann. „Fort, sage ich!"

Das Boot schnitt durch die Wellen und war bald aus dem Bereich der Kugeln.

Als Tschita den Fuß auf den Bootsrand setzte, hatte sich Paul mit mächtigem Sprung ins Wasser geworfen, gerade als habe er geahnt, was die Geliebte beabsichtigte. In gewaltigen Stößen teilte er die Wellen — aber er sah nur noch das fliehende Boot und die drohenden Fäuste Ibrahim Beis, doch Tschita war von der Oberfläche verschwunden.

Sein Herz krampfte sich zusammen; und in diesem Augenblick des Entsetzens, da er sie vielleicht für ewig verlor, fühlte er, wie heiß und tief er sie liebte.

Nun war er ungefähr an der Stelle, wo Tschita sich ins Meer

gestürzt hatte. Doch so aufmerksam er sich auch umblickte — nirgends fand er die geringste Spur von der Versunkenen. Da war es ihm, als seien, einige Schwimmstöße entfernt, Luftblasen aus der Tiefe heraufgestiegen. Sofort tauchte er und suchte so lange unter Wasser, daß es ihm fast die Brust zersprengte. Aber vergebens. Halberstickt ging er wieder nach oben. Noch einmal sog er die keuchende Lunge voll Luft; dann stieß er aufs neue hinab. Doch auch jetzt tauchte er ergebnislos und beschrieb einen weiten Kreis. Atemnot schnürte ihm die Kehle zu; Wasser drang ihm in die Luftröhre — da wickelte sich ein Etwas um seine Rechte und hemmte seine letzten wilden Stöße — die Sinne drohten ihm zu schwinden — vollkommen erschöpft trieb es ihn nach oben — und zugleich mit ihm tauchte das Antlitz Tschitas bleich und schön wie eine Erscheinung aus den grünen Wellen auf.

Eine freundliche Täuschung seines tollkreisenden Blutes schien es ihm; aber dann spürte er, wie seine Hand noch in ihrem Gewand verkrampft war und ihr lebloser Körper ihn wieder mit sich in die Tiefe ziehen wollte. Angst und Freude brachten ihn wieder völlig ins Bewußtsein und verdoppelten seine versagenden Kräfte. Tief sog er den Atem ein. Er legte die Bewußtlose quer über seine Brust; und in gleichmäßigen Stößen, unter den Flüchen, die Krüger Beis Leute am Ufer in orientalischer Freigebigkeit noch immer hinter dem entkommenen Boot Ibrahims hersandten, gewann er mit seiner teuren Last langsam das Ufer.

Hermann und Zykyma knieten neben der Ohnmächtigen nieder, während Paul zu ihren Füßen hockte, um sich von der ungeheuren Anstrengung zu erholen.

„Ich habe dem meinigen getan, junger Freund", schmunzelte Krüger Bei. „Wir wollen hoffen, daß der liebe Gott oder mein guter Allah, wie ich ihn zu heißen die Zweckmäßigkeit habe, nun dem seinigen tut. Er wird sich nicht von dem alten Krüger Bei beschämen lassen — aha, da bewegt sie sich! Weibsbilder sind wie den Katzen; wenn man ihnen nicht in den Sack steckt, sind sie nicht zu ertrinken!"

„Kommen Sie, Oberst!" sagte David Lindsay mit einem halben Blick auf die Gruppe, während seine Nase hin und her zuckte, als könne sie die seelische Bewegung nicht mehr verbergen. „Sind hier überflüssig. Indeed. Wollen ins nächste Dorf reiten. Die Miß braucht ein trockenes Kleid. Yes."

Die beiden Herren sprengten mit der Leibschar fort. — Der Dampfer gewann langsam die hohe See.

Der von Said niedergeschlagene Wächter war unterdessen wieder zu sich gekommen und hatte sich mit dem Führer und seinen Tieren still und ungehindert aus dem Staub gemacht.

Endlich öffnete Tschita unter den Bemühungen Zykymas und Hermanns die Augen. Das erste, was sie erblickte, war das angstvolle Gesicht Paul Normanns.

„Paul! — ich träume", flüsterte sie lächelnd, indem sich ihre Lider wieder schlossen.

„Tschita, meine Tschita."

„Und das alles", murmelte sie, „um eine verachtete tscherkessische Sklavin!"

Er sprang auf.

„Tschita", sagte er leise an ihrem Ohr, „du bist gar keine Tscherkessin — du bist eine Deutsche, wie ich ein Deutscher bin!"

„Eine Deutsche?" wiederholte sie wie im Traum. Dann hob sie noch einmal die Lider. Sie schaute um sich, sah errötend in das zärtliche Gesicht Hermann Adlerhorsts, das hinter Pauls Schultern auftauchte und zog erschrocken das nasse Gewand bis übers Kinn herauf.

„Scheue dich nicht vor meinem Freund hier", sagte der Maler mit lustigem Augenzwinkern zu Hermann. „Er steht dir noch näher als ich, ja, noch viel näher!"

„Noch — viel — näher — als du?"

„Ja, Tschita"

„Das verstehe ich nicht", murmelte sie schwach.

„Ich werde dir's erklären, wenn du wieder bei Kräften bist", flüsterte er ihr ins Ohr.

In jäher Aufwallung warf sie beide Arme um seinen Hals.

„Oh, ich bin ja so stark, denn du bist bei mir — und nie werde ich dich wieder verlassen!"

„So will ich dir's sagen: Du hast einen Bruder, den wir ..."

„Einen Bruder? O Allah! Wo ist er?"

Sie hatte die Arme sinken lassen und die Hand vor der Brust gefaltet.

„Da steht er, Tschita — er war mit dir in die Sklaverei verkauft worden — aber er kam frei und hat sich aus eigener Kraft seinen Platz im Leben geschaffen."

Mit einem Seufzer sank ihr Kopf an seine Schulter; ihre Lider schlossen sich, und Zykyma legte mit abwehrender Gebärde die Hand auf die Lippen.

„Nun ist sie wieder ohnmächtig geworden", sagte sie vorwurfsvoll.

Aber es war die Ohnmacht der Freude, an der kaum jemand stirbt. — — —

16. Das Kleeblatt

An einem warmen Frühlingsabend bewegte sich ein Bär langsam unter den vierhundertjährigen Bäumen des nordamerikanischen Urwalds vorwärts. Ein Bär mußte es wohl sein; denn er kroch lautlos nach Bärenart und brummte zuweilen leise vor sich hin. Sein dunkles Fell war kaum von der Umgebung zu unterscheiden. Es gehörte das scharfe, an das nächtliche Dunkel gewöhnte Auge eines Präriejägers und Westmanns dazu, den unheimlichen Kerl zu entdecken. Aber gerade einem solchen Jäger wäre es wohl auch sofort eingefallen, daß man es hier doch wohl kaum mit einem Bären zu tun haben könne; denn Meister Petz ist kein Freund von nächtlichen Wanderungen, sondern er geht mit sinkender Nacht hübsch schlafen, wie es sich für ehrbare Leute ziemt.

Dieser Bär mußte also eine zwingende Veranlassung haben, so ganz gegen die Gewohnheiten seiner Sippe zu handeln. Jedenfalls beschäftigte er sich sehr mit dem Zweck seiner gegenwärtigen Wanderung; er blieb oft aufrecht stehen und schüttelte verwundert den Kopf. Dazu brummte er immer ungehaltener. Aber dieses Brummen wurde leiser. Es war ganz so, als wittere er irgendwelchen Unrat.

Eben jetzt erhob er sich wieder auf die Hinterpranken, schnüffelte mißtrauisch, schüttelte abermals den Kopf, machte mit den Vorderpranken einige wunderliche Bewegungen und brummte von neuem. Und merkwürdig, dieses Brummen ging schließlich in ein deutliches menschliches Murren über.

„Damn, ich lasse mich fressen, wenn es hier nicht nach Rauch riecht!"

Dann schnüffelte er abermals.

„Ja, es ist Rauch. Man hat ein Feuer von dürrem Holz gemacht. Nasses Holz brennt anders, und der Rauch beißt auch mehr in der Nase, wenn ich mich nicht irre. Wo nimmt man jetzt in diesem regennassen Wald trockenes Holz her? Der Geruch kommt von da rechts herüber, denn bei jedem Schritt nach dieser Richtung wird er stärker. Wollen sehen!"

Er war kaum zwanzig kurze Schritte weitergekommen, so blieb er wieder stehen, aber schnell, wie einer, der über irgend etwas in lebhafte Verwunderung gerät.

„Zounds! Was ist das?"

Er begann aufs neue zu schnuppern, doch sehr sorgfältig, wie ein Feinschmecker, der auf der Straße an einem offenen Küchenfenster vorübergeht, unwillkürlich stehenbleibt und die Luft in die Nase zieht, um zu erfahren, ob da drinnen Schnitzel nach Wiener oder Holsteiner Art gebraten werden. Endlich schien er mit sich ins reine gekommen zu sein.

„Das ist kein Büffelfleisch — auch kein Peccari — auch kein Racoon — ah, es ist überhaupt kein Wild. Es ist wohl das allerzahmste, was es nur geben kann, denn ich will gefressen sein, wenn es nicht Schaffleisch ist, dessen Duft mir die Nase verschandelt. Schöpsenfleisch im Urwald! Das kann nur gestohlen sein. Wir haben es also mit Dieben, vielleicht mit noch schlimmeren Burschen zu tun, die das Licht des Tages scheuen. Denn ein Jäger greift nur dann zu zahmer Nahrung, wenn er sich hüten muß, durch einen Schuß seine Anwesenheit zu verraten."

Schnüffelnd schlich er weiter, immer dem Geruch entgegen.

Der Wald bestand aus hochstämmigen Bäumen, die in beträchtlicher Entfernung voneinander standen. Darum war es leicht, vorwärts zu kommen. Bald zeigte sich in der Ferne ein lichter Schein, auf den er zusteuerte. Plötzlich machte er wieder halt und reckte die Nase in die Luft.

„Jetzt brauen die Kerle gar noch Grog! Die leben so gut, als ob sie heute abend Kindtaufe feierten! Bei meiner guten alten Liddy — sie mögen achtgeben, daß wir uns nicht etwa zu Gevatter laden, hihihihi!"

Er schritt weiter, sah aber nur den Schein der Flamme, nicht das Feuer selbst, denn es brannte in einer langen, schmalen Bodensenkung. Es war eine kleine Schlucht, mit Brombeergesträuch und Farnkraut bewachsen.

Nun legte er sich wieder auf den Boden und schob sich auf allen vieren vorwärts, bis er mit dem Kopf den Rand der Bodensenkung erreicht hatte und hinabblicken konnte.

Da unten lagerte eine Gesellschaft von Männern, die ebenso verschiedene Gesichtsfarben zeigten, wie ihre Bekleidung und Bewaffnung verschieden war. Es gab da Weiße, Neger und Mulatten; auch ein Indianer schien darunter zu sein.

„Hol sie der Teufel!" flüsterte er. „Diese Galgengesichter lassen nichts Gutes vermuten. Wie dumm die Kerls nur ihr Feuer brennen haben — das ist ja eine Flamme, an der man einen Büffel braten kann! Die Herrschaften glauben sich also sicher und ahnen nicht, daß sie hier belauscht werden können. — Prost! Ich wollte, daß du daran ersticktest!"

Damit meinte er einen der Männer, der sich mit seinem Lederbecher einen Schluck heißen Grog aus dem über dem Feuer hängenden eisernen Kessel geschöpft hatte und diesen glühenden Trank durch die Gurgel goß.

„Hm, die Kerle tragen Sporen, müssen also Pferde haben.

Schätze, daß die Tiere nicht weit von hier sind. Muß mich in acht nehmen, ihnen zu nahe zu kommen, sonst schnauben sie und verraten mich. Horch!"

Einer der Männer, der der Anführer zu sein schien, begann gerade jetzt laut zu sprechen.

„Man möchte auswachsen!" schimpfte er. „Unsere Späher könnten längst wieder hier sein. Bis Wilkinsfield kommt man sehr leicht in vier Stunden, und beim Morgengrauen sind sie schon aufgebrochen."

„Sie werden ihre Sache möglichst gewissenhaft machen wollen", beruhigte ein anderer. „Vielleicht wollen sie sogar dem alten Wilkins mal ein bißchen in den Geldschrank gucken, um genau zu wissen, wieviel er drin hat."

„Oh, der hat genug drin; das weiß ich. Deshalb brauchen die Kerls nicht ihre Zeit zu verbummeln. Ich habe sie nur hingesandt, um zu erfahren, ob er jetzt da ist. Er geht oft nach Saint Louis oder nach New Orleans. In diesem Fall machen wir kein Geschäft."

Der Lederbecher kreiste in der Runde, und die Unterhaltung stockte. Aber die Stille wurde bald durch einen lauten Pfiff aus der Ferne unterbrochen.

„Sie kommen!" rief der Anführer.

Unter den Männern entstand Bewegung, die verriet, wie gespannt alle auf die Kameraden gewartet hatten. Einige sprangen sogar auf, um die Nahenden zu empfangen.

Nach wenigen Minuten hörte man Schritte; zwei Männer kamen zwischen den Bäumen daher und stiegen in die Schlucht hinab. Sie setzten sich ohne besondere Umstände ans Feuer, zogen ihre Messer und schnitten sich große Stücke Fleisch von dem am Spieß steckenden Hammel.

„Nun?" fragte der Anführer ungeduldig und packte den einen beim Handgelenk, als er sich gierig einen Schluck aus dem Kessel schöpfen wollte. „Könnt ihr nicht reden, he? Habt ihr Wilkins gesehen?"

„Yes."

„Und?"

„Wir haben sogar bei Wilkins zu Mittag gespeist."

„Ah! Als was habt ihr euch ausgegeben?"

„Einwanderer aus dem Osten. Wir sind hier, um uns das Land anzusehen und uns vielleicht anzukaufen."

„Sehr gut. Wie lange bleibt Wilkins noch?"

„Nächste Woche verreist er."

„Wie steht es mit dem Aufseher?"

„Diesem Hund aus Germany?"

„Yes. Adler heißt er "

„Was soll's schon mit ihm sein? Er ist noch immer dort, und man munkelt, er sei von altem, deutschem Adel."

„Es wird sich für ihn bald ausgeadelt haben. Vor zwei Jahren, als wir der Pflanzung unseren ersten Besuch machten, hat er meinen Bruder erschossen. Jetzt wird er's büßen. Wir werden uns schon ein niedliches Mittel aussinnen, zu zeigen, was es zu bedeuten hat, den Bruder des Blutigen Jack niederzuknallen."

„Ein niedliches Mittel?" lachte ein vollbärtiger Kerl roh.

„Ich weiß ein ausgezeichnetes", fiel ein Dritter ein. „Ein Mittelchen, das ihm das Niederknallen ein für allemal verleidet, und es wäre obendrein ein seltener Spaß für uns alle, Gents!"

„Laßt hören!"

„Also, da wollte ich einmal mit einigen Kameraden einem reichen Squatter einige Pferde wegnehmen und erhielt dabei von einem seiner Boys einen Schuß in den Arm. Dafür haben wir den Kerl eine Weile unter unseren Fäusten singen lassen, ihn nachher nackt ausgezogen, dick mit Honig beschmiert und in der Nähe einer Ameisensiedlung an einen Baum gebunden. Ich sage euch, Gents, alle Heiligen hat er angerufen. Aber diese Herrschaften haben sich wohl gehütet, uns unseren Spaß zu verderben. Waren allesamt stramme Jungs und hätten den Teufel selber beim Genick genommen, wenn er uns in die Quere gekommen wäre."

„Weiter, weiter!"

„Na, was denn weiter? Haben ihn fluchen und beten lassen, wie's ihm gefiel. Man soll niemand in seinen Glaubensdingen stören!" lachte er breit und säbelte sich noch ein Stück von der Hammelkeule herunter. „So nach etwa zehn Minuten hatte er jedoch ausgesungen, denn er war derart mit Ameisen bedeckt, daß er völlig schwarz aussah und keine Neigung mehr besaß, sich mit religiösen Übungen zu befassen."

„Kann ich mir denken", lachte der Vollbart. „Und was wurde aus dem Boy?"

„Was soll schon aus ihm geworden sein? Als wir zwei Wochen später wieder an dieser Stelle vorüberkamen, war nur noch sein Skelett vorhanden. Das Geziefer hatte ihn bis auf die Knochen aufgefressen."

„Dieser Gedanke ist nicht schlecht", sagte der Anführer. „Wenn wir Honig finden, soll der Deutsche ebenso ins Jenseits geschickt werden. Morgen abend sind wir in Wilkinsfield. Nach Mitternacht werden wir zunächst die Neger ausheben, dann steigen wir ins Haus. Ich bin überzeugt, daß wir sehr gute Beute machen werden, weil —"

Mehr hörte der Lauscher nicht, denn er hatte den Rückzug angetreten; was er da erfahren hatte, war für ihn genug, um zu wissen, was zu tun war. Eine Zeitlang bewegte er sich auf allen vieren rückwärts, wobei er bemüht war, seine Spuren zu verwischen. Als er weit genug gekommen zu sein glaubte, erhob er sich auf die Füße und eilte davon.

Es war stockdunkel, und das Auge des Europäers hätte die unter dem Dach des Urwalds herrschende nächtliche Dunkelheit kaum auf Armeslänge zu durchdringen vermocht. Trotzdem stieß der einsame Wanderer an keinen Baum, noch tat er einen Fehltritt. Durch die langjährige Übung schärfen sich die Sinne eines Waldläufers bis zur Leistungsfähigkeit eines wilden Tieres. Dazu bildet sich bei ihm ein gewisses Etwas, ein Ahnungsvermögen, ein sechster Sinn aus, der den Jäger eine Gefahr schon von weitem ‚wittern' läßt. Es ist erstaunlich, was solch ein Mann zu leisten vermag. Als ein Halbwilder geht er bahnbrechend der Gesittung voran und ebnet mit seinen rohen Mitteln den ersten Pfad in den Wilden Westen, in die ‚dark and bloody grounds' — in die finstern und blutigen Gründe. Von lauernden Gefahren stets umgeben, hat das Leben für ihn einen so geringen Wert, daß er es schon bei verhältnismäßig unbedeutenden Anlässen in die Schanze schlägt: und doch weiß er es auch wieder mit einer List, einem Mut und einer Ausdauer zu verteidigen, wovon der verwöhnte Kulturmensch keine Ahnung hat. Ein verdienter Offizier, der in drei Feldzügen mit Auszeichnung gefochten, hat vielleicht nicht das erlebt, was so ein einfacher, in Lumpen herumlaufender Westmann in einem halben Jahr durchmacht.

„Also um den Blutigen Jack handelt es sich", brummte der Westläufer vor sich hin. „Bin neugierig, was Dick und Will, diese beiden Greenhorns, dazu sagen werden. Wäre doch unbezahlbar, wenn wir diesen Bushheaders das Handwerk legen könnten! Natürlich müssen wir nach Wilkinsfield, um den Besitzer und den deutschen Aufseher Adler, den sie von den Ameisen fressen lassen wollen, zu warnen. Werdet euch wundern, wie euch Sam Hawkens die Beute vor der Nase wegschnappt, ihr Halunken! Freue mich köstlich auf den Spaß. Ist mindestens zehn dicke Bündel Biberfelle wert, wenn ich mich nicht irre."

Nach ungefähr einer Viertelstunde ließ sich das Geräusch fließenden Wassers hören. Die Bäume traten zurück, das undurchdringliche Laubdach öffnete sich, und das leuchtende Sternenzelt wurde sichtbar. Die Lichtung war mit dichtem Buschwerk ausgefüllt, durch das sich die Fluten eines ansehnlichen Flusses wälzten. Ohne sich einen Augenblick zu besinnen, bog Sam Hawkens um einen Strauch und befand sich nun auf einem kleinen, freien, mit Gras bewachsenen Platz, gerade groß genug, daß drei Personen sich um ein Feuerchen lagern konnten.

Die Flamme wurde auf Indianerweise unterhalten, so daß nur

die Spitzen der Äste in die Glut ragten. Dicht daneben lagen zwei Männer, die sich indes kaum rührten, als Sam Hawkens zu ihnen trat.

„Macht das Feuer größer! Es ist keine Gefahr vorhanden, wenn ich mich nicht irre."

Sofort warf einer eine Handvoll trockener Zweige in die schwelende Glut. Eine hohe Flamme flackerte empor und beleuchtete jetzt drei Gestalten, wie sie so eigenartig und seltsam nur im Wilden Westen zu finden sind.

In der Tat war Sam Hawkins, ein kleiner Kerl, infolge seines langen Jagdrocks in der Dunkelheit ganz gut mit einem Bären zu verwechseln, namentlich wenn er wie vorhin auf allen vieren kroch.

Dieser Jagdrock, der aus Bockleder angefertigt und augenscheinlich für eine bedeutend längere Person berechnet war, zeigte Fleck auf Fleck und Flick auf Flick. Bei Tageslicht besehen, mußte das Männchen den Anblick eines Kindes bieten, das sich zum Vergnügen einmal in Großvaters Rock gesteckt hat. Diese mehr als zulängliche Umhüllung war überdacht von einem alten Filzhut, dessen Farbe, Alter und Form selbst dem schärfsten Denker einiges Kopfzerbrechen verursacht hätte. Unter dieser vorsintflutlichen Kopfbedeckung blickte zwischen einem Wald von verworrenen, schwarzgrauen Barthaaren eine Nase hervor, die von fast erschreckender Größe war und jeder beliebigen Sonnenuhr als Schattenwerfer hätte dienen können. Infolge des gewaltigen Bartwuchses waren außer diesem so verschwenderisch ausgestatteten Riechorgan nur zwei winzige Äuglein zu bemerken, die mit einer außergewöhnlichen Beweglichkeit begabt zu sein schienen und lustig und munter in die Welt blickten.

Die untere Fortsetzung des bocklederenen Jagdrocks bildeten zwei dürre, sichelkrumme Beinchen, die in ausgefransten Leggins steckten. Diese waren so hochbetagt, daß sie das Männchen vor Jahrzehnten ausgewachsen haben mußte, und gestatteten darum einen umfassenden Blick auf ein Paar Indianerstiefel, in denen zur Not der Besitzer in voller Person hätte Platz finden können.

Derjenige, der das Feuer bedient hatte, fiel nicht weniger auf. Er war unendlich lang und entsetzlich fleischlos und ausgetrocknet. Über seine festen, kernigen Jagdschuhe hatte er ein Paar lederne Gamaschen geschnallt; der Leib steckte in einem eng anliegenden Jagdhemd; um die breiten, eckigen Schultern zog sich eine wollene Decke, deren Fäden die ausgedehnteste Erlaubnis zu besitzen schienen, nach allen Himmelsgegenden auseinanderzulaufen; auf dem kurzgeschorenen Kopf saß ein Ding, nicht Tuch, nicht Mütze und auch nicht Hut, dessen Bezeichnung geradezu eine Unmöglichkeit war.

Der dritte war fast ebenso lang und dürr, hatte ein großes dunkles Tuch turbanartig um den Kopf gewunden und trug eine rote Husarenjacke, die sich auf irgendeine unerklärliche Weise nach dem fernen Westen verirrt hatte, lange Leinenhosen und darüber Wasserstiefel. In seinem Gürtel steckten zwei Revolver und ein Messer vom besten Kingfieldstahl. Wollte man in dem Gesicht dieses Mannes nach irgendeiner Eigentümlichkeit suchen, so fiel sein breiter Mund auf: die beiden Mundwinkel schienen eine bedeutende Zuneigung für die Ohrläppchen zu besitzen und näherten sich ihnen auf die zutraulichste Weise. Dabei zeigte das Antlitz den Ausdruck der größten Treuherzigkeit; sein Besitzer war jedenfalls ein Mann, in dem kein Falsch gefunden werden konnte.

In der nächsten Nähe des Feuers waren drei Gewehre griffbereit zu einer kleinen Pyramide aufgebaut. Aber was für Gewehre! Das eine sah aus wie ein alter Prügel, der im Wald abgeschnitten worden war, das andere wie ein an einem Stock befestigter Wasserschlauch, und das dritte hatte alle Form verloren. Beim Zuschlagen mit dem Kolben waren verschiedene Stücke abgebrochen und durch neue ersetzt worden, die ein darumgelegtes eisernes Band zusammenhielt. Ein mit den westlichen Verhältnissen Unbekannter hätte es nicht für möglich gehalten, daß aus diesem Gewehr ohne größte Lebensgefahr für den Schützen selber ein Schuß abgefeuert werden könne. Aber der Präriejäger weiß, was eine solche Waffe zu bedeuten hat, und nimmt sie nur mit größter Ehrfurcht in die Hand.

Ein solches Schießeisen ist vielleicht früher eine prachtvolle Kentuckyrifle gewesen. Sie ist niemals aus der Hand ihres Besitzers gekommen, sie hat ihm hundertmal das Leben gerettet, aber sie ist im Lauf der Zeit und in den tausenderlei Gefahren ebensooft wie er verwundet und beschädigt und immer geflickt und ausgebessert worden. Der Besitzer hat sie studiert; er liebt sie, er mag keine andere Flinte haben; er kennt sie, er ist in ihre kleinsten Eigenheiten eingeweiht, und so oft er sich ihrer bedient, so oft tut er einen Meisterschuß, während ein mit ihren Eigenheiten Unvertrauter allerdings um die Ecke schießen würde.

Wären diese drei Männer plötzlich in Deutschland auf der Landstraße aufgetaucht, so hätten sie eine Stunde später unfehlbar hinter Schloß und Riegel gesessen. Freilich, im Westen war die Sache ganz anders. Hier, wo nicht die Kleidung den Mann macht, wäre es keinem vernünftigen Menschen eingefallen, auf diese drei ihres Äußeren wegen einen schiefen Blick zu werfen. Im Gegenteil, ein jeder hätte sich sogar geehrt gefühlt, in ihrer Gesellschaft sein zu dürfen: denn diese drei gehörten zu den berühmtesten Präriejäufern und waren an allen Orten zwischen den Seen und dem Felsengebirge bekannt unter dem Namen „the leaf of trefoil[1]".

„Nun, Sam Hawkens, wie viele sind es?" begann der mit der Husarenjacke.

„Weiß es nicht genau, Will Parker. Es war zu dunkel, um sie zu zählen. Aber es werden nicht viel mehr als ein Dutzend gewesen sein, wenn ich mich nicht irre."

„So erzähle und laß dir nicht jedes Wort abkaufen", meinte der in der Runde, der einem Skelett ähnlicher sah als einem lebenden Menschen.

„Abkaufen? Nur Geduld, Dick Stone, altes Coon![2] Schätze, daß du gar nicht so viel Geld hast, wie die Nachricht wert ist, die ich bringe."

„Tu nur nicht gar zu dick, alter Sam!"

„Dick? Heißt selber Dick Stone, altes Coon! Weiß genau, ohne daß du mir's sagst, wieviel meine Botschaft wert ist, und daß du sie mir nicht bezahlen könntest. Oder hast du zehntausend Dollar, Dick?"

„Zehntau — — du bist verrückt, Sam! Meinst du vielleicht, daß du soviel bekommen wirst für deine Botschaft?"

„Unsinn! Als ob Sam Hawkens seine Weisheit für Geld verkaufen würde! Aber das eine ist sicher: wenn ich meine Weisheit unter meinem Skalp behalte, so wird morgen nacht ein Mann um mindestens zehntausend Dollar ärmer."

„So erzähl endlich deine Geschichte, wie sich's gehört", knurrte Will Parker. „Man zäumt doch einen Mustang nicht von hinten auf, sondern von vorn."

„Gut, daß du mich daran erinnerst, ich hätte es sonst noch vergessen. Übrigens, Will, das vom Aufzäumen eines Mustangs wird ohnehin das einzige sein, was du in den sechzehn Jahren unseres Beisammenseins von mir gelernt hast, hihihihi!"

„Dieses ‚Hihihihi' war ein eigenartiges, man möchte sagen, nach innen gerichtetes Lachen. Man merkte, daß es ein Gewohnheitslachen war.

„Traurig genug für dich, wenn du mir in dieser langen Zeit nicht mehr beigebracht hast", gab Parker trocken zurück.

„Die Schuld liegt wahrhaftig nicht an mir. Hab mir mit dir die größte Mühe gegeben; bist aber trotzdem ein Greenhorn geblieben, wie es im Buch steht, wenn ich mich nicht irre."

„Stopp!" fiel das Skelett ein. „Wollt ihr jetzt endlich Ruhe geben? Und werden wir zwei noch im Lauf dieses Jahres deine Neuigkeit erfahren, Sam?"

---

[1] Das Kleeblatt   [2] Abkürzung für Racoon — Waschbär

„Hast recht, geliebter Dick! Dein Wissensdrang soll daher sofort befriedigt werden. Hast du schon einmal etwas vom Blutigen Jack gehört?"

„Behold! Wie kannst du noch fragen? Die ganzen Prärien östlich der Felsenberge klingen wider von den Schandtaten, die man sich von ihm erzählt. Er ist der Anführer einer Bande von Bushrangers, die sich mit Einbrüchen und Pferdediebstählen beschäftigt. Leider ist es noch nie gelungen, ihm einen Lasso über den Kopf zu werfen."

„Well! So wird es jetzt gelingen. Werden ihm morgen das Handwerk legen, wobei auch meine Liddy ein gewichtiges Wort sprechen wird."

Dabei warf er einen verliebten Blick seitwärts nach seinem Schießprügel.

„Yes!" mischte sich Parker ins Gespräch. „Der Blutige Jack ist ein Desperado, ähnlich wie Buttler, der Anführer der Finders, mit denen wir es vor ein paar Jahren zu tun hatten[1]."

„Oder wie der schuftige Hopkins, der unseren Freund, die ‚Tante Droll‘, auf dem Gewissen hat, und mit dem wir hoffentlich noch einmal zusammenstoßen", bemerkte Dick Stone. „Aber willst du nicht endlich mit deiner Geschichte beginnen, lieber Sam?"

„Well! Ich wäre schon zur Hälfte fertig, wenn ihr mich zu Worte kommen ließt. Also hört zu und unterbrecht mich nicht!"

Damit begann er von seinem Schleichgang zu erzählen.

„Wir müssen natürlich nach Wilkinsfield", schloß er seinen Bericht, „um den Besitzer und den deutschen Aufseher Adler zu warnen. Ihr geht doch mit, wenn ich mich nicht irre?"

„Werden dir den Blutigen Jack doch nicht allein überlassen!" rief Dick. „Morgen nach Mitternacht soll der Tanz losgehen, und vier Stunden haben wir zu laufen, bis wir hinkommen; wir haben also viel Zeit übrig."

„Wollen wir gleich jetzt aufbrechen?" fragte Will.

„Warum in der Nacht durch den finsteren Urwald laufen?" widersprach Sam. „Schlage vor, wir bleiben bis morgen früh liegen. Kommen dann noch zeitig genug, um den Pflanzer zu warnen, wenn ich mich nicht irre."

„Schade, daß wir unsere Tiere nicht bei uns haben!"

„Warum? Für deine Knochen ist es nur gesund, wenn sie einmal drei, vier Stunden durcheinanderklappern. Aber hättest du uns prophezeit, du altes Coon, daß wir die Spur des Blutigen Jack in unsere Nase kriegten, dann hätten wir die Gäule nicht drüben in Van Buren in ‚Pension‘ gegeben, als wir uns für einige Tage in diese Wälder vergruben. Hier wären sie uns doch nur

[1] Siehe Karl May „Der Ölprinz"

hinderlich gewesen. Oder hätte ich mit meiner Mary durch die Baumkronen galoppieren sollen? Du wirst immer ein Greenhorn bleiben, wenn ich mich nicht irre."

Damit war alles gesagt, was in diesem einfachen Fall zu sagen war. Der Gesprächsgegenstand wurde gewechselt, und es entspann sich eine jener traulichen Unterhaltungen am Lagerfeuer, die im Westen so beliebt sind.

„Weißt du Sam, welchen Tag wir heute haben?" fragte Will Parker.

„Natürlich. Heute ist Freitag."

„Unsinn! So meine ich's nicht. Aber schließlich kannst du's ja auch nicht wissen. Du bist ja damals nicht dabei gewesen. Aber du, Dick, rätst du, was ich meine?"

„Yes, warum sollte ich es nicht wissen?"

„Nun?"

„Heute jährt es sich zum zweitenmal, daß die Tante Droll hat ins Gras beißen müssen."

„Well, du weißt es. Schön von dir, daß du es nicht vergessen hast."

„Wäre recht übel! Einen so guten Kameraden vergessen! Das gibt es bei dem Sohn meiner Mutter nicht."

„Habe heute oft an ihn denken müssen."

„Ist mir geradeso gegangen."

„Habe dabei das Gefühl im Magen gehabt, daß sich bald etwas ereignen wird, was auf unseren toten Kameraden Bezug hat."

„Das war Hunger, lieber Sam!" lachte Sam. „Deine ‚Gefühle' kennt man. Hast lange keine saftige Bärentatze zwischen den Zähnen gehabt, hihihihi!"

„Beleidige mich nicht!" fuhr Parker in gutgespieltem Zorn auf. „Meine Gefühle sind jedenfalls viel zarter als deine."

„Will hat recht", sprang ihm Dick Stone bei. „Auch mir war es heute, wenn ich an Droll dachte, als läge etwas Besonderes in der Luft.

„In der Luft?" spottete Sam. „Der eine hat es im Magen und der andere gar in der Luft! Die Tante Droll wird sich den Bauch halten, wenn sie von den Ewigen Jagdgründen auf euch herabschaut. Soll sie etwa aus der Luft geflogen kommen? Bildet euch doch keine Lerche ein! Ihr habt heute oft an Droll gedacht und euch in eine eigenartige Stimmung hineingelebt. Das ist alles, wenn ich mich nicht irre."

„No", meinte Dick ernst. „Es ist noch etwas anderes dabei, etwas wie eine Ahnung, etwas, was sich nicht gut beschreiben läßt. Du hast übrigens manchmal das gleiche Gefühl, Sam, und also keine Ursache, über uns zu lachen."

„Good-lack! Seid ihr empfindlich geworden!" lachte Sam. „Habe übrigens wirklich keinen Grund, euch zu widersprechen. Kenne dieses Gefühl recht gut. Es ist bei uns Präriel äufern wie ein sechster Sinn."

„Well, so gefällst du mir besser, alter Sam", lobte Parker.

„Arme Tante Droll! Warum hast du damals nicht dem Hobble-Frank nachgegeben! Dann lebtest du heute noch!"

„Yes", bestätigte Dick. „Was mußte er sich in fremde Sachen mischen, die ihn eigentlich nichts angingen? Schade um ihn!"

„Rede nicht so, alter Dick! Freilich wäre es gescheiter gewesen, wenn er sich in seinem Bauerngut drüben in Deutschland zur Ruhe gesetzt hätte. Aber es war eben seine Bestimmung. Westmannslos! Was ist auch weiter dabei? Ist ja heute eine verflixte Altweiberstimmung unter uns! Wer weiß, wo auch uns einmal die Kugel treffen wird, die uns in die Ewigen Jagdgründe hinüberbefördert."

Westmannslos — ja, das war es! Die Tante Droll war ein bekannter Westmann gewesen, dem die Kameraden wegen seiner merkwürdigen Kleidung diesen Trappernamen beigelegt hatten, eine scherzhafte Benennung, die ihm treu blieb. Lange Zeit hatte er als Geheimpolizist sein Brot gefunden, bis er als Teilhaber Old Firehands bei der Ausbeutung der Minen am Silbersee zu einem Vermögen gekommen war, das hinreichend groß war, um ihn für den Rest seines Lebens sicherzustellen[1]. Er konnte seinen Lieblingsgedanken verwirklichen und ein stattliches Bauerngut in seiner Heimat, im Altenburgischen, erwerben.

Doch, wer einmal den Atem der Savanne getrunken hat, der kehrt immer wieder zu ihr zurück. Es litt ihn, ebenso wie seinen Freund und Vetter, den Hobble-Frank, nicht lange zu Hause. Bald befanden sie sich wieder in den ‚dark and bloody grounds'. Einmal trafen sie hier mit Old Shatterhand zu einer neuen Wildwestfahrt zusammen, ein andermal auch mit dem ‚Kleeblatt'[2]. Nach mancherlei Abenteuern ging es dann ans Scheiden. Droll und Hobble-Frank kehrten zum Osten zurück; sie wurden eine Strecke von Dick Stone und Will Parker begleitet, während Sam Hawkens die Zeit ihrer Abwesenheit dazu benützen wollte, um Old Firehand, der sich am Silbersee angekauft hatte, einen Besuch abzustatten. So kam es, daß er nicht Zeuge des Trauerspiels wurde, dem die Tante Droll zum Opfer fallen sollte.

Als sie in Santa Fé ankamen, fanden sie die Stadt in großer Aufregung. Ein gewisser Hopkins hatte eine Reihe der unglaublichsten Bankprellereien begangen und durch sein spurloses Verschwinden einige sehr ehrenwerte Geldmänner in aufrichtige Be-

---

[1] Siehe Karl May, „Der Schatz im Silbersee" [2] Siehe Karl May, „Halbblut' und „Der Ölprinz"

trübnis versetzt. Das war etwas für Droll. Der ehemalige Detektiv erwachte in ihm, und er stellte sich den Behörden zur Verfügung, sehr zum Mißvergnügen des Hobble-Frank, dessen dringende Bitten es nicht vermochten, den Freund und Vetter von seinem Vorhaben abzubringen. Da er ihn nicht verlassen wollte, blieb ihm nichts anderes übrig, als die Verfolgung des flüchtigen Verbrechers mitzumachen. Was den Behörden nicht gelungen war, das erreichten die vier im Handumdrehen: sie fanden die Spur des Gesuchten und folgten ihr bis in die Wasatschberge in Utah. Sie kamen dem Flüchtigen so nahe, daß sie hoffen durften, ihn im Laufe des kommenden Tages einzuholen, und machten an einem schmalen, mit Gebüsch bestandenen Wasserlauf halt, um dort die Nacht zu verbringen. Eben waren die Pferde angehobbelt, und man setzte sich am Lagerfeuer nieder, da fiel hinter einem Strauch hervor ein Schuß, und Droll stürzte mit durchschossener Stirn zu Boden. Hopkins hatte von der Verfolgung Wind bekommen und sich mit einer Kugel seines gefährlichsten Feindes entledigt. Was half es den drei anderen, daß sie sich sofort auf die Pferde warfen, um den Tod des Gefährten zu rächen? Der Verfolgte gewann den Schutz eines Utahstammes, der in der Nähe jagte, und alle Bemühungen der Rächer, die Auslieferung des Mörders zu erzwingen, blieben erfolglos. Sie mußten es sich sogar gefallen lassen, daß sich Hopkins ihnen gegenüber hohnlachend seiner Tat rühmte.

Erschüttert und ernüchtert kehrte Hobble-Frank nach Deutschland zurück. Der Tod seines Vetters hatte ihm für alle Zukunft die Neigung für die ‚finsteren und blutigen Gründe' genommen.

Das Kleeblatt hatte unter sich so oft von dem unglücklichen Unternehmen Drolls gesprochen, daß Sam Hawkens die kleinste Einzelheit seines traurigen Todes bekannt war. Auf die Worte Will Parkers folgte ein bedeutsames Schweigen, wobei jeder des toten Kameraden gedachte. Vielleicht berührte auch der Hinweis auf die Kugel, die ihrer warte, eine geheime Saite in ihrem Innern und beschäftigte ihre Gedanken in einer Weise, daß die Unterhaltung verstummte.

Die tiefe Stille wurde nur durch das Geräusch des in der Nähe vorbeifließenden Flusses gestört.

Da hob Sam plötzlich den Kopf, als ob er auf etwas lausche. Die beiden anderen rührten sich nicht. Sie spitzten auch die Ohren, konnten aber nichts wahrnehmen.

„Habt ihr's gehört?" raunte Sam.
„Nein, nichts", flüsterte Will.
„Es war im Wasser."
„Wohl ein Frosch oder Fisch?"
„Greenhorn! Es ist ein Boot in der Nähe. Horcht!"

Es war ein Plätschern zu vernehmen, so als rieselte Wasser über einen Stein, aber ganz leise.

„Hört ihr's?" flüsterte Sam. „Die Wellen streifen am Steuerruder oder am Riemen hin. Es ist ein Stück oberhalb unseres Lagers. Kommt, wir müssen wissen, was da los ist!"

Sie griffen nach den Gewehren und schlichen zum Ufer. Das Licht der Sterne schwamm wie ein glänzender Phosphor auf dem Wasser, so daß in diesem matten Schimmer ein dunkler, sich bewegender Punkt zu erkennen war. Er kam langsam näher. Es war ein Kahn.

Während die drei mit verschärften Sinnen beobachteten, machte der Kahn eine leichte Wendung nach der Stromrichtung.

„Es ist ein indianisches Rindenkanu; es liegt bis an den Rand im Wasser", bemerkte Sam. „Ein einzelner Mann sitzt drin. Er hat die Ruder eingezogen."

Jetzt erklang ein streichendes Geräusch, und in dem Kanu blitzte ein Flämmchen auf.

„Ah, er hat die Ruder weggelegt, um die Hände freizubekommen", sagte Sam. „Er brennt sich eine Pfeife an. Seht — man kann sein Gesicht erkennen!"

Da fühlte er seinen Arm von Parkers Faust ergriffen und so gedrückt, daß er einen Schmerzenslaut verbeißen mußte.

„'s death!" raunte Will. „Ist's möglich?"

„Was?"

„Wenn das Licht nicht täuscht, so kenne ich dieses verdammte Gesicht! Dick, wir haben ihn! Oh, meine Ahnung!"

‚Leise, leise", warnte Dick, „sonst hört er uns und entgeht uns abermals. Auch ich habe ihn erkannt."

„Wer ist's denn?" fragte Sam.

„Der Mörder Drolls."

„Zounds! Du siehst wohl Gespenster!"

„Wir täuschen uns nicht. Er ist es, oder doch einer, der ihm so ähnlich sieht wie ein Zwillingsbruder dem anderen. Er muß an Land."

„Schön. Aber beraten wir nicht lange! Er darf uns nicht erblicken. Er soll meinen, Sam Hawkens sei allein hier. Sam, verstehst du mich?"

„Natürlich. Oder meinst du, ich habe Siegellack unter der Perücke?"

„So ruf ihn an und locke ihn ans Feuer! Wir werden im rechten Augenblick erscheinen."

„Dann packt euch jetzt fort — er ist gleich da!"

Einige Sekunden später war der Mann im Kanu auf gleicher Linie mit Sam. Man sah, daß er das Boot vorübertreiben lassen wollte.

„Ahoi, holla!" rief der Trapper zwar nicht überlaut, doch so, daß er im Boot gehört werden konnte.

Der Mann zuckte zusammen, griff zu den Rudern und tat einige Schläge, um weiter vom Ufer abzukommen.

„Hallo! Habt Ihr gehört?" wiederholte Sam. „Legt einmal an!"

„Danke sehr!"

„Ich muß Euch darum bitten! Ich brauche Euch!"

„Wer seid Ihr?"

„Ich bin Trapper und will nach Van Buren."

„Lauft!"

„Habe mir das Bein vertreten und kann nicht weiter."

Der andere schwieg eine Weile. Dann trieb er sein Fahrzeug, damit es nicht außer Hörweite geriet, mit einigen Schlägen wieder zurück.

„Wie ist Euer Name?"

„Miller."

Sam nannte diesen Namen, weil er ihm gerade einfiel. Seinen wirklichen durfte er nicht nennen, da er annahm, daß er dem Fremden bekannt sei. In dem Fall hätte der Mann im Boot Mißtrauen geschöpft; denn wenn er wirklich Hopkins war, so kannte er unzweifelhaft nicht nur Dick und Will, sondern wußte auch, daß Sam Hawkens der unvermeidliche Dritte im Bund war.

„Seid Ihr allein?"

„Yes. So weit mein Auge reicht."

„Sprecht Ihr die Wahrheit?"

„Warum sollte ich Euch etwas aufbinden? Sagt mir lieber, wohin Eure Fahrt geht!"

„Auch in die Gegend von Van Buren. Ihr wollt also mit?"

„Ja, wenn Ihr mir's erlaubt."

„Könnt Ihr denn zahlen?"

Das war eine eigentümliche Frage. Kein Westmann läßt sich von einem anderen eine Gefälligkeit bezahlen, zumal eine so geringfügige.

„Womit soll ich denn bezahlen?" lachte Sam. „Ihr seid wohl ein Capt'n und Eure Nußschale ist ein Mississippisteamer, daß ich erst ein Ticket bei Euch kaufen muß, bevor Ihr mich an Bord laßt, he?"

Sam Hawkens hatte seine guten Gründe, die Unterhaltung in die Länge zu ziehen — er wollte Dick und Will Zeit geben, sich in der Nähe des Feuers gut zu verstecken.

„Ihr könnt nicht gut verlangen, Euch umsonst mitzunehmen, Master Miller! Und wenn Euch das nicht behagt, dann —"

„No!" rief Sam. „Seid so gut und laßt Eure Pfoten von den Rudern! Selbstverständlich verlange ich nichts umsonst!"

„Und was wollt Ihr geben?"

„Na, so viel wie es kosten wird, bringe ich vielleicht noch zusammen."

„Gut! So will ich es versuchen."

Er lenkte das Kanu näher.

„Ihr könnt Euch an meinem Feuer etwas aufwärmen, wenn Ihr wollt, und Euch auch überzeugen, daß ich ganz allein bin."

„Ah! Ihr habt ein Feuer. Vielleicht auch etwas zu essen?"

„Viel nicht, aber für zwei wird's reichen. Habt wohl keinen Vorrat bei Euch?"

„Er ist mir ausgegangen. Seit früh habe ich nichts genossen. Diese Pfeife ist das letzte. Führt mich!"

„Kommt!"

Der Mann war ausgestiegen und band sein Kanu fest.

Sam stützte sich auf seine Büchse und hinkte voran, als ob er wirklich lahm gehen müsse. Er hatte doch ein wenig Sorge, daß der Mann beim Feuer die Spuren seiner Kameraden entdecken würde; aber Dick und Will hatten ihre Sache in der kurzen Zeit sehr gut gemacht.

Der Fremde blickte sich vorsichtig und mißtrauisch um, schien aber bald beruhigt zu sein.

„Wie kann nur ein erfahrener Westmann sich den Fuß beschädigen?" fragte er im Niedersitzen.

„Blieb da an so einer verteufelten Wurzel hängen und stürzte", antwortete Master Miller, während auch er sich setzte und unter schmerzlichem Stöhnen den verletzten Fuß zurechtlegte.

„Also nach Van Buren möchtet Ihr? Was wollt Ihr dort?"

„Neuen Schießbedarf holen und meinen Fuß ausheilen."

„Wo kommt Ihr her?"

„Von den Ozarkbergen herab, wo ich gejagt habe."

„Ohne Pferd?"

„Es wurde mir da hinter den Bergen gestohlen, als ich in einem kleinen, verlassenen Settlement übernachtete. Der Teufel hole den Spitzbuben! Aber, Master, Ihr kennt mich nun und mein Woher und Wohin. Darf ich nun auch Euern Namen erfahren?"

„Ich heiße Walker."

„Danke! Jäger seid Ihr wohl nicht?"

Der Fremde trug einen grauen, fast städtischen Anzug. Er sah gar nicht aus, als ob er aus der Prärie käme oder lang im Wald herumgestrichen wäre.

„Früher war ich es, jetzt aber treibe ich Handelsgeschäfte."

„In Tabak? Baumwolle?"

„In allem, was sich mir bietet. Doch Ihr spracht ja davon, daß Ihr mir etwas zu essen geben wolltet!"

„Das hätte ich beinahe vergessen. Verzeiht!"

Sam nestelte eine Ledertasche von seinem Lasso los und zog ein Stück dunkles Fleisch hervor.

„Was ist das?" fragte Walker.

„Bärenschinken, an der Luft getrocknet."

„Das ist gut. Zeigt her!" Er schnitt sich ein Stück davon ab und begann zu essen. Sein Gewehr, das er mit aus dem Kanu gebracht, lag ihm quer über den Knien.

Es schien ihm zu schmecken. Während er das harte Fleisch kaute, meinte er: „Also bezahlen wollt Ihr mich. Geld hat aber selten ein Jäger bei sich. Was habt Ihr?"

„Vorher fragt es sich, wieviel Ihr bis Van Buren verlangt."

„Zwei Dollar."

„Ihr seid verrückt! Könnte ich laufen, so wäre ich in fünf Stunden dort. Ich braucht nicht zu rudern, das Boot treibt ganz von selber, und doch verlangt Ihr eine solche Summe!"

„Wenn sie Euch zu hoch ist, so bleibt hier sitzen, bis Ihr schwarz werdet! Jede Arbeit und jeder Dienst müssen bezahlt werden."

„Da habt Ihr sehr recht. Das Stück Bärenschinken zum Beispiel, das Ihr verzehrt habt, kostet fünf Dollar."

„Seid Ihr toll?"

„Ihr sagt ja selber, daß alles bezahlt werden muß."

„Ich denke, Ihr gebt es mir umsonst?"

„Und ich dachte, Ihr würdet mich umsonst mitnehmen."

„Das ist etwas anderes!"

„Ihr wollt mir also den Bärenschinken nicht bezahlen?"

„Ich denke nicht dran, Master Miller!"

„Ihr müßt!"

„Macht Euch nicht lächerlich, Sir! Was wolltet Ihr denn tun wenn ich mich weigere, Euch zu bezahlen?"

„Ich pfände Euch Euer Gewehr ab."

„Versucht's doch einmal!"

Er sprang auf, in der Meinung, daß Sam sich nicht so schnell bewegen könne. Dieser blieb auch ruhig sitzen und lachte gemütlich.

„Nicht so hitzig, alter Freund! Gewiß, ich habe einen lahmen Fuß; ich könnte Euch also wohl nicht einholen, wenn Ihr mit dem Gewehr davonlieft. Aber das werdet Ihr nicht tun."

„Meint Ihr?"

Walker war kein Geistesriese. Aber er hatte etwas in seinem Gesicht, was sofort auffiel, ohne daß man es zu bezeichnen vermochte. Wer diese Züge einmal gesehen hatte, der vergaß sie so leicht nicht wieder.

„Nein", antwortete Sam. „Ihr lauft mir nicht davon. Ihr bringt mich nach Van Buren."

„Den Teufel werde ich! Fällt mir nicht ein, Euch mitzunehmen. Ihr seid ein rechter Gurgelabschneider. Zwei Dollar habe ich verlangt; fünf wollt Ihr für Euern armseligen Fleischlappen haben — so hätte ich Euch ja noch drei herauszugeben und müßte Euch auch noch einen Platz im Kanu einräumen. Solch ein Wahnwitz!"

Sam hatte längst gesehen, daß sich hinter Walker die beiden Freunde geräuschlos durchs Gebüsch schoben. Jetzt standen sie hinter dem hartnäckigen Besitzer des Boots.

„So muß ich Euch wirklich das Gewehr abpfänden", sagte Sam Hawkens bedauernd. „Ich hoffe, daß Ihr mir das Gewehr freiwillig überlassen werdet."

Walker tippte sich an die Stirn.

„Euer Verstandskasten scheint nicht mehr in Ordnung zu sein. Nehmt's Euch! Gute Nacht!"

Er wandte sich zum Gehen.

„Hab's schon!" lachte Sam.

Und wirklich, er hatte es auch in diesem Augenblick. Dick Stone hatte es Walker von hinten entrissen und dem kleinen Sam zugeworfen.

Walker wußte nicht, wie ihm geschah. Er fuhr schnell herum und sah sich den beiden Männern gegenüber. Der Schein des Feuers beleuchtete ihre Gesichter. Er erkannte sie sofort. Der Schreck malte sich auf seinem Gesicht.

„Alle Teufel! Ihr?"

„Wer ‚Ihr'?" fragte Dick. „Du scheinst uns zu kennen!"

„Ihr?" wiederholte Walker gedehnt. Seine Augen standen weit offen. Es war, als könnte er kein Glied seines Körpers bewegen.

„Ja, wir — die Freunde von Droll", antwortete Dick. „Wir sind da, um seinen Tod an dir zu sühnen!"

Über Walkers Gesicht ging ein schnelles Zucken. Er hatte seinen Schrecken überwunden. Er fragte sich, ob noch Rettung möglich sei. Ja, aber allein durch die Flucht. Nach dem Kanu durfte er zwar nicht fliehen; da wäre er verloren gewesen. Selbst wenn es ihm gelang, das Boot zu erreichen, hineinzuspringen und vom Land zu stoßen, die Kugeln dieser drei würden ihn doch sicher erreichen.

„Drolls Tod?" sagte er im Ton des Erstaunens. „Ich verstehe Euch nicht. Weiß nicht, wovon Ihr sprecht."

„Oho, du verstehst mich sehr genau. Oder willst du etwa leugnen, daß du Hopkins, der Mörder unseres Freundes Droll bist?"

Der andere schüttelte den Kopf.

„Hopkins? Diesen Namen kenne ich nicht. Ich heiße Walker und habe keine Ahnung, was Ihr von mir wollt."

„Lüge nicht!"

Walker-Hopkins zog ein beleidigtes Gesicht.

„Ich muß mir Euern Ton allen Ernstes verbitten. Es scheint, daß Ihr mich für einen Mann haltet, der vielleicht einige Ähnlichkeit mit mir hat. Das ist aber noch kein Grund, in dieser Weise mit mir zu sprechen."

Will lachte hell auf.

„Halunke, du spielst nicht übel Komödie! Aber sie wird gleich zu Ende sein. Gib einmal deine Arme her! Wir wollen sie ein wenig zusammenbinden."

Er streckte die Hände aus, doch Walker sprang plötzlich ins Gebüsch, das sich hinter ihm schloß. Im nächsten Augenblick krachten zwei Schüsse hinter ihm her. Dann warfen Dick und Will die Gewehre weg, zogen die Messer und stürzten ihm nach.

Sam Hawkens war gemächlich sitzengeblieben. Jetzt stand er langsam auf und nahm die beiden Gewehre und auch das Schießzeug Walkers an sich. Er schüttelte den Kopf.

„Dummheit! Und das wollen richtige Westmänner sein. Greenhorns sind sie, unverbesserliche Greenhorns. Ich hab's ja immer gesagt, wenn ich mich nicht irre."

Er hatte recht. Es war Walker gar nicht eingefallen, sich in die Gefahr zu begeben, getroffen oder ergriffen zu werden. Er war in die Büsche hineingesprungen mit dem Bewußtsein, daß man sofort schießen und ihm nachrennen würde. Kaum hatten sich die Zweige hinter ihm geschlossen, so machte er deshalb eine kurze Wendung nach rechts, tat noch einige Schritte, duckte sich nieder und verhielt sich ganz unbeweglich.

Seine Berechnung erwies sich als richtig. Die beiden Kugeln pfiffen unschädlich ins Leere, und dann hörte er die Feinde seitwärts in die Büsche dringen.

Sam war langsam hinab ans Wasser gegangen, stieg ins Kanu, ruderte es vom Land ab und hielt es dann in gewisser Entfernung vom Ufer. Da war nach seiner Ansicht das allerbeste, was er tun konnte.

Walker lauschte ein Weilchen. Als er kein Geräusch mehr vernahm, kroch er vorsichtig zurück. Er bemerkte, daß kein Mensch mehr beim Feuer war.

„Sie sind mir nach!" dachte er. „Aber der kleine Kerl? Blieb er nicht sitzen? Er war ja lahm — oder sollte er sich etwa verstellt haben? Jetzt schnell zum Kanu! Meine Büchse — ah, die haben sie mitgenommen."

Er schlich zum Ufer. Der Kahn war fort. Er sah ihn zu seinem Schreck in einer Entfernung von vielleicht zehn Metern halten. Sam saß drinnen; er erkannte ihn an dem unförmigen Hut.

„Hol der Teufel diesen Halunken!" fluchte Walker vor sich

hin. ,,Er hat das Aussehen und Gebaren eines Dummkopfes und ist dabei ein Pfiffikus, wie er im Buch steht. Verflucht — meine Tasche liegt noch im Kahn. Die ist verloren!"

Er sann einen Augenblick nach.

,,Nein, noch nicht verloren. Sie werden zurückkehren, den Kleinen sehen und mit ihm sprechen. Vielleicht gehen sie zum Feuer zurück, und ich kann mit dem Kanu entwischen. Freilich muß ich vorher hören, was sie reden. Ich stecke mich also hier ins Ufergebüsch. Sie werden es nicht für möglich halten, daß ich so verwegen bin, hierzubleiben."

Er verbarg sich ganz in der Nähe der Stelle, wo das Kanu vorher angebunden war, und wartete auf die Rückkehr seiner Verfolger.

Seine Geduld sollte nicht lange auf die Probe gestellt werden. Es raschelte bald in den Gebüschen, und eine lange Gestalt erschien. Es war Dick. Er blieb am Ufer stehen, gerade da, wo Walker sich verborgen hielt, höchstens vier Schritte von ihm entfernt, so daß der Lauscher deutlich hörte, wie der Lange überrascht und ärgerlich etwas vor sich hinmurmelte.

,,Heigh-day!" knurrte Dick. ,,Da sitzt der Verbrecher in seinem Kanu und wartet darauf, uns auszulachen! Wart, Bursche, ich will dir eins — — Good-lack! Das ist ja Sam. Wo aber ist Will?"

Die Antwort erfolgte sogleich. Geräuschvoll teilten sich die Büsche, und dann stürzte Will Parker herbei, laut atmend vom schnellen Lauf und keuchend vor Aufregung und Zorn.

,,Dick, du? Hast du ihn gesehen, oder ist — — Heavens! Dort sitzt ja der Lump!"

,,Du irrst! Dieser Gentleman, der da vor Anker liegt, ist unser Sam."

,,Ah, wirklich — aber was fällt ihm denn ein? Anstatt sich da bequem ins Boot zu setzen, konnte er Walker mit verfolgen. Ich werde ihm meine Meinung schon sagen. Als alter, erprobter Westmann muß er doch wissen, was — —"

Er wurde unterbrochen, denn Sam ließ sein gewohntes Kichern hören.

,,Seid ihr endlich fertig mit eurer Fernguckerei? Ich hoffe, ihr haltet mich nicht länger für den, der euch jedenfalls entwischt ist."

,,Was bleibst du denn da draußen?" fragte Will ärgerlich ,,Hat dich jemand dort angenagelt, Sam? Komm herüber!"

,,Well! Sollst mich sogleich in die Arme schließen können."

Er ruderte herbei und band das Kanu wieder an.

,,Von wegen dem ,In-die-Arme-Schließen' irrst du dich, Sam", brummte Will. ,,Eine solche Belohnung hast du nun freilich nicht verdient. Dein Verhalten ist nicht das eines Westmannes, sondern das eines unerfahrenen Kindes."

„Ah? Und ich dachte, doch gerade sehr klug gehandelt zu haben, wenn ich mich nicht irre."

„Du hättest, anstatt dich hier auf dem Wasser umherzuschaukeln, dem Flüchtling mit nachjagen sollen. Mit sechs Händen ist ein Fliehender jedenfalls leichter zu ergreifen als mit vieren."

„Ja, wenn die sechs Hände sechzig Augen hätten, um in der Dunkelheit zu sehen. Bei Nacht laufe ich keinem nach. Kann ihn ja nicht erkennen. Und will ich ihn hören, so muß ich stehenbleiben und lauschen. Indessen bekommt er einen solchen Vorsprung, daß ich ihn aufgeben muß. Reißt mir des Nachts einer aus, so lasse ich ihn gemütlich laufen und warte den Tag ab. Dann sehe ich seine Fährte und kann ihm folgen, so weit es mir beliebt. Ihr aber seid hinter diesem Walker oder Hopkins hergerannt wie die Blinden und habt seine Spur so zerstampft, daß nicht mehr daran zu denken ist, sie zu finden."

„Hm", knurrte Dick. „Ich muß sagen, daß die Entschuldigung nicht so übel klingt. Warum aber setzt du dich in den Kahn?"

„Auch eine sehr kluge Frage! Wer in einem Kanu fährt, der kann möglicherweise darin irgend etwas liegen haben. Nicht?"

Er bückte sich ins Kanu hinab, nahm einen Gegenstand auf und reichte ihn Will hin.

„Eine Tasche", staunte Will. „Und schwer. Was mag da drinnen sein?"

„Hab das Ding schon untersucht. Es sind Kugeln drin, daneben aber auch mehrere Geldrollen — Silberdollar, wie es scheint."

„Das ist ein guter Fund. Weiter nichts? Keine Papiere oder sonst etwas?"

„Nein. Seid schon mit dem Geld zufrieden!"

„Sehr richtig. Aber der Kerl selber wäre mir doch tausendmal lieber als sein Geld. Good-lack, wenn ich daran denke! Hab ihn vor mir stehen, gerade da zwischen meinen Fäusten, und lasse ihn entwischen! Dick, was sagst du dazu?"

„Daß wir die größten Esel sind, die es jemals gegeben hat Sehnen uns die ganze Zeit danach, den Kerl einmal zu treffen, und nun er uns geradezu ins Garn läuft, wie vom Himmel gefallen, lassen wir ihn entkommen. Ich schäme mich vor mir selber."

„Recht so!" lachte Sam. „Schämt euch ein bißchen! Aber das könnt ihr auch beim Feuer tun."

„Ja, gehen wir. Unsere Gewehre liegen auch noch dort."

„Nein. Wollt ihr gefälligst die Güte haben, sie euch hier aus dem Kanu zu nehmen!"

„Hier? Warum hast du sie denn mit ins Boot genommen?"

„Das begreift ihr nicht? Wollte verhüten, daß ihr damit ein Unheil anrichtet. Ihr hättet den armen Teufel treffen können."

„Mach keine Witze, Sam — mir ist wahrhaftig nicht nach Scherzen zumute!"

„Es ist mein völliger Ernst. Laßt diesen Walker-Hopkins laufen! Was habt ihr davon, wenn ihr ihn tötet? Nichts! Kommt, jetzt schlafen wir, und dann am Morgen können wir ja sehen, ob wir seine Fährte vielleicht doch noch entdecken. Viel liegt mir freilich nicht daran. Wir wollen nach Fort Gibson zum Stelldichein — können unsere Kameraden doch nicht warten lassen. Und wenn wir eine halbe Ewigkeit daran wenden, den Stapfen irgendeines Menschen nachzulaufen, so kommen wir zu spät und haben das Nachsehen, wenn ich mich nicht irre."

Er schritt dem Feuer zu.

Kopfschüttelnd folgten ihm Dick und Will; sie verstanden ihn nicht. Was wollte er mit seinen letzten Worten? Vom Fort Gibson, das eine Tagereise von hier lag, war doch nie die Rede gewesen. Daß er aber irgendeine Absicht mit seinen Worten verknüpfte, das verstand sich für sie von selber.

„Hast du gehört, Dick?"

„Yes."

„Hast du verstanden?"

„No."

Beim Feuer angekommen, wandte sich Will sofort an Sam.

„Was meinst du denn mit — —"

„Halt den Schnabel!" unterbrach ihn Hawkens leise, aber hastig. „Setzt euch nieder und wartet es ab!"

Er bückte sich und kroch in den nächsten Busch. Sie hörten, daß er die Runde machte. Dann kehrte er zurück und setzte sich zu ihnen.

„Sprecht so leise, daß nur wir uns hören!"

„Denkst du etwa, daß der Kerl noch da ist?"

„Denkt ihr es etwa nicht? Ich sage euch, daß ich an seiner Stelle einfach hiergeblieben wäre. Hätte mich hinter den nächsten Busch niedergeworfen und euch vorbeilaufen lassen. Würde dann warten, bis ihr zur Ruhe seid, und mich mit dem Kanu davonmachen."

„Und du meinst, daß er auf denselben Gedanken gekommen sein könnte?"

„Ja. Er sah mir nicht aus wie einer, der auf die Nase gefallen ist; hat ein ausgemachtes Spitzbubengesicht, und so ist ihm dieser Gedanke sehr wohl zuzutrauen. Übrigens hatte er seine Tasche mit dem Geld im Boot. Schon deshalb mußte er versuchen, wieder zu seinem Eigentum zu gelangen."

„Sam, du bist wirklich kein unebener Kerl. Wir sprechen dir unsere Hochachtung aus."

„Pshaw! Die Anerkennung von zwei Greenhorns ist wahrhaftig nicht viel wert. Sage euch, der Kerl wäre längst mit seinem Kanu fort, wenn ich mich nicht hineingesetzt hätte!"

„So wird er sich eben jetzt davonmachen!"

„Das soll er auch!"

„Wie? Das soll er auch?"

„Kinder, ihr dauert mich! Habe wirklich Mitleid mit euch!"

Er schüttelte den Kopf und blinzelte sie mit seinen Äuglein an, als ob sie soeben die größte Albernheit ihres Lebens begangen hätten.

„Mitleid?" begehrte Dick auf.

„Ihr wollt den Mann fangen, indem ihr ihn nicht entkommen laßt. Das ist falsch. Das richtige ist vielmehr, daß wir ihn entwischen lassen, um ihn in unsere Gewalt zu bringen."

„Diesen unsinnigen Widerspruch verstehe der Teufel!"

„Nehmen wir an, daß sich Walker noch in unserer Nähe befindet. Kennt ihr den Platz, wo er steckt?"

„Nein", antwortete Dick.

„Wie wollt ihr ihn also fangen?"

„Sehr leicht. Er will mit dem Kahn fort. Wir brauchen uns also nur in dessen Nähe zu verbergen, um den Kerl zu erwarten und zu ergreifen."

„O weh — da kriegt ihr ihn niemals! Er würde euch beobachten, auf den Kahn verzichten und sich auf Nimmerwiedersehen davonschleichen."

Sam hob während der leisen Unterredung zuweilen den Kopf, als ob er auf etwas lausche.

„Aber wenn er uns jetzt entrinnt, so ist er futsch", widersprach Dick.

„Pshaw! Aus der Welt verschwindet er nicht. Und sein Boot kann auch nicht geradewegs hinauf in den Himmel fahren. Wir wandern früh den Fluß hinab. Und wo das Boot liegt, ist der Mann ausgestiegen. Müßte doch mit dem Teufel zugehen, wenn drei Westmänner ihn nicht zu finden vermöchten."

„Und wenn er auf das Boot verzichtet hat und doch vorhin entflohen ist?" forschte Will. „In diesem Fall gibst du ihn doch für uns verloren?"

„Auch dann nicht. In drei Stunden wird es hell. Bis dahin haben sich die Spuren noch nicht verwischt. Wir werden sie sicherlich entdecken."

„Aus dir werde der Teufel klug, Sam! Vorhin, als wir am Wasser standen, hieltest du es für unmöglich, die Fährte aufzufinden "

„So? Habe ich das gesagt?" schmunzelte Sam. „Glaubt ihr denn, daß ich so dumm bin, meine wirkliche Ansicht und Absicht laut in die Welt hinauszuschreien? Zumal wenn sich der, auf den ich es abgezielt habe, in der Nähe befindet?"

„Hast recht, Sam. Wir werden uns nach deinem Rat richten. Du meinst also, daß wir jetzt ruhig liegenbleiben sollen, um ihn entrinnen zu lassen?"

„Nein. Ich meine, daß ihr jetzt mit mir hinab zum Kanu schleichen sollt."

Will blickte ihn erstaunt an.

„Bist du des Teufels? Soeben rietest du, uns nicht um das Boot zu bekümmern, und nun sagst du, daß wir hingehen sollen!"

„Habt ihr denn nichts gehört? Kommt einmal mit!"

Er stand auf und schritt mit ihnen zum Fluß.

„Nun, wo ist es?" fragte er.

„Donnerwetter! Fort!"

„Ja. Schaut einmal da hinüber! Dort schwimmt es."

„Ja, aber es ist niemand drin."

„Pshaw! Meint ihr, daß sich der Mann euch zeigen soll? Er hat sich ins Boot gelegt. Wir sollen denken, es sei fortgeschwommen, weil es nicht fest angebunden gewesen ist."

„So ist es, ja. Aber ich meine, es ist das allerbeste, wenn wir ihm einige Kugeln hinüberschicken."

„Was nützt es euch? Einen solchen Kerl muß man lebendig haben. Was kann euch an seiner Leiche gelegen sein?"

„Du hast abermals recht. Lassen wir ihn also! Wenn es licht geworden ist, streichen wir eben am Ufer hin. Da werden wir schon den Ort entdecken, wo er das Boot gelassen hat."

„Hm!" lachte Sam. „Nun seid ihr auf einmal siegesgewiß. Der Kerl ist gescheit, wie ihr nun erfahren habt. Zunächst wissen wir ja nicht, an welchem Ufer er aussteigt."

„So müssen wir uns teilen. Wir suchen hüben und drüben."

„Ja. Der Fluß ist nicht breit. Wir können uns von beiden Ufern aus sehen und uns verständigen. Und trocken hinüberkommen sollt ihr auch. Habe da ein Stück aufwärts den Rest von einem alten Floß gefunden. Das Fahrzeug reicht zur Not für euch beide. Soweit wäre alles glatt und gut. Aber ich denke mir, daß der Kerl nicht da aussteigt, wo er zu suchen ist. Er wird natürlich annehmen, daß wir ihm folgen, und daß wir zunächst nach dem Kanu forschen werden. Ist er so klug, wie ich ihn beurteile, so wird er irgendwo aussteigen und das Boot weiterschwimmen lassen."

„Das wäre dumm!"

„Nicht so sehr, wie es scheint. Das Ufer ist überall sandig oder hat wenigstens weichen Boden. Also muß er da eine Spur zurücklassen, wo er aussteigt. Er hatte keine Präriestiefel an, sondern neue Schuhe. Eine solche Fährte läßt sich leicht von anderen Spuren unterscheiden. Jetzt aber wollen wir versuchen, ein Endchen herunterzuschlafen. Morgen ist unser Tagewerk groß. Wir müssen diesen Kerl fangen und sodann zu jenem Master Wilkins, um ihn vor der Diebesbande zu warnen. Ich lege mich jetzt um, wenn ich mich nicht irre. Good night!"

17. Auf der Pflanzung

Die ersten Morgenstrahlen funkelten auf den Wellen des Flusses, der an Wilkinsfield vorüberzieht, und glitzerten in den Tautropfen, die gleich leuchtenden Perlen auf den Blättern und Blüten saßen. Die Neger und Negerinnen, die zur Pflanzung gehörten, zogen schwatzend hinaus auf die Baumwollfelder. Ihr Lärm klang von weitem wie das Kreischen einer Schar schwärmender Stare. Auch im Herrenhaus, in den Wirtschaftsgebäuden und im Garten hatte das Tagewerk begonnen.

Nur unten am Fluß war es noch ruhig. Da war kein Mensch zu erblicken. Doch — da kam ein indianisches Kanu abwärts geschwommen, das Boot des entwischten Verbrechers.

Jedenfalls schien es seine Absicht, hier das Fahrzeug zu verlassen. Er musterte das Ufer mit scharfen Blicken, und erst dort, wo es aus großen Steinen bestand, die keine Spur hinterließen, legte er an. Er sprang heraus und dehnte die Glieder.

Dann ließ er den Blick forschend flußabwärts schweifen.

„Ich werde sie irreführen", lachte er in sich hinein. „Wenn sie auch nach Fort Gibson wollen — diesem verschlagenen Kleinen traue ich nicht. Ganz gewiß suchen sie auch nach dem Kanu. Wo sie es finden, da werden sie auch mich vermuten. Ich lasse es also von hier aus weitertreiben. Und damit es nicht wegen seiner Leichtigkeit allzubald wieder ans Ufer geht, beschwere ich es."

Er legte mehrere große Steine hinein, daß es nun so tief ging, als säße ein Mann drin. Dabei nahm er sich in acht, keine Fußspur zu hinterlassen. Dann gab er dem Kanu einen Stoß, daß es in die Strömung zurückglitt und schnell mit fortgenommen wurde. Er blickte ihm nach, fuhr aber sogleich erschrocken nach dem Land herum, denn hinter sich vernahm er den lauten, kreischenden Ruf einer weiblichen Stimme.

„Jessus! Jessus! Da schwimmt es fort!"

Zwei Negerinnen waren vom Garten her auf der Höhe des

Ufers mit einem vollen Wäschekorb erschienen. Und da sie nicht annehmen konnten, daß Walker das Boot absichtlich fortgestoßen hatte, war die eine in den Schreckensruf ausgebrochen.

Diese Begegnung war ihm sehr unangenehm, doch durfte er sich das nicht merken lassen. Er wandte sich also den beiden zu und zuckte bedauernd die Achseln.

„Ja, da geht es hin. Ich hatte vergessen, es anzubinden."

„Weiter unten liegt ein Boot unseres Herrn. Wenn Ihr schnell macht, könnt Ihr das Eurige noch einholen."

„Danke; ich brauche es nicht mehr. Wer seid ihr?"

Als er sie jetzt aufmerksamer musterte, zeigten sie in verlegenem Lachen die weißen Zähne.

„Wir sind My und Ty", sagte die ältere.

My und Ty sind Abkürzungen von Mary und Tony. Der Neger liebt solche Abkürzungen, doch sind sie auch dem Amerikaner geläufig. So sind auch die Namen Dick und Will lediglich die Abkürzungen von Richard und William.

„My und Ty — sehr schöne Namen. Wer ist My?"

„Ich", meinte die ältere und zupfte verschämt an dem weißen Halstuch.

„Habt ihr Männer?"

„Jessus, Jessus! Ob wir Männer haben? Wir sind Mädchen, Massa!"

„So, so. Bei wem dient ihr?"

„Bei Massa Wilkins hier. Wir sind in der Küche."

„Ist euer Massa gut?"

„Sehr gut."

„Und wie seid ihr mit seiner Tochter zufrieden?"

„Noch viel mehr gut, noch viel sehrer gut!"

„So scheint ihr eure Herrschaft sehr zu lieben?"

„Ja, Massa."

„Das freut mich. Es gibt also hier keinen, der mit der Herrschaft unzufrieden ist?"

„O nein, keinen."

„Doch, My!" fiel die jüngere eifrig ein. „Einen kenne ich!"

„Du meinst Bommy, den bösen Bommy."

„Das ist auch ein Neger, ein Diener?" forschte Walker.

„Kein Diener, kein Neger, sondern ein armseliger Nigger."

Nigger ist die beleidigende, beschimpfende Form des Wortes Neger. Dieses Wort nahm sich freilich in dem Mund einer Schwarzen recht spaßhaft aus.

Die Absicht, in der Walker nach Wilkinsfield gekommen war, ließ es ihm geraten erscheinen, sich an einen Mann zu halten, der mit dem Herrn der Besitzung auf gespanntem Fuß lebte.

„Wo wohnt denn dieser böse Bommy?"

„Zwischen hier und der nächsten Pflanzung, gerade durch den Garten hindurch, drüben über dem Zuckerfeld. Dort steht am Rand des Gehölzes seine Hütte, wo er Gin und Whisky verkauft."
„So ist er ein Schenkwirt?"
„Ja. Er wurde freigegeben und erhielt die Hütte zugewiesen. Da er nicht arbeiten will, so ließ er sich Schnaps kommen, um ihn zu verkaufen. Unser Massa aber hat verboten, von Bommy Schnaps zu trinken; darum ist Bommy zornig."
„Der schlechte Mensch!" meinte Walker-Hopkins. „Bleibt ihr lange hier am Fluß?"
„Viele Stunden."
„So will ich euch etwas sagen. Habt ihr mich gesehen?"
„Ja."
„Nein, ihr habt mich nicht gesehen. Verstanden?"
Sie sperrten den Mund auf und blickten ihn grenzenlos verwundert an.
„Jessus, Jessus!" rief My. „Wir sehen doch Massa leibhaftig hier stehen!"
„Aber ihr dürft mich nicht gesehen haben! Es werden Leute hier vorüberkommen, die euch nach mir fragen. Es sind schlimme Leute, die euerm guten Massa Wilkins schaden wollen. Denen sagt ihr, daß ich hier vorübergefahren sei, in meinem indianischen Kanu, immer flußabwärts. Habt ihr mich verstanden?"
„Ja, ja!" nickten beide zögernd.
„Liebt ihr die Prügel?"
„Jessus, Jessus!"
„So will ich euch sagen, daß ihr viele Prügel erhalten werdet, wenn ihr mich verratet. Ihr sagt also, daß ich vorübergefahren bin. Vergeßt es nicht!"
Er stieg das ziemlich steile Ufer hinauf und folgte dem angegebenen Weg zu Bommys Schenkhütte.
Der Garten war parkähnlich angelegt worden; aber die überwältigende Fruchtbarkeit des Bodens hatte ihn schon wieder in eine halbe Wildnis verwandelt. So konnte man durch diesen verwilderten und dichten Garten gehen, ohne sich von jemand blicken zu lassen. Das war Walker sehr recht; er vermied alle freien Plätze.
Das Herrenhaus machte einen stattlichen Eindruck. Es war großartig im Stil der späteren Renaissance gebaut, war aber, den südlichen Verhältnissen angepaßt, mit luftigen Balkonen und Veranden reich versehen.
In einer der Veranden bot sich ihm ein Bild von reizender Schönheit.
Dort ruhte in einer Hängematte ein junges Mädchen. Das aufgelöste, schwarzglänzende Haar hing fast bis auf den Boden

herab. Das Gesicht war wohl scharf geprägt, aber fein gezeichnet und von einer Schönheit, wie man sie selbst in jenen südlichen Ländern nur selten zu sehen bekommt. Der Kopf ruhte in der Linken; auf der Rechten saß ein Papagei, mit dem das schöne Mädchen scherzend plauderte. Über ihm hing an einer Schaukel ein Löwenäffchen, und vor der Veranda putzte ein an eine Eisenstange geketteter Felsenadler sein glänzendes Gefieder. Dazu bildeten blühende, in feurigen Farben prangende Lianen einen Rahmen um das lebendige Gemälde.

Selbst die kalte Seele Walkers wurde von dem seltsamen Reiz dieses Bildes für einige Augenblicke erwärmt. Er verhielt den Schritt hinter einem Baum, in die Betrachtung des anmutigen Mädchens versunken.

„Mon chéri, mon favori — mein Geliebter, mein Liebling!" hörte er sie mit wohlklingender Stimme sagen. Sie sprach französisch, wie es in jenen Gegenden vielfach üblich ist.

Und der Papagei antwortete wie ein verständiger Mensch, so daß man annehmen mußte, diese zärtliche Zwiesprache werde sehr oft geübt.

„Ma belle, ma petite femelle — meine Schöne, mein kleines Frauchen!"

Das Löwenäffchen langte herab, zupfte die Herrin am Haar und warf ihr, als sie lächelnd zu ihm emporblickte, ein ganzes Dutzend Kußhändchen zu. Gewiß hatte es das erst von ihr gelernt.

Jetzt wandte der Papagei den Kopf, blickte sich suchend um und rief laut:

„Mon amant, mon bien-aimé, où es-tu? Où-es-tu? — Mein Schatz, mein Geliebter, wo bist du? Wo bist du?"

Die schöne Herrin gab ihm mit dem Finger einen neckenden Streich.

„Still, du Schelm! Du darfst nichts verraten."

Er aber schüttelte sich, stieß ein überraschend menschlich klingendes Kichern aus und schlug mit den Flügeln.

„C'est monsieur Adler, le bon monsieur Adler — das ist Herr Adler, der gute Herr Adler!"

Adler hieß, wie schon erwähnt, der deutsche Oberaufseher der Pflanzung. Die Herrin des Vogels erglühte bis an die Schläfe, obgleich ihrer Meinung nach kein Mensch in der Nähe war. Sie sprang auf und verschwand mit dem Papagei in der Tür, die aus der Veranda in ihr Zimmer führte.

„Welch ein Weib!" dachte Walker, indem er sich mit der Hand über die Stirn fuhr. „Verdammt, daß ich nicht offen auftreten kann! Ich werde hier abwarten, was diese drei Jäger gegen mich unternehmen. Ist diese Gefahr vorüber, so weiß ich, was ich zu tun habe. Jetzt nun zunächst zum Zuckerfeld und zu Bommy, dem schwarzen Schenkwirt. Vielleicht gewinne ich an ihm einen Verbündeten gegen Wilkins."

Er schlich weiter und gelangte auch ungesehen aus dem Garten.

My und Ty, die beiden Negerinnen, hatten sich wohl über zwei Stunden lang mit ihrer Wäsche beschäftigt. Negerinnen schwatzen gern und lachen noch viel lieber. Die geringste Kleinigkeit gibt ihnen Veranlassung, ihrer Lachlust freien Lauf zu lassen. Darum wurde den beiden die Zeit nicht lang, und sie hörten nicht, daß sich Schritte näherten. Sie wurden auf den Mann, der am Ufer daherkam, erst aufmerksam, als er sie grüßte.

„Good morning, girls!"

Sie richteten sich von der Arbeit auf, drehten sich nach dem Sprecher um und stießen einen Schrei des Schreckens aus. Der kleine, sonderbar gekleidete Mann mit dem Urwald im Gesicht, dem viel zu großen Lederrock und dem unförmigen Hut erregte ihr Erstaunen.

„Schreit nicht so, ihr Ungeziefer!" lachte Sam Hawkens. „Oder habe ich wirklich ein so entsetzliches Aussehen, hihihihi?"

Jetzt erst erinnerten sie sich, daß er sie ja ganz freundlich gegrüßt hatte. Sie schauten ihn genauer an, und da blickten sie allerdings in ein Gesicht, in dem die Gutmütigkeit zu Hause zu sein schien. Das gab ihnen schnell die Fassung zurück.

„Wer ist euer Herr, Mädels?"

„Massa Wilkins."

„Ausgezeichnet. Ist er zu Haus?"

„Ja. Massa trinkt Tee."

My vergaß dabei, daß seit vorhin fast drei Stunden vergangen waren, und daß Massa nun wohl nicht mehr Tee trinken werde.

„Wie lange wascht ihr schon hier?"

Sie blickte in den Wäschekorb und sah, wie wenig fertig geworden war.

„Einige kleine, ganz kleine Minuten", sagte sie deshalb zögernd.

Sam kannte das. Er trat näher und untersuchte die Tapfen, die ihre nackten Füße im nassen Ufersand getreten hatten.

„Wie heißt du?" fragte er weiter.

„My, und diese hier ist Ty."

„Dann höre, meine liebe My, du bist eine große Lügnerin! Du behauptest, daß ihr euch erst seit einigen kleinen Minuten hier befändet, und ihr seid jedenfalls schon seit Stunden hier."

„Oh, einige kleine Stündchen, ja."

Sie sagte das so unbefangen, als ob zwischen Minuten und

Stunden nicht der geringste Unterschied wäre. Sam Hawkens nickte ihr lachend zu.

„Was sagte er denn zu euch?" schmunzelte er freundlich.

„Er? Wer?"

„Der Mann, der hier aus dem Kanu stieg."

My und Ty hatten keine Ahnung von der Schärfe und Verschlagenheit eines Trappergehirns und wußten vor Erstaunen nicht, was sie sagen sollten.

„Nun, Antwort!" drängte Sam Hawkens.

Beide blickten sich ratlos an. Der andere hatte mit Prügeln gedroht, dieser aber hatte eine Büchse in der Hand; er war jedenfalls noch fürchterlicher als der erste und schien obendrein schon alles zu wissen.

My war die klügere von beiden. Sie sollte sagen, daß der Mann im Kahn weitergefahren sei, und sollte verschweigen, daß er in den Garten gegangen war. In ihrem negerhaften Scharfsinn fand sie einen Ausweg, indem sie das Gebotene und Verbotene miteinander ins Gleichgewicht brachte; darum erwiderte sie beherzt, indem sie mit der Hand nach der Pflanzung zeigte:

„Er kam und ist auf seinem Kanu hier in den Garten hineingefahren."

Das war selbst Sam Hawkens etwas zu viel des Guten; er blickte die Schwarze mit offenem Mund an.

„Mädchen, bist du verrückt? Im Garten ist ja kein Tropfen Wasser! Also er ist hier ausgestiegen?"

„Ja."

„Das Kanu ist hier auf dem Wasser fortgelaufen?"

„Ja, Massa."

„Und der Mann ist auf seinen Beinen hier in den Garten hineingerudert?"

„Sehr gerudert!"

„Er hat euch verboten, es zu sagen?"

„Wir sollen Prügel bekommen."

„Habt keine Sorge! Diese Prügel wird er selber erhalten, darauf könnt ihr euch verlassen, wenn ich mich nicht irre!"

Das erweckte ihr Vertrauen, und nach einigen weiteren kurzen Fragen erfuhr er jedes Wort, das Walker mit ihnen gesprochen hatte. Auch von dem weiter unten liegenden Boot des Farmers erzählten sie ihm bei dieser Gelegenheit.

„Könnt ihr rudern?" fragte er.

„Rudern? Ja", antwortete My mit stolzem Ton. „Wir rudern Miß alle Tage auf dem Wasser."

„So schaut einmal da hinüber zum anderen Ufer! Seht ihr die beiden Männer dort? Diese beiden Masters sind meine guten

Freunde. Sie wollen gern herüber und haben kein Fahrzeug. Wenn eine von euch das Boot hinüberbringen will, so gebe ich euch dieses prachtvolle Bild, an dem ihr sehen könnt, was für einen Hut ihr euch jetzt kaufen müßt. So wie dieser hier, sind sie seit kurzem in der Mode."

Er öffnete seinen Jagdrock und zog ein vielfach mit Brüchen behaftetes Papier hervor. Es war ein Blatt aus irgendeiner alten Bilderzeitschrift. Selten hat ein Präriejäger ein Stück Papier bei sich, und dieser Seltenheit wegen hatte Sam das Blatt heilig gehalten. Wohl hunderterlei war schon drin eingewickelt gewesen. Es zeigte Fett-, Ruß-, Schmutz- und Blutflecke in Menge, so daß es ganz durchsichtig geworden war und die druckschwarzen Buchstaben der einen Seite auf der anderen verkehrt zu sehen waren. Der Holzschnitt ließ sich dennoch so leidlich erkennen. Er zeigte einen Mädchenkopf mit mongolischen Gesichtszügen; auf diesem Kopf saß ein südchinesischer Binsenhut mit einer Krempe, die den Umfang eines für zehn Personen bestimmten Familienregenschirms hatte. Darunter standen die Worte: ‚Eine chinesische Schönheit aus der Zeit des Kaisers Fung lu tschu, fünfhundert Jahre vor der Geburt Christi.'

Sam glättete das Papier an seinem steifen Lederrock und zeigte das Bild den beiden Schwarzen. Negerinnen lieben auffällige Formen und schreiende Farben. Als My und Ty den Kopf und nun gar den Hut erblickten, schlugen sie entzückt die Hände zusammen.

„Welch ein Hut!" rief My. „O Jessus, Jessus! Wie schön! Wer ist diese vornehme Dame?"

„Eine Negerkönigin aus New York. Sie hat dreihundert Millionen Vermögen und trägt stets die neuesten Hüte."

„Und das Bild soll unser sein?"

„Ja, wenn eine von euch das Boot hinüberschafft."

Nun begann ein Wettstreit, wer sich diesen kostbaren Preis verdienen dürfe. Sam entschied den Kampf in salomonischer Weise; er sagte, er werde das Bild in zwei Teile zerschneiden, und jede solle eine Hälfte erhalten; diejenige aber, die die rechte Hälfte des Hutes bekäme, müsse rudern.

Beide waren einverstanden. Ty erhielt die rechte Seite des wertvollen Bildes und eilte schleunigen Laufs zum Boot. My hielt ihre Hälfte hoch über den Kopf, tanzte vor Entzücken und stieß dabei allerlei Freudenrufe aus.

Sam Hawkens kümmerte sich nicht weiter um sie. Er untersuchte mit gewohnter Sorgfalt den Boden. Am Ufer war freilich nichts zu finden, da Walker dort seine Spuren getilgt hatte. Aber am Gartenrand bemerkte sein geübtes Auge mehrere niedergedrückte Halme. Dieses Zeichen wiederholte sich in schrittweisen, regelmäßigen Entfernungen, so daß für ihn kein Zweifel bestand, daß hier jemand gegangen war.

Unterdessen war Ty am anderen Ufer angekommen. Dick und Will stiegen ein, und da die beiden in der Führung eines Kahns geschickter waren als die Negerin, so dauerte es nur kurze Zeit, bis sie hüben anlegten.

„Du winktest", sagte Will. „Hast du eine Spur?"

„Ja", kicherte Sam. „Werden ihn bald haben, wenn ich mich nicht irre."

„Wo denn?"

„Hört", wandte sich Sam an die Negermädchen, ohne auf die Frage Wills zu achten, „ich habe noch ein solches Bild. Es ist noch weit schöner als das erste. Ihr sollt es auch noch bekommen, wenn ihr tut, was ich euch sage."

„Sollen wir noch jemand herüberholen, Massa?" fragte My neugierig.

„Nein, ich verlange dafür etwas anderes von euch — wenn der Mann kommt, der hier ausgestiegen ist, und euch fragt, ob wir hier gewesen sind, so dürft ihr es ihm nicht sagen."

„O nein, Massa. Wir werden sprechen, der Massa mit Dickicht im Gesicht und die beiden langen Massas sind nicht dagewesen."

„Unsinn! Ihr dürft uns nicht beschreiben. Sonst merkt er doch, daß wir hier gewesen sind. Wenn ihr uns nicht gesehen habt, könnt ihr doch auch nicht wissen, wie wir ausschauen."

„O richtig! So werden wir lieber fortgehen und an einem anderen Ort des Ufers waschen."

„Sehr gut. Das ist jedenfalls der erste kluge Gedanke, den ihr in euerm Leben gehabt habt. Macht euch also von hier fort, ihr schwarzen Mottenbälger, und zwar weit genug!"

„Aber das andere Bild, Massa?"

„Das bringe ich euch, ihr Rotte Korah, ihr!"

Schwatzend nahmen sie ihre Wäsche und eilten stromaufwärts davon.

Sam führte die Freunde zum Gartenrand, zeigte ihnen die Fährte und teilte ihnen mit, was er von den Negerinnen erfahren hatte. Dick legte den Finger nachdenklich an die Nase.

„Du meinst, daß wir dieser Fährte folgen, Sam? Die Spur ist gewiß zwei Stunden alt. Während der Zeit kann er sein Geschäft hier abgewickelt haben und den Ort verlassen wollen. Es ist daher sehr leicht möglich, daß er, während wir seiner Spur folgten, hierher zurückkehrt, sich das Boot einfach aneignet und das Weite sucht."

„Ja, das ist so", nickte Will zustimmend.

„Nein, das ist nicht so", antwortete Sam im Ton der Überzeugung. „Ich kann es euch sehr leicht beweisen. Er fuhr in einem indianischen Kanu. Hier werden solche weder gebaut noch gebraucht. Was folgt daraus?"

„Daß er sehr weit herkommt, jedenfalls vom Gebirge herab", antwortete Will.

„So ist es. Ferner: Walker wußte gewiß, daß wir nach ihm suchen würden — dennoch ist er hier, so nahe der Stelle, wo er uns entwischte, eingekehrt. Ist das etwa Zufall?"

„O nein. Er hat schon vorher hierherkommen wollen."

„Daraus ist zu schließen, daß er hier auch bleiben wird. Ich bin überzeugt, daß er in einer Angelegenheit nach Wilkinsfield kommt, die ihn längere Zeit hier festhalten wird. Das beste ist also, wir gehen seiner Fährte nach."

Sie folgten ihm, während er, um die Spur nicht zu verlieren, mit gesenktem Kopf voranschritt.

Nach einiger Zeit blieb er stehen, kauerte sich nieder und untersuchte den Boden mit größter Aufmerksamkeit.

„Hm!" brummte er. „Hier, hinter diesem Baum hat er eine längere Weile gestanden, mit den Fußspitzen nach rechts. Sein Gesicht ist also da hinüber zum Herrenhaus gekehrt gewesen. Die Rolläden sind noch nicht aufgezogen, vor zwei Stunden sind sie es noch viel weniger gewesen; nur die Veranda ist offen. Es muß sich also dort etwas befunden haben, was er hat beobachten wollen. Wartet einmal — ich bin der Ansicht, daß ihn irgendeine Absicht zu dem Herrn dieser Pflanzung führt. Er ist nicht gleich zu ihm gegangen, sondern er schleicht sich heimlich hinter den Bäumen herum; seine Absicht ist also nicht gut. Es ist möglich, daß er zu dem Besitzer kommt, während wir ihn noch suchen, ja, daß er schon bei ihm ist. Vielleicht hat sich Master Wilkins dort auf der Veranda befunden, als — doch nein! Ein Löwenäffchen, ein Felsenadler und die feinen Vorhänge an der Tür — das ist ein Platz für eine Dame, wenn ich mich nicht irre!"

Ohne den anderen Verhaltungsmaßregeln zu erteilen, schritt er rasch auf das Gebäude zu. Gerade in diesem Augenblick öffnete sich die Verandatür, und die junge Dame, deren Schönheit Walker vorhin fesselte, trat heraus. Sie erblickte den Jäger und stieß einen halblauten Ruf des Erstaunens aus.

Sam Hawkens näherte sich ihr und blieb unten an den Stufen stehen. Er hatte erst in seiner kurzen Jägerart sprechen wollen, aber der eigenartige Reiz dieses Mädchens machte auf ihn einen großen Eindruck. Er versuchte also eine tiefe Verbeugung. Nach seiner Meinung hätte kein Graf eine feinere fertigbringen können. Da aber der gute Sam keineswegs Hof- oder Tanzmeister gewesen war, so fiel diese Verbeugung so hochkomisch aus, daß die Dame das Taschentuch an die Lippen hielt, um ihr Lachen zu verbergen.

„Entschuldigung!" sagte er. „Gewiß Miß Wilkins?"

„Ja, die bin ich."

„Dachte es mir. Freut mich sehr, Euch kennenzulernen, Miß! Hoffe, daß Ihr mit mir zufrieden sein werdet."

„Wieso? Ich mit Euch zufrieden sein? Das setzt doch ein gewisses Verhältnis zueinander voraus."

„Natürlich ein Verhältnis!" nickte er. „Werdet aber entschuldigen müssen, wenn ich damit leider nicht ein Liebesverhältnis meine!"

Sie errötete unwillig, dann aber brach sie in ein lustiges Lachen aus.

„Das entschuldige ich sehr gern!"

„Im übrigen komme ich als ein sehr guter Freund von Euch. Werde es Euch bald beweisen. Darum hoffe ich, eine Antwort auf meine Frage zu erhalten. Befandet Ihr Euch vor ungefähr zwei Stunden hier auf dieser Veranda?"

„Ja."

„War jemand bei Euch?"

„Nein."

„Ihr wurdet nämlich beobachtet, und zwar von einem Fremden, dort von jener starken Platane aus. Der Kerl hat da längere Zeit gestanden, um Euch anzusehen. Doch habt Ihr nicht nötig, darüber zu erröten. Wer so ein Gesichtchen hat wie Ihr, der kann sich zu jeder Tages- und Nachtzeit anschauen lassen, ohne sich schämen zu müssen, wenn ich mich nicht irre."

„Kommt Ihr nur aus dem Grund, mir solche Dinge zu sagen?"

„Nein; das tu ich nur so nebenbei. Eigentlich kam ich, um mich zu erkundigen, ob Master Wilkins zu sprechen ist."

„Jetzt wohl schwerlich. Er hat Besuch."

„Ah, sollte sich etwa dieser Kerl schon bei ihm befinden?"

„Welcher —? Wer?"

„Der Euch beobachtet hat."

Sie errötete abermals.

„Sollte Leflor es gewagt haben —"

„Leflor? Nicht Walker oder Hopkins? Hm — vielleicht nennt er sich hier Leflor."

„Wer ist Walker?"

„Ein Mensch, den ich suche, ein Bösewicht, der vom Felsengebirge herabkommt, um —"

„Der hat mich beobachtet?" fiel sie schnell ein.

„Ja, der."

„Das ist ärgerlich, aber Master Leflor ist ein anderer. Er ist Besitzer der benachbarten Pflanzung und befindet sich jetzt bei

Pa, jedenfalls um dringende Geschäfte mit ihm zu besprechen "

„Das meinige ist aber noch dringender. Sehe mich gezwungen, die Herren zu stören."

„Wenn dies der Fall ist, so bemüht Euch nach der vorderen Seite! Dort befindet sich das Tor, und der Diener wird Euch anmelden. Nur müßt Ihr nicht, wie hier, vergessen, Euern Namen zu nennen."

„Verzeihung, Miß! Aber wenn ich Euch anblicke, so vergesse ich meinen Taufschein und auch mein Impfzeugnis. Heiße Sam Hawkens und bin meines Standes ein Savannenläufer."

Überrascht trat sie einen Schritt weiter vor.

„Sam Hawkens, der Trapper?"

„Ja. So nennt man mich."

„Oh, welche Freude! Ich habe von Euch gelesen!"

Jetzt war die Reihe, überrascht zu sein, an ihm.

„Gelesen? Von mir?"

„Ja, schon einige Male."

„Unmöglich, meine liebe Miß. Habe nichts geschrieben, was Euch hätte vor die Augen kommen können, wenn ich mich nicht irre."

Sie lachte hell auf.

„Das will ich nicht bestreiten, und das ist es auch gar nicht, was ich meine. Wenn Ihr wirklich Sam Hawkens seid, der Präriejäger, so habe ich von Euch gelesen, nämlich in der Zeitung."

„Behold! In der Zeitung?"

„Ja, mein bester Sir. Die Jäger, die zuweilen aus dem Westen zurückkehren, erzählen allerlei eigene und fremde Erlebnisse, und dabei werden auch die hervorragenden Prärieläufer erwähnt. Zu denen gehört Ihr. Und was erzählt wird, das pflegt dann auch bald gedruckt zu werden."

„Aber, was hat man denn über mich gedruckt?"

„Verschiedenes. Habt Ihr nicht einmal mit nur noch sechs anderen Jägern eine Santa-Fé-Karawane gegen die Komantschen verteidigt?"

„Ja. Damals ist es uns sehr heiß geworden, aber die Rothäute haben doch Haare lassen müssen."

„Und habt Ihr nicht einmal ein ganzes Settlement vor einem Überfall der Sioux errettet?"

„Auch das habe ich. Es war das weiter keine große Heldentat. Wir waren ja dreißig Mann gegen achtzig Indsmen; da läßt sich die Sache schon fingern."

„Und hat man Euch nicht einmal" — sie faßte in plötzlichem Erschauern an ihre Haarfülle und verstummte.

Mißtrauisch war er ihrer Gebärde gefolgt.

„Skalpiert?" sagte er ablehnend. „Hm, etwas ist schon dran — aber den Zeitungsschreiber möchte ich sehen, der sich an den Skalp von Sam Hawkens wagt, hihihihi!"[1]

„Oh, wie ich Euch bedauere!" rief sie in ehrlichem Mitgefühl. „Ihr müßt ein Held sein! Ihr seid sogar ein Freund des großen Old Shatterhand! Ich freue mich darum sehr, Euch hier zu sehen. Es wäre schön, wenn Ihr eine Zeitlang hier verweilen könntet, Sir."

„Vielleicht kann ich einen Tag oder gar einige bleiben; das wird sich sehr bald entscheiden. Vor allen Dingen muß ich zunächst mit Eurem Vater sprechen, wenn ich mich nicht irre."

Sam machte wieder eine nach seiner Ansicht höchst gewandte Verbeugung und ging. Er bog nach der Vorderseite herum und erblickte das hohe, weite Tor. Dort stand ein Mann in leichter Bediententracht.

„He, Freund, wo geht's hier zu Master Wilkins?"

„Da müßt Ihr warten, Mann. Der Herr hat vor Nachmittag keine Zeit."

„Das paßt sehr schön. Ich habe auch keine Zeit, und so wollen wir die Geschichte doch gleich abmachen. Ihr geht jetzt zu Euerm Herrn und sagt ihm, daß Sam Hawkens sehr notwendig mit ihm zu sprechen hat. Verstanden?"

„Was geht mich Sam Hawkens an? Wartet, bis —"

Er hielt inne, trat zurück und machte eine tiefe Verbeugung. Im Flur hatte sich eine Tür geöffnet, und die junge Herrin war herausgetreten. Sie wandte sich freundlich lächelnd an Sam.

„Da Euer Geschäft so dringend ist, bin ich selber zu Pa geeilt, um Euch anzumelden. Bitte, kommt mit!"

Sam Hawkens warf dem Diener einen vernichtenden Blick zu und folgte ihr. Miß Wilkins führte Sam durch einen Vorraum ins Sprechzimmer; zwei Männer befanden sich dort: Wilkins, ihr Vater, und sein Nachbar Leflor, von dem sie gesprochen hatte.

Wilkins war ein noch kräftiger Mann, vielleicht am Ende der Fünfzigerjahre. Er hatte ganz das Aussehen eines Gentleman; seine Haltung war selbstbewußt, sein Blick gütig. Die Fältchen, die von seinen äußeren Augenwinkeln nach den Schläfen hinliefen, ließen vermuten, daß sein Leben nicht ohne Mühe und Sorge verflossen war.

Der andere mochte etwa dreißig Jahre zählen. Er war lang, hager und trug sich etwas vornübergebeugt; die Kleidung war tadellos, das Gesicht glatt rasiert. Er machte den Eindruck eines echten Yankee. Als er den Eintretenden musterte, kniff er die Augen zusammen und senkte die Mundwinkel. Das gab seinem Gesicht einen lauernden, unangenehmen Ausdruck. Nach dem

[1] Vergleiche Karl May „Winnetou I"

ersten Blick auf Sam zog er seine Stirnhaut hoch, ließ die Zähne sehen und machte mit der einen Schulter eine Schwenkung, als ob er irgend jemand damit von sich stoßen wollte.

„Hier, Pa, ist Master Hawkens, der dich sprechen will", sagte die Tochter. „Ich denke, daß er dir angenehm ist."

„Natürlich, liebe Almy. — Willkommen, Sir!"

Wilkins streckte dem Trapper die Hand entgegen. Sam ergriff sie und drückte sie herzhaft.

„Freut mich, Sir, daß Ihr mir wegen der Störung nicht zürnt. Vielleicht habe ich das nur Miß Almy zu verdanken."

„Nicht allein ihrer Empfehlung", lächelte der Pflanzer, „sondern auch dem Ruf, der Euch vorangeht."

„Und der jedenfalls mehr aus dem Mann macht, als er wirklich ist!"

Das sagte Leflor, indem er einen geringschätzigen Seitenblick auf Sam warf.

Sam Hawkens wandte sich ihm voll zu.

„Möglich, Master. — Habt Ihr auch einen, Sir?"

„Wieso? — Ich? — Ruf?"

Leflor war von Sams Frage völlig überrumpelt.

„Also keinen Ruf? Hm! So sprecht auch nicht über den meinigen, sondern sorgt zunächst dafür, daß die Leute auch von Euch etwas Gutes zu erzählen haben!"

Dieser Zwischenfall war dem Hausherrn sichtlich unangenehm. Er wollte eine versöhnliche Bemerkung machen; doch Leflor kam ihm zuvor.

„So ist's recht, Master!" lachte er hart auf. „Ein Jäger soll stets schlagfertig sein; nur muß er sich auch seinen Mann ansehen, damit er nicht an einen gerät, der hoch über ihm steht. Übrigens schaut Ihr mir gar nicht wie ein rechter Westmann aus. Dieses Fell ist doch nur Maske, und dieses Schießholz — ah, welch ein alberner Prügel!"

Er hatte Sam das Gewehr aus der Hand genommen und hielt es dem Pflanzer lachend hin. Dieser gab ihm einen Wink, um ihn zu warnen, und die kleinen, scharfen Äuglein des Trappers fingen diesen Wink auf.

„Ist nicht nötig, Euer Augenzwinkern, Sir! Ich weiß doch nun, wie ich mit diesem Mann daran bin. Wenn er nicht sofort meine Büchse hier auf den Tisch legt, werde ich ihm meine Faust zwischen seine gelben Zähne setzen. Er mag dann merken, wer höher steht, er oder ich. Sam Hawkens ist ein urgemütlicher Kauz, aber nur zu anständigen Kerlen."

„Sir!" fuhr Leflor auf.

„Boy!"

Der Trapper stieß das Wort nicht etwa überlaut hervor, sondern er sagte es ruhig, mit nur wenig erhobener Stimme; aber seine ganze Haltung zeigte deutlich, daß seine Faust in der nächsten Sekunde dem anderen an den Kopf fahren würde. Wilkins schob sich mit einem raschen Schritt zwischen die beiden, nahm das Gewehr aus Leflors Hand und gab es an Sam zurück.

„Bitte, lieber Nachbar, keinen Streit! Master Hawkens ist mein Gast; er hat Euch nichts getan, und so sehe ich nicht ein, aus welchem Grund Ihr Streit mit ihm sucht. Und nun ist es Euch wohl recht, Master Hawkens, wenn ich Euch nach der Veranlassung Eures Besuchs frage?"

Leflor hatte den kleinen Verweis schweigend hingenommen; aber seine Augen blitzten, und der Ausdruck seines Gesichts ließ erwarten, daß er diese Niederlage nicht ungerächt hingehen lassen würde.

Almy hatte sich bleich an die Wand gelehnt. Ihr schönes Gesicht war kalt und undurchdringlich. Als der Blick Leflors sie jetzt suchte, zog sie die Brauen noch finsterer zusammen.

Sam tat, als ob er das alles gar nicht bemerkte, und ging ruhig auf die Frage des Hausherrn ein.

„Ist mir sogar sehr lieb, Sir. Habe keine Zeit für unnütze Reden. Komme, um zu fragen, ob Euch vielleicht ein Mann bekannt ist, der den Namen Walker trägt."

„Walker? Der Name ist nicht selten. Ich habe ihn wohl zuweilen gehört, weiß aber keinen Bekannten, der sich so nennt."

„Oder Hopkins?"

„Auch nicht."

„Hm! So ist heute früh niemand, der diesen Namen führt, bei Euch gewesen?"

„Nein."

„Erlaubt mir die Frage, welche Besuche Ihr überhaupt heute gehabt habt!"

„Keinen. Master Leflor ist der erste, mit dem ich heute spreche."

„Ich danke. Habe aber noch eine andere Angelegenheit. Darf ich Euch wohl einmal allein sprechen?"

„Gewiß. Betrifft die Angelegenheit Euch?"

„Nein, sondern Euch."

„Nun, so könnt Ihr getrost davon reden. Vor meiner Tochter habe ich kein Geheimnis, und Master Leflor ist mein Nachbar und Freund, der vielleicht auch hören darf, was Ihr bringt."

„Das ist erst die Frage. Ich bitte doch, Euch allein sprechen zu dürfen. Höchstens Eure Tochter könnte dabei sein. Habt Ihr eine Stube, Master Wilkins, in der wir uns unterhalten können, ohne belauscht zu werden?"

„Ja, hier nebenan."

Leflor lachte auf.

„Meinetwegen sollt Ihr Euch nicht entfernen, Master Wilkins! Schließt man mich wirklich vom Vertrauen aus, so bin ich es, der sich zurückzieht. Ich werde einstweilen hinab in den Garten gehen und bitte Euch, mich durch den Diener rufen zu lassen, sobald Ihr wieder für mich zu sprechen seid. Ich möchte Euch nicht verlassen, ohne in unserer Angelegenheit Eure Entscheidung mitzunehmen."

Er ging.

Der Pflanzer hob freundlich warnend den Zeigefinger.

„Master Hawkens, da habt Ihr Euch einen Feind erworben."

„Hm! Alle Schufte sind dem ehrlichen Mann feind. Einer mehr oder weniger, das ist gleichgültig, wenn ich mich nicht irre. Was nun unsere nächste Angelegenheit betrifft, so wünsche ich, daß gerade er nichts davon erfährt, Master Wilkins."

„Bedenkt, daß er mein Nachbar ist, und daß in solch entlegener Gegend Nachbarn vielfältig aufeinander angewiesen sind!"

„Mag sein; aber ich traue diesem Menschen nun einmal nicht. Wollt Ihr mir versprechen, gegen ihn zu schweigen?"

„Wenn Ihr es durchaus verlangt, ja. Aber ist denn Eure Angelegenheit wirklich gar so wichtig, Master?"

„Sehr. Werdet es sofort erfahren. Ist Euch vielleicht ein gewisser Blutiger Jack bekannt?"

Der Pflanzer erschrak sichtlich.

„Der?" antwortete er. „Oh, der ist mir nur zu gut bekannt! Was ist's mit ihm?"

„Er will Euch heute in der Nacht einen Besuch abstatten."

„Mein Himmel! Das ist eine böse Nachricht!"

Wilkins tat einige Schritte im Zimmer hin und her und blieb dann vor Sam stehen.

„Woher wißt Ihr das, Sir? Er selber kann es Euch doch nicht gesagt haben!"

„Doch, er selber — hihihihi! Habe ihn belauscht, gestern abend, drüben im Wald, vier Stunden von hier."

„Welch eine Botschaft! Die ist freilich von allerhöchster Wichtigkeit! Almy, mein Kind, was sagst du dazu?"

Almy hatte nach dem Auftritt mit Leflor kein Wort mehr gesprochen.

„Beruhige dich, Pa", sagte sie jetzt gefaßt. „Es wäre schrecklich gewesen, plötzlich von diesem Menschen und seinen Spießgesellen überfallen zu werden. Nun wir es aber wissen, können wir unsere Vorkehrungen treffen. Master Adler wird das seinige tun, ganz wie damals; und wenn wir Sam Hawkens gute Worte geben, so bleibt er vielleicht hier, um uns seinen Scharfsinn, seine Erfahrung und seine berühmte Büchse zu leihen. Nicht wahr, Master?"

Sie hielt Sam lächelnd die kleine Hand entgegen. Sam ergriff sie mit zwei Fingern und zog sie an die Stelle seines Jagdrocks, worunter er sein Herz vermutete.

„Miß, ich bleibe bei Euch, und ich bin nicht allein, sondern ich bringe noch zwei Kerle mit, die sich gewaschen haben. Ihr habt von mir gelesen, Miß. Hat vielleicht auch der Name Dick Stone oder Will Parker in der Zeitung gestanden?"

„Freilich. Die sind ja immer bei Euch, weshalb ihr drei überall das ‚Kleeblatt' heißt."

„Diese beiden werden Euch auch helfen."

„Sie sind also hier?"

„Yes. Das Kleeblatt ist vollzählig, wenn ich mich nicht irre. Sie stehen draußen im Garten und warten auf mich."

„Warum kamen sie nicht mit herein?"

„Weil sie draußen nötiger sind; später aber werden sie wohl mitkommen. Ist der deutsche Aufseher ein tüchtiger Mann?"

„Wir können uns auf ihn verlassen", antwortete der Pflanzer. „Er ist mein Pflegesohn."

Almy sah den Vater mit einem dankbaren Blick an. Dann unterstrich sie gleichsam sein Lob.

„Er würde sein Leben für uns wagen", sagte sie.

„Nun, so wird es uns wohl gelingen, mit den Schurken fertig zu werden. Laßt Euch das Nähere erzählen, Master Wilkins!"

Sam berichtete nun alles, was seit gestern abend geschehen war, und Vater und Tochter hörten mit größter Spannung zu.

„Also dieser Walker ist auch hier, im Bereich meiner Besitzung?" fragte Wilkins. „Was mag er wollen?"

„Jedenfalls führt ihn eine ganz bestimmte Absicht hierher. Vielleicht sucht er Euch auf. Wollt Ihr mir versprechen, ihn in diesem Fall festzuhalten, bis ich wiederkomme?"

„Gewiß. Ich verspreche es Euch. Also Ihr werdet jetzt seiner Fährte weiter folgen?"

„Wir müssen ihn um jeden Preis haben."

„Und wenn sich seine Spur verliert?"

„So führt sie sicherlich zu Bommy."

„Bommy? Ah! Kennt Ihr den?"

„Erst seit einer halben Stunde. Was für ein Kerl ist dieser Schwarze?"

„Ein undankbarer und selbstsüchtiger Wicht. Mein Bruder hatte ihn freigelassen und ihm sogar etwas Land geschenkt. Zu faul, sich durch Arbeit zu ernähren, begann er mit Schnaps zu handeln. Um mir meine Leute nicht verseuchen zu lassen, habe ich ihnen verboten, von ihm zu kaufen. Seit dieser Zeit sucht er mir auf alle Weise zu schaden. Ihr meint also, daß Walker ihn aufgesucht hat?"

„Möchte darauf schwören."

„So müßte er ihn kennen."

„Das ist nicht gerade nötig. Er hat Eure beiden Negerinnen My und Ty nach jemand gefragt, der Euch feindlich gesinnt ist, und sie haben ihm diesen Bommy genannt. Nun wißt Ihr alles, Master. Jetzt werde ich mit meinen Gefährten diesen Bommy aufsuchen. Vielleicht erwischen wir den Kerl bei ihm."

„Wann kommt Ihr wieder?"

„So bald wie möglich. Dann haben wir Zeit, einen Plan gegen den Überfall zu besprechen. Sagt aber bis dahin keinem Menschen etwas davon! Die Nigger sind schwatzhafte Geschöpfe. Sie würden, wenn sie es erführen, einen Heidenlärm veranstalten, und der Blutige Jack wäre gewarnt; er käme also gar nicht, und das wäre doch jammerschade."

„Aber Leflor müßte es doch erfahren. Er würde gern mit einigen seiner Leute herbeieilen, um uns zu unterstützen."

„Dann bleibe ich mit Dick und Will weg. Übrigens habe ich das Gefühl, als ob dieser Leflor kein gar so großer Freund von Euch sei. Wartet jetzt ruhig meine Rückkehr ab; dann werden wir ja sehen, ob es nötig ist, fremde Hilfe herbeizuziehen. Good bye, Master Wilkins, good bye, Miß Almy!"

Leflor war, wie er gesagt, in den Garten gegangen. Er hatte sich über Sam gewaltig geärgert und sann auf Rache.

Was mochte dieser eingebildete Jäger bei Wilkins wollen? Leflor riet vergeblich hin und her.

So schritt er wütend den breiten Kiesweg dahin, bis er durch nahende Schritte aufgeschreckt wurde. Ein junger, einfach gekleideter Mann, dessen ausdrucksvolles Gesicht von einem feinen Panamahut beschattet wurde, kam mit schnellen Schritten aus einem Seitenweg und stieß, da er Leflor wegen des Buschwerks nicht hatte sehen können, beinahe mit ihm zusammen.

Über Leflors Gesicht zuckte es gehässig.

„Öffnet gefälligst Eure Augen, Master Adler! Oder seid Ihr blind?"

Adler schritt ruhig weiter, ohne zu antworten.

„Master, habt Ihr Watte in den Ohren?"

Adler hemmte seine Schritte und drehte sich langsam um.

„Ihr sprecht also mit mir?"

„Natürlich! Euer Betragen gegen mich ist so ungezogen, daß ich es nicht länger dulden kann. Warum grüßt Ihr mich nicht?"

Adler zuckte leicht die Achseln.

„Ich wundere mich über Eure Frage. Ich habe Euch stets gegrüßt. Da Ihr aber niemals gedankt habt, unterlasse ich es jetzt natürlich."

„So, also so!" meinte Leflor höhnisch. „Ihr verlangt somit, der Plantagenbesitzer soll einen Dienstboten grüßen!"

„Warum nicht? Wenn Euch so viel am Gruß des ‚Dienstboten' liegt, daß Ihr ihn Euch erzwingen wollt, so ist dieser Dienstbote jedenfalls eine so wichtige Person, daß auch Ihr ihn grüßen könnt."

„Wie käme ich dazu, mich mit Euch darüber zu streiten! Verfügt Euch lieber in den Stall und kümmert Euch darum, ob mein Pferd Futter erhalten hat!"

„Ich will Euch das Vergnügen nicht rauben, Euch um Euer Pferd selber zu kümmern."

Die Männer standen sich Aug' in Aug' gegenüber. Es war klar, daß Leflor diesen Streit vom Zaun brach, weil er den Aufseher haßte. Er wußte, daß Adler im Hause des Pflanzers als Pflegesohn gehalten wurde, also immerhin eine gewichtige Rolle spielte.

„Ah, Ihr weigert Euch, meinen Befehlen zu gehorchen?"

„Von Befehlen Eurerseits kann keine Rede sein."

„Oho! Ihr werdet Euch bald vom Gegenteil überzeugen. Der Schwiegersohn des Master Wilkins wird Euern Stolz schon beugen!"

Das Gesicht Adlers wurde um einen Schatten bleicher.

„Der werdet Ihr jedenfalls niemals sein!"

„Nicht? Ich sage Euch, daß ich soeben um Almys Hand angehalten habe."

„Dann seid Ihr abgewiesen worden!"

„Da seid Ihr sehr im Irrtum."

„Pshaw! Ich halte Eure Behauptung ganz einfach für eine Lüge."

Leflor wich einen Schritt zurück.

„Das mir?" zischte er. „Verdammter deutscher Hund! Hier hast du!"

Er holte mit der geballten Faust aus und wollte Adler ins Gesicht schlagen, aber seine Faust traf nur die Luft, und er selber erhielt einen so gewaltigen Boxhieb in die Magengegend, daß er zu Boden stürzte.

„O Jessus, o Jessus!" kreischten zwei weibliche Stimmen.

My und Ty waren mit ihrer Wäsche vom Fluß zurückgekehrt. Sie hatten, um schneller heimzugelangen, den Seitenweg eingeschlagen, aus dem vorhin Adler gekommen war. Dort hörten sie Stimmen, blieben stehen und erkannten durch die Zweige die beiden feindlichen Männer. Sie verstanden jedes Wort, und als nun Leflor zusammenbrach, stießen sie erschrocken die Hilferufe aus.

Leflor hatte sich nur mit Mühe erheben können. Dennoch wollte er sich wieder auf Adler stürzen, der ihn ruhig in der Stellung eines gewandten Boxers erwartete. Als der Farmer aber bemerkte, daß seine Niederlage Zeugen gehabt hatte, zog er es vor, schnell hinter den Büschen zu verschwinden.

Adler zuckte verächtlich die Schultern.

„Was tut ihr hier?" fuhr er die Negerinnen an. „Ihr habt gelauscht!"

„O nein, Massa! Nicht gelauscht", antwortete Ty. „Wir kamen vom Wasser, ganz zufällig."

„Habt ihr alles gehört und gesehen?"

„Alles. Massa Adler ist ein starker Held. O Jessus, wie Massa Leflor auf die Erde gekugelt ist wie ein Hund, der aus dem Fenster fällt."

Bei dieser Vorstellung lachten My und Ty laut auf.

„Macht, daß ihr in die Küche kommt!" befahl Adler. „Und ich verbiete euch, irgend jemandem etwas davon zu sagen! Wenn ihr plaudert, wird es euch schlimm ergehen. Also schweigt!"

„O Massa, wir schweigen, wir schweigen sehr!"

Sie nahmen ihre Wäsche auf und trabten von dannen. In der großen Küche fanden sie Almy. Sie hatte ihren Vater mit Leflor, der von seinem Spaziergang zurückgekehrt war, allein lassen müssen und suchte sich nun Beschäftigung, um sich von dem Gedanken an den bevorstehenden Überfall abzulenken.

„Miß Almy, wir sind wieder da!" rief My schon beim Eintreten.

„Ihr wart sehr lange fort", tadelte die Herrin. „Ihr hättet viel eher fertig sein können!"

„Eher? My und Ty konnten nicht eher. Viel andere Abhaltung und viel andere Arbeit."

„Welche Abhaltung und Arbeit denn?"

„Erst kam ein Mann im Indianerkanu. Dann kam der Mann mit Dickicht im Gesicht. Nachher zwei Männer wie Bambusstangen so hoch. Und zuletzt kam Streit zwischen Massa Leflor und Massa Adler."

Almy Wilkins wurde aufmerksam.

„Ein Streit zwischen den beiden?"

„Ja. Massa Leflor beleidigte Massa Adler. Massa Adler soll ihn grüßen, ihm gehorchen, nach seinem Pferd sehn. Massa Leflor sind Schwiegersohn von Massa Wilkins. Massa hat jetzt das Jawort erhalten von Massa Wilkins."

Almy wurde blutrot.

„Wer hat das gesagt?"

„Massa Leflor."
„Zu Massa Adler?"
„Ja."
„Was antwortete Massa Adler?"
„Er sagte, alles Lüge."
„Das ist es auch."

„Da wurde Massa Leflor sehr zornig und holte aus, Massa Adler zu schlagen. Massa Adler war aber viel schneller und traf Massa Leflor auf den Bauch, daß er einen Purzelbaum machte weit auf die Erde. O Jessus, war das schön!"

„Und was geschah dann?"

„Ich schrie, und Ty schrie. Da riß der böse Massa Leflor aus. Massa Adler aber kam zu uns und befahl uns, gar nichts zu sa — — o Jessus, jetzt habe ich es doch gesagt! Nun wird es uns gehen sehr schlimm!"

„Beruhige dich! Es wird euch nichts geschehen; aber sagt es keinem anderen!"

Doch zwei Minuten später stand My bei Nero, dem schwarzen Wagenlenker, der ihr Verlobter war, und erzählte ihm unter den abenteuerlichsten Gebärden alle ihre heutigen Erlebnisse.

Kurze Zeit später erschien der Diener, um Almy zu ihrem Vater zu bitten.

Wilkins empfing die Tochter mit einem Gesicht, auf dem sich Sorge, Rührung und Spannung zeigten.

„Setz dich, liebes Kind!" sagte er. „Ich habe dir etwas Wichtiges mitzuteilen."

Er legte die Füße übereinander und strich sich mit der Hand mehrmals über die Stirn, als würde es ihm schwer, den Anfang zu finden. Almy blieb ruhig stehen.

„Ich weiß, was du mir sagen willst."

„Schwerlich."

„Gewiß. Es scheint dir unangenehm zu sein, den Gegenstand zu berühren. Ich möchte dich bitten, ihn so leicht wie möglich zu nehmen."

„Du sprichst von dem nächtlichen Überfall. Oh, der macht mir jetzt weniger Sorge als . . ."

„. . . als meine Verheiratung", fiel sie ihm ins Wort.

Wilkins fuhr erstaunt auf.

„Wie, du weißt es?"

„Ja. Leflor hat das Wort seit langer Zeit auf den Lippen gehabt. Sein heutiges feierliches Auftreten ließ mich vermuten, daß er mit dir über seine Absichten sprechen würde."

„Er hat es getan", antwortete der Pflanzer, sichtlich erleichtert, daß Almy so unbefangen auf diese Angelegenheit einging

„Was hast du ihm geantwortet?"

„Noch nichts. Ich mußte doch erst mit dir sprechen. Ich würde deine Hand keinem Menschen ohne deine Einwilligung zusagen, liebes Kind."

„Für wann ist er wieder bestellt, um meine Entscheidung zu erfahren?"

„Er ist noch gar nicht weggegangen. Er bat um sofortige Antwort und wartet im Empfangszimmer."

„So hat er es sehr eilig", lachte sie spöttisch. „Ich werde ihm sogleich Bescheid geben."

Verblüfft ergriff er sie bei der Hand.

„Gibst du ihm deine Antwort denn wirklich so gern? Das hatte ich allerdings nicht vermutet. Es ist doch wahr, ihr Frauen seid unberechenbar. Ich dachte dich genau zu kennen, und nun sehe ich, daß ich mich geirrt habe."

„Ja, du hast dich geirrt, Pa, aber in ganz anderer Weise, als du denkst. Bitte, komm!"

Almy trat mit ihm ins Empfangszimmer, wo Leflor wartend am Fenster stand. Er mochte an Adler denken, denn seine Stirn lag in drohenden Falten. Jetzt drehte er sich um, und als er das schöne Mädchen lächelnd an der Hand des Vaters erblickte, wandelte sich sein Ausdruck vollkommen.

„So schnell!" rief er. „Ich erlaube mir natürlich, das als ein glückliches Vorzeichen für mich zu deuten! Darf ich hoffen?"

Leflor wollte ihre Hand fassen; sie aber wich einen Schritt zurück.

„Langsam, Master Leflor. Sagt mir erst, worauf Ihr hofft!"

„Daß Ihr Euch entschlossen habt, die Meinige zu werden."

„Wenn Ihr hofft, mich zu besitzen, so besitzt Ihr mich also noch nicht?"

„Leider nein."

„Warum behauptet Ihr dann aber anderen Leuten gegenüber, daß Ihr meine Zusage schon erhalten hättet?"

Almy blickte ihn dabei so scharf an, daß er die Augen niederschlagen mußte.

„Ich sollte das behauptet haben? Zu wem?"

„Zu Master Adler."

„Ah! So hat er geplaudert, der ehrlose Kerl!"

„Nein, er hat kein Wort gesagt. My und Ty sind Zeugen Eurer Behauptung und Eurer Niederlage gewesen; sie erzählten es mir sofort. Haltet Ihr mich für eine so billige Ware, daß Ihr meint, es bedürfe nur Eures Willens, mich zu besitzen? Da habt Ihr Euch allerdings getäuscht. Das Wort, das Ihr zu Adler gesagt habt, ist nicht nur eine Lüge, sondern sogar ein Schimpf für mich. Einem Mann, der mich beschimpft, kann ich natürlich nicht gehören. Von Liebe will ich ganz schweigen, aber man muß doch wenigstens den Mann achten können, dem man sein Leben widmet; und nicht einmal Achtung kann ich vor Euch empfinden!"

Leflor hatte Almy aussprechen lassen. Fast ungläubig blickte er sie an.

„Höre ich recht?" fragte er kleinlaut. „So sagt Ihr also nein?"

„Ein festes Nein."

Vergebens suchte er nach Worten. Er war so sicher gewesen, das Jawort zu erhalten, daß er sich jetzt in das schier Unmögliche nicht finden konnte.

Wilkins hatte, durch Almys Heiterkeit getäuscht, fest geglaubt, daß sie Leflor heimlich geliebt habe. Das verwunderte und bedrückte ihn wohl, aber er hätte sich dem Wunsch seines einzigen Kindes widerspruchslos gefügt. Nun aber fühlte er sich erleichtert. Er nickte zustimmend.

„Da habt Ihr es, Sir", sagte er frostig zu Leflor. „Ihr seid unvorsichtig gewesen. Zu große Zuversicht ist oft von Übel. Ich gestehe aufrichtig, daß ich die Schlußfolgerung meiner Tochter wohl begreife. Es ist eine Voreiligkeit von Euch gewesen, die uns peinlich berührt. Die Folgen kann ich Euch leider nicht ersparen."

Erst jetzt begann Leflor einzusehen, daß er wirklich alles verspielt hatte. Sein Gesicht bekam einen grünlichen Schimmer; seine Wangen schienen einzufallen; seine Stirn rötete sich, und die langen, knöchernen Finger strichen nervös am Rock auf und nieder.

„Wißt Ihr noch alles, was ich Euch vorhin sagte, Master?"

„Ich weiß es", antwortete Wilkins mit einer Gebärde, als müsse er sich zu dieser Antwort erst besonders ermannen.

„Ihr schient aber doch überzeugt zu sein, daß die Miß ein Ja sagen würde! Auch verspracht Ihr mir vorhin, ihr zuzureden! Die Änderung ist sehr schnell vor sich gegangen. Mögt Ihr sie nicht bereuen! Oder wünscht Ihr vielleicht noch eine Bedenkzeit? Ich will morgen wiederkommen."

„Danke, Sir! Nach dem Vorgefallenen erscheint eine Bedenkzeit überflüssig. Es bleibt bei unserem Entschluß."

„Ja", wiederholte auch Almy. „Es bleibt bei unserem Entschluß."

Leflor trat wütend einen Schritt näher an den Pflanzer heran.

„Nun denn", fauchte er. „Ein jeder ist seines Glückes Schmied. Ich kann weiter nichts sagen, als daß euch beiden die Reue bald genug kommen wird. Dann werdet ihr euch vergebens nach mir sehnen!"

Mit hochmütig erhobenem Kopf verließ er das Zimmer.

Vater und Tochter schweigen, bis unten die Hufschläge eines Pferdes hörbar wurden.

„Da reitet er hin!" sagte Wilkins mit einem tiefen Seufzer.

„Grämst du dich darüber, Pa?"

„O nein. Aber vor fünf Minuten hatte ich diesen Ausgang nicht erwartet."

„Er behauptete, du hättest mir zureden wollen!"

„Ich versprach es ihm allerdings, obgleich auch ich ihn nicht besonders schätze. Aber ich mußte nach seinem Verhalten vermuten, daß er nicht ganz ohne Aussicht auf dein Jawort rechnete. Auch fand er Mittel, mich zu zwingen, eine solche Verbindung für wünschenswert zu halten."

Sie blickte ihn erstaunt an.

„Welche Mittel wären das, Pa?"

„Du weißt, daß ich während des Bürgerkrieges ein Anhänger der Nordstaaten war. Sämtliche Grundbesitzer dieser Gegend sind noch heute überzeugte Südstaatler. Wer eine Ausnahme macht, kann leicht durch allerlei Ränke zugrunde gerichtet werden. Ich habe damals in meinem Eifer für die gute Sache manches Opfer gebracht und manches getan, was hier niemand wissen darf. Wie Leflor dazu gekommen ist, alles zu erfahren, kann ich nicht begreifen; aber er weiß viel, und er könnte mir schweren Schaden zufügen."

„Drohte er dir etwa damit, falls du ihm meine Hand verweigerst?"

„Ja."

„So hast du den klarsten Beweis seiner gemeinen Gesinnung. Lieber betteln gehen, als das Weib eines solchen Schurken sein!"

„Almy, du kennst die Armut noch nicht!"

„Ich würde sie zu tragen wissen. Das Unglück, die Frau eines solchen Menschen zu sein, könnte ich nicht überleben. Übrigens sind wir ja nicht arm, Pa."

„Aber er kann uns verderben!"

„So verkaufen wir und ziehen fort!"

Wilkins seufzte tief auf und schüttelte den Kopf. Er hatte noch etwas auf dem Herzen, aber er brachte es nicht über sich, die Seele seines Kindes damit zu belasten. Durfte er von dem Geheimnis sprechen, das auch ihr die nächtliche Ruhe rauben würde? Nein, wenigstens jetzt noch nicht.

Jetzt noch nicht — so hatte er stets gedacht, und doch mußte einmal die Zeit kommen, in der er zum Sprechen gezwungen war. Was dann? Er schüttelte diesen quälenden Gedanken ab, denn er fühlte sich zu schwach, ihn völlig auszudenken.

Almy legte die Arme um ihn und schmiegte den Kopf an seine Brust.

„So meinst du, daß ich recht gehandelt habe?"

„Ganz richtig und herzhaft, mein Kind."

„So herzhaft wirst du mich auch heute abend finden, wenn es gilt, die Bushrangers abzuwehren. Ich habe die beste Zuversicht. Weiß Mister Adler schon davon?"

„Nein. Ich habe ihn noch nicht gesehen. Schick ihn zu mir, wenn du ihn triffst!"

Almy ging auf ihr Zimmer. Gerade als sie die Tür öffnete, hörte sie ein Geräusch. Sie sah Adler, der aus seinem Zimmer trat und an dem ihrigen vorbei mußte.

„Master Adler!"

Er blieb stehen und zog ehrerbietig den Hut.

„Befehlt Ihr etwas, Miß Almy?"

So höflich und achtungsvoll sprach er stets zu ihr. Der Widerspruch zwischen dieser Ergebenheit und dem Selbstbewußtsein seines sonstigen Wesens war es, was Almy immer verwirrte, wenn sie in seine Nähe kam.

„Ich wollte Euch bitten, einen kleinen Auftrag von Pa entgegenzunehmen", sagte sie.

„Sehr gern, Miß Almy."

Almy stand in der geöffneten Tür und trat bei den letzten Worten langsam zurück. Und er — nun, er folgte ihr natürlich. Er glaubte ja, einen Auftrag von ihr zu bekommen.

Ihre Verwirrung wuchs, zumal Adler die Tür hinter sich zugezogen hatte.

Doch da war er nun und erwartete den Auftrag. Was sollte sie tun? Daß er zu Pa kommen solle, das hätte sie ihm auch draußen in kurzen Worten sagen können. Warum ihn also mit hereinkommen lassen? Aber jetzt war es zu spät, ihn einfach wieder hinauszuschicken. Das hätte ihn verletzen oder ihm doch ihre Verlegenheit verraten können. Und beides scheute sie. Sie mußte sich also rasch etwas anderes aussinnen.

Ihr Blick flog suchend umher, einen Gegenstand zu entdecken, der ihr Rettung — ah, da kam sie schon!

„Almy, Almy, meine Almy!" rief draußen der Papagei.

Ja, der Vogel war der Retter in der Not.

„Master Adler, versteht Ihr Euch auf Or — — Or — — Or — —"

Wie hieß doch nur das Wort? Es ist manchmal höchst unangenehm, die erste Silbe eines Wortes zu wissen, nicht aber die vier darauf folgenden.

Er hatte den Ruf des Papageis vernommen und ahnte, was sie meinte.

„Ornithologie? Nicht wahr?" kam er ihr gleich zu Hilfe.

„Ja; Ornithologie meinte ich."

„Ich habe mich früher viel mit der Vogelkunde beschäftigt."
„Auch mit Papageien?"
„Auch damit."
„Ja, Ihr wißt alles; das habe ich schon oft bewundert. Jetzt wißt Ihr sogar, was ein Papagei —"

Almy hielt erschrocken inne, denn sie wußte noch gar nicht, was sie weiter fragen sollte.

„Was ein Papagei für Krankheiten haben kann?" lächelte er. „Ja, das weiß ich auch. Ist der Eurige krank, Miß Almy?"

Ihre Wimpern flogen in die Höhe, und es traf ihn ein dankbarer Blick.

„Leider, ja. Ich mache mir große Sorgen um das liebe Tierchen."
„Vielleicht kann ich ihm helfen, Miß Almy."
„Soll ich ihn einmal herholen?"
„Bitte!"

Almy ging. Aber draußen legte sie die Hand aufs Herz. „Mein Himmel, was soll ich tun? Der Papagei ist doch ganz gesund. Welche Krankheit wähle ich denn? Ich weiß es nicht."

Zögernd nahm sie den Vogel an seinem Kettchen vom Sitz und trug ihn zu Adler.

„Da ist er."

Adler betrachtete den kleinen Kranken.

„Spitzbube, Spitzbube!" rief der Papagei. „Geh, Hanswurst, geh!"

„Danke schön, mein Lieber!" lachte er. „Habt Ihr diesen Frechdachs auch genau beobachtet? Seid Ihr über sein Leiden im reinen?"

„Ja, vollständig im reinen", entfuhr es ihr.

Adler nickte nachdenklich.

„So will ich einmal sehen, ob mein Krankheitsbild mit dem Eurigen übereinstimmt. Ich halte Euern kleinen Liebling nämlich für überaus nervös."

„Ja, das ist's!" rief sie erleichtert. „Er leidet an Nervosität, das arme, liebe Papchen. Aber ich fürchte sehr, daß es kein Heilmittel dafür geben wird."

„Warum?"

„Pa sagte einmal, daß Nerven sehr schwer zu heilen wären, wenn sie einmal gelitten haben."

„Das ist richtig, auf Menschen angewandt. Ein Papagei aber hat viel stärkere Nerven als ein Mensch."

„Welches Mittel könnte ihm denn helfen?"

„Um das zu wissen, muß man die Ursache des Übels kennen. Die Nerven pflegen durch gewisse Aufregungen geschwächt zu werden."

„Ja, das ist's!"

„Welcher Art waren denn diese Aufregungen?"

„Er konnte Monsieur Leflor durchaus nicht leiden, und sooft er ihn sah, geriet er in eine gewaltige Aufregung."

„Oh, wie schade!"

„Warum denn schade?"

„Weil man dann auf Hilfe für das Tier verzichten muß. Man kann doch eines Vogels wegen nicht einem Freund die Tür weisen!"

„Papchen ist mir lieber als der Nachbar."

„Möglich. Aber Ihr werdet trotzdem nicht unhöflich gegen Leflor sein dürfen."

„Ich werde es sein, wenn ich meinen Liebling dadurch zu retten vermag. Leflor kommt überhaupt gar nicht wieder. Ich habe es ihm vorhin gesagt."

„Und Euer Vater?"

„War dabei und gab mir recht."

„Es geschah also wegen des Papageis?"

Es zuckte ihm dabei so eigenartig um den Mund, daß es Almy auffiel.

„Ja, nur des Papageis wegen", sagte sie kühl.

Sofort veränderte sich Adlers Gesicht. Er beugte sich zu ihr nieder.

„Bitte, habt Ihr Leflor nur wegen der Reizbarkeit des Vogels fortgewiesen?"

Almy sah voll und ehrlich zu ihm auf, und ihre Augen tauchten sekundenlang ineinander. Es war, als rankte sich ihre Seele an diesem Blick zu ihm empor. Jetzt war es Almy unmöglich, den Schein noch länger aufrechtzuerhalten.

„Nein. Der Vogel ist ja gar nicht krank. Nicht wahr, Master Adler, das wußtet Ihr?"

„Ja, der Bursche ist kerngesund!"

„Und ich konnte Leflor nicht leiden. Er ist ein schlechter Mensch. Nun ist er fort und kehrt nicht wieder. Gott sei Dank!"

In diesem Augenblick schlug der Papagei mit den Flügeln, als freute er sich über diese Gesprächswendung.

„Adler, Adler!" rief er. „Mon amant, mon bien-aimé où es-tu?"

Almy hätte tief in die Erde sinken mögen. Über Adlers Gesicht aber glitt ein seltsamer Schein.

„Schaut, er sehnt sich nach seinem Kameraden, nach dem Bergadler draußen vor der Veranda! Es wird am besten sein, ihn hinauszubringen."

Ein Seufzer der Erleichterung entfloh den Lippen Almys. Sofort trug sie den Vogel hinaus. Als sie zurückkehrte, streckte sie ihm die Hand hin.

„Seid Ihr mir böse, Master Adler, weil ich mir den — Scherz erlaubt habe mit dem Papagei?"

Statt aller Antwort ergriff er ihre Hand und drückte sie.

„Die Sache ist die", fuhr sie schnell fort, „daß ich Euch zu meinem Vater schicken sollte, falls ich Euch träfe. Als ich Euch dann so plötzlich vor mir stehen sah, fand ich nicht gleich die richtigen Worte."

Es war ein eigentümlicher Blick, den Adler jetzt auf sie richtete. Sie fühlte diesen Blick auf dem Grund ihres Herzens und errötete.

„Was soll ich bei Euerm Vater?"

„Ich weiß es nicht. Aber es handelt sich darum, einige ebenso gute Schüsse zu tun wie damals, als Ihr auf den Bruder des Blutigen Jack zieltet."

„Behold! Doch nichts Ähnliches?"

„Ganz dasselbe sogar! Der Blutige Jack ist in der Nähe, um sich heute nacht zu rächen . . ."

„Well! Und das sagt Ihr erst jetzt? Und so ruhig?"

„O weh! So meint Ihr also, daß es ohne harten Kampf nicht abgehen wird?"

„Ich glaube nicht."

„O mein Gott! Mein armer Pa! Er wird sicherlich mitkämpfen!"

„Vielleicht kann man es so einrichten, daß er nicht in Gefahr kommt."

„Oh, wenn Ihr das tun wolltet!"

„Gern."

„Ich danke Euch. Aber — werdet auch Ihr Euch dem Kampf fernhalten können?"

Er schüttelte lächelnd den Kopf.

„Das wird nicht möglich sein, Miß Almy. Darf ich feig der Gefahr ausweichen?"

„Nein — feig soll man Euch nicht nennen —, aber schonen sollt Ihr Euch!"

Er machte eine wegwerfende Bewegung.

„Warum? Das Leben ist für den Menschen nur dann von Wert, wenn es auch für andere wertvoll ist."

„Ich kann nicht glauben, daß Euer Leben für andere keinen Wert hätte! Denkt doch an Eure Verwandten! Habt Ihr vergessen, daß Euer Leben den Zweck hat, Mutter und Geschwister zu finden?"

Ein Zug tiefer Wehmut überschattete sein Gesicht.

„Werde ich dieses Ziel jemals erreichen? Zur Ausführung dieses Plans gehören Summen, über die ich nicht verfüge und die ich auch nicht so bald besitzen werde. Ich habe schon daran gedacht, in die Goldfelder zu gehen, um schnell zu einem großen Vermögen zu kommen. Aber das würde heißen, ein sicheres, wenn auch bescheidenes Einkommen gegen einen ganz unsicheren Reichtum einzutauschen, und mein gesunder Menschenverstand sträubt sich gegen einen solchen Versuch."

„Da habt Ihr auch ganz recht."

„Mag sein. Aber sagt selber: kann ich es hier zu Reichtum — und den brauche ich für meinen Zweck — bringen? So verrinnt Jahr für Jahr — hat da mein Leben einen Wert?"

„Es gibt noch andere Menschen, die gar nicht wünschen, daß Euch eine Kugel trifft."

„Wer könnte das sein?"

„Ich zum Beispiel."

„Ihr?"

„Ja", antwortete sie tapfer. „Ich wäre sehr traurig, wenn Euch ein Leid geschähe."

Es zuckte in seinem Gesicht. Stumm drückte er ihre Hand an seine Lippen.

„Durch dieses Wort habt Ihr mich glücklich gemacht. Denkt einmal an diesen Augenblick, wenn ich nicht mehr bei Euch sein werde — — —"

„Ihr wollt doch nicht etwa fort?" fiel sie erschrocken ein.

„Nein; aber die Zukunft steht in Gottes Hand. Niemand weiß, was der nächste Augenblick zu bringen vermag. Wenn ich einmal nicht mehr in Eurer Nähe bin, und Eure Gedanken weilen für einen Augenblick bei mir, so seid überzeugt, daß mein Leben nur Euch gehört."

Er ließ ihre Hand los und war im nächsten Augenblick aus dem Zimmer. Sie sank in einen Sessel und legte das Gesicht in die Hände. So saß sie lange still und bewegungslos.

Adler befand sich in einer merkwürdigen Stimmung. Er liebte und wußte sich wiedergeliebt. Aber durfte er das entscheidende Wort sprechen? Er dachte hinüber jenseits des Meeres, an das traurige, ungewisse Schicksal des Hauses Adlerhorst. Er war ein Sohn dieser Familie, obgleich er es hier in Amerika, wo die eigene Kraft und nicht die Geburt den Mann macht, vorgezogen hatte, den Namen abzukürzen und den ‚Baron' fallenzulassen. Aber er blieb deswegen doch mit unlösbaren Ketten an die verschollenen Seinen geschmiedet. Er hatte, vielleicht als der einzige der ganzen Familie, ein erträgliches Los gefunden. War es nicht seine Pflicht, das Menschenmögliche zu tun, um nach Mutter und Geschwistern zu forschen, wenn sie überhaupt noch lebten? Durfte er, bevor er das getan, auch nur einen einzigen Gedanken dem eigenen Glück widmen?

Nein; er war entschlossen, der Pflicht zu folgen, nicht der Liebe.

18. In der Hütte des Negers

Sam Hawkens war, nachdem er sich von dem Pflanzer und dessen Tochter verabschiedet hatte, wieder zu Dick und Will zurückgekehrt.

„Wo steckst du denn?" brummte Will vorwurfsvoll. „Wir warten schon zwei volle Ewigkeiten. Hast dich wohl in die Kleine vergafft, mit der du da drüben sprachst?"

„Ja. Es ist sehr rasch gegangen. Hihihihi! Sehen, Lieben, Geständnis, Verlobung, alles auf einmal. Sie zieht als meine Squaw mit nach dem Westen, wenn ich mich nicht irre. Ihr aber habt das Nachsehen!"

„Rede doch kein dummes Zeug!"

„Sieh einer einmal dieses Greenhorn! Dummes Zeug — Sam Hawkens hat gar keinen Platz unter seinem Skalp für dummes Zeug!"

„Hast du den Herrn der Pflanzung aufmerksam gemacht auf heute abend?"

„Meinst du etwa, ich hätte ihm von deiner Urgroßmutter erzählt? Also wir kehren nachher zu ihm zurück, um Kriegsrat zu halten! Jetzt aber suchen wir zunächst unseren guten Master Walker auf. Kommt!"

Sie setzten ihren Weg fort; Sam voran.

Er war ein ausgezeichneter Pfadfinder. Nach reichlich zwei Stunden bestimmte er, selbst auf dem offenen Weg, noch die Spuren, die der Verfolgte zurückgelassen hatte. So gelangten sie aus dem Garten hinaus und an die Zuckerpflanzung, die durch den Weg geteilt wurde.

Weit draußen am Rand des Gesichtskreises dehnte sich der Wald, einzelnes Buschwerk stieß weiter vor. Dort erblickten die drei die Hütte Bommys.

Sam Hawkens blieb stehen, musterte die Gegend und wiegte einige Male den Kopf nachdenklich hin und her.

„Das ist ohne Zweifel die Hütte des Niggers", brummte er mehr zu sich als zu seinen Freunden, „und dieser Weg führt schnurgerade auf sie zu. Wenn wir ihn benutzen, so wird man uns gewiß schon von weitem sehen, und dann ist Walker für uns verloren. Wir müssen uns also anschleichen. Das geschieht am besten, wenn wir um die Zuckerpflanzung herumgehen. Sie wird vom Gebüsch eingesäumt, und wenn wir uns in den Sträuchern halten, wird man uns nicht bemerken, wenn ich mich nicht irre. Kommt!"

Sie folgten ohne Widerrede und waren schon nach einer guten Viertelstunde in einem dichten Buschrand versteckt, von dem aus man die Rückseite der Hütte bequem überblicken und auch mit einer Gewehrkugel erreichen konnte. Sie lag in einer Entfernung von vielleicht achtzig Schritt. Der Zwischenraum war mit einigen dichten Büschen und Strauchgruppen besetzt.

„Jetzt bleibt ihr hier!" bestimmte Sam. „Ich schleiche mich weiter vor und suche die Sträucher zu erreichen, die der Tür gegenüberstehen. Seht ihr mich in Gefahr, so sendet ihr mir eure Kugeln zu Hilfe."

Er kroch aus seinem Versteck heraus und vorsichtig weiter von Strauch zu Strauch, bis er zu dem Gebüsch gelangte, das sich höchstens sechs Schritt von der Tür befand. Es war strauchartiger Flieder, von wildem Wein durchzogen, und bot, wenn man sich erst einmal hineingearbeitet hatte, selbst bei hellem Tag eine ausgezeichnete Deckung. Sam Hawkens war sehr bald im Innern des Strauchgewirrs verschwunden, und er wußte sich so geschickt einzurichten und mit Zweigen zu verbergen, daß ihn nur die Augen eines geübten Westmanns hätten entdecken können.

Die Hütte war aus sogenannten Logs, aus starken, massigen Holzklötzen errichtet; auch das Dach bestand aus mächtigen Stämmen. An jeder der vier Seiten befand sich eine kleine, hineingehauene Öffnung als Fenster. Die Tür führte, wie das dort häufig vorkommt, von der Rückseite ins Innere. Sie war nach außen zu öffnen, ebenso wie die Läden, und aus starken, doppelt übereinander gelegten Brettern gezimmert.

Das alles betrachtete sich Sam Hawkens sehr genau.

„Hm!" brummte er in den Bart. „Gut, daß Tür und Fenster nach außen aufgehen. So kann man sie verrammeln, daß die Insassen gefangen sind wie die Wassermaus im Uferloch. Ich werde —"

Er hielt inne.

Die Tür wurde aufgestoßen. Ein Neger trat heraus und schritt, vorsichtig nach allen Seiten ausspähend, um die Hütte. Als er von der anderen Seite wieder zurückkehrte, rief er in die Tür hinein:

„Es geht. Kein Mensch in der Nähe. Komm heraus, Daniel!"

Ein zweiter Neger, in blaugestreiftes Zeug gekleidet, erschien barfuß und ohne Kopfbedeckung. Er blieb stehen und schaute sich ebenfalls mißtrauisch um.

„Dumm, daß man bei dir nicht einmal vernünftig reden darf", murrte er. „Wer ist denn noch bei dir?"

„Das geht dich nichts an. Die Botschaft hast du mir gesagt; ich mache mit, und was du sonst noch mitzuteilen hast, das kannst du mir jetzt sagen. Der drin hört uns hier nicht."

„Ist er heute abend auch noch da?"

„Ich glaube nicht."

„Das ist gut. Wir brauchen keine Zeugen. Unser erster Plan war ausgezeichnet, aber der Hauptmann hat ihn geändert. Da ich dich so gut kenne und du uns auch schon andere Dienste erwiesen hast, wurde ich zu dir geschickt, um bei dir anzufragen. Punkt neun kommen wir hier an."

„Und wann geht's dann im Schloß los?"

„Das richtet sich nach den Umständen und wird vom Blutigen Jack bestimmt. Hast du Schnaps genug?"

„Mehr als eure Gurgeln vertragen."

„Gut. Schaff also den Burschen drin fort, damit wir am Abend allein sind!"

Er verschwand nach dem Wald zu, um dort Deckung zu suchen.

Bommy, der Wirt, blieb noch eine kleine Weile stehen und trat dann wieder in die Hütte. Sam Hawkens hielt es nicht für geraten, allein ins Innere zu dringen. Er war überzeugt, daß Walker sich darin befand, und wollte es nicht auf einen Kampf ankommen lassen, der den ganzen Plan verderben konnte. Darum kroch er aus seinem Versteck hervor und umschlich die Blockhütte, ob vielleicht ein verräterisches Geräusch zu vernehmen sei; aber es ließ sich nichts hören. Jetzt kehrte er an die Tür zurück, drückte sich hier dicht an die Hüttenwand und winkte die Gefährten herbei. Er gab ihnen durch Zeichen zu verstehen, daß sie sich möglichst unbemerkt heranpirschen sollten.

Aber Will Parker dauerten die Vorbereitungen schon viel zu lange; er liebte solch übertriebene Vorsicht nicht und war mehr für das forsche Drauflosgehen und Zupacken.

„Nun ist's doch gleich, ob man uns sieht", mäkelte er. „Hineingehen wir doch, und da wird alles unser, was drin ist."

„Sam wird zanken."

„Pshaw! Er macht zu viel Umstände. Jetzt hat er wieder eine Menge Zeit vertrödelt, und wozu? Da hat er im Busch gelegen, um einen alten Nigger anzustarren. Lächerlich!"

Mit diesen Worten schritt er offen auf die Hütte zu, und Dick Stone blieb keine Wahl; er mußte ihm folgen. Sie hatten Sam noch nicht erreicht, als die Tür, die nur angelehnt gewesen war, geräuschvoll verriegelt wurde.

„Verdammt!" flüsterte Sam Hawkens. „Was fällt euch Kerlen denn ein, so offen herbeizulaufen? Glaubt ihr etwa, daß man hier in dieses Nest vier Fensterlöcher gemacht hat, nur daß man hineinschauen kann, nicht aber, daß die Bewohner auch herausgucken? Wer einen Vogel fangen will, der muß sich fein im Verborgenen anschleichen, nicht aber so offen dreintratschen, wie ihr es hier getan habt, wenn ich mich nicht irre!'

„Nun, der Vogel, den wir haben wollen, wird uns doch wohl

nicht entgehen. Ich hoffe, daß er sich schon da in diesem alten Käfig befindet."

Will Parker deutete dabei mürrisch auf die Hütte.

„Ja, du hast einen sehr klugen Kopf, Alter!" spottete Sam Hawkens. „Wie willst du dich seiner denn bemächtigen?"

„Nun, wir gehen einfach hinein und holen ihn uns heraus."

„Man wird einem solchen Riesengreenhorn, wie du eins bist, schon aus Mitleid die Tür öffnen und es freundlichst einladen, hereinzukommen. Hihihihi!"

„So sprengen wir die Tür auf!"

„Versuch's! Ich habe nichts dagegen, wenn du eine Kugel in den Kopf haben willst."

„Meinst du etwa, daß der Nigger schießen wird? Er sollte es wagen!"

„Pshaw! Er ist Besitzer des Hauses und braucht nur dem zu öffnen, der ihm willkommen ist. Hättet ihr die nötige Vorsicht angewandt, so ständen wir jetzt drin und hätten unseren Fisch an der Angel."

„Ist er denn wirklich drin?"

„Ja. Die beiden, die ich eben belauschte, sprachen davon."

„Wer war denn der andere Schwarze? Wohl ein Neger von Wilkins?"

„Good-lack! Der große Manitou erhelle dir deine Grütze! Es war einer der Schwarzen, die ich gestern draußen im Wald bei der Bande des Blutigen Jack belauschte. Ich erkannte den Kerl, als er heraustrat, sofort an den gestreiften Fetzen, die er auf dem Leib hat. Und selbst, wenn das nicht der Fall gewesen wäre, so wüßte ich, woran ich bin. Er sprach mit Bommy von Jack. Hätten sie geahnt, daß Sam Hawkens da in dem Busch steckte, so hätten sie wohl ihre Mäuler gehalten."

Will Parker ließ den Kopf hängen; Dick Stone aber hörte den ausführlichen Bericht des alten Trappers schmunzelnd an und nickte zufrieden.

„Prachtvoll, Sam, daß du das gehört hast!"

„Wir dürfen uns aber beileibe nicht merken lassen, daß einer gelauscht hat! Sonst machen sie uns einen dicken Strich durch die Rechnung."

„Wie kommen wir aber jetzt in die Hütte?"

„Wir müssen eben versuchen, ob man uns einlassen wird."

„So klopf einmal an!"

Sam Hawkens machte ein erstauntes Gesicht.

„Ich?" fragte er. „Seid ihr des Teufels? Meint ihr etwa, daß mich die beiden Kerle, die sich in der Hütte befinden, auch so genau gesehen haben wie euch?"

„Aber sie haben jetzt unser Flüstern gehört."

„Das kommt ihrer Meinung nach von euch beiden. Daß Sam Hawkens in höchsteigener Person hier ist, wissen sie nicht. Also klopft ihr an, und wenn die Verhandlung zu keinem Ziel führt, so geht ihr wieder so offen fort, wir ihr gekommen seid! Ich vermute, daß man euch dann folgen wird, um zu beobachten, ob ihr euch wirklich entfernt. In diesem Fall husche ich rasch in die Hütte und bin Herr des Hauses. Ihr kehrt dann heimlich ins Gesträuch zurück, in dem ihr vorhin gesteckt habt. Das übrige ist hernach eure Sache. Auf alle Fälle aber könnt ihr von dem Versteck aus mit euern Kugeln die Hütte erreichen und diesem Walker einige Lot Blei geben, falls er sich auf und davon machen will."

Dick nickte zustimmend.

„Sam, du bist wirklich ein schlauer Kopf."

„Meinst du? Ja, es ist auch notwendig, daß wenigstens ich den Verstand zusammennehme, da mit euch Greenhorns nichts anzufangen ist, hihihihi! Also klopft einmal an! Laßt euch aber ja nicht merken, daß ihr den Gesuchten in der Hütte vermutet! Wir müssen sie sicher machen, wenn ich mich nicht irre."

Walker war, trunken von der strahlenden Schönheit der jungen Pflanzerin, ungesehen zu dem Blockhäuschen gelangt und fand die Tür offen. Diebe gab es hier nicht, da die freigebige Natur in jenen Gegenden selbst den Ärmsten fast mühelos erringen läßt, was er zu seines Leibes Nahrung und Notdurft braucht. Höchstens waren die fremden Banden zu fürchten, die zuweilen im Süden von sich reden machten, die aber nach jedem Streich sofort auf längere Zeit von der Bildfläche verschwanden.

Bommy saß auf einem Holzblock, der ihm als Lieblingssessel diente. Er rauchte aus einer Holzpfeife einen selbstgebauten Tabak, dessen Geruch einen Büffel hätte in Ohnmacht werfen können. Die Nerven dieser Leute sind stark wie Eisendraht

„Good morning, Sir!" grüßte Walker-Hopkins.

Bommy antwortete nicht. Der höfliche Gruß eines Weißen einem verachteten Schwarzen gegenüber erregte sein Mißtrauen.

„Guten Morgen habe ich gesagt!" wiederholte Walker in scharfem Ton.

„Hab's gehört", antwortete Bommy gleichmütig.

„Habt Ihr einen Schnaps für mich?"

„Nein."

Bommy rührte sich auch jetzt noch nicht von seinem Klotz. Er war breitgebaut und mit übermäßig langen Armen und Beinen gesegnet. Sein Gesicht war von den Blattern zerrissen, und die Augen zeigten einen stieren, tückischen Ausdruck.

Der Besucher stellte sich mit gespreizten Beinen vor ihn hin;

das knurrige Wesen des Negers schien ihn eher zu belustigen als zu beleidigen.

„Also Ihr habt für mich keinen Schluck? Warum nicht?"

„Ich kenne Euch nicht."

„Aber ich will nun mal einen Gin oder Whisky mit Euch trinken, und da Ihr das nur mit Bekannten tut, so werde ich bleiben, bis Ihr mich kennengelernt habt."

Walker war durchaus keine verträgliche Natur; aber hier galt es für ihn, das Wohlwollen Bommys auf alle Fälle zu gewinnen. Auf starke Erdpfähle hatte man Bretter genagelt: das gab rohe Tische und Bänke, die den hier verkehrenden Gästen genügen mochten. Walker setzte sich auf eine dieser Bänke und legte nach Yankeeweise die Beine gemütlich auf den Tisch.

Bommy sah das einige Augenblicke ruhig mit an, dann stand er auf.

„Wie lange gedenkt Ihr Euch hier niederzulassen, Mylord?"

„So lange, bis wir gute Bekannte sind."

„Das wird wohl niemals werden, denn in weniger als zwei Minuten werdet Ihr hier zur Tür hinausfliegen."

„Das glaube ich nicht."

„So werdet Ihr's gleich glauben müssen. Tut einmal Eure Beine da vom Tisch herunter, sonst helfe ich nach!"

Er machte Miene, nach den Beinen des Weißen zu greifen, der aber zog sie jetzt schnell an sich.

„Wahrhaftig, der Mann macht Ernst!" lachte er. „Nun, das gefällt mir! Ich ersehe daraus, daß Ihr ein mutiger Mensch seid. Sagt mir einmal: verdient Ihr Euch nicht gern zwei Goldstücke oder auch drei?"

Die Augen des Schwarzen blitzten auf.

„Sehr gern, hundert aber noch lieber."

„Gut gesagt, my black boy[1]. Es können leicht hundert daraus werden, wenn ich in Euch einen nützlichen Mann kennenlerne."

„Jessus — hundert? Ach, Mylord, tut Eure Beine getrost wieder auf den Tisch! Ihr könnt sie hinlegen, wo es Euch nur immer gefällig ist. Was verlangt Ihr denn?"

„Zunächst einen Schnaps."

Der Neger zog die Stirn wieder kraus.

„Euer verdammter Schnaps! Könnt Ihr denn nichts anderes trinken? Wie nun, wenn Euch Massa Wilkins geschickt hat, um mich auf die Probe zu stellen!"

„Fürchtet Ihr Euch denn vor Mister Wilkins?"

„Fürchten? Ich? Pshaw!"

Er nahm die Schultern in die Höhe und zog ein Gesicht, in dem sich eine tiefe Geringschätzung aussprach.

[1] Mein schwarzer Junge

„Warum fragt Ihr denn so nach ihm, wenn Ihr Euch nicht vor ihm fürchtet?"

„Weil ich gern gute Nachbarschaft halte. Der Master hat es seinen Leuten verboten, zu mir zu gehen, und wenn ich mich auch nicht etwa vor ihm fürchte, so kann er mir doch schaden — deshalb richte ich mich wenigstens einigermaßen nach seinem Willen."

„Und Ihr haltet mich für einen Spitzel von ihm?"

„Es wäre doch durchaus möglich, daß Ihr einer seid."

Der Gast stand von der Bank auf und legte ihm die Hand auf die Schulter.

„Sein Spitzel? Ich sage Euch, daß er keinen größeren Feind haben kann als mich. Es fragt sich nur, ob Ihr mir helfen wollt, wenn es sich darum handelt, ihm einen Streich zu spielen."

„Also um einen Streich handelt es sich? Das ist wenig genug!"

Dabei legte sich ein teuflischer Zug um seine breiten Lippen.

„Oh, es ist nicht wenig! Streich und Streich ist ein sehr großer Unterschied. Es kann ein Streich sein, der ihn um Ehre und Leben bringt."

„O Jessus, Jessus!"

„Ja, ich will's Euch offen gestehen."

„Um Ehre und Leben?"

„Hoffentlich. Zunächst aber habe ich es auf seinen Besitz abgesehen."

„Auf die ganze Pflanzung?"

„Ja, er wird sie am längsten besessen haben. Wollt Ihr mir dabei helfen?"

„Ich helfe jedem, der gegen den verdammten Wilkins ist, wenn er — gut bezahlt."

„Daran soll's nicht fehlen, Freundchen. Schließt dort die Tür, damit wir nicht überrascht werden! Man darf mich hier bei Euch nicht sehen."

„Weshalb nicht?" fragte Bommy, während er den Riegel vor die Tür schob.

„Das werde ich Euch erzählen, wenn Ihr mir einen Schluck gegeben habt."

Bommy hob in einer Ecke einen Holzdeckel auf, worunter sich ein viereckiges Loch befand. Er holte eine Flasche und zwei Gläser heraus und setzte sich damit dem Weißen gegenüber.

Walker hatte sich indessen im Raum umgeschaut: er nahm die ganze Blockhütte ein. Zwei Tische und vier Bänke, der Holzklotz, auf dem vorhin der Neger gesessen hatte, ein Herd mit zwei Töpfen und einer Pfanne, das Loch mit mehreren Flaschen und Gläsern, ein Beil, ein paar Messer, ein alter Regenschirm, in einer Ecke ein Lager von Laub und in der anderen ein Haufen Brennholz, das war alles, was er erblickte.

Der Herd befand sich unter einem Giebelfenster, durch das der Rauch zog; einen Schornstein gab es nicht. Eine Zimmerdecke war auch nicht vorhanden. Das Dach vertrat deren Stelle. Der Fußboden bestand einfach aus festgetretener Erde.

Bommy fing den beobachtenden Blick seines Gastes auf.

„Gefällt Euch mein Palast? Wie in New York oder New Orleans bin ich freilich nicht eingerichtet."

„Ist auch gar nicht nötig. Aber etwas könntet Ihr doch bei aller Einfachheit haben, etwas, was ein Mann wie ich und Ihr zuweilen braucht."

„Ich habe alles, was ich brauche", sagte Bommy unter schlauem Lächeln, während er dem Gast zutrank.

„Auch ein Versteck?"

„Ja, Sir."

„Aber nicht hier in der Hütte!"

„Wie kommt ihr zu dieser Meinung?"

„Man müßte doch eine Spur davon sehen."

Der Neger lachte höhnisch auf.

„Eine Spur davon sehen? Das wäre mir ein schönes Versteck, das ein Fremder schon nach fünf Minuten entdecken könnte! Ich müßte ja töricht sein."

„Damned, wo ist denn dieses prächtige Versteck?"

„Da fragt Ihr mich zuviel. Ihr seid erst wenige Augenblicke hier, und ich kenne Euch noch nicht. Da dürft Ihr wirklich nicht erwarten, daß ich . . ."

Walker wehrte mit der Hand ab und lachte spöttisch.

„Schon gut, schon gut! Ich freue mich, daß Ihr so vorsichtig seid. Um so mehr steigt mein Vertrauen zu Euch. — Aber es ist fast nicht zu glauben. Die vier nackten Wände und das nackte Dach — und da soll es noch ein Versteck geben?"

Er betrachtete sich abermals das Innere der Hütte, untersuchte dann das Bett und den Reisighaufen, griff auch in das freilich kaum drei Fuß tiefe Kellerloch, trat sogar an den Herd und wühlte in der Asche — vergebens.

Bommy verfolgte seine Bemühungen mit stolzer Genugtuung.

„Nicht wahr?" sagte er. „Bommy ist gescheit? Es gibt ein Versteck, und keiner findet es."

„So bin ich also bei Euch wirklich an den richtigen Mann gekommen. Denn vielleicht wird es für mich notwendig, mich hier für kurze Zeit zu verbergen."

„Vor wem?"

„Nun, ich will offen mit Euch sprechen, obgleich ich sonst nicht so schnell einem Menschen meine Angelegenheiten auf die Nase binde."

Er schenkte sich ein neues Glas ein, stürzte den Inhalt hinab und füllte auch das des Negers. Dann nahm er die Miene vertraulicher Aufrichtigkeit an.

„Es stimmt doch, daß Mister Wilkins einen Bruder hatte?"

„Freilich. Ich war sein Leibdiener. Als er starb, ordnete er in seinem Testament an, daß ich freigelassen werden und diese Hütte als Eigentum erhalten solle."

„Hatte dieser ältere Wilkins nicht auch Kinder?"

„Nur einen Sohn."

„Lebt er noch?"

„Ich weiß es nicht. Er ist auf Reisen gegangen und bis jetzt nicht wiedergekommen."

„Wohin?"

„Ich habe es nie erfahren können, aber Oheim und Neffe werden es wohl wissen."

„Wie standet Ihr Euch mit ihm?"

„Sehr schlecht. Er war das Gegenteil von seinem Vater und konnte mich nie leiden. Ich habe manchen Fußtritt von ihm bekommen."

„So würde es keine besondere Freude für Euch sein, ihn wiederzusehen?"

Bommy ballte die Fäuste und fletschte die Zähne, aber er schwieg.

„Hm, Freund, er lebt noch und sendet eben jetzt drei seiner besten Freunde hierher auf Besuch."

„Was Ihr sagt, Mylord! Wer sind diese Kerle?"

„Drei Jäger. Der eine heißt Sam Hawkens und die —"

„Das ‚Kleeblatt' etwa?" unterbrach ihn der Neger rasch.

„Kennt Ihr sie?"

„Aus vielen Erzählungen."

„Sie kommen, wie ich glaube, im geheimen Auftrag des jungen Wilkins hierher. Sie wissen, daß auch ich mich hier befinde, um ihre Absichten zu vereiteln; und so ist es möglich, daß sie schon heute am Vormittag nach mir suchen werden. Darum ist es mir lieb, daß Ihr ein gutes Versteck habt."

„Ich verstehe; aber —"

Er stockte und blickte nachdenklich zu Boden. Das, was der Fremde erzählte, genügte ihm nicht; es war ihm zu unklar. Walker fühlte das sehr wohl. Er mußte noch einen anderen Grund bringen, und der triftigste der Gründe ist stets der, zu dem er jetzt seine Zuflucht nahm. Er langte in die Tasche und zog eine Börse hervor, durch deren Maschen der Glanz zahlreicher Goldstücke blitzte. Er nahm eins heraus und hielt es dem Neger hin.

„Hier, Bommy, ein kleines Draufgeld, wenn Ihr mein Kamerad sein wollt."

Gierig griff der Schwarze zu; der andere aber zog die Hand mit dem Gold noch schneller zurück.

„Nur Geduld — erst den Handschlag!"

Er hielt die Hand hin; Bommy schlug kräftig ein und erhielt dann das Geld.

„Gold, Gold, Gold!" lachte er. „Und ich kann noch mehr verdienen?"

„Noch viel mehr, wenn Ihr mir zuverlässig und treu dient."

„Oh, ich bin sehr treu. Ich kämpfe für Euch. Ich sterbe für Euch. Ich tu alles für Euch!"

„Ihr seht also, daß ich Euch belohnen kann und auch belohnen werde, wenn . . ."

Der Hufschlag eines Pferdes erscholl. Ein Reiter hielt an der Vorderseite der Hütte und schlug mit der Peitsche an den Rand der Fensteröffnung.

„Bommy, alter Rabe! Wo steckst du?" rief er.

„Zounds! Kommt dieser Mann vielleicht herein?" fragte Walker besorgt.

„Nein. Es ist Massa Leflor. Der reitet fast täglich vorüber."

Er ging zum Fenster.

„Ja, Massa, Bommy ist da!"

„Bring mir einen Gin!"

Der Neger füllte ein Glas und trug es hinaus. Walker erhob sich und trat ans Fenster. Er sah sich den Reiter an und hörte auch die Unterhaltung, die dieser mit Bommy führte.

„Massa will zu Massa Wilkins?"

„Ja, alter Nachtschatten."

„Und zu Miß Almy?"

„Was geht das dich an?"

„Mich? O nichts, nichts!"

„Aber du machst ein verdammt verschmitztes Gesicht! Was ist's, was dir auf der Zunge liegt?"

„Jetzt nicht, jetzt nicht, Massa. Wenn Massa mit Massa Wilkins gesprochen haben, dann!"

„Gesprochen? Worüber und wovon?"

„Von Miß Almy."

„Lack-a-day, Bommy! Du scheinst wirklich mit etwas hinterm Berg zu halten! Bin neugierig, es zu erfahren."

„Nein, jetzt nicht, aber — dann!"

„Gut. Und so will ich dir auch sagen, daß ich noch in dieser Stunde mit Master Wilkins sprechen werde."

„Jetzt! O Jessus, Jessus! Ich weiß genau, welche Antwort Ihr erhalten werdet."

„Nun?"

„Laßt sie Euch von Miß Almy selber geben! Werdet Ihr bei der Rückkehr noch ein Gläschen trinken?"

„Warum?"

„Weil ich Euch dann sagen werde, was ich Euch jetzt noch nicht sagen kann."

„Gut, ich komme."

Er ritt ohne Gruß fort, und der Neger kehrte in die Hütte zurück.

„Wer war der Mann?"

„Massa Leflor, ein Pflanzer, unser nächster Nachbar. Massa Leflor ist verliebt in Miß Almy, die Tochter von Massa Wilkins."

„Behold! Macht er seinen jetzigen Besuch vielleicht zu dem Zweck, um um ihre Hand anzuhalten?"

„Ja, aber er wird abgewiesen werden."

„Warum?"

„Wenn nicht Gründe für ihn sprechen, von denen ich nichts weiß, wird er von Wilkins abgewiesen werden. Und selbst wenn Wilkins einwilligte, so sagt Miß Almy doch nein, denn sie liebt einen anderen."

Da Walker das schöne Mädchen gesehen hatte, nahm er an dem Gespräch großen Anteil.

„Ja. Es ist Massa Adler, der deutsche Oberaufseher der Pflanzung. Er gilt als Pflegesohn des Farmers."

„Verdammt! Das ist schlecht für Leflor."

„Ja. Leflor wird abgewiesen werden."

„Und dann?"

„Er wird Massa Wilkins hassen und sich rächen. Bommy kennt Massa Leflor genau!"

Walker machte ein sehr nachdenkliches Gesicht und blickte eine Weile vor sich hin.

„Ist Leflor reich?"

„Sehr."

„Mir kommt da ein Gedanke. Wird er Euch bei seiner Rückkehr wohl aufrichtig sagen, daß er abgewiesen worden ist?"

„Warum nicht? Er weiß genau, daß er einen sehr guten Verbündeten zur Rache an mir haben wird."

„An mir vielleicht auch. Könntet Ihr ihn dann nicht einmal hereinrufen?"

„Ja, wenn Ihr mit ihm reden wollt."

„Nur in dem Fall, daß er abgewiesen worden ist, sonst nicht."

Die Unterhaltung zog sich noch eine gute Weile hin. Da klopfte es an die Tür, die Bommy wieder zugeriegelt hatte.

„'s death! Man kommt", flüsterte Walker besorgt. „Wer ist es?"

Der Schwarze trat an die Tür und blickte durch einen schmalen Spalt hinaus.

„Es ist Daniel, ein Bekannter von mir", raunte er.

„Er darf mich nicht sehen. Wo ist das Versteck?"

„Kommt!"

Er trat an den Herd; dieser bestand aus einer langen, breiten Steinplatte, die mit der Rückseite in die Wand eingefügt war und mit den anderen Seiten auf drei eichenen Klötzen ruhte, die waagrecht auf dem Boden standen, roh aus dem Baum gesägt waren und mehr als die Stärke eines Mannes hatten. Der Neger schob den linken der beiden Seitenklötze beiseite.

„So habt Ihr's Euch wohl nicht gedacht?" lachte er.

Der Raum hinter dem Herd war hohl und so tief, daß sich selbst ein großer Mann bequem hineinsetzen konnte. Luft zum Atmen gab es genug.

„Lack-a-day!" staunte der Gast. „Das ist ein Versteck, wie man sich ein besseres nicht denken kann."

„So macht Euch schnell hinein! Daniel klopft wieder. Er geht sonst fort, weil er denkt, ich sei nicht da."

Walker kroch hinein. Der Schwarze rollte den runden Klotz wieder an seine frühere Stelle; dann öffnete er die Tür und ließ den Neger Daniel ein.

Er legte dabei den Finger auf den Mund, zum Zeichen, daß nicht laut gesprochen werden solle, setzte sich mit ihm in die vom Herd am weitesten entfernte Ecke und unterhielt sich im Flüsterton mit ihm. Sie sprachen vom Vorhaben des Blutigen Jack und flüsterten lange miteinander, doch konnte der Mann unterm Herd kein Wort davon verstehen.

Endlich begleitete Bommy den schwarzen Daniel hinaus — das war der Augenblick, da Sam Hawkens die beiden Neger belauschte. Als Bommy wieder hereinkam, vergaß er, die Tür wieder zu schließen, und ging sogleich zur Feuerstelle, um den Eichenklotz zu entfernen.

Das geschah langsam und bedächtig, so daß Sam schon das Haus umschlichen hatte, als Walker aus dem Versteck hervorkroch. Sein Blick fiel auf die angelehnte Tür.

„Warum habt ihr —"

Er hielt erschrocken inne. „Warum habt ihr die Tür offen gelassen?" wollte er sagen; doch blieb ihm die Frage im Mund stecken, denn er sah durch die Türlücke Dick und Will herankommen.

Er schnellte zum Eingang und schob den Riegel vor. Bommy begriff, daß sich jemand in der Nähe befinden müsse, und eilte zum Fenster. Er kam noch zeitig genug, die beiden Jäger bei ihren letzten Schritten zu bemerken.

„Wer sind diese Kerle?" flüsterte er.

„Dick Stone und Will Parker. Dann wird Sam Hawkens nicht fern sein."

„Da habt Ihr ja schon Eure Verfolger."

„Ja. Laßt sie um Gottes willen nicht herein!"

Er bückte sich an die kleine Spalte und blickte hinaus.

„Ich sehe nur die beiden. Aber ich wette meinen Kopf darum, Hawkens, der schlaue Fuchs, ist mit ihnen. Er hält sich nur verborgen."

„Woher wissen sie denn, daß Ihr hier seid?"

„Sie müssen meine Spur gefunden haben. Ich wiederhole: laßt sie nicht herein!"

„Wo denkt Ihr hin? Ich muß sie gerade um Euretwillen einlassen."

„Unsinn! Gerade um meinetwillen sollen sie ja draußen bleiben! Ihr seid hier Hausherr. Ihr könnt sie fortweisen."

„Ja. Aber die drei Jäger sind zu klug. Sie werden tun, als gingen sie fort, und werden sich in der Nähe auf die Lauer legen. Das gibt dann eine Belagerung, und sie bekommen Euch doch."

„Was ratet Ihr?"

„Ins Versteck! Schnell, schnell!"

„Ihr werdet mich nicht verraten?"

„Fällt mir nicht ein!"

Aber Walker traute ihm nicht. Er nahm noch zwei Goldstücke heraus und drückte sie ihm in die Hand.

„Wenn sie mich nicht entdecken", raunte er, „bekommt Ihr noch fünf."

„Schnell hinein!"

„Holla! Aufgemacht!" ertönte draußen die Stimme Will Parkers.

In wenigen Augenblicken steckte Walker unterm Herd.

Bommy trat zur Tür.

„Wer ist draußen?"

„Gäste."

„Wie viele?"

„Zwei."

„Oho!" schlug Bommy auf den Strauch. „Es sind doch drei!"

Es entstand eine Pause. Draußen flüsterte man.

„Wie viele wir sind", begann Will Parker von neuem, „kann dir gleich sein. Mach nur auf, Mann!"

„Wer seid ihr denn?"

„Sei verdammt für deine Neugier! Ist das eine Art und Weise, ehrliche Leute auszufragen? Wir wollen einen Schluck trinken. Verstanden?"

„So kommt herein!"

Bommy schob den Riegel zurück. Die drei Jäger traten gemeinsam ein, denn Sam Hawkens, der seinen Plan durchkreuzt sah, handelte entschlossen danach.

Eintreten und mit einem einzigen, raschen Blick sich umschauen, das war natürlich eins. Außer Bommy war kein Mensch zu sehen. Die drei setzten sich an einen Tisch, und die Gefährten überließen dem klugen Sam die Rolle des Fragenden.

„Gib uns einen Morgentrunk, Schwarzer!" sagte der Kleine. „Du hast doch wohl etwas, was den Magen eines alten Jägers wärmt?"

„Es wird ausreichen."

„Glaub's schon. Da ist ein ganzer Keller voll."

Er trat an das offene Loch, blickte hinein, kniete sodann nieder und tat, als ob er die Marken der Flaschen betrachten wolle, untersuchte dabei aber mit den tastenden Händen alle vier Seiten und auch den Boden des Lochs. Ein Wink benachrichtigte die Gefährten, daß er nichts gefunden hatte. Er kehrte an seinen Platz zurück und griff zum Glas.

„Schenk dir auch eins ein und stoß mit uns an, Schwarzer! Geht dein Geschäft gut?"

„Leidlich."

„Man sieht's. Wer mit Goldstücken bezahlt wird, der hat keine Veranlassung, über schlechte Zeiten zu klagen."

Walker hörte diese Worte. Der Angstschweiß brach ihm aus allen Poren. Auch Bommy erschrak. Er hatte in der Eile die letzten beiden Goldstücke, die er erhalten, auf den Tisch gelegt. Er bemühte sich, eine unbefangene Miene zu zeigen, stieß mit Sam an und strich dann das Geld in die Tasche.

„Ihr hättet recht, wenn das meine heutige Einnahme wäre. Alle Tage zwei Goldstücke, das wäre sehr gut!"

„Hattest du heute schon Gäste?"

„Ja."

„Wie viele?"

„Es fehlen einige am Hundert."

„Das glauben wir dir ungeschworen. Es würde uns aber weit lieber sein, wenn du uns eine bestimmtere Antwort gäbest. Wir denken, hier bei dir mit einem guten Bekannten zusammenzutreffen."

„Wer ist es?"

„Du wirst ihn auch schon gesehen haben. Sein Name ist Walker oder Hopkins."

„Walker, Hopkins? Diese Namen habe ich hier noch gar nicht gehört, Massa."

„Nicht? Hm, hast du vielleicht einmal für einen Augenblick deine Hütte allein gelassen?"

„Nein."

„Nicht? Sonst dächte ich, er hätte sich während deiner Abwesenheit hier eingeschlichen und ohne dein Wissen versteckt."

„Das ist eine Unmöglichkeit. Wohin sollte sich ein Mensch hier verstecken?"

„Vielleicht dort unter das Lager."

„Seht nach!"

„Oder unter das Brennholz?"

„Da hätte er sich einen sehr unbequemen Platz herausgesucht."

„Freilich; aber wir wollen doch einmal schauen, ob es nicht so ist."

Die drei Jäger untersuchten das Laub und das Reisig sehr genau, fanden aber nichts. Der Schwarze sah ihnen angstvoll zu. Wie, wenn sie auf den Gedanken kamen, auch den Herd zu untersuchen? Doch das konnte er verhüten.

Er nahm einen Armvoll Reisig, warf es auf den Herd, brannte es an und ging sodann mit einem Topf hinaus, um Wasser zu holen.

„Verdammt!" sagte Dick. „Wo steckt er? Er muß hier sein!"

Sam winkte ihm.

„Ich habe euch doch gleich gesagt, daß er nicht in Wilkinsfield ist. Wir hätten ja auch das Kanu finden müssen. Er ist weiter flußabwärts gerudert. Nun haben wir hier kostbare Zeit versäumt und können uns sputen, sie wieder einzuholen. Wenn der Schwarze hereinkommt, werden wir bezahlen und aufbrechen."

Bommy kam und hängte den Wassertopf übers Feuer. Er schürte die Flamme an, um ein lautes Knistern zu erregen, damit man nicht ein etwaiges Husten oder Niesen des Verborgenen hören könne. Dann wandte er sich mit freundlichem Grinsen an Sam Hawkens.

„Ich braue mir jetzt ein Glas Grog. Hoffentlich bleiben die Massa hier, um eins mitzutrinken."

„Danke für dein Gebräu, Schwarzer! Wir werden froh sein, wenn wir deine rauchige Bude hinter uns haben."

Sam fragte nach der Zeche und bezahlte. Dann entfernten sich die drei in der Richtung zum Wald. Dort hinter den Büschen, wo sie von der Hütte aus nicht mehr gesehen werden konnten, machten sie halt.

„Du winktest uns", sagte Will. „Du glaubst also auch, daß er drin steckt?"

„Ganz sicher!"

„Aber wo?"

„Das we'ß der Teufel! Ein Loch muß es in der Bude irgendwo geben. Der Boden war aber so fest gestampft, daß man eine Spur gar nicht sehen konnte. Ich wette meinen Kopf, daß die Goldstücke von Walker waren. Es ist nicht anders zu machen. Wir legen uns hier in den Hinterhalt. Dann müßte es mit dem Teufel zugehen, wenn wir den Vogel nicht doch erwischten!"

Bommy hatte ihnen nachgeblickt und hinter ihnen die Tür verriegelt. Dann ließ er Walker aus dem Versteck heraus. Der Eingesperrte sah aus wie eine Leiche, und dicke Schweißtropfen perlten ihm übers Gesicht.

„Das war entsetzlich!" hustete er. „Es wäre um mich geschehen gewesen, hätten sie mich entdeckt."

„Was habt Ihr denn so gar Schlimmes verbrochen?"

„Das werde ich Euch später erzählen. Jetzt muß ich vor allen Dingen wissen, wo sie stecken."

„Sie sind fort."

„Das glaube ich nicht. Während Ihr nach Wasser gingt, sagte Sam Hawkens laut, daß sie sogleich weiter stromabwärts wollten —"

„Nun, das ist ja sehr gut für Euch!"

„Sehr schlimm im Gegenteil! Ich kenne diesen verschlagenen Fuchs, diesen Sam Hawkens! Ich möchte beschwören, er hat das nur gesagt, um mich irrezuführen. Sie werden sich in der Nähe der Hütte auf die Lauer legen, um zu warten, bis ich mich davonmache."

„So müßt Ihr bleiben, bis es Nacht ist."

„Warum nicht länger?"

„Ihr werdet mir doch nicht zumuten, daß ich mir meine Wohnung für eine halbe Ewigkeit belagern lasse? Ich habe auch mehr zu tun, als mich herzusetzen, um Euch zu bewachen. Heute abend erhalte ich mehrere Gäste, die Euch nicht sehen dürfen."

„So wollt Ihr mich preisgeben?"

„Nein Ihr bezahlt mich gut, und ich diene Euch. Es wird sich wohl bis dahin eine Möglichkeit finden lassen, Euch ohne Gefahr von hier fortzuschaffen."

Da ertönte draußen der Hufschlag eines Pferdes. Leflor kehrte zurück.

„Wo steckst du, schwarze Unke?"

„Ja, Massa."

„Einen Schnaps, du Schwarzfell, aber einen tüchtigen!"

„Hat Massa Wilkins ja gesagt?"

„Nein. Hol ihn der Teufel!"

„So kommt einmal herein zu mir! Ihr werdet etwas Gutes erfahren."

Leflor band seinen Gaul an einen Pfahl und ging zur Tür, wo ihn Bommy einließ. Als er Walker erblickte, stutzte er.

„Was heißt das? — Da ist schon jemand. Warum rufst du mich da herein, schwarzer Hund?"

Walker sprang von seiner Bank auf.

„Verzeiht, Sir", sagte er. „Ich hoffe, daß unsere zufällige Begegnung für uns beide von Vorteil sein wird. Ich heiße Walker."

„Walker?" fragte Leflor erstaunt. „'s death, man sucht Euch!"

„Ich weiß."

„Was will man von Euch?"

„Wir haben ein kleines Geschäft miteinander, etwas, das man eine Blutrache nennt."

„Dann tut mir's leid um Euch. Dieser Sam Hawkens ist der beste Spürhund zwischen dem Felsengebirge und dem Atlantik!"

„Ich hoffe, daß Ihr mir Euern Schutz gewähren werdet."

„Ich? Mich geht Eure Angelegenheit gar nichts an!"

„Vielleicht doch! Verzeiht, Sir, wenn ich da eine Frage stelle, die Euch sehr zudringlich erscheinen wird — aber sie gehört zur Sache."

„Fragt nur zu!"

„Ihr habt um Wilkins' Tochter angehalten und einen Korb bekommen?"

„Bounce! Hat dieser schwarze Schuft hier zu Euch geplaudert?"

„Ja. Aber er hat es nur zu Euerm Vorteil getan. Setzt Euch her! Bommy mag Wache halten, damit wir nicht gestört werden."

Sie holten eine Flasche Rum aus dem Loch, rückten zusammen und begannen sich im Flüsterton zu unterhalten. Bommy hockte auf seinem Holzklotz, brannte seinen Pfeifenstummel an und beobachtete durch die Türspalte mit scharfem Blick das Vorgelände. Er konnte von dem leisen Gespräch der beiden nichts verstehen, schien aber auch gar nicht darauf versessen zu sein, etwas zu erfahren, was ihm nicht freiwillig erzählt wurde. —

Walker ging ohne Umschweife auf sein Ziel los.

„Wenn ich um die Hand eines Mädchens anhalte und abgewiesen werde", begann er, „so wird mein erster Wunsch sein, diese Niederträchtigkeit heimzuzahlen. Darf ich annehmen, daß Ihr ebenso empfindet?"

„Ich bin kein anderer Mensch als Ihr und gestehe, daß ich sehr an Vergeltung denke."

„Nun, ich habe die Mittel an der Hand, die Euch eine ganz ausgesuchte Rache ermöglichen!"

„Wie kämt denn Ihr dazu? Kennt Ihr Wilkins?"
„Ich nicht, desto besser aber seinen Neffen Artur Wilkins."
„'s death! Ihr kennt Artur? Wo habt Ihr ihn getroffen?"
„Erlaubt, daß ich diese Frage später beantworte! Jetzt möchte ich vor allen Dingen wissen, ob Ihr die Verhältnisse auf Wilkinsfield genau kennt?"
„Natürlich. Ich bin ja der nächste Nachbar."
„Wem gehört die Pflanzung?"
„Selbstverständlich Wilkins."
„Ihr dürft Euch da sehr irren."
„Schwerlich. — Wem sollte sie denn sonst gehören?"
„Wem, fragt Ihr? Wem anders, als mir!"
Leflor fuhr auf.
„Was? Euch? Ihr träumt wohl?"
„Sprecht nicht so laut! Der Schwarze braucht hiervon nichts zu hören."

Und nun gab Walker Erläuterungen zu seiner überraschenden Behauptung. Schließlich zog er eine Brieftasche hervor und entnahm ihr einige Beweisstücke, die er Leflor vorlegte. Den großen Siegeln nach zu urteilen, waren es behördliche Urkunden.

Leflor sah sie durch, hielt sie gegen den durch die Fensteröffnung hereinfallenden Sonnenstrahl, kurz, prüfte sie auf jede Art und Weise.

„Wer hätte das gedacht! — Ihr habt ganz recht, Mister Walker. Ihr gebt mir da eine gefährliche Sprengladung in die Hand. Ich wollte, diese Papiere gehörten mir. Habt Ihr nicht Lust, Sir, sie mir zu verkaufen?"

„Um mir ein Lumpengeld zu verdienen! O nein!"

„Es fällt mir nicht ein, Euch zu drücken. Eure Rechte sind unantastbar, aber dennoch wird Wilkins sich wehren. Es wird einen Prozeß geben. Habt Ihr die Mittel, ihn durchzuführen?"

„Hm! Ich habe mein ganzes Vermögen hingegeben, diese Papiere zu erwerben."

„So bedenkt sehr wohl, ob Ihr den Prozeß auszufechten vermögt! Ich rate Euch, Eure Ansprüche zu verkaufen. Ihr werdet allerdings nicht die volle Summe erhalten, doch habt Ihr sie jedenfalls wohl auch nicht gegeben. Überlegt es Euch!"

„Ich würde nur gegen sofortige und genügende Zahlung verkaufen."

„Und ich bin in der Lage, darauf einzugehen."

„Nun, wieviel bietet Ihr?"

„Das läßt sich nicht so übers Knie brechen. Wir sehen uns doch nicht nur in diesem Augenblick. Wollt Ihr mein Gast sein?"

„Da es so steht, nehme ich Eure Einladung an."

„Schön. Ich werde sofort einen Eilboten nach Van Buren senden, um einen Notar kommen zu lassen. Er mag die Papiere prüfen und kann dann gleich alles erledigen, was zu ihrem Übergang in meinen Besitz erforderlich ist. Einig werden wir gewiß."

„Mir soll's recht sein."

„So halte ich es für das allerbeste, gleich aufzubrechen. Warum wollt Ihr Euch noch länger in diese Hütte setzen?"

„Ihr vergeßt, daß ich hier belagert werde, Sir!"

„Teufel auch, das hatte ich vergessen! Wie seid Ihr eigentlich mit diesen drei Jägern in Streit geraten?"

„Ich werde es Euch noch erzählen. Die Hauptsache ist, ihnen für diesen Augenblick zu entrinnen; dann habe ich gewonnen."

„Nur dieser Wilkins könnte die drei durch seine Arbeiter verjagen lassen; aber er schien in den Trapper geradezu vernarrt zu sein. Meine Leute darf ich zu diesem Zweck nicht auf fremdes Gebiet senden. Man müßte also zur List" — er legte einen Finger an die Nase — „wartet, das werden wir gleich haben, Sir!"

„Da bin ich doch begierig!"

„Sehr einfach. Ihr habt fast dieselbe Gestalt wie ich. Wir vertauschen unsere Anzüge. Ihr setzt Euch dann auf mein Pferd und reitet fort. Sie werden Euch dann für mich halten und Euch also gar nichts in den Weg legen."

„Lack-a-day! Der Gedanke ist unbezahlbar. Ihr verpflichtet mich zu allergrößtem Dank."

„Pshaw! Eine Hand wäscht die andere. Also, Sir, legt immer die Kleider ab! Ihr seht, daß ich schon beginne."

Leflor zog sich wirklich aus, und Walker tat das gleiche. Nach fünf Minuten trug der eine des anderen Kleider.

„Ihr werdet also noch vor mir in meinem Haus ankommen, und so will ich Euch einige Zeilen mitgeben, damit man sofort für Euch sorgt und auch einen Eilboten nach Van Buren sendet, des Notars wegen. Ich möchte da keine Stunde versäumen."

„Aber ich weiß keinen Weg."

„Ist auch nicht nötig. Ihr reitet hier den Pfad, den ich von Wilkinsfield hergekommen bin, immer geradeaus, durch den Wald hindurch. An seinem Ende beginnt meine Besitzung. Wenn Ihr Euch in schnurgerader Richtung haltet, reitet Ihr zu meinem Tor hinein. Der Verwalter wird Euch empfangen, und ihm gebt Ihr die Zeilen, die ich Euch ausfertigen werde."

„Alles schön und gut — aber was wird aus Euch?"

„Wieso?"

„Wenn sich diese Trapper nun an Euch rächen, sobald sie erkennen, daß wir sie genasführt haben?"

„Ich kenne diese Sorte. Das werden sie wohl unterlassen.

Diese Art von Leuten ist zu gewissenhaft. Nehmt nur Ihr Euch in acht, daß sie Euer Gesicht nicht sehen! Bommy mag jetzt mein Pferd herüber an die Tür holen. Ihr steigt so auf, daß Ihr diesen Lumpen den Rücken zuwendet. Auf solche Weise werden sie am sichersten getäuscht."

Der Neger band den Gaul vom Pfahl los und führte ihn an die Tür. So nahte der Augenblick, in dem Walker hinaustreten sollte. Er hatte große Sorge. Wenn die drei Jäger den Betrug ahnten, so erhielt er doch seine Kugel. Er gab dieser Besorgnis Worte; Leflor aber lachte ihn aus.

„Seid doch nicht so zimperlich, Sir! Seht das Pferd draußen! Es steht so vor der Tür, daß Ihr hinaustreten könnt, ohne daß die Kerle Euer Gesicht erblicken. Dann dreht Ihr Euch herum, springt auf und jagt davon!" —

19. Ein Savannengericht

Die Geduld Sam Hawkens' und seiner Getreuen wurde auf eine harte Probe gestellt. Sie bemerkten das Kommen Leflors. Dieser verschwand in der Hütte. Aber er blieb länger, viel länger darin, als es für einen einfachen drink notwendig gewesen wäre. Das fiel den Belagerern auf. Wie, wenn er mit Walker, der sich unbedingt in der Hütte befinden mußte, gemeinsame Sache machte?

Minute um Minute verstrich, aber Leflor kam nicht wieder heraus. Die Sache wurde immer verdächtiger und Sam immer bedenklicher.

„Teufel!" schimpfte er. „Es ist kein Zweifel, daß die da drin jetzt einen Plan aushecken, wie sie Walker ohne Gefahr aus der Hütte fortbringen können."

„Das soll ihnen nicht glücken", knurrte Will.

„Nein, denn sonst bekommen sie es mit Sam Hawkens zu tun, der sich nicht ungestraft eine Nase drehen läßt, wenn ich mich nicht irre. Passen wir auf! Schaut, da tritt der Neger heraus — er geht zur vorderen Seite des Hauses!"

„Es ist weiter nichts. Er bringt das Pferd. Leflor reitet fort. Das ist alles."

„Laßt Euch nicht betrügen", sagte Sam. „Ich ahne, was er will. Das Pferd wird vor die Tür gestellt; Leflor steigt auf und reitet langsam fort; hinter dem Tier aber wird sich Walker befinden, um uns unter dieser Deckung glücklich zu entwischen."

„Good-lack, das ist wahr", stimmte Will bei. „Sie können gar nicht anderes bezwecken. Dick, leg dein Schießeisen an! Wir werden zwar von Walker nichts als die Füße sehen können; aber gerade dorthin soll er unsere Kugeln bekommen. Aufgepaßt!"

Die beiden hoben die Gewehre an die Backe.

"Seht!" flüsterte Dick. "Da kommt Leflor heraus. Nun wird Walker folgen."

Aber die drei sahen sich getäuscht. Leflor stieg auf, gab dem Schwarzen die Hand, wechselte noch einige Worte mit ihm und ritt davon.

"Lack-a-day!" meinte Will. "Er reitet wirklich allein. So ist der Halunke also noch drin.

Sam schüttelte bedenklich den Kopf. Ihm war die Sache nicht recht geheuer.

"Der Teufel hole diese verfluchte Geschichte! Ich werde nicht klug daraus."

"Die allergrößte Teufelei wäre die, liebster Sam, daß wir vor diesem alten Wigwam liegen, und Walker hätte sich gar nicht drin befunden."

"Er ist drin gewesen. Habe deutlich gehört, daß es Bommy zu dem Neger Daniel sagte. Heraus ist er auch noch nicht — folglich steckt er noch drin."

"Höre, Sam, es wäre doch am allerbesten, wir gingen noch einmal hinein, um alles nochmals genau zu durchsuchen! Vielleicht finden wir doch eine Spur."

"Meinetwegen. Aber anders als vorhin! Nicht offen, sondern wir schleichen uns an. Kommt, wir wollen keine Zeit mehr versäumen!"

Sie krochen aus dem Busch heraus und näherten sich dem Haus, immer in Deckung. In seiner Nähe schritten sie gerade auf eine Ecke zu, so daß sie von keinem Fenster aus beobachtet werden konnten. Dann machten sie zunächst halt, um zu lauschen.

"Die Tür steht offen", flüsterte Dick.

"Es sind zwei drin. Hört ihr sie sprechen?" fragte Will.

"Habe ich also nicht recht?" frohlockte Sam Hawkens. "Jetzt kriegen wir den Kerl, wenn ich mich nicht irre. Come in!"

Als die drei, Sam an der Spitze, in die Hütte eindrangen, stand Bommy in der Nähe der Tür, während sich Leflor so gesetzt hatte, daß er dem Eingang den Rücken zukehrte.

"Good morning, zum zweitenmal, schwarze Eule!" grüßte Sam. "Ah, ist dein Schützling aus seinem Loch geschlüpft?"

"Schützling?" fragte der Neger. "Wer?"

"Nun, ich werde ihn dir gleich zeigen."

Sam schob den Schwarzen beiseite, trat, gefolgt von den beiden anderen, von hinten an den vermeintlichen Walker heran und klopfte ihm auf die Schulter.

„Endlich, mein Bürschchen! Wo wart Ihr doch so plötzlich hin?"

Leflor hatte, als er sie eintreten hörte, das Glas ergriffen und an den Mund gesetzt. Er trank es ruhig aus und drehte sich erst dann langsam um.

„The devil! Welcher Flegel wagt es denn da, mir einen Schlag zu versetzen? Das muß ich mir allen Ernstes verbitten!"

Die drei Jäger fuhren mit langen Gesichtern zurück.

Leflor brach in ein lautes Lachen aus.

„'s death! Welches Narrenspiel wird denn da aufgeführt? Ah, wen sehe ich da? Sam Hawkens! Nun, mein kleiner Sir, Euer Gesicht ist nicht sehr geistreich, wenigstens in diesem Augenblick nicht. Was starrt Ihr mich denn an?"

Aber er hatte sich in dem listigen Sam verrechnet. Es bedurfte nur dieses Spottes, um dem Trapper seine volle Geistesgegenwart wiederzugeben. Er machte plötzlich ein ganz anderes Gesicht und schüttelte verwundert den Kopf.

„Mister Walker, wie einer in Eurer Lage noch so das große Maul haben kann, das begreife ich nicht."

„Walker?" lachte Leflor. „Ihr seid wohl blind geworden, seit wir uns sahen? Ich hoffe doch, daß Ihr mich kennt."

„Freilich, mein Junge. Ihr seid Walker-Hopkins!"

„Ich verstehe Euch nicht. Ihr habt mich ja vor kurzer Zeit bei Wilkins gesehen."

„Da habe ich nur einen einzigen Mann getroffen, und das war Mister Leflor."

„Nun, der bin ich ja."

„Ihr? Leflor?"

Sam Hawkens stieß ein lustiges Lachen aus, in das seine Gefährten einstimmten; sie hatten sofort begriffen, daß Sam eine bestimmte Absicht verfolgte.

„Aber, Sir, mein Name ist wirklich Leflor."

„Pshaw!" antwortete Sam. „Kommt uns doch nicht mit solchen Kindereien! Leflor ist soeben auf seinem Pferd davongeritten. Ihr dagegen seid der Mörder Hopkins. Eure unsinnige Ausrede hilft Euch nichts. Will, gib einmal den Riemen her! Wir wollen dem Mister die Hände ein wenig binden."

„Das dulde ich nicht!" rief Leflor wütend. „Fragt hier den Neger! Er wird es Euch bezeugen, daß ich nicht Hopkins heiße."

Bommy machte große Augen und nickte heftig.

„Dieser Massa ist Massa Leflor, Sir."

„Schweig, Hund!" donnerte Sam ihn an. „Mit dir wird kurzer Prozeß gemacht! Her mit dem Riemen! Wir wollen die Kerle einwickeln, daß sie in fünf Minuten wie Rollfleisch ausschauen!"

Beide, Leflor wie der Neger, hatten so viel von dem merkwürdigen ‚Kleeblatt' gehört, daß sie keinen Widerstand wagten. Außerdem wurden sie von den Waffen Dicks und Wills in Schach gehalten. Desto mehr Einspruch erhoben sie mit Worten gegen die Behandlung, die ihnen widerfuhr. Es half ihnen indes nichts, und in kurzem waren sie von den Lassos der Jäger so fest zusammengeschnürt, daß sie sich nicht regen konnten. Sogar zu schimpfen getrauten sie sich nicht mehr.

„Ich gehe jetzt fort", sagte Sam Hawkens, „um für die Weiterbeförderung dieses Walker zu sorgen. Ihr bleibt bei ihnen, riegelt von innen die Tür zu und laßt keinen Menschen herein! Nötigenfalls gebrauchet ihr eure Büchsen! Machen sie Lärm, so gebt ihnen die Faust auf die Nase — aber nicht zu zart, das ist das beste Mittel für dergleichen Buben, wenn ich mich nicht irre!"

Er ging. Er hatte die Absicht, ins Herrenhaus zurückzukehren, freute sich aber nicht wenig, als er in kurzer Entfernung den deutschen Oberaufseher heranreiten sah. Er eilte ihm entgegen.

„Sir, darf ich vermuten, daß Ihr zu den Bewohnern von Wilkinsfield gehört?"

„Jawohl, Mister Hawkens. Ich heiße Adler und bin der Oberaufseher. Mister Wilkins hat mit mir über Eure Warnung gesprochen. Wir haben dann sicherheitshalber einen Boten nach Van Buren geschickt, der bewaffnete Hilfe herbeiholen soll. Ist Euch doch recht?"

„Ja. Ich brauche aber noch einen zweiten; nämlich nach Leflors Pflanzung."

„Das ist schlimm. Wir stehen seit heute früh in Feindschaft mit ihm."

„Schadet nichts. Er bekommt soeben schon seinen Lohn. Wir suchen einen Schurken namens Walker; er steckte in Bommys Hütte, die wir belagerten. Da kam Leflor und gab diesem Halunken, um ihn zu retten, seine Kleider. Infolgedessen hielten wir Walker für Leflor und ließen ihn fortreiten. Vermutlich ist er nach des Pflanzers Besitzung. Wir müssen darüber Gewißheit haben."

„Das sieht Leflor ähnlich. Er ist gleichfalls ein Schurke. Den Boten werde ich selber machen."

„Ihr selber? Herrlich! Wann könnt Ihr zurück sein?"

„Spätestens in einer halbe Stunde. Hat es Eile?"

„Sehr große Eile."

„So reite ich Galopp."

„Noch eine Frage: Gibt es hier vielleicht einen geschlossenen Wagen?"

„Wozu?"

„Einen Gefangenen fortzuschaffen."

‚Laßt Euch einen Baumwollkarren geben und ein Pferd dazu! Wo finde ich Euch bei meiner Rückkehr?"

„Im Herrenhaus bei Mister Wilkins."

Sie trennten sich. Adler ritt nach der einen, Sam Hawkens lief nach der entgegengesetzten Seite und erreichte das Herrenhaus binnen fünf Minuten. Dort standen gerade mehrere Baumwollkarren bereit, nach den Feldern zu gehen. Sam schob, ohne viel zu fragen, den schwarzen Fuhrmann beiseite, ergriff Peitsche und Zügel und fuhr im Galopp davon. Nach zwei Minuten schon hielt er vor der Hütte Bommys.

Auf sein Klopfen wurde ihm geöffnet. Die beiden Gefangenen lagen noch so, wie er sie verlassen hatte. Nun trug man Leflor auf den Karren; dann rafften die drei das ganze Laub des Lagers zusammen und schütteten ihn damit zu. Darauf fuhr ihn Sam Hawkens zum Herrenhaus. Bommy blieb gefesselt zurück. Mochten ihn seine Freunde später befreien; die drei Jäger kümmerte das nicht.

Will Parker und Dick Stone schritten neben dem Karren her.

„Was hast du denn eigentlich vor, Sam?" fragte Will halblaut.

„Dumme Frage! Der Bursche hat uns eins ausgewischt. Dürfen drei ausgewachsene Westmänner sich das gefallen lassen?"

„Nein. Hast recht. Wie aber wird's ablaufen?"

„Gut, sage ich euch. Kein Mensch kann uns deshalb ein Haar krümmen. Leflor hat sich verkleidet, um uns zu täuschen, und gerade diese Verkleidung dient zu unserer Rechtfertigung. Es geschieht ihm sein Recht, nicht mehr, eher zu wenig, wenn ich mich nicht irre."

Da kam ihm im Galopp ein Reiter nach; es war Adler. Sam Hawkens gab ihm einen Wink, überließ den Gefährten das Fuhrwerk und blieb mit Adler ein wenig zurück.

„Erledigt!" sagte Adler. „Ich traf den Verwalter noch vor der Besitzung. Walker ist zu Pferd und in der Kleidung Leflors angekommen; er bleibt längere Zeit da und hat zwei Gastzimmer des ersten Stocks erhalten. Zugleich ist infolge eines Zettels, den er von Leflor mitgebracht hat, ein reitender Bote abgeschickt worden, um schleunigst einen Rechtsbeistand aus Van Buren zu holen."

„Ah! Und weshalb?"

„Das wußte der Verwalter nicht."

„Hängt jedenfalls mit Walker zusammen. Bitte, reitet jetzt schnell zum Herrenhaus voraus und trommelt das ganze Volk zusammen! Ich will den Leuten eine Freude machen."

„Welche denn?"

„Das verrate ich noch nicht. Nur so viel will ich sagen, daß es sich um einen Gefangenen handelt."

Adler lachte schelmisch. „Ihr seid ein —"

„Pst!" unterbrach ihn Sam. „Eilt, damit ich das ganze Volk versammelt finde!"

Adler jagte weiter, während der Baumwollkarren im Schritt folgte.

Als die drei Jäger ihr Ziel erreichten, stand Almy mit ihrem Vater auf der Veranda, und davor waren alle Bewohner der Pflanzung, soweit sie nicht auswärts beschäftigt waren, versammelt. Die Schwarzen vollführten einen außergewöhnlichen Lärm. Sie standen vor einem Geheimnis und umdrängten den Wagen. Jeder wollte den besten Platz haben.

Sam Hawkens stellte sich auf einen Radkranz und hob die Rechte zum Zeichen, daß er reden wolle. Sofort trat vollkommene Stille ein.

„Hochgeehrte weiße und schwarze Ladies und Gentlemen! Ich stehe im Begriff, euch ein Beispiel von dem Gesetz der Savanne zu geben, damit ihr einmal erfahrt, wie es unter den Männern des fernen Westens zugeht. Wie heißt der dicke, schwarze Sir dort drüben mit dem Zylinderhut auf dem Kopf und dem großen Säbel an der wehrhaften Seite?"

„Es ist Master Scipio, der Nachtwächter der Negerhütten", antwortete jemand.

„Ich danke, Mylord! Also, mein teurer Master Scipio, wollt Ihr mir wohl einmal sagen, ob Ihr im Besitz einer Nase seid?"

Der nachtschwarze Wächter der Nacht fuhr sich schnell mit allen zehn Fingern in die Gegend des Gesichts, wo er seiner Überzeugung nach bis heute den erwähnten Gegenstand gehabt hatte. Als er ihn noch an Ort und Stelle fühlte, nickte er befriedigt und zog sein breites Maul noch fünfmal breiter.

„Yes. Master Scipio hat eine Nase."

Alles lachte, selbst die Herrschaften auf der Veranda.

„So sagt mir einmal, Master Scipio, ob Euch irgendein Mannskind die Nase nehmen darf."

„O no! Keiner sie mir nehmen darf."

„Wenn Euch nun jemand Eure Nase wegschnitte, was würdet Ihr tun, Master?"

„Ihm seine auch wegschneiden."

„Schön. Sehr gut. Das ist das Gesetz der Savanne. Auge um Auge. Nase um Nase! Leben um Leben! Nun seht uns hier stehen! Wir werden das ‚leaf of trefoil!' genannt, und jeder weiß, daß mit uns nicht zu spaßen ist. Wir hatten einen Kameraden, einen lieben Gefährten, der zugleich ein bekannter Westläufer war. Er wurde meuchlings erschossen von einem Dieb und Räuber, den er verfolgte. Wir suchten lange nach dem Mörder, jedoch vergeblich. Heute nun haben wir ihn gefunden. Master Scipio, was wird dieser Mann wohl hergeben müssen?"

„Sein Leben."

„Sehr schön! Master Scipio, Ihr seid zum Sheriff oder zum Lordmayor geboren."

„Yes, yes, Sir. Bin sehr klug, bin außerordentlich klug, wunderbar klug!" grinste der Nachtwächter.

„Dieser Mörder befindet sich hier auf dem Karren als Gefangener, und wir sind hier, um an ihm die ganze Strenge des Savannengesetzes zu vollziehen."

Der Jubel, der jetzt ausbrach, ist nicht zu beschreiben. Alles schrie, lachte und tanzte durcheinander. Almy wandte sich schaudernd ab.

„Pa, ist es möglich?"

„Ich glaube nicht recht daran. Wer weiß, was dieser Spaßvogel von Hawkens beabsichtigt. Er sieht gar nicht mordgierig aus."

Sam wandte sich jetzt an Will Parker.

„Will, hole den Verbrecher vom Wagen!"

Alle Hälse wurden länger, und alle Köpfe streckten sich, um den Missetäter zu sehen. Will langte unter das Laub, zog ihn hervor, warf ihn herab und löste ihm die Fesseln. Leflor blieb jedoch liegen; die Scham hielt ihn auf der Erde fest, damit man sein Gesicht nicht sehen sollte.

Vergebliches Beginnen.

Will ergriff ihn mit seinen Eisenarmen und hob ihn in die Höhe. Leflor bot einen kläglichen Anblick. Die Haare hingen ihm wirr um den Kopf, Kleidung und Wäsche waren in Unordnung. Zunächst traute niemand den eigenen Augen. Dann aber brach es los, erst einzeln und leise und endlich im Chor.

„Massa Leflor! Massa Leflor!"

„Ihr irrt!" rief Sam. „Das ist nicht Massa Leflor, sondern dieser Mann heißt Walker und mag dem Massa Leflor ähnlich sein."

„Nein, nein, ist Massa Leflor, Massa Leflor!" brüllte es rundum.

„Ruhig! Still! Wer dieser Schuft ist, das muß ich doch besser wissen als ihr! Ich bin es ja, der ihn gefangen hat!"

Wilkins hatte bisher geschwiegen. Jetzt trat er vor.

„Mister Hawkens, was ist das? Wie kommt Ihr dazu, Mister Leflor solche Gewalt anzutun?"

„Mister Leflor?" antwortete Sam Hawkens in aller Unschuld. „Verzeiht, das ist ein gewisser Walker-Hopkins, aber nicht Euer Nachbar. Seht seine Kleidung an!"

„Die könnte mich allerdings fast irreführen. Der Mann selber aber ist Mister Leflor."

„Unmöglich — er hielt sich doch bei Bommy versteckt, als wir ihn suchten!"

„Ihr müßt Euch irren!"

„O nein. Wir sind unser drei Leute mit sechs sehr guten Augen. Wir sahen den richtigen Leflor bei Bommy einkehren und dann wieder fortreiten. Was sagt Mister Adler zu diesem Mann?"

„Daß Ihr Euch irrt", antwortete Adler mit einem verdächtigen Zucken um die Mundwinkel. „Er ist Mister Leflor."

„Sonderbar! Wir können doch nicht blind gewesen sein. Wäre er Walker, könnten wir ihn nach dem Gesetz der Savanne kurzerhand erschießen; ist er aber wirklich Leflor, so müssen wir ihn freigeben. Er selber mag sich durch offene Antworten aus seiner Lage befreien. Also sagt einmal, wer Ihr seid!"

Leflor blieb stumm. Die Scham verschloß ihm die Lippen.

„Ihr seht, daß ich recht habe", rief Sam. „Wäre er Leflor, so würde er antworten. Wir werden ihn einfach dem Savannengericht übergeben — und innerhalb einer Viertelstunde wird er dort am Ast baumeln — Dick, gib die Stricke her!"

Jetzt erst machte der Gefangene eine Bewegung.

„Ich bin Leflor! Laßt mich los!" knirschte er.

Zugleich machte er einen vergeblichen Versuch, sich aus den starken Armen Wills zu befreien.

„Nicht zu schnell!" sagte Sam. „Wenn Ihr wirklich Leflor seid, so haben wir das Recht, zu erfahren, wie es kommt, daß wir Euch für den Verbrecher halten mußten."

Leflor antwortete nicht.

Da trat Wilkins ganz an den Rand der Veranda heran.

„Sam Hawkens, ich gebiete Euch, diesen Mann jetzt freizugeben!"

Das gutmütige Gesicht des Kleinen nahm auf einmal einen ganz anderen Ausdruck an. Seine Augen blitzten, seine Gestalt reckte sich.

„Verzeiht, Sir! Von einem Befehl ist gar keine Rede. Wir drei Männer gehorchen nur dem Gesetz, das in der Savanne herrscht. Würde diesem Gesetz der Gehorsam verweigert, so würden die menschlichen Untiere ihre Häupter erheben, und Sünde und Verbrechen wären die grausigen Beherrscher des Westens. Wir haben gestern abend einen langgesuchten Bösewicht ergriffen; er entkam uns wieder. Aber das ,Kleeblatt' hat den Halunken trotzdem erwischt. Hier steht er, den wir gefunden haben, in der Kleidung, in der wir ihn gestern ergriffen; seine Spur führte uns zu Bommys Haus. Er sagt, er sei ein anderer.

Gut! Wir wollen gnädig sein und ihn anhören. Er soll uns erklären, wie er in die Kleider des Verbrechers gekommen ist. Das können und müssen wir verlangen, und wenn uns irgend jemand hindern wollte, so mache ich kurzen Prozeß und jage diesem Schurken da vor allen Versammelten eine Kugel durch den Kopf. Ich heiße Sam Hawkens und verstehe, wenn es sich um einen elenden Bösewicht handelt, keinen Spaß, wenn ich mich nicht irre."

Er nahm wirklich die Büchse von der Schulter, richtete den Lauf nach Leflors Kopf und sah sich herausfordernd im Kreis um.

Der kleine Jäger spielte seine Komödie so gut, daß keiner zu widersprechen wagte. Es sah in der Tat so aus, als wollte Sam schießen. Almy zitterte, und doch vermochte sie es nicht, ihre Augen von der düsteren Gruppe abzuwenden.

„Nun, Mann, wie steht es?" fuhr Sam fort. „Wenn Ihr nicht antwortet, so nehmen wir an, daß Ihr Walker seid, und dann habt Ihr zum letztenmal im Leben die Hände und die Füße frei."

„Ich bin Leflor", zischte der Gefangene.

„Wie kommt Ihr in das Gewand des Bösewichts?"

„Ich habe den Anzug mit ihm getauscht."

„Wozu?"

„Ich wollte ihn retten."

„Warum habt Ihr ihm geholfen? Kanntet Ihr ihn?"

„Nein."

„Ihr lügt! Schämt Euch! Ihr wollt ein Gentleman sein und fürchtet Euch vor einem einfachen Präriejäger. Aber ich bin zu stolz, um mich länger mit Euch abzugeben. Ihr seid der Verbündete eines Mörders. Ihr habt seine Kleidung getragen und ihm zur Flucht verholfen; dadurch seid Ihr mit ihm verwechselt worden. Ihr habt Sam Hawkens ausgelacht und ihn betrügen wollen. Jetzt habt Ihr die Folgen davon. Schert Euch von dannen und hütet Euch in Zukunft vor Ähnlichem!"

Will ließ nunmehr die Hände von dem Gefangenen. Leflor tat einige schnelle Schritte vorwärts, blieb aber noch einmal stehen, drehte sich um und erhob den Arm.

„Merkt euch das, ihr alle! Ich komme wieder! Und dir, du Hund, werde ich zeigen, was Rache heißt!"

„So fang es sehr klug an!" grinste Sam Hawkens gutmütig. „Denn wenn du zum zweitenmal in meine Hände gerätst, so holt dich der Teufel, in dessen Raritätenkammer du schon lange gehörst!"

Leflor eilte mit langen Schritten davon, Sam dagegen schwang sich auf die Veranda hinauf, wo sich Wilkins jetzt allein befand, denn Almy war der letzten Demütigung Leflors doch noch ausgewichen. Dick und Will folgten ihm. Wilkins gab dem versammelten Volk einen Wink. Die Leute entfernten sich, während sie das aufregende Vorkommnis lärmend und schreiend bis ins kleinste erörterten. Der Neger ist ein Meister im Lärmmachen, und die Negerin übertrifft ihn noch.

Wilkins zeigte ein sehr ernstes Gesicht.

„Befandet Ihr Euch wirklich im unklaren über die Person Leflors?" fragte er.

„Nicht im geringsten!" lachte Sam.

„Ah, so habt Ihr ganz einfach eine Posse vorführen wollen?"

„Posse?" meinte der Kleine, nun auch seinerseits sehr ernst. „Zur Unterhaltung ist es wahrlich nicht gewesen."

„Notwendig war es auch nicht."

„Notwendig? Hm! Dieser Mann hatte sich unterstanden, mich zu übertölpeln; er mußte nun die Folgen tragen."

„Also nur die Rücksicht auf Euer, wie es scheint, stark entwickeltes Selbstgefühl hat Euch veranlaßt, dieses Schauspiel aufzuführen? Das muß ich tadeln, Mister Hawkens!"

„Tut, was Euch beliebt! Ich tue auch, was mir gefällt, nämlich meine Pflicht. Reden wir von etwas anderem! Wann wird das Militär eintreffen?"

„Nach Einbruch der Dunkelheit. Mister Adler hat durch den Boten bitten lassen, die Truppen möchten sich nicht blicken lassen."

„Das ist sehr klug. Auf diese Weise werden wir wie ein Wetter über die Kerle kommen. Ich hoffe, daß ihrer viele ins Gras beißen müssen."

Wilkins' Stirn zog sich zusammen.

„Ich hoffe das nicht. Ich will sie fangen und der Gerechtigkeit übergeben. Die Behörde mag dann mit ihnen nach den Gesetzen verfahren."

„Das klingt zwar sehr schön, taugt aber nichts. Die Kerle werden in Haft gesetzt und erhalten alle Gelegenheit, sich davonzumachen. Man kennt das schon. Eine Kugel vor dem Kopf, und zwar sofort, das ist die beste Medizin gegen diese Pest, wenn ich mich nicht irre."

Wilkins machte eine mißbilligende Handbewegung.

„Nach dem, was Ihr da sprecht, muß ich euch drei dringend ersuchen, euch heute abend an dem Handel gar nicht zu beteiligen."

„Ist das Euer Ernst?" fragte Sam erstaunt. „Hoffentlich wird der Offizier anders denken als Ihr, Sir. Und hoffentlich wird er mir auch seine Leute gegen Walker zur Verfügung stellen."

„Was ist Eure Absicht dabei?"

„Walker befindet sich bei Leflor. Ich darf nicht eindringen;

das Militär aber hat die Macht dazu. Ich werde mir durch die Soldaten den Kerl von Leflors Pflanzung holen lassen."

„Wenn diese Feindseligkeiten von hier ausgehen, werde ich in Leflor einen unversöhnlichen Feind haben. Das möchte ich nicht. Auf meinen Einfluß hin wird sich der betreffende Offizier nicht zum Vollzieher Eurer persönlichen Rache hergeben."

Wilkins hatte das in scharfem Ton gesagt. Er fürchtete die Rache Leflors. Sam Hawkens seinerseits war auch sehr erbittert. Aber er verstand besser, sich zu beherrschen.

„Ihr werdet also den Offizier bewegen, Walker bei Leflor in Ruhe zu lassen?" fragte er ruhig.

„Ja. Und ich bin überzeugt, daß ein Wort meinerseits dazu genügen wird."

„Jedenfalls. Ich besitze ja gar keinen Einfluß. Also heute abend dürfen wir nicht mittun, und Walker wird auch nicht verhaftet? Sir, ich bin ein einfacher Mann, aber unsereiner wird im Kampf mit allen möglichen Gefahren gewitzigt. Ich habe geglaubt, das Richtige zu tun; haltet Ihr Euch aber für erfahrener, so wäre es Zudringlichkeit von mir, wenn ich Euch weiter belästigen wollte. Ich wünsche, daß Ihr niemals wieder eines fremden Rats bedürfen möchtet. Denkt zuweilen an Sam Hawkens, der es gut mit Euch gemeint hat, wenn ich mich nicht irre! Gott sei bei Euch!"

Damit hängte Sam sein Gewehr über den Rücken, sprang von der Veranda hinab und schritt in gerader Richtung über den offenen Platz hinweg den Bäumen zu.

„Good bye!" sagte Dick und stieg mit einem einzigen Schritt seiner langen Beine hinunter.

„Farewell!" knurrte Will in grimmigem Ton und stelzte ebenso davon.

Die drei Jäger waren mit dem Pflanzer allein gewesen; Adler war mit den Negern weggegangen, um ihnen ihre Beschäftigung anzuweisen. Jetzt stand Wilkins allein und betroffen da. Das hatte er nicht beabsichtigt. Fortgehen sollten sie nicht, am allerwenigsten in dieser Weise. Sie sollten ja bleiben, um seine Dankbarkeit zu erfahren. Denn sie waren gekommen, ihn vor den Bushrangers zu warnen; sie waren seine Retter, und jetzt fühlten sie sich von ihm beleidigt. Das durfte nicht sein.

„Mesch'schurs!" rief er ihnen nach. „Mesch'schurs, wohin wollt ihr? So bleibt doch da!"

Aber sie hörten nicht auf ihn. Keiner drehte sich um. Schon war Will als der letzte hinter den Bäumen verschwunden.

Da eilte der Pflanzer ihnen nach, geradewegs, wo sie auch gegangen waren, und lief weiter und immer weiter. Aber er suchte sie und rief ihre Namen umsonst. Er kannte die Art und

Weise dieser Männer nicht: er hatte sie fortgewiesen, ob im Ernst oder aus Übereilung, das war gleich; sie sollten gehen, und so gingen sie. Daß sie im selben Augenblick, in dem er sie nicht mehr sehen konnte, scharf im rechten Winkel von ihrer ersten Richtung abgewichen waren, ahnte Wilkins nicht. Da er immer in gerader Linie weiterlief, war es ihm unmöglich, sie einzuholen, zumal er auch kein Westmann war, um ihre Spuren lesen zu können.

Endlich dachte er an Adler und beeilte sich, ihn aufzusuchen. Als er ihn nach längerer Zeit traf, klagte er ihm sein Mißgeschick.

Adler zuckte bedauernd die Schultern.

„Zu spät!" sagte er. „Sie sind gegangen und wollen nicht wiederkommen, Sir. Wenn solche Männer das wollen, so lassen sie sich nicht finden."

„Gibt es denn keine Möglichkeit, sie wieder zu erwischen?"

Adler sann eine kurze Weile nach.

„Einen Weg gibt es, sie wiederzufinden. Ob sie jedoch zurückkehren, das möchte ich bezweifeln. Sie haben es auf Walker abgesehen. Er befindet sich bei Leflor. Folglich werden sie das Haus Leflors so streng bewachen, daß es Walker möglichst schwer wird, zu entrinnen. Dort also müßte man sie suchen."

„Wollt Ihr das tun? Vielleicht findet Ihr sie, bevor sie da hinüberkommen."

„Ich will es wünschen, glaube es aber nicht."

Nach wenigen Minuten ritt Adler davon. Als er zurückkehrte, war der Abend schon hereingebrochen. Er hatte keinen der drei gefunden.

Andere aber waren gekommen: eine Abteilung Vereinigte-Staaten-Dragoner unter einem Oberleutnant. Sie hatten ledige Pferde mitgebracht, um etwaige Gefangene leichter fortschaffen zu können.

Es wurde Kriegsrat gehalten, und da merkte Wilkins, welchen Wert die Hilfe Sam Hawkens' gehabt hätte. Adler war der einzige, der als Farmaufseher einigermaßen Erfahrung in den Dingen des Wilden Westens besaß. Sein Rat wurde auch schließlich als der beste angenommen.

Er selbst lag zur rechten Zeit, durch die Dunkelheit geschützt, im Busch, unweit der Tür der Blockhütte, und beobachtete, wie die erwarteten Bushheaders eintrafen, einzeln, einer nach dem anderen; und erst, als er meinte, daß sie alle beisammen wären, kroch er zu den Dragonern zurück, die unweit in Deckung hielten, und führte sie zur Hütte.

Jetzt erschallten dumpfe Schläge durch die Nacht. Es wurden

starke Pfähle gegen die Tür und die Läden gestemmt und in den Boden eingerammt, an Tür und Läden aber festgenagelt. Von drinnen war zunächst ein verworrener Lärm zu vernehmen; dann wurde es still.

Nachher loderten Feuer rund um die Hütte auf, um jeden sichtbar zu machen, der sich auf irgendeine Weise Ausgang verschaffen wollte. Hinter diesen Feuern wuchs irgend etwas schwarz aus dem Boden. Was es war, konnten die Belagerten durch ihre kleinen Gucklöcher, die sie sich gemacht hatten, nicht erkennen. Aber als der Morgen tagte, zeigte es sich als ein rund um die Hütte errichtetes, aus Reisigbündeln und allerlei Holzwerk bestehendes Verhau mit zahlreichen kleinen Öffnungen für die Gewehre. Aus der ganzen, weiten Umgegend kam alt und jung herbei, um dem eigenartigen Schauspiel der Belagerung einer Bushheaderbande beizuwohnen.

Die Eingeschlossenen erkannten bald, daß Widerstand Wahnsinn gewesen wäre. Sie hätten dadurch ihr Los nur verschlimmert. Ergaben sie sich, so war immerhin noch Hoffnung vorhanden: dem einzelnen konnte nichts bewiesen werden, er mußte freigesprochen werden. Wasser gab es nicht. Lebensmittel auch nicht, und so kam es denn, daß sie sich gegen Abend auf Gnade und Ungnade ergaben.

Das war ein Fang, über den die Bewohner der weitesten Umgebung jubelten. Es war dem Unwesen für lange Zeit ein Ende gemacht, und schnell sprach es sich herum, daß man diesen Erfolg nur dem ‚Kleeblatt' zu verdanken habe.

Diese Nacht der Belagerung war auch an einem anderen Ort durchwacht worden. In einem mit eisernen Läden versehenen Zimmer des Erdgeschosses saß Leflor mit dem am Abend angekommenen Notar und Walker-Hopkins bei emsiger Prüfung, Schreiberei und Berechnung.

Der Notar erklärte das Geschäft als vollständig gefahrlos für Leflor, und gegen Morgen war es abgeschlossen. Walker erhielt eine bedeutende Summe, bestehend aus Bankscheinen und Wechsel auf gute Häuser.

Er befand sich in sichtbarer Aufregung. Sein Kopf wandte sich immer zur Tür, als sehne er sich schnell fort.

„Jetzt könnt Ihr das Leben genießen, Sir", meinte der Notar. „Ihr habt ein gutes Geschäft gemacht. Uns aber steht ein Prozeß bevor, dessen Ausgang für uns zwar bestimmt günstig sein wird, dessen Dauer jedoch als eine sehr unangenehme Beigabe betrachtet werden muß. Ihr hingegen könnt sofort in die Tasche greifen."

„Das sagt Ihr, aber in Wirklichkeit sieht's anders aus. Draußen lauern drei Hunde, die bereit sind, sich auf mich zu werfen, sobald sie mich erblicken."

„Bittet die Behörde um Schutz!"

„Kann mir nichts nützen. Die Behörde wird mich allerdings sicher hier aus dem Haus bringen. Aber die drei Trapper werden dadurch erst recht aufmerksam gemacht. Dann folgen sie mir bis dorthin, wo die Behörde mich mir selber überläßt, und fallen über mich her."

„Wie wollt Ihr aber sonst fort?"

„Am sichersten wäre eine Art und Weise, in der ich ihnen nicht auffallen könnte. Vielleicht eine Verkleidung."

„So versucht es doch! Das scheint auch mir die beste Lösung. Ihr habt dunkles Haar, Master Walker. Laßt es kurz schneiden und wollig kräuseln. Dann schwärzt die Arme und das Gesicht und geht als Neger von hier weg: Das ist das einfachste, was es nur geben kann."

„Meine Gesichtszüge sind nicht nach Negerart."

„Dann verkleidet Euch als Negerin! Die schwarzen Ladies haben durchschnittlich regelmäßigere Züge als die dunklen Gentlemen. Gibt es nicht einen treuen Schwarzen, auf den Ihr Euch fest verlassen könnt, Master Leflor?"

„Mehrere!"

„So gebt dem Flüchtling, wenn er als Negerin geht, einen männlichen Begleiter mit, damit die Sache noch mehr Glaubwürdigkeit bekommt. Der Gentleman mag einen Sack tragen und die Lady einen Korb. Es sollte mich sehr wundern, wenn sich die Belagerer um dieses Paar kümmerten." — —

Es war drei Stunden nach Mitternacht. Da mußten die schwarzen Arbeiter hinaus auf die Felder. Erst gingen sie in einem dichten Haufen. Dieser teilte sich nach und nach in Gruppen; die Gruppen lösten sich dann weiter auf bis zu einzelnen Paaren. Eins der Paare schritt langsam am Rand des Reisfeldes zum Fluß hinab. Es waren ein Neger und eine Negerin.

Er trug eine Angelrute in der Hand und sie einen großen irdenen Krug auf dem kurzwolligen Kopf. Sie flüsterten miteinander, während ihre Augen verstohlen suchend nach allen Seiten schweiften.

Am Fluß setzten sich beide ans Ufer nieder. Der Neger befestigte den Köder an dem Haken und ließ ihn ins Wasser fallen. Sie hatte den Krug mit Wasser gefüllt, neben sich gestellt und begann aus schnell gepflückten, umherstehenden Blumen einen Kranz zu winden, den sie sich, als er fertig war, auf den Kopf setzte.

Unterdessen unterhielten sie sich weiter, und zwar die Negerin nur mit leiser Stimme. Da raschelte es in den Büschen. Ein

Mann hatte dort gesteckt. Als er sich jetzt aufrichtete, erkannte die Negerin in der langen Gestalt, dem eigentümlichen Anzug und den verwetterten Gesichtszügen Dick Stone, den Trapper.

Er kam langsam näher.

„Good day! Was tut ihr da?"

„Neger fangen Fische", antwortete der Angler. „Massa will carps[1] essen."

„Ist dies hier dein Weib?"

„Weib? Nein. Diese ist Mally, und Mally wird sein meine Frau."

„Also deine Braut?"

„Yes, Braut, Massa. Mally kocht in Küche viel große, fette carps für Massa."

„Habt ihr Gäste?"

„O yes! Zwei Gäste."

„Wer ist das?"

„Massa Notary und Massa — Massa — Pluto hat vergessen."

„Vielleicht Walker?"

„Yes, yes! Massa Walker."

„Was tut Master Walker?"

„Hat gegessen. Wird fahren im Cab, o nein, sondern in groß schöne Kutsche."

„Wohin?"

„Pluto nicht wissen. Massa Walker fahren mit Massa Notary."

„Vielleicht nach Van Buren?"

„Yes, yes! Van Buren."

„Wann?"

„Jetzt bald anspannen."

„Schön. Wünsche euch viel Glück. Guten Fang!"

„Dank, Dank! Massa auch mach guten Fang, großen carp!" Pluto sagte es treuherzig und mit aufrichtiger Miene. Aber als der Jäger fort war, lachte er vor sich hin.

„Trapper wird keinen Fang machen", sagte er zu seiner Braut Mally, „Trapper geht und holen die beiden anderen; dann Männer sich aufstellen in Richtung nach Van Buren. Jetzt Massa sein sicher. Pluto wird Boot holen, und Massa gehen ans andere Ufer. Dann Massa sein gerettet."

Als am Abend der schwarze Kutscher Leflors, der den Notar nach Van Buren gefahren hatte, zurückkehrte, berichtete er, daß er unterwegs von drei bewaffneten Männern, zwei langen und einem kleinen, angehalten worden sei. Sie hatten ins Innere des Wagens geblickt, ihn aber unbelästigt weiterfahren lassen, als sie sich überzeugt hatten, daß nur der Notar drin saß.

[1] Karpfen

Diese drei Männer wurden noch mehrere Male in der Gegend beobachtet, bis nach einigen Tagen der schwarze Pluto wieder fischend am Fluß saß und Dick sich abermals zu ihm gesellte. Der Jäger fragte den Schwarzen nach verschiedenen Dingen, erhielt aber nur kurze und mürrische Antworten.

„Du hast heute schlechte Laune. Es fehlt dir wohl Mally, deine Braut?"

„Mally? Oh, Pluto mag nichts wissen von Mally."

„Warum? Hat sie dich betrogen?"

„Sehr groß Betrug. Massa Leflor auch sein großer Betrug."

„Wieso denn?"

„Massa mir geben Mally neu auf Pflanzung. Mally meine Braut. Ich mit Mally fisehen — hier, da!"

„Wohl als ich mit euch sprach?"

„Yes, yes, Massa! Ich geben will Mally einen Kuß, Mally mir gibt Ohrfeige und springen hier ins Wasser."

„Die war nicht allzusehr verliebt in dich, wie es scheint. Was tat sie dann?"

„Schwimmen hinüber über Fluß. Drüben ausziehn Weiberkleid. Darunter Männerkleid. Nachher sie waschen — sein gar nicht mehr Braut, nicht mehr Mally. Schwarze Haut weggewaschen."

Der Jäger machte eine Bewegung des Erstaunens. Das hatte er nicht erwartet.

„Kanntest du das Gesicht?"

„Sehr viel! War Massa Walker."

„Walker! Da soll doch sofort — — Mensch, Schwarzer, hast du denn fest geglaubt, daß er ein Weib war?"

„No. Hab nicht geglaubt. Pluto genau wissen, daß Mally nicht Mädchen. Mally sein gewesen Massa Walker. Pluto haben Massa Walker anmalen und über Fluß schaffen."

Bevor sich der Jäger nur recht in den Inhalt dieser Worte hineinzudenken vermochte, war der verschlagene Pluto von seinem Sitz aufgeschnellt, hatte Angelrute und Topf ergriffen und lief eilig davon.

Dick stand noch lange Zeit mit offenem Mund am Fluß und starrte in die Richtung, die der Neger genommen hatte. Seit dieser Stunde aber ließen sich die drei Jäger in der Gegend von Wilkinsfield nicht mehr blicken.

Am Morgen nach der Festnahme der Bushheaders verließ Leflor seine Pflanzung, jedoch nicht zu Wagen, sondern zu Fuß. Er ging langsam und nachdenklich in der Richtung nach Wilkinsfield, von wo er kürzlich zweimal in so verhängnisvoller Weise fortgewiesen worden war. Er war sehr sorgfältig gekleidet. Auf seinen Zügen prägten sich Spannung, Schadenfreude und Rachgier aus.

Der Schwarze, der unter dem Tor stand, wußte genau, daß ein Besuch Leflors nicht mehr erwünscht war. Darum wunderte er sich jetzt, als er ihn kommen sah; er stellte sich so in die Mitte des Eingangs, daß der Pflanzer ohne Zusammenstoß nicht an ihm vorübergelangen konnte.

„Ist dein Herr zu Haus?" fragte Leflor.

„Weiß nicht!" entgegnete der Schwarze, ohne auch nur einen Zoll breit zur Seite zu weichen.

„Aber ich weiß es. Pack dich!"

Zugleich gab er dem Schwarzen mit dem Ellbogen einen Stoß und schritt zum Tor hinein. Der Neger rieb sich die Seite, blickte ihm nach und brummte vor sich hin.

Leflor stieg die Treppe hinauf, dann ging er durch den Vorraum und trat, ohne anzuklopfen, ins Zimmer des Hausherrn.

Wilkins saß soeben mit dem Oberaufseher am Tisch, in ein angelegentliches Gespräch vertieft. Beide erstaunten sehr, als sie den Eintretenden erkannten, und während Adler sitzen blieb, stand Wilkins auf.

„Mister Leflor? Wie kommt Ihr herein? Niemand meldete Euch."

„Ich fand einfach keinen Menschen, der mich hätte melden können."

Leflor setzte sich mit diesen Worten nieder, wobei er nicht einmal den Hut abnahm. Das war geradezu eine Beschimpfung. Wilkins, der den Ausbruch einer offenen Feindseligkeit zwischen sich und Leflor nicht wünschte, wußte nicht, wie er sich jetzt verhalten sollte. Adler aber erhob sich langsam vom Stuhl und trat näher.

„Mister Wilkins, wünscht Ihr, daß ich einige Diener rufe?"

„Nein, nein, Sir!"

„Oder ist es Euch recht, wenn ich diesen Flegel selber hinauswerfe? — Nehmt Euern Hut ab, Sir — sonst mache ich den Lehrer, der einem Buben zeigt, wie man es anzufangen hat, höflich zu sein!"

Adler trat noch einen Schritt auf Leflor zu. Nun nahm er doch den Hut ab.

„Wenn es Euch Spaß macht, Mister Wilkins — meinetwegen. Später werdet Ihr desto höflicher gegen mich sein. Diesen Herrn Aufseher aber werde ich hinauswerfen lassen."

Adler zuckte verächtlich die Achseln. Wilkins winkte ihm beruhigend zu und wandte sich nun selber an Leflor.

„Ich kann nicht begreifen, daß Ihr Euch nach dem, was geschehen ist, so rasch entschlossen habt, mir einen Besuch zu machen."

„Ich habe alle Veranlassung dazu. Auch wünsche ich, daß die Miß geholt wird. Ich bringe nämlich Grüße von einer Person, die Miß Almy sehr nahesteht."

„Es gibt nur eine einzige Person, von der man das sagen könnte, und die bin ich."

„Sollte es wirklich sonst niemand geben? Ich denke doch, ein Verlobter müßte der Dame nahestehen, die bestimmt ist, seine Frau zu werden."

Wilkins horchte auf.

„Ihr sprecht von einem Verlobten Almys? Wer wäre das?"

„Ein gewisser Artur."

Als Wilkins diesen Namen hörte, zuckte er zusammen.

„Artur? Herrgott! Wen meint Ihr?"

„Ihr habt doch wohl einen Neffen, der diesen Namen trägt?"

„Freilich. Wie kommt Ihr aber dazu, ihn den Verlobten meiner Tochter zu nennen? Er sollte es allerdings werden, aber niemand wußte davon. Selbst Almy hat bis heute keine Ahnung davon. Ich kann mir nicht denken, auf welche Weise Ihr zu diesem Geheimnis gekommen seid."

„Und doch ist das sehr leicht zu vermuten. Ich habe Euch ja gesagt, daß ich Grüße bringe."

„Doch nicht etwa von Artur selber?"

„Von ihm selber. Und zwar bringe ich nicht nur Grüße, sondern sogar Schriftstücke, die für Euch im höchsten Grad wichtig sein werden."

„Schriften von ihm, Sir? So lebt er?"

„Ich weiß das nicht genau. Ich weiß nur, daß er der Verfasser der betreffenden Schriftstücke ist. Sie sind in meine Hände gekommen, und ich halte es für meine Pflicht, Euch davon zu benachrichtigen."

„Darf ich sie lesen?"

„Natürlich. Aber ich hatte gebeten, es möchte nur in Gegenwart Eurer Tochter geschehen."

„Gut! Ich werde sie holen."

Wilkins ging und kehrte nach kurzem mit Almy zurück, die sichtlich widerwillig der Aufforderung gefolgt war.

„Hier ist meine Tochter", sagte er. „Jetzt redet!"

Während sich Adler erhob, blieb Leflor unhöflich sitzen.

„Habt Ihr der Miß gesagt", entgegnete er, „worum es sich handelt?"

„Sie weiß, daß Ihr Grüße von Artur bringt."

„Weiß sie auch, daß er ihr Verlobter ist?"

„Noch nicht. Ich will ihr aber —"

„Artur mein Verlobter?" fiel Almy ihrem Vater in die Rede. „Aber Pa, das kann doch nichts als ein Irrtum sein!"

"Wir hatten unsere guten Gründe, es dir gegenüber bisher zu verschweigen. Als du mit Artur versprochen wurdest, warst du noch zu klein, um zu begreifen, was das zu bedeuten hat. Darum wurde dir nichts gesagt. Außerdem wollte ich deine Regungen nicht beeinflussen. Ich war überzeugt, daß du deinen Vetter ganz von selber lieben würdest."

"Wie nun, wenn Eure Tochter ihren Vetter nicht geliebt hätte?" fragte Leflor spöttisch.

"Nun, so hätte er wohl eine andere geheiratet."

"Und sein Vermögen?"

Der Blick Leflors war jetzt mit durchdringender Schärfe auf Wilkins gerichtet. Dieser wurde um einen Schatten bleicher.

"Sein Vermögen hätte ich ihm herauszahlen müssen."

"Vielleicht wäre es zu bedeutend gewesen, und diese Leistung hätte Eure Kräfte überstiegen."

"Ganz gewiß nicht. Jedermann weiß, daß ich mit meinem Bruder diese Pflanzung in Gemeinschaft bedaß. Sie gehörte ihm zur Hälfte. Nach seinem Tod ging diese Hälfte natürlich auf Artur, seinen einzigen Sohn, über."

"Ja, ja, wie einfach diese Angelegenheit steht oder vielmehr zu stehen scheint!"

"Wie soll sie anders sein? Was wollt Ihr damit sagen?"

Adler hatte sich, seit Almy eingetreten war, nicht wieder gesetzt. Die Arme über der Brust verschränkt, beobachtete er Leflor. Jetzt hielt er es für seine Pflicht, sich einzumischen.

"Bitte, Mister Wilkins, laßt Euch doch von diesem Mann nicht an der Nase herumziehen! Er weiß irgend etwas von Euch und gibt Euch jetzt das Gift tropfenweise ein."

Leflor lachte höhnisch auf.

"Welch ein scharfsinniger Mensch dieser Aufseher ist!" erwiderte er. "Er hat ganz richtig geraten. Ich werde es also kurz machen und Euch eine Geschichte erzählen. Also: Es waren einmal zwei Brüder, die ganz gleiche Mittel besaßen. Sie kauften eine Pflanzung in Gemeinschaft und zahlten jeder die Hälfte des Preises. Beide hatten politisch verschiedene Ansichten. Als der Bürgerkrieg in den Vereinigten Staaten ausbrach, hielt es der eine mit dem Norden und der andere mit dem Süden."

Der Erzähler machte eine Pause und blickte Wilkins scharf an. Der Farmer saß mit bleichem Gesicht und zusammengebissenen Zähnen in seinem Stuhl. Er schwieg.

"Die Brüder zankten sich freilich nicht wegen ihrer politischen Gesinnung, denn sie vertrugen sich gut. Der eine, der es mit dem Norden hielt, machte seine Hälfte flüssig und unterstützte damit die Regierung des Nordens. Sein Geld wurde alle. Als der Krieg zu Ende war und der Norden gewonnen hatte, dachte man nicht an die Opfer, die der Mann gebracht hatte. Eigentlich war er nun ein Bettler. Er hatte es dem Bruder schwarz auf weiß geben müssen, daß er sein Vermögen bereits erhalten habe. Der Bruder aber hatte Mitleid und sagte: ‚Laß das Verlorene fahren! Wir haben noch Geld genug. Ich habe einen Sohn, du hast eine Tochter. Beide mögen sich heiraten, so kommt meine Hälfte, die uns ja übriggeblieben ist, auch dir zugute.' So sprach der Bruder, dann — starb er."

Leflor hielt abermals inne. Wilkins hatte den Kopf auf die Lehne des Stuhls gelegt. Jetzt stand er langsam auf und starrte Leflor an.

„Woher wißt Ihr das?" fragte er mit bebender Stimme. „Niemand ahnte etwas davon. Wer hat es Euch erzählt?"

„Ich bin noch nicht fertig. Es war nämlich nicht nur Euer Anteil, den Ihr Euch auszahlen ließet. Ihr stelltet auch noch Papiere auf Euern Bruder aus im Wert von dreißigtausend Dollar, und er löste sie ein. Stimmt das?"

„Es ist wahr. Aber meint Ihr etwa, daß diese Papiere gefälscht waren?"

„O nein. Es ist alles höchst ehrlich zugegangen!" Und in höhnischer Aufrichtigkeit fügte Leflor hinzu: „Ehrlicher, als mir jetzt lieb ist!"

„Dann begreife ich aber nicht, wie Ihr das alles erfahren konntet."

„Sehr einfach: Euer Neffe hat es ausgeplaudert."

„Das ist nicht wahr!"

„Oho — wollt Ihr mich einen Lügner schimpfen? Wer soll es denn sonst gesagt haben? Euer Bruder starb, und Ihr selber habt Euch natürlich gehütet, etwas zu verraten. Wer bleibt da noch übrig, als Euer Neffe?"

„Ich kann es nicht glauben."

„War er denn einverstanden, Almy auch wirklich zu heiraten, wie es der Wille der Väter war?"

„Er hat sich niemals geweigert."

„Aber wirklich geliebt hat er sie wohl auch nicht, sonst hätte er es unterlassen, Euch diesen Streich zu spielen."

„Diesen Streich? — Was heißt das? — Ich habe nicht die mindeste Ahnung, was Ihr meinen könntet."

„So tut es mir leid, Euch unangenehm überraschen zu müssen."

Leflor stand langsam auf.

„Was habt Ihr mir mitzuteilen?" forschte Wilkins.

„Nichts weiter, als daß ich gekommen bin, mich euch als den gegenwärtigen Besitzer von Wilkinsfield vorzustellen, Mister Wilkins und Miß Almy."

Damit machte Leflor den beiden Genannten eine spöttische Verneigung. Almy blieb still. Sie blickte nur besorgt ihren Vater an. Dieser hielt die Augen starr auf Leflor gerichtet. Seine Lippen bebten, seine Hände zuckten.

„Vater, mein Vater! Fasse dich!" bat Almy und schlang die Arme um ihn.

Der Pflanzer wehrte sie von sich ab.

„Laß mich! Entweder haben wir falsch verstanden, oder es liegt sonst ein Irrtum vor, der sich aufklären muß."

„Ein Irrtum ist nicht vorhanden. Aufklärung aber könnt Ihr allerdings haben", entgegnete Leflor, indem er seine Brieftasche zog. „Ich besitze einige Schriftstücke, deren Inhalt Euch fesseln dürfte. Aber ich weiß nicht, ob ich sie Euch anvertrauen kann?"

„Ich gebe sie zurück, sobald ich sie gelesen habe."

„Euer Ehrenwort?"

„Ja."

„Hier, seht Euch zunächst einmal diese drei Anweisungen an, jede auf zehntausend Dollar, zahlbar an Euern Bruder, ausgestellt von Euch!"

Wilkins betrachtete die Papiere genau.

„Ja, sie sind es", sagte er.

„Hier Eure eigene Erklärung und Unterschrift, daß Euer Bruder Euch Euern Anteil an der Pflanzung und noch dreißigtausend Dollar darüber ausgezahlt hat, vom Notar beglaubigt. Stimmt's?"

„Ja."

„Ihr gebt also zu, daß die Pflanzung nun Euerm Neffen Artur Wilkins gehörte, und daß er das Recht hat, sie zu verkaufen, an wen es ihm beliebt?"

„Das Recht hat er; aber ich bin überzeugt, daß er diesen Schritt niemals tun wird, ohne es mir zu melden."

„Da irrt Ihr. Er hat es getan."

„Wo?"

„In Santa Fé."

„An wen?"

„An einen Amerikaner namens Walker. Ihm habe ich die Pflanzung wieder abgekauft und sogleich bar bezahlt."

„Ihr seid ja nie in Santa Fé gewesen."

„Er war bei mir. Hier habt Ihr die Urkunde über den Kauf in Santa Fé. Prüft sie! Ihr werdet nichts Unrechtes darin finden."

Wilkins nahm das Schriftstück, prüfte jede Zeile und jedes Wort. Dann ließ er es auf den Tisch fallen und sank in den Sessel zurück.

„Es ist unglaublich und dennoch wahr! Er hat die Pflanzung verkauft mit allem, allem, allem!"

"Ist das auch keine Täuschung?" fragte Adler.

"Nein. Der Kauf ist vor dem Mayor abgeschlossen worden. Dieser hat die Rechte Arturs genau geprüft und als unanfechtbar erklärt. So unanfechtbar sind nun auch die Rechte jenes Walker."

"Walker? Ah! Ist es vielleicht der gleiche Walker, den Mister Leflor gestern gerettet und mit nach Haus genommen hat?"

"Ganz derselbe", lachte Leflor. "Bei mir dann habe ich ihm die Pflanzung abgekauft. Vorhin ist er schon wieder abgereist."

"Könnt Ihr denn beweisen, daß Ihr ihm die Pflanzung auch wirklich abgekauft habt?"

"Zur Genüge. Hier ist der Vertrag!"

Wilkins prüfte auch dieses Schriftstück. Es war genau nach Vorschrift abgefaßt. Selbst der geriebenste Anwalt hätte nicht den geringsten Fehler darin zu entdecken vermocht.

Leflor nahm das Schriftstück zurück.

"Was gedenkt Ihr zu tun?" fragte er.

"Ich werde einen Rechtsbeistand fragen."

"Gut. Ich gebe Euch eine volle Woche Zeit. Habt Ihr bis dahin noch keinen Entschluß gefaßt, so mache ich meine Ansprüche bei der Behörde geltend. Mit dieser Angelegenheit sind wir fertig. Die Pflanzung gehört mir. Wie aber steht es denn nun eigentlich mit den dreißigtausend Dollar?"

"Die bin ich meinem Neffen schuldig."

"Nicht mehr. Er hat die Schuld an jenen Walker verkauft. Von diesem habe ich sie gestern erworben. Hier, lest einmal diese Schriften!"

Wilkins las.

"Es ist wahr. Er hat auch diese Schuld verkauft."

"Das möchte ich doch nicht glauben", meinte Adler. "Ist er denn in Unfrieden von Euch geschieden?"

"Nein, ganz im Gegenteil."

"So ist anzunehmen, daß er aus irgendeinem uns unbekannten Grund die Pflanzung verkauft hat, vielleicht für eine sehr bedeutende Summe. Die Schuld hätte er dann aber nur in der Absicht verkaufen können, Euch vollständig zu vernichten. Das tut kein Neffe seinem Oheim an, mit dem er in Frieden gelebt hat!"

"Es ist aber seine Handschrift!"

"Und dennoch glaube ich nicht daran."

"Ob Ihr daran glaubt oder nicht", fiel Leflor in scharfem Ton ein, "das ist hier ganz gleichgültig! Ihr werdet jedenfalls gar nicht gefragt werden."

Adler maß ihn mit einem verächtlichen Blick.

„Es mag Euch sehr wohl tun, hier in dieser Weise auftreten zu können. Ihr meint, in Wilkinsfield Herr zu sein, und aus diesem Grund..."

„... und aus diesem Grund werdet Ihr der erste sein, den ich zum Teufel jage! — Ja, Sir, so ist's!"

„Daß Ihr das beabsichtigt, davon bin ich überzeugt; aber wenn Ihr den Fuß hierher setzen solltet, bin ich längst schon fort."

„So macht Euch schleunigst auf die Beine, denn ich komme sehr bald! Selbst wenn ich prozessieren muß, werde ich schon heute Schritte tun, mein Guthaben von dreißigtausend Dollar einzutreiben. Drüben in Euerm guten Deutschland mag der Gläubiger keine Zwangsmittel besitzen; hier aber bei uns gibt es zum Glück noch die Schuldhaft. Wenn Mister Wilkins mich nicht bezahlt, lasse ich ihn einstecken. Und wenn er im Gefängnis sitzt, werde ich einen Zwangsverwalter einsetzen und Euch fortjagen lassen."

„Nur nicht so eilig!" lachte Adler grimmig. „Bevor Ihr von Schuldhaft redet, müßt Ihr daran denken, daß Eure Ansprüche bezüglich der dreißigtausend Dollar nicht gerichtlich anerkannt sind. Wenn Mister Wilkins auf meinen Rat hört, so zeigt er Euch jetzt die Tür."

„Meint Ihr? Schaut doch einmal an, wie weise Ihr seid! Auch ich habe einen guten Rat für ihn, der aber tausendmal besser ist als der Eurige."

Wilkins war von dem, was er erfahren hatte, beinahe betäubt. Als er jetzt die letzten Worte Leflors vernahm, glaubt er, Rettung finden zu können.

„Welchen Rat?" fragte er.

„Sucht nach einem reichen Mann für Miß Almy, der die Mittel besitzt, die Pflanzung zu erwerben!"

„Würdet Ihr dann bereit sein, sie wieder zu verkaufen, falls sie Euch zugesprochen würde?"

„Nein, im ganzen Leben nicht."

„Nun, so könnte sie auch der reichste Schwiegersohn nicht erwerben."

„Ist auch nicht nötig. Ihr müßt nur einen wählen, dem die Pflanzung schon gehört."

„Ah, das ist deutlich genug! Ihr kommt und nehmt mir die Pflanzung. Dazu gebe ich Euch noch dreißigtausend Dollar und meine Tochter! Glänzend!"

„Ihr zögert? Ich habe Verstand genug einzusehen, wie unangenehm Euch diese Angelegenheit ist. Aber wenn Ihr Einsicht habt, so werdet Ihr auch erkennen, daß mein Rat der beste ist."

Wilkins dachte in dieser Minute nicht an sich. Aber die Vorstellung, sein geliebtes einziges Kind jäh in Armut gestürzt zu sehen, verwirrte ihn. Er glaubte, hier nicht das letzte Wort sprechen zu dürfen, das Almy von Haus und Hof jagte. Darum wandte er sich an seine Tochter.

„Almy, antworte du an meiner Stelle!"

„Ich will lieber arbeiten, daß meine Hände bluten, als daß ich einem Mann angehöre, der Leflor heißt!"

Leflor stieß einen Laut aus, spitz und scharf wie ein Pfiff.

„Das ist ja Unsinn!" rief er. „Ihr rennt mit offenen Augen ins Verderben!"

„Dieses Verderben ist mir angenehmer als Ihr!" antwortete das Mädchen schroff. „Mein letztes Wort ist gesprochen. Ihr könnt gehen!"

Almy war plötzlich ganz Gebieterin. Sie wies zur Tür; ihre Augen blitzten. Sie war in ihrer Empörung so entzückend, daß Adler kein Auge von ihr wenden konnte.

Auch Leflor vermochte sich dem Eindruck ihrer Schönheit nicht entziehen. Schon hob er den Fuß, um das Zimmer zu verlassen, da wandte er sich noch einmal um. Seine Augen schienen die Frau zu verschlingen, die ihm so deutlich ihre Verachtung gezeigt.

„Ja, ich gehe!" rief er, „aber nur einstweilen; dann komme ich zurück, um dich zu meinem Weib zu machen! Wenn alle Engel und alle Teufel dagegen wären, du würdest dennoch mir gehören! Du bist mein Eigentum!" Mit einer leidenschaftlichen und drohenden Gebärde trat er einen Schritt auf Almy zu. „Und wenn du dich weigerst, so werde ich auch einen letzten Schritt nicht scheuen und alles . . ."

In diesem Augenblick aber hatte ihn Adler auch schon beim Genick gepackt. Wie einen Ball schleuderte er ihn an die Tür, so daß sie aufsprang und Leflor im Vorzimmer zu Boden stürzte. Bevor er sich erheben konnte, faßte ihn der Deutsche aufs neue bei den Hüften und warf ihn zur vorderen Tür hinaus.

Leflor brach auf den steinernen Platten des Flurs nieder. Dort stand der Neger, den er vorhin beleidigt hatte und der mit glühenden Augen seiner wartete.

„O Jessus, Jessus! Massa Leflor kommt geflogen! Soll weiter fliegen!"

Dann riß auch er seinen Feind vom Boden auf und warf ihn vollends zum Tor hinaus. — — —

KLASSISCHE JUGENDBÜCHER

J. F. Cooper
LEDERSTRUMPF Der »Lederstrumpf« Coopers zählt zu den schönsten und berühmtesten Indianerbüchern der Welt.
Die Erzählungen ranken sich um die Gestalten des schlichten und einfachen Trappers Natty Bumppo — genannt »Lederstrumpf« — und seines edlen roten Freundes Chingachgook, die eine einzigartige Freundschaft verbindet. Jeder Leser erlebt die aufregenden Abenteuer, die der Held des Buches und die übrigen Hauptpersonen zu bestehen haben, so unmittelbar mit, als ob er selbst an ihrem Leben in den Wäldern Nordamerikas teilnehmen würde. Diese Gesamtausgabe enthält alle fünf Erzählungen. Der Wildtöter — Der letzte Mohikaner — Der Pfadfinder — Die Ansiedler — Die Prärie.

UEBERREUTER

KLASSISCHE JUGENDBÜCHER

Howard Pyle, **Robin Hood**
Robin Hood ist der ritterliche Held der englischen Sage. Mit seinen Gesellen, den »Räubern von Sherwood«, kämpft er für das Recht der Unterdrückten in jener unruhigen Zeit, da König Richard Löwenherz auf Burg Dürnstein gefangen lag, während sein treuloser Bruder in England ein Schreckensregiment führte.

Gustav Schalk, **Klaus Störtebeker**
Der berühmte Roman vom heldenhaften Kampf der deutschen Handelsflotte gegen den Seeräuber Klaus Störtebeker.

Robert Louis Stevenson, **Die Schatzinsel**
Ein vergilbtes Stück Papier ist der Schlüssel zur Schatzinsel und somit auch zum großen Abenteuer der Männer der »Hispaniola« und des Kajütenjungen Jim Hawkins.

Jonathan Swift, **Gullivers Reisen**
Die Geschichte des Schiffsarztes Gulliver, dessen unbezähmbare Abenteuerlust ihn ein aufregendes Schicksal erleben läßt.

UEBERREUTER

KLASSISCHE JUGEND BÜCHER

Daniel Defoe, **Robinson Crusoe**
Das Leben und die ungewöhnlichen Abenteuer des weltberühmten Robinson Crusoe, der 28 Jahre auf einer Insel lebte.

Charles Dickens, **David Copperfield**
Nach einer glücklichen Kindheit erlebt der junge David bittere Jahre in einer berüchtigten Schule und eine freudlose Epoche in London. In der Geborgenheit bei seiner Tante findet er aber in Agnes eine treue Gefährtin und die Erfüllung seines weiteren Lebens.

Charles Dickens, **Oliver Twist**
Diese spannende Erzählung liest sich wie ein Kriminalroman. Das Schicksal des Waisenknaben Oliver ist aber auch abenteuerlich genug. Dickens schildert die verschiedenartigsten Menschen und ihre Umgebung so trefflich, daß man meinen könnte, selbst dabei zu sein.

Herman Melville, **Moby Dick**
Die spannende Geschichte von der Jagd nach dem sagenhaften weißen Wal.

UEBERREUTER